ACENES
IGLO
ELONA
ada
ERNO
1-92
A. Bonmatí
ANDES ALMACENES DE EL SIGLO.—BAR
CCIÓN DE SEDERÍA Y LA
SEDERÍA NEGRA
Mantillas
á blonda.
Uno, á Ptas. 35,
antillas. El me-
5.50, 5, 4.50, 4, 3.50 y 3.
Veludillos negros. El metro, á Ptas. 6, 5, 4.50, 4, 3.50, 3, 2.75, 2.50 y 2.
Sealkin negro para abrigos y chaque-
OCASIÓN Un corte de
celente Ra
EXCELENTE para
Pesetas 1.50 metro
SERGE DE SEDA Y ALGODÓN, TODOS
Buena calidad
PRECIO ÍNFIMO
Mantillas redondas
imitación á blonda. Una,
á Ptas. 32.50, 30, 25, 23,
6.50
Grandes Almacenes de EL S
Apartado n.º 101
Rambla de Estudios, 5 y 7, y calle de Xuclá, 8, 10 y 12
BARCELONA
Sección de
GÉNEROS Á COBRAR
Envío á D.
Hoja de comprobación N.º
CONCEPTOS
PRECIO
PESETAS
Suma
Revisado
Anotado en el Diario con el N.º
N.º 20 Tenedores de metal niquelado, para pan; uno, á Ptas. 0'75
N.º 22 Tenacillas de metal blanco «Alpaca» para azucar; una, á Ptas. 2'50
N.º 24 Servilleteros
N.º 21 Portacubiertos de madera barnizada;
Centímetros 33×40 20×33
uno, á Ptas. 3 2'50
N.º 23 Portacubiertos de mimbre, con montura de metal niquelado;
Centímetros 35×25 33×23
uno, á Ptas. 8 6'25

CARE SANTOS

Die Geister schweigen

Roman

Aus dem Spanischen von
Stefanie Karg

Krüger Verlag

MIX
Papier aus verantwortungsvollen Quellen
FSC® C083411

Die Originalausgabe erschien 2011
unter dem Titel »Habitaciones Cerradas«
im Verlag Planeta, Barcelona

Deutsche Ausgabe:
Erschienen im Krüger Verlag,
einem Unternehmen der S. Fischer Verlag GmbH

Satz: pagina GmbH, Tübingen
Druck und Bindung: CPI – Clausen & Bosse, Leck
Printed in Germany
ISBN 978-3-8105-1945-0

Für die Kinder, Enkel und Urenkel meiner Kinder,
die nicht wissen werden, wer ich war.

Stammbaum der Familie Lax

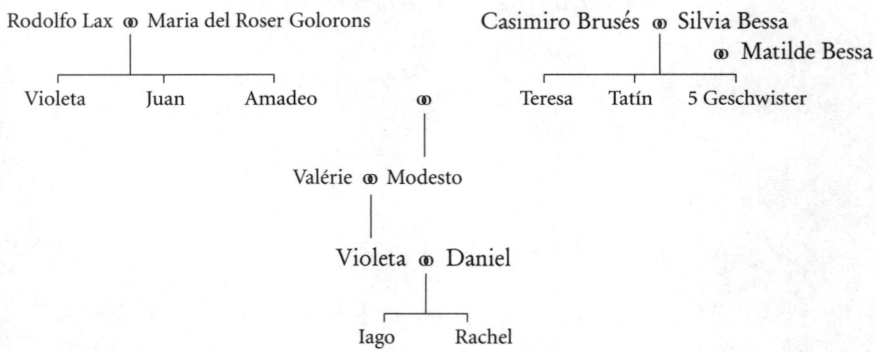

Chronik

1889	Geburt Amadeo
	Geburt Octavio Conde
1894	Geburt Juan
1898	Geburt Violeta
1899	Umzug in den Palacio im Pasaje Domingo
1905	Gemälde: *Engel der Kindheit* (Concha im alten Patio)
1907	Geburt Teresa
1909	Tod Don Rodolfo
1911	Debüt der Olympia im Salón Doré
1913	Gemälde: *Violeta langweilt sich beim Warten*
1914	Gemälde: *Olympia*
	Tod Violeta
1919	Gemälde: *Das Mädchen Teresa Brusés*
1920	Juan wird Priester
	Geburt Laia
1928	Heirat Teresa und Amadeo
1930	Tod Olympia
1932	Tod Maria del Roser
	Brand des Warenhauses El Siglo
1933	Geburt Modesto
1936	Fresko: *Teresa abwesend*
1936–39	Spanischer Bürgerkrieg
1938	Geburt Fiorella
1941	Tod Concha
1962	Gemälde: *Il falso ricordo*
1963	Gemälde: *Selbstporträt*
1970	Geburt Violeta
1971	Geburt Silvana
1972	Arcadio lernt Amadeo kennen
1974	Tod Amadeo
1980	Der Palacio wird unter Denkmalschutz gestellt
1995	Violeta verlässt Barcelona und geht in die USA
2010	erster Brief von Silvana an Violeta
2011	Eröffnung des Museums Amadeo Lax

Versprich dies:
Wenn du tot bist,
wird es jemanden geben, der mich ruft.
Emily Dickinson

Die Zeit: das einzige Thema.
Yasmina Reza

Teresa abwesend, 1936
Fresko, 300 × 197 cm
Derzeit der Öffentlichkeit nicht zugänglich

Teresa Brusés bedeutete für den Künstler Amadeo Lax die größte Obsession, gleichzeitig aber auch das größte Unglück – so heißt es. Von den insgesamt siebenunddreißig Porträts, die der Maler von ihr anfertigte, stammt nur ein Drittel aus den acht Jahren ihrer Ehe. Das untypischste dieser Bildnisse, das als das Meisterwerk des Künstlers gilt, ist dieses großformatige Fresko, das während der Umbauarbeiten des Patio im Haus der Familie gemalt wurde und auf das Jahr 1936 datiert ist (vermutlich zu Beginn des Sommers). Das Bildnis wurde *a fresco* ausgeführt, d. h. in einer Technik, bei der die in Wasser gelösten Farben auf eine feuchte Putzschicht aufgetragen werden. Lax verwendete diese Technik nur ein einziges Mal, und zwar für dieses Porträt. Das Bild zeigt das Modell mit abgewandtem Oberkörper, das Gesicht beinahe im Profil. Teresa blickt auf einen Punkt außerhalb des Gemäldes und wirkt dabei unruhig oder abgelenkt. Dies wird durch die Farbgebung betont, in der dunkle Töne vorherrschen – blau, schwarz, ocker, indigo –, sowie durch die grobe, fast schon unsaubere Pinselführung, mit der einige Details wie beispielsweise die Haare oder die Hände ausgeführt sind. Eine markante Auffälligkeit im Werk des ansonsten pedantischen Malers, der bei der Hintergrundgestaltung und in der Pinselführung immer mit größter Sorgfalt vorging, bei dieser Gelegenheit jedoch eine für sein gesamtes Schaffen einmalige Nähe zu den Expressionisten zeigt. Der Stil dieses Porträts hat zahlreiche Diskussionen ausgelöst. Die meisten Fachleute begründen ihn mit der existentiellen Krise des Künstlers zum Zeitpunkt des Entstehens: Teresa hatte den Maler kurz zuvor wegen eines anderen Mannes verlassen. Leider ist das Fresko für die Öffentlichkeit nicht zugänglich, denn es befindet sich in dem ehemaligen Wohnsitz des Künstlers. Für das dort geplante Museum steht seit Jahren die Genehmigung der beteiligten Institutionen aus, darunter auch die Regierung der Autonomen Region Katalonien, der Lax das Anwesen und seine Werke vermacht hatte.

Schätze der katalanischen Kunst, Malgrat de Mar 1987 (Ediciones Pampalluga)

I

»Eines Tages erzähle ich alles, woran ich mich erinnern kann, und dann werden sich die Toten in ihren Gräbern umdrehen«, flüsterte Concha einmal ihrer geliebten Aurora zu.

Das Leben bot ihr nicht allzu viele Gelegenheiten, ausführlich zu Wort zu kommen. Aber vielleicht war dies nicht der einzige Grund, warum Concha manche Erinnerung für sich behielt.

Sie erzählte beispielsweise nie, dass Doña Maria del Roser Golorons, Witwe des Don Rodolfo Lax, am 24. Dezember 1932 nach dem Neun-Uhr-Gottesdienst in der Iglesia del Belén fast den gesamten Tag mit einem Besuch im berühmten Warenhaus El Siglo zubrachte. Die Señora hielt sich sehr lange in der Abteilung für Kinderwäsche im zweiten Stockwerk auf, wo sie die komplette Ausstattung für ihren ersten Enkel erstand, der im nächsten Frühling auf die Welt kommen sollte: Windeln aus Mull, umhäkelte Wickeltücher, Hemdchen aus Batist und aus Kattun und noch ein halbes Dutzend Unterröcke mit englischen Stickereien und Rüschen (für den Fall, dass der Enkel eine Enkelin würde). In der Spielwarenabteilung wählte sie ein hüpfendes Hündchen aus, das große Bewunderung hervorrief, ein Steckenpferd aus Holz sowie eine kleine Kutsche aus Blech mitsamt Pferdegespann. Dann suchte sie die Korbwarenabteilung auf, um ein Lauflern-Wägelchen zu erwerben, ein Wiegen-Nestchen mit Wollquasten sowie eine Wiege aus Weidengeflecht mit Himmel, die aber so teuer war wie eine aus Edelholz. Die Freude der Señora darüber, das erste Kind ihres Erstgeborenen, Amadeo, und seiner von ihr so geliebten Frau Teresa auszustatten, spiegelte sich in dem Ausmaß ihrer Anschaffungen wieder.

»Heutzutage sind Kinder anspruchsvoller als früher, sie benötigen mehr Sachen«, rechtfertigte sie sich.

Bevor sie weiterging, blieb sie vor einem zweistöckigen Puppenhaus stehen, das zehn Peseten kostete. Concha befürchtete einen Moment, dieser Anblick könnte bei ihrer Señora schlimmste Erinnerungen an ihre so früh verstorbene Violeta wecken, aber dann vernahm sie überrascht: »Das ist mein Weihnachtsgeschenk für deine Tochter. Meinst du, es gefällt ihr?«

Eine junge Frau in der eleganten schwarzen Uniform des Warenhauses lächelte den beiden Frauen von der anderen Seite einer hölzernen Ladentheke aus zu.

Concha führte ihre Lippen zum Ohr von Doña Maria del Roser und flüsterte: »Señora, ich habe keine Tochter. Vielleicht meinen Sie ja Laia, die Tochter von Vicenta, der Köchin.«

»Ja, genau, das hübsche Mädchen mit dem lebhaften Blick!« Die Señora wirkte begeistert, doch dann verdüsterte sich ihre Miene wieder. »Nein, das ist keine gute Idee. Ich glaube nicht, dass sich das Mädchen noch für Puppenhäuser interessiert.«

»Laia ist zwölf Jahre alt«, erwiderte Concha, »und sie hat niemals eines gehabt. Ich glaube, es würde ihr sehr gefallen.«

»Nein, nein, nein.« Die Señora verwarf die Idee, als wäre sie ihr sehr lästig, und ging weiter; das Puppenhaus war längst vergessen.

In der Abteilung mit Kochgeschirr bestand sie darauf, dass ihre treue Begleiterin die Auswahl treffen solle. Denn das war gewissermaßen Conchas Rolle, der Grund für deren Anwesenheit. In den Augen von Doña Maria del Roser war Concha eine Art allwissende Beraterin, die Hellseherin bevorstehender Bedürfnisse und selbst Katastrophen, die sich mit entsprechenden Einkäufen abmildern ließen. In Wahrheit war es jedoch Teresa, die neue Hausherrin, die die Hausangestellte drängte, ihre Schwiegermutter nicht eine Sekunde aus den Augen zu lassen.

Also war Concha nicht nur deren Gesellschafterin und Hilfe – denn Doña Maria del Rosers Gesundheit war schon äußerst angeschlagen –, sondern sie sorgte auch dafür, dass der fortgeschrittene geistige Verfall der Matriarchin keine weiteren Unannehmlichkeiten für die Familie mit sich brachte.

Vor einem eifrigen Verkäufer, der die Kochtöpfe und Kasserollen mit einem Stolz präsentierte, als ginge es um wertvollste Seiden- und Organzastoffe, kniff Doña Maria del Roser die Augen zusammen, winkte Concha herbei und sagte: »Wähl du aus, das hier ist dein Bereich.«

Man hat nie erfahren, ob ihre mangelhaften Hauswirtschaftskenntnisse nur vorgetäuscht waren, wenn auch Concha stets vermutete, dass die Señora mehr davon verstand, als sie zeit ihres Lebens zugab. Höchstwahrscheinlich beruhte ihre diesbezügliche Verwirrung eher auf mangelndem Interesse als auf Unfähigkeit. Die Krankheit konnte diese Zweifel auch nicht ausräumen.

An diesem Tag blickte Doña Maria del Roser prüfend auf eine Pfanne, deren Boden ihr ein Zerrbild ihrer Person wiedergab, und meinte: »Wir brauchen davon mindestens ein Dutzend, das stimmt doch, Conchita?«

Ohne genau zu wissen, wie, gelang es Concha, dass sie nur zwei davon kauften. Der Señora hatten es zudem zwei weitere Pfannen sowie vier Kasserollen in unterschiedlichen Größen angetan, alle aus Eisen mit blauem Email und von allerbester Qualität. Tatsächlich benötigten sie keines dieser Utensilien, in den Küchen gab es mehr als genug davon. Aber die Señora verstand nicht, wie man El Siglo verlassen konnte, ohne wenigstens zehn Peseten in der Abteilung für Kochgeschirr im Erdgeschoss ausgegeben zu haben.

»Kochtöpfe sind mir lieber als Brillanten«, pflegte sie verschmitzt zu sagen, als sie noch Herrin ihrer geistigen Fähigkeiten war.

Doch an dem Tag setzte sie sich in den Kopf, dass sie für das Haus unbedingt einen kompletten Satz Kristallgläser benötigten, der mehr als hundert Peseten kostete, und fügte diesen Posten ohne mit der Wimper zu zucken zu den bisherigen Einkäufen hinzu. Dann ging sie in die Abteilung mit Damenmode für die letzte Anprobe einer Abendrobe, die sie in Auftrag gegeben hatte; auf diese Rechnung setzte sie noch ein halbes Dutzend Batistunterröcke und zwei bestickte Mieder. Maria del Roser Golorons war zu eigenständig, um sich von irgendetwas zur Sklavin machen zu lassen, und schon gar nicht von der Mode. Ihr Leben lang hatte sie für ihre Kleidung Kriterien wie Sauberkeit, Bequemlichkeit und angemessene Farben angelegt, aber kurz vor dem letzten Akt ihres Leben bestand sie darauf, wieder zu Röcken mit Tournüre und Schleppe zurückzukehren, die über die Fliesen fegten.

»Bei einer eleganten Dame darf man nur die Spitzen ihrer Schuhe sehen«, stellte sie in entschiedenem Tonfall vor dem verzweifelten Blick der Schneiderin fest, die soeben Skizzen des Dernier Cri aus Paris gezeigt hatte: Mäntel mit einem einzigen Ärmel, die die Kundin als ebenso befremdlich empfand wie die Bezeichnung, die die Warenhausangestellte dafür verwendete: »asymmetrisch«.

»Diesen Franzosen fällt auch nichts mehr ein, womit sie uns beschwindeln können«, sagte sie nur und wandte sich anderen Dingen zu.

Concha folgte ihr auf dem Fuß durch das bis oben angefüllte Warenhaus. Sie war glücklich wie ein kleines Mädchen. Seit dem Jahr, in dem Violeta blutjung gestorben war, hatte Concha die Señora nicht so begeistert bei den Weihnachtsvorbereitungen erlebt. Sicherlich trug die bevorstehende Geburt des Enkels viel zu ihrer guten Laune bei. Dank diesem Umstand schien das Haus ein wenig wie in vergangenen Zeiten zu erstrahlen – den Zeiten, in denen das Schweigen noch nicht dauerhaft eingekehrt war.

Nach ihren Einkäufen wollte Maria del Roser sich ein wenig in dem Café des Warenhauses ausruhen. Sie nahm Platz in einem der Lehnstühle, ordnete ihre Röcke und bat Concha, ihr aus dem Lektüresaal eine Modezeitschrift zu besorgen – »aber bloß keine aus Frankreich«. Dann bestellte sie für sich ein Glas frisches Wasser und eine kleine Portion Kroketten und äußerte den Wunsch, den Besitzer von El Siglo zu begrüßen, wie immer, wenn sie das Warenhaus besuchte.

»Jetzt setz dich schon, Conchita, und mach mich nicht nervös«, sagte sie und deutete auf den anderen Stuhl am Tisch.

Don Octavio Conde kam so eilfertig und galant wie immer, als Doña Maria del Roser gerade die zweite Krokette verspeiste.

»Wie ist das Wohlergehen der Familie? Gut?«, fragte er, während er sich vorbeugte, um der von ihm hochverehrten älteren Dame die Hand zu küssen.

»Stellen Sie sich vor, was für ein Pech es gibt«, antwortete sie, »soeben erfahre ich, dass die arme Conchita keine Kinder hat.«

»Also, in meinem Alter sollte ich wohl eher Enkel haben«, scherzte die Gesellschafterin, die den Geschäftsmann kannte, seit dieser ein Schuljunge war. Dann flüsterte sie ihrer Señora ins Ohr: »Das ist Don Octavio. Es wird ihn verwundern, wenn Sie ihn siezen.«

Octavio lächelte verständnisvoll, allerdings kräuselte er angespannt seine Lippen und konnte eine gewisse Unruhe oder vielleicht sogar Traurigkeit nicht verhehlen, als er die Mutter seines besten Freundes ansah.

»Conchita ist fast wie eine Mutter für uns alle«, stellte er fest. »Und sie wird es auch für die nächste Generation sein, die nun unterwegs ist.«

»Ja, so ist es«, erwiderte Maria del Roser mit verlorenem Blick, bevor sie sich wieder zusammennahm. »Woher wissen Sie das?«

Octavio blickte erschrocken auf. Sein Mienenspiel war kaum wahrnehmbar, nur geschulte Augen wie die von Concha hätten es erkennen können.

»Ihr Sohn und ich sind seit der Schulzeit Freunde. Wir haben uns im Jesuiteninternat von Sarrià kennengelernt. Sie wissen schon« – Octavio bemühte sich amüsant zu wirken, aber sein Lachen klang gezwungen –, »die Härte des Kasernenlebens ist eine großartige Herausforderung, um Freundschaften zu schmieden.«

»Ach, ja, das Internat« – Maria del Roser verdrehte bei diesen Worten die Augen und setzte sich bequemer, indem sie unter den Röcken ihre Beine überschlug. »Die Sonntagsbesuche haben mir immer so gut gefallen«, seufzte sie wehmütig.

»Ja, wir haben die Sonntage auch geliebt«, sprach Octavio weiter, »aber ich fürchte, wir hatten andere Gründe dafür: Sobald die Familien ankamen, wurden aus den Priestern plötzlich menschliche Wesen. Ach, was haben wir Amadeo beneidet, als er sich von ihnen befreien konnte! Er war immer klüger als wir alle. Und das ist er immer noch, zweifellos.«

Dieses heikle Thema musste sie unbedingt beenden, daher gab Maria del Roser dem Gespräch eine andere Richtung. Sie sprach nicht gern über die Jahre, in denen ihr Sohn Schüler bei den Jesuiten in Sarrià gewesen war.

»Ja, klug ist er schon«, murmelte sie, während sie an ihrer Krokette knabberte. »Schade, dass er so unzugänglich geworden ist. Finden Sie nicht? Worüber haben wir eigentlich gerade gesprochen? Ach so. Feiern Sie Weihnachten mit der Familie?«

»Leider nein«, erwiderte Octavio, während er sich mit einer nervösen Geste die Hände rieb, die für ihn ungewöhnlich war. »Ich breche bereits morgen nach New York auf und werde dort meinen eigenen Geschäften nachgehen.«

Maria del Roser riss ihre Augen so weit auf, dass ihre Stirn sich wie ein Akkordeon faltete. Doch Concha wirkte noch überraschter.

»Nach New York? Für längere Zeit?«, fragte die Gesellschafterin.

»Ich weiß es noch nicht. Das hängt allein davon ab, wie sich die Dinge entwickeln.« Octavio wechselte sofort das Thema und improvisierte eine Entschuldigung. »Es war mir ein Vergnügen,

Sie zu sehen, Doña Maria del Roser. Bitte verzeihen Sie mir, aber ich muss noch viele Vorbereitungen treffen.«

»Natürlich, natürlich, wir haben vollstes Verständnis«, sagte Concha.

Maria del Roser reagierte nicht auf die überraschenden Neuigkeiten, die sie soeben erhalten hatten.

»Bestellen Sie Ihren Eltern schöne Grüße von mir«, sprach sie weiter, gemäß der logischen Abfolge von Abschiedsfloskeln, die seit jeher in ihrem Kopf gespeichert war. »Ich sehe Sie nach den Feiertagen wieder, wenn wir das Körbchen für den Enkel kaufen. Seine Geburt wird im … Conchita, wann kommt mein Enkel auf die Welt?«

»Im Mai, Señora.«

»Meine arme Schwiegertochter hatte bereits eine Fehlgeburt, wissen Sie das? Aber diesmal verläuft alles bestens, Gott sei Dank.«

Concha wurde es bei diesen intimen Enthüllungen allmählich unbehaglich zumute. Auch Octavio Conde wirkte mit der Wendung, die das Gespräch nahm, nicht sonderlich glücklich. Begierig, endlich gehen zu können, küsste er Maria del Roser erneut die Hand, verbeugte sich vor Concha und wies den Kellner an, die Rechnung der beiden auf Kosten des Hauses zu setzen.

Kaum war Octavio außer Sicht, machte sich auf dem Gesicht von Maria del Roser großer Verdruss breit.

»Wir haben gar nicht daran gedacht, ihn zu fragen, ob es seiner Frau besser geht. Wir sind ganz schön unhöflich.«

»Señora, Don Octavio ist Junggeselle. Sie meinen bestimmt Doña Cecilia Gómez del Olmo, seine Mutter«, wandte Concha vorsichtig ein, worauf ihre Señora zustimmend nickte. »Die Arme ist schon vor Jahren gestorben.«

»Wirklich? Und, hat ihr Mann noch einmal geheiratet?«

»Nein, Señora. Don Eduardo Conde ist der Erinnerung an seine verstorbene Frau immer treu geblieben. Bis zu seinem Tod, aber der ist auch schon lange her.«

Maria del Roser runzelte die Stirn.

»Also, Conchita, wir kommen nur noch durcheinander.«

Sie gingen ein paar Schritte, aber ehe sie den Fahrstuhl erreichten, blieb die ältere Dame wieder stehen. Ein Angestellter in einer dunkelroten Livree öffnete die Tür, damit sie einsteigen konnten.

»Wie soll mein Enkel noch einmal heißen, Conchita? Ich vergesse es andauernd«, fragte sie, während sie ihre Röcke in den Lift bugsierte.

»Modesto, Señora. Wenn es ein Junge wird. Und wenn es ein Mädchen wird, wissen sie es noch nicht«, sagte Concha voller Angst. Voller Angst vor dem schlafenden Schmerz, der jeden Moment aufwachen kann.

»Mir würde Violeta gefallen«, sagte die Matriarchin. »Es muss so bald wie möglich wieder eine Violeta in der Familie geben.«

Der Schmerz schlief, stellte Concha beruhigt fest.

»Jetzt wollen sie doch tatsächlich meinem Enkel einen Namen wie für einen Liftboy geben!«, knurrte Maria del Roser, ungeachtet des Warenhausangestellten vor ihnen. »Weißt du, warum sie einen derart scheußlichen Namen ausgesucht haben? Es gibt doch so schöne Heiligennamen!«

»Zu Ehren des Malers, der Ihren Sohn unterrichtet hat, Señora.«

Dieses Gespräch hatten sie schon ein Dutzend Mal geführt. Aber die Wiederholung hinterließ bei keiner der beiden nachhaltigen Eindruck.

»Ach so, stimmt. Mein Sohn ist ja Künstler. Ich glaube, er malt gar nicht mal so schlecht.«

»Natürlich nicht, Señora. Er ist sehr erfolgreich, und er wird sehr geschätzt«, bestätigte Concha mit mütterlichem Stolz.

Hinter den beiden nahm ein riesiges Werbeplakat fast die gesamte Seitenwand des Aufzugs ein. Es zeigte eine junge Dame in Abendrobe, und in einer Ecke stach der Name des Künstlers in einem großen schwarzen Schriftzug hervor: *Amadeo Lax*. Das

Bild sollte die Kunden anlocken, so wie vor einem Dutzend Jahren, als es bereits für das Warenhaus als Werbung diente.

»Ist dir heute Octavio nicht auch etwas merkwürdig vorgekommen? Nicht richtig er selbst, oder?«, fragte Maria del Roser plötzlich.

Concha hatte den gleichen Eindruck gewonnen. Sie führte dies auf die Nervosität vor der Reise zurück, die ihnen Don Octavio gerade angekündigt hatte.

»Wenn mein Sohn so viel Einsatz bei der Führung der Fabriken seines Vaters und seines Großvaters gezeigt hätte, dann wären wir jetzt keine armen Leute«, äußerte die Señora plötzlich, ehe sie voller Elan rief: »Wir steigen hier aus, junger Mann! Gehen Sie zur Seite!«

Concha trat mit puterrotem Gesicht aus dem Aufzug. Maria del Roser stieg ohne weitere Umstände aus, von irgendeiner Eile getrieben, die nur in ihrem Kopf existierte.

»Señora, Sie sind nicht arm«, erwiderte die Gesellschafterin, sobald der Liftboy außer Hörweite war. »Sie sind nur nicht mehr ganz so reich wie vormals.«

»Vor was?« Auf der Stirn von Maria del Roser erschienen einige parallele, feine Falten.

»Vor der Krise. Man sagt, dass sie die ganze Welt betrifft, nicht nur die Menschen in Barcelona. Die einen mehr, die anderen weniger, aber alle haben dabei verloren.«

»Nein, Conchita, lass dich nicht täuschen. Die wirklich Reichen verlieren fast niemals etwas. Die verlieren vielleicht ein wenig von ihrer Schamlosigkeit, denn bei so vielen Anarchisten darf man sich nichts anmerken lassen. Kennst du etwa einen Anarchisten?«

»Nein, Señora, keinen einzigen.«

»Das ist auch besser. Mach so weiter. Anarchisten gehen nur in Häuser und stehlen einem die Teppiche. Und dann zünden sie alles an. Aber zuerst geht es ihnen um die Teppiche. Sie lieben Teppiche.« Doña Maria del Roser schrak zusammen.

»Aber was schwatzen wir denn hier vor uns hin? Wir müssen nach Hause, Conchita. Haben wir alles, was wir brauchen? Denk scharf nach.«

»Ja, Señora.«

»Bist du sicher, dass nichts fehlt? Vielleicht noch irgendein Kochtopf für das Essen morgen?«

»Nein, Señora. Wir haben genügend Kochtöpfe.«

»Bist du dir da sicher?«

»Ganz sicher, Señora.«

»Dann weiß ich gar nicht, was wir hier eigentlich machen.«

Etwas schleppend, aber mit dem für sie typischen eleganten Schritt trat Doña Maria del Roser auf die Straße hinaus. Julián wartete auf den Ramblas, ein paar Meter weiter, am Steuer des Citroën. Als er die Frauen herauskommen sah, stieg er schnell aus dem Auto, um die hintere Wagentür zu öffnen und der Matriarchin seinen Arm anzubieten, damit sie besser einsteigen konnte. Dann, wenn auch mit weniger Elan, tat er das Gleiche bei Concha. Die beiden klammerten sich mit mehr Nachdruck an den Arm des altgedienten Fahrers, als es die Höflichkeit gebot. Für die beiden Frauen, die schon über sechzig Jahre alt waren, war es kein leichtes Unterfangen, sich in dieses moderne Gefährt zu zwängen, und noch weniger, da ihre einzige Hilfe ein fast siebzigjähriger Fahrer war.

Die Señora saß schließlich auf ihrem Platz und schnaufte. Concha folgte ihr, und Julián seufzte, vermutlich vor Erleichterung, dass das Einstiegsmanöver ohne weitere Zwischenfälle erfolgt war und er wieder an seinen Posten hinter dem Steuer zurückkehren konnte.

Sobald der Motor zu brummen begann, sagte die Señora mit einem letzten Blick auf die hellerleuchteten Türen des Warenhauses: »Die Kroketten sind mir nicht bekommen, Conchita. Ich habe hier etwas …«

Dabei deutete sie auf ihren Magen, der von dem Korsett eingezwängt war.

»Wir fahren nach Hause, Felipe«, ordnete sie dann an. »Das ist keine Uhrzeit, zu der sich anständige Damen auf der Straße aufhalten.«

Der alte Fahrer war keineswegs beleidigt, dass die Señora sich nicht an seinen Namen erinnerte. Er fühlte sich eher geschmeichelt, weil sie ihn mit dem Namen seines Vaters anredete, der sein Leben im Dienst des ersten Señor Lax auf dem Kutschbock zugebracht hatte, beflissen und ruhig, wie es sich für gutes Personal geziemt. Julián hatte Don Rodolfo zu dessen Lebzeiten so vergöttert, wie er ihn nach seinem Tod in Erinnerung behielt, und in letzter Zeit war er dankbar, dass die Señora mit ihrem zerstreuten Gedächtnis diesen großartigen Mann wieder zum Leben erweckte.

Über der Markise des Haupteingangs von El Siglo wünschte eine Puppenfamilie mit einem Schild *Fröhliche Weihnachten.* Die Schaufenster waren hell erleuchtet. In der größten Auslage drehte eine elektrische Eisenbahn mit Waggons, die mit winzigen Geschenkpaketen überladen waren, ununterbrochen ihre Runden. Ganz in der Nähe sang jemand ein Weihnachtslied. Durch die großen Drehtüren gingen die Leute ein und aus.

Der Citroën fuhr die beliebteste Straße der Stadt in Richtung Meer hinunter. Die Señora schloss die Augen. Concha ließ sich von der heiteren Feststimmung anstecken, von dem letzten Sonnenschimmer an diesem eisigen Tag, von dem fröhlichen Treiben auf den Straßen. Sie betrachtete die reichgestalteten Ornamente in der Fassade des Sitzes der Compañía de Tabacos de Filipinas, und sie bekreuzigte sich, als sie an der Iglesia del Belén vorbeifuhren, der sie, wie so viele Barcelonesen, am Morgen ihren obligatorischen Jahresbesuch abgestattet hatte. Sie sah in der Ferne die Stände der Blumenhändler und verspürte ein wenig Sehnsucht nach den Zeiten, in denen kein Motorknattern die Blumen gestört hatte. Liebend gern wäre sie ausgestiegen, um einen Strauß Margeriten zu kaufen, der Lieblingsblume von Doña Maria del Roser, aber sie waren in Eile und konnten sich nicht länger aufhalten.

Als sie auf Höhe der Calle Portaferissa ankamen, wendete der Wagen, um in die entgegengesetzte Richtung zu fahren, vorbei am Palacio Moja, bei dem die Fensterläden offen standen, als hätte jemand beschlossen, die edlen Gemächer zu lüften. Genau wie Concha war dies auch einem Fußgänger aufgefallen, der einfach stehengeblieben war und neugierig zu den Gemälden und Deckenmedaillons des Palastes hochblickte. Die Kurve riss die Señora aus ihren Träumen.

»Hast du daran gedacht, die Maultiere zu wechseln?«, fragte sie. »Ich will nicht noch mehr Zeit verlieren.«

»Automobile benötigen keine Maultiere mehr, Señora. Das macht jetzt alles der Motor.«

Der Wagen war eine Laune von Don Rodolfo gewesen. Vor fast drei Jahrzehnten hatte der Señor den Auftrag erteilt, ihn in Frankreich zu erwerben, angeregt durch eine Reklame, in der es hieß: »Citroën mit Karosserie in eleganter Limousine-Torpedo-Ausführung«. Kein fortschrittlicher Geist hätte so einer Beschreibung widerstehen können. Dieser Citroën war eines der ersten Autos in der Stadt – das Kennzeichen trug die Ziffer vier – und wurde so bewundert, dass anfangs die Passanten beim Vorbeifahren applaudierten.

»Verlass dich nicht darauf und schau nach dem Maultier …«, mahnte die Señora, ehe sie den Kopf auf die Brust fallen ließ und wieder in tiefen Schlaf fiel.

Beim Teatro Coliseum wurde für den Abend des Weihnachtsfeiertages die Galavorstellung eines Films mit Harold Lloyd angekündigt. Einige Leute warteten neben dem Kartenschalter; nur wenige Meter weiter waren mehrere Herren heftig gestikulierend in ein lautes Gespräch verwickelt. Concha seufzte gelangweilt: So viel Enthusiasmus konnte nur der Katalanismus oder die Wirtschaftskrise hervorrufen. Ihr schien, dass sich die Männer in dieser weichen und anregenden Sprache unterhielten, die sich gleichermaßen dafür eignet, Republiken auszurufen wie Melonen zu verkaufen, doch sie mutmaßte, dass die Herren das erste Thema diskutierten.

Als die Zeit für das Mittagessen längst verstrichen war, kamen sie in dem prächtigen Familiensitz an. Früher wäre der Señora so eine Nachlässigkeit nicht unterlaufen. Festgelegte Uhrzeiten wurden peinlich genau eingehalten und bildeten das Räderwerk, mit dessen Hilfe die Familie Lax garantiert funktionierte. Um Viertel nach acht wurde gefrühstückt, zwischen zwölf und halb zwei ging man spazieren, pünktlich um zwei Uhr gab es das Mittagessen, der Rosenkranz wurde abends um sieben Uhr gebetet – mittwochs eine Viertelstunde später –, und anschließend gab es Abendessen. All das bot keinen Raum für irgendwelche Abweichungen. Mittwochs hielt die Señora ihre Treffen in der Bibliothek ab, donnerstags wurden Gäste empfangen, und sonntags besuchten alle die Zwölf-Uhr-Messe in der Iglesia de la Concepción, deren Pfarrer, Padre Eudaldo, üblicherweise danach mit der Familie zu Mittag aß. So verstrich beständig eine Woche nach der anderen, bis Weihnachten, die Karwoche und Ostern oder die Sommerfrische diese Routine unterbrachen.

An jenem 24. Dezember bat die Señora, ihr nur einen Tee auf ihr Zimmer zu bringen, und zog sich zurück, ohne jemanden zu begrüßen. Ihr Sohn Amadeo hatte am Esstisch auf sie gewartet – den geraden Rücken gegen die gepolsterte Lehne gepresst. Er begann zu essen, als er es leid war, der Suppe beim Erkalten zuzusehen, und war äußerst verärgert. Teresa, seine Frau, versuchte ihre Schwiegermutter mit deren Krankheit zu entschuldigen. Aber nicht nur deswegen verlief die Mahlzeit der Eheleute gedämpft und freudlos. Und schweigsam.

Am Nachmittag brachten mehrere Boten des Warenhauses die Einkäufe, die sorgfältig verpackt waren. Das Personal verstaute sie einstweilen in dem Lagerraum neben der Vorratskammer, ehe weitere Anweisungen dafür erteilt wurden. In der Küche herrschte wegen der Vorbereitungen für das Essen am nächsten Tag hektisches Treiben. Das Abendessen am Weihnachtsabend hingegen stellte für die Familie keine besondere Tradition dar: Alle Vorbereitungen galten dem Mittagessen am ersten Weihnachtsfeiertag.

Maria del Roser verließ den gesamten Nachmittag nicht mehr ihre Gemächer. Später rief sie nach Antonia, die ihr beim Zubettgehen helfen sollte. Die Angestellte, die erst vor vier Jahren mit Teresa in den Haushalt gekommen war, verließ das Zimmer mit vor Schreck verzerrtem Gesicht und sagte, sie habe die Señora noch nie dermaßen verwirrt und mit so vielen absurden Einfällen erlebt.

»Ich werde verrückt, wenn ich ihr noch eine Minute länger zuhöre«, fügte Antonia hinzu.

Daraufhin kümmerte sich Teresa um alles. Sie entschuldigte die Kammerfrau und übernahm selbst hingebungsvoll deren Aufgabe. Sie betrat das Zimmer ihrer Schwiegermutter wie ein Arzt, den man zu einem Notfall gerufen hatte. Kurz darauf kam sie wieder heraus und fragte nach Concha. Ihre Hände und ihre Stimme zitterten, als sie sie fragte: »Conchita, um der Liebe Gottes willen, weißt du, wo der Schlüssel zu Violetas Zimmer aufbewahrt wird?«

»Oh je! Nein, Señora. Ich glaube, wir haben ihn schon vor Jahren verloren, an dem Tag, als …« Concha hielt inne und dachte erneut an den schlummernden Schmerz, den kein ausgesprochenes Wort wecken darf, ehe sie erklärte: »Ihre Schwiegermutter hat ihn in Händen gehabt, um die Tür endgültig zu verschließen. Seit jenem Tag habe ich ihn nie wieder gesehen.«

Teresa ließ sich von diesen Worten nicht entmutigen.

»Dann bewahrt sie selbst ihn irgendwo auf. Sie ist davon überzeugt, dass er sich unter ihrem Bett befindet und fordert mich andauernd auf, ihn zu suchen. Sie sagt, dass sie ihn in der Hand halten will«, berichtete Teresa. »Ich habe ihre Bitte befolgt und danach gesucht, aber dort ist nichts. Nicht einmal Staub.«

»Die Señora ist ein bisschen verrückt, das wissen Sie ebenso gut wie ich. Außerdem, Sie sollten sich nicht bücken«, warnte Concha Teresa mit Blick auf deren noch kaum gewölbten Bauch.

»Das ist mehr als eine kleine Verrücktheit, Conchita. Ich habe sie noch nie in einer so schlechten Verfassung erlebt. Gerade hat sie mich darum gebeten, Juan kommen zu lassen. Sie sagt, dass sie ihren Sohn sehen möchte, ehe sie stirbt. Mir ist angst und bange. Weißt du, ob Amadeo zu Hause ist?«

Concha schüttelte den Kopf. Sie hatte Amadeo mit dem Rolls Royce wegfahren sehen, und zwar ohne den Fahrer. Er hatte selbst am Steuer gesessen. Und selbstverständlich wusste niemand, zu welcher Uhrzeit er gedachte heimzukommen. Wie immer.

»Conchita, du musst mir helfen«, bat Teresa.

»Glauben Sie, die Señora will in Violetas Zimmer gehen?«, wagte Concha zu fragen. »Allein die Vorstellung versetzt mich in Angst und Schrecken. Das wäre gefährlich für sie. Bedenken Sie doch, dort befindet sich alles noch in seinem alten Zustand.«

Teresas Blick war traurig. Unter ihren Augen zeichneten sich blaue Schatten ab. Sie führte ihre Hände zum Unterleib und krümmte den Rücken vor Erschöpfung.

»Wir müssen unbedingt diesen Schlüssel auftreiben«, sagte sie, »oder sie wird die ganze Nacht nicht schlafen können. Er muss doch irgendwo zu finden sein!«

Teresa rekrutierte aus dem Personal einen Suchtrupp und ließ ihn das ganze Haus bis in den letzten Winkel auf den Kopf stellen. Der Schlüssel war immer noch nicht aufgetaucht, als Amadeo um Viertel nach neun so elegant und kühl wie immer nach Hause kam. Teilnahmslos sah er sich kurz um, rief nach Conchita und bat darum, ihm das Abendessen in seinem Atelier zu servieren. Dann stolperte er über den kleinen Vorsprung unten an der Marmortreppe und strauchelte, ehe er die Treppe hochging.

Als Teresa erfuhr, dass ihr Mann zu Hause war, ging sie ins Atelier hinauf, um ihm von den Vorkommnissen zu berichten und um Erlaubnis zu bitten, seinen Bruder kommen zu lassen.

Kurz darauf kam sie mit feuchten Augen wieder hinunter. Concha erwartete sie ungeduldig unten am Treppenabsatz.

»Dürfen wir Padre Juan anrufen?«

Teresa schüttelte den Kopf.

»Das habe ich befürchtet«, flüsterte die altgediente Hausangestellte mit grimmiger Miene.

Eine halbe Stunde später ging Laia – die Zwölfjährige war der Schlüsselsuche schnell überdrüssig geworden und von ihrer Mutter in die Küche geschickt worden – die Treppe zur Mansarde hoch und balancierte dabei ein Tablett, das reichlich mit Speisen bestückt war.

Teresa suchte weiterhin unermüdlich nach dem Schlüssel und ließ sich dabei weder von der Teilnahmslosigkeit ihres Ehemannes noch von ihrer eigenen Verzagtheit mitreißen. Concha forderte Teresa mehrfach auf, zu Bett zu gehen, und versprach ihr, mit dem Personal weiterzusuchen. Aber auch diesmal wollte die junge Señora nicht auf sie hören.

»Sie sollten sich nicht so anstrengen«, warnte Concha und fixierte erneut den Bauch der jungen Señora mit ihrem Blick. »Ich würde es mir niemals verzeihen, wenn Ihnen das Gleiche passiert wie letztes Frühjahr.«

»Mir wird schon nichts passieren«, erwiderte Teresa und lächelte sanft. »Ich bin schon im vierten Monat. Der Arzt hat mir gesagt, dass diesmal alles gut läuft.«

Vor einiger Zeit bereits hatte Teresa gelernt, die Beharrlichkeit zu ihrer stärksten Waffe zu machen.

Der Schlüssel tauchte schließlich gegen elf Uhr nachts auf, und zwar in dem Sekretär, der bei der älteren Señora in dem Vorzimmer stand, das ihr zuweilen als kleiner Privatsalon diente. Die triumphale Entdeckung machte Teresa, und als sie ihrer Schwiegermutter den Schlüssel überreichte, griff diese fest danach und auch nach der Hand, die ihn hielt.

»Bleib noch einen Augenblick, Teresa«, bat Maria del Roser resolut, »und sorg dafür, dass die anderen verschwinden.«

Ihre Zusammenkunft zog sich fast eine Stunde hin. Als Teresa das Zimmer von Doña Maria del Roser wieder verließ, hatte sie gerötete Augen und kreidebleiche Wangen. Sie schlief ohne zu essen ein. Der Tee und das Hefegebäck, die Antonia auf dem Tisch in ihrem Salon angerichtet hatte, waren noch am nächsten Tag unangetastet.

Die Nacht verlief in absoluter Ruhe. Nicht einmal der Nachtwächter ging an dem imposanten Eingangsportal des Hauses vorbei. Vielleicht war es diese große Stille, die, wie es heißt, großen Katastrophen vorausgeht.

In den folgenden Stunden, am Weihnachtsfeiertag 1932, ereigneten sich drei schreckliche Dinge: Maria del Roser Golorons verstarb in den frühen Morgenstunden in ihrem Bett, ihr Sohn Amadeo Lax verbrachte zum ersten Mal einen Teil der Nacht im Zimmer von Laia, der zwölfjährigen Tochter der Köchin, und am Morgen brannte das Warenhaus Grandes Almacenes El Siglo nieder.

Dienstag, 27. Dezember 1932
Artikel aus der Tageszeitung ***La Vanguardia***
Lokales

Gestern Morgen wurde der Leichnam von Señora Maria del Roser Golorons zu Grabe getragen. Die Verstorbene war die Witwe des Bauunternehmers und Industriellen Don Rodolfo Lax sowie die Alleinerbin der bedeutenden Golorons-Textilfabriken selbigen Namens mit Sitz in der nahe gelegenen Stadt Mataró. Alle, die die Ehre hatten, mit dieser großartigen Dame und ihrer Familie in Freundschaft verbunden zu sein und Umgang zu haben, selbst Menschen, die ihren besonderen Charakter nur vom Hörensagen kannten, kamen gestern zusammen, um ihr die letzte Ehre zu erweisen: Die einen folgten dem Sarg bis zu seiner Beisetzung in heiliger Erde, die anderen standen entlang der Strecke des Leichenzuges und begleiteten die Verblichene mit ihren Gebeten.
Um zehn Uhr morgens versammelten sich vor der Tür des Hauses im Pasaje Domingo, wo sich am frühen Weihnachtsmorgen der tragische Todesfall ereignete, die Teilnehmer des Trauerzuges: die Chorknaben der Pfarrei der Iglesia de la Concepción mit dem Vortragekreuz; eine beachtliche Abordnung des Arbeitervereins Instituto Obrero de San Andrés mit ihrer Standarte; zahlreiche Arbeiter der Industrias-Lax-Fabriken, die ihre Trauer mit brennenden Fackeln und schwarzen Schleifen am rechten Arm zum Ausdruck brachten; die Sänger der Musikkapelle der Iglesia de la Concepción; vierzig Ministranten, ebenfalls mit Fackeln, eskortierten den Sarg, den mehrere Angestellte der Lax-Fabriken auf ihren Schultern zur Kutsche trugen, während die Geistlichen der Pfarrei dem Sarg vorausgingen.
Sechs prächtig geschmückte Rappen zogen die Trauerkutsche mit den sterblichen Resten der Verblichenen, dahinter schritten die in Barcelona ansässigen männlichen Mitglieder der Familie sowie weitere Angehörige, die unter größten Mühen ihren Schmerz beherrschten und den Leichnam zu seiner letzten Ruhe begleiteten.
Neben Padre Eudaldo, dem Pfarrer der Iglesia de la Concepción, gaben der bedeutende Maler Don Amadeo Lax Golorons sowie

dessen jüngerer Bruder, der Jesuitenpriester Padre Juan Lax Golorons, der Verstorbenen das letzte Geleit. Neben den beiden Söhnen ging, entgegen der Konvention, Doña Teresa Brusés de Lax, die Schwiegertochter der Verstorbenen. Der weitere Trauerzug hielt keine Überraschung bereit: der Hausarzt der Familie; der Prokurist der Firmen sowie zahllose Freunde und Nahestehende, die insgesamt eine Trauergemeinde von mehr als tausend Menschen bildeten. An der Spitze des Trauerzuges befand sich zudem Stadtrat Señor Bremón in Vertretung des Bürgermeisters.

Es ist unmöglich, die Namen aller zahlreich erschienenen illustren Trauergäste aufzuzählen, die den schier endlosen Zug bildeten. An dieser Stelle seien nur genannt: der Kirchenvorstand der Iglesia de la Concepción Señor Serracanta, der Präsident der Real Academia de Buenas Letras Don Francisco Carreras Candi, der ehemalige Senator Señor Durán y Ventosa sowie viele andere, an die wir uns leider nicht erinnern können.

Der Trauerkutsche folgten drei überreich mit Kränzen geschmückte Gefährte. Mit diesen zahlreichen Kranzspenden erwiesen Familienmitglieder, Freunde und Bekannte der Verstorbenen einen letzten ehrenden Dank. Ein Gebinde kam von den Angestellten der Lax-Fabriken und trug folgende Widmung: »Für unsere gute Doña Maria del Roser, die uns wie eine Mutter liebte«. Am größten Kranz, gestiftet von der spiritistischen Gesellschaft del Vallés, prangte die Zueignung: »Für unsere Freundin und Meisterin, von ihren untröstlichen Weggefährten«.

Der Trauerzug führte vom Paseo de Gracia links in die Calle Aragón zur Iglesia de la Inmaculada Concepción, wo die Gemeinde mit Unterstützung der Musikkapelle ein feierliches Responsorium anstimmte. Die Prozession endete an der Straßenkreuzung von Paseo de Gracia und Gran Via und wurde dort wie vereinbart verabschiedet. Dieser feierliche Akt des Respekts und der Ehrerbietung beanspruchte eine geraume Zeit. Die beiden Brüder Lax Golorons drückten all den Trauernden die Hände und sprachen ihnen Worte des Dankes aus.

Etwa dreihundert Menschen nahmen nicht hier Abschied, sondern begaben sich in mehr als einhundert Kutschen zum Ostfriedhof. Auf dem Weg dorthin, entlang dem Paseo de Gracia sowie der Straßen, durch die die Trauergemeinde zog, harrte eine riesige Menschenmenge aus, die beim Vorüberziehen der Sargkutsche die Hüte zog und Gebete sprach.

Der Leichnam von Doña Maria del Roser wurde in der Familiengruft christlich bestattet, neben ihrer glücklosen Tochter Violeta, die in der Blüte ihres Lebens einer schrecklichen Krankheit erlegen war. Aus diesem Anlass hatte man damals einen Bildhauer beauftragt, einen trauernden Engel in Marmor zu gestalten, der seither die Kuppel des Mausoleums zierte. Nach den liturgisch vorgesehenen Gebeten verlas die Schwiegertochter zum Gedenken an die Verstorbene ein Gedicht.

Die Familie Lax erfuhr in ihrem Schmerz Linderung und Trost durch die aufrichtige, feierliche und überwältigende Anteilnahme, die Barcelona gestern bekundete. Wir, die wir die Ehre erleben dürfen, mit der Familie freundschaftlich verbunden zu sein, begleiten sie von ganzem Herzen in ihrem Leid. Dieses Unglück hat die Zuneigung und die Wertschätzung noch mehr wachsen lassen, die sich die Familie Lax in der gesamten Gesellschaft – von der Aristokratie bis zu den niedrigsten Schichten – zu erwerben verstand.

Alle Herzen werden stets eine gute Erinnerung an diese so großartige wie tragische Dame in sich tragen, und von allen katholischen Lippen wird immer ein Gebet zu ihrem Gedenken gesprochen werden. Wir drücken noch einmal ihrer gesamten Familie unser aufrichtiges Beileid aus. Möge die Verstorbene in Frieden ruhen.

II

Concha bewahrte viele Jahre den Zeitungsartikel aus *La Vanguardia* auf, in dem über die Bestattung der Señora berichtet wurde. Jedes Mal, wenn sie ihn las, war es für sie, als befände sie sich wieder inmitten der dankbaren, feierlich gestimmten Menge, umgeben von den distinguierten Damen, die von Doña Maria del Roser vor allem deren stille Kämpfe und unverstandene Revolutionen in Erinnerung behielten, über die sie kaum laut zu sprechen wagten.

Um nichts in der Welt hätte Concha dieses Ereignis versäumt. Alles verdankte sie dieser guten Frau, die sie nun für immer verlassen hatte. Concha hatte viele Tränen vergossen, während sie mit dem Trauerzug ging, ohne sich allerdings dem so sorgsam eskortierten Sarg zu nähern. Nicht nur wegen dieses »niemals wieder«, das unmöglich zu verkraften schien; sondern auch weil sie sich sicher war, dass für die Señora diese Beisetzung ein großes Zugeständnis bedeutet hätte: Doña Maria del Roser hätte niemals all den Pomp gewünscht, den ihre Angehörigen nun für sie ausrichteten. »Schließlich und endlich müssen wir Frauen immer nachgeben«, sagte sich Concha in Erinnerung an die festen Überzeugungen von Maria del Roser, die ihr eigenes Leben so stark beeinflusst hatten. Als sie sah, wie sich die Menschenmenge in der Calle Aragón auflöste, spürte sie, dass auch ein wichtiger Teil ihres Lebens dahinging. Ohne die Señora würde nichts mehr sein wie früher.

Ihr ganzes restliches Leben hob Concha diesen Zeitungsausschnitt in einer Blechdose auf, die auf ihrem Nachttisch stand und mit Darstellungen von spielenden Kindern verziert war. Früher hatte sie der Aufbewahrung von Keksen gedient, und so umfing jahrelang ein angenehmer Zimtduft die Wehmut dieser Erinnerungen.

Unter den Zeitungsausschnitten bewahrte sie einen alten Katalog des Warenhauses El Siglo aus der Wintersaison 1889–1890. Er enthielt Zeichnungen von Produkten aller Art, von Möbeln bis zu Kurzwaren. Mit Hilfe der Beschreibungen – »Leinentücher, beste Qualität, mit handgenähtem Hohlsaum, sowohl für Einzelbetten als auch für Ehebetten geeignet« – hatte sie als Zwanzigjährige lesen gelernt, dank des unermüdlichen Einsatzes der Señora, die ein so guter Mensch war. Wenn sie sich an Doña Maria del Roser erinnerte, sagte sie oft: »Ich habe ihren Tod gespürt, als wäre sie eine zweite Mutter.«

Concha Martínez Cruces hatte im März 1889 begonnen, im Hause Lax zu arbeiten, durch die Vermittlung einer älteren Cousine, die im Hause Bassegoda als Kammerfrau diente.

»Die Lax suchen eine Amme und ich kann dich weiterempfehlen«, hatte die Cousine versprochen. »Dann hätte dein Unglück wenigstens etwas Gutes gehabt.«

Während des Vorstellungsgesprächs am nächsten Tag brachte Concha kaum ein Wort hervor.

»Benimm dich bloß nicht wie ein Bauerntrampel«, hatte ihr die Cousine zuvor eingeschärft. »Schlag die Augen nieder, gib keine hässlichen Geräusche von dir und sprich nur, wenn du gefragt wirst. Und deine Antworten beendest du immer mit ›Señora‹ oder ›Señor‹. Hast du das verstanden?«

Damals lebte die Familie Lax noch nicht in dem prächtigen Haus im Pasaje Domingo. Sie wohnte in der Altstadt, in einer engen, herrschaftlichen Straße, der Calle Mercaders, die später die neuen städteplanerischen Vorhaben aus dem Stadtplan ausradierten. Dieses Haus war nicht besonders groß, doch für jemanden von niedriger sozialer Herkunft immer noch überwältigend. Señora Maria del Roser empfing die beiden im Klavierzimmer. Sie selbst saß in einem Lehnsessel mit bordeauxrotem Samtpolster. Ihre Miene strahlte Gutmütigkeit aus, ihre Gestik war vornehm, ohne jemals manieriert zu wirken. Sie verströmte eine natürliche Distinguiertheit, die Concha sehr eigentümlich vorkam. Diese Frau stellte keinen Schmuck zur Schau und prunkte nicht mit Reichtum. Ihre Kleidung zeugte von einer schlichten Eleganz, die sich im Großen und Ganzen im Rahmen der Mode hielt. Ihr Haar trug sie im Nacken zu einem Knoten zusammengefasst, und ihr Umgangston war auffallend freundlich, fast schon vertraut. Doch dies schmälerte keineswegs ihre Würde, die zu ihr gehörte wie ein Charakterzug.

»Sollen wir dich lieber mit Concha oder mit Conchita anreden?«, war ihre erste Frage.

»Das ist mir egal.«

Die Cousine verpasste Concha einen ersten Stoß mit dem Ellenbogen.

»Sie können sie so nennen, wie es Ihnen am besten gefällt, Señora«, ergänzte die Cousine für sie.

»Dann sage ich Conchita zu dir. Vorausgesetzt, dass es dir recht ist, natürlich.«

Die Betroffene schüttelte den Kopf.

Der nächste Ellenbogenstoß.

»Es ist ihr recht, Señora. Wie es Ihnen am besten passt«, antwortete die Cousine eilig.

»Wie alt bist du, Conchita?«

»Neunzehn, Señora.«

Concha hatte das Gefühl, als wollte ihre Stimme an diesem Ort nicht richtig klingen, als würden die mit Büchern vollgestellten Wände sie völlig verschlucken.

»Sie wird nächsten Monat zwanzig, Señora«, verkündete die Cousine.

»Woher kommst du?«

»Aus Estopiñán. In der Provinz Huesca.«

»Lebst du schon lange hier?«

»Genau dreiundzwanzig Tage, Señora.«

»Und, gefällt dir Barcelona?«

Concha wusste darauf keine Antwort, aber schweigen wollte sie auch nicht.

»Es ist so groß«, sagte sie da. Die Señora lächelte. Der wutentbrannte Blick der Cousine veranlasste Concha, mehr zu sagen. »Ich habe kaum Zeit gehabt, etwas zu sehen, Señora.«

»Denkst du, du hast gute Milch, Conchita?«

»Ja, Señora.«

»Ist das Kind, das du stillst, dein eigenes?«

Concha spürte, wie ein Knoten ihre Kehle zuschnürte. Wenn sie jetzt zu weinen anfing, dachte sie, würde ihre Cousine sehr verärgert sein, also versuchte sie sich zu beherrschen.

»Ich stille kein Kind, Señora.«

Maria del Roser Golorons sah sie erstaunt an. Diesmal war Concha erfreut, dass ihr die Cousine zu Hilfe kam.

»Conchitas kleiner Junge ist tot, Señora, leider. Er ist an einem Fieber gestorben.«

Doña Maria del Roser wurde in dem Lehnsessel unruhig und runzelte die Stirn.

»Wie lange ist das her?«

»Drei Tage«, berichtete die Cousine. »Wir haben ihn gestern beigesetzt.«

Da tat diese feine Dame etwas, was Concha äußerst ungewöhnlich vorkam und ihr Unbehagen bereitete: Sie wischte sich die Augenwinkel. Concha stellte mehr als überrascht fest, dass der Señora genauso Tränen in den Augen standen wie ihr selbst. Bis zu diesem Augenblick hatte sie immer gemeint, vornehme Leute würden so etwas nicht tun. Dann stand die Señora auch noch auf, trat zu ihr hin und griff nach ihren Händen, als wäre sie ihre Tochter.

»Armes Mädchen«, flüsterte sie, »und da hast du noch die Kraft, dir eine Stelle zu suchen, nach diesem Unglück?«

»Mir bleibt nicht anderes übrig, Señora.«

Die Hausherrin umfing sie mit ihren Armen. Concha war so verblüfft, dass sie stocksteif wurde. Seit langem hatte niemand sie mehr umarmt. Aus der Tiefe der zarten Berührung mit der weichen, wohlriechenden Wolle hörte sie ihre Cousine sagen: »Conchita ist ein guter Mensch, Señora, Sie werden es schon sehen. Und ihren Sohn hat sie in Anstand empfangen, mit dem Sakrament der Ehe. Aber sie ist ein Pechvogel. Letztes Jahr ist ihr Mann gestorben.«

Das brachte das Fass zum Überlaufen. Concha spürte plötzlich, wie ihre Kräfte sie verließen, und sie brach in Tränen aus. Sie beruhigte sich erst, als die Señora ihr das Kinn hielt, die Tränen von den Wangen wischte und sagte: »Du kannst schon heute hierbleiben, wenn du magst. Mein Sohn benötigt jemanden wie dich, eine junge, starke Frau mit einem guten Herzen. Du musst ihm für mich das Leben retten, denn ich kann ihm nichts geben.«

»Ich werde es versuchen, Señora.«

»Und ich werde alles dafür tun, damit du vergisst, dass du nur deshalb hier bist, weil dir nichts anderes übrigbleibt.«

Zuerst ein Schweigen, dann ein Austausch von Blicken, eine unerhörte Vertrautheit, die zwischen den beiden Frauen einen Pakt besiegelte, der keiner Worte bedurfte.

»Warte, ich will, dass du ihn sofort kennenlernst«, bat die Señora und holte den kleinen Amadeo, der damals wenige Monate alt war.

Ihre Schritte klackten, laut und entschlossen, über den Flur. Gleich darauf war sie wieder zurück. Lächelnd hielt sie Amadeo auf dem Arm und forderte Concha auf, ihn zu stillen. Die junge Frau, die soeben erst in dieses Haus gekommen war, übernahm den Säugling mit der gleichen Umsicht, mit der sie stets ihr eigenes Kind behandelt hatte, setzte sich auf einen Schemel und griff unter der verschlissenen Kleidung nach ihrer rechten Brust. Die Señora und die Cousine, die immer noch darauf wartete, dass Concha alles verdarb, beobachteten sie dabei.

Amadeo war ein hagerer Winzling mit gelblicher Haut, der trotz des gesellschaftlichen Status seiner Familie bei der neuen Amme sofort Mitleid auslöste. Vielleicht, weil er schon beim ersten Versuch ihre Brustwarze fand und sogleich ansaugte, gierig und verzweifelt – genauso wie bei allem, was er zeit seines Lebens unternehmen sollte.

»Gott sei dir gnädig, Conchita«, bedankte sich Doña Maria del Roser, die wieder kurz vor den Tränen stand, ehe sie fragte: »Was ist, Mädchen? Möchtest du etwas essen?«

Sie hatte es niemandem gesagt, doch Concha hatte seit vier Tagen nichts mehr gegessen. Sie war bis auf die Knochen abgemagert. Sie selbst wunderte sich schon, wie sie mit ihrem gebeutelten Körper überhaupt noch in der Lage war, einen anderen Menschen zu nähren. Sie nickte schüchtern.

Die Señora rief ein Dienstmädchen herbei.

»Bitte, sag Eutimia, dass sie kurz hochkommen soll«, ordnete sie an.

Eutimia hatte die vierzig längst überschritten. Sie war klein und wohlgenährt und mit ihrer derben Art und ihrer spitzen Zunge nur dann freundlich, wenn es ihr passte. Die geröteten Wangen und die natürliche Bräune verrieten ihre bäuerliche Herkunft, und sie verströmte den Geruch von Heu und Lavendel. Anweisungen erteilte sie mit dem Selbstverständnis und der Macht eines Schiffskapitäns. Schließlich unterschied sich ihre Rolle in dem Haushalt kaum von der eines alten Seebären auf seinem Dampfer: Seit mehr als zwei Jahrzehnten schon wirkte sie als Haushälterin und kannte alle Geheimnisse des Gemäuers und seiner Bewohner, deren Details die Señora niemals erfahren würde. Ihre Geltungsbefugnis begann an der Tür zu den Küchen und erstreckte sich über das gesamte Personal. Sie fungierte zugleich als Wirtschafterin, Verwalterin und Oberhaupt der Dienerschaft – schließlich oblag es ihr, Don Rodolfo allwöchentlich Rechenschaft über die Ausgaben des Haushaltes abzulegen, und niemandem war entgangen, dass sie als Einzige der Hausangestellten von den Herrschaften nicht geduzt wurde. Zudem schien sie weitaus mehr Einfluss zu haben, als es ihrer Stelle angemessen war, für die sie den dreifachen Lohn eines Hausmädchens erhielt.

Eutimia war Witwe. Es hieß, ihren Mann hätten die Wölfe in ihrem Geburtsort aufgefressen, aber niemand wusste genau, ob dies wahr oder nur eine üble Nachrede war, die andere Bedienstete erfunden hatten, um sich an kalten Winterabenden die Langeweile zu vertreiben. Wenn es zutraf, dann zu der Zeit, als sie noch in der Nähe des Rio Negro lebte, in einem Dorf in der Sierra de la Culebra, und allein diese Ortsnamen – der schwarze Fluss und das Schlangengebirge – erschreckten die jüngeren Hausangestellten, Concha eingeschlossen. Es hieß auch, Eutimia trage Schnurrbarthaare ihres verstorbenen Gatten in einem Medaillon bei sich, das sie niemals ablegte, nicht einmal beim Schlafen. Diese Barthaare waren anscheinend für sie ein zuverlässiger Talisman. Ihnen verdankte sie diesen gewaltigen Elan eines wilden Tieres.

»Eutimia, ich stelle Ihnen Conchita vor«, begann die Señora. »Conchita ist die neue Amme für unseren kleinen Amadeo.«

Die Haushälterin trug eine weiße, frisch gebügelte Schürze, das brünette Haar zu einem Dutt zusammengefasst. Auf dem Kopf prangte eine Haube, die ebenso makellos war wie die übrige Kleidung. Den hageren Neuzugang des Personals bedachte sie mit einem knappen Kopfnicken, auf das Concha zu spät reagierte. Schon bei dieser ersten Begegnung kam ihr der Blick der Haushälterin missbilligend vor.

Die Hausherrin erteilte mit sanfter Stimme Anweisungen: »Ich bitte Sie, sich darum zu kümmern, dass Conchita gut zu Abend isst. Rosalía soll an ihr Maß für eine Uniform nehmen. Und bitte sorgen Sie dafür, dass man ein Zimmer für sie bereitet.«

»Ja, Señora«, antwortete Eutimia und nickte erneut. »Ich erlaube mir jedoch, Sie daran zu erinnern, dass die beiden einzigen derzeit unbewohnten Zimmer ungeputzt und voller Gerümpel sind.«

Die Señora wirkte keineswegs bestürzt.

»Dann sorgen Sie dafür, dass sie gereinigt werden. Und es muss ein Platz gefunden werden, wo man Conchita in der Zwischenzeit unterbringt.«

»Im Zimmer von Carmela, der neuen Kammerfrau, ist ein Bett frei«, informierte die tüchtige Kapitänin.

»Gut. Die beiden teilen solange das Zimmer. Nur für ein oder zwei Nächte, bis das andere fertig ist. Das Problem hätten wir gelöst!«

»Sehr wohl, Señora. Geben Sie einem der beiden Zimmer einen Vorzug?«

»Ach, Eutimia, lassen Sie mich nicht darüber nachdenken müssen«, fiel ihr die Hausherrin ins Wort. »Das soll Conchita entscheiden. Sie hat bestimmt ihren eigenen Geschmack. Aber im Moment ist das Wichtigste, dass sie etwas zu essen bekommt. Bitte, halten wir uns nicht länger auf. Das Mädchen muss unbedingt zu Kräften kommen.«

»Ja, Señora. Ich werde Juanita bitten, sich zu beeilen.«

Eutimia verströmte bei ihrem Abgang die für sie typische Energie, und die Señora blickte verzückt hinüber zu Concha.

»Meinst du, du wirst dich bei uns wohlfühlen?«, fragte Maria del Roser.

Concha nickte, wiederum unter Tränen.

»Also sprechen wir nicht weiter darüber. Eutimia wird dir die Regeln erklären, die in unserem Haus gelten. Bleibst du gleich hier bei uns? Ach, wie dumm bin ich doch, du wirst noch deine Siebensachen abholen und dich von deinen Leuten verabschieden müssen … Entschuldige, ich bin einfach zu ungeduldig. Sag mir, wann du kommen könntest. Aber, bitte, es soll möglichst bald sein. Wir benötigen dich hier wirklich dringend …«

Conchas Habseligkeiten bestanden lediglich aus dem, was sie am Leib trug, sowie aus einer schweren Bürde aus Trauer und Unglück. Es gab niemanden, von dem sie sich verabschieden und von ihrem Weggang unterrichten konnte, außer der Cousine, die sie nun mit einer Mischung aus Stolz und Verwunderung betrachtete.

»Ich kann sofort hierbleiben«, stammelte Concha.

»Gott sei Dank!« Die Señora zeigte sich so zufrieden, dass sie mit ihrem Überschwang die beiden Cousinen verwirrte. »Ich werde die entsprechenden Anweisungen geben. Und du, bleib einfach solange hier, du musst dich um gar nichts kümmern.«

Mit diesen Worten war für sie das Gespräch beendet – wie immer, wenn es ihr genehm war –, und sie verließ das Klavierzimmer.

Concha war von ihrem ersten Tag an im Hause Lax glücklich. Doña Maria del Roser war mit ihr in den wenigen Stunden ihres Aufenthalts in der Familie besser umgegangen, als das ganze Leben zuvor sie jemals behandelt hatte. Und dies nicht nur, weil sie ihr Essen und einen warmen und trockenen Ort zum Schlafen anbot, sondern weil das Leben hier irgendwie so weit weg von allem war, was die junge Frau bis dahin erlebt hatte. Concha überkam fortwährend das Gefühl, Teil einer dieser wunderbaren Geschichten zu sein, die sie als Mädchen gehört hatte. Ein märchenhaftes Leben, so erschienen ihr die ersten Wochen im Hause Lax. Nach und nach gewöhnte sie sich an alles – an die Familie, an die merkwürdigen Gewohnheiten einiger ihrer Mitglieder und selbstverständlich auch an die Wünsche von Amadeo, den sie wie ihren eigenen Sohn liebte – vielleicht aus dem Bedürfnis heraus, etwas mit dieser übergroßen Liebe anzufangen, die so plötzlich unerwidert geblieben war.

Doch am meisten kostete es sie, sich an die Präsenz von gewissen Hausbewohnern zu gewöhnen, die ihr wie Geister vorkamen. Sie tauchten auf einmal auf irgendeiner Türschwelle oder mitten im Flur auf, ohne Geräusche zu verursachen, und wie aus der Luft gekommen betrachteten sie sie mit abwesendem Gesichtsausdruck und lösten sich sogleich wieder auf, in einem tristen und einsamen Schweigen. Sie begriff, dass dies Relikte aus anderen Zeiten waren, Wesen auf dem Rückzug, denen jegliches Anzeichen für eine Erneuerung – junge Hausangestellte oder Kinder – ebenso beunruhigend vorkommen musste wie sie selbst den meisten Sterblichen.

»Geister sind neugierig auf Neues, aber sie fürchten sich auch davor. Deshalb kreisen sie um die Wiegen herum, doch sie gehen niemals zu nahe heran«, hatte sie als Kind in ihrem Dorf sagen gehört.

Eine hagere Alte bewohnte im zweiten Stockwerk ein Zimmer, das so klein war, dass es einem Kleiderschrank glich. Diese Bewohnerin lebte so zurückgezogen und sie verließ ihre Kammer so selten, dass alle im Haus oft vergaßen, dass es sie dort überhaupt noch gab. Sie starb, als Concha erst einige Monate in ihrer neuen Stellung war, und die Trauerfeier wurde so schlicht gehalten, dass die Amme sie für eine Großtante oder noch weitläufigere Angehörige hielt. Niemand erklärte ihr jemals den Verwandtschaftsgrad der Verstorbenen. Wand an Wand lebten zudem zwei ledige Tanten, die man für Zwillingsschwestern gehalten hätte, wenn sie nicht mit mehr als fünfzehn Jahren Abstand auf die Welt gekommen wären. Die eine hieß Roberta, und von der anderen erfuhr Concha niemals den richtigen Namen, weil alle sie nur Mimí nannten. Trotz der Ähnlichkeit ihrer Gesichtszüge hätten Roberta und Mimí nicht unterschiedlicher sein können. Die Erste war ein spröder Typ mit dichtgewachsenen Augenbrauen, tiefer Stimme und dem Auftreten eines Pioniergenerals. Die jüngere Schwester hingegen war in einer ewigen Jugend, einer unbefriedigten Romantik, gefangen. Den ganzen Tag schmachtete sie, sah mit verlorenem Blick ins Weite und beschäftigte sich mit ihrem Stickrahmen. Nur Mimí lebte lange genug, um später mit in das neue Haus umzuziehen, wo sie kurze Zeit ein Zimmer im dritten Stockwerk bewohnte. Ihr Sterben verlief so diskret, dass manche ihr Ableben bezweifelten. Mehrere Jahre nach ihrem Tod hörte manch einer immer noch in ihrem Alkoven ihre Seufzer über versäumte Gelegenheiten.

Die Amme vermied es, allzu viel über diese alten Seelen nachzudenken. Es fiel ihr auch nicht weiter schwer: Die Jugend schmälert die Vergänglichkeit. Damals lebte Concha ausschließlich für Amadeo, in dem sie bald den Sohn sah, den ihr das Leben als Wiedergutmachung zugestand, weil es ihr so viel geraubt hatte. Nach Juans Geburt bot sie an, auch diesen Jungen zu stillen, weil sie meinte, ausreichend Milch für beide zu haben, aber die Señora wies ihr Angebot sanftmütig zurück: Diesmal konnte sie ihr Kind selbst nähren. Concha war damit glücklich und zufrieden, denn dieser Umstand gestattete ihr, für kurze Zeit die Rollen zu tauschen und die Señora in die Geheimnisse des Stillens einzuweihen, in denen sie eine Meisterin war. Gleichzeitig wusste Maria del Roser Golorons die Arbeit ihrer treuen Conchita immer mehr zu schätzen, und zwischen den beiden Frauen entstanden Bande, die keine der beiden erwartet hätte: Bande der wahren Dinge, die unabhängig von Besitz oder sozialem Status existieren.

Selbstverständlich gab es im Hause Lax Menschen, die den neuen Lauf der Dinge nicht verkrafteten: Eutimia zum Beispiel.

»Sie gibt nur vor, stumm zu sein. Für mich ist sie eine falsche Schlange. Wir können nur hoffen, dass ihr außer der Stimme nichts fehlt. In diesem Haus ist kein Platz für freche Leute«, lästerte diese über Concha.

Sie tat dies vor den übrigen Bediensteten, und es war ihr egal, dass die Betroffene auch anwesend war. Sie schimpfte über die Amme, wenn die Señora sie nicht hörte und wenn sie mit ihren Dingen beschäftigt war, sogar wenn sie an dem großen Küchentisch saß, auf dem immer eine makellose Tischdecke lag, und Karten legte. Concha hörte sehr wohl Eutimias Bemerkungen, das war unumgänglich, aber sie wagte nie, etwas zu sagen. Die Haushälterin strahlte eine Macht aus, die sie einschüchterte. In den ersten Monaten im Hause Lax war Eutimia die einzige Person, die ihr Angst einflößte und von der sie sich schlecht behandelt fühlte.

Die Haushälterin hatte Conchas Schweigen durchaus durchschaut. Von morgens, wenn sie aufstand, bis abends, wenn sie zu Bett ging, sprach die Amme kaum ein Wort. Andere sprachen für sie, oder das meinte Concha zumindest, und sie hörte ihnen zu und passte auf, dass ihr nichts entging. Niemand bekam das mit. Die meisten Bewohner des Hauses ignorierten sie völlig. Verstummen war ihre einzige Waffe gegen das Unbekannte.

Dabei war es gar nicht so merkwürdig, dass niemand Concha beachtete. Schließlich und endlich verstrich ihr gesamter Tag, ohne dass jemand sie zu Gesicht bekam, außer Amadeo und von Zeit zu Zeit auch die Señora. Sie hatte andere Aufgaben als das gesamte übrige Personal, und das Gleiche galt auch für ihre Arbeitszeiten. Sie bewegte sich absolut frei in einigen Bereichen des Hauses, in die die übrigen Bediensteten kaum je einen Fuß setzten. Sie bekam besseres Essen als alle, und zudem zu ihren eigenen Zeiten. Concha erlebte die Vorzugsbehandlung, die der Person gebührt, in deren Händen das Schicksal des Erstgeborenen der Familie liegt. Später erst erfuhr Concha, dass andere Ammen solche Privilegien einforderten, bevor sie in einem Haushalt in Stellung gingen, aber sie erhielt alles einfach so, wie ein Geschenk, das sie meinte, nicht verdient zu haben; und auch wenn sie immer wusste, dass nichts davon ihr gehörte oder ihr je gehören würde, verstand sie es zu genießen.

Eutimia hingegen ertrug es nicht, dass diesem zugelaufenen Mädchen Privilegien zuteilwurden, die sie selbst nie erfahren hatte. Sie war innerlich von Neid zerfressen.

»Pass nur auf, sobald ich herausbekomme, dass du keine Milch hast, schneide ich dir mit dem Zerlegemesser die Brust ab, damit das einmal klar ist!«

Conchas Antwort darauf war ihr erstes Schweigen.

Sie wäre niemals auf die Idee gekommen, jemanden zu hintergehen, und schon gar nicht die Señora, die einzige gütige Person, die sie seit langer Zeit kennengelernt hatte. Ebenso tat allein schon die Vorstellung, Amadeo zu schaden, in ihrem Inneren einen Abgrund der Angst auf.

Anfangs verstrich ihre Zeit in einer Art friedfertiger Blase. An einigen Tagen ließ sie sich nur ein paar Minuten zum Mittagessen in der Küche blicken und vielleicht noch kurz am Nachmittag, wenn der Säugling sie zur Ruhe kommen ließ. Erst abends stieg sie die Treppe in das Untergeschoss hinunter, wo sie bald ihr eigenes Zimmer beziehen konnte. Aber dank einer Entscheidung der Señora tat sie dies nicht allein: An einem frühen Morgen, als Amadeo so lange jammerte, bis er ihre Geduld endgültig erschöpft hatte, hämmerte Maria del Roser im Nachthemd gegen Conchas Tür und bat sie, sich um den Kleinen zu kümmern, weil sie selbst ansonsten wahnsinnig würde. Von da an verbrachte Amadeo seine Nächte bei Concha und dem übrigen Personal im Untergeschoss.

Den Tag über hielten sich beide, die Amme und der Erstgeborene der Familie, in dem sogenannten Spielzimmer auf: ein Raum im Obergeschoss, der etwas schmaler als wünschenswert war und der zu anderen Zeiten der kleine Empfangssalon einer Urgroßmutter gewesen war, deren offenkundigster Beitrag zur Familiengeschichte darin bestand, alles mit Spitzenbordüren einzufassen oder mit Häkeldeckchen auszustatten. Dieser Raum war im Winter sonnig und im Sommer geschützt. Er war mit pompösen Simsen dekoriert, die sich keineswegs in die übrige Architektur einfügten. Zwischen diesen beiden Welten, der Überladenheit des kleinen Salons und der Kargheit des Dienstmädchenzimmers, verstrichen Amadeos erste Lebensjahre, bis zu dem Zeitpunkt, als sie in das neue Haus umzogen und Maria del Roser beschloss, einige notwendige Änderungen vorzunehmen.

Aber in den Tagen, von denen wir gerade sprechen, war Amadeo noch Einzelkind, und Concha war stolz darauf, dass er nach nur einem Monat fünf Pfund mehr auf die Waage brachte. Auch ihre eigene ausgemergelte Figur wirkte fülliger, und sie sah gesünder und eher ihrem Alter entsprechend aus. Im Gesicht von

Doña Maria del Roser war der besorgte Blick einem glücklichen Lächeln gewichen.

»Ach, Conchita, du bist einfach unser Engel! Du bist ein Geschenk des Himmels!«

Ja, die Streitereien der anderen Hausangestellten betrafen sie nicht weiter. Ihr Reich war dieses Zimmer im Obergeschoss, das anfangs Balsam für ihre Wunden war. Morgens, wenn sie den Säugling anlegte, brachte ihr Carmela das Tablett mit dem Frühstück: Eier, frisches Weißbrot, zuweilen ein wenig roher Schinken oder Weißkäse, Obst und Milch. Als sie die Speisen zum ersten Mal erblickte und begriff, dass sie für sie bestimmt waren, brach Concha in Tränen aus; sofort darauf fühlte sie sich lächerlich. Da hatte sie so viele Unglücksfälle durchgemacht und heulte nun wegen ein paar Leckerbissen? Hatte das Leben der reichen Leute sie in so wenigen Tagen dermaßen verweichlicht? Noch standen Zichorien auf der Liste der verbotenen Speisen – Kaffee war den Herrschaften vorbehalten –, es hieß, davon würde die Muttermilch bitter, ebenso wie von Tee, Spargel, Essig und noch einigen anderen Dingen. Aber auch ohne diese Gerichte bot ihr Speiseplan einen nie gekannten Luxus.

Nach dem Frühstück wählte sie nach ihrem eigenen Geschmack aus dem reichlich bestückten Kleiderschrank eine passende Kombination aus und nahm sich Zeit, den Kleinen für den täglichen Spaziergang zurechtzumachen. Doña Maria del Roser verließ sich sehr bald auf Conchas Geschmack und griff niemals in diese Arrangements ein, die für die Amme den Höhepunkt des ganzen Tages darstellten. Dann zog sich Concha selbst an, wobei sie sehr auf die Details achtete: die dunkelblaue Uniform, die blütenweiße Schürze, das gestärkte Häubchen, die frisch polierten Schuhe sowie das goldene Amulett mit der Jungfrau von Montserrat, ein Geschenk der Señora zu ihrem Geburtstag. So ausstaffiert, legte sie den Jungen in seinen Kinderwagen, und sie fuhren aus.

Im Schneckentempo ging es durch die Calle Riera Alta und

die Calle Ferran, wo sie die anderen Kinderfrauen begrüßte. Sehr bald kannte sie die meisten von ihnen vom Sehen. Dabei genoss sie die laue Luft, die nach Meer roch, und strahlte unermüdlich vor sich hin. Später kamen die jungen Mädchen im heiratsfähigen Alter hinzu, einige von ihnen in Begleitung ihrer Mütter, andere mit der Gouvernante oder der Hauslehrerin, und es herrschte ein einziges Rascheln von Seiden- und Taftstoffen der Spazierkleider. Einige glänzten in ihrer Einfachheit neben dem übertriebenen Putz der anderen, und jeder Interessierte konnte bei dieser Parade etwas für seinen Geschmack finden. Gegen ein Uhr verließen auch die Damen die Häuser in ihren Kutschen, in Begleitung von Kutscher und Lakai, aber auch einige Herren zeigten sich, entweder zu Pferde oder – zumindest die moderneren – auf dem Fahrrad.

Die Promenade bot ein Defilee von Galanterien und Eleganz: Fortwährend wurden Zylinder gelüpft, Handschuhe aus russischem Leder bewegten sich schnell, und Floskeln mit Grüßen für die ganze Familie gingen flüssig über die Lippen. Dabei konnten zu jener Zeit all diese Dinge in der Enge der Altstadt gar nicht angemessen strahlen, und genau deshalb überlegten die wohlhabendsten Herren, wohin sie sich begeben könnten, um besser gesehen zu werden.

Bei alldem bewahrte manch junge Dame heimlich ihr feines Lächeln für bessere Gelegenheiten auf, und manch junger Herr kehrte von seinem Spaziergang mit bedrücktem Herzen zurück. Andere, womöglich junge Männer aus gutem Hause auf der Suche nach Schönheiten, denen sie den Hof machen konnten, interpretierten eine Geste, die kaum wahrnehmbar war, als eindeutig und ließen sich von der Euphorie eines Siegers mitreißen. Andere wiederum echauffierten sich, wenn eine Kutsche vorbeifuhr, in der die Geliebte irgendeines jungen Erben es wagte, sich öffentlich zu präsentieren, um dann beim Anblick der Frau zu verstummen, die gleichermaßen schön wie ordinär war.

All diese Ingredienzien verwandelten die Mittagszeit in eine

Galavorstellung, bewundert von einer Menschenmenge, die sich barfuß, in Hosen, die nur mit Lederriemen zusammengehalten wurden, mit hungerbleichen Wangen und von Kohle geschwärzten Gesichtern täglich neben den Spaziergängern drängte, um die reichen Leute aus der Nähe zu betrachten.

Concha präsentierte ihr inzwischen elf Kilo schweres Baby, ihr goldenes Amulett und ihr aufrichtigstes Lächeln. Noch nie hatte sie der Lauf der Zeit so wenig gekümmert, noch nie war sie so glücklich gewesen.

Wenn sie damals Amadeo betrachtete, hatte sie schon eine Vorahnung davon, was ihnen das Schicksal bereithielt. Die Umstände hatten ihr die Ehre zuteil werden lassen, Zeugin eines anderen Lebens zu sein. Zugleich war sie Ratgeberin, Vertraute und vielleicht die einzige Person, die den älteren der Brüder Lax bedingungslos lieben konnte, obwohl sie ihn so gut kannte. Concha konnte nichts dagegen ausrichten. Amadeo würde immer ihr Geschöpf sein, und die beiden wussten das. Ein verletzlicher, zorniger, herausragender Junge … immer anders als die anderen, immer abseits von den anderen, wenn nicht sogar konträr zu ihnen. Immer unverstanden. Absichtlich oder unvermeidlich allein.

Amadeo erwiderte ihre Gefühle auf seine Weise. Nach ihrem Tod vergoss er zahllose Tränen. Sie war die einzige Frau in seinem Leben, die er beweinte. Jahre zuvor hatte sie ihm für eines seiner ersten Porträts Modell gestanden, dem er den Titel *Der Engel der Kindheit* gab. Dieses Gemälde war seine einzige Möglichkeit, ihr zu zeigen, wie viel sie für ihn bedeutete.

Dem Begräbnis des Engels der Kindheit konnte dann fast niemand beiwohnen. Conchas schwieriger Junge war inzwischen zu einem launenhaften Mann geworden, der weit entfernt lebte. Bei der Trauerfeier gab es weder die Worte noch Gesänge, die sie sich so oft gewünscht hatte, und ihr Amadeo hielt keine Rede. Es war ein schneller, fast heimlicher Gottesdienst, und einzig und allein zwei Menschen begleiteten die ehemalige Amme und Kinderfrau zu ihrer letzten Ruhe: Aurora und Higinio. Aurora widerfuhr die Ehre, die letzte Kammerfrau zu sein, die im Haus der Familie Lax arbeitete. Higinio war, gewissermaßen, der Retter von allem. Die beiden weinten aufrichtige Tränen.

Conchas Beisetzung fand am 24. Juli 1941 statt; damals hatten die neuen Zeiten die Welt, zu der einst die Familie Lax gehörte, fast vollständig zerstört. Der Name Amadeo Lax, der in einer Welt berühmt war, die sich durch nichts mehr beeindrucken ließ, war alles, was aus diesen besseren Zeiten übrig geblieben war. Das Haus stand zwar noch, und sie verteidigten es, aber nachts herrschte in den Räumen ein überwältigendes Schweigen. Ein Schweigen, das die Abwesenden hinterlassen, wenn es noch jemanden gibt, der an sie denkt.

Die Zeit war weitergegangen, gefühllos, und das Schlimmste war, dass dieser Prozess kein Ende nahm.

Aber genauso wie uns das Leben mit einem abrupten Ende überraschen kann, so schenkt es uns zuweilen auch eine neue Chance. Einen Neubeginn.

Schweigen. Das Tor knarrt. Ein Wesen überschreitet die altehrwürdige Schwelle, blickt sich überrascht um und wagt es, in dem Staub, der auf dem Marmorboden in der Eingangshalle liegt, eine Spur zu hinterlassen.

Es dringt in das Geheimnis ein. Es geht weiter.

Immer wenn so etwas vorkommt, regen wir uns auf, wir Steine und Geister.

***Der Engel der Kindheit*, 1905**
Öl auf Leinwand, 75 × 40 cm
Barcelona, MNAC, Sammlung Amadeo Lax

Concha Martínez Cruces (1870–1941) kam als knapp zwanzigjährige Amme ins Haus der Familie Lax, als Amadeo Lax erst wenige Monate alt war. Sie blieb in den Diensten der Familie und arbeitete für sie als Kinderfrau, Kammerfrau und Gesellschafterin von Doña Maria del Roser Golorons de Lax – der Mutter des Künstlers. Später übernahm sie noch einmal das Amt der Kinderfrau für Modesto, den einzigen Sohn des Malers, und zwar bis der Bürgerkrieg ausbrach und der Junge nach Frankreich ins Exil kam. Sie starb 1941 an einer Lungenentzündung. Die Hausangestellte wurde von mehreren Generationen der Familie außerordentlich geschätzt und spielte sicherlich eine weitaus einflussreichere Rolle, als es dieses einzige Porträt vermittelt.

Es handelt sich hier um ein Jugendwerk, das Amadeo Lax im Alter von nicht einmal fünfzehn Jahren malte. Zudem ist es eines seiner ersten Bildnisse von Familienangehörigen, die in den Folgejahren eine so wichtige Bedeutung in seinem Werk einnehmen sollten. Deutlich sind hier bereits stilistische Eigenheiten angelegt, die der Künstler sehr bald weiterentwickeln wird: sein Umgang mit Licht, die Komposition von hellen Farben und die Pflanzenmotive im Hintergrund – unter denen hier die Geranien und die Hortensien mit ihrer Lebhaftigkeit herausragen –, der aufrichtige Gesichtsausdruck des Modells sowie die Alltäglichkeit des Motivs, das die Frau dabei zeigt, wie sie gerade vier Kristallgläser mit einem Getränk füllt.

Der Titel steht, vom Maler eigenhändig geschrieben, auf der Rückseite der Leinwand.

Eine kuriose Ergänzung: Der auf dem Gemälde dargestellte Patio gehörte zum Wohnhaus der Familie Lax, wurde aber im Sommer 1936 umgebaut; der Boden erhielt ein Parkett, die Wände wurden mit Art-déco-Mosaiken gestaltet, und die Pflanzen und Blumen an der Mauer im Hintergrund dieses Gemäldes machten dem Fresko mit dem Titel *Teresa abwesend* Platz, das viele Kenner für das Meisterwerk des Künstlers halten.

Amadeo Lax. Der Porträtmaler (Ausstellungskatalog des Museo Thyssen-Bornemisza), Madrid 2002

Von: Silvana Gentile
Gesendet am: 8. Februar 2010
An: Violeta Lax
Betreff: Wichtige Angelegenheit

Wir kennen uns nicht. Ich heiße Silvana und lebe mit meiner Familie in Nesso, einem Dorf am Comer See, im Norden von Italien. Ich schreibe Ihnen im Auftrag meiner Mutter, die Ihnen einen Brief zukommen lassen möchte. Könnten Sie uns bitte freundlicherweise Ihre private Postanschrift mitteilen?

In Erwartung einer Antwort verbleibe ich mit freundlichen Grüßen,

Silvana

Nesso, 10. Februar 2010

Sehr geehrte Violeta Lax,

vermutlich denken Sie, dieser Brief kommt aus einer anderen Welt. Verzeihen Sie mir bitte, dass ich ihn nicht über diesen teuflisch schnellen Weg schicke, den uns die Maschinen zur Verfügung stellen, aber ich gehöre noch zu den Leuten, die daran glauben, dass handschriftliche Zeilen weitaus mehr als eine Botschaft enthalten: das Zittern der Hand, die sie schreibt, die Feuchtigkeit der Tränen, die sie begleiten, und auch das Beben der Erregung, die sie rechtfertigt. Wahrscheinlich halten Sie mich für eine Frau, die von der Moderne desillusioniert ist, oder für eine Traditionsbewahrerin, und damit haben Sie sicherlich recht. Es muss an diesem Dorf liegen, in dem ich geboren wurde und welches ich nur selten verlassen habe, dass ich an dem Irrglauben festhalte, die Welt wäre ein gemächlicher und beschaulicher Ort. Und, ehrlich gesagt, in meinem Alter möchte ich mir diese Illusion bewahren. Lassen Sie mich diese Vorrede mit meinem Dank für Ihre Großzügigkeit beschließen. Als Wiedergutmachung dafür, dass Sie einer Unbekannten Ihre Privatanschrift mitgeteilt haben, gestehe ich Ihnen, dass es mich reichlich Überwindung gekostet hätte, das, was ich Ihnen zu erzählen habe, diesen fürchterlichen Plastiktasten anzuvertrauen.

Der Grund, weshalb ich Ihnen schreibe, hat für Sie auf den ersten Blick vermutlich keine Bedeutung: Meine Mutter ist vor ein paar Wochen gestorben. Ich hoffe, dass sich die Gelegenheit ergeben wird, Ihnen zu erzählen, was für ein Mensch sie gewesen ist und wie sehr sie dieses Dorf geliebt hat, in das sie kam, als sie beinahe noch ein Mädchen war. Ihr Verlust ist für uns außerordentlich schmerzhaft und durch nichts zu lindern. Höchstens dadurch, dass wir ihre letzten Wünsche erfüllen, auch wenn diese für uns – also meine Tochter und mich – ebenso überraschend sind wie vermutlich für Sie.

Anfangs haben wir nicht verstanden, warum, aber meine Mutter erwähnt Sie in ihrem Testament. Doch dies war nicht die einzige Passage, die uns verblüfft hat. Deshalb benötigten wir – ich zumindest – ein wenig Zeit, um Daten zu vergleichen und sicherzugehen, dass das, was wir zunächst für die Phantasie eines Menschen hielten, der vom Leben erschöpft war, in Wahrheit das Fundament unserer und – so vermute ich – auch Ihrer Familiengeschichte ist.

Wie Sie sich bestimmt vorstellen können, bedarf all das einiger Stunden des Gesprächs. Es gibt Dinge, die gilt es persönlich zu bereden, bei einer Kleinigkeit zu essen und mit einer schönen Landschaft im Hintergrund. Entschuldigen Sie bitte, Violeta, aber ich kann mich schriftlich einfach nicht weiter auslassen – nicht einmal in einem echten Brief wie diesem.

Also, diese Seiten sind die offizielle Einladung zu einem Besuch bei uns. Unser Haus ist ein kleiner, friedlicher Flecken mit Blick auf eine der idyllischsten Landschaften der Welt. Sie sind herzlich willkommen, so viel Zeit bei uns zu verbringen, wie Sie möchten. Bleiben Sie einfach so lange, wie die Angelegenheit in Anspruch nimmt, mit der wir uns beschäftigen müssen. Wenn die Information, die ich über Sie habe, korrekt ist, sind Sie und meine Tochter Silvana in etwa gleich alt. Silvana führt unser kleines Hotel, in dem für Sie ein Zimmer reserviert ist. Sie müssen uns nur den Tag Ihrer Ankunft mitteilen, dann holen wir Sie persönlich ab.

Gehen Sie bitte davon aus, dass wir Sie wie eine Familienangehörige behandeln werden.

In der Hoffnung, dass es bald dazu kommen wird, verbleibe ich mit herzlichen Grüßen der Zuneigung,

Ihre Fiorella Otrante

Von: Violeta Lax
Gesendet am: 1. März 2010
An: Arcadio Pérez
Betreff: Europareise

Lieber Arcadio,

endlich habe ich mich entschieden, nach Europa zu fliegen. Drina versucht gerade, mir für nächste Woche ein Ticket zu besorgen. Sag mir doch, wie viele Tage du für meinen Aufenthalt vorschlägst, damit ich die Reise besser planen kann. Du weißt ja, ich möchte das Fresko mit Teresa unbedingt sehen, bevor es von der Wand in dem Patio abgenommen wird. Und ich werde dich auch – in meiner Funktion als Sachverständige, Erbin oder Freundin, was dir am besten passt – zu diesen schrecklichen Besprechungen begleiten, von denen du berichtest. Aber ich warne dich, Politiker machen mich krank.
Außerdem möchte ich noch nach Italien reisen. Zunächst hatte ich vor, zuerst dorthin zu fliegen und dann nach Barcelona zu kommen. Aber heute Morgen fiel mir plötzlich ein, dass die Restaurierungsarbeiten ja demnächst beginnen, und ich will um nichts auf der Welt diese letzte Gelegenheit versäumen, das Meisterwerk meines Großvaters an seinem ursprünglichen Platz zu sehen. Schließlich habe ich mich mit diesem Werk in meinen Vorträgen und Publikationen jahrelang auseinandergesetzt.
Kurz und gut: Ich erwarte deine Nachrichten.

Sei umarmt,

Vio

P. S.: Übrigens, wenn du mich zu einem Wein einlädst, verspreche ich dir, von den kuriosen Umständen zu berichten, unter denen mich eine rätselhafte, altmodische Dame an den Comer See eingeladen hat. Ich schwöre dir, das ist kein Witz. Ich werde ihre Einladung sogar annehmen. Daniel meint, dass ich verrückt sei. Ach ja, er lässt dich herzlich grüßen. In letzter Zeit ist er so mit seinem Roman beschäftigt, dass er nicht einmal Zeit für seine Familie hat.

Von: Drina Walden
Gesendet am: 1. März 2010
An: Violeta Lax
Betreff: Europa

Im Anhang findest du alle Infos zu den Flügen, um die du mich gebeten hast: Chicago – Barcelona sowie Barcelona – Orio al Serio (das ist der Flughafen Mailand-Bergamo). Ich habe herausgefunden, dass du von diesem Flughafen aus den Comer See am besten erreichen kannst, und das ist doch dein Reiseziel, oder? Gib mir Bescheid, ob du noch ein wenig Sightseeing in Mailand machen möchtest. Außerdem muss ich wissen, wann und von welchem Flughafen aus du zurückfliegst.

Ich weiß sehr wohl, dass du solche Dinge hasst, aber ich muss dich etwas fragen. Und zwar in diesem Fall nicht als Assistentin, sondern als deine Freundin.

Liebe, liebe Vio, findest du nicht, dass diese Reise in Wahrheit eine Flucht ist? Ich weiß nicht, du hast dich so überstürzt dafür entschieden, noch dazu in einem so unpassenden Moment. Ich verstehe nicht, wieso du ausgerechnet jetzt verreist, kurz vor der Eröffnung DEINER Ausstellung der Porträtmaler im Art Institute. Und was du da in deiner Mail schreibst, verwirrt mich noch mehr: »Frieden schließen mit einem Teil meiner Vergangenheit, den ich bisher verdrängt habe.« Ich kann mir nicht vorstellen, was für dich so wichtig sein soll, dass du darauf verzichtest, bei der Ausstellungseröffnung vor all den großen Tieren eine Rede zu halten. Ja, ich weiß, du sagst, dass das nur nebensächlich ist, dass dich in Wirklichkeit ganz viele Gründe nach Europa führen, angefangen bei dem Teresa-Fresko, aber ich kann es nicht so ganz nachvollziehen.

Vielleicht überschreite ich hiermit meine Grenzen als Freundin, aber ich habe den Verdacht, dass das Ganze eher etwas mit der Krise zu tun hat, von der du mir kürzlich berichtet hast. Daniels

Arbeit, deine Zweifel an eurer Beziehung, die Verpflichtungen mit den Kindern … Meine liebe Vio, das alles geht vorüber. Das geht uns allen so. Es ist nur eine Frage der Zeit, bis du es aus einer anderen Perspektive siehst. Also: Ich wollte dir nur sagen, dass ich mir große Sorgen um dich mache. Ich habe das Gefühl, dass derzeit bei dir viele Dinge gleichzeitig passieren, und ich verstehe überhaupt nichts mehr.
Bitte, versprich mir, dass du gut auf dich aufpasst, ja? Und dass du auf mich zählst, wenn du Hilfe benötigst, auch über das Führen deines Terminkalenders hinaus, in Ordnung?

Drina

III

Violeta kommt nicht allein.

Sie wird von zwei Herren begleitet. Der Jüngere, der ein blaues Jackett und Streifenkrawatte trägt, verströmt diese etwas kostümierte Aura eines Jugendlichen, der noch nicht daran gewöhnt ist, sich wie ein erwachsener Mann zu kleiden. Er hat die Schlüssel bei sich. Während des Besuchs hält er sich zurück und wird das Schweigen nur brechen, um seine Naivität zu beweisen.

Der andere ist ein schlanker Mann mit leicht gebeugtem Rücken und üppigem, graumeliertem Haar, das keineswegs mehr als sechzig Jahre verrät; er versteckt seine Augen hinter den dicken Gläsern einer Schildpattbrille. Dieser Mann heißt Arcadio Pérez, und trotz seines fröhlichen und energischen Blicks wirkt er wie jemand, den unvermeidliche Umstände aufgerieben haben. Er trägt ein weißes Hemd, das ihm zu groß ist, eine abgetragene Wolljacke, khakifarbene Hose, einen Ledergürtel mit Metallschnalle und Mokassins mit Troddeln. Er ist der Einzige der Besucher, dem das Haus wirklich vertraut ist. Seine Rolle als Fremdenführer scheint ihm zu gefallen.

»Man hat mir ja gesagt, dass das Gebäude phantastisch ist, aber so etwas hatte ich nicht erwartet«, stellt der junge Mann fest und blickt sich vom unteren Absatz der imposanten Marmortreppe um. »Sie sagen uns, wohin wir gehen müssen, Don Arcadio, ja?«

Auch Violeta ist stehen geblieben. Sie sieht nach oben und

schüttelt verärgert den Kopf. Ihre Haltung vermittelt unmissverständlich Eleganz, dabei ist sie schlicht, ja fast nachlässig gekleidet: Jeans, gelbe Bluse, Stiefel, schwarze Lederjacke. Ihre blasse Haut bildet einen Kontrast zu ihrem halblangen tiefschwarzen Haar, das etwas zerzaust ist. Sie hat schmale Lippen, katzenhaft wirkende Augen, eine gerade Nase und hervorstehende Wangenknochen. Ihre Gesichtszüge muss sie nicht mit Make-up betonen. Sie ist keine Schönheit, aber ihre herzliche Freundlichkeit und ihre fröhliche Ausstrahlung machen sie zu einer attraktiven Frau.

Ihre Bewegungen erinnern sofort an ihre Vorfahren. Sie hat die Distinguiertheit, die für ihren Großvater Amadeo immer so bezeichnend war, die bei ihr jedoch nicht mit Hochmut zu verwechseln ist. Ihr Gesichtsausdruck, der Glanz ihrer Augen, die feinen Gesten und die blasse Haut stammen von Teresa, auch wenn dies niemand wissen will oder kann. Sie hat auch ansatzweise etwas von den Gesichtszügen von Maria del Roser, und ihre offensichtliche Zartheit ruft sogleich die andere Violeta ins Gedächtnis, das unglückliche Mädchen mit einer aussichtsreichen Zukunft, ihre Ahnin, die so früh gestorben ist.

Hier steht eine Familienerbin.

Die drei Besucher entstammen sehr unterschiedlichen Welten, und diese in Marmor gehaltene Eingangshalle ist für sie eine Art Schnittstelle.

»Pass auf, es ist ziemlich schmutzig«, warnt Arcadio Violeta.

»Wie kann das angehen?«, flüstert sie, während sie sich entsetzt umblickt und unaufhörlich den Kopf schüttelt.

»Ich habe dir doch gesagt, dass alles sehr vernachlässigt ist. Es ist eine wahre Schande, was sie aus diesem Haus gemacht haben. Oder, besser gesagt, was sie nicht daraus gemacht haben.«

Der junge Mann scheint sich unbehaglich zu fühlen. Er repräsentiert hier genau die Institution, die gerade eben der Vernachlässigung bezichtigt wird. Er war zwar noch nicht auf der Welt, als der Staub begann, sich in dem Haus anzusammeln, aber er kann nicht umhin, er fühlt sich verantwortlich dafür. Selbstverständlich meinen seine Begleiter nicht ihn persönlich. Schon seit einigen Minuten haben sie seine Anwesenheit vergessen.

Ohne die verstaubten Pflanzenornamente der Balustrade zu berühren, setzt Violeta einen Fuß auf die Treppe.

»Ich möchte unbedingt das Fresko sehen«, gesteht sie und nimmt die ersten Stufen.

Violeta gibt das Tempo vor, ein gemäßigtes Tempo. Sie muss die Details erforschen, angesichts der Situation, die sich ihr bietet, ihr Entsetzen allmählich entwickeln. Der Schrecken trifft sie jedoch nicht persönlich, oder beinahe nicht. Sie war nur ein Mal hier, als kleines Mädchen, an der Hand von Modesto, ihrem Vater. Sie kann sich an das Hausportal erinnern und an diese Treppe, an den Ernst einer in Tränen aufgelösten Hausangestellten, an das Licht, das durch die wunderschönen bunten Glasfenster im ersten Stock gefiltert wird, an den beeindruckenden Kamin im Salon, vor dem der feierlich geschmückte Sarg stand, in dem ihr Großvater Amadeo lag, als würde er schlafen, ein Mann, den sie nie kennengelernt hatte.

Sechsunddreißig Jahre später geht Violeta den gleichen Weg. Das Hausportal, die Marmortreppe, der Flur mit seinen Mosaiken und der Holzkassettendecke – die Details und die tatsächlichen Abmessungen sind zwar neu für sie, doch sie ist genauso beeindruckt wie damals –, der große Salon, der gewaltige Kamin, die Glastüren zum ehemaligen Patio …

Violeta nähert sich dem Kern ihrer frühesten Erinnerungen. Sie hält mehr oder weniger an der Stelle inne, an der damals der Sarg von Amadeo Lax stand. Sie blickt konsterniert um sich. Schließlich ergreift Arcadio das Wort: »Ja, wie mag das nur in seinen besten Zeiten ausgesehen haben, nicht wahr?«

Violeta enthält sich jeglichen Kommentars und geht weiter. Sie stößt die Tür auf, durch die man in den ehemaligen Patio gelangt. Die unversehrten Fenster verbergen den Glanz vergangener Zeiten unter einem Mantel aus grauem Staub. Sie betritt diesen Raum, die Augen fest auf die rückwärtige Wand gerichtet, von der aus Teresas abwesender Blick ihr ein merkwürdiges Willkommen bereitet. Das Fresko leuchtet, trotz seines bedauernswerten Zustandes. Es ist nach wie vor ein beeindruckendes Kunstwerk, das einem den Atem raubt. Es ist in dunklen Farbtönen, mit groben und wütenden Pinselstrichen gemalt; die weibliche Gestalt beherrscht vollständig diesen Raum. Violeta kann sich von ihrem ersten Besuch nicht an sie erinnern. Sie fragt sich, ob so ein Kunstwerk überhaupt dem Blick eines kleinen Mädchens entgehen und keinen Eindruck hinterlassen kann. Oder vielleicht waren es auch die Umstände: Kaum hatten sie ihrem verstorbenen Großvater die kurze Ehre erwiesen, verließen Modesto und sie schnell das Haus. Jetzt kann Violeta nicht umhin, sie wird von Gefühlen überwältigt: Schließlich und endlich ist die Frau auf diesem Porträt ihre Großmutter. Eine abwesende Großmutter, wie der Titel sagt, eine unbekannte Großmutter, nach der sie niemals gefragt hat, über die niemals gesprochen wurde, um die absichtlich der Mantel des Vergessens gehüllt wurde.

Violeta sagt nichts. Ihr Schweigen spricht für sie. Und der Glanz ihrer Augen, die etwas mit den Augen auf dem Porträt gemeinsam haben, die in die Ferne blicken.

Arcadio folgt ihr und stellt sich hinter sie, um Teresa zu betrachten.

»Ich freue mich, dass du kommen konntest«, sagt er.

»Der Entschluss ist mir nicht leicht gefallen. Beinahe hätte ich die Reise doch noch abgesagt. Morgen wird im Art Institute die Ausstellung über die Porträtmaler eröffnet. Du weißt ja, das ist ein sehr persönliches Projekt, für das ich lange gekämpft habe. Am Ende ist alles gut geworden, aber ich verpasse nun die Glückwünsche und die Honneurs.«

Es entsteht ein gemeinsames Schweigen. Ihre letzten Gespräche hatten diese Ausstellung zum Gegenstand gehabt, in der selbstverständlich auch Amadeo Lax vertreten ist – dank der

Leihgaben des Museu Nacional d'Art de Catalunya und eines Privatsammlers.

»Aber wenn ich es mir recht überlege, bin ich lieber hier«, stellt Violeta lächelnd fest.

Die ernste Stimmung wird mit der Ankunft des jungen Beamten gebrochen. Kaum hat er die Schwelle der Glastür überschritten, rutscht ihm heraus: »Na hoppla!«

Unbedarft fragt er weiter: »Was ist das denn?«

Niemand antwortet ihm. Violeta ist nachdenklich. Sie verharrt in dieser ehrfürchtigen Haltung, die einem Meisterwerke abverlangen.

Der junge Mann wird hartnäckig: »Gehört das der Generalitat oder der Familie?«

Diese Frage versetzt Violeta einige Jahre zurück, in die Zeit, in der die Streitereien um das Erbe des Malers begannen.

»Leider gehört es der Generalitat«, antwortet Arcadio, der immer zu redlich war, um sich mit den Behörden der Autonomen Region Katalonien anzulegen. Oder vielleicht mangelt es ihm auch nur am notwendigen Elan.

Dennoch verteidigt er die Interessen von Amadeo Lax in einem Maß, wie dies keiner seiner rechtmäßigen Erben getan hätte. Als Violeta während ihres Studiums in Barcelona landete, war das Haus verriegelt und sie selbst zu sehr mit anderen Dingen beschäftigt. Die Prozesse, in die die Rechtsanwälte der Familie sowie der Regierung von Katalonien verwickelt waren, interessierten sie überhaupt nicht, obwohl Arcadio sie schon damals auf dem Laufenden hielt. Als das einzige juristisch mögliche Abkommen erzielt wurde, lebte Violeta bereits in den USA, und nur Arcadio blieb als Ansprechpartner für die Behörden in Barcelona. Aus Trägheit oder aus Bequemlichkeit meinten alle, diese Lösung hätte den Maler zufriedengestellt. Arcadio und Violeta hielten immer Kontakt, sie trafen sich sogar einige Male – immer in Chicago – und entwickelten so eine Freundschaft, die auf ihrer gemeinsamen Bewunderung für Amadeo Lax beruhte.

»Nun, ich nehme an, ein Gemälde kann sich nicht für alle Ewigkeit widersetzen«, flüstert Violeta.

Während des langen Schweigens, das nun folgt, kommt dem jungen Mann eine weitere Frage in den Sinn, die er jedoch nicht ausspricht. Das Gespräch zwischen Arcadio und Violeta, dessen Atmosphäre zu privat für seine Schüchternheit ist, endet mit der drängenden Aufforderung: »Das ist deine letzte Chance, Vio.«

»Genau deshalb bin ich dir ja so dankbar, dass du mich mitgenommen hast. Ich hätte es sehr bereut, wenn ich nicht gekommen wäre.«

»Da muss jemand von der Familie dabei sein. Und wenn es nur darum geht zu widersprechen.«

»Du gehörst doch zur Familie.«

Arcadio hat die Stimme gesenkt und gibt damit zu verstehen, dass er offener sprechen würde, wenn kein Vertreter der Institutionen anwesend wäre.

Einige Sekunden lang verharren die drei in einem erwartungsvollen Schweigen.

Der junge Mann wittert seine Chance.

»Ist das von Amadeo Lax?«, fragt er, indem er seinen Blick auf das Gemälde an der Wand richtet.

»Sein bestes Werk«, antwortet Arcadio.

»Und wieso ist das hier?«

»Hm«, seufzt der Nachlassverwalter, »das sollten Sie besser Ihre Vorgesetzten fragen.«

»Ach so, Entschuldigung«, pariert der junge Mann sofort den Hieb.

»Ihr Blick flößt immer noch Angst ein. Er ist so erschütternd …«, sagt Violeta, die eigentlich nur ein Selbstgespräch führt. Für sie ist ihre Großmutter Teresa niemals anwesender gewesen als in diesem Moment.

Arcadio setzt zu einem Lächeln an.

»Ja, das finde ich auch. Habe ich dir eigentlich erzählt, dass mich dein Großvater, als ich dieses Haus zum ersten Mal betreten habe, hier empfangen hat, in diesem Raum? Sein Lehnstuhl hat damals dort gestanden«, sagt er und zeigt auf eine bestimmte Stelle auf dem Holzfußboden, »mit der Rückenlehne zu dem Wandgemälde. Ich habe mich in einen Armsessel gesetzt, der hier stand, direkt neben der Tür. Während des ganzen Gesprächs hatte ich das Gefühl, dass Teresa uns überwacht.«

Im Allgemeinen ist das Gedächtnis der Menschen kurz und ungenau, doch in diesem Fall ist Arcadios Erinnerung völlig korrekt.

Bei seinem ersten Besuch war Arcadio Pérez ein Kunststudent mit dem absurden Ehrgeiz, ein kubistischer Maler zu werden, und ein maßloser Bewunderer von Amadeo Lax. Der Künstler indes stand kurz vor seinem Lebensende und war nur noch ein Haufen durchsichtiger Haut und gläserner Knochen. Niemals verließ er mehr das Haus. Um eingelassen zu werden, gab Arcadio vor, ein Interview für eine Kunstzeitschrift führen zu wollen. Anscheinend erwischte er Lax an einem guten Tag, denn der Maler war bereit, den jungen Mann zu empfangen. Dabei duldete der Maler damals noch weniger als je zuvor das Eindringen von Fremden in seinen Raum und zeigte sich nicht geneigt, über Kunst oder irgendetwas anderes zu sprechen. Die Malerei hatte er bereits vor mehr als zehn Jahren aufgegeben.

Arcadio brachte eine Schachtel Pralinen von Casa Foix mit sowie zwei Dutzend Fragen, die er, in dem Armsessel mit aneinander gepressten Knien sitzend, eine nach der anderen mutig hervorbrachte. Dem Hausherrn erschienen die Fragen interessant, und er beantwortete sie willig; er verspürte auf Anhieb Sympathie für den jungen Journalisten. Der Grund für dieses Wunder ist so alt wie die Schwächen der menschlichen Seele: Nichts schmeichelt einem Künstler, der längst vergessen ist, mehr als ein Bewunderer, der sich seine Offenheit und sein Gedächtnis vollständig bewahrt hat. Bei Arcadio wirkte alles ehrlich, sein Tonfall klang nicht gekünstelt, seine Bemerkungen enthielten keinen Hauch von Bosheit, sondern nur ergebene und offensichtliche Bewunderung. Er war eine reine Seele.

Nach dem Interview führte ihn der Künstler durch die oberen Stockwerke, die im Dunkeln lagen und leerstanden und das Vergessen und die Vergänglichkeit bewusst machten. Unter diesen beneidenswerten Umständen wurde Arcadio das Privileg zuteil, durch das beeindruckendste Museum zu wandeln, das sich einem neugierigen Menschen bieten kann: den Niedergang einer menschlichen Existenz.

Es gab kaum mehr Zeugnisse für das Leben der vergangenen Zeiten. In dem imposanten Kamin im großen Salon konnte man Spuren alter Asche erkennen. Die Räume im Obergeschoss lagen in einem Schlaf von Vergessen und Langeweile, und ich würde sagen, dass sie die Frauen vermissten, die sie bewohnt hatten: Maria del Roser, die erste Violeta, Teresa, Concha … Von den Abwesenden zeugten in den Räumen nur noch verwaiste Gegenstände: ein Wiegen-Nestchen ohne Füllung, an dem noch eine abgegriffene Wollquaste hing; ein Handfeger mit zerbrochenem Griff; die Perlen von einem Rosenkranz, die über die Holzböden kullerten, als wären sie lebendig …

Die Türen standen offen, und es gab nichts zu verbergen: Das Haus war wie ein riesiges leeres Grab. Nur der umgebaute Patio und die Mansarde enthielten noch einen Lebenshauch.

Amadeo Lax griff nach dem Arm seines jungen Bewunderers und blieb vor seinen eigenen Bildern stehen, die ohne sichtliche Systematik oder Abstimmung an allen Wänden hingen; er kommentierte sie mit der Arroganz des Urhebers, wobei er sich über seine eigenen künstlerischen Wagnisse freute, Anekdoten zum Besten gab, immer in Erwartung auf das Echo seines beeindruckbaren Adepten.

»Kennen Sie Ramon Casas?«, fragte der Künstler.

»Ja, ja, aber natürlich.«

»Das Ölgemälde hier hat ihm gut gefallen. Ich glaube, er hat versucht, es in einem seiner letzten Bilder nachzuahmen, aber ich weiß nicht mehr, in welchem. Also, natürlich hat er gesagt, es sei eine Hommage.«

Oder, vor einem Familienporträt: »Sieht es nicht aus, als könne man erraten, was das Modell denkt? Seien Sie ehrlich!«

Arcadio gelang es, das zu sagen, was Lax hören wollte, und dabei zugleich aufrichtig zu sein. Dieses Talent öffnete ihm die Türen zum letzten Bollwerk des Malers: die Mansarde. Ein Chaos aus Gerümpel und Gemälden, das – außer Lax selbst – fast niemand je betreten hatte.

Dort erblickte Arcadio auch zum ersten Mal den einzigen weiblichen Akt der Sammlung. Das verstörende Bild schockierte ihn auf Anhieb, wegen der unerhörten Thematik und wegen seiner groben Ausführung. Es zeigte eine sehr junge Frau, die mit geöffneten Beinen in einem vornehmen Armsessel sitzt und den Betrachter mit ihrem Blick fixiert. Die Vulva – die nur aus zwei dunklen, kräftigen Pinselstrichen bestand – glänzte wie eine frische Wunde. Der italienische Titel lautete *Il falso ricordo*, »Die falsche Erinnerung«.

»Eigentlich wollte ich es vor meinem Tod verbrennen«, sagte ihm Lax.

»Warum?«, fragte der Besucher neugierig.

»Weil es niemanden etwas angeht.«

Die beiden Männer schritten weiter.

»Und, haben Sie Ihre Meinung geändert?«

»Noch besser: Ich habe es vor kurzem verkauft. An einen Privatsammler. An einen Baron, ich glaube, ein Holländer oder Schweizer oder Ungar, ich kann mich nicht mehr genau erinnern; jedenfalls ein großartiger Mann. Er hat mir gesagt, dass er es in seinem Haus in London aufhängen will. Das ist perfekt, denn ich will es in keinem Museum ausgestellt wissen, aber das Geld kommt mir zupass.«

Arcadio fragte nicht weiter. Er stellte nur fest: »Ich habe immer gedacht, dass Sie sich nicht für Akte interessieren. Ich meine, als Thema.«

Lax antwortete nicht. Er gab nur ein paar gutturale Laute von sich, die wie Geräusche aus verstopften Rohrleitungen klangen.

Sie gingen den Weg zurück und landeten schließlich vor Teresas Porträt. Wieder in dem ehemaligen Patio angekommen, flüsterte Lax, als jeder in seinem Sessel saß: »Es gibt nur eine Möglichkeit eine Frau festzuhalten: indem man sie malt.«

Allmählich wurden Arcadios Besuche bei seinem verehrten Maler zu einer Gewohnheit. Anfangs schob er noch die eine oder andere Ausrede vor – er wolle ihm sein eigenes unausgegorenes Werk zeigen, den Maler um professionellen Rat bitten, ihm ein Exemplar der Zeitschrift überreichen, in der das Interview erschienen war, oder einfach nur sich bei dem alten Mann nach dessen Befinden erkundigen –, bis er schließlich keinen Grund mehr benötigte, um die Türen zu durchschreiten, die die aufrichtige Vertrautheit, die zwischen den beiden Männern allmählich entstanden war, aufgetan hatte.

Arcadio erwies sich zudem als die perfekte Gesellschaft für den alten Lax. Aufmerksam wie ein Krankenpfleger auf Hausbesuch, schmeichelnd wie der Bewunderer, der er tatsächlich war, auf Details achtend wie ein Sohn. Und diskret. Nicht nur in Bezug auf die Dinge, die er zu sehen bekam, sondern auch auf das, was verborgen blieb. So fragte Arcadio beispielsweise nie nach abwesenden Familienangehörigen. Er schob alles auf das exzentrische Künstlerleben. Er steckte seine Nase nicht in Dinge, die ihn nichts angingen. Im Großen und Ganzen vereinte er in seiner Persönlichkeit alles, was Lax benötigte, um sich von der Welt in dem Glauben verabschieden zu können, nach wie vor derjenige zu sein, der er vor so langer Zeit gewesen war. Und Arcadio respektierte auch seine Gewohnheiten.

Mit den Jahren und mit der Einsamkeit war aus Lax ein Mensch geworden, der keinen von außen auferlegten Pflichten folgte, sondern sein Leben nur nach seinen kuriosen Neigungen ausrichtete. Radio hören war eine davon. Amadeo Lax stand jeden Tag rechtzeitig genug auf, um in der Früh die Sendung mit Carlos Herrera zu hören. Ohne sich mit etwas anderem zu beschäftigen, lauschte er dem Radiomoderator mit professionellem Interesse, bis die Sendung zu Ende war. Oft berichtete er am Nachmittag Arcadio über die morgendliche Diskussionsrunde, als hätte das Gespräch in seinem eigenen Haus stattgefunden. Selbstredend äußerte er niemals Zweifel an Herreras Äußerungen oder Meinungen. Meist begann er sogar seine Sätze mit den Worten »Carlos Herrera hat auch gesagt, dass ...«, vor allem wenn es um Politik ging, ein Gebiet, auf dem er in dem verehrten Journalisten einen Seelenbruder sah. Die Nachmittage verbrachte er zwischen Schlafphasen und Pläneschmieden. Wehmut überkam ihn nur beim Thema Kunst. Er wurde von Gefühlen übermannt, wenn er über Modest Urgell sprach, den er zwar nur ein halbes Dutzend Mal in seinem Leben getroffen hatte, aber den er nach wie vor für seinen Meister hielt, sowie bei Gesprächen über Romà Ribera und Francesc Masriera, deren Erfolg und Popularität zwar nicht an seine eigene Leistung heranreichten, aber die für ihn immer noch Giganten darstellten.

Lax zögerte nicht lange und schlug »Señor Pérez« vor – so seine Anrede für Arcadio –, sein persönlicher Sekretär zu werden. Es galt viele letzte Dinge zu regeln, und die Zeit lief ihm davon. Monatelang arbeiteten sie gemeinsam an Amadeos Vision, einem Museum, das niemals Wirklichkeit werden sollte. Und dann war die Zeit vorüber.

Die Totenwache für den Künstler brachte es mit sich, dass Arcadio Pérez und Modesto Lax zum ersten Mal miteinander sprachen. Violeta ging an der Hand ihres Vaters, aber sie hat nur schwache Erinnerungen daran, weil sie erst vier Jahre alt war. Sie kann sich weder an die verschiedenen Personen erinnern, die sich in dem Salon mit dem Kamin drängten, noch an die Reden, die gehalten wurden, und erst recht nicht an den Moment, als Amadeo Lax zum letzten Mal das Eingangsportal passierte. Es fehlte jegliches Zeichen von Bombast, das die prächtigen Abschiedsfeiern seiner Vorfahren geprägt hatte. Amadeos

Beisetzung war traurig und förmlich. Die Mehrheit der Trauergäste hatte sich nur eingefunden, um auf den Fotos präsent zu sein, die die Presse am nächsten Tag veröffentlichte. Die im Flüsterton gehaltenen Gespräche kreisten um alle möglichen Themen, ohne großen Respekt vor dem Toten, und nur sehr wenige berührten dabei das Testament, das genauso exzentrisch war wie alles andere auch. Ein Mensch stirbt so, wie er gelebt hat: Lax ließ seine Angehörigen kalt, selbst nach seinem Tod, als sein Letzter Wille bekannt wurde. Seinem einzigen Sohn, Modesto, hinterließ er lediglich das, was von den heruntergewirtschafteten Familienunternehmen übrig war, sowie die relativ abgeschmolzenen Bankkonten. Von dem gewaltigen Vermögen der Familie Lax war nur noch ein Bruchteil übrig, schließlich wurde während des Bürgerkrieges vieles geraubt oder ging verloren. Arcadio erhielt einen Bargeldbetrag. Die kleine Violeta erbte die Wohnung in der Rambla de Catalunya, mitten im Stadtzentrum.

Was sein künstlerisches Werk anging, wusste Amadeo Lax seit einiger Zeit genau, was er wollte: Seine Privatsammlung, die aus Gemälden, Entwürfen und Skizzen bestand, vermachte er – ebenso wie seinen Wohnsitz mit dem gesamten Mobiliar – der Generalitat von Katalonien, allerdings unter der Bedingung, dass darin ein Museum eingerichtet wurde, das seinem künstlerischen Werk gewidmet war. Er überließ nichts dem Zufall: Das Testament enthielt einen Schriftsatz mit Empfehlungen für das zukünftige Museum, er bestimmte Arcadio zum Testamentsvollstrecker, und alles Geld, das ihm verblieben war, übertrug er der Staatskasse der Autonomen Regierung von Katalonien, damit wirklich nichts seinen Traum gefährdete.

Aber der Künstler rechnete nicht damit, wie vergesslich Politiker sind, wenn sie ein Versprechen halten sollen.

Dabei zeigte sich der Testamentsvollstrecker entschlossen, mit seiner gesamten Kraft dafür zu kämpfen. Er sammelte sogar mehrere tausend Unterschriften für das Projekt, aber auch das brachte keinen Erfolg. Ein ums andere Mal stolperte Arcadio über die Finessen der Verwaltung. Sehr bald schon stand er bei den Politikern, die sich bei der Trauerfeier des Malers noch großspurig geäußert hatten, vor verschlossenen Türen. Die staatlichen Vertreter fanden sehr schnell Vorwände, mit denen sie das Projekt verzögern konnten, die Gemälde brachten sie inzwischen in den Kellern anderer Museen in Sicherheit, und das Haus wurde, immer mit dem Versprechen auf zukünftige Umbaumaßnahmen, die niemals begannen, verriegelt. Ihre Strategie bestand darin, nie ein kategorisches Nein auszusprechen. Das Projekt Museo Amadeo Lax wurde nie offiziell verworfen, auch wenn ihre Handlungen diese Schlussfolgerung nahelegten.

Später zauberten sie das abwegige Projekt einer Provinzbibliothek aus dem Ärmel, das sie weitere zwei Jahrzehnte beschäftigte. Aber schließlich war es doch nicht so absurd: Es sind diese Bauarbeiten, die heute die drei Besucher hier zusammenführen. Und demnächst kommt noch eine vierte Person hinzu, die sehr viel Arbeit vor sich hat.

Zumindest glänzt inzwischen neben dem Haupteingang ein Messingschild. Es wurde dort angebracht, um einige lästige Stimmen zu beschwichtigen, und zwar in dem Jahr, in dem Amadeo Lax hundert Jahre alt geworden wäre. Anlässlich der Enthüllung der Tafel wurden die Eingangshalle und die Treppe geputzt und man lud Leute zu einem Aperitif ein, die keinerlei Vorstellung von dem hatten, was dort einmal stattgefunden hat. Bei den Reden kam auch Arcadio zu Wort. Aber weder Modesto noch Violeta waren dabei.

Auf der Erinnerungstafel steht unterhalb des katalanischen Wappens folgender Text:

IN DIESEM HAUS LEBTE
BIS ANS ENDE SEINER TAGE
DER MALER AMADEO LAX
(1889–1974).

ERNEUERER DER BILDENDEN KÜNSTE.
DIE GENERALITAT VON KATALONIEN
EHRT SEIN GEDENKEN.

Wie wenig Worte und wie viele Gemeinplätze, um ein ganzes Leben zusammenzufassen.

Hätte es einen Wert, noch etwas hinzuzufügen? Aber nein. Denn das, was wirklich erwähnenswert ist, würde die Besucher verscheuchen.

Donnerstag, 15. März 1984
El Noticiero Universal

Teresa: Noch abwesender denn je

Die Bürgerinitiative Amigos del Museo Amadeo Lax sammelt sechstausend Unterschriften und übergibt sie der Generalitat mit der Forderung, dem Künstler das gegebene Versprechen auf ein eigenes Museum zu erfüllen.
Adela Farré

Ein Jahr vor seinem Tod traf sich der Maler Amadeo Lax (Barcelona 1889–1974) mit Vertretern der Generalitat und vereinbarte, der Autonomen Region Katalonien fast sein gesamtes Werk sowie sein Wohnhaus – im Pasaje Domingo, in der Nähe des zentral gelegenen Paseo de Gracia gelegen – zu überlassen, wenn im Gegenzug darin ein Museum eingerichtet wird, das seiner Künstlerpersönlichkeit gewidmet ist. Für die Verwirklichung des Projekts stellte der Künstler zudem vierzig Millionen Peseten zur Verfügung, die für die Umbauarbeiten verwendet werden sollten. Als Testamentsvollstrecker benannte er den Magister der Schönen Künste Arcadio Pérez, seinen persönlichen Assistenten, damit dieser die Erfüllung seines Letzten Willens überwacht.
In diesen elf Jahren hat die katalanische Regierung kein gutes Gedächtnis bewiesen. Der Traum des Künstlers ging niemals in Erfüllung. Die Sammlung Amadeo Lax – etwa zweihundert Werke, darunter Ölgemälde, Entwürfe und Skizzen – wurde zwischen dem Museu Nacional d'Art de Catalunya (MNAC) sowie diversen Provinzmuseen aufgeteilt, und nur ein kleiner Teil ist dem Publikum dauerhaft zugänglich. Vor vier Jahren war Arcadio Pérez all diese Versäumnisse leid, und er gründete die Bürgerinitiative Amigos del Museo Amadeo Lax, um das Wissen um die getroffene Vereinbarung wachzuhalten und um die Institutionen daran zu erinnern, »dass sie zum wiederholten Male das Versprechen brechen, das sie einer Persönlichkeit gegeben haben, die einer der

herausragendsten Repräsentanten unserer Kultur in der ganzen Welt war«.

In all dieser Zeit ist es Pérez nicht müde geworden, im Namen der Bürgerinitiative, die er vertritt, auf den bedauernswerten Zustand des alten Stadtpalais der Familie hinzuweisen, in dem es seit dem Tod seines Besitzers im Jahr 1974 keinerlei Instandhaltungsarbeiten gegeben hat.

»Aber wir wissen, dass die Beletage für Bankette der Behörden sowie für Empfänge genutzt wurde, was den Absichten völlig widerspricht, die Amadeo Lax bei seinem letzten Willen geleitet haben. Man hat sogar überlegt, das Anwesen abzureißen, was ein gewaltiger Irrtum und überdies ein Beweis für den Mangel an Sensibilität gegenüber dem Künstler wäre.«

Das im Stil des katalanischen Modernisme gebaute Haus der Familie Lax steht seit 1980 unter Denkmalschutz. Es wurde 1899 nach Plänen des Architekten Josep Lluís Ayranch gebaut und besteht aus vier Stockwerken und einem Untergeschoss, was eine Ausstellungsfläche von mehr als 3000 m² ergeben würde. Der Bauherr war Rodolfo Lax, der Vater des Malers, einer der wichtigsten Impulsgeber für die Stadterweiterung von Barcelona im letzten Drittel des 19. Jahrhunderts. Der unbestrittene Wert erhöht sich laut Arcadio Pérez noch durch die »prachtvolle Innenausstattung des Bauwerks, die auf denselben Architekten und seinen Mitarbeiterstab zurückgeht, darunter insbesondere die herrschaftliche Marmortreppe mit der Balustrade aus Pflanzenornamenten, der reich gestaltete Kamin sowie der ehemalige Patio, der 1936 umgestaltet und mit einer Glaskuppel überdacht wurde«.

Das Glanzstück des Hauses ist ein großformatiges Wandbild unter dieser Glaskuppel, das Lax selbst gemalt hat, womöglich anlässlich der erwähnten Umbauarbeiten.

Das Gemälde, das von zahlreichen Spezialisten für das Meisterwerk des Künstlers gehalten wird, trägt den Titel *Teresa abwesend*; es stellt die junge Ehefrau des Künstlers dar, Teresa Brusés – Tochter von Casimiro Brusés, einem reichen Industriellen aus Barcelona, der für seine Handelsbeziehungen mit Amerika bekannt war –, und zeigt sie in einer Haltung, die Pérez freimütig als »beunruhigend« bezeichnet. Aber das Interessanteste ist die

Geschichte, die uns das Gemälde ohne Worte erzählt: die Verzweiflung eines Mannes, der gerade auf grausame und schmerzhafte Weise die Liebe seines Lebens verloren hat. Arcadio Pérez, der dem Maler in dessen letzten Lebensjahren als persönlicher Sekretär zur Seite stand, berichtet: »Lax hat das Fresko in den Tagen, vielleicht sogar Stunden nach dem Weggang von Teresa gemalt. Anscheinend hat die junge Frau ihren Ehemann und ihren kleinen Sohn verlassen, um zu ihrem Geliebten zu flüchten, dem Ältesten der Gebrüder Conde – den Besitzern des historischen Warenhauses Grandes Almacenes El Siglo –, der kurz zuvor nach New York gezogen war. Der verlassene Ehemann, ein in allen Bereichen redlicher Mensch, hat seine Verzweiflung mit Pinselstrichen auf eine frisch verputzte Wand geworfen. Das Ergebnis ist eines der verstörendsten Werke der spanischen Malerei des 20. Jahrhunderts.«
Diese Geschichte hat jahrelang Kunstkritiker und Experten fasziniert, doch leider wurde sie der Öffentlichkeit vorenthalten. Nun rückt die Nachricht über die Vernachlässigung des Freskos sie wieder ins Rampenlicht. Man könnte sagen – und der Vergleich hat durchaus etwas Metaphorisches –, dass Teresa, und zwar die auf dem Bild, noch abwesender ist denn je. Dennoch, Arcadio Pérez zeigt sich optimistisch. Er hat die Hoffnung, dass die gesammelten sechstausend Unterschriften, die die Renovierung des Gebäudes sowie die Rückgabe der Werke von Lax an ihren ursprünglichen Ort fordern, zu einem Ergebnis führen werden. Diesen Forderungen hat sich auch der rechtmäßige – und direkte – Erbe des Malers angeschlossen: sein Sohn Modesto Lax, Professor an der Universität Avignon, der auch die Ansprüche von Violeta Lax, seiner Tochter und somit einzigen Enkelin des Künstlers, vertritt. Die Familie Lax hat sich bislang immer diskret im Hintergrund gehalten, und Pérez versichert, dass ihn »auf die Ferne eine großartige Freundschaft« mit ihr verbindet.

IV

Kehren wir in den alten Patio zurück, wo sich Violeta, die nichts ahnt, der Wand nähert. Ein Handy klingelt, und der junge Beamte geht dran. Er spricht drei Sätze, gibt Anweisungen und teilt schließlich den anderen mit: »Er ist draußen. Ich hole ihn.«

Der junge Mann geht die Treppe hinunter, wobei er den Staub aufwirbelt, der seit so langer Zeit auf den Stufen ruht.

»Die machen mich noch verrückt«, flüstert Arcadio.

Violeta pflichtet ihm mit einem kaum wahrnehmbaren Kopfnicken bei, während sie mit zusammengekniffenen Augen Teresa betrachtet.

»Das Fresko hat weniger Schäden, als ich befürchtet habe.«

»Die Überdachung, die dein Großvater hier errichten ließ, hat sich als äußerst stabil erwiesen. Kein Zeichen von Feuchtigkeit – sieh mal, das ist doch unglaublich.« Arcadio lächelt. »Er war immer sehr stolz auf diese Umbauarbeiten. Er hat oft darüber gesprochen.«

»Ich hätte den Patio gerne in seinem Originalzustand vorgefunden, so wie er auf dem Bild zu sehen ist, das Concha zeigt. Weißt du, welches ich meine?«

»Selbstverständlich.«

Violeta spricht über Concha wie über eine Bekannte. Dabei kennt sie nur diesen Moment, der wie eingefroren auf ihrem Porträt festgehalten ist. Violeta kann nicht wissen, dass Concha auch hier gewesen ist, in dem umgestalteten Patio. Zum ersten Mal, als dieser Ort schon ein anderer war. Die Frau, die in der

Familie als Kinderfrau angestellt war, aber für die Señora Maria del Roser eher zu einer Freundin wurde, dieser Engel der Kindheit war damals schon sechsundsechzig Jahre alt. Sie trug noch diese langen Röcke, deren Säume den Staub vom Boden fegten, und einen leichten Schal, mit dem sie ihre weichen, üppigen Formen bedeckte. Ihr Haar hatte sie zu einem Knoten aufgesteckt. Sie öffnete die Glastür und verharrte betrachtend auf der Schwelle. Genau dort, ohne einen weiteren Schritt zu wagen, weinte sie wie ein kleines Mädchen. Dann schloss sie die Tür, tupfte sich die Augen trocken und ging.

Violetas Sprachlosigkeit erinnert an Conchas Sprachlosigkeit. Der Blick ihrer Großmutter strahlt etwas Beunruhigendes aus, das sich Violeta nicht erklären kann.

»Was ist eigentlich aus den Möbeln geworden? Und was ist mit den Büchern?«, fragt sie dann plötzlich.

»Aus der Zeit vor dem Krieg ist fast nichts übrig geblieben. Ich vermute, dass die ursprüngliche Einrichtung die Plünderungen nicht überstanden hat. Und was den Rest angeht – wer weiß, vielleicht haben diese Banausen den ja zum Müll gegeben, ohne genau hinzusehen. Wahrscheinlich hätte ich etwas nachdrücklicher sein müssen, aber irgendwann war ich es leid, sie auf den Wert der Sachen hinzuweisen. Du kennst sie ja, mit ihnen ist alles furchtbar anstrengend. Von Büchern weiß ich nichts. Ich kann mich nicht erinnern, die Male, die ich zu Lebzeiten deines Großvaters hier war, die Bibliothek betreten zu haben.«

»Das Wandgemälde an Ort und Stelle zu lassen, war das deren Idee?«

»Ich muss zugeben, ja. Einer der Sachverständigen schlug vor, dass Teresa über den zukünftigen Lesesaal präsidieren soll. Sie wollten dafür das Fresko während der Umbauarbeiten an der Wand lassen, aber da habe ich mich geweigert. Ich habe ihnen gesagt, sie könnten Beschädigungen durch die Handwerker nur vermeiden, wenn man es abnimmt und auf einen anderen Untergrund überträgt. Ich weiß immer noch nicht, wieso sie auf mich gehört haben. Anscheinend habe ich sie in einem schwachen Moment erwischt.«

»Wenigstens wird auf diese Weise die zukünftige Bibliothek etwas von dem Wesen meines Großvaters bewahren. Es ist das Mindeste, was sie tun konnten.«

Arcadio nickt bedächtig. Er wirkt erschöpft. Der Kampf gegen die Institutionen, in den er sechsunddreißig Jahre investiert hat, hat ihn schließlich zermürbt. Man muss anerkennen, dass Amadeo Lax richtig lag, als er sich für ihn entschied. Jemand anders hätte schon längst das Handtuch geworfen.

»Kennst du den Restaurator?«, will Violeta wissen.

Als hätten ihre Worte die Abwesenden gerufen, taucht in dem Moment auf dem Treppenabsatz der junge Beamte auf, der ein Leinwandbündel und mehrere Eimer trägt. Ihm folgt ein etwas grimmig blickender Mann in einem weißen Overall mit buntem Fleckenmuster. Er begrüßt Arcadio vertraut und reicht Violeta die Hand. Dann nähert er sich dem Wandgemälde und taxiert sorgfältig die Schäden. Ab und an gibt er rätselhafte Kommentare ab: »Dieser Bereich wirkt etwas mitgenommener.« Oder er streicht über die Wand und sagt: »Hier sieht es ziemlich unregelmäßig aus.«

Die Umstehenden beobachten ihn stumm, die einen aus Demut, die anderen aus Unwissenheit.

Nach der knappen Diagnose macht sich der Restaurator ohne weitere Zeit zu verlieren an die Arbeit. Die beiden Männer helfen ihm, das Material herbeizubringen, und assistieren, während er alles, was er benötigt, aus einer Tasche nimmt. Dann erkundigt sich der Restaurator, wo er Wasser holen kann, um den Leim vorzubereiten, und der Beamte, der diese Frage wie so vieles andere auch nicht vorhergesehen hat, blickt hilflos zu Arcadio.

»Unten, im Dienstbotenbereich, gibt es einen Brunnen«, erklärt Arcadio. »Geben Sie mir den Eimer, ich werde ihn mit Wasser füllen.«

Weder Violeta noch Arcadio möchten jemanden bei der Arbeit überwachen. Sie lassen den Restaurator den Leim vorbereiten und verabschieden sich.

»Ich habe noch zu tun«, entschuldigt sich Violeta.

Der Einzige, der bleibt, ist der junge Beamte – man weiß nicht, ob aus Pflichtgefühl oder aus Interesse.

»Ich trage heute den Leim auf«, erläutert der Restaurator. »In ein paar Tagen, wenn alles durchgetrocknet ist, können wir das Bild abnehmen.«

Violeta und Arcadio steigen die Treppe hinab. Erst als sie an der Haustür ankommen, fragt sie, ob der Restaurator gut ist.

»Er genießt mein absolutes Vertrauen. Mach dir keine Sorgen.«

»Das freut mich«, antwortet sie. »Noch mehr Pfusch haben wir wirklich nicht verdient.«

Il falso ricordo (Die falsche Erinnerung), 1962
Öl auf Leinwand, 280 × 255 cm
Museo Thyssen-Bornemisza, Ständige Sammlung, Madrid

Die erste Frage wirft bei diesem Gemälde der Titel auf. Der Betrachter fragt sich zwangsläufig, was »die falsche Erinnerung« ist. Das Modell? Die schroffe Sinnlichkeit, die die Frau ausstrahlt? Ihre Jugend? Es ist weder bekannt, welche Frau für dieses Porträt Modell saß, noch welche Beziehung sie mit dem Künstler verband. Die große Bedeutung des Bildes liegt jedoch darin, dass Lax hier zum einzigen Mal sein großes Tabu brach: den weiblichen Akt. Daher rührt der absolute Seltenheitswert des Porträts, das der Künstler womöglich für sich selbst oder für die Frau auf dem Bild gemalt hat. Baron Heinrich Thyssen-Bornemisza erwarb 1972 das Gemälde direkt vom Maler, um es in seinem Wohnsitz in London zu präsentieren. 1988 ging es in die Bestände des späteren Museo Thyssen-Bornemisza über.
Besonders auffällig ist bei diesem Porträt die Gestaltung des Lichts, das die weibliche Figur betont, die an die idealisierten Aktgemälde der deutschen Symbolisten erinnert, sowie die überwältigende Ausdruckskraft des Modells, das ein vitales Abbild sexueller Begierde darstellt. Bemerkenswert ist zudem, dass der Maler seine kühne »Erinnerung« auf einem ähnlich prächtigen Lehnsessel präsentiert wie seinerzeit Velázquez den Papst Innozenz X. Vielleicht wollte Lax mit diesem verweisreichen Spiel den Charakter des Modells oder die Intention des Blickes betonen; möglicherweise ist es auch als Hommage an den Meister des spanischen Barock zu bewerten, der ihn so stark beeinflusst hat, oder auch als verhohlene Kritik am Klerus; diesbezüglich kursieren mancherlei Spekulationen. Ein Experte hat darauf hingewiesen, dass der Titel auf eben diesen Dialog der Gemälde anspielt, so als ginge es dem Künstler in seiner kreativen Erinnerung darum, die »klassischen« Porträts immer wieder neu zu deuten. Doch es gibt keine einheitliche These, und Amadeo Lax ist leider verstorben, ohne seine ästhetischen Absichten schriftlich zu hinterlegen.

Das Museo Thyssen-Bornemisza in der Tasche. Ein Rundgang zu den Meisterwerken der Privatsammlung von Heini Thyssen, Madrid 2002 (Ediciones del Museo)

V

Von den hochkarätigen Familien, deren Angehörige sich in jenen letzten Jahren des 19. Jahrhunderts täglich auf den Ramblas zur Promenade einfanden, zog eine einhellig Bewunderung und Neid auf sich: die Familie Brusés. Don Casimiro war ein reicher Stoffhändler, der sich bei gesellschaftlichen Anlässen nur äußerst selten sehen ließ. Seine häufigen Geschäftsreisen boten ihm die perfekte Ausrede, sich von solchem Treiben fern zu halten, und wenn er einmal zu Hause weilte, war sein Bedürfnis nach Ruhe so groß, dass er sich auf jeden Fall abseits hielt. Es hieß, dass er allein für die Zeitungslektüre jeden Tag mehr als drei Stunden aufbrachte. Selbstverständlich las er *El Diario de Barcelona*, die Tageszeitung, die am besten das Informationsbedürfnis der Unternehmer der Stadt bediente, die ihrerseits aus ihrer Lektüre eine sorgfältige, beruflich unabdingbare Studie machten.

Seine Gattin Doña Silvia Bessa de Brusés war eine sittenstrenge Dame, äußerst häuslich, äußerst häufig in der Kirche, äußerst großzügig bei ihren wohltätigen Aktivitäten. Ihr Leben spielte sich praktisch ausschließlich hinter verschlossenen Türen ab, so dass sie niemals auf die einzige schickliche Gelegenheit des Ausgehens verzichtet hätte. Deshalb gehörte sie regelmäßig zu den Spaziergängerinnen. Sie genoss ein so hohes Ansehen und sie hielt sich so pünktlich an ihre Promenadezeiten, dass es kaum einen Kavalier gab, der angesichts ihrer Kutsche nicht seine Schritte verlangsamte, um sie mit einer Verbeugung zu begrüßen, bevor er sich nach dem abwesenden Ehemann erkundigte.

Doña Silvia war sicherlich erst um die dreißig Jahre alt, aber sie war so altmodisch und konservativ, dass sie vor der Zeit gealtert war. Sie behandelte das Personal von oben herab, sie ging jeden Abend vor neun Uhr ins Bett und rühmte sich selbst, ein Dasein in Zurückgezogenheit und Ruhe zu führen, das jeglicher Leichtlebigkeit entbehrte. Sie las nur in der Bibel, und ihre einzige Gesellschaft stellte eine ledige Tante dar, die noch verbitterter war als sie, sowie ihre Kinder, die sie allerdings nur ansprach, um sie zu tadeln. Böse Zungen behaupteten, dass ihre Hausmädchen regelmäßig Selbstmord begingen und dass eine ihrer Köchinnen angesichts der fortwährenden Erniedrigungen ihren Kopf in einen Topf mit kochender Suppe gesteckt hatte. Manche gingen sogar noch weiter und zählten zu ihren Opfern auch ihren herzensguten Ehegatten, einen kleinen Mann, der so gutmütig war wie ein Schaf. Don Casimiro wäre vor seiner Heirat mit solch einer Inquisitorin niemals auf die Idee gekommen, Geschäfte in Übersee anzubahnen. Bald hieß es, nicht die Geschäfte hielten den Mann von seinem Zuhause fern, sondern die Furcht davor, bei seiner Rückkehr wieder dem eiskalten Blick seiner Frau ausgesetzt zu sein. Diese Leute meinten zudem, Don Casimiro verfüge in Kuba über ein ganzes Heer an fröhlichen und barbusigen Konkubinen, die nach Kaffee und Zuckerrohr dufteten und ihm all die Launen gewährten, die sich ein unglücklich verheirateter Mann nur wünschen kann.

Dennoch, nur selten führte ein Heimataufenthalt des Ehegatten nicht zu erneutem Nachwuchs, und auch diese Unfehlbarkeit und Beständigkeit des Ehepaares rief in der ganzen Stadt Bewunderung hervor. Mit dem Hin und Her hatten die Eheleute Brusés-Bessa, bevor die spanischen Kolonien in Amerika verlorengingen, insgesamt fünf Kinder in die Welt gesetzt, von denen drei noch lebten. Auch nach dem verlorenen Spanisch-Amerikanischen Krieg, sobald der ehrgeizige Geschäftsmann in anderen Ländern neue Plantagen errichtet und in den Vereinigten Staaten eine Reederei und in Argentinien einen Wollhandel aufgezogen hatte, zeugte Don Casimiro wieder und wieder pünktlich mit seiner angetrauten Gattin weitere sechs Kinder, von denen allerdings zwei das erste Lebensjahr nicht überstanden.

»Das sauertöpfische Gesicht hat die Arme von den vielen Geburten«, meinte Eutimia überzeugt.

Das letzte Kind war Teresa. Sie kam an einem Tag auf die Welt, der von Unheil überschattet war: am 10. Mai 1907, merkwürdigerweise am selben Tag wie der Erstgeborene des jungen spanischen Königs, der eine ganze Reihe scheußlicher Vornamen erhielt, die von dem Namen Alfonso angeführt wurde, dem Vornamen seines Vaters. Teresa und den kleinen Bourbonen einte also das tragische Stigma, das ihre Leben bestimmte. Mancher Monarchist hätte diese Koinzidenz zu schätzen gewusst, aber im Hause Brusés rief die Monarchie keine Begeisterungsstürme hervor, außer unter einigen Hausangestellten.

Das Unheil, das über Alfonso de Bourbon y Battenberg schwebte, dem Erstgeborenen des spanischen Königs Alfonso XIII., ist mehr als bekannt: Der Junge litt an Hämophilie und verbrachte über die Hälfte seines Lebens im Bett, wo ihn furchtbare Schmerzen plagten. Das Unheil, das Teresa betraf, ereignete sich hingegen eher diskret. Zwei Tage nach ihrer Geburt starb ihre Mutter im Wochenbett. Don Casimiro hielt sich, wie so oft, auf seinen Plantagen in Amerika auf und wurde schriftlich durch Doña Matilde von dem Todesfall unterrichtet, der frömmlerischen, verbitterten Tante, in deren Obhut die Kinder nun aufwuchsen. Bis der Witwer die traurige Nachricht erhielt und nach Hause zurückkehren konnte, war bereits ein halbes Jahr vergangen, und die Tante hatte sich dermaßen des Besitzes ihrer geliebten Nichte bemächtigt, dass der arme Millionär kaum einen Winkel fand, in den er sich zurückziehen konnte. Das Haus roch nach Kirche, die Buben sahen wie bedrückte Ministranten aus, die Tante gebärdete sich wie eine Gipsheilige, und das Personal hielt sich unerbittlich an ein Schweigegelübde.

An Freiheiten gewöhnt, die nach Rum und Kaffee dufteten,

und darüber hinaus an den Anblick von zwanzigjährigen Mulattinnen, hielt Don Casimiro diesen Zustand nicht einmal eine Woche lang aus. Die frömmlerische Tante, die sehr wohl die Schwächen des Fleisches ihres angeheirateten Neffen kannte, nutzte die Situation und drohte damit, das Haus zu verlassen, wenn sie für ihre Arbeit keine angemessene Anerkennung erhielt. Nur noch die Flucht vor Augen, gab der Millionär, der schon immer ein Feigling gewesen war, den Drohungen der habgierigen Alten nach und ging mit ihr in einer Zeremonie die Ehe ein, die er aus Scham geheim hielt. Nach Erledigung der Formalitäten küsste er seine Kinder in chronologischer Reihenfolge und nahm den Dampfer *Príncipe de Asturias* mit Ziel Argentinien.

Don Casimiro hätte wissen müssen, dass der kronprinzliche Name des Schiffs ein schlechtes Omen bedeutete, auch wenn dies tatsächlich keiner seiner tausendneunhundert Passagiere ahnen konnte. Zwei Wochen nach seiner Abfahrt aus dem Hafen von Barcelona, als er gerade vor der Küste von Brasilien unterwegs war, stieß der Überseedampfer auf ein unsichtbares Riff und ging in weniger als zehn Minuten unter. Dies erzählten zumindest die etwa hundertvierzig Überlebenden in ihren wenn auch nicht ganz übereinstimmenden Berichten. Die Geschwister Brusés im Alter von sechs Monaten bis sechzehn Jahren waren nun Vollwaisen und der Betreuung durch eine Stiefmutter ausgeliefert, die fünfundsiebzig Herbste zählte.

Die Hölle dieser armen Kinder dauerte über ein Jahrzehnt, die Zeit, die vergehen musste, bis die Alte starb. In diesen Jahren hatte die zweite Señora de Brusés ausreichend Zeit, um berufliche Pläne zunichte zu machen, Ehen zu zerstören, Träume zum Platzen zu bringen, einige der Stiefkinder zu enterben und alle aus dem Haus zu werfen, die sich ihren Vorstellungen widersetzten. Folglich waren die Geschwister in einer Art Diaspora verstreut, nachdem es ihnen zumindest gelungen war, den ihnen zustehenden Anteil am Erbe ihres Vaters einzuklagen. Keiner von ihnen führte das Familienunternehmen weiter, das schon bald nicht mehr die gewohnten beträchtlichen Gewinne abwarf und später bankrottging. Somit bildete Tante Matilde auch bei dieser für Barcelona so typischen Tradition eine Ausnahme, nach der ein Unternehmen vom Vater gegründet, vom Sohn vergrößert und vom Enkel in den Ruin getrieben wird.

Nach dieser Vorgeschichte ist es kein Wunder, dass es den Geschwistern schwerfiel, ihre Freude über das Ableben der Stiefmutter zu verbergen. Der Pfarrer musste sogar der Eile Einhalt gebieten, mit der sie sie bestatten wollten, indem er ihnen erklärte, dass Gott Zeit benötigte, um eine seiner besonders glaubensfesten Töchter so in seinen Schoß aufnehmen zu können, wie es sich gebührt.

Als die verhasste Frömmlerin endlich unter der Erde lag, folgte zunächst eine Phase der ungeduldigen Verstellung. Der Tratsch ging los, als die zwei älteren Brüder noch vor Ablauf der Trauerzeit zwei junge Mädchen aus bekannten Familien heirateten, wieder den alten Familiensitz bewohnten und damit begannen, eine Festivität nach der anderen auszurichten und sich zugleich um die Erziehung der vier jüngeren Schwestern zu kümmern.

»Schlechte Vorbilder für ehrenwerte junge Damen …«, monierten die bösen Zungen.

So wie nach einem zu langen und zu kalten Winter kam in der Familie Brusés der Beginn dieser neuen Jahreszeit einer Explosion gleich. Die Geschwister waren so begierig, sich zu amüsieren, dass sie weniger strenge Gewohnheiten einführten, eine neue Schneiderin suchten, mehr Personal einstellten, sämtliche Räume neu gestalteten, Tanzvergnügen, Konzerte, Auftritte und Empfänge ausrichteten. Sie bemühten sich so eifrig, die Regeln des Ancien Régime abzuschaffen, dass sie dabei beinahe die Ehre der heiratsfähigen Mädchen riskiert hätten. Der Familienname Brusés rief nun außer Neid noch Neugierde hervor. Der Cadillac der Familie, der von einem Fahrer in Livree gesteuert wurde, hielt oft vor den Türen exklusiver Restaurants wie dem Justin oder dem Maison Dorée. Die dritte Schwester, von allen Tatín genannt – dabei trug sie den Taufnamen María Auxiliadora –, bewegte sich in Künstlerkreisen, kleidete sich in Paris ein, war eine enge Freundin von Alfonso XIII. und zeigte keinerlei Heiratsabsichten. Ihre Beiträge zu den Festivitäten ihrer Familie verliehen diesen einen distinguierten Touch, denn schließlich gelang es ihr, Persönlichkeiten wie Carlos Gardel, Igor Strawinski und andere bedeutende Künstler zu Auftritten in dem frisch gestrichenen Pavillon im Garten zu bewegen, denen zwischen den Rhododendronbüschen ein sorgsam ausgewähltes Publikum applaudierte – darunter General Primo de Rivera und sogar der König.

Bei dem täglichen Schaulaufen der Gesellschaft, die in diesen Jahren von der Calle Riera Alta in den neuen Paseo de Gracia gezogen war, spielte die Familie Brusés mit ihrem unübertroffenen, wenn auch flüchtigen Glanz eine Hauptrolle. Doch angesichts der ledigen Brusés-Schwestern – mit Ausnahme von Tatín – erschauderten die Heiratskandidaten allein bei dem beunruhigenden Gedanken, dass in den Adern dieser wunderschönen jungen Damen mit den goldenen Locken und der Porzellanhaut das Blut der despotischen Doña Silvia floss, über die ihre Eltern so viel und so Schreckliches berichteten. Dann fiel die Familie ins andere Extrem, und die drei mittleren Schwestern, die in der tristen postkolonialen Ära auf die Welt gekommen waren, heirateten blutjung, um die Skandale zu verhindern, in die das ausschweifende Leben sie reißen könnte. Sobald die falschen Gerüchte und giftigen Kommentare verstummten, erlebten die Familienmitglieder, die die Mädchen in letzter Zeit mit mehr Herz als Verstand großgezogen hatten, ihre wohlverdiente Freiheit.

Doch Amadeo lernte Teresa nicht bei einer der Promenaden der guten Gesellschaft kennen und auch nicht bei einer der Feiern, die sich für die Familie als so lohnend erwiesen. Amadeo Lax hasste lärmendes Vergnügen, zudem rühmte er sich, noch nie getanzt zu haben. Er lernte die junge Frau sehr viel früher, in deren eigenem Haus kennen, in einer Phase, die von allen als der »Schwanengesang der Stiefmutter« bezeichnet wurde, zumindest was die Ausgaben anging. Amadeo war der Erste, der mehr als überrascht war, als er den Auftrag erhielt, alle Mitglieder der Familie Brusés zu porträtieren. Die gefürchtete Generalin hatte bereits die Kosten für das Engagement eines Porträtmalers verdaut, und getreu ihrer Maxime »Wenn du etwas machst, dann mach es richtig« verpflichtete sie dafür den gefragtesten Künstler der Stadt, auch wenn sie ihrem Wesen treu blieb und bis zum Schluss dessen Honorar hinunterhandelte.

Doña Matilde stand dem Maler als erstes Familienmitglied Modell, mit ihren ehemals rotblonden Haaren, bleich wie ein Seeteufel, mit den Juwelen behängt, die sie bei den Premieren im Liceo anzulegen pflegte. Kaum war ihr Porträt beendet, begann sie zu sterben, wie ein jungfräulicher, apostolischer Dorian Gray. Dann kamen die Geschwister an die Reihe, vom Ältesten bis zur Jüngsten. Die jungen Männer posierten im Cut, Tatín in einem dunklen Kleid, das eher einem Trauergewand glich. Die Mädchen Luisa, María und Silvita trugen lange Kleider. Letztere erhielt von einer älteren Schwester als Leihgabe einen marineblauen Rock, in dem sie wie kostümiert aussah, wie eine junge Frau, die sie noch nicht war.

Teresa war zwölf Jahre alt, wirkte aber noch jünger. Lax porträtierte sie in einem kurzen, kniefreien Kleid. Das Mädchen stand dem Maler vier Tage lang Modell. Diese vier Tage waren eine Zeit der gegenseitigen Betrachtung. Sie war von seiner Eleganz, seiner Schweigsamkeit und seinem unerreichbaren Alter fasziniert – Lax war damals etwa dreißig Jahre alt. In der Tiefe seines Blickes meinte sie, ein Geheimnis versteckt zu sehen, und gelobte sich, nicht aufzugeben, bis sie es aufdeckte.

Als Amadeo Lax seinen Auftrag im Hause Brusés fertiggestellt hatte, ließ er dort das erste von insgesamt siebenunddreißig Porträts von Teresa zurück sowie das junge Modell, das sich nach ihm verzehrte.

Das Mädchen Teresa Brusés, 1919
Öl auf Leinwand, 180 × 70 cm
Barcelona, MNAC, Sammlung Amadeo Lax

Dieses Bild gehört zu Lax' erster Phase als Porträtmaler der hohen Gesellschaft von Barcelona. Den Auftrag erhielt der Künstler von der Stiefmutter und Tante des Modells, und man geht davon aus, dass er während der Arbeit an dem Porträt die Person kennenlernte, die er neun Jahre später zu seiner Frau machte. Das Gemälde stellt das erste von insgesamt siebenunddreißig Porträts von Teresa Brusés dar, die Lax im Verlauf seines Lebens ausführen sollte.
Besonders auffällig ist hier die Palette heller Farben - das Blau von Teresas Kleid und die Ockertöne für ihr blondes Haar - in Kombination mit ihrem ausdrucksstarken Gesicht, in dem der Künstler die Seele dieses gleichermaßen ruhelosen wie sanftmütigen Mädchens einfing, das ein großes Interesse an Lektüre und Bildung zeigte. Die Bedeutung, die Letzteres für die Jüngste der Geschwister Brusés einnahm, spiegelt das Buch wider, das sie auf ihrem Schoß hält. Dies ist nicht das einzige Porträt, in dem Amadeo Lax Teresas Liebe zu Büchern darstellt. Die Blume im Haar symbolisiert die Weiblichkeit, und die Katze, die auf ihrem Schoß schläft, steht für die kindliche Welt, die das Modell zu diesem Zeitpunkt noch nicht ganz verlassen hat. Man hat oft darauf verwiesen, dass sowohl Bücher wie Katzen beständige Attribute der wichtigsten Muse des Malers sind. Mit den Jahren erfuhren diese Motive zudem eine gewisse Entwicklung, die einige kunstgeschichtliche Untersuchungen analysiert haben.

Amadeo Lax. Der Porträtmaler (Ausstellungskatalog des Museo Thyssen-Bornemisza), Madrid 2002

VI

Ein feines Ohr hätte das Ächzen der Leinwandstreifen wahrgenommen, die der Restaurator mit Leim auf dem Porträt der abwesenden Teresa angebracht hat. Sie trocknen langsam, in Unkenntnis ihrer Rolle, die sie in dieser Angelegenheit spielen, aber in Einklang mit der Umgebung. Trotz allem, die Zeit hat es im Patio des Hauses der Familie Lax niemals eilig.

Die Bauarbeiten an dem neuen Familienwohnsitz, dem Traum, den sich Don Rodolfo verwirklichte, gingen über etwa sieben Jahre, in deren letztem der Umzug ständig bedrohlich über der Familie dräute. Wer das neue Haus bereits gesehen hatte, erzählte wahre Wunderdinge davon. Eutimia war schon zwei Mal dort gewesen und berichtete den übrigen Dienstboten von dem neuen Haus mit seinen vier Stockwerken, den großen Fenstern, die zur Straße zeigten, und vor allem von der mit reichhaltigen und detailfreudigen Ornamenten gestalteten Beletage.

Das Haus glich also eher einem Palast, angefangen bei der Haupttreppe, die so imposant war, dass die Haushälterin bei der Beschreibung nur noch die Augen verdrehte und ihr die Worte fehlten. Schließlich führte sie ihre Hände zur Brust und umklammerte das Medaillon mit den Schnurrbarthaaren ihres Ehegatten, während sie die Weinranken und Weintrauben aus Marmor beschrieb, die ihr schier den Atem raubten. Laut Eutimia verteilten sich die Räume des Dienstbotentrakts zwischen dem Erdgeschoss und dem Untergeschoss. Man hatte besonders darauf geachtet, dass die Räume nicht zu eng waren und dass alle – »alle« betonte Eutimia – eine eigene Fensterluke hatten, durch die man zumindest in den Räumen, die zur Straße zeigten, die Füße der Passanten betrachten konnte. Die beiden Küchen lagen so weit weg vom Esszimmer, dass keine störenden Gerüche nach oben drangen, zudem waren sie gut zu lüften, recht geräumig und noch dazu mit einem modernen Lastenaufzug ausgestattet. Der eigentliche Küchenraum war so großzügig angelegt, dass zwei Bänke für jeweils sechs Leute hineinpassten, ein großer Tisch, ein gusseiserner Herd mit sehr vielen Unterteilungen (allein deren Emailüberzug bot einen schönen Anblick) und zwei riesige Eisschränke aus Holz. Der Ofen für die Bügelfrau befand sich in einem extra Raum, nur für sie. Das Beste aber hatte sich Eutimia für den Schluss aufgespart: In dem neuen Haus gab es drei getrennte Badezimmer, eines davon im Untergeschoss neben der Küche, mit einer Zinkbadewanne und einer Wanddusche. »Und dieses Badezimmer ist für uns«, stellte sie klar, falls das jemand nicht sofort verstand.

Zudem gab es eine absolute Neuheit, die alle so bald wie möglich besichtigen wollten, allerdings nicht in den dem Personal zugedachten Räumlichkeiten: einen Generator zur Erzeugung von elektrischem Licht. In dem alten Haus behalfen sie sich noch mit Gas- und Petroleumlampen, also konnten sich nur wenige der Hausangestellten vorstellen, wie das vor sich gehen sollte, allein durch ein Knipsen eines Schalters an der Wand eine Helligkeit wie aus einer anderen Welt zu erzeugen.

Die Elektrizität löste bei vielen Misstrauen aus, denn es kursierten fürchterliche Geschichten, zum Beispiel, dass in Italien Fußgänger, die Straßenbahnschienen betraten, auf der Stelle tot umfielen. Es gab Leute, die sich weigerten, unter einem eingeschalteten elektrischen Licht hindurchzugehen, oder, noch schlimmer, die einen Raum, den das elektrische Licht erobert hatte, gar nicht erst betraten. Deshalb übernahm es Doña Maria del Roser höchstpersönlich, bei der ersten Dämmerung im neuen Haus die Erfindung in allen Details vorzuführen. Man hatte zu diesem Anlass das komplette Personal zusammengerufen, und alle gaben begeisterte »Aaaaahs« und »Ooooohs« von sich, alle, außer Juanita, der Köchin, die angesichts solch moderner Errungenschaften immer schlechte Laune bekam.

»Ach, das sind doch nur Spielereien für reiche Leute!«, brummte sie. »Wenn unser lieber Herrgott die Nacht über die Welt ausbreitet, wie kommen wir Menschen dann dazu, ihm eine Festbeleuchtung anzuknipsen?«

Vor dem großen Umzug gestaltete sich das Leben im alten Haus, wo nichts mehr an seinem Platz war, zu einem Provisorium. Nicht einmal die übliche Reinlichkeit wurde beibehalten, denn das Personal war von dem entschlossenen Geist der Hausherrin infiziert, die unzählige Male ihre Meinung vorbrachte, dass nicht eine Minute für das Putzen von Dingen vergeudet werden sollte, die ohnehin weggeworfen würden.

Und das war keine Metapher: Die städtischen Politiker, die große Stücke auf Don Rodolfo hielten, hatten entschieden, an der Stelle, wo es zuvor nur ein Labyrinth von engen, düsteren Gassen gab, in denen alte Paläste und ehrwürdige Kirchen das Straßenbild prägten, eine breite Avenida zu errichten, der sie in Ermangelung einer besseren Alternative den nicht sonderlich inspirierten Namen »Gran Vía A« – »Große Straße A« – verpassten. Diese neue Straße von pharaonischen Ausmaßen stellte eine gerade Verbindung zwischen dem Meer und der Plaza Urquinaona dar, die im rechten Winkel von zwei großen Verkehrsadern gekreuzt wurde. Die erste entstand als Erweiterung der bereits bestehenden Calle Princesa, und die zweite, die vorläufig nur »Vía C« genannt wurde, sollte bis zur Kathedrale führen. Zudem entstanden noch zahlreiche, nicht ganz so breite, aber völlig neue Straßen, die aus diesem Viertel eine ganz andere Stadt machen sollten. Das Haus der Familie Lax lag rechts der neuen Avenida, mehr oder weniger an der Stelle der »Vía C«, dort, wo heute nur noch Großstadtverkehr und lautes Hupen herrschen.

Sein Abriss machte nicht anderen Gebäuden Platz, sondern einem breiten Weg Richtung Kathedrale, der das Viertel in ein kurioses Karree einteilte. Die Enteignungen betrafen zweitausend Häuser und führten zu einer entsprechenden Protestwelle. Doch die Verantwortlichen ließen sich durch nichts von ihren Plänen abbringen.

Rodolfo Lax konnte all dies nachvollziehen.

»Die Leute mögen den Fortschritt einfach nicht«, sagte er. »Wenn alle Erneuerer auf der Welt auf die Proteste ihrer Mitbürger eingegangen wären, würden wir immer noch Bisons an Höhlenwände kritzeln.«

Ihm hingegen verursachten die Veränderungen einen angenehmen Magenkitzel. Er selbst kam richtig in Fahrt, wenn er von der Geschwindigkeit sprach, mit der die Räumgeräte »dieses Labyrinth ungesunder Steine« erledigten. Er trug dazu bei, die kritischsten Geister zu besänftigen, denn mit seiner Unterstützung wurde manch mittelalterlicher Palast und mehr als ein Kloster Stein für Stein umgezogen, auch wenn man ihn zu Hause sagen hörte: »Meine Güte, die Äbtissinnen werden ganz schön zickig, wenn es um ihre Kreuzgänge geht!«

Rodolfo Lax hatte krebsrote Wangen, eine dröhnende Stimme, und er lachte gerne. Er gehörte zu der Sorte Männer, die in Cut und Zylinder immer verkleidet aussahen, so als wäre sein Körper dazu gemacht, den weiten Kittel und die Bauchbinde der Bauern zu tragen. Seine Füße schienen besser für den freien Gang in Espadrillen geeignet und konnten sich niemals an harte Lederschuhe gewöhnen. Er war der einzige Sohn einer reichen Händlerfamilie aus Vic, der dem Unternehmen, das ihm als Erbe und aus Tradition zustand, wenig zugeneigt, aber so ehrgeizig war, dass er, als er mit fünfundzwanzig Jahren Vollwaise wurde, kurzerhand seinen Besitz verkaufte und nach Barcelona ging. Dort lebten zwei entfernte, ledige Tanten verängstigt in einem viel zu großen Haus, das mangels direkter Erben über kurz oder lang ohnehin ihm zufallen würde. Rodolfo Lax machte sich auf den

Weg, stellte sich den Tanten vor und war ihnen auf Anhieb sympathisch. Von da an begann sein Aufstieg.

In diesen Jahren vor der Weltausstellung 1888 bildete die Stadt in ihrer urbanistischen Blüte einen fruchtbaren Boden für rastlose Menschen, die ihr Glück versuchten und ihr letztes Geld aufs Spiel setzen wollten. Rodolfo begriff sehr schnell, dass es dort zwar viele reiche Leute gab, die meisten von ihnen jedoch ein wenig gemächlich waren. Für den weiteren Aufschwung der Stadt war der Generationenwechsel überfällig, und Rodolfo tat einiges, um sich selbst als naheliegende Lösung zu präsentieren. Er studierte sehr genau die städtebaulichen Pläne und schüttelte bei Festivitäten der guten Gesellschaft zahlreiche Hände. Schließlich investierte er seinen letzten Real in den Kauf von Parzellen im Bereich des Paseo de Gracia, der Calle de Balmes sowie weiter oberhalb von Barcelona in einer Gegend, in der es nur Ackerland und Gartenbau gab. Er traf sich mit einflussreichen Persönlichkeiten und setzte seine innovativen Ideen durch, überzeugte die enteigneten Grundbesitzer davon, dass ihr Opfer dem Wohl der Stadt zugutekam. Er selbst zeigte sich häufig in den Baracken, in denen den Arbeitern ein derbes Unterhaltungsprogramm geboten wurde, bis sie ihn als einen der ihren betrachteten. Er verfeinerte sein Katalanisch, so dass er von eingefleischten Katalanisten respektiert wurde, er pries die Monarchie – aber nur, weil sie eine Freundin seiner Freunde war –, er wurde zum Freidenker, ohne seine sonntäglichen Gottesdienstbesuche aufzugeben. Er schloss sich den Streikenden an, wenn ihm das einen Vorteil bei der Zentralregierung in Madrid verschaffte, und als die katalanischen Minister in der Zentralregierung die Mehrheit stellten, frequentierte er das Hotel Palace in Madrid. Seine erfrischende Herzlichkeit im Einklang mit seiner geradlinigen Art und seinem offenkundigen Geschäftssinn kamen in dieser Schicht, die äußerst empfänglich für Gewinne war, außerordentlich gut an, bis schließlich Rodolfo Lax wenige Jahre nach seiner Ankunft in Barcelona ein reicher Mann war, der den begründeten Ruhm eines

Visionärs genoss und den all seine neuen Freunde um Rat ersuchten, wenn sie eine Investition beabsichtigten.

»Die Avenida Diagonal ist gar nicht so weit weg, wie es aussieht! Auch wenn man es jetzt noch nicht glauben mag, in ein paar Jahren wird sie eine wichtige Verkehrsader sein!«, behauptete er begeistert.

Wer auf seinen Rat hörte, sah das Geld in den Kassen sehr schnell anwachsen. Die Großzügigkeit, mit der er seine profitablen Prophezeiungen teilte, brachte ihm in kurzer Zeit viele neue Freunde ein, die voll des Danks waren. Und reich an Einfluss. Bekanntlich ist ja haufenweise Geld der beste Dünger für gute, haltbare Beziehungen. Der hellsichtige Neuankömmling wurde somit zu einem der Geburtshelfer der neuen Stadt, in der die Träume der Idealisten mit den Geschäften der Pragmatiker eine Symbiose eingingen. Die einen und die anderen setzten seine Ratschläge um, noch ehe oder nachdem sie ihn zum Abendessen eingeladen hatten.

Don Rodolfo war kein Freund von Zeitverschwendung. Daher entschloss er sich, die gesellschaftlichen Treffen für seine Verlobung zu nutzen. Im Haus eines sehr vornehmen Freundes hörte er von einer jungen Dame aus Mataró, die zwar aus sehr guter Familie stammte, allerdings nichts als Grillen im Kopf hatte – obwohl man ihr eine sorgfältige Erziehung hatte angedeihen lassen. Sie konnte sticken und vernünftig kochen und wusste, wie viel Asche eine ordentliche Waschlauge enthalten muss. Dies war zumindest die Ansicht ihrer verzweifelten Eltern, die nur die Neigung ihrer einzigen Tochter sahen, an skandalösen Treffen teilzunehmen, wo es vor lauter Exzentrikern – um nicht zu sagen völlig Irren – nur so wimmelte, und von denen sie restlos zerstritten mit allen wichtigen Persönlichkeiten zurückkam.

Der Familienname – Golorons – war bis nach England und Amerika ein Inbegriff für Textilien aus Katalonien. Die Exportaktivitäten der beiden Brüder Golorons, Gesellschafter des Handelsgeschäftes, das sie von ihrem Vater geerbt hatten, waren so intensiv, dass sie einige Schiffe erwarben, um die Nachfrage ihrer zahlreichen ausländischen Kunden befriedigen zu können. Ihre geschäftlichen Beziehungen nötigten sie, ein Büro in Barcelona zu unterhalten, doch die beiden Provinzunternehmer hielten das Großstadtleben nicht aus. Sie bemühten sich, ihren Palast in Mataró so selten wie möglich zu verlassen, der mitten im Zentrum lag und dessen Architektur – wenn auch nur äußerlich – venezianisch inspiriert war, denn die Innenausstattung war von einer eremitischen Kargheit geprägt. Die Golorons verbrachten höchstens die Sommermonate in Argentona, wo sie den gleichen Lebensstil pflegten, wenn auch mit weniger Kleidung und mit mehr Vegetation.

Das Unglück dieser fleißigen Unternehmer allerdings waren die Angewohnheiten, die ihre Alleinerbin an den Tag legte. Die junge Dame war für die im Hause üblichen Sitten viel zu fröhlich. Sie fühlte sich nach Barcelona hingezogen und suchte unentwegt nach Vorwänden, die Großstadt zu besuchen und sich dem Strudel der schlechten Einflüsse auszusetzen, womit sie in den Augen von Vater und Onkel alles aufs Spiel setzte, was sie und ihre tapferen Vorfahren in all den Jahren geschaffen hatten. Es gab nur einen Weg, das Erbe zu bewahren, da Gott anscheinend nicht wollte, dass der unternehmerische Geist, der die männlichen Familienmitglieder auszeichnete, auf die nächste Generation überging: Es galt, für dieses verrückte Huhn einen Heiratskandidaten zu finden, der in der Lage war, mit all dem fertig zu werden. Einzig und allein aus diesem Grund begannen die Gebrüder Golorons in Begleitung der faden Gattin des Älteren, an den gesellschaftlichen Anlässen in Barcelona teilzunehmen, die sie eigentlich so verabscheuten. Aber Fortuna war ihnen hold, und in kurzer Zeit lernten sie ausgerechnet den jungen Mann mit der vielversprechendsten Zukunft der ganzen Stadt kennen.

Rodolfo hatte keineswegs angestrebt, das Erbe eines Textilimperiums anzutreten, doch mit seinem fröhlichen Wesen war er längeren Vorüberlegungen nicht zugeneigt. Der glückliche Zufall ihres Zusammentreffens war anderen Umständen geschuldet. Im Grunde genommen waren die beiden Unternehmer aus Mataró ebenso provinziell wie der junge Mann, der aus Vic geflüchtet war. Die Männer verband ihre gemeinsame Abneigung gegen einen exzentrischen Lebensstil, der ihnen nicht im Blut lag, auch wenn jeder von ihnen mit anderen Mitteln dagegen anging.

So kam es, dass Rodolfo Lax den Kampf aufnahm. Das Problem mit dem heiratsfähigen Mädchen wurde im zweiten Gespräch thematisiert, zu dem es zwischen den beiden Industriellen und dem jungen Lax kam. Die Gebrüder Golorons redeten ohne jegliche Umschweife und ließen kein wichtiges Detail aus, beispielsweise, dass die junge Frau nicht sonderlich attraktiv war. »Ich fürchte, sie ist auch nicht besonders häuslich«, merkte ihre Mutter noch an. Sobald eine gewisse Vertrautheit hergestellt war, bekannte der Vater seine Überzeugung, dass nur ein Ehemann mit klaren Vorstellungen das widerspenstige Mädchen im Zaum halten könne. Dann senkten sie die Stimme, um über die Mitgift zu reden, die den Kandidaten trotz ihrer Üppigkeit keineswegs beeindruckte. Das Angebot erfolgte während der Vorstellungspause der Eröffnung der Saison im Gran Teatro del Liceo, die von dem Streit beherrscht wurde, der das Publikum in Aufregung versetzte: Einige Zuschauer hielten es für Blasphemie, dass der junge Tenor Francesc Viñas – wenn auch nur in den Wiederholungen – es wagte, Wagner auf Katalanisch zu singen, ein Idiom, das für sie die unkultivierte Sprache der einfachen Leute war. Die anderen hingegen rühmten den sängerischen Wagemut, wobei ihre Augen voller Tränen standen, die sich einen Wettstreit mit den Brillanten lieferten, die an einigen Ohrläppchen hingen. Die Familie Golorons hatte in dieser Pause wichtigere Probleme zu lösen als irgendwelche musikalischen Petitessen, zudem war Wagner für sie ohnehin nur ein unkultivierter Banause. Mit äußerst nibelungischer Schwere nahmen sie das

Gespräch mit Don Rodolfo in Angriff, und dieser versprach, noch vor der nächsten Vorstellung zu antworten, die zwei Abende später stattfand.

In jener Nacht dachte Rodolfo Lax in der Einsamkeit seines engen Junggesellenlagers über das Angebot nach, als ginge es um ein Geschäft. Er wog die Vor- und die Nachteile ab, die eine Eheschließung mit sich brachte, und fixierte schriftlich einen Zeitplan mit den Verpflichtungen, die ihm sein Status als verheirateter Mann abverlangte. Über die mögliche Verlobte musste er keine Bewertung abgeben, denn alles, was man ihm bislang über sie berichtet hatte, erschien ihm faszinierend. Er sehnte die Stunde herbei, sein Wissen über sie zu erweitern. Es erübrigt sich auszuführen, dass Rodolfo Lax in Sachen Frauen ebenso auf der Höhe der Zeit war wie in allen übrigen Belangen.

Er entschied, das Risiko einzugehen. Schließlich war es nicht riskanter, eine junge Dame zu ehelichen, als Grundstücke an der Straßenecke von Avenida Diagonal und Rambla de Catalunya zu erwerben. Die Welt der Textilindustrie hatte ihn nie übermäßig interessiert, aber die Chance, sehr viel Geld damit zu verdienen, bot ihm einen hervorragenden Anreiz, seine Vorlieben zu ändern. Also schickte er am nächsten Tag einen vornehm gekleideten Dienstboten zu dem venezianischen Palast der Familie Golorons in der Calle de la Riera in Mataró, der ein kurzes Billett überbrachte, in dem Don Rodolfo um ein Treffen bat. Dieses wurde für zwei Tage später angesetzt, morgens um halb neun. Don Rodolfo erfuhr nie, ob diese proletarische Uhrzeit der Notwendigkeit entsprang, in einem bereits übervollen Terminplan eine Lücke zu finden, oder ob der zukünftige Schwiegervater sein Interesse auf die Probe stellen wollte.

Rodolfo brach am Vorabend um neun Uhr in Barcelona auf, und zwar in einer Kutsche der Casa Juan Rovira, die er eigens für diesen Anlass mietete. In El Masnou machte er Halt, um zu Abend zu essen, ein paar Stunden zu schlafen und so gut es ging Toilette zu machen. Am nächsten Morgen traf sein Wagen bereits um Viertel vor acht in der Calle de la Riera ein, die noch in der müßiggängerischen Morgendämmerung verharrte, und Rodolfo erfreute sich am Klang der Glocken der Basilika Santa María, die zum Acht-Uhr-Gottesdienst riefen. Auf der Kutschentür prangte der Slogan des Fuhrunternehmens Casa Juan Rovira, der ebenso gut sein eigener hätte sein können: *Mit Fleiß und Sparsamkeit.* Zu dem Anlass trug er einen neuen Zylinder und einen neuen Krawattenschal. ›Für so eine Gelegenheit kann man ruhig einmal Geld verschwenden‹, hatte er sich gedacht.

Die Gebrüder Golorons traf er dann in einer Aufmachung an, als wären sie auf dem Weg zur Zwölf-Uhr-Messe. Nach der doppelten Audienz beim Vater und dem Onkel wurde das Mädchen benachrichtigt, das zu aller Missbilligung – außer von Rodolfo Lax – halb tot vor Neugierde die Treppe hinuntersauste. Glücklicherweise konnte sich die junge Dame gerade noch rechtzeitig zügeln und eine wenn auch nicht sonderlich überzeugende Gleichgültigkeit auf den unteren Treppenstufen vortäuschen, was die Gemüter wieder beruhigte. In dem düsteren Salon, der mit Möbeln vollgestellt war, die eher wie Altaraufsätze aussahen, improvisierte der Heiratskandidat mehr schlecht als recht eine Liebeserklärung vor der Erbin, die ihn ohne mit der Wimper zu zucken betrachtete und dabei versuchte zu ergründen, ob er auch in anderen Belangen so ungeschickt war.

Trotz allem, oder womöglich um die Gelegenheit beim Schopf zu packen, dies herauszufinden, willigte sie ein.

An jenem Tag speiste die Familie Golorons im großen Salon. Dabei stellte sie das gute Porzellan, die Kristallgläser und das Silberbesteck für besondere Gelegenheiten zur Schau. Die intime Atmosphäre des Mittagessens war der geeignete Rahmen, um die vergangenen Familienkatastrophen Revue passieren zu lassen, deren Aufzählung es den beiden Brüdern äußerst angetan hatte und unter denen der Tod der Gattin des jüngeren Bruders vor zehn Jahren einen besonderen Rang einnahm, auch wenn niemand die Todesursache an sich erwähnte. Die arme Verblichene hatte nach wie vor bei Tisch ihren eigenen Platz, der niemals abgedeckt wurde, und ihr zu Ehren trug der Witwer eine Trauerbinde, die er, so sagte er zumindest, bis zu seinem eigenen Tod zu tragen gedachte. Rodolfo hieß, ohne sich darüber zu äußern, die Gewohnheiten gut und war überaus geneigt, alle möglichen weiteren Familientraditionen zu akzeptieren, während er sich von dem lebhaften Blick der Erbin beobachtet sah. Man reichte vier Gänge, die von einem halben Dutzend Flaschen Wein und Sekt begleitet wurden und jeweils das Exquisiteste darstellten, was der Weinkeller hergab. Das Personal des Hauses war sprachlos und befürchtete, die Herrschaften, die sonst immer so reizlos lebten, stünden vor dem Ruin. Wie sonst ließe sich plötzlich eine bislang nie gekannte Freigebigkeit erklären?

Sobald die Verlobten Gelegenheit erhielten, sich näher kennenzulernen, beglückwünschte sich jeder der beiden insgeheim zu diesem Schritt. Rodolfo war hingerissen von dieser sympathischen kleinen Revolutionärin, die nicht nur unermüdlich, sondern zudem eine Idealistin war, nicht sehr ansehnlich und vorlaut, aber von einer Liebenswürdigkeit, die alles übertraf, was er bis dahin erlebt hatte. Das Mädchen hieß Maria del Roser, aber für ihn war sie seine Rorró, Rorrita, Rorrorita, und er erfand noch zahlreiche weitere Variationen, je mehr vibrierende R, umso besser. Rodolfo verehrte sie vom ersten Moment, an dem er sie für ihre Überzeugungen wie auf einem Rednerpult kämpfen sah, und noch Sekunden vor seinem Ende hätte er geradeheraus erklärt, dass sie der größte Glücksfall war, den ihm das Leben beschert hatte. Was aus dem Munde des Erben von Manufacturas Golorons und dem Begründer von Industrias Lax nicht wenig war.

Sie hingegen liebte auf den ersten Blick an ihm – so erzählte sie zumindest einige Male – seine Ungeschicklichkeit. Aus irgendeinem unerfindlichen Grund war Rodolfo ein Mann, der niemals die Proportionen seines Körpers kannte. Er stieß gegen Türen, Treppen, Fenster, Möbel, … und zwar immer wieder, denn mit den Jahren musste sie feststellen, dass das Phänomen mit der Gewohnheit keineswegs abnahm. Zudem war diese Eigenschaft erblich, auch wenn sie das damals noch nicht ahnen konnte. In dem Augenblick kannte sie nur seine Liebeserklärung, die wie eine Rede bei einer Aktionärsversammlung klang und bei ihr eine unendliche Zärtlichkeit auslöste. Später erlebte sie ihren Verlobten als modernen, vergnügten und intelligenten Mann, der für langfristige Geschäfte mit einer Art sechstem Sinn ausgestattet war. Und da sie sich für Modernes, Vergnügen, Intelligenz und die Zukunft ganz gleich welcher Frist interessierte, kam sie sich wie die glücklichste Frau der Welt vor.

Aber kehren wir zu dem Umzug zurück und folgen wir nicht den Abwegen der Erinnerung, die alles aufwühlen, sonst läuft diese Geschichte Gefahr, kein Ende zu finden. An jenem Morgen Ende Januar 1899 begann die Familie Lax den Tag in einem Haus, das schon darauf vorbereitet war, dass man es nur noch mit einem letzten flüchtigen Blick bedachte. Alle wichtigen Dinge waren längst verpackt. Was an Ort und Stelle blieb, fiel dem Vergessen anheim. Ein Heer junger Burschen in blauen Staubkitteln erschien noch vor dem Morgengrauen und begann damit, die Karren zu beladen. Die Señora stand früher als gewöhnlich auf und war um sieben Uhr bereits vollständig angekleidet und parfümiert und erteilte Anweisungen. Don Rodolfo hatte das neue Heim als Vorhut aufgesucht, und ihm hatten sich Eutimia und einige Handwerker angeschlossen, die die Möbel aufschlagen sollten.

Bereits zur Mittagsstunde hatten fast alle das alte Haus verlassen. Einige, wie Juanita, die alte Köchin, mit Tränen in den Augen. Andere, wie die Kinder, mit mehr Hoffnung auf die Zukunft, die sich ihnen eröffnete, als Wehmut über die Vergangenheit, die hinter ihnen lag. Nur Amadeo war mürrisch, denn seine Mutter hatte ihm verboten, die Kiste mit den Schildkröten zu tragen. Sie hatte diese einem der Umzugshelfer anvertraut und somit den kleinen Tieren die Ehre verwehrt, die Familie auf dem Umzug zu begleiten.

Felipe erwartete sie auf der Straße und verbreitete eine feierliche Stimmung, was von dem Umstand betont wurde, dass eine Gruppe Passanten das viele Hin und Her beobachtete. Die Señora ordnete an, dass alle der Reihe nach aus dem alten Haus gingen, und bat Concha, die Kinder in die viersitzige Kutsche zu verfrachten.

Als ihr ältester Sohn hinaustrat, rief sie ihn zu sich: »Amadeo, willst du uns die Ehre erweisen und das Haus zum letzten Mal abschließen?«

Dieses Angebot ließ den Jungen, der gerade zehn Jahre alt geworden war, die Missachtung vergessen, denen seine Schildkröten zum Opfer gefallen waren. Er nahm den Schlüssel an sich, und mit der Haltung eines Erwachsenen steckte er ihn ins Schloss und drehte zwei Mal um, für immer.

Dann stiegen auch Mutter und Sohn in die Kutsche, wo sie von Violeta – auf Conchas Armen – und Juan erwartet wurden, der bereits ungeduldig und abenteuerlustig war. Gemeinsam machten sie sich auf den Weg in ihr neues Leben. Die Señora winkte einigen Damen auf der Straße zu, und Concha tat das Gleiche mit deren Dienstmädchen. Sie gaben sich wie Prinzessinnen, die gerade ihren Palast verließen.

Die Fahrt durch das enge Gassengewirr verlangte ihnen zu der Tageszeit sehr viel Geduld ab. Einige Male mussten sie abwarten, bis der Weg wieder frei wurde. Sie fuhren ein letztes Mal durch die Calle Mercaders und überquerten die Calle de la Avellana. Unterwegs begegneten sie dem Scherenschleifer, den Eselinnen, die gerade gemolken wurden – die Kundschaft wartete mit verschränkten Armen, und die Señora erklärte den Kindern, dass Eselsmilch ein sehr gutes Heilmittel gegen Magenprobleme sei –, einem Karren mit lebendigen Hühnern und vor seinem Ladenlokal auch Pablo, dem Schneider, der den Spitznamen »der Lahme« trug. In der Calle de la Bomba wehte ihnen der Geruch des Milchgeschäfts entgegen, an dessen Tür ein Schild besagte: *Wir verabreichen Klistiere und wir bekleiden Verstorbene.*

Sie bogen nach rechts zur Plaza del Ángel ab, doch der Platz war verstopft mit Bauern, die lauthals ihre Waren anpriesen. Irgendwie erreichten sie dennoch die Cuesta de la Prisión und gelangten in Richtung der Calle de la Frenería. Die Señora, die endlich am Paseo de Gracia ankommen wollte, murmelte fortwährend vor sich hin: »Was für ein Glück, dass wir diese engen Gassen nicht mehr sehen müssen!«

Als sie schließlich auf die Ramblas einbogen, waren alle erleichtert, diese dem Tode geweihten Gassen hinter sich zu lassen, in denen alles, was sie nun noch betrachtet hatten, zum Verschwinden verurteilt war.

Im oberen Abschnitt der Rambla de Canaletas hatte sich ein Apfelsinenverkäufer niedergelassen. Seine Waren türmten sich auf dem sandigen Boden, und die Señora bat Felipe anzuhalten und trug Concha auf, einige Früchte zu kaufen. Die Amme wählte einige Früchte aus und handelte den Preis auf die Hälfte hinunter. Mit dieser leckeren Beute an Bord überquerten sie die moderne Plaza Catalunya. Sie waren frohgemut wie Ausflügler, auch wenn Amadeo eine Ausnahme zu machen schien, denn falls er glücklich war, so zeigte er es nicht. Er wirkte so ernst, schweigsam und beobachtend wie immer. Veränderungen behagten ihm nie sonderlich, nicht einmal als kleiner Junge, und in dem Moment stellte für ihn das neue Haus mehr Fragezeichen als Anlass zur Freude dar. Sein Bruder hingegen trällerte vor sich hin. Juan war dazu aufgelegt, alles und jedes zu bejubeln: Wenn sie die von Maultieren gezogene Straßenbahn überholten – die auf den Straßen auch schon altmodisch anmutete –, die Fassade des Palacio der Familie Samà, dessen Räume, so sagte man, im orientalischen Luxus gestaltet waren, die leuchtende Markise des Teatro Eldorado oder, vor allem, ihre Fahrt vorbei am Hotel Colón, auf dessen Terrasse die privilegiertesten Gäste der Stadt gerade frühstückten. Angesichts dieses luxuriösen Etablissements musste seine Mutter ihn ermahnen.

»Juanito, vergiss über deine Freude nicht deine guten Manieren«, sagte sie ernst und wandte sich dann Concha zu, die die schlafende Violeta auf den Armen hielt: »Ich hoffe, wir begegnen jetzt keinen Bekannten. Ich habe keine Lust auf Gespräche, während mir die Apfelsinen zwischen den Beinen herumkullern.«

Ein Gebäude mit spitzen Dächern, das an ein Märchenschloss erinnerte, hieß sie im Paseo de Gracia willkommen. Diese breite Straße war vermutlich die größte Errungenschaft der wohlhabenden Schicht Barcelonas. So imposant wie deren Ehrgeiz und so großartig wie deren Träume zeigte sich diese Avenida der Welt mit dem Glanz ihrer Schaufenster. Dort konnten sich die neureichen Industriellen und die altehrwürdigen Aristokraten angemessen präsentieren. Das Ergebnis war ein Boulevard, der so breit angelegt war und so weite Horizonte bot, wie man es in der Stadt bislang noch nicht kannte. Einige Damen blieben stehen, um der Familie Lax beim Vorbeifahren in ihrer Kutsche zuzuwinken, und die Señora erwiderte deren Grüße mit freudiger Stimme, während sie sich tiefer in ihre Samtstola hüllte. Es war sehr kalt und zudem fiel ein feiner, eisiger Regen, den die Jungen zunächst für Schnee hielten. In diesem fröhlichen Takt der Herzen, den das Pferd mit seiner Gangart zu begleiten schien, erreichten sie schließlich den Pasaje Domingo.

Zu diesem Zeitpunkt war das Haus der Familie Lax das einzige Gebäude der Straße, das bereits fertiggestellt war. Doch auch andere Baustellen waren schon weit fortgeschritten. Viele Bauarbeiter und Handwerker trieben sich, in zerlumpten Kleidern und lauthals rufend, auf der Straße herum. Die drei Geschwister betrachteten sie entsetzt – das Geschehen war etwas rau für diese Luxuswelpen.

Im neuen Haus wurde die Familie gespannt erwartet. Als die Kutsche unter dem Torbogen einfuhr, erblickte die Señora das gesamte Personal, das sich im Wagenhof wie eine Truppe beim Appell aufgestellt hatte. Sie lächelte freundlich und bat Concha flüsternd, sich um die Apfelsinen und die Kinder zu kümmern. Dann stieg sie mit Felipes Hilfe aus der Kutsche, um ihre treuen Bediensteten einen nach dem anderen zu begrüßen.

»Ich heiße euch alle herzlich in diesem Haus willkommen, das auch euch eine neue Heimat sein wird«, sagte sie, bevor sich die Truppe auflöste und sich jeder wieder um seine Aufgabe kümmerte.

Die Atmosphäre im Haus wurde von dem Provisorischen bestimmt, das alle zu bekämpfen versuchten. Eutimia befehligte ein Heer von Dienstmädchen, das eifrig damit beschäftigt war, die Utensilien aus Steingut, Aluminium und Glas auszupacken. Jemand hatte unverzüglich die Teppiche festgenagelt, und an den großen Fenstern hingen schon die schweren goldfarbenen Damastvorhänge, wobei jeder Gardinenhalter in seiner passenden Zwinge steckte. Einige Tische erhielten bunt gemusterte Decken, und so mancher fragte sich angesichts von so vielen feinen Dingen nur noch, wie sie sich im Winter die Kälte vom Leib halten sollten.

Denn in Zeiten von Öfen, Kohlebecken und gusseisernen Salamanderöfen stellte die Kälte einen Feind dar, dem der Kampf angesagt werden musste. Gegen sie wurde in den ungemütlichen Monaten ein ganzes Arsenal an Hilfsmitteln aufgefahren, das nicht nur dazu führte, dass das Haus ein strenges Winterkleid anlegte und man sich ordentlich mit Holz für den Kamin bevorratete. Auf den Betten lagen so viele und so schwere Decken, dass die Jungen manchmal darüber klagten, keine Luft mehr zu bekommen. Man schlief mit Mütze, Wollnachthemd und Strumpfhosen. Wer meinte, im Bett etwas mehr als nur den Kopf hinausschauen lassen zu müssen, legte geeignete Kleidungsstücke wie Überzüge oder Bettjäckchen an. Eine der winterlichen Hauptaufgaben der Zimmermädchen bestand darin, jeden Abend die Bettwärmer mit Glut zu füllen und zwischen den

Laken der Herrschaften zu verstauen, und zwar eine halbe Stunde bevor diese Lust verspürten, zu Bett zu gehen. Nichts war trostloser als ein aufgestelltes Wärmepfännchen, dessen Glut längst verglimmt war.

Tagsüber hielt man sich gut eingepackt in den Räumen auf, und eine von Eutimias Hauptsorgen bestand darin, auf Bitte der Señora dafür zu sorgen, dass es dem gesamten Personal nicht an entsprechender warmer Kleidung mangelte. An den kältesten Tagen konnte man nur noch in einen der wenigen beheizten Winkel des Hauses flüchten. In dieser Beziehung traf es die Hausangestellten übrigens besser als die Herrschaften, denn in der Küche gab es immer einen Glutrest oder einen Topf auf dem Feuer, um den herum man Zuflucht finden konnte. Dieser Platz neben dem Herdfeuer stellte vom ersten Tag an den bevorzugten Versammlungsort des Personals dar. Und im Sommer war es der Tisch mit den langen Bänken, der dann gleichermaßen vielen Menschen Platz bot sowie dem Austausch von Vertraulichkeiten diente.

Für die wenigen eiskalten Tage, von denen es in Barcelona höchstens ein halbes Dutzend im Jahr gab, hatte man in der Bibliothek einen Eisenofen der Marke Tortuga aufgestellt, der mit Holz oder mit Kohle befeuert wurde. Der ausladende Kamin im großen Salon war zu umständlich zu beheizen und wurde nur an Sonntagen und an einigen besonderen Feiertagen wie Weihnachten benutzt. Ansonsten gab es immer noch die üblichen Kohlebecken, auch wenn die Señora diese nur akzeptierte, wenn ihr keine andere Wahl blieb.

»Diese Dinger sind wie Kleinkinder. Man muss andauernd auf sie aufpassen, oder sie führen zu einem Unglück.«

Da der Umzug in einen gnadenlos harten Winter fiel, wurde auf solche Details besonders geachtet. Die Sommerausstattung, mit der das Haus sich von all seinem Ballast befreite, sobald das Wetter besser wurde, wartete in den Lagerräumen im Untergeschoss auf seine Verwendung. Diese war viel leichter und bestand fast zur Gänze aus bedruckten Stoffen mit Pflanzenmotiven, die man in Paris gekauft hatte.

In den letzten Monaten waren einige Entscheidungen gefallen. Als besonders schwierig gestaltete sich die Frage, wo eine der weiteren Errungenschaften untergebracht werden sollte, die der neue Wohnsitz bot: das Telefon. Don Rodolfo fand diese modernen Apparate sehr nützlich für seine Geschäfte. Also ließ er seine Büros und Fabriken mit ihnen ausstatten, damit er ab sofort schnell und direkt kommunizieren konnte. Doch als der Zeitpunkt gekommen war, zu Hause den Standort des Gerätes festzulegen, wusste er genau: »In meinem Kabinett kann es nicht stehen. Schon seine Anwesenheit würde mich von der Arbeit abhalten«, stellte er überzeugt fest.

»Aber nur du allein wirst es benutzen«, murrte Maria del Roser.

»Der beste Platz wäre die Bibliothek«, erwiderte der Hausherr.

»Nein, kein Gedanke! Ich werde nicht zulassen, dass dieses Ding meine Bücher infiziert«, entgegnete sie fest entschlossen, während sie nach einer Regelung suchte, die ihren Mann zufriedenstellte. »Mach dir keine Sorgen, ich habe mir schon eine Lösung überlegt. Das Telefon bekommt einen Platz für sich allein.«

So kam es, dass in dem Haus dem Telefon ein Privileg zuteil wurde, das den meisten seiner Bewohner verwehrt blieb: ein eigenes Zimmer. Man beauftragte einen Tischler, eine Holzverkleidung anzufertigen, die dem Verschlag unterhalb der Treppe einen edlen Charakter verlieh. Ein Teppich nach Maß, ein kleiner Tisch im englischen Stil sowie ein Louis-seize-Sessel boten dem aristokratischen Wandgerät Schutz, das mehr als einen halben Meter maß, dessen hölzerne Hörmuschel mit Leder bezogen war und das so erhaben wie eine Standuhr und so kurios wie ein Blitzableiter aussah. Damit ja nur kein Mitglied des Haushaltes außer den Herrschaften versucht war, es zu benutzen und die dreißig Céntimos zu vergeuden, die 1899 ein Gespräch von einer Minute kostete, wurde diese Zelle noch mit einer Tür versehen, deren Schlüssel Don Rodolfo in derselben Westentasche aufbewahrte wie seine Taschenuhr.

Am Anfang bezogen sowohl Don Rodolfo als auch Doña Maria del Roser jedes Mal, wenn ein enger Vertrauter sie besuchte, bei der Hausführung auch eine Vorführung des Telefons mit ein, die alle Besucher sehr beeindruckte.

»Und die Leute in Mataró kann man von hier aus gut verstehen?«, fragte eine besonders vornehme Dame und zeigte auf das Ding mit Seltenheitswert.

Manchmal applaudierten die Gäste auch begeistert. In diesem neuen Haus war wirklich alles ganz modern und sehr erlesen.

Schon in den ersten Tagen nach dem Umzug verdiente die Marmortreppe eine besondere Erwähnung: Sie war eine dieser Launen, die Don Rodolfo aus tiefster Seele kamen und für die er keinerlei Rechtfertigung vorbrachte. Dafür war er immer ehrlich genug zuzugeben, dass ihre Gestaltung etwas üppig ausgefallen war: All diese dekorativen Weinblätter, die Marmorveluten aus Weinranken und gewundenen Stängeln, die bis auf den Boden reichten, wirkten etwas exzessiv – dabei hatte der Bildhauer ihn noch gewarnt! Und eines dieser Weinblätter befand sich genau auf Höhe der ersten Treppenstufe und bildete bereits beim ersten Betreten eine unüberwindbare Klippe für den Hausherrn. Vom ersten Tag im neuen Haus bis zu seinem Lebensende verstrich kein Tag, an dem Don Rodolfo nicht mindestens einmal über die Verzierung der Treppe stolperte. Später dann sollte seinen Sohn Amadeo das gleiche Los ereilen, so als läge auf diesen Stufen irgendein Fluch der Familie Lax.

»Wie wäre es, wenn wir das Hindernis einfach abschleifen lassen?«, fragte Maria del Roser so pragmatisch wie immer.

»Aber Rorrita! Das ist doch ein Kunstwerk!«, rief ihr Ehegatte indigniert und versprach, fortan besser aufzupassen.

Selbstverständlich stolperte er weiterhin darüber. Aber womöglich, so überlegte seine Frau, würde er ebenso straucheln, wenn sich das impertinente Weinblatt nicht an dieser Stelle befände.

Nach und nach, trotz der Stolperfallen, erhielten die Dinge ihre endgültige Gestalt, und die Hausbewohner gewöhnten sich an die vielen Neuerungen. Dem Señor gelang es, sich auf die Neuigkeiten des Tages zu konzentrieren, sobald er sich zum Zeitunglesen in sein Kabinett einschloss. Die neuen Möbel ergaben zusammen mit den wenigen, die noch aus dem alten Haus stammten, ein harmonisches Bild. Eutimia erteilte mit erstaunlicher Selbstsicherheit Anweisungen für die Aufstellung jedes einzelnen Gegenstands, während die Jungen das ganze Treiben ungläubig beobachteten.

Amadeo fragte nach seinen Schildkröten.

»Eutimia hat sich bestimmt schon darum gekümmert, Liebling. Jetzt mach dir doch wegen dieser langweiligen Tiere keine Sorgen«, beruhigte ihn seine Mutter.

Merkwürdigerweise protestierte Amadeo nicht gegen das Adjektiv, mit dem seine Mutter seine Haustiere bedachte.

Concha durchforschte das ganze Haus und musste dabei immer wieder den Handwerkern ausweichen, die in jeder Ecke arbeiteten. Die Jungen folgten ihr auf den Fersen, wobei Amadeo jeden Winkel begutachtete. Die imposante Haupttreppe kam der Kinderfrau eher wir ein Aufgang zu einem Opernhaus vor, das sie allerdings nur aus Abbildungen in Zeitschriften kannte. Das Treppengeländer hingegen erinnerte sie an die Weinlese in ihrem Heimatdorf.

»Jetzt suchen wir zuallererst unser Zimmer«, schlug Concha vor. »Es wird uns ganz bestimmt gefallen.«

Die Geschwister waren freudig erregt, als sie den Kleiderschrank, den Schreibtisch und die neuen Betten erblickten. Letztere hatten Eisengestelle, die Matratzen lagen schön hoch und sie hatten sogar einen Himmel. Violetas Bett zierte eine rosafarbene Matratze, die der Jungen waren wassergrün. Concha fand dort ein neues Bett für sich vor, mit einem Himmel, der sie schon zum Schwelgen brachte, noch ehe sie zum ersten Mal darunter schlief. »Ich will ein Zimmer für mich allein haben«, empörte sich Amadeo, als er das weitläufige Kinderzimmer begutachtete, durch dessen großes Fenster das Sonnenlicht flutete.

»Wo ist mein Holzpferd?«, wollte Juan wissen.

»Das haben wir in dem anderen Haus gelassen, Schatz. Es war doch schon so alt.«

Dem Zweitgeborenen gefielen solche Argumente überhaupt nicht. Am liebsten hätte er vor Wut geheult, doch er hielt sich damit zurück, weil er abwarten wollte, ob ihm das neue Haus diesen schweren Verlust irgendwie ausgleichen würde.

Nachdem sie ihr Zimmer in Beschlag genommen hatten, begaben sich die Brüder in die Beletage. Die Kinderfrau mit Violeta auf dem Arm folgte ihnen. Sie durchquerten den großen Salon, wo sie sich nach allen Seiten umblickten, so als ob von den üppigen dekorativen Ornamenten eine Gefahr ausgehe, bis sie die Tür mit dem bunten Glaseinschnitt vor sich hatten.

»Schaut mal, wie schön die Farben sind!« Concha senkte ihre Stimme. »Man bekommt doch fast Lust, sie abzulecken, oder?«

Violeta versuchte, nach den fröhlichen Mustern zu greifen, während Amadeo zur Seite blickte. Er fühlte sich nach so einer Bemerkung, die ihm zu absurd und zu kindisch war, fehl am Platz. Concha stieß die Tür zum Patio auf.

»Das ist doch ein herrlicher Ort für den Sommer! Sollen wir hier einmal zu Mittag zu essen, wenn es nicht mehr so kalt ist?«

Im Patio waren Efeu und einige Rosenstöcke angepflanzt. Es gab einen kleinen Wasserspeier im ländlichen Stil. An einer Wand gab es eine geheimnisvolle Tür, die in der Mauer zum Nachbarhaus zu verschwinden schien.

Der Boden war mit rötlichen Fliesen ausgelegt, die Wände waren frisch getüncht. In einiger Entfernung konnte man die Stadt erkennen, die sich gerade im Aufbau befand: die Silhouetten der Nachbarhäuser.

»Pah, hier gibt es doch überhaupt nichts«, brummte Amadeo.

»Ja, jetzt noch nicht, aber ich weiß, dass deine Mutter alles mit einem Sonnensegel abdecken möchte und einen großen Tisch mit vielen Stühlen kaufen will. Sollen wir sie fragen?«

Amadeo zuckte mit den Schultern. Sein Bruder hatte in dem Wasserspeier am Ende des Patio Fische entdeckt, und Amadeo näherte sich ihnen voller Neugierde. Dort angekommen, kam es zu einem unverhofften Wiedersehen mit seinen Schildkröten, die jemand in der Ecke abgestellt hatte. Concha nutzte die Situation, um Amadeo dafür zu tadeln, dass er seine Mutter unnötig verärgert habe, schließlich hatten seine Schildkröten den Umzug gesund und munter überstanden.

»Junge, du musst lernen, deine Launen besser zu beherrschen, vor allem deinen Eltern gegenüber. Außerdem wäre es ohnehin angebracht, wenn du ein bisschen umgänglicher wärest.«

Der Junge fixierte die Kinderfrau. Trotz seiner zehn Jahre wirkte Amadeos fester Blick beunruhigend. Concha spürte, wie ihr Puls zu rasen begann, aber sie gab nicht klein bei, sondern starrte unbeirrt zurück. Einen Moment später musste Amadeo sich geschlagen geben.

»Kinder, fasst nicht ins Wasser, es ist ziemlich kalt«, warnte Concha.

Juan zog die Stirn kraus und fragte: »Warum haben Fische keinen Mantel?«

»Weil sie keinen brauchen, Schatz. Ihr Blut ist kalt. Sie spüren die Kälte nicht so wie wir.«

Ihre Erklärung brachte den Jungen kurz zum Grübeln, dann lachte er wieder laut über die Bewegungen der kleinen Tiere. Inzwischen machte sich Amadeo an der Tür in der Rückwand zu schaffen. Concha stellte fest, dass die Tür der einzige Gegenstand im ganzen Haus war, der alt aussah. Sie wollte dem Jungen gerade noch verbieten, sie zu berühren, als sie ein Knarren hörte und die Tür nachgab.

»Oh, das ist ja ein Geheimzimmer«, stellte Amadeo in einer unverhofften Gemütsregung fest.

Seine Geschwister kamen sogleich herbeigeeilt und lugten in den Raum hinein. Er war länglich, aber ungleichmäßig geschnitten und bestand nur aus zwei aufeinander zulaufenden Wänden.

»Das ist eine Besenkammer«, urteilte Concha, als sie feststellte, dass der Raum weder sonderlich gefährlich noch irgendwie außergewöhnlich war. »Los, Kinder, es ist kalt. Lasst uns wieder ins Haus gehen.«

Im Salon stellten währenddessen mehrere junge Burschen Sessel auf, die mit einem wunderschönen gelben Samtstoff bezogen waren.

Aber in diesem Moment hielten die Brüder gerade, die Köpfe eng nebeneinander und aufgestachelt von dem rätselhaften Versteck, eine Geheimsitzung ab. Amadeo war selbstverständlich der Anführer, der die Schultern seines jüngeren Bruders umschlungen hielt und ihm leise zuflüsterte, damit Concha ihn nicht verstehen konnte: »Das ist der Beginn des Geheimbundes der Besenkammer. Ich bin der Präsident des Bundes, und du und Violeta seid die Ehrenmitglieder. Wir werden uns von nun an jeden Montag zur Imbisszeit versammeln, und zwar genau hier. Es ist strengstens, und zwar bei Todesstrafe, verboten, irgendjemandem zu erzählen, was wir hier machen. Hast du das verstanden?«

Der jüngere Juan nickte erschrocken. Amadeo reichte ihm ausgesprochen feierlich die Hand und verließ die Kammer mit dem Gehabe des frischen Präsidentenamtes. Später wandte Juan sich an Violeta und verdeutlichte ihr das Gesagte:

»Wir sind der Geheimbund der Besenkammer. Wer etwas davon erzählt, der ist tot.«

Violeta klatschte begeistert in die Hände, ohne irgendetwas verstanden zu haben. Sie wiederholte nur: »Ist tot, ist tot.«

VII

Der Mann in dem weißen Overall mit dem bunten Fleckenmuster kommt vier Tage später wieder. Mit ihm betreten Arcadio und ein Beamter der katalanischen Regierung das Gebäude; es ist nicht der junge Mann von ihrem letzten Besuch, sondern sein direkter Vorgesetzter. Der Restaurator zeigt die gleiche Arbeitshaltung, die wir bereits kennen: Er hat keine Zeit zu verlieren. Schon gar nicht mit Gesprächen. Er überprüft, ob die Leinwand, mit der er das Fresko bedeckt hatte, getrocknet ist, klettert auf die Leiter, wiegt nachdenklich den Kopf und stellt schließlich fest: »Es kann abgenommen werden.«

Diese Operation erfordert das Können von Experten. Sie besteht darin, den Stoff so abzuziehen, dass zusammen mit der Leinwand auch noch eine einige Zentimeter dicke Putzschicht abgenommen wird. Auf dieser Schicht befindet sich Teresa, die Frau mit dem beunruhigenden Blick. Der Restaurator benötigt Hilfe, und Arcadio assistiert ihm. Die beiden Männer ziehen den Stoff ab und lassen ihn langsam zu Boden, so als würden sie einem schwächelnden Tier helfen, sich zu häuten. Am Ende des Tages ist das Fresko, das fast fünfundsiebzig Jahre lang die Wand im Hintergrund beherrschte, nur noch ein riesiges und merkwürdiges Stück Leinwand, das schlaff auf dem dunklen Holzfußboden liegt.

An der Wand bleibt ein unscheinbarer Abdruck von Teresa zurück. Ein Teil der Farbpigmente ist mehr als zwei Zentimeter tief eingedrungen, und dort, wo der Putz noch an der Wand hält, ist er mit dunklen Schatten verfärbt, so dass jemand, der das soeben abgenommene Fresko sehr gut kennt, es sich noch vorstellen kann: mit dem irrealen Schatten, der dem Fassbaren folgt.

Außer auf der linken Seite, wo die abgenommene Schicht den Blick auf ein ganz anderes Material freigegeben hat.

»Was ist das denn?«, fragt der Beamte, während er auf eine Stelle etwa achtzig Zentimeter über dem Fußboden zeigt.

Der Restaurator begutachtet die Wand, beseitigt kleinere Putzfragmente und kratzt mit dem Fingernagel daran.

Seine Begleiter werden unruhig.

»Mein Güte«, sagt er mit hochgezogenen Augenbrauen, »wir haben hier eine kleine Überraschung.«

Arcadio nähert sich der Stelle, die nun die Aufmerksamkeit der drei Besucher auf sich zieht. Unter der Putzschicht kommt deutlich eine Eisenplatte zum Vorschein.

»Das sieht nach einem Schloss aus«, stellt der Beamte fest.

Der Griff fehlt, aber der Mechanismus als solcher ist zu erkennen. Er zeigt mehrere Rostflecken.

»Eine Tür?«, fragt Arcadio und kneift die Augen zusammen. »Gibt es denn Türen in einer tragenden Wand?«

»Nein, nein. Die tragende Wand endet hier.« Der Restaurator zeigt auf die exakte Grenze. »Das Stück von hier bis dort ist eine andere Konstruktion. Man müsste die Originalpläne des Hauses einsehen, aber wenn das einmal ein Patio gewesen ist, dann war hier höchstwahrscheinlich eine Abstellkammer oder so etwas. Vielleicht ein Raum, der umgebaut worden ist. In diesen Häusern gab es meistens eine Treppe, die den Patio mit den Küchen oder mit den Dienstbotenzimmern verband. Aber die spannende Frage ist, was dahinter steckt.«

Arcadio zögert. Er betrachtet die Tür, ohne zu wissen, was er tun soll. Der Beamte wird ungeduldig.

»Wir machen sie auf.«

»Vielleicht sollte man Violeta anrufen«, schlägt Arcadio vor.

»Violeta Lax? Wozu das denn? Ich denke nicht, dass wir sie wegen so etwas stören sollten.«

»Das Haus befand sich im Besitz ihrer Familie. Es geht sie sehr wohl etwas an.«

»Ehrlich gesagt, Señor Pérez, denke ich, wir sollten sie deswegen nicht belästigen. Das Haus befindet sich nun seit vielen Jahren im Besitz der katalanischen Regierung, und Sie und ich sind als Einziger für das, was hier geschieht, verantwortlich. Machen Sie sich keine Sorgen, ich übernehme die volle Verantwortung. Wir machen jetzt die Tür auf. In drei Tagen beginnen die Bauarbeiten, und Überraschungen in letzter Minute sollte man tunlichst vermeiden.«

Arcadio behält seine Meinung über die Bauarbeiten für sich. Sein gemäßigtes Verhalten ist ein weiterer Grund, warum er es bis hierher gebracht hat: Er gehört zu dieser Sorte Menschen, deren Klugheit von Aufschneidern für Dummheit gehalten wird. Darin hat er sich seit Jahren geübt. Er seufzt geduldig. Der Restaurator greift in das Gespräch ein und gibt ihm eine andere Wendung.

»Rein technisch gesehen können wir sie gar nicht öffnen«, versichert er mit einer Geste auf das Schloss. »Es gibt keinen Griff«, erklärt er, während er dagegen stößt. »Man muss sie aufbrechen.«

»Dann vorwärts«, tönt der Beamte, stolz und selbstsicher. »Ich denke, das ist nicht weiter schwierig. Die ist ohnehin hinüber.«

Arcadio runzelt die Stirn. Er betrachtet die Tür, die der Restaurator weiterhin von den Putzfragmenten befreit. Das Holz ist spröde und rissig. Ein Kind bekäme sie mühelos auf.

Der Beamte der Generalitat legt die Eile eines Menschen an den Tag, der es gewohnt ist, Entscheidungen zu treffen und sein Soll zu erfüllen, ohne Zeit mit Mutmaßungen zu vergeuden. Ein Mann auf der Höhe der Zeit, der oftmals am Tag das Wort »Effizienz« von sich gibt und an seinen einmal getroffenen Entscheidungen festhält. Immer.

Er schiebt den Restaurator zur Seite, nimmt Anlauf und verabreicht dem verblassten Holzteil, das einmal eine Tür war, einen kräftigen Fußtritt. Unter der Explosion von Holzsplittern ist ein dumpfes Ächzen zu hören.

»All die Jahre Taekwondo müssen doch zu etwas gut sein, oder?«, stellt der Beamte triumphierend fest, während er die Schöße seines Jacketts wieder richtet. Der dunkle Holzfußboden ist mit trockenen Holzsplittern übersät. Ein beißender Geruch strömt aus dem soeben geöffneten Hohlraum.

Die drei Männer lösen die Reste der Holztür ab. Diese Arbeit ist nicht so einfach wie erwartet. Fast, als wolle das Holz nochmals darauf hinweisen, dass sich schließlich und endlich alle Dinge an den Ort klammern, an den sie gehören. Als sie fertig sind und die Reste der Zerstörung beiseite geschafft haben, spähen sie in den Innenraum: nur ein geheimer Unterschlupf, der enger als seine Öffnung ist und dessen zwei Seitenwände aufeinander zu laufen. Ein weiterer Ausgang ist nicht zu sehen. Hinten liegen Handfeger und Kehrbesen, aber die drei Fremden haben dafür kein Auge. Auf dem schmutzigen Untergrund liegt etwas, das den Großteil des Fußbodens einnimmt und das ihre Aufmerksamkeit weitaus mehr beansprucht: die hagere Mumie eines menschlichen Wesens.

Die Leiche ist vollständig vertrocknet. Glücklicherweise können sie ihren Gesichtsausdruck nicht erkennen, aber durchaus die strubbelige Haarmähne, die mit den Schädelknochen verbunden ist, die Kleiderfetzen, die sie noch trägt, und ein Paar Pantoffeln mit Absätzen, die unter anderen Umständen den schmalen Füßen geschmeichelt hätten.

»Verdammte Scheiße!«, ruft der Beamte und verzieht angewidert das Gesicht.

»Vielleicht sollten wir jetzt Violeta Lax benachrichtigen«, schlägt Arcadio in seinem üblichen gleichgültigen Tonfall vor, wenn auch diesmal mit insgeheimer Genugtuung.

Der Restaurator fügt noch hinzu: »Und auch die Polizei.«

Streife Nr. 19 (Bürgeramt der Mossos d'Esquadra) Protokoll 19 854

Am 10. März 2010 ging auf der Wache der Anruf eines Mannes ein, der als Namen Arcadio Pérez angab und der berichtete, dass bei Renovierungsarbeiten hinter einer Wand eine mumifizierte Leiche entdeckt wurde. Die Streife begab sich zu der im Telefonat genannten Adresse im Pasaje Domingo, Hausnummer 7. Das Gebäude steht unter Denkmalschutz und befindet sich im Besitz der Generalitat. Im Gebäude hielten sich bei Eintreffen der Streife folgende Personen auf: Don Arcadio Pérez (Bevollmächtigter für das Gebäude); Doña Violeta Lax (Kunstspezialistin, Angehörige der Familie, die das Haus gebaut hat); Don Antonio Moyà Soler (Beamter im Kulturministerium der Generalitat); sowie Don Sergio Uix Massagué (Restaurator).
Per Augenschein konnte der Fund einer Leiche bestätigt werden, und zwar hinter einer Maueröffnung eines ehemaligen, nun überdachten Patio im ersten Stockwerk des Gebäudes. Die Zeugen sagten aus, zu keinem Zeitpunkt den kleinen Raum betreten zu haben, in dem die Leiche lag, gaben aber an, die Tür (durch Fußtritte) zerstört zu haben. Die Leiche befand sich in Rückenlage. Sie war mumifiziert, einige Kleidungsreste waren erhalten (Farbe nicht erkennbar), die Füße steckten in einem Paar Pantoffeln oder Schuhe (sehr schlechter Zustand). Sie hatte noch viele Kopfhaare, und um den Hals trug sie eine Kette (stark angelaufen, nicht genau erkennbar), an der ein Ring hing, der ebenfalls aus Metall war. Auf den ersten Blick schien es eine Frauenleiche zu sein.
In dem Hohlraum befanden sich zudem folgende Gegenstände: zwei langstielige Besen, eine Kehrschaufel, ein Tintenfass sowie die Leiche einer Katze (ebenso mumifiziert).
Von den drei genannten Zeugen haben nur die zwei Erstgenannten eine Beziehung zu dem Gebäude. Don Sergio Uix hielt sich darin in seiner Funktion als Restaurator für ein großformatiges Wandbild auf, bei dessen Abnahme die dahinterliegende Tür entdeckt wurde. Don Antonio Moyà seinerseits sagte aus, für die zerstörte Tür allein verantwortlich zu sein; er hatte in Erfahrung

bringen wollen, inwiefern das Vorhandensein eines unbekannten Raumes den Verlauf der Bauarbeiten verändern würde, die in dem Gebäude ab der kommenden Woche vorgenommen werden sollen. Don Arcadio Pérez, der mit dem Ort am besten vertraut ist, bestätigte, keine Kenntnis von der Kammer hinter der Tür gehabt zu haben. Doña Violeta Lax machte die gleiche Aussage und fügte hinzu, dass sie das Haus zuvor nur zwei Mal betreten hatte: einmal vor vier Tagen und einmal vor sechsunddreißig Jahren. Sie bestätigte zudem, Enkelin des letzten Eigentümers der Immobilie zu sein, dessen Namen sie mit Amadeo Lax Golorons, von Beruf Maler (Kunstmaler), angab.

Auf die Frage nach der Identität der Leiche sagten alle aus, nicht zu wissen, um wen es sich handeln könnte; Violeta Lax bestätigte zudem, dass sie unter keinen Umständen damit gerechnet hätte, eine so unerfreuliche Überraschung in dem Haus vorzufinden, das einmal der Wohnsitz ihrer Familie gewesen ist.

Wir informierten die Zeugen darüber, welche Maßnahmen zu ergreifen sind, um die Umgebung des Fundortes der Leiche nicht zu verändern. Anschließend wurde der diensthabende Chef über den Leichenfund unterrichtet und das Protokoll darüber aufgesetzt. Die Zeugen wurden darüber in Kenntnis gesetzt, dass in Kürze Sargento Paredes am Fundort der Leiche eintreffen würde. Der Patio wurde geräumt und der gesamte Bereich mit Flatterband abgesperrt.

Von: Drina Walden
Gesendet am: 11. März 2010
An: Violeta Lax
Betreff: Zu Befehl!

Liebe Violeta,

allmählich beginne ich mir Sorgen zu machen. Lass von dir hören, und sei es nur eine SMS! Im Anhang findest du die Telefonnummer deines Vaters, um die du mich gebeten hast. Deine Mutter sagt, dass sie selbst sie dir vor mehr als einem Jahr gegeben hat, damit du seine alte Nummer ersetzt. Deine Mutter sagt auch, dass du ihr nie zuhörst und niemals etwas erzählst. Außerdem soll ich dich auch an ihre Mail-Adresse erinnern, für den Fall, dass du versucht sein solltest, ihr zu schreiben (die letzten Worte hat sie sehr betont). Keine Sorge, Vio, es ist mir gelungen, sie wieder zu beruhigen. Sie ist sehr überrascht, dass du Modestos Telefonnummer brauchst. Ich glaube, sie ist einfach besorgt wie alle Mütter und stellt sich gerade vor, dass irgendetwas Schreckliches passiert ist.
In den Nachrichten habe ich gesehen, dass in Barcelona eine ganze Menge Schnee gefallen ist. Bist du okay? Sind die Schneefälle so heftig, wie sie sagen?
Willst du jetzt noch zu dem zugefrorenen See reisen und diese geheimnisvolle Italienerin kennenlernen?
Interessierst du dich denn gar nicht für den Bericht über die Ausstellungseröffnung, oder hast du ihn schon in der Presse gelesen?
Mädchen, jetzt spring schon über deinen Schatten und schreib mir endlich mehr als einen Dreizeiler.
Drina

Von: Violeta Lax
Gesendet am: 11. März 2010
An: Valérie Rahal
Betreff: Lebenszeichen

Liebe Mama,

ich kann mir vorstellen, dass du ein wenig verärgert bist, weil ich dir seit Ewigkeiten nichts mehr erzählt habe. Aber, bitte, heb dir deine Vorwürfe für meine Rückkehr auf, denn es ist wirklich etwas Schlimmes passiert. Deshalb habe ich gestern um Papas Telefonnummer gebeten, und ich habe auch schon mit ihm gesprochen. Ich glaube, jeder von uns war wie versteinert, als er die Stimme des anderen hörte. Ich habe ihn auf Bitte der Polizei hin angerufen. Bekomm keinen Schreck, Mama: Dein Exmann ist zwar eine Katastrophe, aber er hat niemanden umgebracht. Sie müssen ihm nur eine DNA-Probe entnehmen. Und mir auch.
Also, schön der Reihe nach, auch wenn ich wenig Zeit habe. Ich habe mich soeben Arcadios Rechner bemächtigt (Schöne Grüße!!!), und der Ordner mit Mails, die er beantworten muss, ist schon randvoll. Du wirst es nicht glauben, aber der Schnee, der hier vor zwei Tagen gefallen ist, hat in vielen Gebieten die Stromversorgung unterbrochen und die Stadt unerreichbar gemacht. Deshalb hat mir Arcadio Asyl gewährt: Denn meine Wohnung gleicht der Antarktis. Seine auch, aber sie ist wenigstens sauber. Ich weiß, das Ganze ist unglaublich, aber irgendwann erzähle ich dir alles haargenau. Ich stelle mir nur noch das Gelächter meiner Freunde in Chicago vor, wenn sie erfahren, dass in Barcelona Schnee gefallen ist, was gleich zu so einem Kollaps führt. Meine Güte, wir sind es doch gewohnt, noch bei minus dreißig Grad vor die Tür zu gehen und Schnee zu schippen. Also.
Ich fange mit der Neuigkeit an, die mich nach wie vor völlig schockiert. Gestern wurde das Fresko mit Teresa von der Wand im

Patio abgenommen. Theoretisch sollten morgen die Restaurierungsarbeiten in dem Haus beginnen. Ich schreibe »theoretisch«, denn plötzlich ist es zu einer Planänderung gekommen. Als der Restaurator das Porträt abnahm – übrigens mit einer unglaublichen Fachkenntnis –, entdeckte er dahinter in der Wand eine Tür. Das war früher wohl einmal eine Abstellkammer oder eine Besenkammer oder so etwas. Und darin lag eine Tote. Komplett mumifiziert, aber bekleidet, die Schuhe und die Haare noch an Ort und Stelle. Ich war erst dabei, als die Polizei kam. Sie haben die Zeugen befragt, den Patio abgesperrt, dann kamen die Spurensicherung, der Gerichtsmediziner, die Richterin und noch eine ganze Invasion von Fremden. Sie stellten uns Fragen, auf die keiner von uns richtig antworten konnte: Wer war die Mumie? Wann ist zum letzten Mal jemand im Haus gewesen? Ich habe ihnen von Anfang an gesagt: »Ich bin zwar ein Familienmitglied und weiß viele Dinge über die Menschen, die in dem Haus gelebt haben, aber ich habe nicht eine Information aus erster Hand. Für mich ist diese Familiengeschichte wie ein Gespensterroman.«
Aber, Mama, ich bin nicht ganz ehrlich gewesen.
Es stimmt zwar, dass ich nicht mit Sicherheit weiß, wer die arme Frau in der Besenkammer ist, aber es stimmt auch, dass ich vom ersten Blick an einen fürchterlichen Verdacht hatte. Es ist eine Art Vorahnung, die ich nur schwer erklären kann, fast schon eine Gewissheit. Seither geht mir das nicht mehr aus dem Kopf, und ich frage mich, wie wenig ich über das Leben meiner Großeltern weiß. Doch dann schimpfe ich wieder mit mir, weil ich so grausam sein kann. Aber was wäre, wenn ich recht hätte? Was meinst du? Hast du einen Verdacht, wer das sein kann? Wer fällt dir zuallererst ein?
Während der Vernehmung steuerte der Restaurator interessante technische Details bei. Er hat gesagt, dass seiner Meinung nach das Wandgemälde niemals von seiner ursprünglichen Stelle entfernt worden ist, also von der Wand, auf die es gemalt wurde. Er meint, dass zuerst die Putzschicht auf die Wand aufgebracht

wurde, die den Zugang zur Besenkammer verschloss, und dass das Fresko sofort darauf gemalt wurde. Er erklärte den Anwesenden die Technik Schritt für Schritt. Weißt du, Mama, bei der *a-fresco*-Technik wird immer auf den noch feuchten, nicht gehärteten Kalk gemalt, und zwar mit natürlichen Farbpigmenten auf Eisenoxidbasis, die in die Wand eindringen, bis sie sich gewissermaßen mit ihr vermengen. Die Polizei fragte, ob der Künstler normalerweise den Putz selbst aufträgt. Der Restaurator meinte, dass er das im Fall von Amadeo Lax für unwahrscheinlich hält, denn als angesehener Maler hätte er vermutlich keine Zeit für etwas verschwendet, was jemand anders hätte ausführen können. Selbstverständlich wenn man normale Umstände voraussetzt. Aber die Umstände, unter denen er seine abwesende Teresa malte, kennt in Wahrheit keiner. Und das war es dann.
Na ja, eigentlich nicht. Arcadio hat natürlich Amadeo Lax verteidigt – er wäre nicht Arcadio, wenn er dem Gedenken von Großvater nicht treu bliebe. Er hat ihnen von Teresas Flucht erzählt, von dem großen Opfer und der Standfestigkeit, die der Großvater zeigte, indem er sich ohne jegliche Hilfe um Papa kümmerte – das Personal oder Cousine Alexia hat er nicht erwähnt –, und ich habe ihn freundlich unterbrechen müssen, damit er schwieg. Denn ich habe mich ein wenig geschämt. Wie kann die Bewunderung so weit führen? Und noch dazu so viele Jahre später? Zum Schluss hat er dann nur noch um ein wenig Respekt für einen redlichen und rechtschaffenen Mann gebeten.
Der Sargento hat mich gefragt, was ich über Großmutter wisse, welches meine »Version« (so seine Worte) sei. Ich habe ihm nur gesagt, dass meine Version nicht sonderlich hilfreich sein wird, weil sie zwangsläufig unvollständig ist. Ich erzählte ihm, von dir zu wissen, dass Großvater über das Andenken an seine Frau einen Schweigepakt verfügte, den er selbst ebenso genau erfüllte wie Papa. Ich habe dem Polizisten nur noch gesagt, dass wir nicht einmal wüssten, wie viel ihm diese Frau bedeutet hat, wenn es nicht diese siebenunddreißig berühmten Porträts von ihr gäbe.

»Also sind die Bilder der einzige Beweis, den wir haben, oder?«, fragte der Polizist.
»Ich fürchte, ja«, war meine Antwort. »Die Kunst ist immer der Beweis für etwas. Zumindest für die Herrschaft der Toten über die Lebenden. Das ist ihr Zweck. Die Kunst erlaubt uns, das festzuhalten, was die Zeit zerstört.«
Schließlich bat mich dieser Sargento Paredes, Papa anzurufen. Er möchte mit uns allen die Tat rekonstruieren. Ich habe ihm verschwiegen, dass Papa für so ein Vorhaben nicht gerade die geeignete Person ist. Trotz allem, ich fürchte, ihm bleibt keine andere Wahl. Die Untersuchungsrichterin des Falles möchte auch »seine Version« hören.
Das ist der Stand der Dinge. Ich wollte dir endlich schreiben, damit du weißt, womit ich meine Zeit zubringe. In dem ganzen Treiben habe ich meinen Flug nach Bergamo verpasst, aber ich glaube, bei dem Schneefall gestern war der Flughafen ohnehin von der Außenwelt abgeschlossen. Das heißt für mich, sobald ich mein Leben wieder in den Griff bekomme, werde ich versuchen, meine Pläne fortzusetzen. Auch wenn ich das Gefühl habe, dass bei dieser Polarluft, die Europa gerade beherrscht, eine Reise an einen See, der mitten in den Alpen liegt, nicht sonderlich ratsam ist.

Deine undankbare Tochter, die dich heimlich liebt.

Vio

P. S.: Versuch bloß nicht, mich anzurufen. Anscheinend ist es mit der Globalisierung nicht so weit her, wenn es um Telefontarife geht. Ich habe das Handy in der Wohnung gelassen.

P. P. S.: Letzte Frage: Sagt dir der Name Francesc – oder Francisco – Canals Ambrós etwas? Denk mal darüber nach. Es ist wichtig.

Von: Violeta Lax
Gesendet am: 13. März 2010
An: Daniel Clelland
Betreff: Du wirst es nicht glauben!

Hallo, mein Schatz!

Wie ich dir heute Morgen am Telefon versprochen habe, berichte ich dir nun ausführlich die Details der makabren Überraschung, die uns das alte Haus meiner Familie bereitet hat. Entschuldige bitte, dass ich vorhin so lakonisch gewesen bin, aber ich fühle mich immer elend, wenn ich von einem fremden Telefon mit Amerika telefoniere. Arcadio ist reizend, aber ich glaube, er weiß nicht einmal, was ein Anruf in die Staaten kostet.
Also, das hat die Spurensicherung vor und nach der Obduktion der Leiche herausgefunden:
1. Es handelt sich um die Leiche einer sehr jungen Frau. Das heißt, sie war zum Zeitpunkt ihres Todes noch jung. Das Alter lässt sich durch reinen Augenschein nicht bestimmen, aber die Ergebnisse der Laboruntersuchungen werden das gut eingrenzen können (man hat mir gesagt, dass sie dafür den Zahnschmelz untersuchen).
2. Die Leiche lag sehr lange Zeit hinter dem Wandgemälde versteckt. Höchstwahrscheinlich wurde sie in die Besenkammer gebracht, als sie noch warm war. Sie trug Hauskleidung, natürlich der alten Mode entsprechend. Außerdem lag dort eine tote Katze.
3. Die Mumie trug am Hals einen Anhänger: eine angelaufene Halskette mit einem Ring. Die Polizei meinte gleich, es könne ein Ehering sein, und nahm ihn zu weiteren Analysen mit. Einige Stunden später hatten sie einen neuen Anhaltspunkt, denn in den Ring ist ein Name eingraviert: Francisco Canals Ambrós. Mir sagt der Name nichts, ich habe keine Ahnung, wer das sein

soll. Arcadio auch nicht. Mal sehen, was die alten Herrschaften sagen (ich habe mal die gute alte Mamipedia gefragt).
4. Die Tote hat ein Mal am Hals. Der Gerichtsmediziner hat es sehr lange intensiv mit der Lupe betrachtet, aber nichts gesagt. Weißt du, was mich am meisten an der ganzen Sache beeindruckt hat? Die Fingernägel der Toten: Sie sind lang und gepflegt. Und schwarz.
Nachdem man sie in einem Plastiksarg mit ins Labor genommen hat, fragte mich der Mann vom Bestattungsunternehmen, wer sich um das Begräbnis kümmert, wenn alles vorbei ist. Ich wusste nicht, was ich ihm darauf antworten sollte. Ich habe ihm nur gesagt, dass er die Ergebnisse der Polizei abwarten soll. Die Beisetzung. Das ist wirklich das Letzte, worauf ich jetzt Lust habe.
Es waren schon fast alle gegangen, da bat mich dieser Sargento Paredes, der andauernd in seinen Aufzeichnungen blätterte, ihm etwas über »die Frau aus der Familie zu erzählen, die verschwunden ist, ohne eine Spur zu hinterlassen«. Ich habe ihm gesagt, dass Teresa nicht verschwunden ist, sondern dass sie meinen Großvater verlassen hat, um zu einem anderen Mann zu ziehen. Der Polizist fragte mich, ob es dafür Anhaltspunkte gebe, irgendeinen Hinweis, der bestätigt, dass Teresa sich irgendwo anders aufhielt. Ich antwortete ihm, dass mein Großvater das damals wohl gewusst haben muss, aber dass er niemals darüber gesprochen hat. Und dass die ganze Familie seinen Schmerz respektiert hat.
»Und Ihr Vater? Hat er denn niemals seine Mutter wiedersehen wollen?«, fragte er mich. Ich habe versucht, ihm zu erklären, wie Papa so ist, nach allem, was ich weiß und was ich vermute. »Auch wenn er niemals darüber gesprochen hat, ich glaube, er ist immer wütend auf seine Mutter gewesen«, meinte ich. »Ich glaube, es war das Beste für beide gewesen, dass er niemals versucht hat, sie zu finden.«
»Und Sie? Waren Sie nicht neugierig?«
Als ich ihm die Wahrheit sagte, ging es mir dabei nicht so gut:

Schließlich habe ich mein Leben lang Teresa auf Bildern betrachtet. Ich habe über sie geredet, Vorträge gehalten, Spekulationen angestellt. Ich kenne die Haltung, den genauen Gesichtsausdruck, den Glanz in den Augen meiner Großmutter auf jedem einzelnen ihrer siebenunddreißig Porträts. Ich bin DIE Expertin für sie. Und irgendwie habe ich mich damit zufriedengegeben. Sie war ein abgeschlossenes Thema, ein Studienobjekt. Ich bin nicht einmal auf die Idee gekommen, tiefer zu dringen.

Der Polizist seufzte, und ich auch. Dieses Gespräch steckte fest. Bis er schließlich seine letzte Frage stellte: »Noch einmal im Ernst: Hat bis jetzt kein Familienmitglied jemals in Betracht gezogen, dass Teresa ermordet worden sein könnte?«

VIII

Die wichtigste Leistung, die Doña Maria del Roser Golorons für die Amme und Kinderfrau ihres Sohnes erbracht hatte, war ihr Leseunterricht. Ihre Sitzungen konnten zwar nicht regelmäßig stattfinden und wurden irgendwie zwischen die übrigen Verpflichtungen der beiden eingeschoben, und manchmal lagen die Lesestunden so weit auseinander, dass die beiden Frauen sich nicht daran erinnern konnten, wo sie stehengeblieben waren, wenn sie wieder damit begannen. Aber Conchas Eifer und die Geduld der Señora trugen viel zum Erfolg bei.

»Du kommst sehr schnell voran, Conchita!«, ermunterte Maria del Roser sie, »und du bist stur wie ein Maultier.«

»Aber natürlich, Señora, ich komme ja auch aus Aragonien.«

Mit ihrer Begeisterung fürs Lernen hatte die Hausangestellte bei der Señora, die hauptsächlich zwischen Büchern und Papieren lebte, an Ansehen gewonnen. Ihr Einfluss auf Concha war grundlegend, und zwar in allen Aspekten. Bevor sie in den Haushalt der Familie Lax eintrat, war Concha davon überzeugt gewesen, dass Frauen nur die Fähigkeiten besaßen, die sie in der Küche, bei der Feldarbeit und im Bett – selbstredend waren damit die Geburten gemeint – zeigten, womit jegliche intellektuelle Begabung völlig ausgeschlossen war.

Die Señora geriet in Rage, als Concha ihr ihre Anschauungen darlegte.

»Mädchen, dein Kopf ist voll mit altem Plunder. Wir Frauen sind zu den gleichen Dingen fähig wie die Männer, und zwar zu jeder Zeit. Wir dürfen nur nicht so dumm sein, uns selbst Schranken aufzuerlegen. Nimm dir das unbedingt zu Herzen, denn du hast noch ein langes Leben vor dir, um es zu überprüfen. Du musst lernen. Nur wenn du etwas für deine Bildung tust, kannst du deine Stimme erheben, ohne dass jemand wagt, dir den Mund zu verbieten.«

Maria del Roser legte bei ihren Ausführungen so viel Elan an den Tag, dass sie damit ihre Schülerin zuweilen erschreckte.

»Weiß der Señor eigentlich, dass Sie so denken?«, fragte die Amme.

»Aber natürlich weiß er das!«

»Aber ist er Ihnen deswegen nicht böse?«

Die Señora brach in ein Gelächter aus, das ihren Busen zum Beben brachte.

»Er wäre mir böse, wenn ich ihm nicht mehr Kontra geben würde!«

Concha hatte nie zuvor eine wohlerzogene Dame so reden gehört, und manchmal fürchtete sie um die geistige Gesundheit ihrer Señora, oder sie gelangte zu der Überzeugung, eine Revolutionärin vor sich zu haben. Ihre Neigung zur Entrüstung ging dabei, wie so oft, mit einer etwas beschränkten Weltsicht einher. Eine Frau, die es wagte, anders zu denken als ihr Ehemann? Eine Frau, die eigene Besucher empfing und das Haus nach Lust und Laune verließ? ›Der arme Señor Rodolfo, was für ein Kreuz hat er da zu tragen!‹, waren Conchas erste Gedanken.

Neben ihren Mittwochstreffen im eigenen Haus führte Doña Maria del Roser ein bewegtes gesellschaftliches Leben. Fast jeden Nachmittag ging sie aus, und zuweilen kehrte sie noch später als ihr Ehemann heim. In dem Fall hielt sich der Hausherr wach und verkürzte sich seine Wartezeit mit Arbeit in seinem Kabinett, und das Abendessen wurde – manchmal zu wahren Unzeiten – in dem kleinen Salon der Señora gereicht, in dem für solche Zwecke ein Tisch mit einem Kohlebecken, das von der überhängenden Tischdecke verdeckt war, bereitstand. Das

Tischgespräch zog sich zwangsläufig in die Länge, weil die beiden sich unbedingt berichten mussten, wie sie den Tag verbracht hatten, und des Öfteren hörte man sogar noch von der Treppe aus die Eheleute lauthals lachen. Danach pflegte der Hausherr die Nacht in den Gemächern seiner Gattin zu verbringen, und am nächsten Tag waren manche Gewohnheiten außer Kraft gesetzt, wie beispielsweise die morgendliche Zeitungslektüre oder das frühe Aufziehen der Vorhänge, weil die Herrschaften sich noch hinter den verschlossenen Türen aufhielten. Mehr als einmal erwischte man die Hausmädchen dabei, wie diese durch das Türschloss gewisse Szenen ausspähten, die ihnen nicht in den Kopf gingen. Denn damals war es keineswegs üblich, dass in einer Ehe, die aus familiären und wirtschaftlichen Bedürfnissen gestiftet und abgesegnet wurde, das Paar offensichtlich so glücklich zueinanderfand. Normalerweise lebten die Eheleute in einer distanzierten Teilnahmslosigkeit vor sich hin, jeder der beiden bewohnte seinen Trakt des Wohnhauses und beschäftigte sich mit seinen eigenen Angelegenheiten, bis irgendein Ereignis – das meistens außerhalb der Familie lag – ihnen Anlass zu einem Zusammentreffen gab, das dann trostlos, unterkühlt und vorwurfsvoll verlief und zu dem es besser nicht gekommen wäre.

Im Hause der Eheleute Lax nahmen die Dinge einen anderen Lauf, so dass die Dienstboten – vor allem die weiblichen Hausangestellten – keine Gelegenheit verstreichen ließen, aller Welt von den unziemlichen und extravaganten Gewohnheiten ihrer Herrschaften zu berichten.

»Wie schamlos! Und noch dazu so, dass es die Kinder hören können!«, schnaubte Eutimia vor Wut, ehe sie noch anmerkte: »Nun ja, aber das ist immer noch besser, als dass sie erfahren, dass ihre Mutter eine Ketzerin ist!«

Nur selten wagte dann jemand eine Frage, außer vielleicht ein neues Dienstmädchen, das noch nicht mit den Besonderheiten der Familie vertraut war.

»Was willst du damit sagen?«

»Ja, weißt du das denn nicht? Aber darüber wird doch andauernd geschwatzt! Die Señora glaubt nicht an Gott!«

Diese Anschuldigung führte in der Küche zu allgemeinem Tuscheln.

»Aber das Schlimmste kommt noch«, fuhr Eutimia fort, »sie posaunt das auch noch in der Öffentlichkeit heraus. Ich habe gehört, dass sie das sogar ohne weitere Umschweife in Zeitungen schreibt und sich damit auch noch brüstet!«

»Aber wir beten doch jeden Nachmittag den Rosenkranz«, wandte jemand ein.

»Schon, aber das sind nicht die Gebete, die uns unsere Heilige Mutter Kirche aufträgt. Ist euch denn nie aufgefallen, dass die Rosenkranzgeheimnisse niemals gesprochen werden? Das sind alles Ketzergebete! Ich fürchte, wenn wir so weitermachen, landen wir direkt in der Hölle! Deshalb versuche ich mich zu sammeln und sage immer das, was Gott befiehlt.« Doch für das Beste vom Ganzen senkte Eutimia ihre Stimme: »Außerdem weiß ich aus guter Quelle, dass die Señora darum gebeten hat, auf einem nicht gesegneten Friedhof bestattet zu werden.«

Diese Äußerung führte zu den nächsten empörten Ausrufen.

»Was ist mit Don Eudaldo? Er ist doch ein Vertrauter der Familie, oder?«, verwies jemand auf den Pfarrer der Iglesia de la Concepción. »Kann er denn nichts dagegen ausrichten?«

»Was meinst du, warum er jeden Sonntag hierherkommt? Er will sie nur wieder auf den rechten Weg zurückführen! Es heißt, dass Don Rodolfo das ein Vermögen kostet. Da müssen noch einige Messen abgehalten werden, um die verlorenen Schäfchen wieder einzusammeln.«

Wenn das Gespräch so weit gediehen war, bekreuzigte sich das Hausmädchen, und die Haushälterin setzte eine mitleidige Miene auf.

»Möge Gott ihr verzeihen«, war ihre reumütige Stimme zu vernehmen.

Und Eutimia, die sich diese Gelegenheit, die Stimmung im Haus zu verändern, nicht entgehen lassen wollte, ergänzte noch:

»Möge Gott uns allen verzeihen, die wir bei ihnen in Stellung sind.«

Conchas Beziehung zu Gott war immer etwas angespannt gewesen. Sie konnte niemals begreifen, wie ein Wesen, das im Ruf stand, gütig zu sein, so furchtbar strafen konnte. Anfänglich schrieb sie ihre Zweifel ihrer Unwissenheit zu. Sie meinte, kein Recht zu haben, ihre Meinung zu äußern, die sie von vornherein für falsch hielt. Aber dank des Geredes von Eutimia und des übrigen Personals lernte sie dazu und wagte es, nach diesem Gott zu fragen, der ihr nur Leid aufgebürdet hatte. Sie raffte sich dazu während des Leseunterrichts auf, ohne weitere Vorwarnung, wobei ihr Puls an den Schläfen pochte.

»Señora, bitte verzeihen sie meine Kühnheit«, nuschelte sie, »aber ich habe einen großen Zweifel.«

Doña Maria del Roser hielt mit der Feder auf dem Heft inne, faltete die Hände und lächelte.

»Ich möchte nicht, dass Sie über das verärgert sind, was ich sagen möchte«, fügte Concha noch hinzu.

»Wenn du deine Frage nicht stellst, habe ich keine Gelegenheit, es zu erfahren.«

Concha flüsterte verschämt: »Die Señora weiß ja, dass ich keine Ahnung habe und dass ich mich mit meinen Vorstellungen manchmal täusche …«

»Um Himmels willen, Conchita! Jetzt frag endlich, was du wissen willst, und komm ohne Exkurs auf den Punkt!«

Das unbekannte Wort – Exkurs – bremste Concha für einen Augenblick. Das Wort klang nach etwas Schrecklichem, doch dann konnte sie weitersprechen: »Könnten Sie mir bitte mitteilen, ob es Gott tatsächlich gibt?«, brach es aus ihr hervor.

Doña Maria del Roser seufzte tief auf, sah zur Decke empor und blickte einen Moment lang ins Leere.

»Meine Liebe, du stellst mir da eine schwere Frage, und ich

fürchte, ich habe darauf nicht die eindeutige Antwort, die du dir wünschst.« Sie legte eine Pause ein und wählte mit Bedacht ihre nächsten Worte. »Ich kann dir nur sagen, dass Gott für jeden von uns etwas anderes ist. Du musst ihn selbst in deinem Herzen suchen.«

In der Tat, diese Antwort befriedigte die Schülerin keineswegs. Concha war es nicht gewohnt, zu eigenen Schlussfolgerungen zu gelangen, und noch weniger, in sich hineinzublicken. Als sie bemerkte, dass sie mit ihrer Erklärung Concha nur noch mehr verwirrte, fügte Doña Maria del Roser hinzu: »Mit dieser Frage ist es genauso wie mit der eigenen Meinung von Frauen. Niemand kann dir dabei helfen, deinen Glauben oder deine Gedanken zu entwickeln. Das musst du selbst herausfinden. Du musst dich nur fragen, was Gott für dich bedeutet. Was soll er für dich darstellen?«

Das Anliegen der Angestellten ließ Doña Maria del Roser keine Ruhe. Die Frage nach der Wesenheit von Gott war damals keine Selbstverständlichkeit. Und erst recht nicht für eine junge Frau von nicht mal dreißig Jahren, die kaum lesen und schreiben konnte.

»Mein Beichtvater sagt immer, dass wir keine Fragen stellen …«

»Mich interessiert nicht, was dein Beichtvater sagt. Er irrt sich auch.«

Concha schüttelte überzeugt den Kopf und verteidigte somit den Beichtvater, den sie eigentlich vom ersten Tag an nicht leiden konnte.

»Nein, nein, nein! Gott leitet ihn!«, erwiderte sie.

»Aber er leitet auch dich, Conchita. Gott leitet uns alle. Wir alle sind seine Geschöpfe. Du darfst dich nicht verachten. Du bist genauso viel wert wie dein Beichtvater.«

Die junge Kinderfrau schüttelte wieder den Kopf. Sie erschrak immer mehr. Um nichts in der Welt war sie bereit, diese Gleichstellung zu akzeptieren. Insgeheim begann Concha, Eutimia und den übrigen Hausangestellten recht zu geben. Die Señora zeigte wirklich keinen Respekt vor dem Allerheiligsten.

»Was bedeutet Gott für dich?«, fragte Doña Maria del Roser hartnäckig, aber mit ruhiger Stimme nach. »Kannst du diese Frage beantworten?«

»Hm ... Gott ...«, stammelte Concha wieder.

Das Bild von dem reglosen Körper ihres Kleinen kam ihr in den Sinn, sein leichenblasses Gesichtchen in ihren Armen, das letzte Mal, das sie ihn wiegen konnte, während sein über alles geliebter Körper erkaltete und sie immer noch auf eines dieser Wunder hoffte, von denen sie als Mädchen in den Heiligenlegenden gehört hatte.

Aber das Wunder geschah nicht.

»Gott hat mir viel angetan«, antwortete sie schließlich unter Tränen.

Die Señora reichte ihr lächelnd ein Taschentuch. Sie beschränkte sich darauf abzuwarten, einfach da zu sein, ihr beizustehen, ohne sie aus dem Blick zu lassen. Es gibt nur wenige Menschen, die es wagen, dem Schmerz der anderen in die Augen zu sehen.

»Ich glaube nicht, dass dies der Gott ist, den dein Herz braucht«, sagte sie schließlich, als Concha sich ein wenig beruhigte. »Ich glaube, dass Gott uns nicht hasst, und ich denke auch, dass er uns nicht bestrafen will. Ganz im Gegenteil: Er ist großzügig, und er liebt uns alle gleichermaßen, ungeachtet unseres Standes und unseres Geschlechts. Er will uns nicht das wegnehmen, was wir am meisten lieben, sondern er will uns daran erinnern, dass wir Lebenden den Toten näherstehen, als wir uns vorstellen können. Ist es für dich kein Trost zu wissen, dass dein Sohn womöglich nicht ganz dahingeschieden ist? Dass er in dir weiterlebt, in der tiefsten Tiefe deines Herzens?«

Unter dem Eindruck dieser Worte versiegte der Tränenstrom der untröstlichen Amme allmählich.

»Hab keine Angst, Conchita, ich bin nicht verrückt, wie einige sagen. Ich erzähle dir auch nichts von irgendwelchen kuriosen Phänomenen. Wir Freidenker haben solche Vorstellungen, auch wenn viele andere nicht unserer Meinung sind und uns deswegen angreifen.« Maria del Roser hielt inne und klopfte sich mit dem Handrücken auf den Schoß, ehe sie weitersprach: »Weißt du, was wir jetzt machen? Demnächst lade ich dich ein, an einem unserer Treffen teilzunehmen, und dann kannst du selbst urteilen. Du musst nur die Angst vor dem Denken verlieren und eine größere Selbstachtung bekommen. So, und wenn wir nicht unsere ganze heutige Lektion vergeuden wollen, machen wir jetzt mit den Labiallauten weiter. Es ist spät geworden!«

Einige Wochen später verkündete die Señora, wieder bei einer ihrer Leseübungen: »Nächsten Dienstagabend findet im Teatro Calvo-Vico eine Spiritistenversammlung statt. Wenn du meinst, dass dich interessiert, worüber wir sprechen, gebe ich dir den Abend frei.«

Concha war es nicht gewohnt, dass jemand seine Versprechen hielt. Und selbstredend hatte sie noch nie ein Theater betreten.

»Aber wer kümmert sich denn dann um die Kinder?«, fragte sie entgeistert.

Violeta war immer noch komplett von ihr abhängig und wachte nachts regelmäßig auf.

»Du wirst rechtzeitig wieder zu Hause sein«, versicherte ihr die Señora.

»Aber ich habe nichts Geeignetes zum Anziehen«, wandte Concha auf der Suche nach einer weiteren Ausrede ein.

»Du bist in deiner Uniform sehr hübsch. Und du wirst nicht die Einzige in Uniform sein.«

»Bei dem Treffen sind auch Dienstmädchen?«

»Aber natürlich, Conchita. Daran nehmen Männer und Frauen gleich welchen Standes teil. Kannst du dich nicht mehr an das erinnern, was ich dir über die Gleichheit der Menschen gesagt habe?«

Concha ging das alles über ihren Verstand. Wie konnte die Señora nur denken, dass sie in irgendeiner Hinsicht gleich waren? Sie, die arme Analphabetin, die ihr Leben lang nur Hunger gelitten hatte, und Doña Maria del Roser, die distinguierte, elegante Dame, die von allen hochgeschätzt wurde? Da die Señora nicht die geeigneten Worte fand, um die Zweifel ihrer Kinderfrau zu zerstreuen, schüttelte sie die ganze Zeit nur noch den Kopf.

»Ganz gleich, Conchita, komm einfach am Dienstag ins Teatro Calvo-Vico«, schlug Doña Maria vor, »und du wirst feststellen, dass das Wichtigste an jedem von uns nicht das ist, was am meisten glänzt.«

Zerknirscht und mit dem Leid einer Mutter, die ihr Baby zum ersten Mal anderen überlässt, nahm Concha den Abend frei, aber erst nachdem sie sich vergewissert hatte, dass die Kinder genug zu sich genommen hatten und zufrieden schliefen. Für die Gelegenheit hatte sie ihre beste Uniform gebügelt und ihre Ausgehschuhe auf Hochglanz poliert. Außerdem hielt sie es für angemessen, ihr goldenes Amulett mit der Heiligen Jungfrau von Montserrat anzulegen, so dass jemand, der sie kannte, sehen konnte, dass ihre Señora im doppelten Wortsinn großzügig war. Sie trug es deutlich sichtbar über der Jacke, die sie aus wunderschöner marineblauer Wolle selbst gestrickt hatte, einem Geburtstagsgeschenk von Doña Maria del Roser.

Nach so vielen Vorbereitungen und dem Fußweg zur Gran Vía kam Concha an, als das Treffen bereits im Gang war. Die vom elektrischen Licht hell beleuchtete Fassade des Theaters beeindruckte sie sehr. Vor dem Eingang tummelten sich noch einige unschlüssige Passanten. Neben dem Haupteingang konnte sie auf der einen Seite die großen Lettern mit der Ankündigung *Spiritistischer Abend* erkennen und auf der anderen Seite das Werbeplakat für die so erfolgreiche Zarzuela *Señoritas toreras*, die in der Spielzeit auf dem Programm stand und von der Concha auch schon gehört hatte. Beim Hineingehen knarrten die Dielen unter ihren Schritten.

Der Theatersaal war ganz in Holz gestaltet, und die Parkettsitze waren mit blutrotem Samtstoff bezogen. Die Lampen leuchteten noch nicht mit dem modernen, grellen Licht, sondern wurden mit Gas betrieben und schufen ein geheimnisvolles Ambiente. Die Kinderfrau hielt nach einem freien Platz Ausschau und wurde ganz in der Nähe der Saaltür fündig, in der vorletzten Reihe. Der Gedanke, auf sich aufmerksam zu machen, und noch mehr, jemanden zu belästigen, machte sie nervös. Sobald sie saß, legte sie so gut es ging Wollschal und Hut ab, atmete tief durch, um ihre Nerven zu beruhigen, und erst dann konnte sie sich auf das Geschehen konzentrieren.

Auf der Bühne stand eine Dame mit einem eleganten Hut und hielt mit einer erstaunlichen Selbstsicherheit eine Ansprache: »Glauben Sie mir, unsere Ideen werden ihren Weg finden. Vor zwanzig Jahren hätten wir in diesem Theater keine zwanzig Zuhörer versammeln können. Und sehen Sie selbst, wie viele wir geworden sind!«

In der Tat, der Saal war fast vollständig besetzt. Nur wenige Sitzplätze waren noch frei, die allmählich von Nachzüglern eingenommen wurden. Neben Concha saß ein Herr, der aufmerksam zuhörte. Es gab noch zahlreiche andere Männer im Publikum, aber der Anteil der Frauen war weitaus höher. Einige trugen wie sie die Dienstmädchenuniform aus einem der angesehenen Häuser, aber es gab auch viele Arbeiterinnen mit unter dem Kinn verknoteten Kopftüchern und Schultertüchern aus Wolle sowie einige Männer, die ihre Schirmmützen in den Händen hielten, und andere, die ihre Zylinder auf den Knien balancierten. Manche Damen, deren gesellschaftlicher Status in dem Dämmerlicht schwer auszumachen war, waren mit ausladenden Hüten ausstaffiert, doch zahlreiche Zuhörer trugen sehr viel einfachere Kleidung. In den Reihen direkt vor der Bühne saßen die eher elegant gekleideten Besucher, auch wenn sie nicht übertrieben herausgeputzt waren, und lauschten den Ausführungen der Rednerin mit dem gleichen Interesse wie die übrigen Anwesenden. Anscheinend traf es zu, dass dort keine Unterschiede zwischen den Klassen gemacht wurden.

Nach dem Applaus kündigte die Frau mit dem imposanten Hut den nächsten Redner an: den Vizconde de Torres-Solanot. Allein die Nennung des Namens führte zu lautem Klatschen, so dass Concha vermutete, der Vizconde müsse auf dem Gebiet des Spiritismus eine bedeutende Persönlichkeit darstellen. Der Adelige war ein eher dicklicher Herr mit spitzem Schnauzbart und Baritonstimme. Sein Auftritt war nur kurz, er beschränkte sich darauf, den großartigen Zulauf zu würdigen und das Treffen für eröffnet zu erklären. Dann traten zwei Sängerinnen auf, die zwei wunderschöne Lieder zum Besten gaben, von denen Concha nicht ein Wort verstand, wahrscheinlich, weil es Texte in einer ihr fremden Sprache waren. Dennoch war sie von dem Liedvortrag sehr berührt – schließlich ist die Musik eine Sprache, die in der ganzen Welt verstanden wird –, und sie musste sich zusammenreißen, um nicht in Tränen auszubrechen. Dies war ihr Seelenzustand, als Doña Maria del Roser zum Rednerpult ging, und Concha klatschte, bis ihr die Hände wehtaten. Natürlich applaudierte sie nicht als Einzige, doch sie hörte als Letzte damit auf.

Die Señora ging in ihrem Vortrag auf die Geschichte dieser eigentümlichen Wissenschaft ein, wegen der sie sich hier eingefunden hatten. Sie sprach ein wenig über den Materialismus, den sie alle mit ihren innovativen Ideen und Anschauungen bekämpfen wollten, sowie über die Bruderliebe und die Rettung der Nationen. Der Stärke der Ovationen nach zu urteilen, die erklangen, während sie an ihren Platz zurückkehrte, erntete sie einen gewaltigen Erfolg.

Danach folgten mehrere Gedichtvorträge, weitere musikalische Darbietungen sowie eine Abschlussansprache voller für Concha unverständlicher Worte von einem Herrn mit Namen Don Miguel Vives.

Als das gesamte Publikum die Versammlung bereits für beendet hielt, betrat der Vizconde erneut die Bühne. Er bat mit seiner dröhnenden Stimme um Ruhe und machte eine unerwartete Ankündigung: »Liebe Freunde, heute halten wir für Sie eine ganz besondere Überraschung bereit. Dank der Freundlichkeit eines unserer Mitglieder, des hochverehrten Don Eduardo Conde, ist uns kürzlich die Ehre zuteil geworden, einen blutjungen Mann kennenzulernen, der trotz seiner Jugend und seiner einfachen Herkunft unbestritten ein großartiges Talent für die spiritistische Wissenschaft darstellt. Ich bin davon überzeugt, dass wir noch viel von ihm hören werden, denn er verfügt über eine Wundergabe, und deshalb ist er auf dem Weg, zu einem unserer Glanzlichter zu werden. Heute sind wir sehr stolz darauf, ihn einladen zu können, ans Rednerpult zu gehen und uns einen Vortrag darüber zu halten, was unsere Ideen für ihn bedeuten. Sehr verehrte Damen und Herren, ich habe die Ehre, Ihnen Francisco Canals Ambrós bei seinem ersten öffentlichen Auftritt vorstellen zu dürfen.«

Da kam um einen etwa zwanzigjährigen jungen Mann tosender Applaus auf. Er war hochgewachsen, hatte dichtes braunes Haar, volle Lippen, traurige Augen und gerötete Wangen. Sein Auftreten entsprach keineswegs der vollmundigen Präsentation, die seinem Auftritt voranging. Er trug eine Jacke, die ihm viel zu weit war, und seine Bewegungen wirkten eher unentschlossen.

Doch sobald er den Mund aufmachte, schien seine ganze Unsicherheit zu verschwinden. Zuerst ließ er sich über den Spiritismus als moralische, wissenschaftliche sowie philosophische Instanz aus. Er erläuterte, dass die Kommunikation mit dem Jenseits und die Reinkarnation bewiesene Tatsachen seien. Er sprach sehr lange über viele Dinge – für Concha waren einige davon nur schwer zu behalten und manch andere absolut unverständlich –, ohne auch nur einmal aus dem Konzept zu kommen oder sich zu versprechen. Er hielt sein Publikum in Atem, und als er endete, erntete er einhelligen Applaus und Bewunderung.

Nur der Herr, der neben Concha saß, wirkte unbeeindruckt. Dieser blickte plötzlich zu ihr hinüber und fragte sie voller Elan:

»Hat Ihnen gefallen, was der junge Mann gesagt hat?«

»Ja«, flüsterte Concha ein wenig verwirrt darüber, dass sie sich einfach so mit einem Fremden unterhielt. »Ihnen nicht?«

»Doch, sehr. Aber ich spende keinen Beifall, weil nicht er selbst spricht«, antwortete der Herr.

»Aber wer spricht denn dann?«, fragte Concha verblüfft zurück.

Der Herr hob belehrend eine Hand, und während er zur Bühne zeigte, sagte er: »Aber Señorita, das ist doch offensichtlich. Aus seinem Mund spricht ein höherer Geist, der seine materielle Hülle verlassen hat.«

Nach diesen Worten stand der Herr auf, verbeugte sich vor der Kinderfrau, bat darum, vorbeigelassen zu werden, und ging, noch ehe das Publikum in Scharen das Theater verließ.

In jener Nacht konnte Concha kaum schlafen. Sie musste über das, was sie gesehen und gehört hatte, nachdenken. Am Morgen hatte sie sich schon wieder beruhigt und bedankte sich mehrfach bei der Señora für die Gelegenheit, die sie ihr gewährt hatte. Diese war sehr neugierig, Conchas Eindrücke zu erfahren. Doch deren Antwort war so konfus, dass Doña Maria del Roser sie unterbrach: »Conchita, du brauchst noch etwas Zeit, um all diese neuen Eindrücke zu verarbeiten, aber du hast einen sehr wichtigen ersten Schritt getan«, sagte sie, ehe sie verkündete: »Ich sage dir Bescheid, wenn wir wieder ein Treffen abhalten, damit du dich weiter informieren kannst. Der Spiritismus kann so begeisterungsfähige Menschen wie dich gut gebrauchen.«

Als am nächsten Mittwochnachmittag pünktlich um halb vier die üblichen Gäste eintrafen, kamen Concha einige Gesichter vertrauter vor als sonst: der Vizconde de Torres-Solanot, die Rednerin mit dem breiten Hut, Don Miguel Vives und sogar dieser junge Mann, der mit seiner Redegewandtheit alle Zuhörer sprachlos gemacht hatte. Aber anders als die übrigen Gäste fand sich der junge Mann zum ersten Mal im Hause Lax ein.

Von: Violeta Lax
Gesendet am: 15. März 2010
An: Valérie Rahal
Betreff: Zurückholen der verlorenen Zeit

Liebe Mama,

ich warne dich, dies wird eine sehr lange Mail werden, wie diese Briefe, die du so schätzt und die ich dir nie schreibe. Ich hätte mir niemals vorstellen können, dass die elektronische Post eine Kommunikationsmöglichkeit für uns beide darstellen könnte, aber jetzt, wo ich das entdeckt und Zeit habe und außerdem tausende Kilometer weit weg bin, will ich sie mir nicht entgehen lassen. Außerdem weiß ich, dass du dich freust, wenn ich dir viele Sachen erzähle. Du wirst es nicht glauben, aber ich trage liebend gerne zu deiner Freude bei, und sei es nur ein wenig.
Du weißt ja, dass ich die Wohnung in Barcelona, die mir Großvater vererbt hat, niemals verkaufen wollte. Einige Jahre lang habe ich sie vermietet. Dann stand sie leer, und ich habe sie behalten – als einen Ort, an den ich zurückkehren kann, falls ich es einmal nötig habe; als einen Raum, an dem ich zulassen kann, dass meine Erinnerungen Staub ansammeln. Ich habe immer gewusst, dass ich eines Tages wiederkommen würde.
In der ersten Nacht musste ich erst einmal meinen Widerwillen überwinden, ehe ich mich auf mein altes Bett legte. Da die Waschmaschine nicht funktioniert – es wäre ja auch ein Wunder gewesen, wenn doch –, konnte ich nur die Laken auf dem Balkon ausschütteln. Trotz allem schlief ich angezogen, sogar mit Mantel. Die Unbequemlichkeit vertrieb die Wehmut meiner ersten Stunden in Barcelona und zwang mich, mir die Frage zu stellen, ob dies tatsächlich dasselbe Bett ist wie mit fünfundzwanzig. Plötzlich kommt es mir unglaublich vor, dass ich einmal auf einer so schmalen Pritsche zu zweit schlafen konnte, und ich

frage mich, was wohl kaputt gegangen war: das Bett oder meine romantische Neigung. Ja, ich weiß schon, theoretisch weißt du nichts von meinen damaligen Liebschaften, ich habe ja dafür gesorgt, sie vor dir zu verheimlichen. Aber ich vermute, dass du dir immer gedacht hast, dass mich in der Stadt etwas – oder jemand – viel stärker festhielt als meine Recherchen über das Werk von Großvater.
Am liebsten würde ich es dir erzählen. Am liebsten würde ich mich endlich von diesem lästigen Status einer Tochter befreien. Würdest du nicht auch gerne einmal nicht die Mutter spielen, und sei es nur für einen kurzen Moment? Denn ich fürchte, meine Geschichte ist für Mütter nicht geeignet.
Aber ich bin gerade beim Thema Bett stehengeblieben.
Ich habe es schließlich auf den Müll gebracht und ein anderes gekauft, das doppelt so groß ist. Von der Wehmut habe ich mich nicht befreien können, ich wusste ja, dass dies nicht so einfach sein würde. Noch nicht.
Also, zur Sache: Gestern ist Papa in Barcelona gelandet.
Seine Begrüßung ging so: »Töchterchen, du bist ganz bleich im Gesicht. Du siehst ja furchtbar aus!«
Also, er ist ganz der Alte.
Ich habe ihm dann erklärt, dass ich kaum geschlafen habe, ohne aber auf die Einzelheiten einzugehen. Sein Gepäck bestand aus einem Miniköfferchen. Ich habe ihn nur gefragt, ob dies alles sei.
»Meine Medizin, einmal Wechselwäsche und die Zahnbürste. Wenn ich noch etwas brauche, kann ich es mir ja kaufen«, war seine Antwort. »Diese Billigfluglinien verlieren immer alles, ich habe keine Lust, irgendein Risiko einzugehen.«
Ich war nur erstaunt, weil er allein kam, denn du hast mir doch gesagt, dass er eine neue junge Freundin hat.
»Amélie kommt am Donnerstag nach«, kam er mir zuvor. »Sie hat noch zu tun. Sie konnte nicht so plötzlich losfliegen.«
Ich habe nicht die geringste Ahnung, wer Amélie ist. Ich kann mich auch nicht daran erinnern, ob das die Frau ist, von der du

mir erzählt hast. Ich vermute, es ist wieder einmal eine von diesen jüngeren Eintagsfliegen, die er als »meine Assistentin« bezeichnet. Und mit denen er dann wieder nicht mehr als ein paar Monate zusammen ist, oder?
Aber da ich weiß, dass es dich brennend interessiert, sage ich dir, dass Papa besser aussieht als je zuvor. Er wirkt gesund und ist so eitel wie immer. Wie er da gerade aus dem Flieger kam, glich er eher einem Dandy im Ausgehlook: glänzende Schuhe, Hose mit akkurater Bügelfalte und eine weiche Lederjacke über den Schultern. Du weißt schon, eine dieser sündhaft teuren Maßanfertigungen, die an ihm immer so leger aussehen. Er hat immer noch seine graumelierte Mähne, seinen pechschwarzen Schnauzbart – also färbt er ihn nach wie vor – und sein elegantes Auftreten. Ich weiß schon, es klingt ein wenig kurios, wenn ich das sage, Mama, aber es wundert mich nicht, dass er damals fremdgegangen ist. Trotz seines Alters sieht er immer noch umwerfend aus.
Das Einzige, was sich inzwischen verändert hat, ist sein Umfang. Sein Körper ist nicht mehr so robust, und er erinnert ein wenig an ein Stück Obst, das gedörrt wurde. Geht er vielleicht nicht mehr ins Fitnessstudio? Aber ansonsten ist er wirklich ganz der Alte. Er hält sich mit jeder Lappalie auf, nichts entgeht ihm, er scherzt über dieses und jenes … zum Beispiel über die Bodenfliesen im neuen Terminal am Flughafen, die wie Spiegel sind.
»Da wird einem ja ganz schwindelig«, meinte er. »Aber beschweren sich denn die Frauen da nicht? Das ist doch für Spanner das reinste Vergnügen!«
Mama, ich kann nicht umhin, aber seine Begierde, Anekdoten zu sammeln, macht mich nach wie vor krank. Ich gebe ja zu, er ist geistreich und steckt die Leute in die Tasche, aber ich glaube ja, dass dies nur seine Art ist, ernste Gespräche zu vermeiden, in denen man früher oder später auf private Themen kommt – das Gebiet, das für ihn ein einziges Minenfeld ist. Ein Gespräch mit Papa, du weißt es ja zur Genüge, ist immer nur eine Abfolge von

amüsanten und hirnrissigen Banalitäten. Und sobald er seine Anekdotensalve abgefeuert hat, bittet er um die Rechnung.
Höflichkeitshalber habe ich ihn gefragt, ob er die Tage in Barcelona bei mir verbringen möchte. Ich hatte völlig vergessen, dass Papa niemals in fremden Wohnungen übernachtet.
»Ich habe im Meridien reserviert, wie immer«, war seine gleichgültige Antwort. »Ich habe nicht vor, mir die Ramblas auch nur eine Minute entgehen zu lassen.«
In dem Moment musste ich an dich denken, Mama, ehrlich. An ein paar Worte, die du mir vor langer Zeit einmal gesagt hast.
»Dein Vater erträgt die Vorstellung nicht, sich an das Leben eines anderen Menschen anpassen zu müssen.«
Kannst du dich noch erinnern, wann du das gesagt hast? Wetten, dass nicht! Aber jetzt helfe ich deinem Gedächtnis auf die Sprünge. Es war das erste Mal, als du zu mir auf gleicher Höhe, von du zu du, gesprochen hast. Wir saßen im Auto vor dem Haus, das Papa in Hendaye gemietet hatte, du wolltest gerade abreisen und ich sollte zum ersten Mal in meinem Leben meine Ferien mit ihm verbringen. Ich glaube, das war deine Art, mich auf das vorzubereiten, was mich erwartete.
Ich habe dich jetzt noch vor Augen: Du hattest eine rote Bluse an, und dein Haar hing locker über deine Schultern.
»Modesto hat so etwas noch nie für irgendein lebendiges Wesen getan, nicht einmal in den zwei Jahren, in denen wir zusammen waren. Es hat ihm schlicht und ergreifend niemand beigebracht, mit einem anderen Menschen zusammenzuleben. Bis er mich kennenlernte, ist er immer allein gewesen. Und jetzt, da ich nicht mehr bei ihm bin, wird er es immer bleiben.«
Das waren deine Worte. Sie sind in mein Gedächtnis eingebrannt. Ich vermute, weil ich etwas begriff, das sich im Lauf der Zeit nur noch bestätigt hat. Irgendwie bedeutet das Wiedersehen mit Modesto, seine Absage auf mein Angebot und meine Erleichterung darüber auch eine Warnung: Ich bin genauso wie er. Ich werde auch immer allein sein, Mama, und ich bin es immer gewe-

sen. Ich bin einfach nicht in der Lage, mich an einen anderen Menschen anzupassen. Das Einzige, was uns beide unterscheidet, ist meine Fähigkeit, dies zu vertuschen. Aber diese Dinge, wie fast alles, was uns zu außerordentlichen Anstrengungen nötigt, dürfen nicht lange dauern. Eines Tages werden mir meine Kinder das vorwerfen, und sie werden recht haben.
An all das musste ich denken, als Papa mich mit einer seiner typischen Fragen überraschte: »Werden die uns die ganze Zeit beschäftigen? Ich meine, die Polizei?«
Darauf habe ich ihm gesagt, dass ich es nicht weiß.
»Ich habe eine Menge zu erledigen«, behauptete er.
Für Papa war sein Aufenthalt in Barcelona so etwas wie ein Wochenendausflug. Ich glaube, er hat sich noch keinen Moment damit befasst, dass die ganze Situation irgendeinen ernsten Anlass haben könnte.
Ich habe ihn dann bis zur Rezeption im Hotel begleitet, das er betrat, als wäre es sein Zuhause.
»Modesto Lax Brusés«, sagte er laut und deutlich und klopfte mit seiner beringten Hand sanft auf den Tresen.
Als ihn dann der Hotelangestellte um ein Ausweispapier bat, um ihn registrieren zu können, unterbrach er ihn autoritär: »Suchen Sie mich im Rechner. Ich bin Stammgast.«
Wie du dir sicherlich vorstellen kannst, konnte ich mir ein Grinsen nicht verkneifen. Mit seinen Anwandlungen von Grandezza kommt er mir wie ein kleiner Junge vor.
Er bekam ein Zimmer mit Blick auf die Calle Pintor Fortuny.
»Phantastisch!«, beglückwünschte er sich, sobald er es betrat und die Fenstervorhänge beiseite schob. »Diese Nacht werde ich mich mit den Gespenstern der Kassiererinnen von El Siglo amüsieren. Die sollen wunderhübsch gewesen sein.«
Der Hotelboy und ich warfen uns amüsierte Blicke zu. Die Erklärung dafür bekam ich dann ganz exklusiv, als wir allein waren, dabei kannte ich einen Teil der Geschichte bereits: Genau an der Stelle stand früher das erste große Warenhaus der Stadt,

das auch das erste in ganz Spanien war. Du weißt ja, Papa liebt es zu übertreiben, aber er sagt, dass es absolut außergewöhnlich war. Es hieß Grandes Almacenes El Siglo und ist irgendwann in den 30er Jahren niedergebrannt. Nicht einmal die Mauern sind übriggeblieben. Die Katastrophe war so gewaltig, dass die Stadtverwaltung danach die Gelegenheit nutzte, den gesamten Straßenzug neu aufzubauen. Ein Teil wurde nach dem Großfeuer vollständig abgerissen, um die Calle Pintor Fortuny, die vorher eine Sackgasse war, mit den Ramblas zu verbinden.
»Du meinst das Warenhaus der Familie Conde, oder? Großvater hatte mehrere Familienmitglieder von ihnen gemalt. *Don Octavio Conde in seinem Büro in El Siglo* ist ein meisterhaftes Porträt. Kannst du dich daran erinnern? Es befindet sich in Privatbesitz, aber es ist mir gelungen, es nach Chicago zu bekommen für meine Ausstellung der Porträtmaler.«
»Aber natürlich«, platzte es aus Papa heraus. »Ich vergesse immer wieder, dass ich es mit einer weltweit anerkannten Expertin zu tun habe! Genau dieses Warenhaus ist es. Das Warenhaus der Familie Conde!«
Ich habe ihn dann gefragt, ob bei dem Feuer viele Menschen ums Leben gekommen sind.
»So weit ich weiß, niemand«, meinte er. »Aber mit dem Großbrand ist ein kollektiver Traum gestorben. El Siglo ist einfach ein mythischer Ort gewesen.«
Dann fragte ich ihn, was für Pläne er für den Tag hatte.
»Nichts Besonderes. Ich werde irgendwo etwas zu Mittag essen. Und ich werde ramblieren gehen.«
Das waren seine Worte. Du weißt ja, das Wort ist so typisch für Barcelona, es bezeichnet einfach einen Bummel ohne festes Ziel über die berühmten Ramblas.
Dann habe ich ihm vorgeschlagen, zusammen zu Abend zu essen. Darauf ist er eher widerstrebend eingegangen. Das ist so bezeichnend für Papa: Man sieht sich drei Jahre nicht, und er tut gleich wieder so, als hätte er genug von einem. Ich musste deut-

lich werden und ihm sagen, dass wir miteinander reden müssen, und sei es nur, um uns ein wenig auf das Gespräch vorzubereiten, das wir am nächsten Tag mit dem Polizisten von den Mossos d'Esquadra haben.

»Das Gespräch mit der Polizei vorbereiten? Aber wir führen doch kein Bewerbungsgespräch, oder?«, witzelte Papa.

Schließlich brachte ich unsere Unterhaltung auf den Fund hinter Teresas Fresko. Ich habe Papa gesagt, dass ich gerne seine Theorie dazu wissen möchte. Er ging meiner Frage aus dem Weg.

»Also, Theorie ist nun mal ein ziemlich hochtrabendes Wort. So etwas habe ich nicht im Angebot.«

»Meine Güte, dann eben deine Meinung!« Ich musste richtig hartnäckig werden und ihm die gleiche Frage noch einmal anders stellen. »Meinst du, diese Tote könnte jemand aus der Familie sein?«

Ich fasse es nicht, aber Papa hat sich diese Frage anscheinend tatsächlich nicht gestellt. Er ist offensichtlich nicht einmal auf die Idee gekommen. Aber allein die Erwähnung des Themas schien ihn sehr zu verärgern.

»Später, Mädchen. Belästige mich jetzt nicht mit so etwas. Lass mich bitte erst einmal meine Ankunft genießen«, protestierte er und zog seine Schuhe aus.

Ich sagte ihm nur, so sehr er dem Thema auch ausweiche, früher oder später müssten wir darüber sprechen.

»Besser später, Violín. Wir gehen doch heute Abend zusammen essen, oder? Dann vermiesen wir uns halt die Verdauung, indem wir darüber sprechen!«

Dann machte er kehrt und schloss sich ins Badezimmer ein. Du weißt ja, wie es mit ihm ist; seine übliche Art, einem mitzuteilen, dass für ihn eine »Sache erledigt« ist.

Ich muss zugeben, dass ich an Papa seine Fähigkeit bewundere, nicht zu leiden. Ich habe mir selbst immer gewünscht, das Leben nicht so wichtig zu nehmen. Schließlich habe ich dann endlich

das gesagt, was er von mir erwartete: »Also gut, Papa, ich werde mich ein wenig zurechtmachen, denn heute Abend gehe ich mit einem gutaussehenden Mann essen.«
Seine Stimme klang überhaupt nicht mehr erzürnt, als er antwortete: »Was für ein Zufall. Ich bin mit einer sehr attraktiven jungen Frau verabredet.«

Ich habe die Mail doch noch nicht losgeschickt, weil ich erst noch überlegen musste, wie ich dir die nächste Sache erzähle. Wir haben niemals über die »kurze Zeit« gesprochen, die ich bei Papa gelebt habe, zumindest nicht über die Details. Ich setze diese Wendung, die ich zu hassen begonnen habe, in Anführungszeichen, weil du sie damals eingeführt hast: Ich sollte eine »kurze Zeit« bei Papa in Avignon verbringen, während du mit Jason euer spanisches Restaurant in Philadelphia eröffnet hast. Dann dauerte die »kurze Zeit« zwei lange Jahre, in denen ich mich für das unglücklichste Mädchen auf der ganzen Welt hielt. Ich habe dich in der Zeit sehr gehasst, auf viele Arten und Weisen. Ich habe dich gehasst, weil du dich in unseren privaten Englischlehrer verliebt hast, ich habe dich gehasst, weil deine Liebe erwidert wurde, und auch weil du dich getraut hast, Jason zu heiraten. Ich habe dich gehasst, weil du mich über vierundzwanzig lange Monate nicht in deine Pläne einbezogen hast, während du in die Staaten gezogen bist und deinen Honeymoon mit Jason genossen hast. Ja, ich weiß, ich bin niemals ein einfaches Kind gewesen, ich weiß, mit vierzehn war ich einfach unerträglich, und du hast deinen Freiraum und Zeit für dich gebraucht. Ich weiß auch, dass es gut für mich gewesen ist, Französisch zu lernen und mal ein anderes Land kennenzulernen. Aber ich habe mehr als zwanzig Jahre gebraucht, um das zu begreifen. Damals habe ich alles anders gesehen.
Ich konnte kaum Französisch, mir fiel es nicht leicht, mich an neue Orte und Leute zu gewöhnen, ich hatte furchtbares Heimweh nach Barcelona, und auf der Schule hatte ich nur Pech mit den

ne Gewohnheiten um keinen Deut. Wir trafen uns höchstens mal in der Bibliothek. Ich habe dort viele Stunden verbracht, auf der Suche nach verlorenen Schätzen. Die Isolation als Flucht vor dem Alltag und die Unabhängigkeit als Philosophie: das sind die beiden wichtigsten Vermächtnisse, die mir Modesto hinterlassen hat.

Als du mich damals angerufen hast, um mir mitzuteilen, dass euer neues Restaurant hervorragend lief und mein Zimmer fertig sei, zog Papa sofort los, um mir für die folgende Woche das Flugticket zu kaufen. Er wurde von einer Eile angetrieben, die ich – so glaube ich zumindest – mit ihm teilte: sich von mir zu befreien. Als er mir schon an der Tür des Taxis, das mich zum Flughafen brachte, seinen Abschiedskuss gab, stellte ich fest, dass wir beide den gleichen erleichterten Gesichtsausdruck hatten. Den Rest der Geschichte kennst du mehr oder weniger: Ich habe mir lange Zeit gelassen, bis ich ihn wieder traf, und wenn, dann immer nur als Gast und niemals für länger als eine Nacht. Du kennst ja meine Maxime: »Ins Haus der Eltern immer nur zu Besuch.«

Aber auf die Ferne ist Modesto ein Vorzeigevater gewesen. Ich habe immer gespürt, dass er sich über meine Leistungen ehrlich freute. Er hat oft an mich gedacht, und er bewies mir das, indem auch ich eine Empfängerin dieser witzigen Postkarten wurde, die er an alle Welt verschickt. Ich besitze Hunderte davon, so wie du. Manchmal denke ich, dass sie sehr gut meine Biographie ab meinem sechzehnten Lebensjahr illustrieren. Kürzlich habe ich sie zusammengesucht und sortiert. Zuerst habe ich sie chronologisch geordnet und in einem Ordner abgelegt. Aber nachdem ich die Texte auf den Rückseiten genauer studiert hatte, die niemals zu der Sehenswürdigkeit auf der Vorderseite passen, sortierte ich sie so, dass man sie lesen kann, ohne sie umdrehen zu müssen. Modestos Handschrift ist immer sehr klar und schön, wie von einem Schüler. Einige seiner Postkarten kenne ich auswendig.

Ich habe mich niemals getraut, ihm zu sagen, wie sehr es mir gefällt, dass mich seine Postkarten durch die halbe Welt verfolgt haben. Auch in den zwei Jahren, die ich in London gelebt habe, gab es keine Unterbrechung. Auf der ersten dorthin hat er geschrieben: *Wir beide leben jetzt auf dem gleichen Kontinent, aber durch eine gefährliche Meerenge getrennt. Allmählich glaube ich, dass du das absichtlich machst.* Auf der Karte, die er mir nach Barcelona an die Wohnung schickte, die ich von Großvater geerbt hatte, steht: *Eine Wohnung ist erst ganz dein, wenn du dort deine erste Post erhalten hast. Also, herzlich willkommen in deinem neuen Zuhause, Violín.*

Schon als junges Mädchen hat er mich so genannt: Violín. Mich hat das wahnsinnig gemacht. Ach, wie blöd sind Kinder zuweilen. Wie du weißt, war Modesto ja nicht gerade begeistert, als ich mir vornahm, das Werk seines Vaters zu studieren, aber ich würde sagen, es hat ihn insgeheim dennoch gefreut. »Du hast alle Zutaten, um die beste Spezialistin auf der ganzen Welt für das Werk von Amadeo Lax zu werden. Sogar seine Sturheit«, schrieb er mir auf einer Postkarte mit dem Foto von einem Frosch. Das war 1995. Da war ich schon ein unabhängiger Geist und er ein erfreuter Betrachter. Als ich ihm verkündete, dass ich in die Staaten zurückkehre, war er davon nicht sonderlich angetan: »Schade, dass du aufgibst. Aber ich nehme an, wenn du jetzt aus der Stadt flüchtest, die du mit allen Kräften liebst, wirst du dafür deine Gründe haben«, schrieb er damals.

Ich bin geflüchtet. Genau. Er war der Einzige, dem das aufgefallen ist. Oder der Einzige, der es gewagt hat, es mir zu sagen.

Als ich ihm kurz darauf schrieb, um ihm zu berichten, dass man mir einen Job beim Art Institute in Chicago angeboten hat, schickte er mir das Foto von einer Sanduhr und folgende Botschaft: *Die Toten haben viel Zeit und unendlich viel Geduld. Dein Großvater wird auf dich warten. Carpe diem.*

Wie du siehst, hat er mit seiner Prophezeiung ins Schwarze getroffen. Die Toten haben die ganze Zeit auf mich gewartet.

Ich bin kurz auf die Straße gegangen, um etwas zu essen. Also, ich verspreche, bis zur nächsten Mail nicht so viel nachzudenken, und berichte dir endlich von unserem Wiedersehen.
Ich dachte, Papa hätte Lust auf landestypische Gerichte und habe deshalb im Quo Vadis reserviert. Wir sind von seinem Hotel aus zu Fuß dorthin spaziert, geschniegelt und zufrieden wie ein Liebespaar.
Im Restaurant studierte er die Karte, suchte nach Gerichten aus Bio-Produkten und berichtete mir, dass er seit neuestem Gemüse nur noch per Internet einkauft. Er kritisierte die schlechten Ernährungsgewohnheiten der Studenten und nebenbei auch noch das miserable Essen in der Mensa, und schließlich bestellte er eine Zwiebelsuppe und einen Salat.
Ich hatte bis dahin kaum etwas gesagt und für mich gegrilltes Gemüse und eine Tortilla bestellt.
Dann wechselte er das Thema und fragte nach den Kindern, von denen er annahm, sie müssten schon sehr groß sein. Zum Beweis zeigte ich ihm Fotos von Iago und Rachel.
Er suchte seine Brille, betrachtete in aller Ruhe die Fotos und meinte nur: »Pass nur auf, wenn dein Iago seine Desdemona findet.«
Die Zwiebelsuppe brachte ihn schon wieder auf ein neues Thema. Wie eine Hommage an die Sitten und Gebräuche in der ganzen Welt ließ er eine seiner typischen einleitenden Fragen los: »Du kannst mir bestimmt nicht sagen, in welchem Land in Europa die meisten Suppen gegessen werden?«
Natürlich wusste ich das nicht. Wer weiß das denn schon? Bist du in der Zeit, in der ihr verheiratet gewesen seid, jemals in der Lage gewesen, eine einzige seiner Fragen zu beantworten?
»Polen!«, tat er dann selbst triumphierend kund. »Dort essen die Leute zweimal am Tag Suppe. Sechzehn Prozent der Gerichte, die die Polen zu sich nehmen, sind Suppen. Andere Frage: Wetten, dass du nicht weißt, wie der berühmteste schwedische Auflauf heißt?« Dann legte er eine theatralische Pause ein, die

er mit seinem schelmischen Grinsen würzte. Um dann die Auflösung zu bringen: »Janssons Versuchung! Das ist doch ein spannender Name, oder? Nicht nur für ein Gericht, sondern auch für eine Kneipe oder eine Verwechslungskomödie ... oder eher für ein expressionistisches Drama? Meine Güte, darüber sollte man einmal nachdenken. Also, für das Rezept braucht man Kartoffeln, gedünstete Zwiebeln und schwedische Anchovis. Die ganze Mischung wird dann im Ofen gebacken und ist sehr kräftigend.«

Aber ich habe nicht klein beigegeben. Ich erinnerte ihn daran, dass wir über den Vorfall sprechen müssen. Über die Mumie.

Er hat dann lange geseufzt, um mir zu verstehen zu geben, dass er lieber über die europäische Küche als über Mumien spricht.

Ich habe ihn gefragt, ob er vor meinem Anruf jemals etwas von dieser Besenkammer gehört hatte.

Er schüttelte nur wortlos den Kopf.

»Du warst damals etwa drei Jahre alt«, sagte ich noch. »Es wäre merkwürdig, aber es könnte doch sein, dass du noch irgendeine Erinnerung daran hast.«

»Ich glaube, ich habe die ganze Zeit mit Concha verbracht. Meine Eltern haben ihr Amt lieber nicht ausgeübt«, sagte er darauf.

Ich wagte es weiterzufragen: »Papa, könntest du mir bitte erzählen, welches für dich deine älteste Erinnerung ist? Könntest du ein wenig in dein Gedächtnis abtauchen?«

Er seufzte noch einmal.

»Mädchen, ich habe wirklich keine Ahnung. So chaotisch, wie ich bin, habe ich es bestimmt schon vor langer Zeit verloren. Mein Gedächtnis ist wie eine Rumpelkammer.« Er kicherte, aber es klang recht gekünstelt. »Alles, was nicht aufgeräumt ist, landet dort.«

»Es wäre nützlich, wenn du dich an irgendetwas erinnern könntest.«

»Für wen wäre das nützlich?«

Aus seinem Verhalten konnte ich schließen, dass er sich für die ganze Sache nicht im Geringsten interessierte. Er schob den

Suppenteller zur Seite und verschränkte seine Arme. Dann sah er mich an, als würde er sich unbekümmert fragen: »Und was ist nun an der Reihe?«
Doch ich ließ nicht locker.
»Die Polizei fragt, ob du Fotos hast.«
»Fotos von wem? Von Teresa? Soweit ich weiß, gibt es nur ein bekanntes Foto. Es ist einmal in einer Monographie über deinen Großvater veröffentlicht worden, in der Sammlung *Gent Nostra*. Kannst du dich daran erinnern? Das war eine Reihe mit kleinen Bänden über verschiedene Persönlichkeiten der katalanischen Kultur und Politik. Einer der Bände war Amadeo Lax gewidmet. Du hast ihn bestimmt schon einmal in Händen gehabt. Aber warte, es gibt da noch dieses andere Foto« – bei den Worten kniff er die Augen zusammen –, »das Foto, auf dem ich auch drauf bin. Ich dachte, ich hätte dir das vor Jahren mal geschickt, oder?«
Da blitzte etwas in meinem Gedächtnis auf. Ich konnte mich nicht nur daran erinnern, einmal auf dem Markt von Sant Antoni ein Exemplar dieser Monographie gekauft zu haben, sondern auch, wo ich es aufbewahrte.
»Aber wofür benötigen die denn ein Foto von Teresa?«, fragte Papa.
»Sie sagen, es wäre ihnen für ihre Untersuchungen nützlich.«
»Untersuchungen?« Er schnaufte ungläubig vor sich hin. »Spielen die jetzt wirklich, nach so vielen Jahren, Räuber und Gendarm? Haben die denn nichts Besseres zu tun?«
Da habe ich ihn gefragt, ob er denn nicht die Wahrheit erfahren wolle.
»Welche Wahrheit?«
»Über diese Frau. Über die Tote.«
Er hämmerte mit seinen perfekt manikürten Fingern auf dem Tisch herum. Er blickte sich um, schnalzte mit der Zunge und verdrehte die Augen.
»Wozu das denn? Wird die Wahrheit irgendetwas verändern?«
»Die Vergangenheit kann sich verändern«, flüsterte ich.

Mitten in unser düsteres Schweigen hinein wurde der zweite Gang serviert.
Ich wartete ab, bis der Kellner unsere Gläser mit Wasser nachgefüllt hatte, um Papa dann zu fragen, ob er sich jetzt an irgendein Detail erinnern wolle oder ob wir hier nur die Zeit vergeudeten.
»Ich fürchte, dass sich niemals jemand darum gekümmert hat, ob ich mich an etwas erinnern kann oder nicht. Jedenfalls ist das jetzt nicht mehr wichtig. Die Vergangenheit ist eine Mumie – wie diese Frau, um die du dir so viele Gedanken machst.«
Trotz seiner Widerstände stellte ich ihm noch weitere Fragen. Papa kennt Großvaters Werk, das weiß ich, er hat sich ausführlich damit beschäftigt. Sein Artikel über die Symbolik der Katzen in den Teresa-Porträts wird überall als Referenzpublikation zitiert. Ich fragte ihn, ob er mir wenigstens dabei helfen würde, in den Gemälden nach Hinweisen zu suchen.
»Was für Hinweise denn?«
»Alle möglichen Hinweise. Die Bilder können uns die Wahrheit sagen.«
»Die Kunst kann alles Mögliche sagen«, erwiderte er.
Dann führte er eine Olive zum Mund, kaute bedächtig auf ihr herum, betrachtete mich eine geraume Weile, bis er schließlich sagte: »Ich sehe schon, du nimmst dir das alles sehr zu Herzen.«
Ich spürte, wie unser Gespräch eine unbehagliche Distanz zwischen uns beiden geschaffen hatte. Wir beide fanden leider nicht mehr zu diesem heiteren Tonfall zurück, mit dem wir den Abend begonnen hatten.
Wir saßen schon vor unseren Tassen mit entkoffeiniertem Kaffee, als ich ihn in einer letzten Kraftanstrengung fragte, was wäre, wenn die Mumie seine Mutter sei.
Papa beschäftigte sich damit, die ungeöffneten Zuckertüten auf dem Muster der Tischdecke in Reih und Glied zu bringen. Er runzelte die Stirn, und sein Blick verlor sich ins Leere. Sein typischer Gesichtsausdruck, wenn er sehr verärgert ist.

»Violeta, schau, dass die Vergangenheit verändert werden kann, bedeutet nicht, dass wir das tun müssen«, sprach er in einem Tonfall, als verkünde er ein Gerichtsurteil. Er hob die Hand, um die Rechnung zu erbitten, und sagte noch: »Es ist sehr spät. Es wird Zeit, dass wir zu Bett gehen.«
Das Gleiche sage ich nun auch, Mama. Es ist sehr spät. Die Chronistin verabschiedet sich. Ich verspreche dir, so weiter zu machen und dir alles haargenau zu erzählen.

Ein Küsschen für dich und noch eines für Jason.

Vio

P. S.: Ich hatte noch keine Zeit, mir den Link anzusehen, den du mir mit deiner letzten Mail geschickt hast, aber ich werde das jetzt noch machen. Du hast also wirklich etwas über unseren rätselhaften Mann herausgefunden? Ich hoffe, der Blog lohnt sich, denn ich bin hundemüde.

Auszug aus dem Blog *Eine Parzelle in der Hölle*, verwaltet von Blackboy
Eintrag vom 31. Dezember 2007

Der Heilige, der keiner war

An seinem Grab fehlt es niemals an Besuchern, und noch weniger an Blumen. Die Friedhofsverwaltung hat die sechs angrenzenden Grabkammern gezwungenermaßen bereits verlegt, um für die vielen Votivgaben, Blumensträuße und Geschenke, die er jeden Tag erhält, Platz zu machen. Seine ewige Ruhestätte ist der meistbesuchte Ort des Ostfriedhofes, dem ältesten Friedhof von Barcelona. Von wem die Rede ist? Ich möchte euch eine besondere Persönlichkeit vorstellen.
Zu Lebzeiten hieß er Francesc Canals Ambrós. Er starb mit nur 22 Jahren am 27. Juli 1899, wie es heißt eines natürlichen Todes. Er war von einfacher Herkunft, so wie viele, die ihn heutzutage verehren, und er war in dem legendären Warenhaus Grandes Almacenes El Siglo angestellt, das für die damalige Epoche der Stadt so charakteristisch war. Es wird erzählt, dass er schon zu Lebzeiten wegen seines guten Herzens und seiner Wohltaten sehr bekannt war, dass er andauernd Opfer brachte, um anderen Leuten zu helfen, und dass er sogar die Gabe besaß, mit nur einem Blick in den Augen eines Menschen dessen Todesdatum sehen zu können. Anscheinend sagte er sogar seinen eigenen Todeszeitpunkt voraus. Allerdings ist der einzige Beweis dafür das, was die Leute sagen.
Die Grabkammer befindet sich hinter Glas, und ein Foto zeigt, wie er wohl gewesen sein mag: freundlich, jugendlich, mit einem offenen und klaren Blick. Zuweilen ist das Bildnis gar nicht zu sehen, weil seine »Jünger« diesen Hohlraum zweckentfremden und Zettel hineinwerfen, auf die sie sorgfältig ihre intimsten Wünsche notiert haben. Einmal im Monat entfernen die Friedhofswär-

ter die Zettel, aber bald sind schon die nächsten da. Schließlich heißt es, wenn man Francesc Canals um etwas bittet, bleibt kein Wunsch ungehört. Um was auch immer man ihn bittet, es wird erfüllt. Deshalb verehrt das Volk ihn wie einen Heiligen, und deswegen ist er weniger unter seinem Tauf- und Familiennamen bekannt, sondern unter einem anderen Namen: »El Santet«, katalanisch für »der kleine Heilige«.
Ich nutze meinen Besuch, um einige der sichtbaren Zettel zu lesen. Ich weiß, so etwas macht man nicht, aber ich kann der Versuchung nur schwer widerstehen. Es gibt Wünsche für jeden Geschmack. Einige sind wirklich ergreifend: *Ich will, dass mein Sohn wieder gehen kann … Ich will nicht zurück ins Gefängnis … Ich will María vergessen.* Einige sind banaler: *Ich will in meinem Beruf arbeiten … Mach mein Bein wieder gesund … Ich brauche Geld, Glück und Gesundheit … Bevor ich sterbe, will ich noch in die Berge fahren und den Moncayo sehen … Bitte schenk mir ein Meerschweinchen … Lass mich den Nobelpreis bekommen.*
Ich versuche, mir anhand der Handschriften die Menschen vorzustellen, die ihre Wünsche diesem Glaskasten anvertraut haben. Ich mache einige Fotos. Als ich damit fertig bin, nähert sich eine Frau mit Blumen. Ich trete zur Seite. Sie legt ihren Strauß zu den übrigen Blumen und betet kurz in der Stille. Danach will sie wieder gehen. Ich wage sie zu fragen, ob sie zum ersten Mal zu der Grabstätte dieser wundertätigen Persönlichkeit kommt und warum. Ihre Antwort lässt mich erschauern.
»Ich komme jeden Montag, um ihm für das zu danken, was er für mich getan hat und was er immer noch tut«, sagt sie.
Mehr erklärt sie nicht, und ich traue mich auch nicht, weiter nachzufragen. Ich lasse sie gehen und bin beeindruckt. Eine Katze beobachtet unbeirrt ihre Schritte von einem kleinen Mausoleum aus.
Bevor ich den Friedhof wieder verlasse, tausche ich mich mit dem Friedhofswärter aus. Er berichtet, dass die volkstümliche Verehrung für den »Santet« schon recht alt ist.

»Ich arbeite seit 1979 hier. Als ich begann, war das schon so. Jede Woche kommen Hunderte zu dem Grab, um sich etwas von ihm zu wünschen und ihm ihre Gaben zu bringen. Er wird auch der ›Santet de Poblenou‹ genannt, nach dem Stadtviertel hier, als würde ihm das jemand streitig machen. Ich habe irgendwo gelesen, dass all dies kurz nach seinem Tod begonnen hat, als einige seiner Kolleginnen seine Grabstätte besuchten und ihn um etwas baten. Anscheinend dachten sie, wenn er zu Lebzeiten so gut gewesen ist, würde er es auch nach seinem Tod sein. Ihre Wünsche gingen in Erfüllung, und so hieß es, dass Francesc Canals Wunder wirke. Und Sie sehen ja, das geht bis heute so. Die Wunder nehmen kein Ende, und die Bedürftigen auch nicht.«
Ich frage ihn, ob er selbst schon einmal die Wunderkraft des jungen Mannes in Anspruch genommen hat.
»Ja, schon, manchmal, aber ich kann Ihnen nicht sagen, worum ich ihn gebeten habe.«
»Aber können Sie mir vielleicht sagen, ob Ihr Wunsch in Erfüllung gegangen ist?«
Er wiegt bedächtig seinen Kopf und sagt nur: »Ja, er hat mir meinen Wunsch erfüllt. Und der war gar nicht so einfach.«
Ich habe Glück, der Mann ist redselig und hat heute nicht so viel zu tun. Er berichtet mir von einem kuriosen Glauben.
»Vielleicht ist es Ihnen ja nicht aufgefallen, aber dort geht ein Riss durch die ganze Grabtafel. Die Leute sagen, wenn man ganz intensiv dadurch schaut, sieht man schließlich auf der anderen Seite ein helles weißes Licht. Das ist das Jenseits, das Reich der Toten. Ich habe mich niemals getraut, dadurch zu sehen, weil ich denke, dass es wahr ist. Ich habe Leute kennengelernt, bei denen hat es im Leben Veränderungen gegeben, nachdem sie dieses Licht gesehen haben. Viele finden, man hätte den Jungen längst heiligsprechen müssen. Es gibt andere Heilige, die sind, na wie soll ich es sagen, nicht so erfolgreich. Aber er versagt nie. Es heißt doch, für eine Heiligsprechung muss man fünf Wunder bewirkt haben, oder? Der Junge hat doch die Grundanforderung

dafür schon längst erbracht! Verdammt nochmal! Der bringt es doch auf mehrere tausend Wunder! Aber in diesem Land bleibt immer alles beim Alten. Die Pfaffen wollen einfach keine armen Heiligen haben. Es ist doch gleich, ob man ein Werkzeug Gottes auf Erden ist oder ob einen alle verehren. Warum sollen sie an uns denken, wir sind doch nur normalsterbliche Menschen? Sie begreifen überhaupt nichts. Und ich sage es allen, damit es endlich klar ist: Dieser Junge ist ein Heiliger, ein Volksheiliger, er ist ein sozialistischer, ein öffentlicher und ein unabhängiger Heiliger! Und das ist er schon bei seiner Geburt gewesen. Man weiß doch, dass er das andauernd gezeigt hat, solange er lebte. Sie wissen ja, wie es geschrieben steht, oder? ›An ihren Werken werdet ihr sie erkennen.‹ Eben. Worauf zum Teufel warten sie noch, um ihn in den Himmel zu schicken und zu einem offiziellen Heiligen zu machen? Begreifen die einfach nicht dass er uns von da oben noch mehr helfen könnte? Kapieren die denn nicht, dass er eine vergoldete Krone verdient hat, einen Altar in einer Kirche, einen Tag im Kalender? Und außerdem sollte man ihn zum Schutzheiligen der Angestellten von allen Kaufhäusern in der ganzen Welt machen, oder?«

IX

Am Donnerstag, dem 9. April 1925, stattete Tatín Brusés – entgegen ihren großbürgerlichen Gewohnheiten und in Begleitung ihrer jüngsten Schwester – Maria del Roser Golorons einen Besuch zu Hause ab.

»Verehrteste, Sie werden verstehen, dass ich dieses so delikate Thema nur persönlich ansprechen kann«, begann sie, während sie sich in einer Wolke aus Rosenduft auf das gelbe Samtpolster fallen ließ und die in Seidenstrümpfe gehüllten Beine elegant übereinanderschlug. Um die Lippen trug sie ein beinahe abschätziges Lächeln und an Handgelenken und Ohrläppchen ein Rubingeschmeide, bei dem einige vor Neid erblasst wären, wenn auch nicht ihre Gastgeberin.

Neben Tatíns Exaltiertheit sticht das diskrete Verhalten ihrer Begleiterin unweigerlich umso mehr hervor. Teresa, die jüngste der sieben überlebenden Brusés-Geschwister, will einen guten Eindruck hinterlassen, aber ihr Blick schweift unermüdlich von einem zum anderen Winkel durch den Raum, vielleicht so wie es Tatín selbst tun würde, wenn sie nicht die Formen wahren müsste. Die Lax-Witwe kannte Teresa bereits von dem Porträt her, das Amadeo vor einigen Jahren gemalt hatte, als sie noch kurze Kleider trug. Aber nun stellt sie mehr als überrascht fest, dass aus Teresa eine junge Frau von einer umwerfenden Schönheit und mit einem traurigen Blick geworden ist.

Die beiden Schwestern sehen sich sehr ähnlich. Sie haben die gleichen goldenen Locken, die gleichen hellen Augen – auch wenn Teresas Augen größer sind und ihr Blau intensiver ist – sowie die feinen Wangen und das zarte Kinn. Dennoch, abgesehen von diesen Gemeinsamkeiten, sind sie sehr verschieden.

Tatíns Körper ist eher kompakt und gerade, sie hat einen kräftigen Hals, und ihre Hände und Füße scheinen etwas zu groß geraten. Teresa ist das völlige Gegenteil. Sie hat eine hübsche Wespentaille und verströmt die Aura einer unglücklichen Fee, die sie unwiderstehlich macht. Wenn man die beiden nebeneinander betrachtet, wirkt Tatín wie die etwas gröbere Version des gleichen Werkes, als hätte der Bildhauer mit ihr sein Probestück angefertigt, um sich später bei der endgültigen Version zu verausgaben.

»Du wirst sehen, Tessita«, sagt Tatín Brusés mit dieser Unvermitteltheit, die für ihren Umgangston typisch ist, »die Señora Lax versteht dich und wird uns helfen.«

Die jüngere Schwester beobachtet nach wie vor alles und schweigt dabei. Ein trauriges Lächeln umspielt ihre Lippen. Sie wirkt wie eine Blume, die auf den Frühling wartet.

Die Unterhaltung findet zu dieser Nachmittagsstunde statt, in der die Sonne alles vergoldet und den Dingen eine sinnliche Patina verleiht. Damit dieser Eindruck in seinem vollen Ausmaß wahrgenommen werden kann, hatte die Lax-Witwe angewiesen, die Vorhänge entsprechend zurückzuziehen und ihren Besucherinnen einen Platz seitlich der großen Fenstern zugedacht. Der Kamin ist nicht beheizt, und Wagners *Tannhäuser* räumt dem Grammophon eine romantische Hauptrolle ein.

Die Auswahl der Musik hatte sich als eine der schwierigen Entscheidungen dieses Nachmittags erwiesen, nachdem ein Bote ein handschriftliches Billett von Tatín übermittelt hatte, in dem diese ihren Besuch ankündigte, um ein »delikates Thema« zu besprechen. Mitten in ihren Vorbereitungen kam es der Señora auf einmal vor, als gäbe es zu viele Häkeldecken, und sie ordnete an, alle schleunigst abzunehmen. Währenddessen zählte Concha die Titel der Schellacksammlung auf, aber der Lax-Witwe erschien nichts passend für den Anlass. Weder Schuberts »Ave Maria« (»zu frömmlerisch für die Tageszeit«) noch Carlos Gardel mit »Pobre mi madre querida« (»Meine Güte, diese modernen Lieder sind so etwas von trist!«), und auch nicht »El relicario« der Couplet-Sängerin Raquel Meller (»Keinesfalls, in dem Lied geht es um dunkelhaarige Frauen, und sie ist goldblond, sonst fühlt sie sich noch beleidigt«) und auch nicht »La Santa Espina«, diese längst verbotene Sardana (»Herr im Himmel! Wirf das sofort weg. Es kann doch nicht sein, dass wir, seit Primo de Rivera an der Macht ist, keine Musik mehr aufgelegt haben!«). Als Concha den *Tannhäuser* entdeckte, ließ die Nervosität der Señora ein wenig nach, denn sie befand: »Wagner passt immer.«

Eine andere schwierige Frage war, was die Köchin zubereiten sollte. Alle wussten, dass Tatín Brusés keine Frau war, die es bei Gesellschaften in fremden Salons lange auf ihrem Platz hielt. Wenn Tatín Brusés ihr eigenes Haus verließ, immer in ihre ewige Wolke aus Rosenparfüm gehüllt, dann mit dem Vorsatz, schnell die Welt zu erobern. Es war allgemein bekannt, dass ihr dies schon mehrfach gelungen war. Für diesen Besuch hatte sie zudem eine kritische Uhrzeit gewählt: sechs Uhr abends. Dies war zu früh für einen Aperitif, aber auch zu spät für Tee und Gebäck. Gar nichts anzubieten wäre wiederum eine unverzeihliche Unhöflichkeit gewesen, sagte sich Maria del Roser. Kaffee kam ihr ebenso gewöhnlich vor wie Likör, bei einer Konditorei Süßspeisen zu bestellen, schien ihr etwas übereilt und zudem nicht sonderlich originell. Keine Lösung war nach ihrem Geschmack, und die Zeit lief ihr davon. Bis sie sich schließlich in ihrem Dilemma an Vicenta wandte und die Köchin mit nur fünf Worten verfügte: »Überlassen Sie das nur mir!«

Nun ist ihr Gespräch ebenso wie der Imbiss am Ende angelangt, und beide Damen können davon ausgehen, ihre Vorhaben erfüllt zu haben: Tatín, eine Lösung für das Problem ihrer kleinen Schwester zu finden, und Maria del Roser, ihren schwierigen Gast mit etwas Besonderem zu überraschen. So zufrieden, droht Mattheit das Treffen zu überwältigen. Doch da kommt Amadeo.

Die Lax-Witwe vernimmt das übliche Stolpern gegen die marmorne Weinranke und verkündet sofort stolz: »Da ist mein Sohn.«

In die knospende Blume kommt Leben, und sie gibt in ihrer Gefühlswallung einen kurzen Ausruf von sich.

Tatín sieht sie tadelnd an. ›Es reicht schon, dass du dich wie ein dummes Huhn verknallt hast, aber jetzt benimm dich wenigstens wie eine Dame‹, scheint ihr Blick zu sagen.

Denn um nichts Geringeres geht es bei ihrem Besuch. Das »delikate Thema«, von dem in dem Billett von Tatín, die immer für eine Überraschung gut war, die Rede war, hielt eine noch größere Überraschung parat, als Maria del Roser erwartet hatte.

»Señora, ich hasse es, unnötige Worte zu vergeuden«, hatte Tatín nach ihrem Austausch von Begrüßungsfloskeln begonnen, »und nach allem, was ich von Ihnen weiß, habe ich das Gefühl, dass ich offen mit Ihnen reden kann. Ich weiß nicht, seit wann, aber meine Schwester leidet unter ihrer Liebe zu Ihrem Sohn Amadeo wie unter einer Krankheit und ist deshalb die ganze Zeit traurig und unerträglich. Daher habe ich entschieden, zu Ihnen zu kommen, um zu sehen, ob uns beiden etwas einfällt, um das Leid des Mädchens ein wenig lindern zu können. Gleichzeitig möchte ich die Gelegenheit nutzen, um Sie und Don Amadeo zu Teresas Einführung in die Gesellschaft einzuladen, die wir nächsten Monat ausrichten werden. Denn ich befürchte, dieser Debütantinnenball wird eher an ein Begräbnis erinnern, wenn die junge Dame nicht besser gelaunt ist.«

Maria del Roser war auch gleich auf den Punkt gekommen. Sie erklärte den beiden Schwestern, dass ihr Sohn gesellschaftliche Verpflichtungen hasste und weder Debütantinnenbälle noch irgendwelche anderen gesellschaftlichen Festivitäten besuchte, bei denen er mit mehr als zehn Personen Umgang pflegen musste. Doch sie milderte diese schroffe Information dann doch ein wenig ab: »Sie müssen sich darüber im Klaren sein, dass er sich ganz seinem künstlerischen Talent hingibt. Für ihn sind solche Dinge nur Zeitverschwendung.«

»So soll es auch sein«, pflichtete Tatín bei.

Teresa hingegen wäre beinahe auf der Stelle in Tränen ausgebrochen. Es kam nur nicht dazu, weil just in dem Moment Concha mit dem klirrenden silbernen Teewagen über den Flur zog.

»Ah, der Imbiss«, seufzte die Señora erleichtert.

Auf dem spiegelnden Silbertablett prangten drei Porzellantassen. Sie sahen aus wie Tassen für Consommé, doch darin befand sich eine weiße Flüssigkeit, die mit einem dunklen Pulver bestäubt war. Sie verströmte einen süßen, köstlichen Duft. Die Damen sogen den Duft auf, ohne Fragen zu stellen. Bis dahin zumindest.

»Ich liebe Zimt«, verriet Tatín euphorisch, sobald Concha ihr ihre Tasse und ihren Löffel reichte.

»Unsere Köchin erfindet immer wieder originelle Gerichte«, beteuerte Maria del Roser.

Ihre Überraschung war noch größer, als sie in der Flüssigkeit Reis entdeckten.

»Man bekommt direkt Lust, Brot hinein zu tunken«, meinte Tatín.

»Vielleicht sollte man es dann lieber heiß servieren«, erwiderte die Lax-Witwe darauf.

Nur Teresa meldete sich nicht zu Wort, aber weder ihre Verschlossenheit noch ihre Traurigkeit und nicht einmal ihre Liebe hinderten sie daran, ihre Portion weit über das Maß, das die gute Erziehung vorgibt, zu leeren.

»Mein Gott, Tessita, lass noch etwas fürs Personal übrig«, tadelte sie die große Schwester herzlich. Das Mädchen wurde rot. Die entspannte Atmosphäre trieb Tatín an, ihr Anliegen weiter zu verfolgen: »Señora, lassen Sie uns doch bitte auf unser Thema zurückkommen. Sehen Sie irgendeine Möglichkeit, Don Amadeo für einige Stunden von seinen Verpflichtungen mit der Kunst abzulenken? Unsere gesamte Familie wäre durch seine werte Anwesenheit sehr geehrt. Sie müssen verstehen, wir bewundern ihn, seit wir ihm auf Wunsch unserer Tante Matilde Modell gestanden haben.«

»Möge sie im Himmel ruhen«, flüsterte Maria del Roser.

»Ja, ja, und dort viele Jahre auf uns warten!«, ergänzte Tatín ganz beiläufig, als ob ihr diese Worte aus Versehen herausgerutscht wären. Dann fuhr sie fort: »Señora, ich versichere Ihnen, es wird ein schönes Fest sein. Wir haben ein Orchester aus Sabadell engagiert, das Fantasien von Wagner spielen wird, die gar nicht so laut sind.« Bei diesen Worten wies sie zum Grammophon. »Ich sehe schon, wir haben den gleichen Geschmack. Ich verspreche Ihnen, wir werden alles unternehmen, damit Sie beide sich bei uns wie zu Hause fühlen.«

Maria del Roser sah sich daraufhin verpflichtet, ihrer Besucherin zumindest einen Hoffnungsschimmer zu geben.

»Schon gut, ich werde alles tun, was in meiner Macht steht. Aber ich kann Ihnen nicht versprechen, dass ...«

»Aber selbstverständlich nicht!« Tatín schüttelte den Kopf. »Ich möchte Sie keineswegs zu irgendetwas verpflichten! Mit dieser Bitte habe ich bereits mehr als genug gewagt!«

Als Concha die Tassen wieder auf den Teewagen stellte, war ihre Señora von der Gewissheit und der Beruhigung erfüllt, dass der Imbiss ein voller Erfolg war.

»Hat das Rezept einen Namen, Señora Lax?«

»Vicenta nennt das Milchreis«, antwortete Concha.

»Wie originell! Milchreis! Wie ist sie nur auf diese Idee gekommen?«

Maria del Roser war vor Stolz gewachsen und von diesen Worten mitgerissen, die so ruhmreich klangen. Selbst das geistesabwesende Mädchen zeigte nach diesem wundersamen Gebräu eine bessere Gesichtsfarbe.

Wie gesagt, in dem Augenblick trifft Amadeo ein, und zwar zu einer Uhrzeit, zu der noch niemand mit ihm rechnete und die noch vor einem Jahr undenkbar gewesen wäre. Aber mit dem Alter, oder vielleicht aufgrund seines Erfolges, ist er häuslicher geworden.

Einfach weiterzugehen wäre sehr unhöflich gewesen. Normalerweise lässt er, wenn er seine Mutter auf seinem Weg durch das Haus nicht antrifft, seine Ankunft durch irgendein Hausmädchen vermelden, um sich sofort in sein Atelier in der Mansarde zurückzuziehen. Aber heute ist Donnerstag, der Besuchertag, und zwei Damen unterhalten sich mit seiner Mutter im großen Salon. Er weicht von seinem üblichen Weg ab, um sie zu begrüßen. Es sind ja nur wenige Meter und nur einige Minuten. Das denkt er zumindest. Aber da ist Teresa. So schön wie eine unheilvolle Erscheinung. Tragisch wie eine Opernheldin. Sie steht kurz vor ihrem achtzehnten Geburtstag. Sie ist modisch gekleidet, mit einem Rock, der ihr halb bis zur Wade reicht, und einem helmförmigen Hut, der von einer Blume verziert wird. Die Locken ihrer blonden langen Haare lösen sich aus dem Haarknoten, zu dem sie im Nacken zusammengefasst sind, und das Blau ihrer Augen ist intensiver, als er es in Erinnerung hatte.

Bei ihrem Anblick verspürt Amadeo das Bedürfnis, sie an einen ungestörten Ort mitzunehmen.

Im Salon schwebt ein süßlicher Duft, der dem Moment eine Atmosphäre einer exklusiven Konditorei verleiht.

»Guten Abend, mein Sohn!«, begrüßt ihn Maria del Roser, während Amadeo sie auf die Wange küsst, »die jungen Damen Brusés und ich haben gerade von dir geredet.«

Der Hausherr beugt sich vor, um Tatíns Hand zu küssen. Als er sich vor Teresa zum Handkuss verneigt, reißt das Mädchen seine Augen sehr weit auf, als hätte es ein Trugbild vor sich.

»Tatín ist so freundlich und hat uns zu Teresas Debütantinnenball eingeladen«, erläutert seine Mutter. »Ich nehme an, dass du dich noch an sie erinnerst. Nächsten Monat wird sie achtzehn Jahre alt.«

»Jetzt ist schon der Debütantinnenball?« Amadeo betrachtet

Jungs und noch mehr Pech mit den Mädchen. Zu allem Überfluss musste ich dann mit einer Art Eremit zusammenleben, der nur mit mir sprach, um mir seltsame Anekdoten zu erzählen. Ich hätte damals einen Vater gebraucht. Jemanden, der mir zuhört, der mich erträgt, der ab und zu wütend auf mich ist.

Modesto Lax Brusés, der fremde Mann. Es stimmt schon, unsere Beziehung ist niemals sonderlich eng gewesen. Meine einzige Kindheitserinnerung an ihn hängt mit Großvaters Tod zusammen sowie mit der Freude, Weihnachten mit euch beiden verbringen zu können, während er sich um den Papierkram kümmerte. In den zwei Jahren habe ich ihn wirklich kennengelernt. Und lieben gelernt, auch wenn meine gesamte Kindheit ohne ihn stattfand. Ich verstand endlich, was du mir so oft gesagt hattest: »Deinen Vater zu lieben bedeutet zu lernen, ohne ihn auszukommen.« Und als ich ihn ein wenig besser kannte, musste ich dir schon wieder recht geben, denn du hast immer gesagt: »Modestos größtes Problem ist, dass ihn das Leben langweilt.« Ich glaube jetzt, dass du damals schon genau gewusst hast, was du willst, als du mich in Avignon zurückgelassen hast. Wenn du das damals nicht getan hättest, hätten mein Vater und ich niemals bemerkt, wie ähnlich wir uns sind.

Es war für mich eine großartige Entdeckung, als ich begriff, dass ihn in seinem Alltag nur Bücher nicht deprimierten. In der akademischen Welt bewegte er sich wie ein Fisch im Wasser, vielleicht weil nur dies das Umfeld war, in dem seine Brillanz und sein Wissensdurst ihre sofortige Belohnung erfuhren. Gelegentlich steckte er schon mal seinen Kopf in die wirkliche Welt, aber eher, um ein paar Kuriositäten für die Anekdoten zu sammeln, mit denen er seine Studenten oder seine Zuhörer bei Vorträgen beeindrucken konnte – oder auch seine Freunde, die er aber nur selten zu Abendessen einlud. Ich habe damals gelernt, dass das Einzige, was ihn an der Wirklichkeit interessiert, das ist, was sie widerlegt.

Während unseres Zusammenlebens veränderte mein Vater sei-

Teresa erneut. »Wie schnell vergeht doch die Zeit! Mit scheint, es sei erst gestern gewesen, dass ich Sie in dem kniefreien Kleid porträtiert habe. Aber ich muss feststellen, dass die Jahre dem Modell hervorragend bekommen sind.« Teresa wird rot, was Amadeo zu einer weiteren Bemerkung veranlasst: »Es wird mir eine Ehre sein, Sie am Tag, an dem Sie erwachsen werden, zum Tanz aufzufordern. Selbstverständlich nur, wenn Ihre Behüterin mir das zugesteht.«

Amadeo stellt zufrieden fest, welchen Eindruck seine Worte hinterlassen haben. Teresa hat das Gefühl, dass ihr Herz gleich aus ihrer Brust springen wird. Die ältere Schwester erhebt sich. Sie ist bereit zu gehen und davon überzeugt, dass ihr Besuch einen gelungenen Abschluss gefunden hat. Die Federn an ihrem Hut liefern sich einen Wettstreit mit der Höhe und dem Bombast der Fransen der Deckenlampe.

Maria del Roser runzelt nachdenklich die Stirn. Als sie die Abneigung ihres Sohnes gegen gesellschaftliche Ereignisse dermaßen betont hatte, hatte sie ein grundlegendes Detail nicht berücksichtigt: Amadeo war verrückt nach jungen Mädchen.

Der Maler verneigt sich, murmelt eine Entschuldigung und verschwindet auf der Treppe nach oben.

Das Trugbild verschwindet mit ihm.

Von: Violeta Lax
Gesendet am: 20. März 2010
An: Valérie Rahal
Betreff: Zwei Fotos

Liebe Mama,

du hast ja so recht.
Auf die Ferne bin ich eine bessere Tochter. Diese Sintflut an Mails ist der beste Beweis dafür.
Bitte, tu mir den Gefallen und mach dir keine allzu großen Sorgen. Es geht mir gut. Der »prahlerische« (bitte, das ist deine Wortwahl!) Tonfall meiner Mails liegt daran, dass ich erwachsen und großspurig werde. Nimm mich einfach nicht so ernst, einverstanden? Ich bin halt eine Nervensäge, das sagt Daniel ja auch.
Und das Geheimnis um mein früheres Gefühlsleben hier in Barcelona ist nun auch nicht so großartig. Ich werde es dir noch erklären, ehrlich, sobald ich einen eigenen Rechner und etwas Zeit habe.
Ich schreibe dir, weil ich das Foto gefunden habe, von dem Papa mir kürzlich erzählt hat. Und nicht nur das. Seit ewigen Zeiten bewahre ich in der Abstellkammer neben anderen Dingen einen Karton mit Papieren und Büchern auf, von denen ich nicht wollte, dass die Mieter der Wohnung sie in die Hände bekommen. Ich erspare dir die Beschreibung der Schmutzschichten, durch die ich mich vorarbeiten musste, um sie zu finden. Du kannst dir gar nicht vorstellen, welche Gefühle mich packten, als ich den Karton öffnete. Ich habe Stunden damit zugebracht, alles zu bewundern. Vor allem die beiden Fotos sind einfach beeindruckend. Sobald ich kann, schicke ich sie dir als Anhang, damit du sie auch zur Hand hast.
Mama, wie lief die Geschichte von Amadeo und Teresa wirklich ab? Hat eigentlich irgendjemand in der Familie einmal versucht,

etwas darüber herauszufinden? Gehen wir davon aus, dass Amadeo Teresa kennenlernte, als er sie als Zwölfjährige malte, aber was passierte danach? Wie wurden sie miteinander vertraut? Wie war ihre Hochzeit? Wie haben sie zusammengelebt? Worauf gründete ihre Beziehung?

Diese beiden Fotos sind die einzige Antwort, die wir haben.

Das erste Foto stammt aus der Biographie, an deren Existenz Papa mich neulich Abend erinnerte. Es wurde in dem Band über Amadeo Lax der Reihe *Gent Nostra* veröffentlicht, und zwar auf Seite 12. Die Bildunterschrift besagt: *Amadeo Lax und seine Ehefrau in der einzigen erhaltenen Studioaufnahme.*

Es ist ein Hochzeitsfoto in Grautönen. Teresa sitzt auf einem Schemel. Großvater steht hinter ihr. Seine Hand liegt auf ihrer Schulter. Es ist eine zärtliche Geste, trotz der steifen Situation. Teresa erwidert die zärtliche Geste, auch mit ihrer rechten Hand, und man erkennt gut die Eheringe an ihren Ringfingern. Teresas linke Hand ruht auf ihrem Schoß, einem Hauch von Tüll, der bis auf den Boden reicht. Ihr Kleid hat lange Ärmel und einen züchtigen Ausschnitt. Sie trägt auch einen Tüllhut, den ein Spitzenschleier umgibt – alles ganz im Stil der 20er Jahre. Sie neigt sich ein wenig nach vorn, als erwartete sie sehnsüchtig das Ende der Sitzung beim Fotografen, um endlich mit der Feier beginnen zu können, und lächelt mit einer naiven Offenheit. Sie wirkt jünger als ihre einundzwanzig Jahre. Sie ist wirklich wunderschön.

Der Gesichtsausdruck von Großvater hingegen zeigt eine zufriedene Gelassenheit. Schließlich hat er sich gut verheiratet, mit einer wunderschönen, jungen Frau aus guter Familie. Alle haben diese Ehe gebilligt, sogar er selbst. Seine Mundwinkel unterdrücken ein Lächeln. Vielleicht hat es ihn belustigt, die Anstrengungen seiner jungen Gattin zu beobachten, der der Fotograf womöglich ihren Mangel an Ernst oder ihren Schwung vorgeworfen hat. Er ist eine distinguierte Erscheinung, in seinem dunklen Cut mit Weste, goldener Taschenuhr, Seidenschal und Zylinder. An seiner Ausstattung fehlt auch wirkliches keines der Accessoires, die ihn als Vertreter seiner privilegierten Schicht kennzeichnen, wie auch die Handschuhe aus russischem Leder, die er in seiner linken Hand hält. Er ist ein immer noch jung wirkender, stattlicher Mann. Bestimmt hat man Teresa sehr um diesen Ehemann beneidet. Aber das Beste an seiner Erscheinung ist sein Blick, der fest auf das Objektiv gerichtet ist und unverwechselbar vor Glück schimmert.

Das zweite Foto hat mir Papa vor einigen Jahren geschickt, und soviel ich weiß, gibt es davon keine weiteren Abzüge. Es ist also niemals veröffentlicht worden. Vielleicht konnten wir beide uns deshalb nicht mehr sofort daran erinnern. Es ist fünf Jahre später in demselben Fotostudio aufgenommen. Großvater ist darauf mit der ihm üblichen Eleganz gekleidet. Da sich die Männermode eher langsam entwickelt, könnte man fast meinen, er habe in all der Zeit seine Kleidung nicht gewechselt. Auf der Weste sticht wieder die Taschenuhr hervor. Der Zylinder liegt auf dem kleinen Tisch neben ihm. Aber seine Lippen sind zu einer unfreundlichen Grimasse verzogen. Er hat, seitdem er das letzte Mal an dieser Stelle Modell stand, etwas zugenommen. Es wirkt so, als habe er nicht das Bedürfnis, irgendjemandem zu gefallen. Nicht einmal den Menschen, die mit ihm posieren.

Vor ihm sitzt Teresa auf einem Stuhl. Sie ist überaus elegant gekleidet: knöchellanger Rock, bestickte Bluse, hohe Absätze. Ihr Haar trägt sie zu einem lockeren Knoten zusammengefasst. Das ist nicht mehr die verrückte, ungeduldige junge Frau von dem Hochzeitsfoto. Sie ist sechsundzwanzig Jahre alt – wir befinden uns im Jahr 1933 –, aber sie sieht wie eine Vierzigjährige aus. Sie ist schmal, hat Ringe unter den Augen und wirkt ausgezehrt. Vielleicht hat sie sich noch nicht von der Geburt erholt. In ihren Armen hält sie ein nur wenige Wochen altes Baby – Papa in seinem Taufkleid –, und lächelt ihm liebevoll zu. Nur dieses Lächeln erinnert an die Frau auf dem anderen Foto. Das Glück ist diesmal nicht für die Nachwelt erhalten.

Von allen Porträts von Teresa, die ich kenne, ist dies das grausamste. Papa als kleines Baby. Großvater in seiner Rolle als ehrenwerter Vater. Und sie, diese große Unbekannte.
Es ist schon merkwürdig. Jahrelang habe ich verhindert, dass das Foto in irgendeiner Biographie über Großvater veröffentlicht wurde. Und zwar aus Respekt an sein Gedenken, an seinen alten Schmerz, aber auch wegen Papa, der gar nicht über seine Mutter sprechen muss, um zu zeigen, wie sehr er darunter leidet, ohne sie aufgewachsen zu sein, wie sehr er ihr immer vorgeworfen hat, ihn verlassen zu haben.
Die Geschichte der Malerei, der Kunst und der Literatur ist voller unerträglicher Persönlichkeiten, die vor Talent strotzen. Das sind Wesen, die Nachschlagewerke schmücken, aber die für die Menschen, die das Pech hatten, mit ihnen zusammenzuleben, eine echte Plage waren. Vielleicht ist Großvater eine von diesen Persönlichkeiten gewesen, aber mit so viel zeitlicher Distanz kann man diesen überheblichen Gesichtsausdruck kaum richtig deuten. Die Nachwelt verlängert die Schatten und verwischt die Profile. Ansonsten hätten wir nachfolgenden Generationen vielleicht nichts zum Bewundern.
Jahrelang habe ich aus absoluter Überzeugung dazu beigetragen, die wirkliche Teresa aus dem Gedächtnis der Familie auszulöschen. Für mich ist sie immer nur ein künstlerisches Motiv gewesen, eine beglückende Inspiration, den Damen der hohen Gesellschaft ebenbürtig, die dank Großvater ihren Charme und ihren Ruf über die Jahrzehnte hinweg unbeschadet konservieren konnten.
Jetzt nicht mehr. Nun habe ich das Gefühl, dass mir Teresas Blick vorwirft, so leichtgläubig gewesen zu sein. Ich habe das Gefühl, dass mich meine Großmutter fragt, warum ich mich niemals getraut habe, ein wenig tiefer zu dringen. Beispielsweise zu dem tatsächlichen Ausdruck ihres Gesichtes, mit dem sie ihr Baby ansieht.
Mama, ich glaube, wir hätten niemals aufhören dürfen, diese Fo-

tos zu betrachten. Sie enthalten eine Wahrheit, die alles verändern kann.

Gute Nacht!

Violeta

P. S.: Beinahe hätte ich es vergessen! Gestern habe ich den Friedhof in Poble Nou besucht, nur um zu überprüfen, ob das stimmt, was in dem Blog steht, dessen Link du mir geschickt hast. Die Grabstätte von Francesc Canals Ambrós ist wirklich unglaublich. Der Ort ist genauso, wie er in dem Beitrag beschrieben ist. Lach nicht, aber ich konnte der Versuchung nicht widerstehen, mir von dem kleinen Volksheiligen etwas zu wünschen. Ich habe etwas auf einen Zettel geschrieben und durch den Spalt geschoben.
Wenn mein Wunsch in Erfüllung geht, erzähle ich es dir.

X

Im ehemaligen Patio beginnt eine neue Vorstellung. Man hört Stimmen auf der Treppe. Sieben Personen betreten die Szene. In der Reihenfolge ihres Auftrittes: Arcadio Pérez, das Beamtenküken, Sargento Paredes, ein Helfer in Uniform, Violeta Lax, eine junge Frau mit französischem Akzent namens Amélie, die als »die Sekretärin meines Vaters« vorgestellt wurde, sowie Modesto Lax, dessen Anwesenheit alle Aufmerksamkeit auf sich zieht, noch bevor er ein Wort sagt.

»Besser ›Assistentin‹, bitte«, präzisiert er aus Respekt vor der jüngeren Frau.

Wären sie Schauspieler, dann würden sie ihre jeweiligen Rollen, die sie spielen, perfekt beherrschen. Modesto tuschelt Amélie ins Ohr. Violeta und Arcadio wirken unruhig, sie sind Beobachter, die den Moment herbeisehnen, in dem endlich das passiert, was unweigerlich passieren muss. Die Männer in Uniform geben sich geschäftig, jeder nach seinem Rang. Der Beamte der Generalitat wühlt in seiner Tasche nach seinem Handy, kaum dass er durch die Glastür geschritten ist. Er geht dran und blafft hinein: »Ich bin gerade in einem Meeting, ich rufe später zurück.« Sein leicht überdrüssiges Gesicht heitert sich nach dem, was er auf der anderen Seite hört, ein wenig auf. »Ja, natürlich, die Party findet bei mir statt. Bring mit, worauf du Lust hast.«

Er legt auf und tut dabei so, als habe er gerade eine wichtige Angelegenheit geregelt. Modesto zieht eine Augenbraue hoch.

»Ach so, Barça. Ich hatte schon fast vergessen, dass der Fußball die wahre Religion dieser Stadt ist.« Er betrachtet alles mit dem abwesenden Gesichtsausdruck eines Menschen, der die Distanz wahren will, als wäre er besorgt, der Staub könne sein makelloses Aussehen beeinträchtigen. Vielleicht befürchtet er aber auch nicht den Staub, sondern die Vergangenheit. Womöglich als Bestandteil seines Verteidigungsmanövers fragt er: »Wetten, dass Sie nicht wissen, woher die Vereinsfarben von Barça kommen?«

Violeta verzieht verärgert das Gesicht. Paredes scheint eher belustigt. Arcadio zieht bewundernd beide Augenbrauen hoch und flüstert: »Ich finde seine Anekdoten faszinierend. Die sind doch höchst amüsant.«

Modesto, dem die Bemerkung geschmeichelt hat, antwortet: »Nein? Was sind Sie denn für Barça-Fans! Das sind die Wappenfarben des Tessin. Das ist ein italienischsprachiger Kanton in der Schweiz; die eine Hälfte ist blau, die andere ist rot. Daher stammte ein Mann mit einem furchtbar komplizierten Namen, der sich hier Joan Gamper nannte, um den Einheimischen die Sache zu erleichtern. Er war der Gründer von Barça. Er war Stürmer beim FC Zürich und ließ sich von den Vereinsfarben des FC Basel inspirieren, einem Schweizer Verein, der auch in Blaurot spielt. Aber später hat der arme Mann wegen zu hoher Schulden Selbstmord begangen.«

»Wo haben Sie denn all diese Geschichten her?«, fragt der Beamte von der Generalitat. »Sie sind ja ein wandelndes Lexikon!«

Modesto lacht und sucht mit seinem Blick Amélie, deren Vertrautheit Bewunderung ausstrahlt. Diese Art von Bewunderung, die bei Frauen immer zu Verliebtheit führt.

»Das ist doch gar nichts Besonderes. Aber die anderen Geschichten … Sie wissen ja: ›Und wer da suchet, der findet‹«, antwortet Modesto.

Paredes hält damit das Vorspiel für beendet und taucht vollends in die Zeremonie ein, deren Zelebrant er selbst ist. Er bittet Modesto, unter der Polizeiabsperrung hindurch in die Besenkammer zu schlüpfen. Modesto weist die Aufforderung mit einer eleganten Handbewegung zurück, aber er betrachtet die Kammer aus einem gewissen Abstand. Dann schüttelt er den Kopf und stellt fest: »Ich hatte keine Ahnung, dass es das hier gibt.«

Wie seine teilnahmslose Freundlichkeit zeigt, ist Modesto von der ganzen Angelegenheit äußerst gelangweilt.

»Aber auf den Originalplänen für das Haus ist die Kammer eingezeichnet«, erläutert der Polizist.

»Merkwürdig«, flüstert Modesto im gleichen Tonfall, mit dem er die Entdeckung eines neunten Beines bei einer Spinne verkündet hätte.

»Gut. Gehen wir also hinein, meine Herrschaften.« Der Sargento spricht lauter, während er einige Papiere aus einer Mappe nimmt. »Ich möchte Ihnen sehr dafür danken, dass Sie gekommen sind. Angesichts der Bedeutung der Dinge, die ich Ihnen mitteilen muss, erschien es mir passender, alles persönlich zu bereden. Außerdem ist es für uns sehr wichtig, dass Señor Lax den Fundort der Leiche mit eigenen Augen sieht. Denn unter den gegebenen Umständen ist sein Gedächtnis die älteste Quelle, auf die wir zurückgreifen können.«

»Na, dann ist die Ermittlung ja zum Scheitern verurteilt«, flachst Modesto.

»Außerdem habe ich einige Neuigkeiten, die ich gerne mit Ihnen besprechen würde«, fährt Paredes fort, während er seine Papiere durchsieht. »Lassen Sie mich mit dem anekdotischen Teil beginnen: mit der Katze, die wir neben der Leiche gefunden haben. Sie war schon tot, als sie dort hingelegt wurde. Es war ein Katzenjunges, das gut genährt war und Dickens hieß. Zumindest steht das auf der Silberplakette an seinem Halsband. Was sagen Sie dazu?«

»Das ist ein schöner Name für eine Katze. Ich habe einmal einen Kater gekannt, der hieß Tolstoi«, bemerkt Modesto.

Sargento Paredes lächelt nicht. Er möchte endlich fertig werden. Er spricht weiter.

»Da gibt es auch noch den Goldring, den die Leiche an der Halskette trug. Wir haben herausgefunden, wer dieser Francesc Canals Ambrós gewesen ist. Sie werden überrascht sein, wenn ich Ihnen darüber berichte.«

Arcadio und Violeta tauschen Blicke aus, mit einem kaum wahrnehmbaren verschwörerischen Lächeln. ›Wie langsam‹, wollen ihre Blicke sagen.

Der Sargento teilt ihnen weitere Daten zu dem Volksheiligen mit. Modesto hört aufmerksam zu. Die Story gehört zu der Sorte Geschichten, die ihn interessieren.

»Also, es ist tatsächlich bewiesen, dass er Wunder bewirkt?«, fragt er.

»Das sagt man«, antwortet Paredes. »Im Internet findet man einiges über ihn. Wir haben ein bisschen recherchiert und noch etwas herausgefunden. Er lebte in der Calle Valencia, in der Hausnummer 344, und er gehörte zur Kirchengemeinde der Iglesia de la Concepción. Bestimmt hat es einmal Informationen über ihn und seine Familie im Kirchenarchiv gegeben, aber das wurde im Bürgerkrieg zerstört. Er war nicht verheiratet. Im Friedhofsarchiv steht in der Zeile zur Berufsangabe ›Handel‹, aber wir haben nicht herausgefunden, wo er gearbeitet hat. Er wurde am 28. Juli 1899 in der Grabkammer 1 682 in der dritten Wand im ersten Abschnitt des Ostfriedhofs beigesetzt. In diesem Bereich wurden zwischen 1876 und 1924 insgesamt sechs Menschen bestattet, nämlich noch zwei Kinder und drei Erwachsene. Wenn es Sie interessiert, kann ich Ihnen deren Namen sagen. Im September 1908 wurden seine sterblichen Reste in die Grabkammer 138 in der vierten Wand im Inneren des ersten Abschnitts verlegt, wo sie sich heute noch befinden. Der Anlass für die Verlegung ist nicht vermerkt, aber höchstwahrscheinlich hat es mit seiner Pilgergemeinde zu tun. Es ist ziemlich unbequem, jemanden zu verehren, dessen Grab in der sechsten Reihe liegt. Seine Eltern wurden später in derselben Grabkammer beigesetzt. Ihre Vornamen waren Francisco und Antonia. Mit der Verlegung seiner sterblichen Reste wurde die Grabstätte auch auf alle Ewigkeit von den Gebühren befreit und zu einer Art apokryphem Sanktuarium umgewandelt. Sind Sie schon einmal dort gewesen? Es ist wirklich beeindruckend.«

Allgemeines Verneinen. Violeta schweigt.

»Die einzige Verbindung, die ich derzeit zwischen diesem jungen Mann und Ihrer Familie erkennen kann, ist, dass Sie beide zur Gemeinde der Iglesia de la Concepción gehörten.«

»Es gibt doch einen Anhaltspunkt«, ergänzt Violeta zum Erstaunen fast aller Anwesenden, »das Warenhaus Grandes Almacenes El Siglo. Meine Familie war gut mit der Besitzerfamilie Conde bekannt. Mein Großvater hat einen von ihnen porträtiert, und zwar 1927 seinen Freund Don Octavio Conde. Dieses Porträt befindet sich zurzeit in einer Ausstellung in dem Museum, für das ich arbeite.«

Paredes zieht die Augenbrauen hoch.

»Wirklich?«, fragt er. »Wie auch immer, uns ist die Verbindung nicht ganz klar. Dieser junge Mann, dieser Volksheilige, starb 1899. Zu dem Zeitpunkt war das Opfer, das uns hier beschäftigt, noch nicht geboren. Ich glaube nicht, dass wir weiter in diese Richtung ermitteln sollten, und ich glaube auch nicht, dass es sich lohnt.«

»Sie haben mein vollstes Einverständnis«, betont Modesto, bereit, die ganze Angelegenheit für abgeschlossen zu erklären.

Aber Paredes ist noch nicht zu Ende.

»Inzwischen liegen uns die Ergebnisse der DNA-Analyse vor, und sie sind eindeutig.« Er dreht sich zu dem Beamten der Generalitat um, der schon wieder mit seinem Handy beschäftigt ist. »Entschuldigen Sie bitte, würde es Ihnen etwas ausmachen, uns einen Moment allein zu lassen? Denn diese Angelegenheit betrifft nur die Familie.«

Arcadio will sich ebenfalls zurückziehen, doch Violeta hält ihn auf.

»Du gehörst zur Familie«, meint sie.

Arcadio blickt suchend zu Modesto, der seine Zustimmung mit einem Kopfnicken erteilt. Auch Amélie bleibt.

Sobald die Glastür hinter dem Beamten geschlossen ist, spricht Paredes weiter: »Wie Sie sehen«, sagt er mit einem Finger auf den Bericht, »ist die Übereinstimmung der DNA zwischen Señor Lax und der Toten sehr hoch. Kurz gesagt: Im Labor geht man fest davon aus, dass es sich bei dieser Frau um Ihre Mutter handelt, Señor Lax.«

Die Bestätigung dessen, was Violeta vermutet hat, fällt wie bleischweres Schweigen über die kleine Gruppe. Modesto blickt nachdenklich zu Paredes hinüber. Er fragt, ob er die Papiere einsehen kann, und nimmt sich einige Minuten Zeit, sie durchzulesen. Am liebsten würde er darin etwas entdecken, was das soeben Gehörte widerlegt. Er reicht die Papiere an Violeta weiter, deren Atem schneller geht.

»Das habe ich befürchtet«, flüstert sie, als sie schriftlich vor Augen hat, was Paredes gerade gesagt hat. »Wie schrecklich!«

Paredes spricht weiter: »In Bezug auf die Lei…« – der Polizist verbessert sich – »auf die Verstorbene hat die Untersuchung einige konkrete Daten ergeben. Die Frau war etwa einen Meter sechzig groß und zum Zeitpunkt ihres Todes etwa dreißig Jahre alt. Ihre Kleidung sieht nach einem Satinnachthemd aus, aber es kann auch ein Morgenmantel gewesen sein. Bei den Stoffresten haben wir auch mit Satin bezogene Ösen und Knöpfe gefunden. An den Füßen trug sie Pantoffeln. Wir gehen davon aus, dass der Tod im Sommer eingetreten ist, und zwar zwischen den Jahren 1935 und 1940. Das stimmt mit dem Jahr überein, in dem das Wandbild gemalt wurde und auch mit dem Jahr, in dem Teresa Brusés verschwand. Wenn sie es ist und wenn wir die Daten heranziehen, die Sie uns mitgeteilt haben, könnte sie im Jahr 1936 verstorben sein, im Alter von neunundzwanzig Jahren, was ja stimmen würde. Die Todesursache steht auch fest: Tod durch Erwürgen. Die Tote wurde post mortem in der Kammer abgelegt, aber noch bevor die Totenstarre einsetzen konnte. Wir gehen davon aus, dass die Leiche niemals entdeckt wurde, denn das Fresko hat die gesamte Wand einschließlich der Tür verdeckt, auch wenn wir andere Begleitumstände nicht ausschließen können. In Bezug auf den Täter können wir leider keine Vermutungen wagen. Wir wissen weder, wer damals alles in dem Haus gelebt hat, noch wer ein Interesse daran gehabt haben könnte, diese Tat zu begehen. Außerdem befürchte ich, dass das keinerlei Bedeutung hat, denn er dürfte längst nicht mehr am Leben sein. Teresa Brusés hat fast nichts von dem Vermögen ihrer Familie geerbt, weshalb ein wirtschaftliches Motiv zunächst auszuschließen ist. Also bleibt noch der große Klassiker bei dieser Art Verbrechen, der zudem mit dem Modus operandi übereinstimmen würde: ein Verbrechen aus Leidenschaft. Nach so langer Zeit kann man jedoch eigentlich nichts mehr herausfinden und noch weniger einen Verdächtigen ermitteln. Alles, was ich Ihnen gerade erzählt habe, können Sie in allen Einzelheiten den Berichten des Labors und des forensischen Entomologen entnehmen. Sie werden dabei feststellen, dass wir äußerst diskret vorgegangen sind. Und, glauben Sie mir« – bei diesen Worten blickt der Polizist zu Modesto und Violeta –, »es tut mir wirklich leid.«

Violeta liest den Bericht, sie ist sehr beeindruckt: *genetische Marker … chromosomale Lokalisierung … vererbtes Allel …*

»Was ist das?«, fragt sie und deutet auf eine der Seiten.

»Das ist der Bericht, in dem die Umstände ausgeführt werden, die verhindert haben, dass sich die Leiche zersetzt hat«, informiert Paredes. »Darin steht, dass die relative Feuchtigkeit in dem Unterschlupf etwa fünf Prozent betragen hat.«

»Sie haben gesagt, dass sie im Sommer getötet wurde«, mischt sich Arcadio ein, der bislang mit einem zweifelnden Blick zugehört hat. »Woher weiß man das?«

»Das ist ein Ergebnis des forensischen Entomologen. Es hat etwas mit bestimmten Parasiten zu tun, die in Blutergüssen entstehen können, aber anscheinend nur in den heißen Monaten. Man hat nicht immer das Glück, sie zu finden.«

Violeta liest, um das Gesagte zu verdeutlichen, mit gebrochener Stimme vor: »Sehr dehydriertes Gewebe, Präsenz von fakultativen Parasiten der Spezies Megaselia scalaris sowie von Speckkäfern und deren Resten.«

»Genau, Megasela scalaris«, bestätigt Paredes, »das ist es.«

Der Sargento ordnet die Papiere und legt sie in seine Mappe zurück.

»Ich werde darum bitten, dass man Ihnen eine Kopie zukommen lässt«, verspricht er. »Ich kann mir vorstellen, dass Sie den Bericht auch haben möchten.«

»Ehrlich gesagt, ich kann mir so einen Bericht nicht als Gutenachtlektüre vorstellen«, meint Modesto, ehe er fragt: »Gibt es sonst noch etwas?«

»Leider nicht. Außer der Bestattung der Verstorbenen, sobald die Richterin die Leiche freigegeben hat«, antwortet Paredes. »Unsere Ermittlung ist hiermit zu Ende. Von Rechts wegen wird der Fall sehr bald abgeschlossen sein. Bitte glauben Sie mir, ich bedaure es sehr, dass ich nicht mehr ausrichten konnte.«

»Sie haben sehr viel mehr getan, als notwendig war, das versichere ich Ihnen«, sagt Modesto, ohne herzlich klingen zu wollen, doch Paredes lächelt ihn dankbar an.

»Die Richterin wird Sie wegen der letzten Schritte anrufen. Dann können Sie alles veranlassen und wieder Ihr normales Leben führen. Wenn Sie nichts dagegen haben, würde ich gerne zur Beisetzung kommen.«

Niemand reagiert darauf, bis Modesto antwortet.

»Ach. Selbstverständlich haben wir nichts dagegen. Kommen Sie, wenn Sie möchten.« Er klatscht entschieden in die Hände. »Sagen Sie, Sargento, sind wir jetzt am Ende? Oder gibt es noch irgendein morbides Detail, das wir kennen sollten?«

»Von meiner Seite aus ist das alles. Aber ich glaube, der Herr von der Generalitat hat mit Ihnen noch etwas zu besprechen.«

Jemand gibt dem jungen Mann mit dem Handy Bescheid, dass er wieder hereinkommen kann. Er wirkt ungeduldig.

»Die Polizeiabsperrung wird heute noch aufgehoben«, teilt Paredes ihm mit. »Sofort danach können Sie mit den Vorbereitungen für die Feierlichkeiten beginnen.«

Der Beamte der Generalitat schnauft erleichtert auf, aber zugleich scheint er sich unbehaglich zu fühlen. Der Grund hierfür liegt in dem Gesichtsausdruck von einigen der Anwesenden.

»Was für Feierlichkeiten?«, fragt Arcadio.

»Nun, ich würde das nicht so bezeichnen«, verteidigt sich der junge Mann. »In Wirklichkeit geht es nur um eine Art Eröffnungsfeier für die Bauarbeiten. Wir hielten das für eine gute Idee, sozusagen einen symbolischen Akt, bei dem der Stadt das Gebäude wieder zurückgegeben wird.«

Violeta zieht die Stirn in Falten.

»Stehen denn Wahlen bevor?«, fragt Arcadio.

Die Erfahrung des Beamten reicht noch nicht, um eine so angespannte Situation mit diplomatischem Geschick zu lösen. Ganz im Gegenteil. Sobald er etwas sagt, tritt er ins nächste Fettnäpfchen. So wie jetzt: »Ich bin froh, dass nun der unerfreuliche Teil von allem vorbei ist. Sehen Sie, ich muss Sie um etwas bitten. Die Generalitat hält es für angebracht, die Geschichte mit der Leiche nicht öffentlich zu machen. Für die zukünftigen Nutzer des Gebäudes wäre es nicht sonderlich angenehm zu wissen, dass sie ihre Nase an einem Ort in Bücher stecken, an dem sich ein tragischer Todesfall ereignet hat, verstehen Sie? Ich glaube, sie würden sich nicht konzentrieren können.«

Modesto zeigt sich verständnisvoll.

»Aber selbstverständlich, selbstverständlich. Beim Lesen darf man sich nicht ablenken lassen.«

»Ich habe hier ein Dokument, das ich Sie bitte zu unterzeichnen. Es handelt sich um einen Vertrag zwischen vier Parteien. Sie beide«, sagt er mit Blick auf Modesto und Violeta, »als Erben des Vorbesitzers, Don Arcadio Pérez in seiner Funktion als Bevollmächtigter und Testamentsvollstrecker des Künstlers, dessen Rechte nach wie vor Gültigkeit besitzen, und die Generalitat als

Erbe und Verwalter des Vermächtnisses von Amadeo Lax. Alle Unterzeichner verpflichten sich darin, über das Auffinden der Leiche nebst sämtlichen Details absolutes Stillschweigen zu bewahren, sowohl was Veröffentlichungen in Artikeln oder Büchern als auch was private Äußerungen angeht, und zwar ab diesem Zeitpunkt bis zum Ablauf von fünfundzwanzig Jahren.«

Der junge Mann stellt seinen Beamtenkoffer wie ein kleines Tischchen vor sich. Modesto macht sich nicht einmal die Mühe, das Dokument zu lesen. Er greift in der Innentasche seines Samtjacketts nach dem silbernen Füllfederhalter und setzt seine Unterschrift an die Stelle, auf die der junge Mann zeigt. Dann sagt er: »Fertig.«

Violeta und Arcadio lesen misstrauisch den Vertrag. Wie um sie zu ermutigen, sagt der Beamte noch: »Wir können das Risiko nicht eingehen und diesen Punkt außer Acht lassen. Wir beabsichtigen, gewaltige Summen in das Gebäude hier zu investieren, und, ehrlich gesagt, ich glaube, die Diskretion dient dem Wohl von uns allen.«

Violeta flüstert: »Allen, außer Teresa.«

»Komm schon, Mädchen, lass uns endlich fertig werden«, protestiert Modesto. »Wenn du alles so ernst nimmst, verpasst du noch deinen Flieger.«

Violeta nickt. Ihr missfällt der Lauf der Dinge, und ihre Haltung zeigt das deutlich. Aber im Grunde genommen versteht sie, warum dieses Dokument Modesto so gefällt. Es bietet ihm weit mehr als ein pragmatisches Abkommen: die Möglichkeit, die Vergangenheit dort zu lassen, wo sie war. In einem Winkel, wo sie ihn nicht stören kann. Violeta begreift, dass sie in der Minderheit ist. Schließlich unterzeichnet sie an der angegebenen Stelle und geht schnell zu den Verabschiedungen über.

»Entschuldigen Sie bitte«, sagt sie, »aber ich muss zum Flughafen, mein Flugzeug geht in zwei Stunden.«

Sie verabschiedet sich von ihrem Vater und von Arcadio mit zwei Küsschen auf die Wangen, dann reicht sie Paredes die Hand, widmet Amélie ein Lächeln und nickt den beiden anderen Männern zu. Bevor sie geht, sagt sie zu Arcadio: »Ich schreibe dir.«

Nachdem alle Förmlichkeiten erledigt und die letzten Gesprächsthemen erschöpft sind, verlassen Modesto und Amélie als Letzte die Szene. Sie bleiben in der Mitte des Raumes auf dem verdreckten Holzfußboden stehen, wo sie von der alten Besenkammer und den Flecken an der Wand bewacht werden. Sie blicken zur Glaskuppel hoch, die den ehemaligen Patio bedacht.

»Das ist ein schöner Ort für einen Lesesaal«, sagt Modesto. »Er verströmt so einen Frieden.«

Amélie stimmt selbstverständlich mit ihm überein. »Ist alles in Ordnung?«, fragt sie und rückt sein flaschengrünes Halstuch zurecht, ein Accessoire, das perfekt mit seiner Hose harmoniert.

Er greift bei seiner Antwort nach ihrer Hand. »Nicht ganz. Ich hasse es, zu heucheln.«

Amélie schenkt ihm einen zärtlichen Blick.

»Ach, Chérie, es ist nur noch für kurze Zeit. Wir erzählen es ihr, sobald sie aus Italien zurückkommt. Hab noch ein wenig Geduld. Heute war kein passender Moment dafür.« Amélie blickt zum großen Salon mit dem Kamin, wo die Stimmen der Besucher bereits nicht mehr zu hören sind. Sie verzieht ihr Gesicht zu einem kurzen Lächeln und drückt Modesto einen flüchtigen Kuss auf die Lippen.

Dann lässt sie seine Hand los und geht vor ihm hinaus, mit dem entschiedenen Schritt, den jede Assistentin beherrschen muss.

Auch ihre Stimmen verlieren sich nun jenseits des knarrenden Flures. Wir hören aufmerksam hin. Wir tun das gern. Inzwischen sind sie fast am unteren Treppenabsatz angelangt. Nun kommt der Moment, in dem eine liebenswerte Familientradition erneuert wird.

Jetzt, jetzt ist er da. Der dumpfe Schlag von einem Schuh, das nervöse Lachen. Der Abgang zum Schluss.

Modesto ist über das Weinblatt gestolpert.

***Don Octavio Conde in seinem Büro in El Siglo*, 1927**
Öl auf Leinwand, 102 × 45 cm
Barcelona, Privatsammlung, Sonderleihgabe

Amadeo Lax hat den Mann, den er jahrelang für seinen besten Freund hielt, nur ein einziges Mal porträtiert. Octavio Conde war der älteste Sohn des Gründers vom Warenhaus Grandes Almacenes El Siglo und fungierte zwischen 1927 und 1932 als Vorsitzender des Unternehmens. Wie Lax 1889 geboren, lernten sich die beiden als Schüler im Jesuiteninternat in Sarrià kennen, wo sie anscheinend enge freundschaftliche Bande knüpften. Später waren beide Männer – jeder auf seinem Gebiet – in ihren Berufen äußerst erfolgreich, wodurch sich mehr als einmal die Gelegenheit zur Zusammenarbeit ergab.

Dieses Porträt, das hiermit zum ersten Mal der Öffentlichkeit gezeigt wird, bildet diskret die wirtschaftliche Macht der Familie Conde ab. Der Porträtierte steht aufrecht, im Cut gekleidet, hinter seinem Schreibtisch, auf dem der Maler eine Reihe Gegenstände platziert hat, die eine interessante symbolische Botschaft entfalten: der Olivenzweig als Zeichen für Fleiß, der Wasserkrug steht für die Klarsicht, das Buch als Symbol für Weisheit sowie die Waage als Sinnbild für die kaufmännische Ehrlichkeit. Das Bild mit seiner ausgeprägten Betonung der Vertikale zeigt Lax' Interesse an dem zeitgenössischen Realismus, schließlich sind die Gegenstände naturgetreu wiedergegeben und mit langen und lockeren Pinselstrichen ausgeführt.

Octavio Conde und Amadeo Lax verband eine enge Beziehung bis zum Jahr 1932, in dem Conde – angeblich wegen seiner unmöglichen Liebe zu Teresa Brusés, der Gattin seines Freundes – von Barcelona in die Vereinigten Staaten übersiedelte, um dort eigene Geschäfte aufzubauen. Von da an ist über sein Leben nichts mehr bekannt. Wie nicht anders zu erwarten, fand damit auch die Freundschaft zwischen Lax und Conde ein jähes Ende, die sich danach nie wieder begegneten.

Amadeo Lax gestaltete diverse Werbeplakate für das Warenhaus, aber ebenso Porträts von Don Eduardo Conde und Doña Cecilia Gómez del Olmo – den Eltern seines Freundes – sowie von weiteren Mitgliedern der Gründerfamilie des Handelsimperiums wie Don Ricardo Gómez. Diese Porträts schmückten gemeinsam mit diesem Gemälde die Vorstandsräume der Handelsgesellschaft; die meisten Bilder fielen jedoch bei dem Großbrand den Flammen zum Opfer, der das Warenhaus am Morgen des ersten Weihnachtsfeiertags 1932 vollständig zerstörte. Dass das Porträt von Don Octavio das Feuer überdauert hat, ist dem glücklichen Umstand zu verdanken, dass es sich zu der Zeit als Leihgabe in der Galerie Sala Parés befand, wo im Dezember 1932 eine Einzelausstellung mit Werken von Amadeo Lax eröffnet wurde. Zur gleichen Zeit zeigte das Warenhaus El Siglo in seinen Ausstellungsräumen eine Gesamtschau aller Werbeplakate, die der Künstler bis dato für das Warenhaus entworfen hatte, die aber bei der genannten Brandkatastrophe vernichtet wurden.

Spanische Porträtmaler des 20. Jahrhunderts (Ausstellungskatalog des Art Institute of Chicago), Chicago 2010

XI

Im Untergeschoss des Hauses Lax und sogar in einigen der oberen Stockwerke wunderte man sich, als bekannt wurde, dass die muntere Vicenta und der langweilige Julián die Nacht miteinander verbracht hatten.

»Erst tun sie wie Wasser und Öl, und dann das«, brummte Eutimia.

Vicenta war 1910 in Stellung gekommen, um die Köchin Juanita zu ersetzen, die plötzlich im Alter von siebzig Jahren im Schlaf gestorben war. Vicenta stand kurz vor dem Verhungern, verfügte aber über einen guten Leumund. Sie trat kein leichtes Erbe an: Die drei Sprösslinge der Herrschaften waren mit den Gerichten der Verstorbenen groß geworden, nach denen sich ebenso die Erwachsenen des Hauses sehnten, und zu allem Überfluss saß Juanitas Witwer den ganzen Tag am Küchentisch und starrte mit Tränen in den Augen und bebenden Lippen ins Herdfeuer.

Vicenta war vierundzwanzig Jahre alt, sie kam vom Land, war ein wenig derb, aber sehr gewitzt und außerdem fleißiger als alle. Sie zauberte ein paar Asse aus dem Ärmel wie das Rezept ihrer Mutter für Milchreis – für diese reichen Katalanen ein überraschendes Dessert – oder die Überzeugung, sie könne mit schlichten und unverfälschten Gerichten die Welt erobern.

Was Julián an ihr gefiel, war offensichtlich. Vicenta hatte große schwarze Augen, buschige Augenbrauen und eine üppige Mähne, deren Locken ihr bis zur Taille reichten. Ihr Anblick erinnerte eher an ein wildes Tier. Außerdem wirkte sie sehr ungezwungen, sie lachte gern, und wenn sie sich unbeobachtet wähnte, trällerte sie in der Küche vor sich hin.

Caracoles, caracoles,
Ay mi negro no te atontoles …

(Wirre, wirre, wirre,
Liebster, mach dich nicht kirre.)

Doch für alle war die Frage weitaus rätselhafter, wie es Julián gelungen war – diesem wortkargen Hagestolz –, Vicenta zu erobern. Alle hatten ihn eher für einen Trottel gehalten, weil er so phlegmatisch und träge war. Man hörte ihn kaum und erlebte ihn nur selten wach, wenn er nicht gerade arbeitete. Es ist ja altbekannt: Die Begierde, die Liebe oder die Hoffnung, ein Weib für sich zu haben, wenn die Jugend schon geraume Zeit hinter einem liegt, stellen einen gewaltigen Anreiz dar. Allerdings spielte der Charakter des Anwärters eine entscheidende Rolle: Vicenta benötigte lange Jahre der Koketterie und mehrere Durchläufe ihres gesamten Couplet-Repertoires, bis Julián sich schließlich entschied. Zwar wurde er damit keineswegs gesprächiger, aber dank dem weiblichen Zauber wirkte er nach seinem fünfzigsten Geburtstag nicht mehr ganz so düster. Vicenta ließ auch danach nicht von ihren Liedern ab, sehr wohl aber von ihrer Diskretion. Julián saß am Küchentisch und applaudierte seiner geliebten Köchin, während Vicenta hin und her schwirrte und dabei eindeutige Strophen zum Besten gab.

La pulga maldita que a mí me devora
hace que la busco lo menos dos horas.
No saben ustedes lo que mortifica
Pues todo mi cuerpo me pica y me pica …

(Mich juckt und sticht der verdammte Floh,
das geht nun mindestens zwei Stunden so.
Meine Güte, was für eine Qual,
ich bin richtig kribblig, wie ein Aal.)

Manchmal gesellte sich der inzwischen achtzigjährige Felipe zu ihnen, dessen Laune erheblich gestiegen war, seitdem er wusste, dass sein Sohn keine Jungfrau mehr war.

Vicenta und Julián haben nie geheiratet – was auch nicht nötig war –, also war Laia Montull Serrano ein uneheliches Kind, was seinerzeit bedeutete, gar nichts zu sein. Sie kam am Samstag, dem 23. Oktober 1920, auf die Welt, einem milden Herbsttag mit sanfter Brise und ruhigem Meer, der bewölkt begann und sternenklar endete.

Gleich nach ihrer Geburt schenkte die Señora Maria del Roser auch ihr ein Goldamulett mit der Jungfrau von Montserrat, um sie in der Familie Lax willkommen zu heißen. Da es keinen anderen Nachwuchs im Haus gab, verbrachte Laia ihre Kindheit mit einsamen Spielen unter den nachsichtigen Augen der Erwachsenen. Sie erbte einige luxuriöse Spielsachen, die allesamt gebraucht und teilweise kaputt waren und niemanden mehr begeistern konnten, und es gab kein Weihnachtsfest, an dem Doña Maria del Roser nicht an Laia dachte und für sie einen Plüschbären oder eine Stoffpuppe kaufte, für die sie sich am nächsten Tag an der Hand ihrer Mutter mit einem Knicks und einem Kuss auf die Wange bedankte.

Nur diese förmlichen Verpflichtungen, die alljährlich Wiederholung fanden, boten dem Mädchen Gelegenheit, die oberen Stockwerke zu betreten. Dann riss Laia die Augen weit auf und war von den Dingen geblendet, die sie auf ihrem Weg durch das Haus zu sehen bekam. Und wenn sie in ihr Zimmerchen im Untergeschoss mit dem Miniaturfenster zurückkehrte, durch das sie nur die Füße der Passanten erblicken konnte, träumte sie von einem Leben in den oberen Etagen.

In den ersten Jahren schlief Laia im Zimmer ihrer Mutter. Später erhielt sie ein freies Bett in Rosalías Zimmer, und als diese den Haushalt verließ, war das Mädchen Herrin und Gebieterin über ein Zimmer mit zwei Betten und einem Kleiderschrank. Zu anderen Zeiten hätte diese Situation nur so lange angehalten, bis ein neues Dienstmädchen die Stelle einnahm, aber seit dem Kriegsende hatten sich die Dinge gewandelt, und die ganze Stadt schien nicht mehr bei Laune zu sein. Der neue Señor Lax, Don Amadeo, hielt so viel Personal für unnötig. Die arme Violeta war längst gestorben, Juan würde nicht ins Elternhaus zurückkehren, er selbst benutzte nur die Mansarde und das Kabinett, und das einzige Familienmitglied, das mehr oder weniger die gleichen Räumlichkeiten bewohnte wie eh und je – wenn auch immer geistesabwesender –, war Doña Maria del Roser, die inzwischen mit Concha unzertrennlich geworden war. Im zweiten und dritten Stockwerk überwogen nun die geschlossenen Räume. Es gab überreichlich Platz.

Tagsüber verbrachte Laia glückliche Stunden. Anstatt dem Treiben der geschäftigen Gemeinschaft beizuwohnen, die die Familie Lax zur Jahrhundertwende gewesen war, erlebte sie das Haus in Ruhe. In ihren ersten Lebensjahren forderte man ihr nichts ab. Sie wuchs eigentlich ohne jegliche Pflichten auf und machte, worauf sie Lust hatte. Sie lebte praktisch in der Küche bei ihrer Mutter, auch wenn sie oft ihre Nase in die Garagen steckte, wo sie ihr Vater, wenn die Herrschaften nicht zugegen waren, in die Autos einsteigen ließ. Laias Lieblingswagen war der La Cuadra mit den zwei Lederbänken und den rotlackierten Speichen der Räder, der wie ein überdimensioniertes Spielzeug aussah. Den Rolls Royce fand sie etwas streng, sie hielt ihn für das passende Auto für Geschäftsreisen. Im Hispano Suiza spielte sie die Grande Dame, wie Doña Teresa, die wunderschöne neue Señora Lax. Sie träumte davon, dass auch ihr jemand Geschenke schickte, nur um sie aus einer Laune heraus zurückzuweisen. Oder noch besser: Sie träumte davon, die Geliebte eines bedeutenden Mannes zu sein – selbstverständlich eines verheirateten sowie äußerst vermögenden Mannes –, genau wie jene schlafende Frau, die sie eines Nachts auf der Rückbank entdeckte, als sie nicht einschlafen konnte.

»Wer ist das?«, fragte sie ihren Vater.

Julián saß schon hinter dem Steuer und wollte soeben losfahren. Er schnauzte seine Tochter wütend an. Deshalb hielt Laia die schlafende Frau für eine wichtige Person. Deshalb und weil ihr Vater sie auf der Stelle in ihr Zimmer zurückbrachte.

»Wohin fährst du sie?«, fragte Laia weiter. »Ist sie betrunken?«

»Das geht dich nichts an«, fuhr Julián sie an, ehe er die Tür ihres Zimmers schloss.

Mit der Ankunft der neuen Señora Lax erwachte das Haus ein wenig zu neuem Leben. Die Familie nahm wieder das Mittagessen gemeinsam ein, nachmittags reichte man im Salon den Damen Tee mit Gebäck, die Bibliothek wurde zu einem der besonders frequentierten Räume, und selbst im Untergeschoss gab es ein neues Gesicht: Antonia, ein Hausmädchen mit pockennarbigem Gesicht, das vor nicht allzu langer Zeit noch Teresas Kinderfrau gewesen war. Antonia erhielt Eutimias Zimmer zugewiesen, denn nur wer die Haushälterin nicht gekannt hatte, konnte deren Raum entweihen, ohne sich vor ihrem Gespenst zu fürchten.

Auf Teresas Geheiß hin machte sich Laia schließlich nützlich. Mit elf Jahren begann sie im Bügelzimmer zu helfen. Zunächst teilte man ihr kleinere Aufgaben zu, und ihre Mutter wies sie als Küchenhilfe in die kulinarischen Geheimnisse ein. Zu Laias Pflichten gehörte es, bei Mahlzeiten im Kreis der Familie die Speisen anzureichen. Die Schneiderin fertigte eine marineblaue Uniform mit Schürze und Häubchen für sie an, und in dieser Aufmachung begann das Mädchen, sich den Herrschaften und deren Gästen zu zeigen, mit den Silbertabletts voller Nudeln, Braten oder Fischgerichten. Laia trat beflissen in das Esszimmer und hielt beim Bedienen die korrekte Reihenfolge ein, damit sich jeder seine Portion nahm: zunächst die älteste Señora, dann die verheirateten, danach die unverheirateten Damen und schließlich die Herren, wieder angefangen bei dem ältesten, bis sie bei dem letzten Tischgast angelangt war. Für Laia war das Ganze ein Kinderspiel. Wenn keine Gäste eingeladen waren, begann sie mit der Matriarchin, mit Doña Maria del Roser, und Laia konnte angesichts deren Einfällen nur mit Müh und Not ein Lachen unterdrücken, obwohl ihre Mutter immer sagte, dass die Krankheit von Doña Maria del Roser ein Unheil sei. Einmal beobachtete Laia, wie die ältere Dame – von ihren Familienangehörigen unbemerkt – zwei Löffel Reis auf ihren Schoß schaufelte, während sie dem Mädchen verschmitzt zuzwinkerte. Ein anderes Mal entdeckte sie, wie die ehrwürdige Señora, als Teresa sich vom ersten Gang auftat, nacheinander sechs silberne Löffel in ihren Ärmel bugsierte. Seither inspizierte Concha immer zuallererst Maria del Rosers Gemächer, bevor sie mit dem Nachzählen der Bestecke begann. Nur Don Amadeo Lax flößte Laia Respekt ein. Wenn sie bei ihm ankam, betete sie jedes Mal darum, dass ihr nicht das Tablett hinunterfiel oder ihre Beine schwach wurden. Sie klammerte sich an das Silbergeschirr wie an eine Rettungsboje. Zunächst beachtete Don Amadeo sie nicht einmal. Laia fragte sich, ob der Señor sie überhaupt wahrnahm, bis sie ihn eines Tages hinter ihrem Rücken fragen hörte: »Wer ist denn das Gör?«

»Das ist die Tochter von Vicenta und Julián«, berichtete Teresa. »Sie ist jetzt in dem Alter, in dem sie sich so langsam nützlich machen kann.«

»Es ist doch großartig, dass die Köchinnen immer Kinder von den Fahrern bekommen, oder?«, stellte Maria del Roser fröhlich fest. Sie meinte damit Juliáns Eltern Felipe und Juanita, die ihrerseits als Fahrer und Köchin im Haus tätig gewesen waren.

Laias Unsichtbarkeit währte nicht lange. Nur, bis ihr ihre Uniform zu klein wurde. Innerhalb eines Jahres war sie mehr als zehn Zentimeter gewachsen, und ihr Körper hatte eine komplette Wandlung vollzogen.

Nun beobachtete Amadeo sie jedes Mal, wenn sie mit dem Tablett näherkam. Er verschränkte die Arme und bat sie, ihm selbst aufzutun, um sie von Kopf bis Fuß betrachten zu können.

Die folgende schreckliche Szene ließ nicht lange auf sich warten.

Eines Morgens hört Laia ganz in der Früh auf der Treppe Schritte näherkommen. Zunächst denkt sie, es könne Conchita sein, die wie so oft nach der Medizin gegen ihr Sodbrennen sucht. Oder vielleicht auch die Señora, die seit dem Nachmittag unpässlich ist.

Nein. Diese Schritte klingen anders.

Unter der Tür sieht sie einen schwachen Lichtschimmer. Sie hört eine Hand an der Klinke. Als sie im schmalen Türspalt Don Amadeo in seinem samtenen Morgenmantel und mit einem Leuchter in der Hand erkennt, versteht sie nicht, was vor sich geht. Sie deckt sich zu und gibt vor zu schlafen. Zu ihrer Überraschung schließt der Señor bedächtig, fast geräuschlos, die Tür und dreht sich um. Er tut einen Schritt und noch einen. Laias Herz pocht mit aller Gewalt. Er steht neben dem Bett. Er beobachtet sie. Er keucht.

»Mach mir nichts vor, ich weiß, dass du nicht schläfst«, flüstert er.

Er stellt den Leuchter auf dem Fußboden ab und setzt sich neben sie auf die Bettkante. Er streckt einen Arm aus und sucht langsam nach ihrem Körper. Er berührt ihren Bauch. Er streicht ein wenig tiefer. Laia öffnet die Augen.

»Gutes Mädchen«, sagt er lächelnd.

Es ist das erste Mal, dass sie den Señor lächeln sieht. Es ist auch das erste Mal, dass Don Amadeo außerhalb des Esszimmers das Wort an sie richtet.

»Wenn du nicht schreist, bekommst du ein Geschenk von mir«, flüstert er.

Sie ist so verängstigt, dass sie zu atmen vergisst. Ihm geht es ähnlich, denkt Laia, da hört sie ihn immer heftiger stöhnen.

»Du möchtest doch ein Geschenk haben?«, fragt er hartnäckig.

Sie nickt. Er zieht die Decke zurück.

Zwei warme, riesige Hände plumpsen auf ihre Oberschenkel und zerren an ihrem Höschen. Ihr wird kalt. Sie schämt sich.

Don Amadeo öffnet den Gürtel. Er kommt näher. Sein Blick ist fremd, als gehe es ihm nicht gut. Er wirft sich mit seinem ganzen Körper auf sie. Er ist schwer, und es ist unangenehm. Nur die Berührung mit dem Samtstoff zwischen ihren Beinen fühlt sich weich an.

Plötzlich spürt Laia, wie sie etwas Schreckliches innerlich zerreißt. Fast entfährt ihr ein Schrei, fast geht sie ohne Geschenk aus. Die Pranke drückt ihren Mund zu. Sie zittert, aber nicht mehr vor Kälte. Er dringt weiter in sie ein. Dann grunzt er, seufzt schwer und steht auf.

Er rückt seinen Morgenmantel zurecht.

»Überleg dir, was du haben willst«, sagt er, während er wieder zum Handleuchter greift. »Sag es mir morgen Nacht, wenn ich wiederkomme.«

Er verlässt das Zimmer, ohne ein Geräusch zu verursachen. Er geht zufrieden mit dem Gedanken, dass er an seinem schwarzen Tag wenigstens etwas Gutes erlebt hat. Diesmal stolpert er nicht über die Treppe.

Laia kann die ganze Nacht nicht schlafen. Sie achtet auf die Tür, für den Fall, dass der Señor beschließt zurückzukommen.

So wird es von nun an immer sein. Bis sie sich daran gewöhnt.

Von: Violeta Lax
Gesendet am: 20. März 2010
An: Arcadio Pérez
Betreff: Nachrichten vom Comer See

Ich habe mir einen Laptop zugelegt. Den habe ich wirklich gebraucht, außerdem hatte ich auch unglaublich Lust zu schreiben. Meine Mail an dich ist die Premiere. Ich muss meine Gedanken ein wenig sortieren. Wenn ich nicht festhalte, was mir gerade passiert, halte ich am Ende alles für Lug und Trug.
Also, ich bin in Nesso gelandet, einem kleinen Ort am Ufer des Comer Sees, mit dem Schiff eine Dreiviertelstunde von Varenna entfernt. Varenna ist mit der Bahn bestens an Mailand und Bergamo angebunden, und direkt neben dem Bahnhof legen die Fähren ab. Dutzende Schiffe fahren in alle Richtungen über den See, es gibt langsame, schnelle und nicht ganz so schnelle, manche legen längere Strecken zurück und andere fahren nur zum nächsten Ufer. Sie sind großartig, solange man nicht beabsichtigt, ihre Fahrpläne zu verstehen.
Meine Gastgeberinnen führen das einzige Hotel in Nesso, ein einfaches Gasthaus mit zehn Zimmern, das buchstäblich über dem Wasser liegt. Sie haben einen eigenen Bootssteg, und das Haus wird von einer römischen Brücke gestützt. Es heißt Villa Eulalia, aber es ist keiner von diesen Luxuspalästen, die es hier zuhauf gibt, sondern ein relativ diskretes Anwesen, das von reichen Leuten erbaut wurde, die nicht auffallen wollten. Man muss wirklich zugeben, wenn die Bauherren die Absicht hatten, sich der Welt zu entziehen, dann ist dieser Ort die perfekte Wahl.
Silvana ist Mutter von sechsjährigen Zwillingen, sie besitzt das Hotel, und ihr Mann Aldo ist hier der Dorfarzt. Außerdem haben sie in der Gegend noch ein paar kleine Geschäfte. Sie vermieten Boote, organisieren Ausflüge und andere Dinge, aber alles hier vor Ort. In den Wintermonaten, in denen es kaum Gäste gibt,

genießen sie die lange Ruhepause. Morgens bringen sie ihre Kinder zur Schule nach Como – das ist der einzige Ort in der Gegend, der mit seinem Straßenverkehr, den Einkaufszentren und der Hektik überhaupt die Bezeichnung Stadt verdient –, manchmal nutzen sie die Fahrt auch für ihre Einkäufe oder um essen zu gehen, und abends fahren sie mit den Zwillingen wieder heim. Oder nur einer von ihnen ist unterwegs, während der andere zu Hause bleibt und mit Blick aufs Wasser das Abendessen zubereitet. Alles in allem, das Leben hier in der Villa Eulalia ist so idyllisch, dass ich vor Neid platzen könnte.

Als mein Zug ankam, erwartete Silvana mich bereits am Bahnhof. Sie ist einfach hinreißend. Den Eindruck hatte ich schon am Vorabend, als ich meine Ankunft ankündigte und sie mir sofort anbot, mich in Mailand abzuholen. Natürlich habe ich abgelehnt, und das war auch richtig so: Denn allein die Bahnstrecke am Ufer entlang ist eine Reise wert.

Silvana ist ein Jahr jünger als ich, aber sie sieht eher wie fünfunddreißig oder noch jünger aus. Wahrscheinlich liegt es an ihrer lässigen Kleidung, oder einfach auch an ihrer stetigen Gelassenheit. Wir fuhren mit dem Auto auf die Fähre. Von Bellagio aus ging es über die Landstraße nach Nesso. Allein die Ortsnamen hier haben doch schon einen wundervollen Klang, oder?

»Du hast Glück, das Wetter ist gut. Zu dieser Jahreszeit haben wir viele graue Tage«, meinte Silvana. Schon auf der Fähre haben wir über den Zufall gesprochen, dass wir beide Mütter von Zwillingen sind. Ich habe ihr Fotos von Iago und Rachel gezeigt, und sie hatte welche von ihren Jungs dabei. Wir beide fanden, dass die vier nette Kinder sind.

Mir fiel auf, dass bei ihrem Spanisch praktisch kein italienischer Akzent anklingt, und ich sprach sie darauf an. Da meinte sie nur: »Natürlich, Spanisch ist ja auch meine Muttersprache. Ich habe mit meiner Mutter und vor allem mit meiner Großmutter nie etwas anderes gesprochen.«

Silvana vermittelte mir vom ersten Moment an das Gefühl, dass

Aldo der einzige Mann in ihrem Leben ist. Oder zumindest der einzige, über den sie mit einer Fremden spricht. Unterwegs hat sie mir erzählt, wie sie ihn kennengelernt hat, als er zum Wasserskifahren an den Comer See kam. Aldo hatte gerade eine unschöne Trennung hinter sich, und seine Freunde wollten ihn auf andere Gedanken bringen. Dabei konnten sie natürlich nicht ahnen, wie schnell er sich trösten lassen würde und wie entscheidend dieser Sommer für sein Leben sein sollte. Schon im nächsten Jahr ließ er sich mit dem fertigen Examen in der Tasche in Nesso nieder.

»Alle seine Freunde fragen sich, wieso er die Stadt nicht vermisst. Aber wenn man wirklich eine Antwort darauf wissen will, muss man hier etwas mehr Zeit als nur die Sommerferien verbringen.«

Im Haus angekommen, wehte uns aus der Küche ein köstlicher Duft entgegen.

»Meine Mutter ist unsere Köchin, und sie weigert sich aufzuhören. Du wirst sehen, warum auch ich nicht darauf bestehe«, scherzte Silvana.

Die Fliesen in der Vorhalle haben geometrische Muster. Es gibt einen Wandspiegel, einen Teppich und eine Empfangstheke. Ich hatte das Gefühl, nach Hause zu kommen.

»Geh schon voraus, Mama ist bestimmt in der Küche«, sagte Silvana und öffnete rechter Hand eine Tür.

Der Speisesaal ist klein, dort stehen nur sechs Tische, aber er ist sehr gemütlich. Die Fenster zeigen zum See und zum Bootssteg hinaus. Über dem Kamin hängt ein Frauenporträt. Ich hätte es mir ja genauer angesehen – du weißt ja, die übliche déformation professionnelle –, wenn in dem Moment nicht Silvanas Mutter gekommen wäre.

»Wie schön, Sie bei uns zu haben, Violeta«, begrüßte mich Fiorella noch herzlicher, als ich erwartet hatte.

Mir fiel sofort auf, wie sehr sich Mutter und Tochter gleichen, sogar darin, dass man ihnen ihr Alter nicht ansieht. Fiorella, so

erfuhr ich später, ist schon etwas über siebzig, und ich schwöre dir, sie ist nach wie vor eine attraktive Frau. »Dabei erwischen Sie mich nicht einmal in einer guten Phase«, kokettierte sie nach meinem Kompliment.
Damit meinte sie den Tod ihrer Mutter. Ich nutzte die Gelegenheit, um ihr noch einmal persönlich mein Beileid auszusprechen, und bat sie, mich zu duzen. Ich kam mir vor wie eine Figur in einer Komödie von Oscar Wilde.
Zum Abendessen gab es gefüllte Forelle, und beide Frauen erklärten, dies sei ein typisches Gericht der Region. Fiorella hatte sie mir zu Ehren zubereitet. Wir unterhielten uns ausgiebig, bis wir um Mitternacht die Glocken des nahen Kirchturms schlagen hörten.
Ich war erstaunt, dass die Kinder nicht im Haus waren.
»Sie sind heute in Mailand, bei ihrer anderen Großmutter«, erklärte Silvana.
Während sie den Kaffee kochte, kam ihre Mutter zur Sache.
»Sollen wir jetzt über die Angelegenheit sprechen, wegen der ich dir geschrieben habe, oder willst du lieber bis morgen warten?«, fragte sie mich.
»Ehrlich gesagt, ich platze vor Neugierde«, war meine Antwort.
»Dann gib mir bitte die Papiere, die du in der obersten Schublade in der Anrichte findest. Und sei so lieb, reich mir auch noch meine Brille, bitte.«
Fiorella wischte sorgfältig die Brotkrumen zur Seite und breitete die Dokumente vor sich aus. Dann setzte sie ihre Brille auf, kniff die Augen ein wenig zusammen, so als wolle sie sich auf etwas konzentrieren, und hielt wieder inne. Sie setzte die Brille ab und sah mich an.
»Für mich ist ganz wichtig, dass du weißt, dass Silvana und ich entschlossen sind, den Letzten Willen meiner Mutter bis ins kleinste Detail umzusetzen. Und wir vertrauen darauf, dass du uns dabei hilfst.«
Ich verstand zwar noch nicht so recht, was sie damit meinte, aber

ich nickte. Dann setzte sie die Brille wieder auf und fuhr fort: »Mamas Testament hielt für uns einige kuriose Überraschungen parat. Außer den Passagen, die wir mehr oder weniger kannten und bei denen es um das Hotel und die Konten geht, sprach der Notar noch von einer Zusatzverfügung, die an bestimmte Bedingungen geknüpft ist. Ich hatte noch nie davon gehört. Er überreichte uns einen Brief von meiner Mutter und einen Schlüsselbund. An dem Schlüsselbund war ein Zettel mit einer unbekannten Adresse, und zwar mit einer Kilometerangabe an der Via Borgonovo, also der Landstraße zwischen Nesso und dem Nachbardorf Cavagnola. Dort gibt es nichts außer Landschaft, und die Küste ist an der Stelle recht steil, niemand wohnt dort. Wir haben uns sehr darüber gewundert, nicht nur wegen der Lage an sich, sondern weil meine Mutter nie davon gesprochen hatte, dass wir dort Land besitzen. Sobald wir uns vom Notar verabschiedet hatten, beschlossen wir hinzufahren. Dort entdeckten wir mitten im Grünen eine Hütte aus Steinen und Lehmziegeln, die über der Steilküste thronte. Vermutlich war das mal eine kleine, verfallene Kapelle, die jemand umgebaut hat, als man so etwas noch ungestraft machen konnte. Wenn du willst, fahren wir dich gerne morgen Vormittag dorthin. Aber jetzt wäre es mir lieb, wenn du einen Blick auf das Testament und auf die Verfügung wirfst, von der ich dir gerade erzählt habe.«
Meine Gastgeberin ist eine Meisterin in Sachen Spannung. Das Testament bot das, was man von so einem Dokument erwartet: haufenweise Juristenrhetorik auf Italienisch. Aber die Frau, die es unterzeichnet hatte, trug einen spanischen Namen, was mich aufmerken ließ: Eulalia Montull Serrano.
Du kannst dir vorstellen, dass ich in der Nacht vor lauter Grübeln kaum geschlafen habe.
Am nächsten Morgen haben sie mich dann zu diesem Häuschen gebracht. Wer das einmal erbaut hat, wollte wirklich nichts mit dieser Welt zu tun haben. Das Dach war repariert, was auch die beiden Italienerinnen überrascht hatte. Denn das bedeutet,

dass ihre Mutter sich darum gekümmert hat, die Hütte instandzuhalten, auch wenn sie selbst sich dort nie richtig aufgehalten hat.
»Ich denke, du wirst eine Riesenüberraschung erleben«, warnte mich Silvana, als wir dieses Sanktuarium betraten.
Denk bloß nicht, dass ich übertreibe, wenn ich die Hütte als ein »Sanktuarium« bezeichne. Auf einmal standen wir mitten im Atelier eines Malers. Es sah ein bisschen irreal aus, aber nur, weil alles so aufgeräumt war: Die Pinsel lagen in verschiedenen Kästen, die Staffeleien standen zusammengeklappt hintereinander, das ganze Material war sorgfältig geordnet. Wenn es nicht so muffig gerochen hätte und nicht alles so verstaubt gewesen wäre, hätte man denken können, dass dort jemand erwartet wird. An der Wand war etwas mit einem Laken zugedeckt. Als wir es abdeckten, konnten wir darunter viele Leinwände erkennen: einunddreißig, um genau zu sein. Sie lehnten aufgereiht, der Größe nach geordnet, an der Wand, und waren peinlich genau mit Zeitungspapier voneinander getrennt.
»Anscheinend hat meine Mutter alles aufgeräumt. Sie hat wohl auch die Bilder abgedeckt. Um sie zu schützen oder weil sie sie nicht sehen wollte, keine Ahnung.«
Dann haben sie mir eines gezeigt. Das erste Bild. Es war ein weiblicher Akt. Ich erkannte sofort den Stil. Die Pinselführung, die Details, die Umrisse … und noch bevor ich mir die Signatur ansah, kamen mir Dutzende Fragen.
Du hast es erraten, nicht wahr? Die Bilder sind von Großvater. Sie sind echt. Und das Motiv ist immer ein weiblicher Akt.
»Meine Mutter war das Modell gewesen«, erklärte Fiorella. »Wenn du sie betrachtest, verstehst du, warum sie die Bilder verstecken wollte.«
»Was ist das hier?«, fragte ich und zeigte auf die Hütte.
»Dein Großvater hat hier während seiner Zeit in Italien gearbeitet«, erklärte Fiorella.
Ich kam aus dem Staunen nicht heraus.

»Aber … mir ist nicht bekannt, dass Amadeo Lax hier gewesen ist. Kein Biograph hat jemals darüber geschrieben.«

»Der Beweis liegt vor deinen Augen« – Fiorella zeigte bei ihren Worten auf die Malerutensilien um uns herum –, »Biographen können sich irren.«

»Violeta, nimm dir alle Zeit der Welt«, mischte sich Silvana ein. »Ich habe dir ja gesagt, dass du so lange bei uns bleiben kannst, wie du magst. Vielleicht möchtest du die Bilder genauer untersuchen, um sicherzugehen, dass sie wirklich echt sind.«

Ich nickte, aber eher, um Zeit zu gewinnen. Mir schossen viele Gedanken durch den Kopf. Ehrlich, bezüglich der Echtheit der Bilder hatte ich überhaupt keinen Zweifel. Es war einfach zu offensichtlich. Wenn du sie selbst siehst, verstehst du sofort, was ich meine.

Nur um deine Neugierde anzustacheln: Es sind einunddreißig Aktgemälde, einunddreißig!!! Das ist doch unglaublich, oder? Eines davon entspricht *Il falso ricordo*, aber diese Version ist gelungener ausgeführt. Ich will damit sagen, dass mir das uns bekannte Bild wie eine plumpe Kopie von diesem Bild vorkommt, das zweifellos die erste Fassung des Motivs ist. Außerdem beweisen das auch die Jahresangaben. Wie du dir vorstellen kannst, sind alle Bilder minutiös mit Datum und Titel versehen, wie immer bei Amadeo Lax.

Ich habe in den letzten beiden Tagen eines nach dem anderen genauer angesehen und ein Verzeichnis angelegt. Ich denke, das wird das Kuratorium vom Museu Nacional d'Art de Catalunya interessieren. Ich schicke dir das Verzeichnis, damit du es an diejenigen weiterleitest, die in der Angelegenheit mitzureden haben. Wenn du es für angemessen hältst, kannst du gerne, sobald alles abgeschlossen ist, die ganze Sache an die Presse geben. Silvana und Fiorella sind damit einverstanden. Und wenn du jetzt die Bedingungen liest, die die Verstorbene für ihr Vermächtnis gestellt hat, wirst du vor Begeisterung kreischen (und es am liebsten laut herausposaunen): Sie vermacht zwar die

einunddreißig Gemälde dem MNAC, aber unter drei Bedingungen.
1. Sie müssen zusammen mit dem übrigen Werk von Amadeo Lax ausgestellt werden und zwar in einem gesonderten Bereich eines hochrangigen Museums. Die Verstorbene hat deutlich ausgeführt, dass diese Gemälde keinesfalls zusammen mit Bildern von anderen Künstlern gezeigt werden dürfen, und auch nicht weitab von den wichtigsten Kunstsammlungen.
2. Ich soll für das Museumsprojekt, das ihre Sammlung aufnimmt, verantwortlich sein.
3. Alles soll binnen einer Frist von drei Jahren ab ihrem Todestag umgesetzt werden. Wenn die Generalitat von Katalonien im Verlauf dieses Zeitraums nichts unternimmt, gelangen die Werke automatisch in die Bestände des Prado nach Madrid. Ach ja, damit sie auf der sicheren Seite ist, hat sie zudem mich zur Testamentsvollstreckerin ernannt.

Das klingt doch alles wie ein Traum, oder?

Wie ein Traum oder wie ein Scherz, ich weiß. Also, schließlich und endlich ist das genau das, wofür du die ganze Zeit gekämpft hast, Arcadio! Genau das, was Großvater immer gewollt hat.

Ich komme nun zum Schluss. Ich denke, dieser Ort hier hilft mir sehr dabei, all die Neuigkeiten der letzten Tage zu verarbeiten. Ich war so durcheinander, dass ich nicht einmal die offensichtlichsten Schlüsse gezogen habe.

Nachdem ich mir einige Stunden lang die Bilder genauer angesehen hatte, sagte ich am Abend zu Silvana: »Kein Wunder, dass mein Großvater beschlossen hat, eine Zeit lang hier als Gast deiner Großmutter zu leben. Ich hätte auch Lust, hier zu bleiben. Wie du siehst, wiederholt sich die Geschichte.«

Silvana sah mich ungläubig an.

»Als Gast? Aber nein, Violeta! Es ist alles noch viel komplizierter. Eulalia war seine große Liebe. Amadeo Lax ist auch mein Großvater.«

Verzeichnis einunddreißig bislang unbekannter Werke von Amadeo Lax
Vermächtnis von Doña Eulalia Montull Serrano an das Kuratorium des Museu Nacional d'Art de Catalunya (MNAC)

Dr. Violeta Lax, Kunsthistorikerin mit Spezialgebiet
katalanischer Modernisme und Novecentisme,
Kuratorin am Art Institute of Chicago
Nesso, Comer See, 20. März 2010

Allgemeine Beschreibung der Sammlung

Die einunddreißig Ölgemälde sind der reifen Phase des Malers Amadeo Lax (Barcelona, 1889–1974) zuzuordnen. Sie sind alle zwischen 1936 und 1940 datiert. Beinahe die Hälfte (14 Werke) entstand 1936, die übrigen verteilen sich über die folgenden Jahre bis hin zu drei letzten Gemälden aus dem Jahr 1940. Alle haben als Motiv einen weiblichen Akt. Bei achtundzwanzig der Bilder ist es immer dasselbe Modell, die drei übrigen Gemälde zeigen anatomische Details, womit keine persönliche Zuordnung möglich ist.

Alle Werke sind von Amadeo Lax persönlich signiert und datiert, und zudem, wie bei dem Künstler üblich, auf der Rückseite mit einem Titel versehen. Die Keilrahmen entsprechen denen, die der Künstler üblicherweise benutzt hat, und weisen auch die gleichen sorgfältigen Merkmale der Bespannung der Leinwand auf: Dieser Umstand spricht dafür, die Werke als authentisch zu bewerten.

Die Bilder wurden von mir nummeriert, dabei habe ich der Reihenfolge Rechnung getragen, in der sie im italienischen Atelier des Künstlers an der Wand lehnten. Dieses Ordnungssystem folgt offensichtlich dem Format der Werke, wobei sich das größte direkt an der Wand befand.

Besonderheiten

Der unbestrittene künstlerische Wert der Arbeiten steigt noch durch die Tatsache, dass die Gemälde ein Motiv zeigen, das im Werk von

Amadeo Lax bislang praktisch unbekannt war. Von einer Ausnahme abgesehen – *Il falso ricordo*, ein Ölgemälde aus dem Jahr 1962, das später Heinrich Thyssen erwarb und das derzeit zur Dauerausstellung des Museo Thyssen-Bornemisza in Madrid gehört –, vermied der Maler weibliche Akte als Motiv, das er nach eigenen Worten verabscheute.
Der Gesamtwert dieser Sammlung beläuft sich auf schätzungsweise fünfzehn Millionen Euro.

Beschreibung der Werke (Auszug)
Nr. 1: *Kälte*, 1939, 200 × 170 cm, Öl auf Leinwand
Das größte Bild der Sammlung zeigt ein Intérieur. Die linke Hälfte der Szenerie wird von einer weiblichen Figur beherrscht. Es handelt sich um eine junge, schöne Frau, die nackt in einem Armsessel sitzt, der von einer weißen Decke bedeckt wird: Ihre Hände hat sie nach rechts zu einem Kaminfeuer ausgestreckt, ihr Kopf ist dem Betrachter zugewandt, und eine wallende schwarze Mähne fällt über ihren Rücken. Ihr lebendiger Blick sowie ihr ernsthafter Gesichtsausdruck ziehen die Aufmerksamkeit des Betrachters auf sich. Auf der rechten Seite sind das lodernde Kaminfeuer, ein Teil eines Spiegels sowie die Blätter einer Pflanze zu erkennen.

Nr. 11: *Wenn die Wände reden würden*, 1936, 170 × 140 cm, Öl auf Leinwand
Das Modell liegt auf einem Diwan neben einem Fenster, durch das die Landschaft des Comer Sees zu erkennen ist. Sein Haar ist zusammengefasst, und es trägt ein bäuerliches Gewand, dessen Rock über die Hüfte hochgerafft ist und den Blick auf die Beine in weißen Strümpfen und auf das dichte Schamhaar freigibt. Die ohnmächtige Haltung der Figur, ihre schlaffen Arme, ihre gespreizten Beine sowie die nackten Füße betonen die enorme erotische Kraft des Gemäldes. Bezeichnenderweise stellt die Scham des Modells das geometrische Zentrum der gesamten Komposition dar. Sowohl das Thema wie auch seine Ausarbeitung sind für den Künstler absolut atypisch.

Nr. 17: *Cruda verità* (Nackte Wahrheit), 1940, 165 × 94 cm, Öl auf Leinwand
Das Gemälde zeigt dasselbe Modell. Die Frau sitzt völlig nackt auf einem prächtigen Armsessel, sie spreizt die Beine und fixiert den Betrachter mit ihrem Blick. Auch hier bildet der weibliche Schambereich das kompositorische Zentrum. Jedoch ist nicht das Schamhaar auffällig, sondern die überaus realistische Gestaltung der Vaginaöffnung mit dicken roten und weißen Farbflecken. Dies Bild ist eine bessere – und mit großer Wahrscheinlichkeit frühere – Version des Werkes *Il falso ricordo* des Künstlers, das auf das Jahr 1962 datiert ist und derzeit im Museo Thyssen-Bornemisza ausgestellt wird. Vorbehaltlich eines analysierenden Vergleichs der beiden Gemälde ist vorerst festzuhalten, dass in dieser Version das Thema sorgfältiger ausgeführt ist, insbesondere, was den feineren Pinselstrich und die breitere Farbpalette angeht.

Nr. 20: *Siesta*, 1936, 150 × 150 cm, Öl auf Leinwand
Dasselbe Modell, diesmal im Schlaf. Aus den Falten eines Bettlakens schaut der Kopf hervor – das Schwarz der langen Haarsträhnen auf dem Kopfkissen kontrastiert dabei hart mit dem Weiß der Bettwäsche – sowie eine Brust, deren Warzenhof das geometrische Zentrum des Bildaufbaus bildet. Dieses Detail vermittelt die erotische Spannung in einem Werk, das ansonsten eine unbefangene Stimmung ausstrahlen würde.

Nr. 26: *Die offene Wunde*, 1935, 120 × 93 cm, Öl auf Leinwand
Eine Ausführung des klassischen Dornenzieher-Motivs. Die junge Frau sitzt hier auf einem Felsen neben dem ruhigen Wasser des Sees und zieht gerade einen Dorn aus dem linken Fuß. Ihr linker Knöchel ruht auf dem rechten Knie, die Beine sind nackt, und der Rock liegt so auf den Oberschenkeln, dass er den Blick auf den Schambereich freigibt. Wiederum bestechen hier der Realismus sowie die anatomische Genauigkeit, mit der der Künstler die Vulva des Modells gemalt hat, die auf diesem Werk eher beiläufig in den Blick kommt, so als

ob der Künstler – und mit ihm der Betrachter – den Standpunkt eines Voyeurs einnimmt.

Nr. 29: *Das Unsrige*, 1935, 70 × 70 cm, Öl auf Leinwand
Eines der drei Werke der Sammlung mit anatomischen Details. Dieses zeigt eine Hand, die auf einer Brust liegt. Es lässt sich nicht sagen, ob es sich um ein Teilporträt desselben Modells handelt, auch wenn die Umstände darauf hinweisen. Aufgrund der groben Pinselführung sind einige Teile der Leinwand frei geblieben. Vermutlich ist dieses Bild eine Studie.

Hinweis

Die komplette Auflistung der Werke dieser Sammlung wurde dem Kuratorium des MNAC für eine erste Einschätzung übermittelt. Ein weiteres unbekanntes Lax-Werk – ein Frauenporträt – ist nicht Bestandteil des Vermächtnisses und verbleibt im Privathaus der Erblasserin. Der vorliegende Auszug wurde erstellt, um die Medien über die bislang unbekannte Sammlung zu informieren. Auf Anfrage können Fotos der vorgestellten Gemälde zur Verfügung gestellt werden. Für weitere Informationen wenden Sie sich bitte an Arcadio Pérez.

XII

Am 10. März 1908 beendete Maria del Roser Golorons die selbst auferlegte Wartezeit und öffnete das französische Schmuckkästchen ihrer Großmutter. Sie verriegelte ihre Tür, trug die Schatulle in den kleinen Salon, stellte sie auf den Toilettentisch, drehte den winzigen Schlüssel im Schloss herum und hob den Deckel an. Beim Anblick der funkelnden Pretiosen kamen ihr beinahe die Tränen. Obwohl sie nichts Unredliches tat, verspürte Maria del Roser die gleichen Schuldgefühle wie in ihrer frühen Kindheit, wenn sie in einem Versteck diese Schatzkiste aufgemacht und heimlich Ohrringe, Halsketten und Armbänder anprobiert hatte. Nur die Broschen mit ihren feinen, stechenden Nadeln hatten ihr Angst bereitet. Damals hatte sie nicht verstehen können, warum ihre Mutter nur selten die Gelegenheit wahrnahm, diese Herrlichkeiten anzulegen – ihre Mutter, die als Tochter einer Schneiderin immer bestens gekleidet war, aber das Haus kaum verließ.

Als Mädchen hatte sie großes Vergnügen daran gefunden, sich ihre prachtvolle Vorfahrin vorzustellen, diese rotblonde Urgroßmutter, die auch während der Carlisten-Kriege niemals ihre Juwelen ablegte, und allein bei der Vorstellung, eines Tages auch einmal eine überreich mit Schmuck behängte Grande Dame zu sein, war sie vor Bewunderung dahingeschmolzen.

Nun gehörte dieser Schmuck ihr, und nach drei Monaten ließ zwar die Trauer um ihre verstorbene Mutter nach, doch sie hegte zwiespältige Gefühle. Die auserlesenen Schmuckstücke ließen ihr Herz schneller schlagen, das schon. Aber sie musste wehmütig an diese Situationen zurückdenken, wenn sie befürchtete, jeden Augenblick könne die rechtmäßige Besitzerin zurückkehren und sie dabei ertappen, wie sie wieder einmal ungehorsam eine Dame mit Edelsteinen an den Ohren spielte, was bei den Frauen in ihrer Familie verpönt war.

»Eines Tages, wenn ich tot bin, wird der Zeitpunkt kommen, an dem du sie tragen wirst, meine Liebe«, hatte ihre Mutter sie einmal getadelt und alles zurück an seinen Platz gelegt, »aber zuvor musst du sie dir verdient haben.«

Nun nahm Maria del Roser die Schmuckstücke aus der Schatulle und breitete sie auf einem sauberen Tuch vor sich aus. Sie musste eine Auswahl für diesen Abend treffen, den ersten Abend, den sie nach all den ermüdenden Ritualen der Trauer wieder ausging, und auch den ersten Abend, an dem der Schmuck sich an ihre, und nicht die Haut ihrer Mutter, Großmutter oder Urgroßmutter anschmiegen musste. Maria del Roser hegte das Gefühl, ihn nicht verdient zu haben. Sie erblickte in jedem einzelnen Stück nicht Eleganz und Luxus, sondern einen Teil ihrer Mutter. Es schnürte ihr die Kehle zu, als sie plötzlich das näherkommende Brummen von Motoren hörte und sodann einen ungewöhnlichen Aufruhr in der Straße vernahm, der genau vor ihrer Haustür endete. Sie schob die Vorhänge ein wenig zur Seite, um zu erfahren, was da unten los war. Da sah sie tatsächlich König Alfonso XIII. höchstpersönlich mit der Hilfe von einigen ihr durchaus bekannten Herren aus Rodolfos Hispano Suiza aussteigen und schwerfällig die wenigen Stufen zum Hauseingang hochgehen.

Die Hausherrin befürchtete, dass einige der Dienstboten den Eindruck nicht verkraften würden, dem König von Angesicht zu Angesicht gegenüber zu stehen. Ihr blieb also keine Zeit, die Pretiosen in das französische Schmuckkästchen zurückzulegen. Sie überprüfte im Spiegel hastig ihr Aussehen, sperrte den kleinen Salon ab und zügelte auf ihrem Weg die Treppe hinunter angemessen ihre Schritte, um diesen so illustren Gast gebührend zu empfangen.

Als sie schließlich den Monarchen im großen Salon erblickte, ruhte dieser mit geschlossenen Augen in einem der Armsessel mit dem gelben Samtbezug, sein Haupt lag zurückgelehnt auf einem Kopfkissen, und mehrere Männer aus seinem Gefolge versuchten, ihm die Stiefel auszuziehen. Der König steckte in einer mit Orden überladenen Uniform, die äußerst unbequem schien. Die Soldaten der königlichen Wache in ihren Galauniformen wirkten wie eine orientierungslose Schafherde, der soeben der Hirte abhanden gekommen war. Den Persönlichkeiten des Gefolges – allesamt Angehörige der besten Familien der Stadt, darunter auch junge Männer im gleichen Alter wie der königliche Gast – verursachte allein schon der Gedanke daran, wie der Vorfall enden könnte, Schweißausbrüche. Die Dienstboten bekreuzigten sich am Treppenabsatz, wo sie neugierig beobachteten, was sich da vor dem Kamin abspielte, um dann schleunigst die dringendsten Aufgaben anzupacken. So verlangte Antonio Maura nach einem Fächer, um dem König Spaniens kühle Luft zu verschaffen. Concha holte eilig den Strohfächer aus dem Sekretär, mit dem sie selbst vor Jahren für ihre Kinder gewedelt hatte, und übergab ihn dem spanischen Ministerpräsidenten.

»Don Alfonso hat einen Schwindelanfall erlitten, der Arme«, flüsterte Rodolfo seiner Gattin ins Ohr, als diese sich zu der Gruppe von der königlichen Ohnmacht verwirrter Seelen hinzugesellte. »Aber das ist bei dem Programm, das sie für ihn organisiert haben, wirklich kein Wunder. Sie haben ihm keine Sekunde Zeit gelassen, um auch nur zur Toilette zu gehen.«

Ein Wagen brachte Dr. Gambús, den Arzt der Familie, der auf alles gefasst war. Bei seiner Ankunft bewegte der König bereits seinen Kopf und delirierte leise vor sich hin. Seine Lippen bebten dabei, wie bei einer nach innen gerichteten Litanei. Mit äußerst besorgter Miene untersuchte der Arzt den Patienten so vorsichtig, als befürchte er, diesen zu zerbrechen. Wie die übrigen Anwesenden war er der Meinung, dass das Alter des Königs eigentlich nicht für eine Ohnmacht sprach. 1908 war Seine Majestät gerade erst zweiundzwanzig Jahre alt, auch wenn er jedes davon sehr wohl ausgekostet hatte.

Während an seiner Genesung weiter gearbeitet wurde und Dr. Gambús überall im Salon Essenzen aus seinem Arztköfferchen verteilte, bat Maria del Roser die übrigen Anwesenden in den Patio und wies das Personal an, einen Imbiss zu reichen.

»Und das, ohne uns vorher zu benachrichtigen«, protestierte Eutimia. »Für den Anlass hätte ich das Haus doch richtig herausgeputzt!«

Währenddessen nutzte Rodolfo die Gelegenheit, eilig sein Zimmer aufzusuchen, um die extra für diesen Anlass gekauften neuen Schuhe gegen ein anderes, altes Paar zu wechseln, das seine Füße weniger folterte, und zugleich seiner Gattin zu berichten, wie er den Morgen zugebracht hatte.

Maria del Roser wollte ihn an dem Schuhtausch hindern, doch Rodolfo wurde kategorisch: »Wenn ich sie nicht wechseln kann, rufe ich noch die Republik aus«, drohte er, während er sich auf den Schemel setzte, um die Schuhe abzustreifen. Maria del Roser platzte indes fast vor Neugierde, seinen Bericht zu hören.

»Ich glaube, der arme Mann ist erkältet. Das ist mir gleich aufgefallen, als ich ihn aus dem Zug steigen sah, der übrigens pünktlich um fünf nach neun am Paseo de Gracia ankam. Noch bevor er in den Wagen stieg, fragte er, ob jemand von uns ein Taschentuch hätte. Wir waren nicht einmal an den Ramblas angekommen, da hatte er schon zwei oder drei verbraucht. In seinem Zustand ist ihm dann die ganze Gesellschaft überhaupt nicht bekommen – die Stadträte, der Kardinal, der Generalstab und der Bischof. Sie alle haben ihn die ganze Zeit mit fürchterlichen Scherzen belästigt. Bei der Iglesia de la Merced war er dann schon ziemlich bleich, und wie er da unter dem Baldachin zum *Te Deum* ging, konnte einem angst und bange werden. Nach dem Gottesdienst haben wir uns gemächlich zur Straßenkreuzung von Calle Reina Regenta und Calle Consulado begeben, um das Programm einzuhalten. Der König hat ein Taschentuch nach dem anderen verbraucht, und wir haben ihm immer wieder frische gereicht. Dort in der Calle Ancha mit der Hausnummer 71 steht übrigens auch das Haus, das dem Marqués von Monistrol gehört, und das ist genau die Stelle, wo die Abrissarbeiten beginnen sollen. Rorrita, du kannst dir nicht vorstellen, wie viele Stühle, Wimpel und Fahnen in diese enge Straße passen. Und dann noch all die Wachen in ihren Galauniformen. Ich habe sie gar nicht zählen können. Natürlich darf bei so einem Ereignis auch nicht die passende Musik fehlen, also waren dort auch mindestens vier Musikkapellen der Stadt, darunter die von den Salesianern und die vom Infanterieregiment aus Alcántara. Die Musikanten sind vor Nervosität fast gestorben, und alle steckten in ihren besten Uniformen, ihr Anblick war wirklich eine wahre Freude. Damit auch alles bis ins letzte Detail stimmt, hat jemand Blumentöpfe auf der Tribüne des Königs aufgestellt, aber als er ständig niesen musste, wurden sie schleunigst wieder entfernt, weil man befürchtete, dass er darauf allergisch reagiert.

Stell dir vor, Rorrita, als die Reden begannen, war wirklich jeder Stuhl von einem angesehenen Mann besetzt. Ich saß in der dritten Reihe und habe die ganze Zeit nur den Nacken des Direktors der Banco Hispano Colonial gesehen – der war stolz wie ein Brautvater, der die Hochzeitsfeier bezahlt hat. Der Abgeordnete Puig i Cadafalch kam mir auch ein wenig verschnupft vor. Rorró, wir beide wissen, dass es nicht gerade darum geht, dem König recht zu geben. Er schien eher zu überlegen, was er morgen antworten wird, wenn ihn die Republikaner im Stadtrat bezichtigen, ein Monarchist und gegen Barcelona eingestellt zu sein.

Rorrito, ich schwöre dir, während der vielen Reden haben einige der Zuhörer ein Nickerchen gemacht. Auf jeden Fall habe ich den Marqués de Comillas beim Schlafen beobachtet. Der Beifall hat ihn dann vor einer Peinlichkeit gerettet, denn dann war er plötzlich wieder frisch und munter und rief mit allen anderen zusammen in perfektem Katalanisch: ›Visca el Rei!‹ Na, und da ich schon bei den konservativen Kräften bin, ich muss dir sagen, Schatz, Mauras Beitrag war der Gipfel! Das klang eher nach einer Antrittsrede für die Real Academia. Sie war so blumig und überladen, als hätte er sie nicht selbst geschrieben. Das ging dann so: ›Wie ein vor Saft strotzender Baum, der neue kräftige Knospen treibt und vor einer reichen und üppigen Blüte steht, so strotzt Barcelona vor Leben und muss diese Bauarbeiten durchführen, bei denen die engen Gassen der Altstadt durch große Straßen ersetzt werden …‹ Und in dem Stil ist es dann weitergegangen. Während alle noch etwas verwirrt über die Baumblüte grübelten, spazierten die Autoritäten mit Maura und dem König vorneweg zum Haus mit der Nummer 71. Dort wurden sie schon von einem Lakaien mit einer Hacke erwartet. Keine Angst, das war natürlich nicht irgendein Werkzeug, sondern eine Sonderanfertigung extra für diesen Anlass aus Silber und Gold mit einem Griff aus Akazienholz. Ein echtes Museumsstück, auch wenn man noch nicht weiß, in welchem Museum es einmal landen wird. Zuerst hat es der Bürgermeister in die Hand genommen und dann dem König so feierlich übergeben, als würde er eine Monstranz überreichen. Und, stell dir vor, der König hat das Teil ohne jegliches Befremden, ja fast mit einer gewissen Übung in die Hand genommen, als hätte er mit dem Abriss von Städten schon Erfahrung. ›Was machen wir, wenn er den Stein nicht einreißen kann?‹, hat dann doch tatsächlich einer von diesen ewigen Nörglern gefragt, die die Fähigkeiten der Bourbonen immer in Frage stellen. Ich weiß nicht, woher er das hatte, aber Comillas hat ihm geantwortet: ›Kein Problem, mein Herr, machen Sie sich keine Sorgen. Der Stein ist zuvor gelockert worden, der sitzt wackeliger als ein alter Backenzahn.‹ Natürlich durften auch böswillige Kommentare nicht fehlen ›Ha, das habe ich schon immer einmal sehen wollen: Der König mit der Hacke in der Hand wie ein Arbeiter im Steinbruch!‹ Schließlich, wie nicht anders zu erwarten, löste sich der Stein ohne weitere Zwischenfälle, und alle haben applaudiert und sich gegenseitig beglückwünscht. In der Zwischenzeit hat der König um ein neues Taschentuch gebeten. Nach den Fotos für die Zeitungen und den unabdingbaren Grußworten hat sich das Komitee auf den Weg zur Capitanía General gemacht, wo direkt nacheinander die Audienz, das Mittagessen und der Empfang stattfinden sollten. Dann hat jemand den König nach seinem Befinden gefragt und ob er wünsche, den Programmablauf zu verändern. Aber Don Alfonso hat nur gesagt: ›Nein, nein. Lassen Sie uns wie geplant weitermachen. Was ist denn jetzt vorgesehen? Gehen wir jetzt essen?‹ Als sie ihm dann erklärten, dass sechshundert Unternehmer auf ihn warteten, um ihm über ihre neuesten Errungenschaften zu berichten, hat er nur die Augen geschlossen und mit dem Ärmel der Admiralsuniform den Schweiß abgewischt und gesagt: ›Dann soll es wohl so sein.‹ Aber dann ging gar nichts mehr. Am Tor der Capitanía General angekommen, hielt der König die Augen immer noch geschlossen und reagierte nicht einmal auf die Puffe, die ihm die honorigsten Adeligen aus seinem Gefolge verpassten. Ein Spaßvogel hat dann Witze darüber gerissen, ob vielleicht Bastardas dieses Programm ohne jede Pause organisiert hat. Ein anderer sprach sogar von einer Vergiftung, dann war von einem neuen Attentat die Rede. Aber das sind nur einige der Auswüchse. Jeder musste seinen Kommentar abgeben, aber alle schienen eher wegen der Störung des geplanten Tagesablaufes in Sorge als wegen des Zustandes des Ohnmächtigen. Und da niemand wusste, wie mit dem Zwischenfall umzugehen war, habe ich schließlich angeordnet, ihn sofort zu uns zu bringen, und alle waren einverstanden. Außerdem habe ich gedacht, dass ich mir dann hier andere Schuhe anziehen könnte. Rorrita, bitte sei nicht böse, ich weiß nur zu gut, dass du dich über einen hinkenden Ehemann ärgern würdest.«

Maria del Roser lächelte amüsiert über Rodolfos Bericht, der so genau war, dass sie das Gefühl hatte, dabei gewesen zu sein. Sie bedachte ihren Mann mit einem wohlwollenden Blick.

»Das hast du gut gemacht, mein Schatz, wie immer«, lobte sie ihren Mann.

Rodolfo, der sich gerade seine alten Stiefeletten überstreifte, stieß einen erleichterten Seufzer aus.

»Ich bin mir sicher gewesen, dass du mich verstehst, meine Liebe. Und jetzt lass uns zu den Gästen gehen, ich höre da unten Krach, und ich will nicht, dass es heißt, die Gastgeber würden sich verstecken.«

Der Lärm war wegen der Ankunft des Kardinals und dessen Gefolge entstanden – zwei oder drei Bischöfe sowie ein Erzpriester, die hastig die schmalen, kenntnisreichen Hände von Dr. Gambús segneten und sich so schnell zum Patio begaben, wo der Imbiss angeboten wurde, als ob sie den Weg kannten. Dort stellten sie fest, dass im Hause Lax vorzügliche Speisen gereicht wurden und dass die Gespräche der Anwesenden nur um ein Thema kreisten, nämlich den Galaempfang, der für denselben Abend im Liceo geplant war. Beides stieß auf ihr Wohlgefallen.

»Ich glaube nicht, dass Seine Majestät es riskieren wird, wegen eines simplen Schnupfens den Empfang abzusagen und so viele und liebe Freunde zu verärgern«, meinte Seine Exzellenz Laguarda, der über sein Bischofsamt hinaus ein Experte für die Mechanismen war, die die Beziehungen der Mächtigen funktionieren lassen.

Der Kardinal und seine getreuen Anhänger nickten mit vollem Mund, sie stimmten mit Seiner Exzellenz voll und ganz überein.

Die ganze Situation verlieh Eutimia ungeahnte Flügel. Sie war inzwischen dreiundsechzig Jahre alt, aber das Kommando in dieser Situation gab ihr wundersamerweise für ein paar Stunden ihre Jugend zurück, und man konnte sehen, wie sie es genoss, die Dienstmädchen anzutreiben, weitere Sektflaschen kalt zu stellen, noch mehr Kanapees anzurichten und sich beim Aufschneiden der Wurst zu beeilen. Am Ende des Tages aber erhielt sie das, was für sie eine Wiedergutmachung für die vielen Jahre ihrer Dienste und Hingabe bedeutete: Alfonso XIII., der inzwischen eine rosige Gesichtsfarbe und ansatzweise ein Lächeln zeigte, lobte sie und die vorzüglichen Speisen. Eutimia blieb vor Freude bald das Herz stehen, und sie berührte hastig das Medaillon mit den Schnurrbarthaaren ihres verstorbenen Mannes, damit er diesen besonderen Moment mit ihr teilte. Den Rest ihres Lebens war sie glücklich bei der Vorstellung, dass sie dem spanischen König wieder auf die Beine geholfen habe.

»Wie traurig ist doch ein Empfang, an dem nur Herren teilnehmen, und wenn sie noch so viele Federbüsche auf ihren Köpfen und noch so viele Orden an der Brust tragen«, flüsterte Concha beim Anblick all der uniformierten Männer im Patio Juanita zu. »Wenn wir das gewusst hätten, hätten wir doch geflaggt, oder?«

Maria del Roser gab ihr insgeheim recht. Auch sie vermisste die gehisste Fahne und die Pracht der festlichen Roben der Damen, die noch an diesem Abend im Liceo all ihren Prunk entfalten würden. Sie selbst hatte Rodolfo zuliebe entschieden mitzukommen, der die Plaudereien in den Vorzimmern der Privatlogen im Opernhaus hasste und verzagte, sobald die unumgänglichen Höflichkeitsfloskeln ausgetauscht waren. Maria del Roser wusste, wie furchtbar Schweigen bei gesellschaftlichen Anlässen ist, vor allem, wenn es an der fehlenden Gewandtheit der Gesprächsteilnehmer liegt. Also beschloss sie, ihn zu begleiten, um wie üblich wie ein Wasserfall zu reden.

Für ihr Abendkleid hatte sie so viele Bedingungen gestellt, dass die Schneiderin darüber beinahe die Nerven verlor: »Keinesfalls Schwarz, das stimmt Don Rodolfo traurig. Aber Weiß erst recht nicht, das überlassen wir doch lieber den Debütantinnen. Und sobald man die fünfunddreißig überschritten hat, ist Rosa einfach nur noch fehl am Platz. Aber kein Grün und auch kein Türkis, und weder Cretonne noch Seide, dafür bin ich nicht in Stimmung. Und diese fürchterlichen Brauntöne, ach, die tue ich mir erst in zwanzig Jahren an. Was meinen Sie?«

Die Schneiderin ließ sich nicht beirren. Als letztes Mittel zeigte sie die Probe von einem edlen fließenden Stoff, der soeben aus Paris eingetroffen war, und mit dem Gehabe eines Spielers, der gerade einen Trumpf auf den Tisch knallt, schlug sie vor: »Señora, was Ihnen steht, ist dieses Mauve.« Und Maria del Roser fand den Farbton mehr als passend. Diese erhabene Farbe entsprach sowohl der letzten Mode wie der erhabenen Feierlichkeit. Sie gab die Schleppe etwas kürzer und das Dekolleté etwas höher als bisher gewohnt in Auftrag und bestand auf Ärmeln, die unterhalb des Ellenbogens gebauscht waren. Wie immer, wenn sie eine Entscheidung getroffen hatte, war sie nicht davon abzubringen.

Die Sorge jedes Einzelnen um den Festakt im Liceo galt also nicht nur der Gesundheit des Königs.

»Weiß man schon, wo man ihn platzieren wird?«, fragte der Marqués de Robert.

»Um Himmels willen, aber jetzt reden Sie doch nicht vom König, als ginge es um eine Blumenvase«, schalt Pere Milà i Pi vom Círculo del Liceo.

»Ich bitte Sie, natürlich weiß man das. Sowohl der Marqués de Julià als auch der Marqués de Sotohermoso haben ihre Logen für Maura, den König und sein Gefolge zur Verfügung gestellt.«

Der Marqués de Julià, der gerade in der Nähe eine Scheibe Vic-Wurst erhascht hatte, die eines der Dienstmädchen auf einem Tablett offerierte, nutzte die Gelegenheit, um sich einzumischen: »Wenn diese Idioten, die einfach gegen alles sind, die Loge seiner Großmutter nicht beseitigt hätten, müsste man ihn nicht irgendwo unterbringen.«

»Ja, aber Isabella II. wollte, dass ihre Enkel die Vorstellungen sehen, nachdem sie den Wiederaufbau des Opernhauses bezahlt hatte. Man hat sie doch nach dem Brand darum gebeten. Das ist doch eine Schande, oder?«, meinte Milà i Pi.

Rodolfo nickte. Er wusste sehr wohl, dass seine Mitbürger – zumindest die, mit denen er Umgang pflegte – alles verzeihen konnten, nur nicht, wenn sich jemand um seinen Anteil drückte.

»Welches Programm wird heute bei dem Konzert gegeben?«,

wollte der junge Josep Maria Albert Despujol mit einer Auster in der Hand wissen. »Ich hoffe, wir hören ausschließlich Wagner.«

»Aber nein, mein Herr«, erwiderte Maria del Roser sofort, »es gibt auch Edvard Grieg und Paul Gilson. Bitte bedenken Sie, dass der König womöglich nicht ganz so ein Wagnerianer ist wie wir.«

»Was für ein Unsinn! Warum sollte er das denn nicht sein?«, entgegnete Camilo Fabra.

»Aber es gibt Leute, die ertragen keine Wagner-Musik und erfinden sogar alberne Reime«, mischte sich Emilio de la Cuadra ein. »Wie heißt es so schön: ›Ach, Wagner, den alten Teutonen, den hören nur Schwadronen.‹ Und in dem Stil.«

»Das ist doch wirklich blödsinnig«, entrüstete sich Fabra. »Jeder Mensch, der Geschmack hat, verehrt Wagner. Wer so etwas sagt, verdient es, schwerhörig zu werden.«

Einige meinten, dass diese Verteidigung des Germanischen einem Mann merkwürdig zu Gesicht stand, der sich gerade mit einem Engländer zusammengetan hatte, um mit seiner Baumwollproduktion in die ganze Welt zu expandieren. Aber sie hielten sich zurück, denn alle wussten, dass Oper und Baumwollstoffe zu zwei sehr unterschiedlichen Welten gehörten.

Aus dem Salon kamen gute Neuigkeiten, die bei allen Anwesenden auf große Erleichterung stießen. Der König hatte endlich wieder die Augen geöffnet, und die Dienstmädchen, die vor lauter Nervosität selbst beinahe ohnmächtig geworden waren, reichten ihm einen kleinen Imbiss. Der Arzt jedoch hielt es für angebracht, dass seine Majestät noch abgeschirmt wurde.

Albert Despujol ließ für einen Moment von den Austern ab und erkundigte sich beim Gastgeberpaar nach Amadeo, der fast gleichen Alters war. Den Eheleuten Lax entging dabei keineswegs, dass er nicht Katalanisch, sondern ein schauriges Spanisch sprach, und sie konnten sich nicht erklären, ob er dies aus Respekt vor der anwesenden Gesellschaft tat oder um besonders vornehm zu wirken.

»Amadeo ist noch auf Reisen«, berichtete Rodolfo, »aber wir wissen leider nicht, ob er sich gerade in Italien oder in Paris aufhält.«

Maria del Roser erklärte: »Wir haben ihm erlaubt, seinen künstlerischen und persönlichen Horizont mit einer Studienreise zu erweitern. Er ist nun schon zwei Jahre unterwegs.«

»So ein Glückspilz!«, meinte Albert Despujol. »Ich kann bei den Verpflichtungen, die mir meine Verlobte und meine Arbeit auferlegen, überhaupt nicht daran denken, irgendwohin zu reisen. Mein Schwiegervater erwartet, dass sein Rückzug aus mir einen pflichtbewussten Mann macht, der der Leitung seiner Fabriken würdig ist. Ehrlich gesagt, das hoffe ich auch. Übrigens, ich werde Ende des Jahres heiraten. Wissen Sie, ob Ihr Sohn bis dahin zurück sein wird? Ich würde ihn gerne darum bitten, mir die Ehre zu erweisen, einer der Trauzeugen zu sein.«

Der junge Maria Josep Albert Despujol war mit seinem Auftreten, das mit ausgesucht höflichen Manieren einherging und hinter dem Arbeitseifer großen Ehrgeiz zu erkennen gab, für die heiratsfähigen Mädchen der Gesellschaft eines der begehrtesten Ziele gewesen. Schließlich hatte er sich – seiner eigenen und der Erwartung seiner Familie entsprechend – mit der Tochter eines Muntadas verlobt.

»Ich werde Amadeo schreiben«, versprach Maria del Roser. »Ich bin sicher, dass er gerne seine Rückkehr für eine so besondere Gelegenheit vorziehen wird. Sie wissen ja, unser Sohn schätzt Sie sehr.«

Maria del Roser spielte selbstverständlich nur eine Rolle, denn tatsächlich zweifelte sie nicht daran, dass Amadeo den jungen Albert Despujol ebenso verabscheute wie fast alle anderen.

Auch Octavio Conde Gómez del Olmo gehörte zu der Schar auserwählter junger Unternehmer, die den König bei seinem Aufenthalt in Barcelona begleitete. Als die Eheleute Lax sich den Männern zuwandten und als gute Gastgeber jeden einzeln ansprachen, überraschte er sie mit einer Frage: »Haben Sie schon gehört, dass die Söhne von Eusebio Güell wahre Helden sind?«

Dann gab er die Geschichte zum Besten, die derzeit in aller Munde war und bei der die beiden Söhne des überaus bekannten Industriellen eine wichtige Rolle spielten.

»Der Vorfall hat sich diese Woche in der Fabrik in Santa Coloma de Cervelló ereignet. Ein vierzehnjähriger Arbeiter ist in einen dieser Färberbottiche gefallen. Dabei haben ihm die Säuren beide Beine verätzt, und die Ärzte der Colònia Güell meinten, sie könnten eine Amputation nur mit einer Hauttransplantation verhindern. Aber dafür benötigten sie zwanzig Freiwillige, von denen jeder ein Stück Haut von zwanzig Zentimetern Länge und sieben Zentimetern Breite spenden müsste. Der erste Freiwillige war der Pfarrer der Siedlung, ein gütiger Mann mit Namen Covarrubias. Und als zweiter und dritter haben sich sogleich Santiago und Claudio Güell gemeldet. Und die beiden haben nicht geheuchelt, denn am nächsten Tag waren sie die Ersten, denen das Stück Haut entfernt wurde.«

»Genau das brauchen wir! Aristokratische Helden!«, frohlockte Bürgermeister Domènec Sanllehy i Alrich, vor Freude sprühend. »Wenn Josep Llimona eine Skulptur der beiden anfertigt, verspreche ich, sie auf der Plaza de Catalunya aufzustellen!«

»Das stünde dem neuen Platz wahrhaft besser zu Gesicht als diese lächerlichen Zwergpalmen, die sie uns da gepflanzt haben, Don Domingo«, mischte sich Salvador de Samà ein, der Marqués, der nicht nur ein reicher Mann, Senator sowie ehemaliger Abgeordneter und Bürgermeister war, sondern erneut für das Bürgermeisteramt kandidierte. »Aber Sie müssen die Künstler kontrollieren, sonst stellen sie die beiden tapferen jungen Männer noch nackt dar, und man kann die Statuen nicht öffentlich platzieren!«

Salvador de Samà war es tatsächlich gelungen, Rodolfo zu brüskieren. Man könnte fast behaupten, dass der ewige Wettstreit zwischen den beiden Männern und die Erinnerung an die jeweiligen Siege deren Lebensinhalt war. Dem starrsinnigen Lax saß der Stachel seines Gegners besonders tief im Fleisch; dabei war es um ein bergiges, abgelegenes Gelände gegangen, das Samà zu einem exorbitanten Preis an Eusebio Güell verkauft hatte, damit dessen Schützling, dieser Gaudí, der einfach nicht in der Lage war, gerade Linien zu ziehen, für diese Grundstücke seine neuesten Phantasiebauten entwarf.

»Überlassen Sie das nur Don Salvador«, scherzte Rodolfo, »der stellt bestimmt noch die Plaza Catalunya mit Obelisken voll!«

Die Gastgerberin wandte sich indes Octavio Conde zu. Dieser junge Mann war in der Tat der einzige Gast, der sich damit brüsten konnte, mit Amadeo Lax befreundet zu sein. Er war auch der einzige Mensch, zu dem der Erstgeborene der Lax' sporadischen Kontakt hatte. Maria del Roser zog ihn beiseite:

»Bitte, Octavio, könntest du Amadeo schreiben und fragen, ob er bald zurückkommen kann? Wir sehen ihn ungern so abgeschieden von der Welt und seinen Verpflichtungen. Früher oder später wird er das, was ihm zusteht, antreten müssen, und in dieser Stadt bezahlt man teuer, wenn man sich zu lange nicht blicken lässt.«

»Selbstverständlich, Doña Maria del Roser, ich frage ihn gerne danach. Aber ich muss Sie warnen, Ihr Sohn wird nicht auf mich hören. Weder auf mich noch auf sonst jemandem, denn er folgt nur seinem eigenen Willen.«

»Ich habe gelesen, dass man euch neuerdings vorwirft, Anhänger von Alejandro Lerroux zu sein«, warf Don Rodolfo ein, der sich stets weitaus mehr für die Themen interessierte, über die die Zeitungen schrieben, als für die Vorgänge in seinem eigenen Haus.

»Ach hören Sie mir doch auf! Mein Vater ist wegen des ganzen Katalanismus völlig durcheinander, aber er sagt, dass er deswegen noch lange kein Katalanisch lernen will! Ich habe ihm nur gesagt, dass es gar nicht so weit kommen muss, schließlich ist Katalanisch ein Dialekt, der dem Ohr schmeichelt. Und anscheinend kann man damit nicht nur Ochsen verkaufen, wie es heutzutage die vielen Dichter und Stückeschreiber beweisen, die überall aus dem Boden schießen. Aber mein Vater ist nach wie vor davon überzeugt, dass man, wenn man in Barcelona den Titel ›Bürger‹ verdienen will, immer gegen eine Sache oder eine Person sein muss. Sie wissen ja, er ist einfach ein Sturkopf.«

Maria del Roser lächelte wohlwollend bei den Worten des Sohnes ihres Freundes und Gefährten. Gerade in diesen Tagen hatte Don Eduardo Conde der spiritistischen Vereinigung, der beide angehörten, einen großen Gefallen erwiesen.

»Dein Vater ist ein großartiger Mann«, stellte Maria del Roser fest. »Viele wissen das und erkennen das auch an.«

Die Hausherrin bezog sich damit auf die Überführung der sterblichen Reste von Francisco Canals Ambrós, für die sich Don Eduardo sehr eingesetzt hatte. Dank dem Warenhausbesitzer und den tausend Anhängern des jungen Wundertäters hatten sie schließlich einen Ort erhalten, wo sie diesen angemessen verehren konnten. In der Annahme, dass Octavio nichts von den Verdiensten seines Vaters wusste, wollte sie gerade davon berichten, doch das Ungestüm der adligen Gäste, die sofort in Rage gerieten, sobald gewisse Dinge angesprochen wurden, hinderte sie daran.

»Wo wir gerade von den Katalanisten sprechen …«, merkte Claudio López Bru an, seines Zeichens Marqués de Comillas, Besitzer der Banco Hispano Colonial und wegen seines karitativen Engagements für die Stadt mit dem Spitznamen »Oberster Almosengeber des Königreichs« bedacht. »Ich habe vernommen, dass der König bei seinem Aufenthalt in Barcelona auch den Palau de la Música besuchen wird. Meine Herren, nehmen Sie sich ein Beispiel daran! Das ist wahre Solidarität mit Katalonien!«

»Ja, ja … Aber ich denke, ihn interessiert eher, die Höhle des feindlichen Löwen kennenzulernen, finden Sie nicht?«, wandte José Rafael Plandolit von der Banco de Barcelona ein.

Die beiden Adligen nickten. López beteuerte:

»Es ist doch bekannt, dass der König Barcelona weitaus mehr schätzt als Madrid.«

»Liegt das vielleicht daran, dass wir Barcelonesen ihm besser gefallen als diese Adligen in Madrid? Die sehen doch alle aus, als wären sie gerade einem Velázquez-Bild entstiegen, oder?«, fragte der erlauchte Geschäftsführer der Banco de Barcelona, Josep Estruch.

Don Rodolfo musste über diesen Einwand lachen.

»Tja, ich würde eher sagen, es liegt an den Damen von Barcelona.«

»Sie haben recht«, pflichtete ihm Plandolit bei. »Victoria Eugénie vernachlässigt ihn einfach zu sehr. Ihr Mann ist zu jung und sie ist einfach zu britisch, damit aus diesem Schauspiel keine Farce wird.«

Just in diesem Augenblick stieß Don Ramón Bassegoda zu der Gruppe, ein imposanter Mittachtziger mit wallendem Vollbart, in eine seiner notorischen Nikotinwolken gehüllt.

»Und, junge Männer, was gibt es Neues?«, sagte er zur Begrüßung, ehe er sich vor Maria del Roser verbeugte. »Sind Sie alle wohlauf?«

Octavio Conde erwiderte die Begrüßung des alten Herrn mit einer formvollendeten Verbeugung.

»Wie geht es Ihrem Vater? Hat er inzwischen den Verlust der wunderbaren Doña Cecilia überwunden?«

Der junge Mann reagierte darauf nur kurz, aber höflich. Er wollte keinesfalls über den Tod seiner Mutter sprechen, die bei einem Unfall ums Leben gekommen war, als eine Flasche Benzin ihre langen Röcke in Brand gesetzt hatte. Glücklicherweise hatte die Presse über den Vorfall größtenteils Diskretion bewahrt, und die gesamte Stadt stand der Familie in ihrer Trauer bei. Dies machte das Unglück etwas erträglicher.

»Und, was ist mit Ihnen, Don Rodolfo? Geht es Ihnen gut? Man hat mir berichtet, dass Sie inzwischen nicht nur Städte niederreißen, sondern auch Nonnenkloster Stein für Stein umsetzen.«

Rodolfo verdrehte die Augen, als wolle er sagen: ›Bitte, lassen Sie uns nicht darüber reden!‹

Der alte Haudegen meinte die Nonnen vom Kloster Santa María de Montesión, die ebenso launenhaft waren wie begierig nach schwierigen Umzügen. Bassegoda deutete mit einem Zeigefinger auf seinen Gastgeber und senkte dann die Stimme: »Sagen Sie, Don Rodolfo, könnten Sie mir nicht irgendeinen Portikus oder irgendeinen Säulengang besorgen, der derzeit in den Kirchen überflüssig geworden ist? Ich würde meiner Gemahlin gerne eine kleine Aufmerksamkeit erweisen. Wir feiern nämlich demnächst goldene Hochzeit. Ich habe gehört, dass eine gewisse Baronin dank Ihrer Mithilfe zu einem Spottpreis das Klosterportal vom Convento del Carmen erworben hat, das nun ihren Garten schmückt, neben den vierzehn Säulen, die die Nonnen von Santa Maria de Jonqueras übrig hatten. Na ja, nebenbei gesagt für einen sündhaften Preis! Aber das ist mir egal, denn ich kann mir das leisten. Ich finde diese neue Sitte, Klöster auf Cerdà-Maße zu reduzieren, sehr hübsch. Auch Gott muss mit der Zeit gehen. Aber, ehrlich gesagt, von jemandem, der nur daran denkt, überall Abwasserkanäle zu errichten, kann man auch nichts anderes erwarten. Finden Sie vielleicht, Barcelona hat unterirdische Sauereien nötig? Was für ein Unsinn! Übrigens, mir ist zu Ohren gekommen, dass Plandiura, dieser Zuckerhändler, alle Altäre und Taufbecken aufkauft, derer er habhaft werden kann. Also, gegen einen Altar hätte ich natürlich auch nichts einzuwenden, aber nur, wenn er nicht voller Teufelsfratzen ist und gut in den Garten passt. Was meinen Sie?«

Da Rodolfo sich jeglichen Kommentars enthielt, sprach Bassegoda einfach weiter: »Ah, Don Rodolfo, können Sie sich noch daran erinnern, als wir nach Barcelona kamen? Das waren noch Zeiten! Damals hatte die Stadt Tore, die nachts abgeschlossen wurden, und vor jedem Tor war ein grimmiger Soldat postiert. Und als wir uns überall dem ›Nieder mit den Mauern‹ anschlossen, hat uns manch ein dekadenter Aristokrat angesehen, als wollten wir ihm etwas wegnehmen. Sie wissen ja gar nicht, was wir Alten hier alles auf die Beine gestellt haben. Die jetzige Stadterweiterung ist überhaupt nicht mit der damaligen zu vergleichen, selbst die Winter sind inzwischen anders. Sogar dem Wetter merkt man den Fortschritt an, nichts ist mehr so wie früher! Aber, eine Frage, meine Herren, wie steht es um Ihre Geschäfte? Verdienen Sie gut? Hegen Sie Heiratspläne? Denn lassen Sie sich eines gesagt sein, ohne Geld und ohne Weib lässt sich nicht gut leben!«

Nach diesen Worten schritt Don Ramón Bassegoda, Gründungsmitglied der Baufirma Constructora Catalana S. A., der während der Immobilienkrise im Jahr 1866 pleitegegangen und später als Theaterunternehmer wie Phönix aus der Asche auferstanden war, mit der Gemächlichkeit seiner vierundachtzig Jahre von dannen.

Nun war König Alfonso XIII. hinter den bunten Glasfenstern der Tür zu erkennen. Sofort verstummten alle Gespräche. Die königlichen Wachen ließen hastig von Kanapees und Kroketten ab und nahmen Haltung an. Die Bankunternehmer vertagten ihren Austausch von Anekdoten. Der Kardinal und seine Schäfchen bekreuzigten sich auf der Stelle, die Militärs schlugen die Hacken zusammen, und die Industriellen sahen sich gerettet. Zweifellos: Der König sah insgesamt etwas gesünder aus, nur seine paprikarote Nase bildete eine Ausnahme. Maria del Roser Golorons begrüßte ihn mit einem Knicks.

»Señora Lax, Sie können sich gar nicht vorstellen, wie dankbar ich Ihnen für Ihre Gastfreundschaft bin«, sagte Alfonso XIII. mit einem dünnen Lächeln auf den Lippen, während er nach den Händen seiner Gastgeberin griff. »Ich versichere Ihnen, ich werde mich dafür in irgendeiner Weise zu revanchieren wissen.«

Einige der Anwesenden deuteten diesen Satz aus königlichem

Munde als Versprechen auf einen Adelstitel. Schließlich vergab Alfonso XIII. mit ebensolcher Lust derartige Pfründe, wie die wohlhabenden Bürger diese entgegennahmen.

»Majestät, Ihr Wohlergehen ist mir Lohn genug«, bedankte sich Maria del Roser, während sie die Augen niederschlug.

Die Hausherrin nutzte die glückliche Fügung, um ihre Tochter rufen zu lassen und das Personal in Aufstellung zu bringen. Violeta, die vor Verlegenheit bald umkam, zeigte wieder ihren typischen hilflosen Blick, wie ein Vogeljunges, das soeben aus dem Nest gefallen war. Der König küsste sie auf die Wangen und fragte sie nach ihrem Alter.

»Ich bin fast elf«, antwortete das Mädchen.

»Er wird sie noch anstecken«, flüsterte Concha.

Antonio Maura wollte nun endlich einen Toast ausbringen, wozu zwei weitere Kisten Veuve Clicquot vonnöten waren, was bei Eutimia zu einem Wutanfall führte.

»Dieser Mann müsste eigentlich wissen, dass es bei uns nicht wie im Parlament zugeht. Wir können doch keinen Champagner aus dem Zylinder zaubern wie er seine Gesetze«, murrte die Haushälterin.

Nach dem Toast wollte der König wieder das vorgesehene Programm absolvieren. Da der Imbiss, den man im Patio der Familie Lax gereicht hatte, so üppig ausgefallen war, wurde beschlossen, auf das Mittagessen zu verzichten und gleich zur Audienz überzugehen. In der protokollarisch korrekten Reihenfolge und ohne weitere besondere Vorkommnisse stiegen alle wieder in die Wagen, während Violeta im Salon am Klavier die »Marcha real« spielte. Die Letzten, die beim Klang der spanischen Nationalhymne die Treppe hinuntergingen, waren Don Rodolfo, der Kardinal, Antonio Maura sowie der König. Doña Maria del Roser beobachtete die Herren vom oberen Stockwerk aus. Sie war stolz darauf, ihren Rodolfo in so illustrer Gesellschaft zu sehen. Als Alfonso XIII. sich vom Personal verabschiedete, das mit Eutimia an der Spitze am unteren Treppenabsatz stramme Haltung angenommen hatte, kam es zu einer erneuten kurzen Verzögerung. Diese kleine Pause rettete die Haut der sechs königlichen Lakaien in ihrer friderizianischen Uniform – Perücken mit weißen Korkenzieherlocken, Dreispitz mit Federn, roter Gehrock, kurze Hose und weiße Strümpfe –, die sich von Juanita hatten umschmeicheln lassen. Die Köchin war von der Vornehmheit, die diese Männer ihrer Küche verliehen, so entzückt, dass sie ihnen einen eigenen Empfang bereitete. Als der König endlich das Haus verließ und den Pasaje Domingo betrat, fühlte er sich wie neugeboren, und die Lakaien standen an ihren Posten. Als alle die Wagen bestiegen hatten, verschwanden sie und hinterließen das Haus weitaus unordentlicher, als sie es vorgefunden hatten.

Nachdem im Liceo alles wunschgemäß verlaufen war und während Don Rodolfo wie eine altersschwache Lokomotive schnarchte, brachten in der Nacht einige unbequeme Gedanken die Señora um den Schlaf. Sie dachte nicht nur über das unverhoffte Privileg nach, das ihr dieser Tag beschert hatte und ihr Anlass gab, sich überaus glücklich zu schätzen. Nein, der junge Josep Maria Albert Despujol oder der von ihr so geschätzte Octavio Conde del Olmo gingen ihr einfach nicht aus dem Kopf: das Geschick, mit dem die beiden jungen Männer sich in der Gesellschaft bewegten, der vertraute Tonfall, in dem sie mit dem König umgingen. Das Auftreten ihres eigenen Sohnes war weit entfernt davon, dabei würde sie ihn liebend gern genauso ungezwungen und in die Gesellschaft eingebunden erleben wie seine Freunde. In ihr keimte der unerträgliche Verdacht auf, dass Amadeo einfach nicht in der Lage war, so ein Verhalten an den Tag zu legen. Und Maria del Roser kam nicht umhin, Schuldgefühle zu verspüren: ›Ich hätte mich mehr um ihn kümmern müssen, als er klein war. Ich hätte ihn nicht so oft Conchita überlassen dürfen. Ich hätte nicht erlauben sollen, dass Rodolfo ihn so hart anfasste, als die Probleme auftraten.‹ Solch quälende Gedanken bewegten sie in der dunklen Nacht.

Von dieser Überzeugung angetrieben, die ihre Schuldgefühle

noch steigerten, stand sie auf, tastete sich im Dunkeln zum Schreibtisch, zündete die kleine Lampe an, griff zum Briefpapier und schrieb Amadeo eine Nachricht. Sie kündigte ihm die bevorstehende Eheschließung von Josep Maria Albert Despujol mit dem Mädchen aus dem Hause Muntadas an und übermittelte dessen Wunsch, ihn als Trauzeugen bei diesem Ereignis zu haben. Sie adressierte das Schreiben an das Hotel in Rom, das Amadeo ihr als seinen wahrscheinlichsten Aufenthaltsort genannt hatte, und machte den Brief fertig, damit er am nächsten Morgen zur Post gegeben werden konnte. Dann kehrte sie wieder ins Bett zurück.

Drei Wochen später erreichte sie die Antwort ihres Sohnes.

Liebe Mutter,

derzeit beabsichtige ich keine Heimreise. Sobald ich mich dafür entscheide, werde ich Sie es wissen lassen. Ich bitte Sie, Señor Albert Despujol von mir ein passendes Geschenk zukommen zu lassen, ebenso meine besten Wünsche für eine glückliche Ehe und für gesunde Nachkommen.

Ihr Sie liebender Sohn,

Amadeo

Doña Maria del Roser ging es nach diesem Brief nicht besser. Doch glücklicherweise kam bald der Sommer, der ihre Stimmung immer hob. Die Meeresbrise und die Distanz zu den Problemen in der Stadt halfen ihr, sich an die Vorstellung zu gewöhnen, dass ihr Sohn den Dingen, die ihr den Schlaf raubten, keinerlei Bedeutung zumaß. Sie beschloss, seine monatliche Anweisung fortzusetzen und ihn weiter gewähren zu lassen. Schließlich und endlich war das weniger aufreibend als die andauernde Aufregung.

Amadeos Auslandsaufenthalt zog sich weitere zwölf Monate hinaus und hätte bestimmt noch länger gedauert, wenn ein Ereignis nicht die Geschehnisse umgelenkt hätte. Noch Jahre später vertrat der Lax-Erbe die Meinung, dass dieser Augenblick seine Jugend abrupt beendet hatte.

Am 20. Juli 1909 erhielt der junge Maler ein Expresstelegramm: *Papa tot. Komm sofort zurück.*

Montag, 1. März 2010
Artikel aus der Zeitschrift ***El cultural***

Improvisation nach 36 Jahren Untätigkeit
Von Nuria Azancot

Die verschlungene Geschichte begann 1974 mit der Eröffnung des Testaments von Amadeo Lax, einem Vertreter des Novecentisme, der ein in seinem Besitz befindliches Stadtpalais der Autonomen Region Katalonien vermachte, mit der Auflage, das Gebäude zu einem Museum umzugestalten. Doch nun hat die Generalitat aus unerfindlichen Gründen entschieden, das Haus einem anderen Zweck zuzuführen. Gestern, nach sechsunddreißig Jahren Untätigkeit, stellte der beauftragte Architekt Ricard Selvas in einer Pressekonferenz das Projekt einer neuen Bibliothek persönlich vor, die den Namen des Malers tragen und 2013 eröffnet werden soll. Das Gebäude wird, so sieht es zumindest der Entwurf vor, über eine Fläche von 3 000 m^2 verfügen und den in der Stadt einzigartigen Bestand von hunderttausend Bänden zur zeitgenössischen Kunst beherbergen. Zudem wird es darin eine Mediathek, eine Phonothek sowie einen kleineren Ausstellungsraum geben. Die Eröffnungsausstellung wird Amadeo Lax gewidmet sein.
Auf die Frage nach der Abwesenheit der Behördenvertreter bei der Pressekonferenz scherzte Ricard Selvas: »Politiker haben Wichtigeres zu tun.« Schade, dass nicht einmal die bevorstehenden Wahlen ausreichend Anlass bieten, damit die Verantwortlichen des öffentlichen Lebens sich zu einem Projekt bekennen, das fast vier Jahrzehnte auf seine Realisierung gewartet hat. Schließlich weicht der Plan komplett von der ursprünglichen Bestimmung ab und zeigt einen äußerst gewagten Improvisationsgrad.

XIII

Über folgende Ereignisse haben die Zeitungen nicht berichtet: Am frühen Morgen betritt der mit dem Projekt betraute Architekt Ricard Selvas das Gebäude, so unerschütterlich wie eine Planierraupe. Der Vergleich ist gar nicht so abwegig, denn die vordringliche Aufgabe der Männer, denen er Anweisungen erteilt, besteht darin, die Zwischenwände einzureißen, die den Plänen für die zukünftige Bibliothek im Weg stehen. Heute sind also die Stunden dieser Wände, an denen der Lauf der Zeit spurlos vorüberging, gezählt.

Der Besuch dient der Erkundung, der Architekt hält eine Farbspray-Dose parat. Mit einem roten Kreuz verurteilt er die Mauern, die entfernt werden müssen. Danach wird er sich in sein Büro und zu seinen Plänen zurückziehen, damit der Staub seinen Anzug nicht verschmutzt. Aber er hat nicht mit einem Hindernis gerechnet. Am zweiten Tag nach Beginn der Bauarbeiten ruft ihn der Polier an.

»Wir haben hinter einer Wand im zweiten Stockwerk eine Tür entdeckt. Möchten Sie sie selbst sehen, oder sollen wir sie gleich einreißen?«

Der Architekt ist ein verantwortungsvoller und neugieriger Mann. Er möchte die Tür sehen. Er trifft gegen Mittag ein. Die Bauarbeiter verbringen ihre Pause außerhalb. Eine dreckige Staubwolke liegt im ganzen Haus. Der Polier führt ihn ins zweite Stockwerk. Durch eine Öffnung in einer Seitenwand kann man eine zweiflügelige Holztür erkennen. Ein Flügel ist durch die

Abrissarbeiten in der Mitte auseinandergerissen worden, und in dem anderen klafft ein Spalt, aber der Anstrich, ein zartes Rosa, ist noch zu erahnen. Ebenso der Türgriff, der überlebt hat.

»Merkwürdig«, meint der Polier. »Sie ist abgesperrt.«

Selvas untersucht den Fund. Er stößt heftig gegen das bereits eingeschlagene Holz, damit es ganz nachgibt. Auf der anderen Seite herrscht ein rätselhaftes Dunkel.

»Ich habe schon mal etwas über zugemauerte Altäre und Hauskapellen gelesen – aber warum mauert jemand ein Zimmer zu?«

»Müssen wir jemanden benachrichtigen?«, fragt der Polier.

Der Architekt hat auch schon daran gedacht. Es gibt zwei Möglichkeiten. Die erste ist, diese Nervensäge von Arcadio Pérez anzurufen, damit er seine lästige Nase hineinsteckt, und damit eine Verzögerung der Bauarbeiten in Kauf zu nehmen, kaum dass sie begonnen haben. Und die zweite ist, so zu tun, als wäre dieser Fund keine Überraschung für sie. Oder besser noch: so zu tun, als habe es ihn gar nicht gegeben. Denn sobald die Abrissarbeiten der Zwischenwände abgeschlossen sind, wird niemand mehr die ehemaligen Räume erkennen.

»Reiß sie ein«, ordnet er an, »ich übernehme die Verantwortung dafür.«

Selvas ist ein vielbeschäftigter Mann. Nachmittags um drei Uhr hat er eine Sitzung ganz in der Nähe. Er ist gleich hergekommen, weil es für ihn am Weg lag, aber jetzt muss er gehen. Keine Dreiviertelstunde später ruft ihn der Polier schon wieder an.

»Ich bin in einem Meeting, Mann.«

»Es geht um das zugemauerte Zimmer. Da steht noch alles drin, auch ein Bett. Und es ist voll mit altem Krempel. Ich glaube, das sollte sich jemand ansehen, nicht, dass etwas davon noch wertvoll ist.«

»Schon gut, ich kümmere mich darum. Lasst alles so, wie es ist.«

»In Ordnung. Es wagt sich ohnehin keiner hinein. Die Jungs haben Schiss.«

»Das ist doch nicht die Grabkammer von Tutenchamun. Schließlich sind sie erfahrene Männer.«

»Na ja, so erfahren sind sie nun auch wieder nicht. Außerdem, die meisten verstehen mich gar nicht. Das sind lauter Rumänen und Marokkaner, zwei ziemlich abergläubische Völker, die sehen überall Tote, Chef.«

›Schon wieder Tote, verdammte Scheiße‹, denkt Selvas und ruft nun doch Arcadio Pérez an. Dieser hatte eigentlich nicht damit gerechnet, vor Abschluss der Umbauarbeiten zurückzukehren, und obwohl er das Gebäude keineswegs in diesem ruinösen Zustand sehen wollte, taucht er sofort auf. Violeta begleitet ihn.

Der Polier führt sie zu der Entdeckung. Der Fußboden ist von Schuttbrocken übersät. Die Überreste der rosafarbenen Tür lehnen an einer tragenden Wand. Die Öffnung in der Wand sieht wie ein Übergang in eine andere Dimension aus. Die beiden gehen hinein und blicken sich um.

Dort steht ein eisernes Bettgestell mit einer Matratze, einer abgewetzten Decke und einem Kopfkissen. Darüber hängt ein Bildnis mit der Unbefleckten Maria als Kind. Auf dem Bett liegt eine Porzellanpuppe in einem blauen Tüllkleid. Das Mobiliar besteht weiterhin aus einem Stuhl, einem rechteckigen Schrank mit einem Ganzkörperspiegel sowie einer Kommode mit vier Schubladen. Die Gegenstände darauf sehen aus, als hätte man sie gerade eben dort aufgestellt: ein Schreibtischset aus Bronze, ein Krug, ein Buch, ein Messbuch, eine Blechdose, ein Rosenkranz, ein Paar Handschuhe, eine Haarspange … Violeta nimmt den Haarschmuck in die Hand. Es ist ein kleines, mit Perlmutt und Perlen besetztes Rechteck, ganz wie das, das auf dem Porträt von Violeta zu erkennen ist, das das Mädchen gelangweilt am Klavier zeigt. Ein Gegenstand mit einer ihm eigenen Unsterblichkeit.

Sie öffnet den Schrank. Ein Dutzend Kleider hängt auf der einen Seite. Auf der anderen stapeln sich in den Schrankfächern mehrere Hüte. Auf dem Schrankboden stehen Schuhe. Insgesamt sechs Paar.

»Die Kommode ist auch voller Kleidung.« Arcadio deutet auf die Schublade, die er eben aufgezogen hat.

Violeta stöbert in den Utensilien auf der Kommode. Sie streift die Handschuhe über, die sich perfekt an ihre schmalen Hände anpassen. Das Messbuch trägt auf dem Buchrücken Goldlettern. Das andere Buch ist ein Roman. *Teófilo Gautier, Espírita,* steht auf dem Einband. Dieser Druck von Gautiers *Spirita* stammt aus dem Jahr 1861, und zwar aus der Madrider Verlagsbuchhandlung Alfonso Durán. Im Vorsatz befindet sich ein Exlibris im Stil des Modernisme. Es zeigt ein geschlossenes Buch, auf dem ein Wasserkrug, ein Olivenzweig und eine Waage abgebildet sind, die alle mittels der Buchstaben O, C, G und O verbunden sind. Sie blättert in dem Buch. Einige Passagen sind unterstrichen. Sie hält bei der ersten inne, die ihr ins Auge fällt, auf Seite 86: »Von dem Augenblick an verschwanden alle Frauen, die er bislang kennengelernt hatte, aus seiner Erinnerung.«

Aus den Buchseiten fällt ein Briefumschlag mit abgegriffenen Ecken. Als Absender liest sie einen Namen, der ihr überhaupt nichts sagt: Montserrat Espelleta. Der Brief ist an Teresa Brusés gerichtet, aber ohne Adresse. Aus dem sorgfältig aufgeschlitzten Umschlag entnimmt Violeta drei Bögen Briefpapier mit einer perfekten, runden Handschrift, die sie sofort an die Schönschrift der Nonnen ihrer Schule erinnert. Violeta liest nur die Anrede: *Sehr geehrte Dame.* Der Brief ist zu lang, um ihn jetzt zu Ende zu lesen. Sie legt ihn in den Umschlag zurück und macht sich weiter auf die Suche.

Die Blechdose ist mit Kinderszenen bedruckt, und der Name einer Keksfabrik prangt in modernistischen Buchstaben darauf. Sie ist angefüllt mit Zeitungsausschnitten und alten Papieren. Violeta betrachtet alles mit steigender Verzweiflung. Sie weiß, dass sie, so sehr sie sich auch anstrengen mag, so viele Rätsel niemals begreifen wird.

Denn die Vergangenheit erscheint, von der Gegenwart aus betrachtet, wie ein Puzzle, dem einige Teile fehlen.

»Können Sie in den anderen Stockwerken weiterarbeiten, während wir das alles hier mitnehmen?«, fragt Arcadio.

Selvas geht wohlwollend auf die Bitte ein.

»Ja, schon gut. Aber beeilen Sie sich.«

***Violeta langweilt sich beim Warten*, 1913**
Öl auf Leinwand, 95 × 41 cm
Barcelona, MNAC

Das einzige Porträt, das Amadeo Lax von seiner Schwester Violeta Lax Golorons gemalt hat, ist womöglich eines der einfühlsamsten Werke des Künstlers überhaupt. Es zeigt das Mädchen in einem langen Kleid am Klavier sitzend, eine Hand stützt die Wange, und die andere liegt auf den Tasten. Die Perlen an der Haarspange, die das Modell trägt, sowie die Landkarte im Hintergrund an der Wand – anscheinend ein Plan der Stadt Barcelona – haben dazu geführt, dass in diesem Gemälde oftmals eine Hommage an Jan Vermeer gesehen wird. Die Experten verweisen bei diesem Bild vor allem auf das ausdrucksstarke Gesicht, den Glanz der Augen, die Flüchtigkeit des festgehaltenen Augenblicks, die raffinierte Gestaltung der Szene sowie auf die Liebe zum Detail, die für die Familienporträts von Lax so bezeichnend ist. Auffällig ist hier auch die sichere Ausführung, die breite, sorgfältige Pinselführung und der originelle Umgang mit den Raumverhältnissen, bei dem die Flächen stark vereinfacht dargestellt sind. Die Farbpalette beschränkt sich vor allem auf das Weiß des duftigen Kleides sowie auf die matten Brauntöne des Klaviers – ein Instrument aus der Klavierfabrik Cassadó y Moreu aus dem Jahr 1902, aus kubanischem Mahagoni mit Intarsien, die genau zu erkennen sind –, wodurch das Blau der Rose im Ausschnitt des Mädchens zu einem besonderen Farbtupfer wird. In der viktorianischen Blumensprache, der sich Lax in seinen Porträts oftmals bediente, steht die blaue Rose für das Unmögliche. In dem Fall spielt das Symbol auf die unmögliche Heilung seiner Schwester an, die ein Jahr, nachdem sie für dieses Porträt Modell saß, im zarten Alter von sechzehn Jahren starb.

Spanische Porträtmaler des 20. Jahrhunderts (*Ausstellungskatalog des Art Institute of Chicago*), Chicago 2010

XIV

Maria del Roser Golorons hatte durchaus Grund zu der Annahme, sich nicht ausreichend um ihre Kinder gekümmert zu haben. Doch damals wäre niemandem mit ihrem sozialen Status in den Sinn gekommen, die Zeit mit Kleinkindern zu vergeuden. Dafür gab es Personal, das ja auch seinen Preis hatte. Kinder fielen bei gesellschaftlichen Anlässen nur lästig und störten die gepflegte Konversation. Es war also besser, sie von den Erwachsenen zu trennen, bis sie sich wie richtige Menschen benehmen konnten.

Insofern führten Kinder von wohlhabenden Leuten in ihren ersten Lebensjahren eine Doppelexistenz: Sie lernten gleichermaßen die leckeren Düfte in den Küchen wie die orientalischen Essenzen am mütterlichen Toilettentisch kennen. Sie waren glücklich, wenn sie Mäuse im Holzschuppen fingen, oder genossen die Gemüse- und Kartoffeleintöpfe, von denen sich die Dienstboten ernährten – alles Dinge, die ihren Eltern die Schamröte ins Gesicht getrieben hätten. Wie alle anderen auch waren diese Kinder mit der natürlichen, aber vergänglichen Fähigkeit auf die Welt gekommen, die wirklich wichtigen Dinge von denen nutzlosen unterscheiden zu können.

Amadeo bildete darin keine Ausnahme. In seinen ersten vier Lebensjahren schlief er in Conchas Dienstmädchenzimmer im Untergeschoss – seit der Nacht, in der seine Mutter in ihrer Verzweiflung im Nachthemd die Treppe hinuntergekommen war und beschlossen hatte, ihren Erstgeborenen dort schlafen zu lassen. Mit Juans Geburt wurden die Dienste der Amme und Kinderfrau oben benötigt, und man entschied, die beiden im Spielzimmer unterzubringen, wo sie die Gewohnheiten, die im Keller begonnen hatten, fortsetzten, ohne dass jemand etwas dagegen unternahm. Die Welt der Kinder ging außer Concha niemanden etwas an.

Eines Morgens, in dieser arbeitsreichen Stunde zwischen Frühstück und Promenade, pochte Concha mit den Fingerknöcheln gegen die Tür ihrer Señora. Der Umzug der Familie ins neue Haus stand in weniger als einer Woche bevor.

»Ach, du bist das«, stellte Maria del Roser fest und blickte über den Brillenrand, während sie weiterschrieb. »Was gibt es denn?«

»Ich möchte Ihnen etwas sagen, bevor Sie es selbst sehen oder Ihnen Dritte davon berichten«, begann Concha.

Angesichts einer derart feierlichen Ankündigung ließ Maria del Roser sofort vom Schreiben ab.

»Was ist denn los?«

»Amadeo hat sich in der Nacht am Kopf verletzt. Es ist nicht schlimm, nur eine Schramme.«

»Ja, und?«

Concha seufzte.

»Also, die beiden Brüder haben miteinander gestritten. Daraufhin habe ich sie bestraft. Amadeo ist danach sehr wütend zu Bett gegangen. Er hat sich dann so oft hin und her gewälzt, bis er schließlich aus dem Bett gefallen ist und sich die Stirn aufgeschlagen hat.«

Maria del Roser setzte die Brille ab und verzog die Lippen.

»Worum ist es denn bei dem Streit gegangen?«

»Eifersucht. Die beiden wollten bei mir im Bett schlafen.«

Die Señora dachte nach.

»Ich glaube, du hast richtig gehandelt, Conchita.«, sagte sie dann. »Danke, dass du mir Bescheid gesagt hast.«

Die Kinderfrau schien damit nicht zufrieden zu sein. Sie blieb noch einmal an der Tür stehen.

»Außerdem werden sich die Konflikte legen«, fügte Maria del Roser noch hinzu. »Amadeo ist nun fast zehn Jahre alt, und sein Vater und ich haben beschlossen, ihn in das Internat zu geben, das die Jesuitenpatres in Sarrià führen. Am 15. September werden wir uns von ihm bis zum nächsten Sommer verabschieden. Die Patres sind in solchen Dingen sehr streng und lassen die Schüler nicht einmal an den hohen Feiertagen nach Hause fahren.«

Für Concha bedeutete diese Nachricht eine eiskalte Dusche. Sie konnte darauf nicht einmal reagieren.

»Das ist alles, Conchita. Und bitte geh jetzt, ich muss noch einen Artikel fertigschreiben.«

Die Kinderfrau schloss die Tür hinter sich und blieb auf dem Flur stehen. Sie blickte geistesabwesend auf ihre Hände herunter, ganz vertieft in ihre Gedanken. Amadeo, ihr kleiner Junge, ihr süßes Kind, soll aufs Internat gehen ... Sie hatte vor längerer Zeit über das Thema nachgedacht, nämlich als diese schlaffen, hageren Lehrer ins Haus kamen, die mit der gleichen Unlust Zeichen- wie Lateinstunden gaben, und war zu dem Schluss gekommen, dass die Herrschaften wohl entschieden hätten, die Kinder nach alter Sitte von Privatlehrern unterrichten zu lassen. Insofern wurde sie von dieser Neuigkeit sehr überrascht.

Mit pochendem Herzen kehrte sie ins Kinderzimmer zurück. Dort erwartete sie Amadeo auf dem Bett sitzend und blickte zur Tür wie ein Angeklagter, dessen letztes Stündlein geschlagen hat. Seine Geschwister frühstückten gerade unter Carmelas Obhut.

»Und, hast du mich verraten?«, fragte er, sobald er Concha erblickte.

Concha zog langsam die Tür zu. Sie schüttelte den Kopf. Der Junge warf sich mit einer solchen Wucht in ihre Arme, dass er sie beinahe umgeworfen hätte. Sie drückte ihr Gesicht an das dichte, dunkle Haar des Jungen, atmete tief durch und hätte am liebsten geweint. Dies war ihr Kind, ihr Amadeo, ihr Bonito, ihr kleiner Junge. Sie musste unablässig an Doña Maria del Rosers Worte denken und an das, was nun bevorstand. Wenn Amadeo dann nach Hause käme, würde er sich daran gewöhnt haben, ohne sie auszukommen, und sich wie der junge Herr benehmen, der er eines Tages sein würde.

Doch sie beherrschte sich und tadelte ihn, was schließlich ihre Pflicht war.

»Ich habe deinetwegen gelogen, so wie du mich gebeten hast, aber wenn du dein Versprechen nicht hältst, erzähle ich alles deiner Mutter, hast du mich verstanden?«

»Aber natürlich, Conchita! Du bist ein Engel! Ich hab dich so lieb!« Amadeo umklammerte ihre Taille und erstickte sie fast mit seinen Armen. Seine Kräfte waren nicht mehr die des kleinen Jungen, den sie meinte unbedingt beschützen zu müssen.

»Und jetzt geh frühstücken, deine Milch wird sonst kalt.«

Amadeo überhäufte sie noch mit einem halben Dutzend Küssen, ehe er sich zu seinen Geschwistern gesellte. Wie so oft genoss Concha auch diesmal die Zärtlichkeitsbeweise, und wie so oft stellte sie sich die Frage, ob diese für einen so großen Jungen noch schicklich waren. Natürlich ist jeder Mensch anders und hat eigene Bedürfnisse, die sich bereits im zarten Kindesalter zeigen, versuchte sich die Amme einzureden, während ihre Gedanken immer wieder abschweiften. Das Internat. Die Jesuiten in Sarrià. Im September.

Sie wagte nicht einmal, mit Amadeo darüber zu sprechen. Der Streit am frühen Morgen war einer der Gründe dafür. Juan war noch fast in der Nacht wegen eines Albtraums aufgewacht und verängstigt zur Kinderfrau ins Bett gekrochen. Aber als er die Bettdecke zur Seite schob, musste er feststellen, dass dort schon Amadeo lag und in sanftem Schlummer Conchas Körper umarmte.

»Ich habe Angst. Ich will bei dir schlafen«, bat Juan.

Amadeo drehte sich um. Im Halbschlaf forderte er seinen Bruder auf, wegzugehen, da dies sein Platz sei.

»Aber du bist schon lange da. Jetzt bin ich dran. Ich habe Angst«, wiederholte Juan.

Concha meinte, dass der Jüngere im Recht war und versuchte, Amadeo dies zu erklären. Aber Amadeo wollte und wollte es einfach nicht begreifen.

Da stand Concha auf und legte sich mit dem verängstigten Juan umschlungen in dessen Bett, aber Amadeo gab sich damit nicht zufrieden. Er begann verzweifelt zu weinen, er schrie, sie solle zu ihm zurückkommen, er habe auch große Angst.

»Wenn du jetzt nicht sofort kommst, sterbe ich«, drohte er in seinem Wutanfall.

Amadeo stand auf und versuchte, Concha von seinem Bruder wegzuziehen, aber die Kinderfrau zeigte sich unnachgiebig. Also kehrte er krank vor Wut in sein Bett zurück und begann damit, seine Stirn mit voller Wucht gegen das Kopfteil zu knallen. Dies tat er so oft, bis Concha endlich aufstand und ihn genau in dem Augenblick packte, in dem er sich noch einmal selbst verletzen wollte. In seiner Stirn klaffte eine kleine Wunde. Die Frau musste Juan allein lassen – die kleine Violeta schlief in ihrem Gitterbett und bekam von alldem nichts mit – und holte Wasser und Seife, um Amadeos Wunde zu reinigen. Den Rest der Nacht verbrachte sie auf dem Teppich, wo sie den Jungen wie ein Baby wiegte und ihm immer wieder ins Ohr flüsterte: »Junge, warum hast du das gemacht? Warum tust du mir das an?«

Dabei hatte Amadeo sich sehr früh angewöhnt, seinen Willen durchzusetzen. Das Ganze hatte begonnen, nachdem er mit seinem Bett in Conchitas Zimmer verlegt wurde, damals, als sie so gern beim Einschlafen zu dem sanftmütigen Gesicht ihres Kleinen blickte und eine Hand zwischen die Gitterstäbe schob, um seine Wange zu streicheln. Wenn dann der Junge auch nach ihren Fingern griff, schloss sie die Augen und war glücklich.

»Dafür, dass du noch so klein bist, hast du einen großartigen

Namen«, sagte sie einmal zu ihm. »Aber für mich bis du mein kleiner Süßer, mein ›Bonito‹, denn das bist du – der süßeste kleine Junge der Welt.«

Eines Nachts – Amadeo war wohl um die fünfzehn Monate alt – stellte Conchas »kleiner Süßer« eine neue Regel auf. Er wachte gegen drei Uhr morgens auf, sah zu seiner Amme und kletterte ohne weitere Umstände einfach über die Gitterstäbe aus seinem hinüber in ihr Bett. Er kuschelte sich an sie und Concha durchströmte eine wohlige Wärme, als sei er ein kleines Tier. Im Halbschlaf murmelte sie nur: »Kleiner Süßer, geh wieder in dein Bettchen zurück.«

Aber das half nichts. Amadeo verfügte bereits hier – so wie viele Jahre später in einem anderen Untergeschoss – einfach über das andere Bett und über den anderen Körper, als seien sie sein Eigentum.

»Bonito …«, flüsterte sie hilflos.

»Tito hier«, gab er in seiner Kleinkindsprache von sich, die Concha so liebte, und sie schloss kapitulierend die Augen.

Von da an erinnerte die Amme ihren süßen kleinen Jungen nicht mehr daran, dass er in seinem Bett zu schlafen hatte. Zu sehr genoss sie seine bedingungslose Hingabe, seine herzliche Umarmung, die Bestimmtheit, mit der er sie liebte und vorzog. So etwas hatte sie noch nie zuvor erlebt. Mit niemandem.

Als sie dann das Zimmer im oberen Stockwerk bezogen, ging es mit dieser Gewohnheit weiter, wenn auch nicht mehr jede Nacht. Amadeo verließ sein eigenes Bett, wenn ihm danach war, und legte sich zu Concha. Als er größer und ihr Bett für beide zu schmal wurde, tat sie die halbe Nacht kein Auge zu, weil sie befürchtete, sie könne einschlafen und der Junge aus dem Bett fallen. Aber sie fühlte sich entschädigt. Denn Amadeo umarmte sie nun mit noch mehr Kraft und flüsterte ihr ins Ohr, wie sehr er sie liebte. Oft weinte er verzweifelt und schluchzte wie ein Kleinkind, und Concha beruhigte ihn mit Worten und Liebkosungen. Und das gelang ihr immer. Die Kinderfrau war damals dem Erstgeborenen der Eheleute Lax der einzige Balsam für die traurige Seele, mit der dieser ohne offensichtlichen Grund auf die Welt gekommen war.

In der Woche, die auf die Ankündigung des Internats folgte, weinte Concha jede Nacht. Sie wartete, bis Amadeo eingeschlafen war, um ihren Tränen freien Lauf zu lassen. Es tröstete sie keineswegs, sich zu sagen, dass so ein Junge etwas lernen müsse, dass sie ihn schon weit über jede Erwartung allein für sich gehabt hatte, dass sie ihn nun ziehen lassen müsse, damit aus ihm das würde, was seine Eltern von ihm erwarteten. Concha dachte nur daran, dass nun die schönste Zeit ihres Lebens zu Ende ging.

Im neuen Haus nahmen Amadeos Wutanfälle immer besorgniserregendere Formen an. Der Auslöser – oder einer von vielen – war seine große Leidenschaft: das Malen. Bis dahin hatten es alle wohlwollend hingenommen, wenn er ein Zeichenheft nach dem anderen mit seinen bunten Wachsmalkreiden vollmalte. Er konnte jeden Tag viele Stunden – und große Mengen Papier – dafür verwenden. Maria del Roser machte darüber sogar Witze: »Du willst wieder Papier haben, mein Sohn? Du brauchst ja mehr Papier als alle Buchhalter deines Vaters zusammen! Du treibst uns noch in den Ruin!«

Aber nun schienen seine Zeichnungen nicht mehr erwünscht, und Doña Maria del Roser hatte Concha sogar angewiesen, dafür zu sorgen, dass ihr Erstgeborener »nicht seine ganze Zeit mit Kritzeleien verplempert«, sondern sich mehr der Literatur zuwandte, die sie für nützlicher hielt. Concha bemühte sich wie immer, die Anweisungen der Señora umzusetzen, aber wenn sie zuweilen dieses schwierige Kind zum Lächeln bringen wollte, flüsterte sie ihm ins Ohr: »Sollen wir ein Blatt Papier suchen, und du malst eines von deinen schönen Porträts von mir, ja?«

Diese List funktionierte jedes Mal. Wenn Amadeo ihr dann die Zeichnung brachte, fragte er sie: »Hebst du sie für immer in deiner Keksdose auf?«

Concha sagte zwar jedes Mal »Ja«, aber danach zerriss sie – tieftraurig – das Papier und warf es in den Mülleimer, vor Angst, die Señora würde die Verschwörung aufdecken. Dennoch gelang es ihr, einige Skizzen aufzubewahren. Am meisten berührte sie die erste Zeichnung: ein krakeliger Stock für den Rumpf, ein eher oval geratener Kreis mit ein paar Häkchen für den Kopf, zwei riesige Hände mit mehreren Würsten als Finger sowie ein Lächeln, das über das ovale Gesicht hinausreichte. Mit seinen vier Jahren hatte Amadeo es schon verstanden, das Glück festzuhalten, das sie verspürte, wenn sie mit ihm zusammen war. Mit Tränen der Rührung in den Augen hatte Concha ihm damals versprochen: »Ich werde es für immer in meiner Keksdose aufbewahren.«

»Bis du alt bist?«, fragte er.

»Ja, bis ich alt bin.«

»Und wirst du mich dann immer noch liebhaben?«

»Aber ja, mein Schatz. Dann werde ich dich immer noch wie meinen eigenen Sohn lieben.«

Aber das hatte sich alles vor dem Umzug zugetragen. Nun gestaltete sich die Szene anders.

Die erste Nacht im neuen Haus führte zur Katastrophe. Amadeo rannte barfuß und starr vor Kälte über den Flur auf der Suche nach der Kinderfrau in deren Zimmer. Und wieder musste er entdecken, dass Juan bei Concha schlief. Amadeo bekam einen seiner Wutanfälle, und da Concha befürchtete, dass ihm das Gleiche wie zuvor passierte, nahm sie ihn schließlich auch zu sich und schlief mit den beiden Jungen in ihrem Bett. Am nächsten Morgen nahm sie sich Amadeo vor. Sie versuchte, ihm begreiflich zu machen, dass er sein Verhalten ändern müsse.

»Du bist doch jetzt schon groß, Bonito. Demnächst schämst du dich, wenn du in mein Bett kommst. Du brauchst doch kein Kindermädchen mehr, und das ist ein Glück für dich, oder? Jetzt kannst du schon Dinge machen, die sonst nur Erwachsene tun. Alles, was du willst.«

Bei diesen Worten zerriss es ihr selbst das Herz. Amadeo nickte beunruhigt.

»Hast du jetzt Juan lieber als mich?«, fragte er mit gebrochener Stimme.

Concha umschlang ihn mit aller Kraft und presste ihn gegen ihre Brust.

»Aber nein, mein Junge, diese Frage muss ich dir doch wohl nicht beantworten, nicht wahr?«

Die bevorstehende Sommerfrische brachte immer einen großen Aufruhr mit sich. Der erste Hinweis auf die Jahreszeit war der Besuch des Schusters in Begleitung seines Lehrlings, der eine riesige Truhe herbeischleppte. Die Kinder defilierten vor den Armsesseln im großen Salon auf und ab, immer genau dem Alter nach, und probierten geduldig die Schuhmodelle der Saison an, die der Lehrling vor ihren Augen präsentierte. Nach diesem Besuch standen noch weitere größere und kleinere Anschaffungen für die Ausflüge, die Schifffahrten sowie für die Promenaden am Strand an.

Der Hutmacher war als Nächster an der Reihe. Er brachte eine ganze Ladung Hüte aus italienischem Stroh, die leicht und luftig und insofern für die heißen Monate geeignet waren. Für die Herren – inzwischen gehörten auch Amadeo und Juan dazu – gab es breitkrempige Hüte, um die Augen vor der Sonne zu schützen, für die Damen Florentinerhüte mit Bändern, Blumen oder kleinen Vögelchen als Zierrat. Und sobald alle wohl behütet waren, begann die Übersiedlung nach Caldes d'Estrac.

Zuerst wurde das Personal auf die Reise geschickt. Sie brachen alle zusammen mit dem festen Vorsatz auf, die dortige Finca für die Herrschaften vorzubereiten. Die Köchin blieb selbstverständlich bis zum letzten Moment in Barcelona und übertrug einem geschulten Hausmädchen die Zubereitung der Speisen für die Sommermonate.

Die Kinder traten gemeinsam mit Concha die Reise im Wagen der Familie an, den Felipe steuerte, der in diesen Tagen von dem ganzen Hin und Her erschöpft war. Die Fahrt von Barcelona nach Caldes d'Estrac dauerte, die notwendigen Zwischenhalte eingeschlossen, fünf Stunden. Ihre Ankunft dort war immer ein Fest. Beim Promenieren auf dem Paseo de los Ingleses trafen sie stets Bekannte, die sie im Vorübergehen begrüßten. Allein der Anblick des nahen Meeres ließ ihre Herzen höher schlagen. Auf dem gedeckten Tisch erwartete sie ein üppiges Mahl, und ihre Zimmer dufteten nach Salz und sauberer Wäsche. Die Hausangestellten, die Barcelona als Letzte verließen, bedeckten alle Möbel im Stadtpalais mit weißen, maßgeschneiderten Hüllen. Nur nicht das Bett von Don Rodolfo sowie die Möbel im Kabinett, denn damals hatten die Familienoberhäupter noch nicht die Gewohnheit – oder die Lust –, den ganzen Sommer mit ihrer Familie zu verbringen.

In Caldes gab sich die Familie Lax den Freuden der Sommerfrische hin. Die Kinder bewegten sich viel und hatten einen tiefen und festen Schlaf. Verwandte kamen zu Besuch und blieben ganze Wochen, die Señora saß in ihrem Stuhl unter den Pinien im Garten, las dabei und schrieb und blickte immer wieder zum Horizont. Die Nachbarn veranstalteten Feste in ihren Pinienhainen, und wenn er schließlich auch dort eintraf, schockierte Don Rodolfo die Einheimischen, wenn er in Morgenmantel und Pantoffeln durch den Ort spazierte, während ihm der livrierte Felipe im Auto überallhin folgte. Die Tage verstrichen, ohne dass irgendjemand auf die Uhr sah oder sich sonderlich um etwas kümmerte.

Der schwere Vorfall, der zum ersten Mal diese Idylle störte, ereignete sich an einem dieser milden Sommernachmittage. Das Meeresrauschen im Hintergrund lud zu einer Siesta ein. Die Herrschaften nahmen den Kaffee in ihren Hängematten ein, in Gesellschaft des Unternehmers Don Emilio de la Cuadra, einem alten Freund der Familie. Die Kaffeelöffel klirrten in den Porzellantassen, das Gespräch zog sich in die Länge, und der Gast berichtete mit bestürzter, leiser Stimme über das Scheitern seiner letzten Unternehmung, von dem er nicht wusste, wie er sich davon erholen sollte.

»Er fährt einfach nicht, Don Rodolfo! Können Sie sich das erklären? So viele Jahre voller Experimente und Mühen, und das Ding bewegt sich langsamer als ein Granitfels! Aber das ist bei Weitem nicht das Schlimmste! Die Direktoren des Hotels Colón erwarten, dass ich ihnen im Oktober zwei meiner Luxusautobusse liefere, mit denen sie ihre Gäste abholen wollen, die mit dem Zug an der Estación de Francia in Barcelona ankommen. Wenn sie nicht mit Scheibengardinen und Samtpolstern zufrieden sind, dann ...«

Don Rodolfo hörte sich das Leid des Automobilfabrikanten ruhig und interessiert an. Die Vögel piepsten unbeteiligt in den Bäumen. Die Wellen kamen und gingen. Am anderen Ende des Gartens bewachte Concha die wankenden Schritte der kleinen Violeta, und die beiden Brüder gingen einer ihrer Lieblingsbeschäftigungen nach: Sie schossen mit Steinen Pinienzapfen ab.

Die vier Jahre Vorsprung vor seinem Bruder hatten Amadeo immer begünstigt, obwohl er weder ausgesprochen sportlich noch sonderlich geschickt war. Juan hingegen war ein kluger, schneller und entschlossener Schüler. Es war leicht abzusehen, dass es nur eine Frage der Zeit war, bis er seinem älteren Bruder das Wasser reichen könnte.

An diesem Nachmittag galten ihre Schüsse einem Ziel, das wie immer Amadeo ausgesucht hatte: ein riesiger Pinienzapfen voller Pinienkerne. Juan ist an der Reihe.

Ein Wurf in die Höhe, ein dumpfer Schlag, und das Ziel fällt vor seine Füße. Der erfolgreiche Schütze nähert sich zufrieden und triumphierend der Trophäe, um sie aufzuheben, da fordert Amadeo den Zapfen für sich ein: »Ich habe ihn abgeschossen«, lügt er, während sich zwischen seinen Augenbrauen eine Furche bildet.

Sie beginnen zu raufen, doch Juan ist kräftiger, als Amadeo vermutet hat. Damit hat er nicht gerechnet.

»Was sagt du da? Das ist meiner! Gib ihn her!«, ruft der Zweitgeborene.

Amadeo ist nicht bereit, den Bruder als Sieger aus dem Streit hervorgehen zu lassen. Er erwidert: »Du hast noch nie getroffen!«

»Ich habe schon öfter als du getroffen! Du alter Lügner!«

Concha nimmt Violeta auf ihre Arme und gelangt genau in dem Moment zu den beiden Streithähnen, in dem Amadeo den Pinienzapfen plötzlich loslässt und heulend ins Haus rennt. Daraufhin fällt Juan mit seinem Schatz in den Händen auf die Erde.

»So ein Idiot. Der Zapfen ist meiner«, brummt er.

»Du sollst deinen Bruder nicht als Idioten beschimpfen«, tadelt ihn Concha, während sie sich fragt, ob sie Amadeo nachlaufen oder ihm besser Zeit lassen soll, damit er sich wieder beruhigt.

Doch noch bevor sie sich entscheiden kann, kommt Amadeo schon wieder zurück, mit hochroten Wangen und Ohren und einem wutverzerrten Gesicht. Er läuft mit großen, betonten Schritten und strahlt etwas Schreckliches aus, das Concha sich nicht erklären kann. Dabei hält er etwas in den Händen und blickt seinen Bruder herausfordernd an.

Amadeo tritt zu ihnen, bleibt plötzlich stehen, und man sieht, was er in der Hand hält: einen kleinen Revolver mit Perlmuttkolben. Er sieht zwar wie ein Spielzeug aus, ist aber absolut echt. Die Waffe hat Don Rodolfos Mutter gehört, die sie einst stets unter ihrem Rock trug für den Fall, dass sie sich gegen unerwartete Angreifer verteidigen müsste. Und aus genau diesem Grund bewahrt Don Rodolfo sie griffbereit und geladen in der Kommode im Eingang auf. Amadeo richtet die Mündung gegen seine Schläfe und brüllt: »Gib mir den Zapfen, oder ich bringe mich um!«

Concha unterdrückt einen gellenden Schrei. Sie versucht, ihm die Waffe zu entreißen. Der Junge entwischt ihr.

»Lass mich«, brüllt Amadeo völlig außer sich.

Die Kinderfrau bleibt wie angewurzelt stehen. Sie umschlingt Violeta, die andere Hand reicht sie Juan.

»Gib mir endlich den Zapfen«, befiehlt sie dem Jüngeren.

»Aber das ist meiner«, protestiert dieser, »ich habe ihn abgeschossen!«

»Gib ihn mir jetzt sofort, Juan. Tu, was ich dir sage!«

Conchas Herz rast. Sie weiß nicht, was sie tun soll, aber sie versucht, ihre Unschlüssigkeit zu verbergen. Juan gibt ihr den Pinienzapfen. Sie zeigt ihn Amadeo in ihrer offenen Hand.

»Du kriegst ihn, wenn ich den Revolver bekomme«, sagt sie mit zittriger Stimme.

»Ich will nicht. Der Revolver gehört meinem Vater.«

»Genau deshalb wird er sehr ärgerlich werden, wenn er erfährt, dass du ihn dir genommen hast.«

»Gib ihn mir, oder ich schieße!«, droht Amadeo, sein Finger liegt auf dem Abzug.

Concha wirft den Pinienzapfen unter die Bäume. Sie läuft zu Juan, hebt ihn vom Boden auf und umschlingt ihn und seine Schwester. Amadeos Blick ist so furchteinflößend, dass ihr nur noch einfällt, die Kleinen davor zu schützen.

Da hört man einen Schuss, und die Vögel fliegen auf. Amadeo läuft Richtung Strand. Die beiden jüngeren Geschwister brechen in Tränen aus. Die Kinderfrau auch. Als die drei Erwachsenen – Doña Maria del Roser, Don Rodolfo und Don Emilio – zu der Stelle im Garten kommen, wo sich alles zugetragen hat, entdecken sie drei verzweifelte Menschen und auf der Erde eine Smith & Wesson, Kaliber 32, die einmal der früheren Señora Lax gehört hatte, sowie die aufgeplatzten Reste eines Pinienzapfens.

Nach dem schrecklichen Vorfall, von dem Concha in allen Einzelheiten berichtete, beschloss Don Rodolfo Lax, sich persönlich um die Erziehung seines älteren Sohnes zu kümmern. Er verbannte diesen für zwei Tage in ein Mansardenzimmer, wo er unter seiner Aufsicht nur das zu essen bekam, was ihm die Dienstmädchen servierten. Dann entschied er, ihn mit in die Stadt zurückzunehmen und dort drei Wochen in der Fabrik von Don Emilio arbeiten zu lassen, der es gewagt hatte, ihm nicht nur seine Hilfe anzubieten, sondern auch seine Meinung bezüglich der Erziehung von launischen Jungen zu äußern. Dieser Entschluss löste bei Concha und bei Doña Maria del Roser Tränen aus. Amadeo hingegen nahm das Urteil mit versteinerter Miene entgegen. Nur Concha wusste, wie viel Mühe ihn dieser vorgetäuschte Stolz kostete.

Amadeo zog mit gesenktem Kopf ab, nach einem kurzen Abschied unter der Aufsicht seines Vaters. Concha umarmte er nicht wie üblich: Don Rodolfo hatte ihm diese Schwäche verboten. Amadeo sah ihr nur sehr ernst ihn die Augen und sagte: »Auf Wiedersehen, Conchita. Bis zu den Ferien im nächsten Jahr.«

›Bis zu den Ferien im nächsten Jahr!‹, wiederholte Concha in Gedanken. Dann flüsterte sie mit belegter Stimme: »Adieu, Bonito. Denk daran, dich nachts gut zuzudecken.«

Don Emilio de la Cuadra kam aus Sueca, einem Ort bei Valencia, aber er war viel herumgekommen. Von einem seiner Aufenthalte in Paris war er mit der Überzeugung zurückgekehrt, dass sich mittels Elektrizität alle Übel der Welt beseitigen ließen. Für Don Emilio bedeutete die Elektrizität das Gleiche wie für Doña Maria del Roser der Spiritismus: die einzige Energie, die Dinge transformieren konnte. Eine weitere Gemeinsamkeit der beiden war ihre Ungeduld: Alles sollte immer schnell passieren. Und beide wollten selbstverständlich stets am Fortschritt teilhaben.

Don Emilio war bereit, seinen Beitrag zu leisten. Er gab alles auf, ließ sich in jenem Barcelona der großen Veränderungen nieder und gründete an der Straßenecke von Paseo de San Juan und Calle Diputación eine Fabrik für elektrisch angetriebene Automobile. Er hätte zwar lieber Verbrennungsmotoren entwickelt, aber der Katalane Francesc Bonet Dalmau war ihm darin ein wenig zuvorgekommen. Seither gab die Elektrizität dem armen Don Emilio nur Rätsel auf, die er nicht lösen konnte. Don Rodolfo hörte sich seine Sorgen an und beriet ihn.

»Was hältst du davon, wenn ich mir einen ausländischen Teilhaber suche?«, fragte ihn Don Emilio. »Ich habe von einem jungen Schweizer gehört, der könnte meine Rettung sein …«

Für Amadeo Lax begann die größte Veränderung seines Lebens noch in jener Woche. In der Fabrik von Don Emilio fühlte er sich wie der unglücklichste Mensch der Welt. Andere Kinder in seinem Alter waren dort als Lehrlinge angestellt, aber er spürte sofort, dass er nichts mit ihnen gemein hatte. Diese Jungen waren abgestumpft wie Tiere, ihre Fingernägel starrten vor Dreck, und wenn sie ihn überhaupt einmal ansahen, dann nur, um ihm misstrauische Blicke zuzuwerfen. In der Fabrik lernte er, Distanz zu ihnen zu wahren. Und noch zurückhaltender und stiller zu sein als zuvor.

Nach diesen unerträglichen Wochen ging er sofort ins Internat. Don Rodolfo setzte ihn dort an einem Montagmorgen um acht Uhr ab und verabschiedete sich von ihm mit einem Klaps auf die Schulter und einem einzigen Satz: »Ich hoffe, die Jesuitenpadres wissen, wie sie aus dir einen Mann machen können, mein Sohn.«

»Ja, Vater«, pflichtete der Junge bei.

Damals war Sarrià noch kein Stadtteil der Zona Alta von Barcelona. Um die Jahrhundertwende, also als Amadeo Lax Jesuitenschüler wurde, befand sich das Internat in einem fast neuen Gebäude fernab des zivilisierten Stadtlebens: Es lag in einem Nachbardorf mitten in den Hügeln, umgeben von Wäldern, Weinbergen, Gemüsegärten und angelegten Grünflächen. Die Nachnamen der Schüler klangen beeindruckend, denn die besten Familien schickten ihre Sprösslinge dorthin. Doch Amadeo verstand niemals deren Gründe.

Außer an den Wochenenden, wenn das Internat seine Pforten öffnete und die Schüler in der Schuluniform ihre Eltern im Patio empfingen, steckten sie die übrige Zeit in einem braunen Kittel, der ihnen im Winter keinen Schutz vor der hartnäckigen Kälte bot, die in ihre spartanischen Zimmer drang. Die Mahlzeiten waren kärglich, die Priester mürrisch, und der Unterricht – das Einzige von vorzeigbarer Qualität – basierte noch auf alten Prinzipien wie der Erniedrigung der Schüler und der Willkür der Lehrer. Hinzu kam die Abgeschiedenheit von der Welt, die die Padres verhängten. Zwischen Mitte September und Johanni, also fast Ende Juni, gehörten die Schüler ausschließlich zum Internat und durften unter keinerlei Umständen nach Hause fahren, nicht einmal an den wichtigen Feiertagen, dem eigenen Geburtstag, Familienfeiern oder wegen Krankheit. In letzterem Fall wurden die Schüler in der Krankenstation des Internats versorgt. Kein Wunder also, dass angesichts dieser Aussicht manche von der Einrichtung nur noch als »Burg ohne Wiederkehr« sprachen.

Dennoch gab es einige Schüler, die sich den strengen Regeln anpassten, und andere, die daran sogar Gefallen fanden. Amadeo jedoch war eine zu sensible Seele, um von dem Ganzen nicht besiegt zu werden. Nachts fröstelte er und weinte verstohlen unter der Decke. Die schrille Glocke, die zu nächtlicher Stunde die Zeit zum Aufstehen verkündete, nahm er oft wach und starr vor Kälte wahr. In der Kirche erschien ihm bei der Frühmette die Kälte noch eisiger. Im Patio saß er mit dem Rücken eng an der Mauer und sah den anderen beim Ballspiel zu. Im Refektorium aß er mit gesenktem Kopf und betrachtete die Frostbeulen an seinen Händen – andere Schüler hatten sie auch an Füßen und Ohren –, und dann ging es wieder in die Kapelle, in das Klassenzimmer, in den Patio, in das Refektorium, in die Kapelle … neun unendliche Monate lang.

Die Tage verbrachte er in einem heroischen Stoizismus, indem er seine Lust zu weinen unterdrückte. Er war auch nicht in der Lage, die Laien um Hilfe zu bitten, die den Padres bei einigen Aufgaben behilflich waren und die die menschlichere Seite der Einrichtung darstellten. Schon damals hasste es Amadeo, Anzeichen von Schwäche zu zeigen. Er würde lieber sterben, ehe er andere um Hilfe bat. Also verbrachte er die Tage in der Erwartung des Ereignisses, das ihm sein Vater vorausgesagt hatte: seine Verwandlung zu einem Mann. Ein Mann, den nichts erschütterte, der weder die Härte des neuen Tages befürchtete, noch Heimweh nach seinem Zuhause hatte. Ein Mann, dessen Schwäche kein anderer erahnen konnte.

Dennoch, seine Leistungen brachten ihm gute Noten ein. Er war zwar weder in Mathematik noch in französischer Grammatik ein Genie, aber in Latein war er herausragend, und mit seiner künstlerischen Sensibilität gewann er die Jesuiten für sich. Sein Vater meinte schließlich, Amadeo wäre erlöst und die Jesuiten hätten, so wie er es vorhergesehen hatte, eine Methode gefunden, seinen Erstgeborenen wieder auf den richtigen Weg zu führen. Amadeo war zwar nach wie vor ein lakonischer und eher ungeselliger junger Mensch, aber er gab niemandem Anlass zu irgendwelchen Beschwerden – bis sein Bruder auch in das Internat kam und sich andeutete, dass er zu einem der besten Schüler werden würde.

Juan Lax Golorons war nicht nur von seinem Aussehen her alles, was man von einem Jungen seiner Herkunft erwartete: hübsch, wohlerzogen, ordentlich, fleißig und klug, darüber hinaus strotzte er nur so vor Lerneifer. Sein Latein war bald so perfekt, dass er Padre Eudaldo bei Tischgesprächen zu Hause in dieser Sprache antworten konnte, und mit seiner Begeisterung für klassische Schriftsteller wurde er, noch ehe er in die Pubertät kam, zu einem Experten für Cicero und Virgil. Im Internat entdeckte er das Theater für sich. Er erbrachte herausragende Leistungen in Geometrie, bei den Festivitäten zum Schuljahresende trug er Gedichte vor, er heimste zahlreiche Preise ein, und die Priester zeichneten ihn mit dem Privileg aus, pünktlich die Glocke im Refektorium zu läuten. In akademischen Belangen war er überall herausragend, aber es waren seine naturgegebene

Freundlichkeit und Fröhlichkeit, mit denen er bei Weitem die Persönlichkeit seines Bruders überstrahlte. Vor ihm lag eine glänzende Zukunft, die seine Lehrer wie ihn selbst gleichermaßen hoffen ließ.

Amadeo indes verstand nicht, wie Juan dies gelang. Und er platzte schier vor Neid.

Betrachten wir einen späten Nachmittag im Winter 1905. Im Kamin im großen Salon im Hause Lax glimmt noch Asche. Der matte Schein einer elektrischen Lampe – die bereits niemanden mehr beeindruckt – flackert in einer Ecke. Der Regen klopft gegen die bunten Fensterscheiben, die die Abenddämmerung grau aussehen lässt. Die Señora trägt dunkle Kleidung, sie hält ihren Kopf gesenkt, und die goldenen Perlen gleiten durch ihre Finger. Sie sitzt auf ihrem Platz neben dem Kamin. Neben ihr sitzt Violeta und bewegt unablässig im Flüsterton die Lippen.

Es ist die Stunde, in der gemeinsam der Rosenkranz gebetet wird. Da stört die Türglocke das Gebet. Die Señora verzieht den Mund und setzt eine verdrießliche Miene auf. Dann befiehlt sie so leise, dass man ihre Worte fast mit der Litanei verwechselt, die sie bis eben gebetet hat: »Geh und mach auf, Conchita, und wer auch immer es sein mag, sag ihm, dass er warten muss.«

Während die Kinderfrau aus dem Salon geht, wird weiter gebetet: *»Sancta Maria Mater Dei, ora pro nobis peccatoribus, nunc et in hora mortis nostrae.«*

Concha läuft über den Flur, geht die Marmortreppe hinunter, durchquert die Eingangshalle und lugt durch den Spion, um sicherzugehen, dass keine Gefahr droht. Auf der anderen Seite steht Amadeo. Er ist sechzehn Jahre alt. Der Mann, der er zu sein beginnt, verschlingt die Züge des Jungen, den sie so geliebt hat. Besonders in dieser Nacht, in der er in der zerfetzten marineblauen Schuluniform vor ihr steht, aus der die Hemdschöße herausragen: wankend, vom Regen durchnässt, mit einer Wunde auf der Wange und Blut im Mundwinkel. Er zittert vor Kälte.

Als ihm Concha die Tür öffnet, huscht er wie ein böser Geist ins Haus.

»Aber Bonito! Was ist denn mit dir passiert?«, fragt Concha höchst erschrocken.

»Nichts«, lautet seine knappe Antwort, während er steif und so wortkarg, wie er den Rest seines Lebens verbringen wird, über die Schwelle kommt. »Nichts ist passiert, Conchita. Ich habe nur eine Entscheidung gefällt. Ist Vater zu Hause?«

»Dein Vater wird heute erst spät nach Hause kommen. Ich glaube, er ist in einer Sitzung des Stadtrates.«

Amadeo atmet tief durch. Anscheinend stellt ihn diese Auskunft zufrieden. Eine falsche Einschätzung oder seine ererbte Ungeschicklichkeit lassen ihn beim Hochgehen an der üblichen Stelle auf der Marmortreppe stolpern.

»Zum Teufel mit dem, der dieses Marmorstück unbedingt hier anbringen musste!«, schnaubt er.

Er hat nicht vor, irgendjemanden zu begrüßen, und steuert direkt sein Zimmer an. Ihm folgt die verängstigte Concha. Als sie am oberen Treppenabsatz ankommen, dreht sich Amadeo zu seinem häuslichen Engel um und sagt: »Richte meiner Mutter aus, dass ich nie wieder ins Internat zurückgehen werde. Und bitte, Concha, beschäme mich nicht mehr mit diesem lächerlichen Namen.«

Von: Valérie Rahal
Gesendet am: 22. März 2010
An: Violeta Lax
Betreff: Kreise der Erinnerung

Liebe Violeta,

ich bin nach wie vor in Sorge. So sehr du mir auch weismachen willst, dass all die Ereignisse um dich herum gar nicht so verrückt sind, wie ich sie mir vorstelle, mich kannst du damit nicht überzeugen. Ich weiß einfach, dass du früher oder später die Verrücktheit begehen wirst, die ich befürchte. Denn deshalb bist du doch nach Barcelona geflogen, oder? Du schreibst, um eine Geschichte abzuschließen, von der ich keine Ahnung habe.
Damit du es nur weißt, das Begräbnis deiner Großmutter siebzig Jahre nach ihrem Tod ist für mich ohnehin der absolute Irrsinn.
Von allem, was du in deiner letzten Mail schreibst, interessiert mich am meisten diese Keksdose voller Zeitungsausschnitte. Ich würde alles darum geben, sie einmal selbst zu sehen. Wie aufregend, plötzlich hält man eine andere Epoche in Händen. Die Zeichnungen, von denen du schreibt, können natürlich von jedem der Kinder der Familie sein: von Violeta, von Juan oder von deinem Großvater. Sie könnten sogar von deinem Vater stammen. Wenn ich mich nicht irre, hat er die Kinderfrau auch kennengelernt. Aber ich fürchte, wenn kein Name darauf steht, lassen sie sich jetzt unmöglich zuordnen. Also noch ein Rätsel für die Liste. Wenn du diese Reliquie mit nach Hause bringst (vorausgesetzt natürlich, du kommst überhaupt nach Hause zurück), würde ich mir gerne den Inhalt ansehen – die Postkarten, die Zeitungsartikel, die Fotos und alles andere. Mich interessiert vor allem der Artikel aus dieser Spiritistenzeitschrift, aus dem hervorgeht, dass Teresa noch vor dem Bürgerkrieg an einer Gedenkfeier zu Ehren ihrer Schwiegermutter teilnimmt. Wenn ich mich nicht täusche, ist

das eine Facette von ihr, die wir bislang nicht gekannt haben, oder? Bei Maria del Roser schon, aber nicht bei Teresa.
Dabei muss ich an all die unveröffentlichten Erinnerungen denken, die in den Zeitungsarchiven in der ganzen Welt schlummern. Hast du schon einmal darüber nachgedacht? Bestimmt. Mich erschreckt einfach der Gedanke, dass diese Geheimnisse erst zwei Generationen alt sind, aber dass wir sie völlig vergessen haben, falls wir überhaupt von ihnen wussten. Wenn irgendwann einmal der Klatsch und Tratsch aus allen Familien bekannt wird, müsste die Geschichte wohl umgeschrieben werden.
Was das Vermächtnis von Eulalia Montull betrifft, kann ich deine Grübelei durchaus nachvollziehen. Mich hat diese Geschichte auch überrascht. Ich habe nachgerechnet und mich gefragt, wie jemand neun Jahre verschwinden und dann einfach sein altes Leben weiterführen kann. Wenn das stimmt, was die Italienerinnen erzählt haben – und ich sehe keinen Grund, ihnen nicht zu glauben –, kam dein Großvater im Sommer 1936 an den Comer See und reiste erst nach Ende des Zweiten Weltkriegs wieder ab, im September 1945. Ich glaube, wir müssen den Krieg als mitbestimmenden Faktor durchaus in Betracht ziehen. Vielleicht ist dein Großvater ja deshalb länger als beabsichtigt in Italien geblieben. Ich halte es mit Arcadio, ich denke, der Grund für seinen Aufenthalt am Comer See war eher pragmatischer als romantischer Natur. Aber anders als er glaube ich nicht an Verschwörungstheorien, um Amadeo Lax' Renommee zu beschmutzen, oder an andere Spinnereien. Der arme Arcadio hat einfach zu viele Jahre seines Lebens in die Bewunderung des großen Malers investiert, und jetzt verliert er jegliche Perspektive. Er begreift einfach nicht, dass sich heutzutage niemand um die Reputation deines Großvaters schert.
Alles andere überrascht mich absolut nicht. Ich fürchte, meine Liebe, wenn man wirklich aus der Welt verschwinden will, muss man es nur wollen. Aber mich interessiert, warum Eulalia ihr Erbe inklusive dieser Bedingungen so perfekt geregelt hat. Ich fin-

de es beachtenswert, wie jemand vor seinem Tod noch solche Strategien aushecken kann. Es ist, als würde man der Nachwelt ein Rätsel vermachen.
Du hast mich ja darum gebeten, also kommen wir auf deinen Vater zu sprechen und auf seinen Anteil an der Familiengeschichte. Wie du dir vorstellen kannst, gibt es da recht wenig. Du wirst es nicht glauben, aber er selbst hat tatsächlich nie mit mir über das Wiedersehen mit seinem Vater gesprochen. Modesto war damals immerhin zwölf Jahre alt, also kann er sich durchaus daran erinnern, aber er will einfach nicht darüber reden. Und ich denke, wir sollten – du solltest – das respektieren, bestimmt hat er dafür seine Gründe. Das ist schließlich etwas, was ich vor Jahren von ihm gelernt habe: Er hat stets seine Gründe, auch wenn er sie hinter dieser nervigen Maske der Gleichgültigkeit verbirgt.
Die Männer in deiner Familie fühlten sich immer zu Höherem berufen. Häusliche Angelegenheiten stellten für sie eine zu lästige Bürde dar. Mein Gefühl sagt mir, dass Modesto darin seinem Vater und auch seinem Großvater ähnelt. Alle sind irgendwie geflüchtet und haben sich aufgemacht, ihr Schicksal zu erfüllen – egal ob sie nun zu einem erfolgreichen Bauunternehmer, einem großartigen Maler oder dem besten Brecht-Spezialisten der Zeit wurden. Ich finde es also gar nicht so abwegig, dass dein Großvater nach Italien gezogen ist und dort Frauenakte gemalt hat, nachdem er seinen Sohn bei einer Cousine in Avignon gelassen hat. Amadeo hatte großes Glück, dass er auf Alexia und ihren Mann zählen konnte, die deinen Vater als das Kind betrachtet haben, das sie selbst nie bekommen konnten. Auch Modesto hat die beiden wirklich geliebt, und zwar mit Fug und Recht. Alexia hat mir einmal erzählt, dass während der ganzen Zeit, in der Modesto bei ihnen lebte, Amadeo Lax ihnen jedes Jahr eine stattliche Anweisung schickte und dass sie mit diesem Betrag ein gutes Auskommen hatten und dem Jungen sehr viel bieten konnten. Doch dein Großvater sagte ihnen nie, wann er wieder

nach Spanien zurückkehren wollte, dabei wussten alle, dass er dies früher oder später tun würde.
Und genau das traf auch ein: Eines Tages hörten sie auf dem Weg, der zu ihrem Haus führte, ein Motorengeräusch. Eine Wagentür wurde zugeschlagen, und das Motorengeräusch entfernte sich schließlich wieder. Dann erschien auf einmal Amadeo Lax im Garten, mit dem Mantel über den Schultern und dem Hut in der Hand. Es war heiß, aber er hatte diese elegante Erscheinung, die so typisch für die Lax' ist. Er sagte ihnen, dass er Modesto abholen und mit nach Barcelona nehmen wollte, aber dein Vater weigerte sich. Er bekam einen seinem damaligen Alter entsprechenden Wutanfall, aber Amadeo gelang es schließlich, ihn zur Vernunft zu bringen, und er redete mit ihm im Wohnzimmer unter vier Augen. Sie führten ein langes Gespräch. Schließlich einigten sie sich darauf, dass Modesto bei Alexia und ihrem Mann blieb, sofern diese nichts dagegen hatten. Amadeo sicherte ihnen zu, dass er die jährliche Überweisung fortsetzen und sie sogar sobald wie möglich erhöhen würde. Und er hat sein Wort gehalten. Amadeo blieb an dem Tag noch zum Mittagessen und fuhr dann wieder ab. Er kam nie wieder dorthin, und Modesto hat ihn, bis ich in sein Leben trat, nur noch zwei Mal getroffen. Diese Vater-Sohn-Beziehung ist zugegebenermaßen ein wenig außergewöhnlich, aber die beiden haben sich dafür entschieden. Wie immer haben die beiden erreicht, was sie wollten.
Ich selbst bewahre an Amadeo Lax, meinen abwesenden Schwiegervater, recht unspektakuläre Erinnerungen. Ich habe ihn in Barcelona kennengelernt, als dein Vater mich in dieses Stadtpalais mitnahm. Der Besuch schien einem kuriosen Protokoll zu unterliegen. Wir alle waren im Grunde genommen etwas steif und förmlich und hatten uns eigentlich nicht viel zu sagen. Das Haus bot eine abscheuliche Kulisse, aus der man nur noch die Flucht antreten konnte. Schon die Tatsache, dass Amadeo in diesem verdreckten und vernachlässigten Haus allein seinem Schicksal ausgesetzt war, wo alles, seine eigene Person einge-

schlossen, dem Vergessen anheimgegeben zu sein schien, erschreckte mich zunächst. Doch dann war ich sehr angetan davon, wie dieser Mann, von dem Modesto mir als abwesendem und egoistischem Vater berichtet hatte, mich nun wie ein charmanter Kavalier behandelte und versuchte, ein ungezwungenes Gespräch zu führen. Ich fühlte mich in seiner Gesellschaft wohl und hätte ihn gerne wieder getroffen. Als ich ihn dann wiedersah, lag er im Sarg, und ich war längst von seinem Sohn geschieden. Denk daran, bevor du deine Vorfahren allzu hart beurteilst. Wir alle haben einmal in einer schwierigen Situation Fehler begangen. Wir alle haben irgendwann einmal jemanden in dem Moment, in dem er uns am meisten benötigte, im Stich gelassen. Liebes, quäl dich nicht so! Und quäl deinen Vater nicht damit! Liebe Grüße von Jason!

Ich hab dich lieb!

Mama

P. S.: Ich habe nicht vergessen, dass du mir noch eine Geschichte schuldest.

Moleskine Notizbuch von Violeta Lax

März 2010

Porträts bergen für den Betrachter eine große Gefahr: Sie verleiten einen dazu, sich alle möglichen Geschichten auszudenken. Womöglich ist die junge Dame, die sich zurücklehnt und sanftmütig in die Welt blickt, in Wirklichkeit eine eiskalte Matrone, die ihrem gesamten Umfeld das Leben zur Hölle gemacht hat. Oder das Idealbild von einem Ehepaar, das mit locker verschlungenen Händen, in Sommerlicht getaucht, unter einem Zitronenbaum posiert, während die Kinder über den weichen Rasen verstreut spielen. Im wirklichen Leben sind sich die Eheleute völlig fremd. Sie waren in ihrem gemeinsamen Zuhause nur für die Zeit zusammengekommen, in der das Porträt angefertigt wurde. Ihre Kinder wachsen, emotional vernachlässigt, zwischen Hausmädchen und Köchinnen auf, während die Eheleute selbst in jeweils anderen Heilbädern in verschiedenen Ländern Europas vor sich hinwelken.

Man muss wirklich vorsichtig sein, wenn man die Werke von Porträtmalern betrachtet. Man muss sich immer sagen: ›Ich akzeptiere Überraschungen und damit auch Täuschungen.‹ Es ist wie mit Romanen: Die Lüge gehört zu den Spielregeln. Auch wenn die Wahrheit irgendwo immer durchscheint. Denn die Wahrheit ist das Einzige, das sich lohnt, einer anderen Zeit zu vererben, und sei es nur ein Blick, eine elegante Geste oder die flüchtige Schönheit einer widerspenstigen Haarlocke. Oder vielleicht auch eine absurde Geschichte, die die Nachfahren sich unter Lachen und Weinen immer wieder erzählen.

Ja, die Kunst ist eine Täuschung. Aber dort, wo sie es nicht mehr ist, spricht sie die einzige Wahrheit aus, die wichtig ist.

Von: Violeta Lax
Gesendet am: 23. März 2010
An: Valérie Rahal
Betreff: Letzter Tag mit Teresa

Hallo, Mama,

heute habe ich den gesamten Tag Teresa gewidmet. Ich bin den gesamten Vormittag im MNAC gewesen. Du wirst das vermutlich für idiotisch halten, aber ich musste sie unbedingt sehen. Ich meine natürlich ihre Porträts. Ich hatte schon vergessen, wie entsetzt ich immer bin, wenn ich die Abteilung für moderne Kunst in unserem Nationalmuseum betrete. Da hängen die Werke eines Josep Amat, Antoni Clavé, Hermen Anglada Camarasa oder Modest Urgell aus den Beständen des ehemaligen Museo de Arte Moderno de la Ciudadela, wo ich vor Jahren so viele Nachmittage verbracht habe. Dazwischen findet man ohne jegliche Systematik oder Konzeption die Bilder von Großvater. Das ist so anders, als er sich das vorgestellt hatte, und das macht die ganze Sache noch schlimmer. Das hat sein Werk einfach nicht verdient. Ich habe sofort die Teresa-Porträts gesucht. Ihre Kleider, ihre Posen, Teresas Entwicklung im Verlauf der Jahre, die Katzen …
Ist dir einmal aufgefallen, dass Teresas Tod gewissermaßen ihre Porträts imitiert hat? Es fehlt kein Detail.
Heute ist mir ihr Lächeln noch rätselhafter vorgekommen als je zuvor. Ihre Augen noch lebendiger. Ihr Gesichtsausdruck wie die Vorahnung des verhängnisvollen Schicksals, das sie erwartete. Ich glaube, ich habe sie immer mit einer zu großen Kälte betrachtet. Ich habe immer nur das gesehen, was ich sehen wollte. Ich bin immer nur an der Oberfläche geblieben.
Teresas Beisetzung war seltsam und traurig, aber wie sollte es auch anders sein? Wir waren nur Sargento Paredes, Arcadio und ich. Papa hat das Grab bezahlt und sich mit einem seiner

üblichen Scherze entschuldigt: »Ich betrete keinen Friedhof, nicht einmal als Toter. Mich könnt ihr dann verbrennen und meine Asche in Paris auf dem Parkett des Théatre de l'Odéon verstreuen.« Einen Grabstein hielt er für eine unnötige Ausgabe. Ohnehin hätten wir Großmutters Namen gar nicht anbringen lassen können, ohne das Stillschweigeabkommen mit der Generalitat zu verletzen. Ich habe ein halbes Dutzend rote Rosen besorgt und an dem anonymen Grab abgelegt.
Als ich wegging, hatte ich das Gefühl, dass Teresa mir nachschaut.
Aber jetzt wollte ich dir noch ausführlich von den Sachen berichten, die wir in Violetas Zimmer gefunden haben. In meiner Wohnung sieht es inzwischen wie in einem Antiquitätengeschäft aus! Ihre Kleider sind verstaubt und verschlissen, aber sie sind wunderschön. Sie sehen gar nicht wie die Garderobe einer Sechzehnjährigen aus. Der Kleidergröße nach zu urteilen muss sie sehr schmal gewesen sein. Die Schuhe sehen wie Puppenschuhe aus, ihre Füße waren wohl noch kleiner als meine!
Ich habe dir ja schon berichtet, dass ich auf der Kommode ein Buch gefunden habe, *Spirita*, eine dieser wunderschönen Ausgaben aus dem 19. Jahrhundert, bei denen die Namen der Autoren hispanisiert wurden – also in dem Fall Teófilo Gautier. Es ist doch eine fürchterliche Unsitte, von Guillermo Shakespeare oder Carlos Dickens zu reden, oder? Das Buch beginnt mit einem unsäglichen Vorwort, in dem der Übersetzer den Leser davor warnt, sich auf das unmoralische Ideengut des Romans einzulassen. Für heutige Leser ist das eine etwas manierierte Gespenstergeschichte, in der ein Junggeselle von Welt sich in die transparente Erscheinung verliebt, die sich im Salon seines Hauses herumtreibt. Er ist so besessen von ihr, dass es ihm gelingt, mit ihr zu gehen. Also, der Mann stirbt, aber sein Tod ist so romantisch und so stilvoll, dass man fast Lust bekommt, ihm nachzueifern. Daher rührt wohl auch die Warnung im Vorwort, wo der Übersetzer überdies noch meint, der Welt enthüllen zu

müssen, dass Menschen, die an Gespenster glauben, der Gesellschaft schaden.
Ich finde die ganze Sache interessant, denn Gautiers *Spirita* gehört in eine Gedankenströmung, die in Europa und in den Vereinigten Staaten in der Mitte des 19. Jahrhunderts recht verbreitet war und die auch in Spanien ein Echo fand, nämlich der Spiritismus. Du darfst dabei aber nicht an Medien denken, die mittels Ouija mit einem Geistwesen in Kontakt treten. Die Spiritisten jener Zeit waren gebildete Menschen, die einem Glauben anhingen, der den Gott der Katholiken nicht ausschloss, sondern eher neu erfand. Außerdem glaubten sie gleichermaßen an die Gedankenfreiheit und die Gleichheit aller Menschen sowie an die Fähigkeit der Seele, sich über körperliche Grenzen hinwegzusetzen – sogar über die Linie, die Leben und Tod voneinander trennt. Sie forderten Religionsfreiheit und das allgemeine Wahlrecht und fochten so manchen Kampf mit dem Staat aus. Im Großen und Ganzen Leute mit modernen Ansichten, die ihre Zeitgenossen schockierten.
Sie fanden in Vereinigungen zusammen – oft waren das Geheimgesellschaften – und organisierten alle möglichen Veranstaltungen mit einer Mischung von Musik oder Gedichten, die sie zur Heilung einsetzten, der Anrufung von Geistern und Kontaktaufnahmen mit dem Jenseits. Sie hofften, die Gesellschaft eines Tages aufgrund der Kraft ihrer Ideen verändern zu können. Für den Rest der Menschheit waren sie natürlich nur ein Haufen abergläubischer Betrüger. Schließlich hat die Welt sie besiegt. Schade.
Du weißt ja, dass meine Urgroßmutter einer dieser Vereinigungen angehörte. Und jetzt wissen wir, dass Teresa ihrem Vorbild gefolgt ist. Deshalb überlege ich, ob dieser Gautier-Roman gar nicht Violeta gehört hat, es sei denn, sie hätte sich auch mit dieser Welt beschäftigt. Außerdem gibt es da noch dieses Exlibris. Ich weiß gar nicht, warum es mir nicht gleich aufgefallen ist. Die Symbolik darauf ist mehr als offensichtlich: zumindest für eine Ama-

deo-Lax-Expertin. Es zeigt ein Buch, einen Wasserkrug, einen Lorbeerkranz sowie eine Waage, also: den Fleiß, die Klarsicht, die Weisheit und die Ehrlichkeit. Genau die Symbole, die auf einem von Großvaters weniger bekannten Werken zu sehen sind, das derzeit in meiner Ausstellung der Öffentlichkeit zum ersten Mal gezeigt wird: das Porträt von Octavio Conde Gómez del Olmo. Denn das bedeuten die Buchstaben O. C. G. O. in den Zeichnungen des Exlibris. Das Buch gehörte gewiss Octavio Conde.
Ich habe die fast dreihundert Seiten gestern bis tief in die Nacht gelesen. Dabei habe ich festgestellt, dass einige Zitate mit schwarzer Tinte dick unterstrichen sind. Und dann ist mir noch etwas aufgefallen: In diesen Zitaten sind einzelne Buchstaben zusätzlich mit einem kleinen Punkt markiert, einem Zeichen, das ein flüchtiger Leser übersieht. Ich habe die Buchstaben hintereinander notiert, um zu sehen, ob sie einen Sinn ergeben. Als ich damit zu Ende war, hatte ich eine schöne Überraschung.
Ich schreibe dir die Sätze auf, damit du das Spiel nachvollziehen kannst. Man muss kein Genie sein, um zu bemerken, dass es in allen Zitaten um eine unglückliche Liebe geht, und einige enthalten offensichtlich eine Botschaft. Die unterstrichenen Buchstaben entsprechen den Buchstaben, die im Buch mit einem schwarzen Punkt versehen sind.
»Von diesem Moment an verschwanden alle **F**rauen, die er bis dat**o** kennenge**l**ernt hatte, aus seinem Gedächtnis.« (S. 86)
»Er begriff, dass er ohne sie bis ans Ende seiner Ta**g**e ein unglücklich**e**r Mann sein würde.« (S. 92)
»Meine Liebe, frage **m**ich, wie weit du m**i**ch begleiten kannst. Was fü**r** einen Sinn hat ein unglückliches Leben?« (S. 151)
»Alle haben m**i**ch angesehen, nur das ei**n**zige Wesen nicht, nach **d**essen völliger Aufmerksamke**i**t ich gestrebt habe. M**e**ine arme Liebe erhält keinen Lohn.« (S. 162)
»Das gan**z**e flüchtige Leben verläuft nicht von oben nach **u**nten wie bei einer Sanduhr. Das Sand**k**orn, das einmal **u**nten liegt, kommt nie wieder hoch.« (S. 167)

»Nu**n** stach die Ei**f**ersucht mit ihren spi**t**zen Nadeln in sein zerstörtes Herz.« (S. 230)

Wenn man die Buchstaben hintereinander schreibt, entsteht folgender Satz: f-o-l-g-e-m-i-r-i-n-d-i-e-z-u-k-u-n-f-t. Also: Folge mir in die Zukunft.
Was hältst du davon? Wer ist deiner Meinung nach die Adressatin dieser Botschaft? Und wer ist der Absender? Der umsichtige Mann auf dem Porträt, von dem ich dir gerade berichtet habe?
Aber da ist noch etwas an den Seitenzahlen: Manche sind ebenfalls mit schwarzen Punkten markiert. Bist du bereit?

9**2** – 1**51** – 16**2** – 16**7** – 2**30**
Also: 2–51–2–7–30. Das ergibt doch einen Sinn, findest du nicht? Selbst wenn du das alles schon wieder für verrückt hältst, aber ich verstehe die Ziffern so: 25.12., 7.30.
Was ist am 25. Dezember um 7.30 Uhr passiert? Und vor allem, in welchem Jahr? Diese Frage ist wirklich schwierig.
In der Dose mit den Zeitungsausschnitten habe ich jedoch eine mögliche Antwort gefunden. Das Warenhaus Grandes Almacenes El Siglo brannte am Weihnachtsfeiertag 1932 aus. Das Feuer brach gegen zehn Uhr morgens aus, so steht es zumindest in dem Artikel. Octavio Conde war anscheinend nicht da, er hatte seinen Brüdern all seine geschäftlichen Verpflichtungen übertragen, um sich in Amerika niederzulassen und dort eigene Geschäfte aufzunehmen.
Und wenn die Zurückweisung eines Menschen, der für Octavio Conde sehr wichtig war, ihn veranlasst hatte zu fliehen?
Ich stelle mir schon einige Zeit eine ganz andere Frage: Warum hat eigentlich niemals jemand gefragt, wo sich Teresa aufhält oder was aus ihr geworden ist? Es ist doch merkwürdig, dass niemand sie gesucht hat. Oder hat es vielleicht doch jemand getan?
Geht mir vielleicht nur gerade die Phantasie durch?

Finde ich etwas, weil ich etwas suche, oder finde ich etwas, weil ich etwas finden will?

Ach, ich hab dich lieb,

Vio

XV

Am 17. Juni 1899 war der junge Francisco Canals Ambrós zum ersten Mal zu einem der Mittwochstreffen im Haus der Señora Lax eingeladen.

Die üblichen Gäste kamen wie immer pünktlich um halb vier, und das Personal geleitete sie ins obere Stockwerk, wo in der Bibliothek das Sofa eigens durch den ovalen Tisch mit der schwarzen Tischdecke ersetzt worden war. An dem Tisch hatten alle ihre Stammplätze, die sie unverzüglich einnahmen, wie Geschäftsleute, die eine dringliche Angelegenheit besprechen müssen. Während man noch auf die Nachzügler wartete, wurden Tee und Gebäck gereicht. Die Hausmädchen wussten: Sobald der letzte Gast eingetroffen war, würden die Türen geschlossen und um nichts in der Welt vor dem Ablauf vieler Stunden wieder geöffnet werden. Alles, was den üblichen Ablauf im Haus mittwochs zwischen halb vier Uhr nachmittags und sieben Uhr abends störte, musste bis dahin warten. Die Señora zeigte sich darin so unerbittlich, dass die Dienstmädchen nicht einmal wie bei anderen Anlässen durchs Schlüsselloch zu lugen wagten. Wenn danach die Gäste mit ernstem Gesicht die Treppe hinuntergingen, hing in der Bibliothek ein penetranter Geruch nach verbranntem Wachs, und oft lag mehr als eine Tasse umgekippt auf dem Teppich.

Auch der folgende Akt findet in der Bibliothek statt.

Die Teilnehmer sitzen längst auf ihren Plätzen. Dem Ehrengast hat die Gelegenheit, zum ersten Mal in solch einem Palais zu sein, rote Wangen beschert. Sein Blick schweift nervös über die Regalböden voller Bücher. Die Türen werden geschlossen. Maria del Roser persönlich schenkt den Teilnehmern der Runde Tee ein. Sie muss dabei niemanden nach seinen Vorlieben fragen, nur den jungen Mann, ihren neuen Gast an diesem Nachmittag.

»Ein wenig Tee oder darf es etwas anderes sein, Señor Canals?«, fragt die Gastgeberin.

Francisco Canals spürt seinen rauen Hals.

»Dürfte ich ein Glas Wasser haben?«

»Selbstverständlich!« Maria del Roser greift zu dem Krug aus Muranoglas und schenkt ein.

Dann nimmt sie wieder auf dem Stuhl Platz, der ihr für diese Gelegenheiten schon vor einiger Zeit zugewiesen wurde. Das Klingeln der Löffel in den Tassen verstummt genau in dem Augenblick, in dem Don Miguel Vives das Wort ergreift: »Heute begleitet uns ein höherer Geist«, beginnt er und sieht mit väterlichem Stolz zu dem jungen Mann, »den eine besondere Fähigkeit als Medium auszeichnet. Sie alle haben schon einmal das Glück gehabt, ihn zu sehen, und zwar bei einer unserer Veranstaltungen. Heute jedoch werden wir im privaten Kreis seine Gabe bewundern können. Señor Canals, möchten Sie uns noch etwas sagen, ehe Sie beginnen?«

Der junge Mann hat Lampenfieber und errötet noch mehr. Er bemüht sich, den übrigen Teilnehmern in die Augen zu sehen, konzentriert sich aber schließlich doch auf den Wasserkrug.

»Ich danke Señor Eduardo Conde sehr für alles, was er für mich tut«, stammelt er.

»So ein Unsinn«, ruft der Angesprochene aus, »das hätte jeder andere auch getan.«

Francisco Canals zieht eine Augenbraue hoch, als zweifele er an den Worten seines Arbeitgebers. Die übrigen Gäste nehmen neugierig den Kontrast zwischen der Ungeschicklichkeit des jungen Mannes und der Gewandtheit des Warenhausbesitzers wahr. Schließlich sieht sich Letzterer verpflichtet, eine Erklärung abzugeben.

»Señor Canals arbeitet seit zwei Jahren in der Abteilung für Trauerkleidung in meinem Hause«, erklärt er, was die Anwesenden sofort aufhorchen lässt. »Ich muss Ihnen sagen, dass er sowohl von unserer Kundschaft geschätzt wird als auch von den übrigen Angestellten, die mich auch auf seine Fähigkeiten hingewiesen haben. Unser junger Mann ist zwar äußerst bescheiden und will kein Aufhebens um seine Person machen. Aber alles, was über ihn gesagt wird, weist auf einen Menschen mit hohen spirituellen Fähigkeiten hin. Ich habe ihn in mein Büro kommen lassen und geradewegs gefragt, ob die Gerüchte, die über ihn verbreitet werden, stimmen. Ich war überrascht, mit welcher Offenheit mein junger Angestellter über seine gewaltige Gabe sprach, und auch von seiner Bereitschaft, diese mit anderen zu teilen. So etwas können nur sehr großzügige Menschen. Alles Übrige ist Ihnen bekannt. Bei unserer letzten Begegnung habe ich Señor Canals gebeten, uns darüber zu berichten, was der Spiritismus für ihn bedeutet, und habe ihn eingeladen, an unserer heutigen Sitzung, der letzten vor den Sommerferien, teilzunehmen. Denn ich war davon überzeugt, dass sein Beitrag uns alle bereichern würde.«

Condes Worte wecken bei den Zuhörern Erwartungen.

»Nur ein Freidenker wie Sie vermag für einen Untergebenen so viel Bewunderung aufzubringen«, meint eine Dame.

Conde lächelt und antwortet: »In meinem Hause sind alle Menschen gleich.«

»Sie beweisen es uns ja, Don Eduardo. Schließlich gereicht es Ihrem Warenhaus zur Ehre, dass Sie gute Löhne zahlen und sich um die Gesundheit und Sicherheit Ihrer Angestellten sorgen. Außerdem bieten Sie sogar bezahlten Urlaub. Das bringt wirklich nur ein Liberaler zustande!«

»Schon gut, schon gut«, beschwichtigt Don Eduardo. »Aber wir haben hier nicht zusammengefunden, um über mein Warenhaus zu sprechen, sondern um dieses junge Wunder zu sehen und zu hören, das uns heute Nachmittag eines seiner größten Talente demonstrieren wird: die Écriture automatique.« Die Anwesenden geraten in Aufregung.

»Dazu sind Sie in der Lage?«, fragt Maria del Roser, die dabei vom Stuhl aufspringt.

»Unser junger Gast kann noch viel mehr«, fährt Conde fort. »Señor Canals lebt in einer Art ständiger Kommunikation mit der jenseitigen Welt. Für ihn sind Gespräche mit den Toten ganz normal. Sind Sie bereit?«

»Hätten Sie bitte noch ein Glas Wasser für mich?«, bittet der Protagonist des heutigen Treffens.

»Aber selbstverständlich« – Maria del Roser schenkt ihm nach –, »trinken Sie, so viel Sie möchten! Fühlen Sie sich wie zu Hause.«

Francisco Canals nimmt ein paar Schluck, stellt das Glas auf dem Tisch ab und schließt die Augen. Dann sieht er wieder auf und spricht ohne zu zögern zu den Anwesenden, wie an dem Abend, an dem er im Teatro Calvo-Vico auf die Bühne gegangen war.

»Die Toten sind unsichtbar, aber nicht abwesend«, sagt er.

Alle sind von der Gewissheit überwältigt, mit der er diese Worte verkündet. Er wirkt plötzlich wie ein anderer Mensch, so als ob die Wahrheit, die er in seinem Inneren bewahrt, ihm Stärke verleiht.

Eduardo Conde gibt Maria del Roser einen Wink, und diese erhebt sich, um die Läden des einzigen Fensters zu schließen. Nun herrscht in dem Raum eine Dunkelheit, die absolut wäre, wenn darin nicht die zwölf kleinen Flammen der Handleuchter flackern würden, wie stets zu den Sitzungen. Francisco Canals nimmt aus seiner Tasche eine schwarze Augenbinde und reicht sie Don Eduardo. Alle können sehen, wie seine Hand zittert. Don Eduardo steht auf, verbindet dem Medium die Augen und nimmt wieder Platz. Maria del Roser reicht ihrem Gast einen

Federhalter, ein Tintenfass und ein Blatt Papier. Nun kann es losgehen. Die Stille verstärkt den aufgeregten Atem des Mediums. Niemand wagt die geringste Bewegung. Alle Blicke konzentrieren sich auf den Zelebranten.

Dieser wiederum umklammert die Feder mit zitternder Hand. Alle sehen, dass er Linkshänder ist. Er taucht den Federhalter in die Tinte. Dann ziert ein Fleck in Form eines schwarzen Mondes die Seite. Er wartet einen Augenblick reglos darauf, dass etwas geschieht. Alle Augen sind auf ihn gerichtet. Da beginnt seine Hand erneut kräftig zu zittern. Die Feder drückt auf das Papier. Sie zieht einige unbeholfene Striche, wie Kinderkritzeleien. Wie unter einem heftigen Krampf schiebt sich die Feder in die Mitte des Blattes, und mit einem unüberhörbaren Kratzgeräusch entstehen die ersten Buchstaben.

Wenn ich ins Grab steige, werde ich nicht wie so viele andere sagen: Mein Tag ist vollbracht, schreibt sie plötzlich,

Die Feder unterbricht und nimmt Tinte auf. Dann kehrt sie aufs Papier zurück, und es geht weiter.

Das Grab ist keine Sackgasse, und mein Tag wird am nächsten Morgen neu beginnen.

Wieder erfolgt eine Pause. Mit genügend Tinte versorgt, fährt die Feder in der Hand fort.

Denkt nicht an das, was verdirbt. Nicht nur die Lebenden werfen Schatten. Seht genau ins Dunkel, und ihr werdet das Licht der Toten leuchten sehen.

Das krampfartige Zittern endet. Das Medium stößt einen Seufzer aus. Francisco Canals wartet einige Minuten ab, ob die Botschaft weitergeht, aber nichts geschieht. Nur seine linke Hand bebt noch. Schließlich legt er die Feder beiseite und flüstert mit ersterbender Stimme und hochroten Wangen:

»Ich glaube, das ist alles.«

Don Eduardo Conde nimmt das beschriebene Blatt Papier an sich und liest die gesamte Botschaft laut vor. Danach ruft er mit zufriedenem Gesichtsausdruck: »Beachtlich, junger Mann! Das sind ja lauter Absichtserklärungen! Wissen Sie, wer sie Ihnen diktiert hat?«

»Ich weiß nur, dass es ein höherer Geist ist«, antwortet der junge Mann.

»Daran besteht kein Zweifel. Aber gibt es sonst noch etwas, was Sie uns erhellen könnten?«

»Er findet sich nicht damit ab, tot zu sein. Es missfällt ihm. Vielleicht ist er erst vor kurzem hinübergegangen«, meint er.

»Wissen Sie, ob er ein Franzose sein könnte? Hat er Sie auf Französisch angesprochen?«, möchte eine Dame wissen.

»Die Geister benötigen keine Sprachen«, antwortet der junge Mann selbstsicher, »denn sie drücken sich in einer einzigen, universalen Sprache aus.«

»Aber ja doch!«

»Ich bin beeindruckt, Señor Canals«, bekennt Maria del Roser. »Sie besitzen wirklich eine wunderbare Gabe.«

Der junge Mann errötet wieder. Das scheint sein Normalzustand zu sein.

»Dabei war das noch gar nichts, meine werte Freundin. Señor Canals verfügt noch über ein weiteres Talent, wegen dem ich ihn kennenlernen wollte. Mit diesem vermag er unser Bewusstsein in seiner größten Tiefe zu erschüttern.«

»Wirklich? Was ist das für ein Talent?«

Die Stille unterstreicht die Spannung.

»Er muss einem Menschen nur in die Augen sehen, dann kann er erkennen, wie viel Zeit ihm noch zu leben bleibt.«

Diese Enthüllung löst unterschiedliche Wirkungen aus. Ausweichende Blicke sind die ersten. Nur wenige scheinen bereit zu sein, ein intimes Geheimnis preiszugeben, das sie selbst erschreckt. Dann folgen mehrere Rufe.

»Und das funktioniert bei allen Menschen?«, fragt die Gastgeberin nach.

Der junge Mann antwortet mit brüchiger Stimme. »Ja, Señora. Auch bei mir selbst.«

»Wollen Sie damit sagen, dass Sie Ihr eigenes Todesdatum kennen?«

»Ja, schon lange«, antwortet der junge Mann.

Niemand wagt, die Frage laut zu stellen, die allen durch den Kopf geht. Francisco Canals kommt den Anwesenden zuvor. »Ich habe nur noch wenig Zeit.«

Allgemeines Entsetzen.

»Aber Sie stehen doch in der absoluten Blüte«, ruft jemand so entrüstet, als trage der junge Mann irgendeine Schuld.

»Der Tod ist von Ihnen nicht weiter weg als von mir, Señora«, flüstert Francisco Canals ruhig. »Denn er folgt keiner Logik.«

»Was ist mit der Todesursache? Können Sie die auch erkennen?«, mischt sich eine männliche Stimme ein.

»Nein. Nur das Datum.«

»Wenn ich die Todesursache wüsste, könnte ich vielleicht den Tod vermeiden.«

»Ich sehe keinen Anlass dafür.«

»Anlass? Ist denn der Tod nicht Anlass genug?«

Der junge Mann trinkt einen Schluck Wasser. Seine ganze Antwort darauf ist: »Ich habe keine Angst vor dem Tod.«

»Aber, werden wir Sie wiedersehen?«, möchte die ältere Dame wissen, die bereits das Wort ergriffen hatte.

»Selbstverständlich. Ich werde in Ihrer Nähe sein. Nach meinem Abgang aus dieser Welt sogar noch mehr als jetzt.«

Eduardo verliest noch einmal die Sätze auf dem Blatt Papier und meint dazu: »Vielleicht möchte der höhere Geist, der mit Ihnen Kontakt aufgenommen hat, uns eine Botschaft übermitteln, die Sie angeht.«

»Vielleicht«, flüstert das junge Medium, während es mit der Hand über die Stirn streicht, um sich den unangenehmen Schweiß wegzuwischen.

Maria del Roser erkennt, dass ihr Ehrengast Ermüdungserscheinungen zeigt, und beschließt einzugreifen. Sie steht auf, geht zu den Wandregalen mit den griechischen Klassikern und nimmt ein Kästchen heraus, das bis jetzt die dreibändige Gesamtausgabe von Aristophanes enthalten hat. Mit einer recht gemächlichen Feierlichkeit schreitet sie zu dem jungen Mann und übergibt ihm das Päckchen.

»Señor Canals, hiermit überreiche ich Ihnen im Namen unseres Mittwochskreises ein bescheidenes Geschenk, als Zeichen für unsere Dankbarkeit.«

Die zwölf Gäste beschäftigen sich wieder mit ihren Teetassen. Sie wirken erleichtert, während der junge Mann das Geschenk auspackt. Darin befindet sich eine Perlmuttschatulle, die mit rotem Samt ausgelegt ist, auf dem ein Goldring ruht. Die Augen des jungen Canals beginnen angesichts der Überraschung zu funkeln.

»Innen ist Ihr Name eingraviert«, sagt ihm Maria del Roser.

»Das ist zu viel. Sie hätten nicht ... Ich habe niemals ...«, der junge Mann findet keine Worte, und die Anwesenden haben daran ihre Freude. Er streift den Ring über seinen Mittelfinger. »Sie hätten sich keine Umstände machen sollen«, fügt er noch hinzu.

Alle weichen seinem Blick aus.

»Das sind überhaupt keine Umstände. Das ist nur eine kleine Aufmerksamkeit, damit Sie sich an uns erinnern und gerne noch einmal kommen.«

Francisco Canals gibt keine Antwort. Er verabschiedet sich von dem Kreis mit der ausgesuchten Höflichkeit, die er in der Abteilung für Trauerkleidung des Warenhauses so oft an der Ladentheke erprobt hat.

Auf der Treppe begegnen die Gäste Concha, die in dem Moment die kleine, gerade einmal ein Jahr alte Violeta zum Kinderzimmer hochträgt. Alle bleiben bei ihnen stehen, um die Kleine auf Conchas Arm zu bewundern. Sie geben all die lächerlichen Koseworte von sich, die Erwachsenen in der Gegenwart kleiner Kinder gewöhnlich einfallen. Francisco Canals Ambrós ist der letzte Gast. Er wartet, bis er hinuntergehen kann.

Als alle anderen schon unten sind, geht er schweigend an Concha und dem kleinen Mädchen vorbei. Außer der Kinderfrau beachtet niemand seinen Gesichtsausdruck. Er betrachtet Violeta, und sofort verschwindet aus seinem Gesicht diese innere Ruhe, die ihn sonst auszeichnet. Seine Lippen kräuseln sich, er senkt den Blick und eilt die Treppe hinunter.

Concha will ihm gerade sagen, wie gut ihr sein Auftritt im Teatro Calvo-Vico gefallen hat, aber sie hat keine Chance. Der junge Mann ist verschwunden. Er wird von der Eile eines Menschen getrieben, der etwas gesehen hat, was er lieber nicht gesehen hätte.

Von: Violeta Lax
Gesendet am: 24. März 2010
An: Valérie Rahal
Betreff: Deine Neugierde wird befriedigt …

Liebe Mama,

ich muss zugegeben, diese Seite an dir ist mir bislang unbekannt gewesen. Ich bin dir also noch eine Geschichte schuldig? Schön, dass ich dich neugierig machen konnte. Ich bin sicher, dass ich die großen Erwartungen, die ich geweckt habe, nicht enttäuschen werde. Sonst ist es dein volles Recht, dich über die Erzählerin zu ärgern.
Also, die Geschichte begann am 19. Dezember 1993, in Paris. Da habe ich jemanden kennengelernt, der für mein Leben ganz wichtig wurde. Wie alle bedeutsamen Dinge im Leben war alles reiner Zufall. Damals haben wir nur ein paar Höflichkeitsfloskeln ausgetauscht und dabei festgestellt, dass wir ähnliche Interessen haben. Wir beide bewegten uns in der Kunstszene, ich in der Malerei, mein Gegenüber in der Musik. Die Person komponierte auch und wollte eine Band gründen und eine Platte aufnehmen. Wir haben uns dann Silvester wieder getroffen, während einer Reise mit ein paar Freundinnen von der Uni nach Barcelona. Wir haben miteinander geschlafen. Es war mein erstes Mal. Dann war erst einmal Funkstille, und ich habe die Erfolge nur aus der Ferne verfolgt. Der Name war in aller Munde, nicht nur in Frankreich, sondern auch in Spanien. Plötzlich wurde ein Song für irgendein Sportevent ausgewählt und damit richtig populär. Man hörte das Lied überall. Es folgten überall Auftritte und ich beschloss, auf das Paris-Konzert zu gehen. Gewissermaßen inkognito, aber in der ersten Reihe. Aber schon beim ersten Lied trafen sich unsere Blicke. Nach dem Auftritt sprach mich einer der Gorillas von der Security an und verkündete, dass mich jemand sehen wollte. Ich

wurde in die Garderobe gebeten, du weißt schon, so geht es halt in der Rockszene zu. Natürlich bin ich mitgegangen.
Ich muss zugeben, zu der Zeit hat mich allein diese Präsenz umgeworfen, die Anziehungskraft, die so gewaltig war, dass ich es mit der Angst zu tun bekam. Ich hatte das Gefühl, alles für diese Person tun zu wollen, ein gleichermaßen großartiges wie unbehagliches Gefühl. Diese Selbstsicherheit, diese Ausstrahlung und diese Art, die Dinge einfach anzupacken, haben meinen eigenen Willen völlig ausgeschaltet. Ja, ich denke, diese Art der Selbstaufgabe ist die klassischste Definition von Verliebtsein, aber ich war damals nicht daran gewöhnt. Vermutlich bin ich es nie gewesen.
Unser Wiedersehen war phantastisch. Meine große Liebe sagte mir, dass sie jeden Moment an mich gedacht hatte. Ich gab darauf keine Antwort. Meine eigenen Gefühle erschreckten mich, und ich wollte sie lieber leugnen. Aber als nur wenige Monate später der Vorschlag kam, in Barcelona zusammenzuleben, habe ich trotz allem keine Sekunde gezögert. Zuerst versuchten wir es mit getrennten Wohnungen, später schlug ich vor, zusammenzuziehen. Meine Geste wurde dann als das Ende meiner Zweifel und Ängste interpretiert, und ich glaube, gewissermaßen war das auch so. Das war die einzige Phase in unserer Beziehung, in der ich mich ganz hingeben konnte, ohne Komplexe, ohne Vorurteile, einfach mit Haut und Haaren. Und es hat sich gelohnt. Das war wirklich das Größte, was ich je mit einem anderen Menschen zusammen erlebt habe. Ich weiß, es ist schlimm, wenn ich das sage, und natürlich muss ich dabei an Daniel denken und an das, was er für mich darstellt, und an die Rolle, die unsere Beziehung in meinem Leben spielt. Aber das sind nun mal meine Gefühle, und es wäre lächerlich, das nicht zuzugeben.
Die ganze Sache lief eine Weile lang sehr gut. In der Zeit machte ich mir sowohl bei Galeristen als auch in der akademischen Welt einen Namen. Ich veröffentlichte einige Artikel. Es hagelte Jobangebote. Ich beschloss plötzlich, mich auf meine Karriere zu

konzentrieren, und zog mich zurück. Ich wollte nicht mehr bei öffentlichen Akten begleitet werden, also kam irgendwann die Frage auf, ob ich mich für meine Begleitung schämen würde. Ich wusste nicht, was ich darauf antworten sollte. Ich merkte, dass ich begann, dieser Liebe hoffnungslos Schaden zuzufügen. Dabei war dies aus irgendeinem unerfindlichen Grund nur der Anfang vom Ende.

Dann erhielt ich das Angebot, am Art Institute in Chicago mitzuarbeiten, und ich musste mich schnell entscheiden. Ich wusste, dass die Arbeit dort mit unserem gemeinsamen Leben unvereinbar war. Aber dennoch verfolgte ich den Plan weiter. Doch alle Diskussionen führten nur in eine Sackgasse und bewirkten das Gegenteil: Auf einmal hatte ich nur noch das Bedürfnis, diese Phase meines Lebens abzuschließen. In Wahrheit war Chicago nur die perfekte Ausrede für eine Flucht. Ich verabschiedete mich nicht einmal. Ich nutzte einfach eine Tournee aus, packte meine Koffer und hinterließ auf dem Nachttisch eine Nachricht, in der ich mich für alles bedankte, was ich in der gemeinsamen Zeit gelernt hatte, und viel Glück für die Zukunft wünschte.

Ich bin mit zerbrochenem Herzen abgeflogen. Aber ich habe nicht ein Mal zurückgeschaut. Ich hatte einfach das Gefühl, dass diese Flucht die einzige Chance war, vorwärtszukommen. Das Ganze hatte etwas Atavistisches.

In Chicago habe ich dann gelernt, meine Sehnsucht zu kurieren und nach und nach mein vorheriges Leben zu vergessen. Ich schwor mir, erst wieder nach Barcelona zurückzukehren, wenn ich diese Erinnerung ausgelöscht hatte. Irgendwie wurde ich zu einem anderen Menschen. Der Mensch, den die anderen in mir sehen sollten. Ich verzichtete auf wesentliche Teile meiner Persönlichkeit. Und das Schlimmste ist, dass ich es nicht einmal bemerkt habe. Auf einmal tauchte Daniel auf. Das Sahnehäubchen. Und dann verstrichen fünfzehn Jahre. Die Zeit vergeht schneller als das Vergessen.

Vor kurzem habe ich in der Presse gelesen, dass meine große

Liebe unheilbar an Krebs erkrankt ist. Auch wenn die Krankheit sich schon länger hinzog, war es diesmal ernst. Zuerst platzte die Tournee. Dann erschien eine neue CD, eine Sammlung mit bislang unbekannten Liedern, die aus persönlichen Gründen nicht veröffentlicht worden waren, so stand es zumindest in den Zeitungen. Auf diesem Album gibt es einen Song mit dem Titel »Adiós, Violeta«. Dieses Lied gab mir den letzten Anstoß. Ich glaube, auch wenn es zu spät ist, diese Person hat eine Erklärung verdient. Oder zumindest die Chance, mir persönlich Vorwürfe machen zu können. Du hast mir doch von klein auf gesagt: »Es ist niemals zu spät für das, was man tun muss.« Das stimmt doch, oder?
Deshalb bin ich nach Europa geflogen.
Aber, jetzt wo ich hier bin, stolpere ich schon wieder über meine eigene Feigheit. Ich kenne das Krankenhaus, ich habe die Telefonnummer des Managers, aber nach wie vor verschanze ich mich hinter irgendwelchen Ausreden, um meine Entscheidung hinauszuzögern. Ich bin wirklich starr vor Furcht.
Jetzt weißt du also Bescheid. Also herrscht zwischen uns beiden Frieden, ja?
Herzliche Grüße an Jason.

Deine dich liebende Tochter

Violín

XVI

Der Tod von Rodolfo Lax kam für alle überraschend, selbst für Don Rodolfo selbst.

Der Industrielle stand am 27. Juli 1909 vor dem Morgengrauen auf, besorgt wegen der drohenden Ereignisse, die ihm unabwendbar schienen. Das Stadtpalais in Barcelona war, wie immer in den Sommermonaten, ansonsten menschenleer. Don Rodolfo war der einzige Bewohner der von Geistern bewohnten, verschlossenen Zimmerfluchten, in denen die Möbel unter schützenden Tüchern ihren Sommerschlaf hielten. Nur sein Kabinett und sein Schlafzimmer standen noch offen. In diesen trägen Wochen der höchsten Temperaturen und der größten Müdigkeit war auch nicht mehr nötig. Der ganze Luxus für den einzigen Hausbewohner bestand aus seinem morgendlichen Kaffee, seiner ruhigen Lesestunde sowie dem Pläneschmieden, wie er den restlichen Tag seine Einsamkeit vertreiben könnte. Normalerweise verließ er morgens um zehn Uhr nach seiner Zeitungslektüre das Haus. Er besuchte eine seiner Fabriken, erledigte wichtige Angelegenheiten, traf drei oder vier Entscheidungen, auf die er später stolz war, und kehrte erst spät wieder heim, nachdem er im Hotel Colón das Abendessen eingenommen und bis in die Nacht die Gesellschaft der anderen Herren genossen hatte, die ebenfalls ohne ihre Familien glückliche Stunden verbrachten.

»Es ist die einzige Jahreszeit, in der wir über Damen reden, ohne unter den eigenen zu leiden«, pflegte Lax lachend zu sagen.

An jenem Dienstagmorgen herrschte in der Stadt eine falsche, von Schuld erfüllte Stille. Am Vortag war es in den Straßen zu besorgniserregenden Störungen gekommen, die niemand so recht einzuschätzen wusste. Einige Frauen hatten gegen die Entscheidung der Regierung demonstriert, ihre Männer in den Krieg nach Marokko zu schicken. »Das ist ein Krieg der Reichen, in dem nur wir Armen sterben«, lamentierten sie, und Lax gab ihnen völlig recht. Auch er hielt die Pläne der spanischen Regierung, die Kolonialtruppen in Marokko durch Reservisten zu verstärken, um die Angriffe der Rifkabylen gegen die private spanische Bergwerkgesellschaft bei Melilla besser abwehren zu können, für unsinnig und ungerecht. Aber seine Bequemlichkeit hinderte ihn daran, Partei zu ergreifen. Idealistische Kämpfe waren Sache seiner Frau, die ihre nonkonformistische Seele unter ihrem bezaubernden Korsett verbarg. Doch dann kam der Generalstreik in Barcelona, zu dem die unzufriedenen Arbeiter aufgerufen hatten. Plötzlich wurden überall in den Straßen Barrikaden errichtet, Geschäfte geschlossen, die Aufständischen waren in Kampfbereitschaft, und ein Teil der in Barcelona stationierten Streitkräfte solidarisierte sich mit ihnen. Als die ersten Kirchen, Klöster und Ordensschulen in Flammen aufgingen, befürchtete Rodolfo, dass alles zusammenbrechen würde. Ihm schien dieser Aufruhr eher in einen Roman aus dem 19. Jahrhundert zu passen als in den Alltag von vernunftbegabten und modernen Menschen von heute.

Doch die Vernunft schien nicht gerade die Stärke dieser Revolutionäre zu sein, die sich selbst als friedliebend bezeichneten, aber nur vom Heer zur Ruhe gebracht werden konnten. Erst mehrere Stunden später begriff Rodolfo ihre Beweggründe, aber keineswegs ihr Vorgehen. Er war davon überzeugt, dass man solche Dinge besser am Tisch als in der Feuerlinie klärte. Schließlich kann man über alles verhandeln. Er selbst hatte das bewiesen, als er in seinen eigenen Fabriken schon einmal die Beteiligung an einem Streik verhinderte, indem er mit seinen

Arbeitern bessere Arbeitsbedingungen aushandelte. Natürlich war Ministerpräsident Maura mit seiner Regierung schneller dabei, die Artillerie zu schicken als Argumente zu suchen. Und was die Frage der Reservisten betraf, da existierten einfach zu viele verdeckte Interessen, um sie auf einem Verhandlungstisch offenzulegen.

Doch diesmal war in den Lax-Fabriken beim Generalstreik am 26. Juli, wie in den übrigen Fabriken der Stadt, niemand zur Arbeit erschienen. Die Streikposten der *Solidaridad Obrera* hatten sich kaum anstrengen müssen, um die Arbeitsniederlegung durchsetzen zu müssen: Der Unmut war weit verbreitet und griff in einigen Fällen sogar auf die Arbeitgeber über.

Am Nachmittag erschien Trescents bei Rodolfo Lax und wollte wissen, welche Maßnahmen er gegen die Streikenden ergreifen sollte.

»Gar nichts. Die haben schon genug am Hals.«

»Was heißt gar nichts? Bitte, Señor Lax, überlegen Sie es sich gut. Wenn Sie denen nicht zeigen, wer das Heft in der Hand hat, wird man Sie noch aus Ihrem eigenen Haus werfen.«

»Ich habe denen schon klargemacht, wer das Sagen hat, Trescents. Überlegen Sie doch, ich gehöre zu den Glücklichen, die ihre eigenen Söhne freikaufen können, damit sie nicht in den Krieg ziehen müssen. Die Arbeiter hingegen können nichts ausrichten. Und die meisten haben auch noch Frau und Kinder. Regen Sie sich nicht auf, Trescents. Versetzen Sie sich doch einmal in deren Lage. Und lassen Sie mich mit ihnen reden«, beschwichtigte ihn Lax in der festen Überzeugung, dass zwischen ihm und seinen Arbeitern gegenseitiger Respekt bestand.

»Seien sie nicht so blauäugig, Don Rodolfo. Bei Ihnen arbeiten viele Leute. Sie kennen nicht mehr alle, und einige sind nicht ganz sauber. Es gibt genug, die diese Mode der Arbeitskämpfe sehr ernst nehmen. Sie sprechen sogar von Gewerkschaften! Dabei sind die Fabriken doch die besten Arbeitervereinigungen, oder?«

»Lassen Sie sie, Trescents«, besänftigte ihn Rodolfo, von dem man nicht wusste, ob er die Gewerkschaftsbewegung tatsächlich guthieß oder ob er im Grunde genommen am Erfolg der Linken zweifelte. »Sollen sie doch ihre Versammlungen organisieren, was ist denn schon dabei? Sie würden doch an deren Stelle das Gleiche tun, nicht wahr?«

Doch der gerissene Jurist Tomás Trescents gehörte zu diesen reaktionären jungen Leuten, deren Leben durch das kanonische Recht und die christliche Liturgie geregelt war. Allein schon der Vergleich mit dem Pöbel brachte ihn zum Platzen. Lax blieb unerschütterlich. Er nahm die Vorgänge erst ernst, als sein Freund Emilio de la Cuadra restlos aufgelöst bei der Tischrunde im Hotel Colón auftauchte und berichtete, dass er zur falschen Zeit einen Gang durch die Stadt gemacht und festgestellt habe, in welchem Zustand sich alles befand. Neben vielen anderen Ungeheuerlichkeiten hatte er am Haupteingang einer der Lax-Fabriken ein Plakat entdeckt, auf dem stand: *Von dieser Familie bleibt kein Tropfen Blut übrig.*

Dieser Spruch war die Ursache für Rodolfos schlechte Nacht gewesen. Im Schein der Nachttischlampe versuchte er – noch lange vor dem Morgengrauen –, die Entwicklung der brisanten Situation abzuschätzen. Irgendwoher aus der Stadt drangen zuweilen Schüsse herüber. Rodolfo stand früh und sehr erregt auf, kleidete sich hastig an und wartete ungeduldig darauf, dass wie jeden Tag endlich die Zeitungen eintrafen, die er abonniert hatte. Mangels anderer Lektüre blätterte er inzwischen in der *La Vanguardia* vom Montag. Er machte sich eine Notiz: *Neue Erfindung von Edison prüfen: Fertighaus aus Zement.* Er betrachtete die Zeichnung eines dieser Grammophone, von denen seine Frau ihm so oft erzählt hatte, nahm eine Briefkarte mit seinem Signet und begann zu schreiben.

Bitte liefern Sie sobald wie möglich ein Grammophon der Marke Victor von bester Qualität, nebst einer Schachtel Nadeln sowie einem Dutzend Schellacks nach Ihrer Wahl. Einen Scheck lege ich anbei, ebenso die Karte, die das Geschenk bei der Lieferung begleiten soll. Die Lieferadresse entnehmen Sie der Rückseite.

Mit freundlichen Grüßen,

Rodolfo Lax

Auf einen Briefumschlag schrieb er den Namen und die Anschrift des Geschäfts: *Casa Corrons, Rambla de los Estudios, 11.* Dann verschloss er den Umschlag, damit die Bestellung überbracht werden konnte.

Statt der sehnsüchtig erwarteten Tageszeitungen traf Julián ein, der in einer Hand einen Brief und in der anderen eine Tasse Kaffee hielt.

»Ein junger Mann mit ziemlich finsterem Gesicht hat soeben das hier für Sie abgegeben«, sagte er, während er ein Schreiben auf den Tisch legte.

Rodolfo las mit düsterer Miene das Billett. Er brummte entrüstet vor sich hin, schüttelte den Kopf, leerte die Tasse Kaffee in einem Schluck aus und stammelte: »Wie verlieren gerade die Orientierung.«

Er eilte die Treppe hinab, fing den Fahrer im Patio ab und wies ihn an, den Wagen vorzubereiten, um gleich aufbrechen zu können.

»Bitte, gib das persönlich dort ab«, bat er und überreichte dem Fahrer den schmalen Briefumschlag mit der Bestellung für das Grammophon.

Rodolfo Lax klagte über die stickige Luft, die in der Stadt schon zu dieser frühen Stunde für eine schwüle Atmosphäre sorgte, stieg mit konsterniertem Gesicht in den Wagen und verschwand, als die Glocken zaghaft zehn Uhr schlugen.

Dies war das letzte Mal, dass Don Rodolfo sein Wohnhaus verließ.

Fünf Wochen später, in deren Verlauf Maria del Roser sich immer wieder fragte, wie sie nur ohne diesen Mann leben sollte, der sie an jedem Tag ihres gemeinsamen Lebens glücklich gemacht hatte, wurde ein Bote der Casa Gorrons mit einem riesigen Paket vorstellig.

»Das ist für die Dame des Hauses, eine Aufmerksamkeit von ihrem Herrn Gemahl.«

Bei diesen Worten wäre Concha vor Schreck beinahe in Ohnmacht gefallen. Einen Augenblick lang dachte sie, der Señor, der in allem immer so genau gewesen war, kümmere sich nun vom Jenseits aus um alles. Als sie das Paket aufmachten, entdeckten sie das neueste Modell eines Victor-Grammophons, das soeben aus den Vereinigten Staaten eingetroffen war, und anbei eine Karte mit der Zeile: *Für Rorró in Liebe von Rodolfo.*

Der tüchtige Julián berichtete niemals, unter welchen Mühen er an jenem aufrührerischen Morgen bis zur Rambla de los Estudios gelangt war. Aber schließlich hatte es sich gelohnt. Immerhin hatte die hindernisreiche Fahrt dazu gedient, dass der Señor seiner geliebten Rorró, seiner Rorrita oder mit welchen Koseworten er auch immer seine Frau bedachte, die nun für immer und für alle Doña Maria del Roser Golorons, verwitwete Lax, sein würde, einen letzten Wunsch erfüllte.

Amadeo Lax Golorons traf am Vormittag des 2. August zu Hause ein. Er hatte die Rückreise aus Rom allein und mit der Postkutsche angetreten und höchstens dann eine Pause eingelegt, wenn die Pferde gewechselt werden mussten. Als er in Barcelona eintraf, herrschte eine merkwürdige Atmosphäre in der Stadt. Überall patrouillierten Soldaten durch die Straßen, und ein beißender Brandgeruch hing in der Luft. Die Bewohner Barcelonas bemühten sich, Normalität vorzutäuschen.

Als Amadeo schließlich im Elternhaus eintraf, verrieten nur seine verschmutzte Kleidung und seine bleichen Wangen die Zwischenfälle, die er während der letzten Stunden erlebt hatte.

Sobald er den Wagenhof betrat, fragte er nach seiner Mutter. Man sagte ihm, dass die Señora in der Bibliothek anzutreffen sei, wo sie sich vermutlich ausruhte. Er wollte wissen, ob auch Violeta und Juan zu Hause seien.

»Sie sind noch in Caldes«, berichtete Julián. »Ihre Mutter hatte bestimmt, dass die beiden unter gar keinen Umständen die gefährliche Reise antreten. Wenn ich meine bescheidene Meinung sagen darf, Señor, ich glaube, sie hat recht. Das, was wir in letzter Zeit erlebt haben, ist einfach furchtbar.«

»Was ist mit der Beisetzung?«

Felipe senkte den Blick.

»Wir haben nichts davon gehört, Señor.«

»Wo fand die Totenwache für meinen Vater statt?«

»Nirgendwo, Señor.«

»Aber man wird doch wohl wissen, wo …«

»Nein, Señor.«

»Aber Julián, was ist denn eigentlich passiert? Kann mir das denn keiner sagen?«

Der Fahrer nickte wortlos und bat, sich setzen zu dürfen. Dann begann er, mit Grabesstimme über die Ereignisse zu berichten.

»Am Dienstag habe ich Ihren Vater zum Convento de las Jerónimas in der Calle de San Antonio gefahren. Die Stadt war von diesen Irren besetzt, und es hat uns einige Mühen gekostet, dort hinzukommen. Als ich den Señor schließlich bei den Nonnen am Tor absetzte, sah alles ganz ruhig aus, vielleicht sogar zu ruhig, würde ich mittlerweile sagen. Don Rodolfo hat mir aufgetragen, zurück nach Hause zu fahren, aber ich habe ihn dort nicht gerne allein gelassen. Wie immer habe ich mich darauf eingerichtet, ihn später abzuholen. Ich habe noch gesehen, wie er durch das Tor in das Kloster ging, und dann machte ich mich in seinem Auftrag auf den Weg zur Rambla de los Estudios. Sie können sich gar nicht vorstellen, was da auf den Straßen los war. Ich weiß jetzt noch nicht, wie es mir überhaupt gelungen ist, ohne größeren Schaden dorthin und wieder zurückzufahren. Aber eine Weile später habe ich wieder vor dem Convento de las Jerónimas gehalten. Diese Irren haben mich sofort angegriffen. Sie fragten mich, ob ich der Chauffeur von Rodolfo Lax sei und mich ihrer Sache anschließen wolle. Als ich ›Nein‹ sagte, beschimpften sie mich als ›Verräter‹ und verprügelten mich. Sie hatten Fackeln und Bajonette bei sich. Einen Augenblick lang habe ich gedacht, sie würden mich umbringen. Aber sie haben mir nur den Wagen gestohlen. Mich haben sie dann an der Kreuzung der Gran Vía und der Calle de Balmes rausgeworfen. Als ich endlich zu Fuß wieder beim Kloster ankam – denn die Straßenbahnen sind ja nicht gefahren –, stand es schon in Flammen. Auf den Straßen war niemand zu sehen, aber aus jedem Fenster wurde alles beobachtet.«

»Hat dir mein Vater gesagt, warum er die Nonnen ausgerechnet an einem so unpassenden Tag besuchen wollte?«, fragte Amadeo.

»Nein, Señor. Normalerweise hat er mir nichts von seinen Plänen gesagt.«

»Und du, hast du irgendeinen Verdacht?«

»An dem Morgen hat Ihr Vater ein Billett erhalten. Nachdem er es gelesen hatte, sollte ich ihn mit dem Wagen dorthin fahren. Er sah wütend aus. Ich habe die Vermutung, dass er mit den Nonnen vom Convento de las Jerónimas Geschäfte gemacht hat.«

»Hast du gesehen, wer das Billett überbracht hat?«

»Ja, Señor. Das war irgendein ganz normaler junger Bursche, niemand Bekanntes, aber er hat stockfinster ausgesehen. Wahrscheinlich hat er für das Überbringen der Nachricht ein Almosen bekommen.«

»Meinst du, die Nonnen haben die Gefahr vorhergesehen und Don Rodolfo um Hilfe gebeten?«

»Daran habe ich auch schon gedacht, Señor. Denn andere Klöster haben die Gefahr kommen sehen. Die Nonnen dort haben sich mit Schüssen verteidigt.«

Amadeo schnaubte. Das war das Letzte, was er sich hätte wünschen können: früher als beabsichtigt aus Italien zurückzukehren und sich dann noch mit einem Tod voller Fragezeichen und einem Erbe voller Verpflichtungen befassen zu müssen.

»Señor, da ist noch etwas«, flüsterte Julián.

Amadeo blickte ihn mit fragenden Augen an.

»Sor Maravillas, die Mutter Oberin vom Convento de las Jerónimas, hat persönlich diesen Brief für Sie hier abgegeben. Dabei hat sie weltliche Kleidung getragen und sehr verängstigt ausgesehen.«

Amadeo betrachtete die eleganten Schriftzüge auf dem Briefumschlag: *Zu Händen von Señor Lax junior.*

»Schon gut, Julián. Du fährst morgen nach Caldes und holst meine Geschwister ab. Sag den Angestellten, dass sie die Finca verriegeln und alle sofort hierherkommen sollen. Es gibt viel zu tun. Das war alles, du kannst gehen.«

Der Fahrer war schon auf dem Weg zur Küche, als Amadeo ihn noch einmal ansprach: »Da ist noch etwas«, sagte er. »Ich gehe davon aus, dass Conchita hier ist, oder?«

»Ja, Señor. Sie ist schon vor zwei Tagen gekommen, sie hat Ihre Mutter begleitet.«

»Sag ihr, dass sie zu mir ins Kabinett kommen soll.«

Juliáns Stimme klang bei seiner Antwort beunruhigt, als könne er den neuen Lauf der Dinge nicht akzeptieren.

»Ins Kabinett von Señor Lax?«

»Aber selbstverständlich, Julián. Ich bin jetzt der Señor Lax.«

Amadeo schleppte sich müde die Treppe hoch. Vom Flur aus warf er einen flüchtigen Blick in den Salon, nur um sich zu vergewissern, dass alles noch an Ort und Stelle war. Freudig nahm er das bekannte Knarren seiner Schritte auf dem Weg zu den Räumen wahr, die zur Straße zeigten. Er legte eine Hand auf die Türklinke. Einen Augenblick lang schien ihm, als würde er gleich Don Rodolfo in seinem Lehnstuhl gegenüberstehen, der über der Verwendung einer neuen Erfindung grübelte oder das Vorgehen eines Politikers kritisierte. Aber dem war nicht so. Als Amadeo dessen Platz einnahm, überfiel ihn einen Moment lang ein Zweifel, eine Schwäche, die nicht zu einem so stolzen Menschen wie ihm passte. Das Schreiben der Mutter Oberin flößte ihm wieder Kraft ein. Er schlitzte den Umschlag mit dem silbernen Brieföffner auf und betrachtete die hübsche Schrift. Der Brief trug das Datum 1. August. Im Briefkopf befand sich ein Kreuz aus zwei Strichen und vermittelte dem Schreiben seinen Segen. *Sehr geehrter Señor Lax*, so begann der Brief. Der Lax-Erbe erwartete keinen großen Gewinn aus einem Schreiben mit einem so uninspirierten Anfang, aber er las dennoch weiter.

Gestatten Sie mir, Ihnen mein Beileid anlässlich des Ablebens Ihres Vaters auszusprechen, in dessen großer Schuld meine Klostergemeinschaft der Hieronymitinnen und ich selbst stehen. Ich möchte Ihnen berichten, dass Don Rodolfo in meinen Armen gestorben ist, und zwar als Held und ohne Leid, nachdem er unser Kloster gegen die schändlichen Angriffe der Barbaren verteidigt hat.

Amadeo streifte seine Schuhe ab. Er richtete sich ein wenig auf und las weiter.

Ich weiß es, und Don Rodolfo sagte dies auch in seinem letzten Atemzug: Er ist in der Überzeugung zu uns gekommen, dass wir Nonnen ihn um Hilfe gerufen hätten. Aber ich möchte richtigstellen, dass dies nicht der Fall gewesen ist. Keine von uns hat jemals dieses Billett geschrieben, auf das er so schnell reagiert hat, und zwar einzig und allein aus dem Grund, weil wir es niemals gewagt hätten, das Leben von jemandem zu riskieren, den unsere Gemeinschaft so schätzt. Meiner Meinung nach ist Ihr Vater das Opfer eines Verrats geworden, auch wenn weder er noch ich erfahren haben, wer dahintersteckt.

Zu den Ereignissen: Vor dem Morgengrauen postierte sich ein Haufen Betrunkener, die mit Fackeln und Bajonetten bewaffnet waren, vor unserem Tor. Sie riefen immer wieder: »Nonnen raus! Gleich gibt's Zunder!« Sie haben uns nicht einmal Zeit gelassen, die Kelche aus der Kirche zu retten. Sie sind einfach eingedrungen und haben alles zerstört und uns hinausgestoßen. Glücklicherweise haben uns gute Menschen im Viertel Zuflucht gewährt. Aus deren Fenstern mussten wir zusehen, wie sie die Holzschnitzereien aus der Kirche rissen und mit Hämmern zerschlugen. Alles, was nur irgendeinen Wert hatte, haben sie geplündert. Sie haben die Räume unseres Heiligen Hauses geschändet, sogar die Krypta! Dort haben sie die Leichname unserer verstorbenen Mitschwestern ausgegraben und dann mitten auf dem Platz mit ihnen getanzt, noch dazu bei einem teuflischen Lärm. Schließlich haben sie sie an die Straßenecken geworfen und ihnen ihre letzte Ehre genommen. Es war ein grausiges Schauspiel, von dem sich einige von uns immer noch nicht erholt haben.

Doch als Ihr Vater eintraf, war der ganze Spuk schon vorbei. Die Kirchenfeinde waren es anscheinend müde geworden, alles zu zerstören. Und wir begannen, Gott dafür zu danken, dass unser Kloster vor den Flammen bewahrt wurde, die andere Klöster zerstört hatten. Da sahen wir Don Rodolfo ankommen. Der Fahrer setzte ihn am Tor ab. Ihr Vater ging vorsichtig hinein, vermutlich weil er erstaunt war, dass alles sperrangelweit offen stand. Hinter ihm sahen wir dann eine Gruppe Terroristen ankommen. Da begriff ich, dass er in einen Hinterhalt geraten war, und beschloss, ihm zu helfen. Ich bekam ein Gewehr geliehen, und glauben Sie mir, dies war meine Rettung, obwohl ich bis dahin so etwas noch nicht einmal aus der Nähe gesehen hatte. Es bot mir einen gewissen Schutz, denn Gott sei Dank konnte ich es die ganze Zeit festhalten, und einmal habe ich sogar gewagt zu schießen. Dann bin ich damit ins Kloster hinein, direkt zum Kreuzgang, und dort habe ich auch Ihren Vater entdeckt. Er entriss gerade einem der Gewalttäter das Skelett einer Nonne aus dem 16. Jahrhundert, das dieser soeben ausgegraben hatte. Don Rodolfo versuchte, den Mann zur Vernunft zu bringen, aber der hörte nicht auf ihn. Dann trafen noch weitere

Genossen des Übeltäters ein. Sie bedrohten Ihren Vater mit einem Bajonett. Don Rodolfo weigerte sich, das Skelett fallen zu lassen. Ich gab einen Schuss ab, traf aber nur einen von ihnen am Fuß. Dann gab es nur noch ein völliges Chaos und viel Geschrei. Als ich es schließlich bemerkte, war es zu spät: Ihr Vater hatte eine tödliche Verletzung erlitten, und die Frevler waren schon dabei, alles anzuzünden. Es gelang mir, Don Rodolfo auf die Straße zu schleifen, während die Flammen bereits in unserem Kloster loderten. Dort tat ich dann das Einzige, was ich noch ausrichten konnte. Ich versuchte, ihm in seinen letzten Zügen Trost zu spenden. Ich glaube, es ist mir gelungen.

Amadeo war von dem Heldenmut der Nonne beeindruckt. Er blätterte um und las den Bericht zu Ende.

Danach übten wir nur noch einen Akt der Barmherzigkeit aus. Wir konnten nicht zulassen, dass die Ordnungskräfte den Leichnam Ihres Vaters einfach mitnahmen, als wäre er ein gewöhnlicher Verbrecher. Und wir wollten auch nicht, dass ihn die Hitze dieser Tage vor allen Augen zerstörte. Ich bat meine Cousine, die Mutter Oberin vom Convento de Montesión, um Hilfe. Sie zeigte sich sehr bestürzt über die traurige Nachricht und hat sich sofort darum gekümmert, Don Rodolfo im Kreuzgang ihres Klosters zu beerdigen. Wir Nonnen haben ihm einen schlichten Gottesdienst ausgerichtet, den der Kaplan der Capilla de Santa Madrona hielt – übrigens ein Mönch, der in diesen Tagen auch fliehen und sich verstecken musste. Seit dem 30. Juli also ruht der Leichnam Ihres Vaters in Frieden in gesegneter Erde. Und diese Erde können Sie als seine Familienangehörige jederzeit, ohne dass die Klausur Sie daran hindert, besuchen kommen. Erfreulicherweise hatten die Nonnen des Convento de Montesión mehr Glück als wir, denn ihr Klostergebäude erlitt bei dem Aufstand kaum Schaden. Unsere Mauern hingegen sind völlig zerstört worden.

Nun, da ich meine traurige Pflicht erfüllt habe, Sie über diese tragischen Vorfälle in Kenntnis zu setzen, bleibt mir nur, Ihnen noch einmal mein herzliches Beileid auszudrücken. Ihr Vater ist für uns eine große Stütze gewesen, ein Ratgeber und ein Freund. Wir werden uns gerne bei Ihnen und Ihren Angehörigen für seine Großzügigkeit revanchieren, wenn Sie es einmal für angebracht halten.

Möge Gott uns beistehen und den rechten Weg zeigen.

Mit freundschaftlichen Grüßen,

Ihre Sor Maravillas

Amadeo war so in die Lektüre vertieft, dass er nicht einmal Concha kommen hörte. Plötzlich blickte er auf und sah seine alte Amme und Kinderfrau auf der Schwelle zum Kabinett stehen, mit feuchten Augen und den Händen an den Wangen.

»Heilige Jungfrau, du bist ja völlig verändert!«, rief sie aus.

»Komm rein und mach die Tür zu, bitte«, forderte Amadeo sie auf, während er den Brief der Nonne sorgfältig faltete und zurück in den Umschlag steckte.

Die ehemalige Kinderfrau war von der Gefasstheit und der Selbstverständlichkeit, mit der Amadeo die Position des Familienoberhauptes übernahm, sehr beeindruckt. Er war erst zwanzig Jahre alt, also etwa so alt wie sie selbst, als sie seinerzeit in die Familie Lax kam, aber aus seiner Miene sprach Selbstsicherheit, und eine spröde Strenge hatte die scheue Haltung des Jünglings ausgelöscht, der er noch vor gar nicht so langer Zeit gewesen war. Mit großer Distanz, die den Abstand durch den Schreibtisch noch übertraf, fragte Amadeo: »Concha, wie geht es dir?«

Die Frau brach in Tränen aus. Zu viele Stunden hatte sie nun schon mit zugeschnürter Kehle verbracht.

»Es ist schrecklich«, flüsterte sie und griff nach seiner Hand.

Amadeo wich weder der Berührung aus, noch erwiderte er ihre zärtliche Geste. Er ließ seine Hand einfach liegen und sagte nur: »Erzähl.«

»Wir haben deinen Vater am Sonntag zum letzten Mal gesehen. Er ist vor der Abenddämmerung nach Barcelona zurückgefahren, um sich um seine Geschäfte zu kümmern, wie jede Woche. Bis Mittwoch haben wir gar nicht gewusst, was in der Stadt los war. Deine Mutter hat so ein Gefühl gehabt, so eine Vorahnung. Nun, sie sagt, es sei ein Zeichen von jemandem gewesen, der sie vor dem Bösen beschützt. Sie hat deinem Vater ein Telegramm geschickt und viele Male ihre Entscheidung verflucht, in der Finca in Caldes kein Telefon installiert zu haben. Den ganzen Donnerstag hat sie damit verbracht, Leute, die aus Barcelona zurückkamen, auszufragen. Am Abend hat sie dann beschlossen, am nächsten Morgen noch vor der Dämmerung aufzubrechen. Sie hat alles vorbereitet, um mit der Postkutsche nach Mataró zu fahren und dort den Zug nach Barcelona zu nehmen. Aber das war gar nicht mehr nötig: Morgens in der Früh traf Julián mit der traurigen Nachricht ein. Auf der ganzen Strecke nach Barcelona hat deine Mutter noch Hoffnung gehabt, Don Rodolfo lebendig zu sehen. Zuerst sind sie zum Convento de las Jerónimas gefahren, aber dort fanden sie nur noch die Überreste eines gewaltigen Feuers vor. Zu Hause angekommen, hat sie sich in die Bibliothek eingeschlossen und strikt geweigert, irgendjemanden zu sehen. Wir haben sie fast die ganze Zeit nur weinen gehört. Wir haben nicht verstanden, was los ist und warum sie in den Krankenhäusern nicht nach ihm gesucht hat.«

»Hat jemand Padre Eudaldo benachrichtigt?«

»Er war den ganzen Vormittag hier und hat mit ihr gesprochen, aber er ist sehr verärgert wieder gegangen und sagte, gegen eine solch offensichtliche Ketzerei könne er nichts ausrichten.«

»Ketzerei? Ich kann mir schon vorstellen, was er damit gemeint hat.«

»Deine Mutter ist davon überzeugt, dass ein Geist aus dem Jenseits sich um ihr Wohl kümmert. Nicht irgendein Geist, sondern jemand, der ihr vor seinem Tod versprochen hat, mit ihr in Verbindung zu treten.«

»Ich verstehe«, erwiderte Amadeo, nun genauso erzürnt wie Padre Eudaldo. »Und darf man mal erfahren, wer dieser Schutzengel sein soll?«

»Er heißt Francisco Canals Ambrós. Er ist vor einiger Zeit gestorben, ich glaube, vor zehn Jahren. Aber er hatte allen Grund, deiner Mutter dankbar zu sein.«

Amadeo warf ihr einen fragenden Blick zu.

»Dank deiner Mutter hat sein Leichnam eine neue Grabstelle erhalten. Von einem sehr unbequemen Grab in der sechsten Reihe in einer Grabwand zu einer tieferen. So liegt er viel bequemer.«

»Ach, die Toten machen sich neuerdings schon Sorgen darum, ob ihre Gräber auch bequem sind?«

»In dem Fall geht es nicht um Vorteile für den Toten, sondern für seine Anhänger. Der Junge war zu Lebzeiten schon ein Wundertäter, aber seit seinem Tod haben sich seine Wunder vervielfacht. Man sagt, alles worum man ihn bittet, wird einem erfüllt.«

»Was sind das für Wunder?«

»Alle möglichen. Er hat viele Anhänger. Sein Grab ist immer voller Opfergaben und Geschenke. Du solltest es dir einmal ansehen. Aber bis deine Mutter und Don Octavio nicht seine Umbettung veranlasst haben, konnten ihn die armen Gläubigen nicht gebührend verehren.«

»Kann ich mal erfahren, woher du das alles weißt?«

»Meine Güte! Ich habe ihn doch selbst gekannt! Er ist ein sehr merkwürdiger junger Mann gewesen. Er ist ganz plötzlich gestorben, und niemand weiß, warum. Der Arme war doch so bescheiden, er hat sonst kaum etwas gesagt. Ich war auch an dem Tag auf dem Friedhof, an dem seine Gebeine umgebettet wurden. So eine Schande, ihn so mitgenommen zu sehen, den Ärmsten!«

»Jetzt reicht es aber, Conchita! Das ist doch absoluter Unsinn!«, brüllte Amadeo, der nun die Geduld verlor. »Ich will nur wissen, wie es meiner Mutter geht!«

Concha riss sich zusammen. Sie warf einen Blick auf den Stapel Briefe, der sich auf dem Schreibtisch türmte.

»Sie wollte nichts essen, hat sich nur in der Bibliothek eingeschlossen und lauter Kerzen angezündet. Sie sagt, dass sie Abschied nehmen müsste.«

Den letzten Satz brachte Concha nur noch unter Schluchzen hervor. Nun versuchte Amadeo, sie zu trösten.

»Mach dir keine Sorgen, Conchita. Alles wird wieder ins Lot kommen. Wir werden dafür sorgen, dass meine Mutter die Bibliothek verlässt, und ich werde für meinen Vater eine Trauerfeier abhalten lassen.«

»Aber wir wissen doch nicht einmal, was aus seinen sterblichen Resten geworden ist.«

»Ich werde mich darum kümmern, mach dir keine Sorgen.«

Concha seufzte erleichtert. In dem Moment kehrte wieder ein wenig Röte auf ihre Wangen zurück. Es gab einen neuen Hausherrn, nun war kein weiteres Abdriften mehr zu befürchten. Endlich hatte das Schiff wieder einen Kapitän.

»Kauf für heute Abend etwas Feines zum Abendessen ein. Es soll ein schönes Menü für meine Mutter und mich geben. Julián wird dich begleiten. Auf den Straßen sind Frauen allein noch nicht sicher.«

Concha tupfte sich die Tränen mit dem Handrücken ab.

»Einverstanden, Señor«, sagte sie mit gewissem Stolz. »Gott sei Dank bist du hier.«

Amadeo dachte das Gleiche. Doch bevor seine ehemalige Kinderfrau losging, sagte er: »Mir scheint, als wären alle Möbel noch zugedeckt.«

»Ja, so ist es. Wir hatten keine Muße, die Hüllen abzunehmen.«

»Macht das so bald wie möglich. Es ist deprimierend. Es sieht so aus, als wären wir die Toten.«

Fest entschlossen suchte Amadeo nach dem Füllfederhalter seines Vaters in der obersten Schublade. Er holte Papierbögen mit Briefkopf hervor und begann mit dem Schreiben. Von dem Foto aus, das auf dem Sims stand, schien sein Vater seine Handlungen gutzuheißen – zum ersten Mal in seinem Leben.

Punkt halb neun Uhr abends klopfte Amadeo an die Bibliothekstür. Wie zu erwarten, erhielt er keine Antwort. Er versuchte, die Tür zu öffnen, aber sie war von innen mit dem Schlüssel abgesperrt.

»Mutter, ich erwarte Sie in fünf Minuten zum Abendessen. Ich bitte Sie, mir dabei Gesellschaft zu leisten.«

Entgegen Conchas Vermutung kam Doña Maria del Roser kurz darauf tatsächlich ins Esszimmer hinunter. Auf dem Tisch lag eine Leinendecke, und auch ansonsten war er mit der Schlichtheit gedeckt, die einer so traurigen Situation angemessen war. Dennoch hatte man die Bestecke poliert, und auch das Roastbeef und seine Beilagen verströmten einen Hauch von Luxus.

Amadeo hatte für den Anlass eine gleichermaßen feinfühlige wie gebieterische Rede vorbereitet. Er wollte damit seine Mutter zur Vernunft bringen, die Ordnung im Haus wiederherstellen und sie über gewisse Einzelheiten informieren, die er für untragbar hielt.

Er begann mit dem leichtesten Teil: »Ich habe aufgetragen, Juan und Violeta herbringen zu lassen. Es gibt keinen Grund, warum sie während der Trauerzeit der Familie in Caldes bleiben sollten. Und was uns beide angeht, Mutter, so müssen wir unverzüglich gewisse Dinge in Angriff nehmen. Vater verdient einen Abschied, wie er Gott und unserem Familiennamen angemessen ist. Ich denke derzeit darüber nach, einem renommierten Künstler den Auftrag zu geben, eine Marmorskulptur für die Familiengrabstätte zu errichten. Mir wäre ein Engel am liebsten. Das ist neuerdings sehr en vogue. Und dann möchte ich in all unseren Fabriken einen Tag zum offiziellen Trauertag erklären.« Amadeo legte eine Pause ein, um abzusehen, welche Wirkung seine Worte hinterließen. Maria del Rosers fester Blick drückte weder Einverständnis noch Missfallen aus. »Die offizielle Traueranzeige erscheint am Freitag in den beiden wichtigsten Zeitungen, also in *La Vanguardia* und im *Diario de Barcelona.* Ich denke, der Samstag ist ein gut geeigneter Tag für einen Trauergottesdienst. Ich wollte Padre Eudaldo mit der Homilie betrauen. Wenn Sie Trauerkleidung benötigen, dann können Julián und Conchita Sie gleich morgen früh begleiten. Die Straßen beruhigen sich zwar allmählich, aber ich sähe es gerne, wenn Violeta und Sie das Haus nur verlassen, wenn es unumgänglich ist. Und was den Leichnam angeht ...« – Maria del Roser hob ihren Blick inmitten der undurchdringlichen Stille – »Ich werde dafür sorgen, dass er in die Familiengrabstätte überführt wird. Aufgrund merkwürdiger Umstände, die nichts zur Sache tun, habe ich erfahren können, wo Vater vorübergehend begraben worden ist und ...«

»Er liegt im Kreuzgang vom Convento de Montesión«, sagte Maria del Roser, »und das finde ich großartig.«

Diese Bemerkung brachte Amadeo aus dem Gleichgewicht, der nicht verstehen konnte, wie seine Mutter an diese Information gelangt war. Er wollte gerade weitersprechen, da fuhr Maria del Roser fort: »Ich habe nicht vor, zu dem Trauergottesdienst für deinen Vater zu gehen, Amadeo. Ich habe dort nichts verloren.«

Amadeos Gesichtszüge verhärteten sich.

»Sie wollen Ihrem Ehemann nicht die letzte Ehre erweisen?«

»Selbstverständlich will ich das, aber eben auf meine eigene Art.«

Concha kam ins Esszimmer, um Wasser nachzuschenken. Ihr fiel sofort auf, dass ihre Anwesenheit zu einem eisigen Schweigen zwischen Mutter und Sohn führte. Sie beeilte sich und verließ hastig den Raum. Danach ging Amadeo sofort zum Angriff über.

»Und was soll das für eine Art sein, wenn man das mal erfahren darf? Etwa eine Ihrer spiritistischen Sitzungen? Möchten Sie vielleicht Vaters Geist anrufen?«

»Ich bitte dich, mein Sohn, mach dich nicht über meinen

Glauben lustig. Er ist mir in diesem so düsteren Moment eine große Hilfe.«

»Aber, Mutter, Ihr Glaube ist doch einfach lächerlich! Außerdem gibt er aller Welt nur Anlass zu Spott! Lesen Sie denn keine Zeitungen?«

»Aber selbstverständlich, ich schreibe sogar für einige.« Der Tonfall des Gesprächs wurde immer aufgeheizter. Amadeo brach in schrilles Gelächter aus.

»Wollen Sie etwa diese Pamphlete, die voll sind mit Aberglauben und falschen wissenschaftlichen Theorien, auch noch als Zeitungen bezeichnen? Glauben Sie vielleicht, sich diesen Götzenbildern zu empfehlen wäre die beste Art, von Vater Abschied zu nehmen?«

Maria del Roser gab hierauf keine Antwort. Sie atmete tief durch. Amadeo schnitt ein Stück Fleisch ab und kaute es bedächtig. »Mutter, lassen Sie uns nicht die Zeit mit Streitereien vergeuden, die nirgendwo hinführen«, sprach er weiter. »Wir sollten uns darüber abstimmen, was wir über Vaters Tod erzählen.«

»Das geht niemanden etwas an.«

»Die Zeitungen werden nachfragen. Und die Freunde auch.«

»Wir werden ihnen sagen, dass er den Nonnen vom Convento de las Jerónimas zu Hilfe gekommen ist und dabei in den brutalen Hinterhalt von ein paar Unmenschen geriet.«

Amadeo hörte auf zu kauen. Er kniff die Augen zusammen.

»Haben Sie mit einer der Nonnen gesprochen?«

»Nein.«

»Kennen Sie Sor Maravillas?«

»Nein, aber ich würde sie gerne kennenlernen.« Maria del Roser versuchte zu lächeln. »Sie hat sehr viel auf sich genommen, ich würde mich gerne bei ihr bedanken.«

»Sie hat sich viele Freiheiten herausgenommen, würde ich meinen.«

»Warum sagst du das? Wegen der Beerdigung? Ach, mach dir deswegen keine Sorgen. Deinem Vater gefällt es sehr gut dort.

Immerhin hat er diese Steine schon mehrmals abgetragen und wieder aufgebaut. Sie sind wie sein eigenes Zuhause.«

Amadeo glaubte, sich verhört zu haben. Er wollte gerade etwas sagen, als seine Mutter weitersprach: »Das mit der Familiengrabstätte und mit der Skulptur halte ich für keine gute Idee. Dein Vater hat nicht an Engel geglaubt. Er ist bei den Nonnen besser aufgehoben.«

Amadeo schüttelte verwirrt den Kopf. »Das alles scheint mir sehr abwegig.«

»Mein Sohn, das macht doch nichts. Du weißt, wie sehr ich es schätze, wie schnell du aus Italien zurückgekehrt bist, ebenso dein Bemühen, den Namen der Familie bei diesem Unglück zu ehren. Aber ich gehe davon aus, dass du meiner Meinung bist, nämlich dass die Dinge sobald wie möglich ihren normalen Gang nehmen müssen.« Maria del Roser schob den unberührten Teller zur Seite, trank einen Schluck Wasser und sprach weiter. »Ich habe mir erlaubt, Señor Trescents zu schreiben und ihn zu bitten, morgen zu kommen. Es ist besser, wenn er dich selbst über die Einzelheiten des Erbes deines Vaters unterrichtet. Leider kann ich dir dabei nicht beistehen. Bei der Juristensprache wird mir nur schwindelig. Aber ich bitte dich, hör mit deinen alten Kindereien auf und vergiss deinen Bruder nicht. Er wird dir ein guter Stellvertreter sein und ein treuer Helfer, da bin ich mir sicher. Außerdem solltest du allmählich daran denken, eine Ehe einzugehen, schließlich steht jetzt alles zu deinem Vorteil, mit dem du das Interesse bei den besten Familien der Stadt wecken kannst.«

Amadeos Mund stand schon einige Sekunden offen, er wollte unbedingt etwas sagen. Als seine Mutter einmal Atem holte, ergriff er die Gelegenheit.

»Habe ich richtig verstanden, dass Vater lieber im Kreuzgang der Nonnen als in der Familiengrabstätte liegt?«

»Ja, mein Sohn.«

»Woher kann man so etwas wissen?«

»Ich weiß es, und damit ist es gut, mein Sohn. Frage nicht nach Dingen, die du gar nicht wissen möchtest.«

»Sie glauben doch wohl nicht etwa, dass er mit uns in Verbindung treten kann, oder? Ihrer Meinung nach will Vater also nicht in die Familiengrabstätte?«

»Fängst du schon wieder mit der verdammten Familiengrabstätte an! Jetzt hör endlich damit auf, mein Sohn! Die Sache ist abgeschlossen. Ich habe dich auf deine Pflichten als Erbe angesprochen. *Das* ist wirklich wichtig.«

Amadeo spießte eine Kartoffel auf, tunkte sie in die Bratensoße und führte sie zum Mund. Erst nachdem er lange auf ihr herumgekaut und sie dann hinuntergeschluckt hatte, gab er dem Wunsch seiner Mutter nach.

»Mutter, ich weiß nicht, ob ich die Fabriken von Industrias Lax überhaupt leiten will«, sagte er nur.

»Vergiss nicht die Golorons-Werke, mein Sohn. Denk daran, auch die Früchte der Mühen deines Großvaters liegen nun in deiner Hand.«

Amadeo wurde auf seinem Stuhl unruhig. Der Elan seiner Mutter ließ seine eigene Festigkeit schwinden. Er versuchte noch etwas anzumerken, doch Maria del Roser kam ihm zuvor.

»Es ist offensichtlich, dass du ein Händchen für die Malerei hast, und ich begrüße das sehr. Kümmere dich um diese Gabe, wenn du das möchtest, aber vergiss nicht, den Namen deines Vaters zu ehren, indem du dich um sein Erbe kümmerst, das nicht nur Immobilien, Patente, Bilanzen und andere komplizierte Dinge enthält. Dein Vater hätte es sicher gerne gesehen, wenn du dich auch und vor allem um die Arbeiter kümmern würdest. Rodolfo war stolz darauf, jeden Einzelnen von ihnen gekannt zu haben, und dabei sind es mehr als fünftausend.«

»Haben Sie nie daran gedacht, dass ihm vielleicht genau diese Arbeiter die tödliche Falle gestellt haben könnten?«

Maria del Roser verwarf diesen Gedanken mit einem heftigen Schlag auf den Tisch.

»Ach, so ein Unsinn! Seine Verräter kannten ihn gar nicht. Sie wussten nur das über ihn, was sie wissen mussten, um ihn zu hassen: seine Umsetzungen der Klöster, seine einflussreichen Freunde, sein Vermögen. Sie waren gegen ihn, so wie sie gegen die Mönche und Nonnen waren: einfach aus Gewohnheit. Hier in Barcelona funktioniert das so, hast du das nicht gewusst? Beim geringsten Protest gegen irgendeine Ungerechtigkeit rennen alle los, zünden Klöster an und bringen Reiche um.«

»Sie weigern sich einfach, der Wahrheit ins Gesicht zu sehen, Mutter. Für die Arbeiter sind wir Feinde.«

»Was für ein Unsinn! Dein Vater war keinem einzigen seiner Arbeiter gegenüber feindselig. Ganz im Gegenteil: Sie haben ihn verehrt. Und zwar mit Fug und Recht. Er hat mehr für sie getan als jeder andere Unternehmer. Du musst dich nur umhören. Aber jetzt hörst du mir zu, denn ich bin noch nicht fertig.«

Amadeo wurde mürrisch. Sein Auftreten als neuer Señor im Hause Lax, das bei Julián und bei Conchita so gut funktioniert hatte, verfehlte bei seiner Mutter, die zudem von Gesetz wegen noch sein Vormund war, die Wirkung.

»Ich will dein Versprechen, dass ich mich um deinen Vater kümmern kann.«

Amadeo fühlte sich so unbehaglich wie ein Ochse bei Tisch. Maria del Roser sprach weiter: »Setze Traueranzeigen in die Zeitungen, organisiere Gedenkgottesdienste und erkläre Firmentrauertage in allen Fabriken der Welt, wenn du willst, aber lass deinen Vater im Kreuzgang vom Convento de Montesión ruhen. Bei seinen Nonnen.«

Amadeo wollte sich gerade in die Abmachung fügen, doch da fiel ihm noch ein Verhandlungspunkt ein.

»Schon gut. Wenn Sie mir alles Notwendige für ein Maleratelier schenken und mir gestatten, mich in der Mansarde einzurichten«, forderte er.

Die Witwe sah ihren Sohn lange an, als sehe sie ihn gerade zum ersten Mal. Bevor sie ihre Entscheidung aussprechen konnte, fuhr der Erbe fort: »Sagen Sie mir, woher Sie die Einzelheiten über Vaters Tod kennen, die Sie mir gerade berichtet haben.«

»Mit dem Maleratelier bin ich einverstanden«, teilte die Mutter nach einer beklemmenden Pause mit. »Alles, was dafür notwendig ist, kannst du selbst veranlassen, denn ich werde dir sämtliche Vollmachten für die geschäftlichen Dinge übertragen. Doch das andere geht dich nichts an.«

Amadeo verzog das Gesicht zu einem hämischen Grinsen, das er gerade noch korrigieren konnte, als seine Mutter vom Tisch aufstand, äußerst bedächtig den Stuhl wieder an die Tischplatte rückte und sagte: »Morgen werden wir zulassen, dass das Leben wieder beginnt, mein Sohn. Bestimmt wird es uns irgendwo hinführen.«

Als die dunkle Silhouette von Maria del Roser Golorons sich von dem Hintergrund des Kamins abhob, sagte ihr Sohn noch: »Mutter, ich bewundere wirklich die Fassung und den Mut, die Sie in diesem Augenblick zeigen.«

Fast schon an der Tür angekommen, erwiderte sie – dabei war unklar, ob für sich selbst oder an ihren Sohn gerichtet: »Seht genau ins Dunkel, und ihr werdet das Licht der Toten leuchten sehen.«

Für Amadeo Lax begann der Tag nicht vor zehn Uhr morgens. Nur äußerst selten war er bereit, früher aufzustehen oder aus dem Haus zu gehen, bevor es elf Uhr geschlagen hatte. Ebenso wenig behagte es ihm, im Voraus Pläne zu schmieden. Er entschied sich jeden Tag neu, nach dem Frühstück und der Zeitungslektüre. Wer etwas von ihm wollte, erschien gegen zwölf Uhr mittags vor dem Kabinett und wurde strikt nach der Reihenfolge des Eintreffens empfangen. Leider wollten mehr Menschen etwas von ihm, als sein zurückhaltendes Wesen es ertrug. In der Zeit zwischen Don Rodolfos Tod und seiner Volljährigkeit musste er sich in seine neuen Verpflichtungen fügen. Er empfing ohne zu zögern die Leute und hörte ihnen zu, dabei wirkte er zwar immer in sich versunken, zeigte aber ein Verantwortungsbewusstsein, das selbst seine Mutter überraschte. Bei den Bittstellern war Eutimia für die Angelegenheiten des Haushaltes zuständig.

»Wir brauchen Hülsenfrüchte, Kartoffeln, Öl und Kaffee. Die Milch ist zwei Céntimos teurer geworden. Ich werde vier Säcke Kohle für die Küche bestellen. Es fehlt Kalk zum Metallputzen und Vogelfutter für die Vögel von Señorita Violeta und noch andere dringende Dinge. Es wäre gut, für den Patio eine neue Matte zu kaufen. Außerdem benötigen wir einen Zahnstocherbehälter sowie ein halbes Dutzend Dessertlöffel. Uhrmacher Merleti und ein Laufbursche vom Wachszieher Tardà haben uns die Rechnungen gebracht. Ach, ein Dienstmädchen leidet unter Hitzewallungen und benötigt die Pillen von Dr. Andreu. Ein anderes hat Würmer und braucht einen Einlauf …«

»Kaufen Sie alles, was notwendig ist«, beschied Amadeo, der sich herzlich wenig für die Probleme interessierte, die die Gedärme des Personals verursachten, während er die Papiere durchsah: *Uhrmacher Merleti: Jahresrechnung für Instandsetzung und Aufziehen aller Uhren im Hause Lax, 20 Peseten … Wachszieher Tardà: Kerzen, Stumpenkerzen und Öllampen in verschiedenen Farben und Größen, 5 Peseten.*

»Und wenn es nicht unpassend ist, Señor, ich hätte noch eine Bitte. Ich würde gerne eine medizinische Salbe kaufen« – Eutimia zückte einen Zettel aus ihrer Schürzentasche und las unter Mühen die fremde Handschrift –, »und zwar Tricofero Padró.«

Amadeo zog die Brauen hoch. Die Haushälterin las weiter vor:

»Dreifache Wunderwirkung. Erstens: Fördert den Haarwuchs. Das Haar wächst üppig und glänzend mit sehr hübschen Locken. Zweitens: Reinigt die Kopfhaut. Es handelt sich um kein Öl, das ranzig wird, und deshalb verhindert es Schuppen und andere ekelhafte Dinge. Drittens: Heilt Kopfschmerzen. Da Tricofero Padró das Haar zu perfekter Gesundheit führt, aktiviert es dessen natürliche elektrische Aktivität, und dieser schwache und sichere Strom, der die Ansammlung von Nervenflüssigkeit einfach …«

»Schon gut, schon gut«, fiel ihr Amadeo ins Wort, »besorg dir dieses Wundermittel.«

In manchen Fällen folgte Amadeo Eutimias Bitten schlichtweg aus Ermüdung.

Concha hingegen kam ihm mit weniger pragmatischen Anliegen, bei denen es fast immer um Violeta ging.

»Deine Schwester hätte liebend gerne ein Schreibtischset. Sie schreibt sehr gerne.«

»Was schreibt sie denn?«

»Ein geheimes Tagebuch. Und viele Briefe.«

»Was für Briefe? An wen?«, fragte Amadeo beunruhigt.

»Ach, an alle. An deine Mutter, an dich … an eine imaginäre Freundin namens Greta und sogar an einen Tigerbändiger namens Henriksen, den wir letzten Samstag im Teatro Soriano erlebt haben. Im Programm stand, dass sie ihn wieder zum Leben erweckt haben, damit er erstmalig in Barcelona auftreten kann.«

Amadeo lachte.

»Bestimmt ist er ein Freund meiner Mutter. Oder wird es sehr bald sein.«

»So ist es. Doña Maria del Roser hat uns die Vorstellung empfohlen. Deiner Schwester hat sie sehr gut gefallen. Du hättest sehen sollen, wie begeistert sie Beifall geklatscht hat«.

»Ich heiße es nicht gut, dass ein elfjähriges Fräulein mit Tigerbändigern korrespondiert, die wiederbelebt wurden«, scherzte der Hausherr, ehe er Violeta alle geäußerten Wünsche bewilligte. »Schon gut. Sie soll ihr Schreibtischset bekommen. Ich werde Octavio ausrichten, dass ihr es diese Woche aussuchen kommt.«

»Das ist nicht nötig, Amadeo. Mit Verlaub, wir möchten uns lieber nach Lust und Laune allein umsehen. Wenn Don Octavio dabei ist, können wir nicht mit dem Aufzug fahren.«

»Was sagst du da?«

»Deine Schwester fährt zu gerne mit diesen Dingern rauf und

runter. Und ehrlich gesagt, ich auch. Übrigens sind wir nicht die Einzigen. Der Liftboy ist den ganzen Nachmittag damit beschäftigt, die Neugierigen hinauszuwerfen. Es sind so viele, dass sie der Kundschaft, die dort wirklich etwas einkaufen will, den Platz wegnehmen.«

Amadeo runzelte die Stirn. Er wusste sehr wohl, dass seine Schwester nicht nur mit einem Schreibtischset in der Hand aus El Siglo kommen würde; es war immer das Gleiche. Aber er ließ Violeta ihre Launen durchgehen. Und Concha wusste das nur zu gut und setzte immer ihren Kopf durch.

Leider fanden die alltäglichen Besuche von Rechtsanwalt Trescents nicht so schnell ein Ende. Hinter den Aktenmappen mit den laufenden Vorgängen verschanzt, gab der Jurist seinen ermüdenden Tagesbericht von sich: »Die Arbeiter von Hilado y Tejidos de San Andrés fordern höhere Löhne und eine Schule für ihre Kinder. Sie sagen, dass Ihr Vater das den Textilarbeitern zugesagt hatte, bevor er von uns ging. Die Arbeiter in Mataró berichten, dass es in den Fabrikhallen von Ratten wimmelt, und sie verlangen nach einem tödlichen Rattengift. Die Baumwolle, die gestern auf dem Seeweg eintreffen sollte, hat wegen des schlechten Wetters Verspätung. Die Arbeiter von San Martín können derzeit nicht weiterarbeiten und fragen, ob sie nach Hause gehen können, bis die Baumwolle da ist. Ein Bauer, der eines unserer Grundstücke in der Avenida Diagonal gepachtet hat, möchte das Grundstück betreten, um die Kartoffeln zu ernten. Er bietet uns im Gegenzug vierzig Kilo Kartoffeln an. Es gibt verschiedene höchst interessante Angebote für Grundstücke im Paseo de Bonanova, einige sind wirklich spottbillig. Meiner Ansicht nach sollten wir die Angebote unbedingt überdenken. Hier habe ich Ihnen die Auszüge von sämtlichen Konten bei der Banco de Barcelona mitgebracht, damit Sie sie überprüfen können. Señor Estruch lässt Ihnen Grüße ausrichten und lädt Sie nächsten Donnerstag zum Mittagessen ein. Der Marqués de Mariana und Gattin sagen, die Stühle in ihrem neuen Palais seien schief, und deshalb weigert sich die Marquesa, die etwas beleibt ist, darauf zu sitzen, weil sie Angst hat, dass der Stuhl zusammenbricht. Señor Moreu, der Möbelhändler, lässt fragen, wie viele Wandschirme für die Einrichtung des Hauses des Conde de Olano benötigt werden. Der Verein Amigos del Arte de Santa Águeda bittet Sie um Ihre Unterschrift für das Haus, das Gaudí für die Familie Milá errichtet hat, denn es gibt Kritiker, die ihn anklagen, dies sei ein städteplanerischer Irrtum und ein seltsames Ding. Ich komme zum letzten Punkt: Ihr Bruder Juan arbeitet seit mehreren Wochen an einem Plan für die Verbesserung der Arbeitsbedingungen der Fabrikarbeiter, den ich übrigens sehr überzeugend finde, und möchte ihn Ihnen zur Begutachtung vorlegen. Es gibt noch einige Dinge mehr, die weniger wichtig sind und die wir besprechen können, sobald wir diese dringenden Dinge erledigt haben.«

So etwas war für einen Mann, der mit seinen Gedanken in einer anderen Welt lebte, eine einzige Tortur.

»Was ist das für ein Verbesserungsplan für die Arbeiter? Ich habe gar nicht gewusst, dass mein Bruder solche Neigungen hat.«

»Die hat er, Señor. Vielleicht ist sein Vorschlag angebracht.«

»Angebracht … Was heißt hier ›angebracht‹? Für wen?«

»Für alle, Señor. In solch turbulenten Zeiten sind zufriedene Arbeiter gut für das Geschäft.«

»In Ordnung. Sagen Sie meinem Bruder, dass ich mit ihm über seinen Plan sprechen werde, aber ich kann ihm noch nicht sagen, wann. Alles andere besprechen wir morgen.«

Trescents machte sich einen Vermerk. Mit der anderen Hand nahm er aus seiner Tasche ein Tuch, mit dem er die Pause nutzte, um sich den Schweiß von der Stirn zu wischen.

»Könnten Sie mir nicht wenigstens eine Antwort für die Rattenplage in Mataró geben? Das Problem ist wirklich dringend.«

»Trescents, es ist spät geworden. Lösen Sie die dringenden Fragen so, wie Sie es für richtig halten.«

Der Rechtsanwalt zog sich mit der Miene eines Verlierers zurück. Er dachte, dass ihn der Sohn seines hochgeschätzten Don Rodolfo noch ganz krank machen werde, wenn er nicht bald in die Fußstapfen seines Vaters trete. Dabei hatte sein Leidensweg eben erst begonnen, denn solange bei ihm noch die Neugierde anhielt, bereitete Amadeo dem Rechtsanwalt nur Überraschungen. So wie an dem Tag, an dem Trescents wie immer zur Besprechung eintraf und den Erben mit strahlendem Lächeln in Aufbruchsstimmung vorfand: der weiße Mantel über den Schultern, die echte Gardenie im Knopfloch und die Ziegenlederhandschuhe in den Händen.

»Bringen Sie mich zu einer meiner Fabriken. Ich muss selbst sehen, worüber wir sprechen.«

Trescents entschied sich für die Fabrik Hilados y Tejidos de San Andrés. Sie legten den Weg mit dem Hispano Suiza zurück, in dem eine unterkühlte Ruhe herrschte. Als sie ihr Ziel erreichten, sorgte der Rechtsanwalt dafür, dass sich die Belegschaft im Innenhof der Fabrikanlage aufstellte: alle Frauen auf einer Seite, die Männer auf der anderen, und die Kinder in der Mitte. Insgesamt waren es vierhundertzweiundzwanzig Leute. In Sorge um den Eindruck, den die Belegschaft bei dem so vornehmen Fabrikbesitzer hinterlassen könnte, veranlasste er noch, dass sich alle rasch Gesicht und Hände, Fingernägel inklusive, wuschen. Trescents redete pausenlos, während er den neuen Señor auf dem ganzen Weg durch die imposante Fabrikhalle begleitete, vorbei an den Webstühlen, den Färbebottichen – den »Kufen« – bis hin zu dem Büro, das Don Rodolfo bei seinen wöchentlichen Besuchen in der Fabrik zu nutzen pflegte.

Amadeo hingegen gab kaum ein Wort von sich. Er betrachtete alles sehr genau und nahm sich viel Zeit. Bei den Büroräumen angekommen, schloss er die Tür hinter sich, stützte sich auf einen Tisch – selbstverständlich ohne die Akkuratesse seiner Kleidung zu gefährden – und vertraute sich dem Rechtsanwalt der Familie an: »Sehen Sie, Trescents, das ist nichts für mich. Wir müssen eine Lösung dafür finden.«

Sie sprachen kein weiteres Wort. Auf dem gesamten Rückweg dachten die beiden Männer an den verstorbenen Don Rodolfo: Trescents mit der Wehmut eines treuen Angestellten, den der Umgangston und die Anforderungen des alten Besitzers geformt hatten, und Amadeo mit den Gewissensbissen eines Deserteurs.

An dem Tag beschloss der junge Erbe, nie wieder einen Fuß in eine seiner Fabriken zu setzen. Nur kurze Zeit später besprach er sich mit einem Notar. Und als Trescents nach einigen Wochen an einem der üblichen Besprechungstage mit seinen Aktenmappen und dringenden Problemen beladen im Stadtpalais eintraf, verschlug es diesem wegen Amadeos unverhofften Redeschwalls die Sprache.

»Ich habe beschlossen, Sie für alle meine geschäftlichen Belange als meinen Generalbevollmächtigten einzusetzen. Es ist nicht mehr lange, bis ich volljährig bin und selbst über mein Vermögen verfügen kann. In dem Moment erhalten Sie zehn Tage Zeit, um zwei Verwalter Ihres Vertrauens zu benennen, einen für die Industrias Lax und einen anderen für das Golorons-›Imperium‹, wie meine Mutter immer sagt. Jeder der beiden Verwalter wird eine Vollmacht erhalten, die jeweiligen Firmen nach eigenem Gutdünken zu leiten, aber unter Ihrer Aufsicht. Sie alle werden mir einmal im Monat Bericht erstatten, und bei der Gelegenheit werden die wichtigsten Themen besprochen. Für die dringenden Probleme sind Sie zuständig. Wir werden einen Vertrag aufsetzen, in dem alles bis ins letzte Detail ausgeführt wird. Selbstverständlich wird Ihre Vergütung dem Maß der Verantwortung entsprechen. Ach, ehe ich es noch vergesse, will ich Sie um etwas bitten – um einen persönlichen Gefallen.«

In den Rechtsanwalt kam etwas Leben, als erwache er soeben aus einer Trance. »Selbstverständlich, Señor Lax. Sagen Sie nur.«

»Ich möchte, dass Sie meinen Bruder als Vorarbeiter in Hilados y Tejidos de San Andrés einsetzen.«

»Als Vorarbeiter, Señor?«, fragte der Jurist lächelnd. »Bitte lassen Sie mich mit allem Stolz erwähnen, dass Ihr Bruder in der

Lage ist, Positionen mit viel höherer Verantwortung zu übernehmen.«

»Als Vorarbeiter«, bekräftigte Amadeo, und um etwas milder zu wirken, fügte er noch hinzu: »Fürs Erste. Juan ist sehr jung, er muss noch viel lernen. Außerdem weiß ich, dass er an keinem anderen Ort glücklicher sein wird. Ist Ihnen sein starkes Interesse an der Arbeiterklasse nicht aufgefallen?«

Der Rechtsanwalt verzog sein Gesicht zu einer spöttischen Miene.

»Señor, das ist doch nur das Fieber der Jugend. Sein Interesse an Señorita Montserrat wird nicht von Dauer sein. Spätestens in ein paar Jahren ist alles vorbei, dann wird Ihr Bruder Anwalt sein und das Mädchen eine vergangene Laune.«

Amadeo dachte an die Zeugnisse seines Bruders, die genauso vortrefflich waren wie alles andere. Seine Beziehung zu dieser Montserrat, der Tochter, Enkelin und Urenkelin von Arbeitern, war nur der letzte Beweis für dessen leidenschaftlichen Charakter, der nicht fragte, ob etwas schicklich war oder nicht.

Amadeo hingegen sah darin keineswegs eine vorübergehende Laune. Für ihn war die Beziehung seines Bruders ein Fehltritt von Tragweite. Man durfte den Arbeitern nicht trauen. Das Beste war seiner Ansicht nach, sich von ihnen fernzuhalten. Die Beziehung seines Bruders hielt er für eine Krankheit.

»Ich bitte Sie, einen Bericht über dieses Mädchen zu schreiben, Trescents. Und zwar so ausführlich wie möglich.«

»Selbstverständlich, Señor. Das wird sehr leicht sein. Fast die gesamte Familie arbeitet für uns.«

»Bestens. Sagen Sie, sind Sie mit dem Angebot, das Sie heute erhalten haben, zufrieden?«

»Ja, sehr, Señor«, brach es aus dem Juristen hervor. »Ihr Angebot ist mehr als großzügig. Es ist für mich eine große Ehre zu wissen, dass Sie mich für fähig halten, eine derartige Verantwortung zu übernehmen. Es bedeutet eine große Herausforderung, die Arbeit von Señor Lax fortzusetzen, Señor.«

Amadeo blickte den zukünftigen Bevollmächtigten mit unergründlicher Kälte an.

»Vergessen Sie nicht, dass mein Vater schon einige Zeit tot ist, Trescents.«

»Selbstverständlich, Señor. Ich denke jeden Augenblick daran.«

»Señor Lax, das bin mittlerweile ich. Von der Vergangenheit kann man nicht leben, Trescents.«

»Selbstverständlich nicht, Señor. Sie sind die Gegenwart, das ist mir sehr wohl bewusst.«

»Gut. Also werde ich den Notar bitten, die Verträge aufzusetzen.«

Protokoll der außerordentlichen Hauptversammlung des Kuratoriums des Museu Nacional d'Art de Catalunya (MNAC)
25. März 2010 (Auszug)

Bei der außerordentlichen Hauptversammlung des Kuratoriums des Museums wurde einstimmig beschlossen:

1. Das Vermächtnis von Señora Doña Eulalia Montull, das aus 31 bislang unbekannten Werken des Malers Amadeo Lax besteht, wird vom MNAC angenommen.

2. Die mit dem Vermächtnis verknüpften Auflagen werden erfüllt, indem das MNAC öffentlich verspricht, sämtliche verfügbaren Werke des Malers in einem Museum zusammenzuführen, das noch zu bestimmen ist;

3. und indem Señora Doña Violeta Lax Rahal als Beisitzerin des Kuratoriums benannt wird, damit sie überwacht, dass die vorgenannte Auflage binnen einer Frist von zehn Jahren erfüllt wird.

4. Das Vermächtnis wird voraussichtlich Mitte April 2010 auf einer Pressekonferenz im Gebäude des zukünftigen Museums bekannt gegeben.

5. Einladungen zur Pressekonferenz ergehen zudem an die rechtmäßige Erbin der verstorbenen Señora Eulalia Montull, Señora Doña Fiorella Otrante (mit Wohnsitz in Nesso, Italien), sowie an Señora Doña Violeta Lax, die Testamentsvollstreckerin.

Barcelona, den 25. März 2010

XVII

Arcadio ist ein Mensch, der nicht aufgibt. Er kommt vorbei und stattet den Umbauarbeiten der zukünftigen Bibliothek einen seiner Routinebesuche ab. Er spitzt scheu in die Wageneinfahrt. Bis gestern hätten wir berichten können, dass hier auf Hochtouren gearbeitet wird. Doch momentan ist der Architekt Ricardo Selvas der Einzige, der auf Hochtouren ist. Er brüllt am oberen Absatz der Marmortreppe ins Telefon: »Was soll das heißen, das Projekt sei schon immer umstritten gewesen? Mann, wovon redest du eigentlich? Das glaubst du doch nicht einmal selbst! Und das alles jetzt! Weißt du, was los ist? Du hast einfach keine Argumente, um etwas zu rechtfertigen, wofür es keine Rechtfertigung gibt. Später heißt es dann, dass die Ämter improvisieren, und ihr besitzt noch die Frechheit, das zu leugnen! Lass uns doch mal Klartext sprechen: Ihr seid einfach die Könige im Improvisieren! Und die Könige, wenn es um mangelnde Seriosität geht.«

Nun schweigt der Architekt. Er beobachtet desinteressiert den langweiligen Menschen, der am unteren Treppenabsatz, neben dem lästigen Weinblatt, stehen geblieben ist. Arcadio trägt eine bordeauxrote Strickjacke, ein grünkariertes Hemd und braune Segelschuhe. Heute hat er sich bei der Auswahl seiner Garderobe selbst übertroffen.

»Hahaha … diese verdammte Erbschaft! Willst du mir vielleicht sagen, dass man diese blöden Bilder nirgendwo anders unterbringen kann? So eine Scheiße noch mal, müssen die Schmiereien unbedingt in mein Projekt kommen?«

Arcadio blickt in die Räume, die einmal die Küchen waren. Der Holztisch ist bereits vor Jahren verschwunden, ebenso die Bänke in der Nähe der Feuerstelle. Am gusseisernen Herd fehlen die Türen. Von der umfangreichen Ausstattung mit Töpfen und Pfannen hat nur in einem Winkel im Küchenschrank ein Stieltopf überlebt. Er scheint genauso überrascht darüber zu sein wie Arcadio.

Die leeren Räume lassen das Telefongespräch des Architekten noch lauter hallen.

»Verdammt noch mal, die Bauarbeiter sind überhaupt kein Problem. Im Gegenteil, die sind glücklich und zufrieden verschwunden. Das Problem ist, dass wir schon wieder gegen Widerstände arbeiten müssen, wie immer! Der 1. Mai steht doch vor der Tür! Könnte man vielleicht mal erfahren, warum alles auf einmal so schnell gehen soll? Ihr habt den Kasten Jahrzehnte lang vergammeln lassen, und nun wollt ihr das ganze Projekt innerhalb von einem Monat völlig umschmeißen? Verdammte Scheiße, Mann, so geht's nicht … Nein, das Problem ist gar nicht mal, dass eine Änderung des Entwurfs so kompliziert ist. Dieser freie Raum, den ich geplant habe, aus dem kann ich mit zwei, drei Änderungen einen Ausstellungsraum für ein Museum machen. Aber wir beide wissen sehr wohl, dass das nicht der Punkt ist. Die Presse hat die Nachricht schon gebracht. Wir sind eine Verpflichtung eingegangen. Ich habe meinen Namen für das Projekt hergegeben. Das ist nicht mein Stil, verstehst du! Und auch nicht der Stil meines Büros. Klar akzeptiere ich deine Argumente, aber du musst endlich mal meine Argumente akzeptieren! Ich kann einfach nicht die Verantwortung für das neue Projekt übernehmen, und wenn es tausend Mal auf meinem alten Entwurf basiert. Mann, ich habe eine Bibliothek geplant, und wenn ihr jetzt entschieden habt, daraus ein Museum zu machen, steige ich aus. Ganz einfach.«

Arcadio nimmt die Kasserolle und betrachtet das Innere. Die blaue Porzellanschicht ist gesplittert. Er begutachtet die Gebrauchsspuren, als seien sie von höchstem Interesse. Wenn ihn jemand in diesem Moment sehen würde, würde er sich fragen, warum ein vernunftbegabter Mensch beim Betrachten eines Kochtopfs vor Glück zu strahlen scheint.

»Nein, nein, nein und noch mal nein! Jetzt hör mir mal zu«, geht das Gespräch oben weiter. »Hörst du mich? Ich werde meine Meinung nicht ändern. Wirklich, es tut mir herzlich leid. Aber ich habe einfach zu viele andere Projekte in der Warteschleife, um mit eurem ewigen Hin und Her meine Zeit zu verplempern. Wenn ich dir sage, dass ich aussteige, dann meine ich das auch. Ich kann dir höchstens noch ein anderes Büro empfehlen, aber ich kann dir natürlich nicht garantieren, dass sich das Projekt in dem Zeitraum, von dem du sprichst … Natürlich bin ich kooperativ, Mann, für wen hältst du mich eigentlich? Ich mache dir nur keinen Entwurf für dein Scheißmuseum. Und jetzt lass mich bitte nicht noch mehr Zeit verplempern! Während ich mit dir gesprochen habe, habe ich schon mindestens vier wichtige Anrufe verpasst. Wirklich, ich denke, du suchst dir besser einen Ersatzarchitekten, und ich gehe wieder zu meinen …«

Mehr muss Arcadio nicht anhören. Er überquert den Wagenhof und schlüpft durch das Holztor. Auf der Straße angekommen, blickt er hoch. Zu den spitzbogigen Fenstern von Don Rodolfos Kabinett, das später dessen Sohn benutzte und das nun leersteht, wie alles andere auch. Zu dem großen Fenster im ersten Stock, wo früher das Ehepaar seine Zimmer hatte, die später zu Doña Maria del Rosers Gemächern mit dem angrenzenden kleinen Salon wurden, hinter dessen Fenstern Teresa wichtige Entscheidungen traf und der nun verlassen der Dinge harrt. Zu dem kleinen Bullauge im dritten Stock, wo die Kinder ihr Zimmer hatten und von dem aus Concha immer die vorübergehenden Passanten beobachtete. Neben seinen Füßen klappern die Fensterluken der Dienstbotenzimmer vor Aufregung, ihre Geheimnisse preiszugeben.

Arcadio geht lächelnd weiter. Alles Leblose beobachtet und begleitet ihn schweigend.

Als er die Hand in die Tasche steckt, um Violeta anzurufen, stellt er fest, dass er immer noch den Topf in der Hand hält.

Olympia, 1914
Öl auf Leinwand, 95 × 51 cm
MNAC, Sammlung Amadeo Lax

Montserrat Espelleta Torres, besser bekannt unter ihrem Künstlernamen Bella Olympia, »Schöne Olympia«, war während des Ersten Weltkriegs die Sensation auf den Bühnen von Barcelona. Begünstigt durch die spanische Neutralität in dem Konflikt, erlebte die Stadt in dieser Zeit einen bis dato unbekannten wirtschaftlichen Wohlstand. In genau diesem Kontext ist das Porträt zu verstehen, das den Höhepunkt einer Epoche einfängt, in der der Reichtum beispiellos glänzte und in der Müßiggang und Verschwendung maßgeblich zum Lebensstil der führenden Industriellen und Künstler der Stadt gehörten.

In dem Porträt bestechen die fröhliche Farbgebung der Stola der Sängerin – gelb, grün, rot, blau, lila –, der Eindruck der Bewegung der Fransen, die ihre Füße verdecken, sowie die Sinnlichkeit ihrer nackten Schultern, weshalb dieses Werk oft als Symbol für die sogenannte Belle Epoque genannt wird. Im Hintergrund erkennt man das im Dunkeln liegende Parkett eines Theaters – vermutlich ist es der Gran Salón Doré, in dem die junge Frau bis 1915 auftrat –, das mit dem erwartungsvollen Publikum voll besetzt ist. In der ersten Reihe, neben dem Rampenlicht, fällt ein Gesicht auf, das etwas deutlicher als die übrigen gestaltet ist; einige möchten darin ein Selbstporträt von Amadeo Lax sehen, der den Star seit seinen Anfängen bedingungslos bewunderte und in den Jahren 1913 bis 1920 zu seiner Geliebten machte. Montserrat Espelleta fand ein trauriges Ende: Verarmt und von allen vergessen starb sie 1930 an Syphilis.

Schätze der katalanischen Kunst, Malgrat de Mar 1987 (Ediciones Pampalluga)

XVIII

Am 4. November 1928 verheiratete Maria del Roser Golorons, verwitwete Lax, mit großem Pomp und ebenso großer Erleichterung ihren Erstgeborenen mit der jüngsten Brusés-Tochter. Die Trauung fand – ein selten gewährtes Privileg – im Chor der Kathedrale statt, und zwar in Anwesenheit von Milans de Bosch, dem damaligen Gouverneur der Provinz Barcelona, sowie weiteren dreihundert geladenen Gästen. Man hatte auch den König und Ministerpräsident Primo de Rivera eingeladen, aber deren Entschuldigungen sofort akzeptiert. Die reichen Katalanen dachten seinerzeit ausschließlich an das neue Wirtschaftsministerium, das sie von all ihren Übeln befreien sollte, und an die Organisation der Weltausstellung, die der Stadt zu ihrem wiedererlangten Glanz noch mehr Licht und bunte Brunnen hinzufügen würde. Angesichts solcher Dringlichkeiten hätte man die Anwesenheit der beiden wichtigsten Männer Spaniens bei einer Hochzeit – auch wenn dies die Eheschließung zwischen einer Berühmtheit aus der Künstlerwelt und einer Schönheit aus bestem Hause war – als eine mangelhafte Setzung der Prioritäten wahrgenommen.

»Soll Primo de Rivera doch das Katalanisch verbieten und Monumente abreißen, solange er sich um uns kümmert …«, sagte jemand.

Im Haus des Bräutigams begann das hektische Treiben bereits vor dem Morgengrauen. Zunächst kam Leben in die Küchen. Schon frühmorgens standen neben den Langusten, die zum

Aperitif gereicht werden sollten, bereits die Kannen für den Kaffee, überall waren Gläser in einem fröhlichen Durcheinander verteilt, und die Dienstmädchen konnten wahrlich nicht verhehlen, dass ihre Nerven blank lagen. Concha schwirrte umher und richtete sowohl die Blumengestecke als auch die Häubchen der Hausmädchen und veranlasste, dass den Gästen, die im dritten Stockwerk nächtigten und die größtenteils entfernte Verwandte und Kollegen von Amadeo waren, das Frühstück bereitet wurde.

Die Señora hatte bereits um Viertel vor acht in ihrem kleinen Salon gefrühstückt und sich danach mit der dem Anlass angemessenen Sorgfalt zurechtgemacht.

»Jedes Jahr, das vergeht, benötigt man eine halbe Stunde länger vor dem Spiegel«, scherzte sie angesichts ihres Spiegelbildes. »Eigentlich hätte ich also schon letzte Woche mit dem Ankleiden beginnen müssen.«

»Hat eigentlich jemand den Bräutigam gesehen?«, fragte Vicenta kurz vor zehn Uhr.

Um Viertel nach zehn traf Juan ein, mit seinem schlichten, langen Priestergewand bekleidet. Concha ließ ihm eine nicht gerade klerikale Umarmung angedeihen.

»Junge, siehst du gut aus!«, begrüßte sie den Jesuiten und tätschelte ihm die Wangen, wie damals, als er ein kleiner Junge war. Und im Flüsterton fügte sie noch an: »Gott sei Dank bist du gekommen. Deine Mutter wird einen schönen Tag erleben, wenn sie ihre beiden Männer bei sich hat.«

»Ich bin wegen ihr gekommen«, brummte der Jesuitenpater, »und wegen des Mädchens. Meine zukünftige Schwägerin trifft ja keine Schuld. An der Seite meines Bruders wird sie schon ihr Kreuz zu tragen haben.«

»Jetzt komm schon, Juanito, so etwas darfst du nicht sagen. Habt ihr eure ewigen Streitereien immer noch nicht beigelegt?«

Der Priester warf seiner ehemaligen Kinderfrau einen vorwurfsvollen Blick zu. Sie entschuldigte sich fröhlich: »Herrje. Es kommt mir einfach nicht über die Lippen! Ich kann dich doch nicht Padre Juan nennen, Junge, oder? Ich habe dir doch die Windeln gewechselt! Ich verspreche dir, im Beisein von anderen verwende ich deine richtige Anrede, ja?«

Padre Juan ging direkt zum Zimmer seiner Mutter hoch. In den Küchen war das alles beherrschende Thema der Dienstmädchen, wie gut ihm das Priestergewand stand.

»Mädchen, jetzt seid nicht so respektlos. Er ist ein Mann Gottes«, schalt Concha, aber ihr Tadel löste mehr als einen Seufzer aus.

Mutter und Sohn kamen kurz darauf die Treppe hinunter, indem sie mit ihren langen Gewändern auf dem Weg zum Salon über die Marmortreppe fegten. Von ihrem Zweitgeborenen geleitet, nahm Maria del Roser elegant in dem Sessel vor dem Kamin Platz.

»Alles ist noch an Ort und Stelle«, stellte der Jesuit fest, während er den Platz jedes einzelnen Gegenstandes überprüfte. »Außer den Bildern. Es werden jedes Mal mehr.«

»Dein Bruder malt sehr viel in letzter Zeit. Bald haben wir keine freien Wände mehr.«

Juan wandelte gemächlich durch den Raum, die Hände auf dem Rücken verschränkt. Er blieb vor dem Porträt *Violeta langweilt sich beim Warten* stehen. Das letzte Mal wurde es noch am Kamin präsentiert. Nun war dieser Platz mit dem Porträt eines ihm unbekannten, blonden Mädchens besetzt.

»Das ist Teresa Brusés, deine zukünftige Schwägerin«, erklärte Maria del Roser.

»Ich habe ja gewusst, dass meinem Bruder junge Dinger gefallen, aber ich hätte nicht gedacht, dass sie so jung sind …«, meinte er in einem Tonfall, der jeglicher Ironie entbehrte.

»Damals war sie zwölf Jahre alt, Junge. Es ist das erste Porträt, das er von ihr gemalt hat. Für die beiden hat das Bild einen großen Wert. Sie hat sich in ihn verliebt, während sie ihm Modell gestanden hat.«

»Im Ernst? Das arme Mädchen!«

»Teresa hat ganz klare Vorstellungen, sie ist ein beeindruckendes Mädchen. Sie hat immer gewusst, dass sie eines Tages Amadeo gehören würde. Es musste sogar ihre Schwester kommen und mich bitten, dass ich mich für sie einsetze.«

»Und das haben Sie tatsächlich getan, Mutter?«

»Nun, sagen wir so, ich habe versucht zu helfen. Alles Übrige hat Amadeo allein gemacht. Und natürlich die Liebe. Man darf die Macht der Gefühle nicht unterschätzen.«

»Aber auch nicht Ihr Bedürfnis, diesen hoffnungslosen Spinner auf den rechten Weg zu bringen.«

Maria del Roser brach in schallendes Gelächter aus, ehe sie einen Hustenanfall bekam.

»Sind Sie erkältet?«

»Ja, wie jedes Jahr, mein Sohn. Von Oktober bis Februar. Dieser Husten ist schlimmer als der Grind.«

»Hat Sie ein Arzt untersucht?«

»Ach, komm mir bloß nicht damit. Seit unser lieber Dr. Gambús gestorben ist, finde ich keinen Arzt mehr, dem ich vertraue. Die verschreiben gegen alles nur noch Pillen. Ich ertrage sie nicht. Deshalb nehme ich Kaffeebonbons mit Milch, die haben die gleiche Wirkung, halten aber länger an. Die Ärzte von heute sind nicht mehr so wie die von früher.«

Während seine Mutter ihre Schmährede über die Pillenmedizin hielt, blieb Juan vor einem anderen Bild stehen. Er betrachtete es sehr ausgiebig, noch genauer als die beiden anderen Gemälde. Schließlich ging er weiter.

»Ich habe keine Ahnung, was diese Señorita in unserem Salon verloren hat. Sie gehört nicht einmal zu unserer Familie!«, meinte Maria del Roser, der das Interesse ihres Sohnes nicht entgangen war. »Aber ich muss zugeben, mit diesem bunten Bild wirkt dieser düstere Winkel ein bisschen fröhlicher. Wenn das Bild nicht hier hängen würde, hätte ich den Auftrag erteilt, für die Ecke so ein kitschiges chinesisches Service zu kaufen.«

»Mutter, das Mädchen gehört gewissermaßen zur Familie«,

erklärte Juan. »Montserrat und ihre Eltern haben viele Jahre in der Fabrik Hilados y Tejidos de San Andrés für uns gearbeitet.«

»Na, siehst du … Aber warum sieht sie auf dem Bild wie ein Freudenmädchen aus?«

Juan gab keine Antwort. Er wandte sich dem Violeta-Bildnis zu, blickte traurig zu seiner Schwester und beschloss seine Betrachtung mit der Feststellung: »Aber eines muss man ihm lassen, malen kann er.«

»Komm, leg eine Schallplatte auf. Für die Stimmung. Dort ist unsere Schellacksammlung. Da findest du die ›Marcha real‹, und es gibt auch eine Platte, auf der Fernando Calvo aus *Das Leben ein Traum* rezitiert. Wie spät ist es eigentlich? Wie kann es angehen, dass es von deinem Bruder immer noch kein Lebenszeichen gibt?«

Juan blickte zur Wanduhr. »Es ist zwanzig vor zwölf.«

»Herr im Himmel! Sie sollen die Kanapees bringen! Gleich kommen die Gäste!«

Die Kanapees standen bereit, als die Gäste aus dem dritten Stock allmählich erschienen, für den Anlass sorgfältig gekleidet. Dann trafen die Jugendfreunde des Bräutigams ein: Josep Maria Albert Despujol mit einem Wanst, den keine Weste zusammenhalten konnte, während seine Gattin, die ätherische Muntadas-Erbin, als Halsschmuck einen Smaragd trug, bei dessen Anblick jede Frau vor Neid platzen musste. Als ausgezeichnete Musikkenner waren sie die Ersten, die die Musik vom Grammophon kommentierten.

»Ah, der ›Valse triste‹ von Sibelius, wie originell«, meinte sie mit zusammengebissenen Zähnen.

Maria del Roser lächelte nervös und bedauerte, sich nicht persönlich um das musikalische Programm gekümmert zu haben. »Die ›Marcha real‹ wäre wohl besser gewesen«, sagte sie sich, aber nun war es zu spät. Auch Octavio Conde löste bei den Dienstmädchen wehmütige Seufzer aus. Mit seinem makellosen Cut, seinen blauen Augen und seinem dichten braunen Haar um die kaum sichtbaren Geheimratsecken war er die Distinguiertheit in Person. Eine Distinguiertheit, die durch seinen Status als Junggeselle und Millionär noch gesteigert wurde, die aber offensichtlich nicht ausreichte, um ihm eine Gemahlin zu bescheren. Noch vor ein paar Jahren hatte er gemeinsam mit seinem besten Freund den Ruf als Wüstling, bis schließlich sogar der gestrenge Don Eduardo einschreiten musste und seinen Sohn zur Vernunft brachte. Von da an konzentrierte sich Octavio voll und ganz auf die Leitung des Warenhauses, und falls sein zügelloses Leben überhaupt noch existierte, so gab es zumindest keinen Anlass mehr zu Gerede.

Der Neuankömmling küsste Doña Maria del Roser die Hand und umarmte Padre Juan brüderlich. Seinem Gesichtsausdruck nach zu urteilen war er einer der wenigen, die Juans Anwesenheit den Wert zumaßen, der ihm zustand.

»Wie schön, dich zu sehen, Juan«, flüsterte er.

Octavio war der Einzige, der sich ehrlich für das Befinden des Jesuiten interessierte, doch Padre Juan wich allen persönlichen Fragen aus.

»Die Schüler werden immer wilder, also machen wir Fortschritte – in welche Richtung auch immer«, scherzte dieser.

Die Hausmädchen gingen mit silbernen Tabletts voller erlesener Getränke und exquisiter Häppchen herum, wobei vor allem die Languste großes Lob bekam. Maria del Roser wirkte wie die Königin bei einer Audienz. Nach und nach trafen weitere Gäste ein, doch noch fehlte jemand.

»Gedenkt der Bräutigam sich noch länger zu verstecken oder hat er seinen Entschluss schon bereut?«, fragte Octavio.

Die Lax-Witwe ergriff allmählich große Sorge.

»Wo steckt nur dein Bruder?«, fragte sie schließlich unter vier Augen ihren jüngeren Sohn.

In dem Augenblick trat Tatín Brusés – in ihre übliche Rosenduftwolke gehüllt – durch die Salontür und eilte zur Gastgeberin, um sie mit einem Kuss zu begrüßen. Wie immer verlief ihr

Auftritt keineswegs unbemerkt. Für diesen Anlass trug sie ein Modell der gefragten Pariser Modeschöpferin Jeanne Lanvin, ein chinesisch inspiriertes Kleid aus grüner Seide mit einem festlichen schwarzroten Cape kombiniert. Die Hutmacherin hatte die fehlende Krempe ihrer Kappe mit einem Übermaß an Federn ausgeglichen. Auch Tatíns Handtasche war mit Federn verziert, so dass man sie aus der Ferne und bei nicht so genauer Betrachtung leicht mit einer seltenen Papageienart verwechseln konnte.

Den Aufruhr der Begrüßungen ausnutzend, machte sich Juan auf die Suche nach dem flüchtigen Bräutigam. Zuerst fragte er Concha nach seinem Bruder, die keine Ahnung hatte, wo dieser steckte. In der Küche teilte man ihm mit, dass der Señor weder gefrühstückt noch sich sonst habe blicken lassen. Juan stieg zur Mansarde hoch und klopfte an die Tür. Er bekam keine Antwort. Kurz bevor er sich durchrang, die engsten Amüsierkumpane seines älteren Bruders zu befragen, hörte er ein Auto kommen. Er beugte sich von dem kleinen Balkon des mütterlichen Salons und sah, wie Amadeo aus dem Citroën stieg, während er sich auf ein Silberstöckchen stützte und sein Gesicht mit einem Handtuch abwischte. Auf dem Rücksitz saß eine Frau mit nackten Schultern und wallender blonder Mähne, die lauthals lachte. Eine behandschuhte Hand wurde im Autofenster sichtbar, die dem Bräutigam etwas überreichte: einen Spiegel. Amadeo verbrachte einige Sekunden beim Anblick seines Spiegelbildes. Dann gab er ihn mit den Worten zurück: »Eine perfekte Rasur, Señorita. Erinnern Sie mich daran, dass ich, wenn ich es an einem anderen Tag nicht so eilig habe, Ihre Dienste wieder in Anspruch nehme.«

Aus dem Wageninneren zwitscherte eine fröhliche Stimme: »Ach, mein Täuberich, bei der Gelegenheit werde ich dir noch etwas ganz anderes rasieren.«

Julián stand geduldig neben der Wagentür und wartete ab, dass dieses groteske Schauspiel ein Ende nahm. Amadeo trat zu ihm und flüsterte ihm etwas zu. Juan konnte es nicht verstehen, aber das war auch nicht nötig. Es war die Anweisung, die Frau dorthin zu bringen, wo er sie aufgelesen hatte. Schließlich soll man die Dinge so hinterlassen, wie man sie vorfinden möchte.

Amadeo ging nicht die Treppe hoch. Der große Salon war voller Gäste, die auf seine Ankunft warteten. Er bat Concha, seinen Cut mit Weste herauszusuchen, damit er sich in ihrem Zimmer umkleiden könne. Als er herauskam, war seine Erscheinung perfekt: Seine ehemalige Amme hatte für ihn eine Gardenie abgeschnitten und ihm ins Knopfloch seines Cut gesteckt. Jedes Detail war bedacht und alles war an seinem Platz: die goldene Taschenuhr, das Taschentuch, der Zylinder, der seidene Schal …

»Lass deine Mutter nicht länger leiden, Amadeo. Wenn du noch eine Minute länger brauchst, fällt sie in Ohnmacht«, warnte ihn Concha.

Der Bräutigam ging ohne Eile die Treppe hoch. Nun war er bereit, die Rolle des charmanten Gastgebers zu spielen, die alle von ihm erwarteten.

»Herrje, Amadeo, Gott sei Dank! Ich habe schon befürchtet, dass du geflohen bist. Dürfte man erfahren, wo du so lange gesteckt hast? Ich hatte schon Angst, dass ich den Toast ausbringen müsste!«, schalt Maria del Roser ihren erwachsenen, neununddreißigjährigen Sohn, indem sie vor ihren Gästen wie noch nie zuvor in ihrem Leben die Nerven verlor.

Amadeo rettete die Situation. Er zog seinen Handschuh aus, griff nach einem der Gläser mit dem perlenden Gold und beruhigte seine Mutter mit den Worten: »Mutter, ich bin noch in der Elf-Uhr-Messe gewesen, beim Abendmahl. Ich wollte mein neues Lebens frei von den Sünden der Vergangenheit beginnen.«

Bei diesem Satz suchten Amadeos Augen den Blick seines Bruders Juan. Aber dieser war bereits in den Patio gegangen, um dort ein wenig Luft zu schnappen.

Dann erhob Amadeo sein Glas, und das allgemeine Gläserklirren beendete symbolisch sein Junggesellenleben. Fünf Minuten später brachen sie im Konvoi zur Kathedrale auf.

Sechs Stunden später erwartete das Personal ungeduldig die Ankunft der neuen Señora. Aber erst am Abend nach acht Uhr konnte man die Wagen des Hochzeitszugs ankommen hören.

Als Erste traf Doña Maria del Roser ein. Diesmal war sie in Begleitung eines Onkels zweiten Grades, dessen Namen sie immer vergaß. Für sie war er stets einfach Leonardo oder Norberto, und den Mann schien das nicht weiter zu stören. Ihre Füße waren geschwollen, aber sie strahlte dieses erschöpfte Glücksgefühl aus, das einen am Ende von solch unvergesslichen Tagen ereilt. Hinter ihr kam zunächst Concha, stolz wie eine Gänsemutter, die ihr schwerfälligstes Küken dabei beobachtet hat, dass es doch noch flügge wird. Als Letzte traf das frischvermählte Ehepaar ein. Der Bräutigam rührte in seiner Selbstbeherrschung und Zurückhaltung beim Vorübergehen die Dienstmädchen zu Tränen. Die Braut brachte mit ihrer strahlenden Schönheit alle in ihrer Nähe zum Verstummen.

»Hier habt ihr die neue Hausherrin vor euch«, verkündete Doña Maria del Roser, die keine große Freundin von langen Reden war, ihren Angestellten. »Heute übergebe ich meine Verantwortung an sie.«

Einer nach dem anderen wurden nun alle Dienstboten der neuen Señora Lax vorgestellt.

»Julián Montull, unser Fahrer. Ein würdiger Nachfolger seines Vaters Felipe, der uns bereits treue Dienste geleistet hat.«

»Señora«, der Mann verneigte sich vor der neuen Hausherrin.

»Vicenta Serrano. Ihre Hände sind Gold wert. Sie ist unsere Köchin.«

»Herzlich willkommen, Señora Lax.«

»Carmela und Aurora, unsere Kammerfrauen«.

Die beiden knicksten stumm, bevor der Nächste an der Reihe war.

»Higinio ist für die Reparaturen im Haus zuständig. Also für alles.«

Higinio streckte äußerst förmlich seine Hand aus. Teresa drückte sie etwas schüchtern.

»Conchita kennst du ja bereits. Sie ist immer für dich da, egal ob etwas kaputt geht oder du ein Kleid ausbessern lassen musst. Sie ist die Amme deines Ehemannes gewesen, später von allen Geschwistern die Kinderfrau, na, und nun auch von mir. Und seit Eutimia nicht mehr da ist, auch die Haushälterin ... Manchmal habe ich den Eindruck, dass sie die wahre Herrin im Hause Lax ist.«

Concha errötete. Ihre privilegierte Situation war schon allein durch die Tatsache belegt, dass sie als Einzige der Hausangestellten am Traugottesdienst teilnehmen durfte.

Als sie bei dem letzten Mitglied des Personals angekommen war, beugte sich Teresa vor, zeigte ein bezauberndes Lächeln, das ihre beiden perfekten Zahnreihen freigab, und ließ zum ersten Mal ihre Stimme hören: »Wer ist denn dieses hübsche Mädchen?«

Das Kind versteckte sich hinter Vicentas Röcken.

»Das ist Eulalia, Señora«, sagte Julián, während er das Mädchen am Arm packte und es nötigte, sich Doña Teresa zu zeigen.

»Aber wir nennen sie Laia, das ist Katalanisch. Julián fällt das Spanische ein wenig schwer«, rechtfertigte sich Vicenta.

»Laia ist ein wunderschöner Name«, bemerkte Teresa. »Wir haben etwas für dich, nicht wahr, Conchita?« Die Kinderfrau übergab dem Mädchen ein kleines Tüllsäckchen. »Das ist für dich. Magst du Zuckermandeln?«

Laia streckte mit gesenktem Kopf eine Hand zum Gruß aus, dann betrachtete sie die neue Hausherrin von Kopf bis Fuß.

»Küss der Señora die Hand«, befahl ihr die Mutter.

Das Mädchen war noch mehr eingeschüchtert.

»Gehorch«, herrschte Julián sie barsch an.

Von dem Fahrer vorgestoßen, trat Laia einen Schritt vor. Mit der einen Hand umklammerte sie fest die Zuckermandeln, die sie soeben erhalten hatte. Teresa zog einen Satinhandschuh aus.

Hastig, als müsse sie eine bittere Pille hinunterschlucken, platzierte Laia einen Kuss auf dem Handrücken der neuen, jungen Señora.

»Gutes Mädchen«, lobte Maria del Roser. »Und jetzt ruhen sich alle aus. Morgen werden wir noch genug Zeit haben, uns besser kennenzulernen. Außerdem warten wir noch auf die neue Kammerfrau. Wie heißt Sie noch mal, mein Liebes?«

»Antonia«, antwortete Teresa.

»Genau, Antonia. Sie wird auch für Bügel- und Näharbeiten zuständig sein. Morgen werden wir ihr einen Platz freimachen. Und jetzt, ganz egal ob auf Katalanisch oder auf Spanisch: Ab ins Bett!«

Amadeo ging wortlos an den Hausangestellten vorüber.

»Señora, wann sollen wir morgen das Frühstück reichen?«

Maria del Roser Golorons tat so, als habe sie nicht gehört, und ging weiter die Treppe hinauf. Amadeo folgte ihr, so entrückt wie seine Mutter, auch wenn dies bei ihm nichts Neues war. Teresa blieb stehen, zögerte und sah zu Vicenta, die die Frage gestellt hatte.

Die neue Hausherrin wirkte ein wenig bleich, aber das kam allen Anwesenden kurz vor der Hochzeitsnacht nur normal vor.

»Zur üblichen Zeit wird es recht sein«, antwortete Teresa.

Und ging wie die anderen hinauf.

Sobald die Zimmertüren die Geräusche der Ankunft der Herrschaften verschluckten, vertiefte sich das Personal zwischen Tuscheln und Kichern in die Beurteilung der neuen Señora Lax.

»Was für ein hübsches Kleid!«

»Aber sie ist ein bisschen naiv, oder?«

»Ja, schon, aber sie ist wunderschön.«

»Vielleicht ist sie ein wenig zu jung für ihn?«

»Wie alt ist sie denn? Dreiundzwanzig?«

»Nein, sie ist erst einundzwanzig.«

»Herr im Himmel!«

»Sie wird keine gute Hausherrin sein.«

»Und, was meint ihr? Vollziehen die beiden heute Nacht ihre Ehe?«

Nur Laia und Concha sagten kein Wort. Erstere hatte die Zuckermandeln aus dem Tüll genommen und legte sie ordentlich in einer Reihe auf dem Küchentisch auf. Die Zweite war es satt, Lästermäuler reden zu hören, und verzog sich brummend auf ihr Zimmer: »Die Arme ist doch gerade erst angekommen. Lasst sie doch erst etwas Erfahrung sammeln.«

Concha verbrachte eine üble Nacht. Sie schob das auf ein Dutzend mit Bacalao gefüllte Buñuelos, und die Erinnerung daran wurde im Verlauf der Nacht immer widerlicher. Weit nach Mitternacht hörte sie Schritte die Treppen hinunterkommen. Draußen wartete ein Auto, aber der Motor klang nicht wie bei einem der Wagen des Hauses. Concha spitzte die Ohren. Unter Kichern verkündete eine Stimme, die Diskretion nicht gewohnt war: »Mein Täuberich, ich habe das Rasiermesser mitgebracht!«

Concha schüttelte mehrere Male den Kopf. Sie spürte, wie eine eklige Welle aus ihrem Magen hochstieg und stand eiligst auf. Sie kam gerade noch rechtzeitig zum Waschgeschirr, um eine dickflüssige Masse mit einem eher maritimen Gestank in die Schüssel zu spucken.

Von: Violeta Lax
Gesendet am: 2. April 2010
An: Valérie Rahal
Betreff: Rätsel

Liebe Mama,

hier bin ich wieder, mit einem Haufen Neuigkeiten!
1. Morgen kommen Fiorella und Silvana an. 2. Das MNAC hält eine Pressekonferenz ab, auf der das Vermächtnis vorgestellt wird.
Wie nicht anders zu erwarten, sind alle von der Qualität der Bilder beeindruckt und von der offensichtlichen Bedeutung innerhalb Großvaters Gesamtwerkes. Die Direktorin hat einen sehr positiven Bericht über die Qualität der Gemälde verfasst und ihren Erwerb durch das Kuratorium befürwortet, wofür die im Testament gestellten Bedingungen erfüllt werden müssen. Ansonsten war alles andere Sache der Anwälte und der Generalitat, die auf einmal ihre alte Entscheidung umgestoßen und beschlossen hat, in dem Stadtpalais der Familie eine Dependance des MNAC einzurichten. Also hat Eulalia Montull mit einem Federstrich erreicht, wofür der gute alte Arcadio und ich selbst unser Leben lang gekämpft haben.
Ich hoffe, ich habe diesmal genügend Zeit, um mit Fiorella über ihre großzügige Mutter zu sprechen. Es gibt viele Dinge bei der Sache, die einfach nicht zusammenpassen. Und meine Kenntnisse der Familiengeschichte sind so spärlich, dass ich kaum etwas dazu beitragen kann, um das Rätsel zu lösen.
Gestern habe ich auch Sargento Paredes wiedergesehen. Er hat mich angerufen, um mir zu berichten, dass Teresas Sachen sich noch im Labor befinden und dass ich mich darum kümmern sollte. Ich habe mich mit ihm im Café Zurich verabredet. Dort hat er mir dann eine Plastiktüte mit einem Paar zerschlissener Pantof-

feln, zwei Stofffetzen mit Haken und Ösen, eine mit dem Namen Dickens gravierte Plakette sowie die Halskette mit dem Goldring übergeben. Er hat mir berichtet, dass sie die Katze entsorgt haben.
Ich habe bereits im Café die Halskette mit dem Ring umgelegt und trage sie immer noch. Jedes Mal, wenn ich den eingravierten Namen Francisco Canals Ambrós betrachte, frage ich mich, welche Bedeutung das Schmuckstück für meine Großmutter gehabt hat. Hat sie die Kette nur zufälligerweise bei ihrem Tod getragen? Oder hat dieses Stück Gold vielleicht sogar etwas mit ihrer Ermordung zu tun? Ich kann mir nicht vorstellen, dass ein Mann des Jahrgangs 1889 es witzig findet, wenn seine Ehefrau den Namen eines anderen Mannes mit sich herumträgt. Ich stelle mir einen Haufen Fragen und resigniere wegen der fehlenden Antworten. Zwar recherchiere ich viel über Teresa in den Zeitungsarchiven, aber es gibt einen Teil der Wahrheit, den wir niemals erfahren werden, den vielleicht nie jemand erfahren wird.
Der Polizist hat mich auch nach Papa gefragt. Ich habe ihm erklärt, dass wir am Abend zuvor unseren Abschied mit einem Abendessen gefeiert haben. Modesto ist heute Morgen in der Früh mit Amélie nach Avignon zurückgeflogen.
»Ihr Vater ist vielleicht eine Type«, meinte der Sargento.
Für unser Abendessen hatten wir uns auf Wunsch von Papa im Set Portes getroffen. Sie sind so spät gekommen, dass ich schon kurz davor war, wieder zu gehen. Sie sagten, sie hätten den Nachmittag in den Boutiquen am Paseo de Gracia verbracht und dort ein Vermögen ausgegeben. Amélie trug am Handgelenk eine funkelnagelneue Cartier-Uhr, und ich glaube kaum, dass sie die von ihrem Gehalt bezahlt hat. Papa sah hinreißend aus. Nicht wie üblich, sondern noch besser: Er war frisch manikürt, sein Schnurrbart frisch gefärbt, er duftete nach Rasierlotion und hatte sogar sein Haar gegelt! Ich habe ihn schon lange nicht mehr so herausgeputzt und enthusiastisch erlebt. Es liegt wohl an Barcelona, er meint, die Stadt stimuliere ihn. Mitten beim Es-

sen und ohne jegliche Vorwarnung hat er mich plötzlich gefragt: »Violín, bist du glücklich?«
Ich habe »Ja« gesagt. »Ja, ich bin glücklich, so, wie alle anderen Menschen auch, etwas gemäßigt, denn schließlich kann niemand das Glück tatsächlich messen.«
»So ein Blödsinn!«, hat er dann gesagt. »Das Glück ist genauso messbar wie der Kreditrahmen einer Kreditkarte. Weißt du, in welchem Land in Europa die Leute am glücklichsten sind? In den nordischen Ländern. Oder das behaupten sie zumindest. Das ist doch erstaunlich, oder? Und in Bulgarien sind die Leute am unglücklichsten. Es gibt verschiedene Theorien, aber ich glaube, der Eurovision Song Contest ist an allem schuld. Ist dir das noch nicht aufgefallen? Die armen Bulgaren geben ihren Nachbarländern immer viele Punkte, aber sie selbst bekommen nie Stimmen von anderen Ländern. Wir Spanier hingegen sind so lala, unser Glück liegt also nur ein wenig über dem Durchschnitt. Dabei ist das gar nicht einmal so übel, denn bei dem Eurovision Song Contest sind wir ja auch nicht das, was man heutzutage einen Kracher nennt. Ach so, und Menschen, die mit einem Partner zusammenleben, sind auch glücklicher als Alleinstehende. Da soll noch mal einer sagen, das eheliche Zusammenleben führe zu Konflikten.«
Bei dem letzten Satz hat er schelmisch zu Amélie hinübergeblickt. Sie hat gelächelt, aber eher wie eine nachsichtige Mutter als wie eine Assistentin, und weitergegessen. Vielleicht hat sie dabei gerade an ihre neue Cartier-Uhr gedacht.
Beim Abendessen ließ Modesto dann ein paar von diesen Geschichten los, mit denen er so gerne Gespräche bereichert. Er hat gesagt, dass er vorhabe, die Wohnung in Avignon zu verkaufen und nach Barcelona zu ziehen. Er hat mich nach Avignon eingeladen, damit ich mir die Sachen aussuche, die ich haben möchte. Denn, so seine Worte: »Ich habe von überall her Krempel, den ich gar nicht brauche.« Ich habe ihn gefragt, was denn mit der Uni ist, mit seinen Vorträgen, mit seinen Abendessen mit

den alten Professoren, die genauso emeritiert sind wie er, mit dem Brecht-Theaterfestival … Also, alles, was in den letzten Jahren sein Leben ausgemacht hat. Stell dir vor, was seine Antwort gewesen ist!

»Ach weißt du, plötzlich interessiert mich das alles überhaupt nicht mehr.«

Dann habe ich gewagt, auf meine Nachforschungen über Teresa zu sprechen zu kommen. Ich habe ihm erklärt, dass ich dabei nur wenig Erfolg habe und die Zeitungsausschnitte in der Keksdose das Wertvollste sind, was ich bislang gefunden habe. Ich habe ihm berichtet, dass Teresa Brusés Mitglied in einer dieser Spiritistengesellschaften war, die Ende des 19. Jahrhunderts entstanden sind und in der Zeit so einen Aufschwung erlebten. Aber als Teresa begann, sich dafür zu interessieren, waren es schwere Zeiten für die Bewegung, und fast alle spotteten nur darüber.

»Tatsächlich?«, fragte Papa und zog eine Augenbraue hoch. »Na denn …«

»In Wirklichkeit befand sich der Spiritismus zu der Zeit im Niedergang. Während des Bürgerkriegs war er verboten, und als Ende der siebziger Jahre die Vereinigungen wieder entstanden, da wirkten die Ideen, die damals so fortschrittlich waren, altmodisch und überholt.«

Ich habe ihm erklärt, dass die europäischen Spiritisten in ihren besten Zeiten großen Einfluss auf die Gesellschaft hatten und dass bekannte Größen wie Arthur Conan Doyle oder Victor Hugo ihre Mitglieder gewesen sind. Damit habe ich sein Interesse wecken können, das ist mir schon fast wie ein Wunder vorgekommen.

»Weißt du darüber noch mehr?«, hat er mich da gefragt.

Ich habe versprochen, ihm die Zeitungsausschnitte zu kopieren und noch ein paar Dinge mehr. Ich bin mir nicht ganz sicher, ob der Spiritismus oder Teresa sein Interesse geweckt hat, aber immerhin. Er hat mir sogar seine Mailadresse gegeben.

»Amélie hat mir beigebracht, mit dem Internet umzugehen. Ich entdecke gerade eine neue Welt!«
Da habe ich nur noch gedacht, dass eine Assistentin, die es schafft, einen Dinosaurier wie Papa in die Welt der neuen Technologien einzuführen, sehr wohl eine Markenuhr verdient hat. Aber das war noch nicht alles. Du wirst es nicht glauben. Plötzlich platzte er heraus:
»Du weißt ja, dass ich nicht gerne über meinen Vater spreche, Violín. Er ist für mich immer ein Fremder gewesen. Ich hege nicht einmal Groll gegen ihn. Er wird schon seine Gründe gehabt haben, so zu leben, wie er gelebt hat, aber die interessieren mich wirklich überhaupt nicht. Falls dir das irgendwie weiterhelfen sollte: Ich könnte mir sogar vorstellen, dass er seine Frau umgebracht hat. Es würde mich auch nicht wundern, wenn herauskäme, dass er ein Kriegsverbrecher gewesen ist oder einer von diesen Naziärzten, die diese furchtbaren Experimente an Menschen durchgeführt haben. Aber eigentlich war er dafür viel zu egozentrisch. Ich habe für die arme Teresa nur Mitleid. Sie ist in schlechte Hände geraten, und es waren schlechte Zeiten – wer weiß, was wirklich passiert ist. Ich denke, deine Recherchen ehren ihr Andenken und stellen gewissermaßen eine Wiedergutmachung dar. Ich hätte zu gerne selbst nachgeforscht, aber du musst verstehen, dass mir nicht mehr viel Zeit bleibt, um mich auch noch um so traurige Dinge zu kümmern. Die Zeit, die ich noch habe, werde ich so nordisch wie möglich sein, wenn du nichts dagegen hast. Alles Weitere übergebe ich wie immer in fleißige Hände, die noch dazu viel schöner sind, und zwar in deine …«
Am liebsten wäre ich aufgestanden und hätte Beifall geklatscht. Aber stattdessen habe ich ihm einen Kuss auf seine frisch rasierte Wange gegeben und mir eine Träne abgewischt. Amélie war auch gerührt und musste sich schnäuzen. Ich glaube, die ganze Szene hat den Kellner erschreckt, der für solche Vertraulichkeiten anscheinend nicht gemacht war.

Das war wirklich ein würdiger Abschluss für das Festessen, bei dem ich dich zu gerne dabei gehabt hätte.

Deine gerührte und erschöpfte

Vio

La luz del porvenir. Revista de estudios psicológicos y ciencias afines
(Das Licht der Zukunft, Zeitschrift für psychologische Studien und verwandte Wissenschaften)
Nr. 272, Juni 1934

In Abwesenheit und in Erinnerung an Maria del Roser Golorons de Lax.
Ein Vortrag zum ehrenden Gedenken, gehalten von Teresa Brusés de Lax, beim letzten Spiritistenkongress in Barcelona (Auszüge).

Heutzutage gelten Don Allan Kardec, der Vizconde de Torres-Solanot, Don Miguel Vives oder Doña Amalia Domingo Soler als Begründer unserer Wissenschaft. Doch ich möchte in meinem Vortrag auf die Bedeutung meiner verstorbenen Mentorin eingehen, an die sich sicher viele erinnern werden: Es geht um Doña Maria del Roser Golorons, die Witwe von Don Rodolfo Lax.
Diese Frau hat keine Werke hinterlassen, die die Regalbretter in Bibliotheken schmücken, noch hat sie sich an hitzigen Diskussionen mit irgendwelchen Kirchenführern beteiligt. Aber sie hat zeit ihres Lebens ebenso zielstrebig wie diskret die Saat für ihre Ideale ausgesät und es verstanden, in ihren zahlreichen Zuhörern das Feuer für diese Ideale zu entfachen: die Gedankenfreiheit, die Klarheit von Ideen und die Unsterblichkeit des Geistes.
Ich hatte das große Glück, bis zu ihrem Ende an ihrer Seite sein zu dürfen, und ich kann Ihnen versichern, dass Doña Maria del Roser getreu ihrer Vorstellung und im Beisein der Geister ihrer am meisten geliebten Angehörigen verschieden ist. Auf dem Sterbebett hat sie mir das Staffelholz für den Wettstreit übergeben, der ihr ganzes Leben bestimmt hat. Sie ist in der Überzeugung von uns gegangen, dass diese harten Zeiten – sowohl für uns Spiritisten im Besonderen wie auch für die Welt im Allgemeinen – uns letztlich nur stärken werden.

Ich habe ihr versprochen, die mir eigene Zurückhaltung zu überwinden und den Weg zu gehen, den sie mir aufgezeigt hat. Von diesem Versprechen werden meine Worte heute hier beflügelt. Ich widme meinen Vortrag dem Gedenken und der Erinnerung an eine Frau, die ich immer als einen der besten, großzügigsten und klügsten Menschen, die ich je kennenlernen durfte, in meinem Herzen tragen werde. Dass sie die Mutter meines Ehemannes gewesen ist, betrachte ich als einen glücklichen Zufall.
[…]
Nach allem, was hier bislang gesagt worden ist, denke ich, dass es viele Anliegen gibt, die unser Streben und unsere absolute Hingabe erfordern. An allererster Stelle möchte ich den Pazifismus nennen. Wir müssen in der Lage sein, die Gesellschaft von unseren Idealen zu überzeugen: eine Welt ohne Waffen, ohne Todesstrafen, ohne politische Grenzen, eine Welt, die auf der Zusammenarbeit von Individuen gründet! Und deswegen müssen wir für die soziale und die kulturelle Revolution kämpfen, die aus uns selbst entsteht und nicht von Regierungen oder Institutionen aufgezwungen ist – damit meine ich selbstverständlich auch die katholische Kirche, die wir respektieren, auch wenn wir ihre Gesetze nicht befolgen.
Außerdem dürfen wir Frauen uns nicht weiter dem Diktat der Männer unterordnen. Wir müssen lernen, dass wir freie Menschen sind, und wir müssen lernen, unsere Freiheit auch auszuüben, indem wir unsere eigenen Entscheidungen treffen und folglich auch für unsere Irrtümer selbst geradestehen. Nur wer selbständig denkt, kann sich zuweilen irren. Wir müssen endlich aufhören, ewig kleine Mädchen zu sein. Wir lehnen die derzeitigen Erziehungsweisen ab, die Frauen ohne Bildung hervorbringen, die sich nur im eigenen Haushalt und im gesellschaftlichen Leben bewegen können. Wir wollen das Gleiche lernen wie die Männer. Wir haben das Recht, die gleichen Bücher zu lesen und die gleichen Arbeiten zu leisten. Und wir haben Anspruch – warum eigentlich nicht? – auf die Gleichstellung bei einigen öffentlichen Handlungen, wie beispielsweise Beisetzungen, von denen wir bislang wegen unserer Natur ausgeschlossen sind, als ob unsere Anwesenheit eine Schande wäre.
[…]

Zum Schluss möchte ich ein Thema ansprechen, das mich persönlich betrifft, vor allem weil ich gesehen habe, wie geltende Gewohnheiten in einem Moment, in dem wir keinen Widerstand mehr leisten können, unsere Rechte und unsere Würde als Spiritisten verletzten. Ich meine hiermit die Beisetzungen. Wir alle wissen, dass es in San Quintín de Mediona, einem Ort in der Provinz Barcelona, einen Spiritisten-Friedhof gibt, der größer und schöner als der katholische Friedhof ist. Dort finden zahlreiche Beerdigungen statt, bei denen kein katholischer Kaplan seinen Ritus aufzwingt oder verbietet, dass der Leichnam der Erde zurückgegeben wird, so wie es in unserer Stadt seit einiger Zeit geschieht. Ich glaube, wir müssen in dieser Frage behutsam, aber standhaft sein. Wir müssen den Personen, die sich für vernunftbegabt halten, verständlich machen, dass es außer ihrer Sichtweise noch andere gibt, aber das darf nicht durch Zwang geschehen, sondern durch Überzeugung. Ich schlage deshalb eine gemeinsame Petition vor, in der wir Beisetzungen ohne kirchliche Rituale, also nach unseren Vorstellungen, fordern, und ich denke, wir sollten an dieser Forderung festhalten, so sehr man uns auch als Abergläubische, Ketzer oder sogar als Teufelskinder hinstellt. Wir müssen uns den Problemen der Zeit, in der wir leben, stellen, aber auch dem gewaltigen Einfluss der traditionellen Moral auf alle Schichten unserer Gesellschaft, die sich in bewegten Zeiten lieber unter dem schützenden Flügel des Unveränderlichen verkriechen möchten. Wir sollten trotz allem darauf vertrauen, dass einmal bessere Zeiten für uns anbrechen werden, und mit genau dieser Hoffnung weiterkämpfen.

Werte Freundinnen und Freunde, wir müssen uns einfach damit abfinden, dass wir vermutlich ein Jahrhundert zu früh auf die Welt gekommen sind.

Von: Valérie Rahal
Gesendet am: 7. April 2010
An: Violeta Lax
Betreff: Ach, die Liebe …

Meine liebe Tochter,

ich kann es nicht fassen, dass du in deinem Alter nicht die Symptome dieser geheimnisvollen Krankheit erkannt hast, die deinen Vater befallen hat. Denn diese Krankheit hat aus ihm einen umgänglicheren, attraktiveren, eleganteren, hinreißenderen, kommunikativeren und einfühlsameren Menschen als je zuvor gemacht. Modesto ist verliebt! Er hat mich angerufen, um es mir zu erzählen, aber das ist gar nicht nötig gewesen. Das habe ich deinem Bericht von dem Abendessen schon entnommen. Ihm habe ich am Telefon gesagt, dass ich es an dem Tonfall erkannt habe, wie er »Hallo« gesagt hat. Ich glaube, das hat ihn schwer beeindruckt.
Nein, dein Vater hat mich natürlich nicht angerufen, um mir mitzuteilen, dass er verliebt ist. Er hat mich angerufen, um mir mitzuteilen, und zwar genau in der Reihenfolge, dass er sich Sorgen um dich macht, dass ich mich darum kümmern soll und dass er heiratet. Die Trauung (nur standesamtlich) findet in Avignon statt, und zwar diesen Samstag um halb eins. Außerdem hat er mich gebeten, es dir zu sagen und dir auszurichten, dass er im Voraus deine Abwesenheit selbstverständlich entschuldigt und dass du ihm nichts zu schenken brauchst. Er ist völlig in diese junge Frau verschossen, die so gerne teure Markenuhren trägt. Nimm es mit Fassung, ich hätte vor fünfundzwanzig Jahren das Gleiche gedacht wie du jetzt.
Außerdem hat mich Drina angerufen. Sie sagt, dass sie dir ein Dutzend Mails geschickt hat und dass du kein Lebenszeichen von dir gibst. Ich habe ihr versichert, dass du wahnsinnig viel

zu tun hast, dein Rechner den Geist aufgegeben hat und du ja bekanntlich auf Achse bist. Ich glaube, sie hat mir angemerkt, dass ich versucht habe, dich zu entschuldigen, und hat mir kein Wort geglaubt. Sie will wissen, ob du bald wiederkommst. Anscheinend häufen sich bei ihr wichtige Fragen, und ihr gehen die Ausreden aus (und ich glaube auch so langsam die Geduld). Sie sagte, das dringendste Problem sei eine Interview-Anfrage von CNN. Ich habe sie so verstanden, dass sie innerhalb von vierundzwanzig Stunden reagieren muss. Das ist doch toll: Ich habe eine VIP-Tochter!
Da ich nicht wusste, was ich sagen soll, gebe ich hiermit die Frage weiter: Gedenkst du bald zurückzukommen? Oder, besser gefragt: Gedenkst du überhaupt zurückzukommen?
Und was deine gescheiterte große Liebe angeht, kann ich dir nur sagen, dass ich mit etwas Skandalöserem gerechnet habe. Ich verstehe gar nicht, warum du mir so etwas Banales so lange verheimlicht hast. Eine unmögliche Liebe gibt es doch in den verstaubten Winkeln jedes Menschen, Vio. Du bist da wirklich nicht die Einzige. Zumindest nicht, was das angeht. Aber zugegebenermaßen, eine Affäre mit einem bekannten Sänger klingt schon aufregend.
Komm, besuch ihn und bring die Geschichte zu einem Ende. Dann erzählst du mir gleich alles und lebst dein Leben weiter. Deine Kinder und deine Mutter, wir alle brauchen dich!

Ich schicke dir einen Haufen Küsse! Auch von Jason.

Mama

XIX

Im Oktober 1912 berichteten die Zeitungen über die heldenhafte Ankunft der griechischen Truppen an den serbischen Grenzen, wo sie gegen die osmanischen Soldaten kämpfen sollten. Die Detailfreude, mit der die Überfälle auf Züge in Nebelschwaden, die Diebstähle feindlicher Fahnen, die Explosionen von Dynamitbomben mitten in der Nacht oder der Anblick der griechischen Flotte, die vor der Küste von Lemnos kreuzt, beschrieben wurden, führte bei Amadeo zu der gleichen Erregung, die er als kleiner Junge verspürt hatte, wenn ihm Concha Geschichten aus ihrem Heimatdorf erzählte. Doch die Nachricht, die auf derselben Seite stand und die über Eisenbahnarbeiter auf der Strecke Madrid–Zaragoza informierte, die mit ihren Forderungen für Ärger sorgten, löste bei ihm andere Empfindungen aus. Er schlug die Zeitung zu, trank einen Schluck von seinem allmorgendlichen tiefschwarzen Kaffee, zog den Gürtel seines seidenen Morgenmantels enger und fragte sich allmählich, welche Gefühle ihm wohl dieser Tag bescheren würde. Da ging die Tür auf, ohne dass jemand angeklopft hätte, und Maria del Roser betrat in einem Kleid aus Wildseide mit rosigen Wangen die Szene.

»Guten Morgen, mein Junge, kann ich hereinkommen?«

Die Frage war überflüssig, schließlich war Maria del Roser bereits eingetreten und nahm gerade Platz. Angesichts des vielsagenden Schweigens ihres Sohnes sah sich die Mutter zu der Frage genötigt: »Störe ich?«

»Ich wollte gerade ins Atelier gehen«, erwiderte Amadeo und machte Anstalten aufzustehen.

Maria del Rosers Hand packte ihn energisch am Arm. »Bitte, nur eine Sekunde«, bat sie. »Ich muss mit dir etwas Wichtiges besprechen.«

Amadeo lehnte sich wortlos wieder zurück.

»Es geht um deinen Bruder. Mir kommt er in letzter Zeit recht niedergeschlagen vor. Er isst kaum.«

»Vermutlich ist er verliebt, Mutter.«

»Davon gehe ich aus! Aber trotzdem. Vor ein paar Monaten, als er sich verliebt hatte, da war er besserer Laune.«

Die lebhaften kleinen Augen von Maria del Roser erfassten die Schreibtischoberfläche nebst den darauf liegenden Utensilien: die Schreibtischauflage, das Tablett sowie der Löscher aus Bleikristall, die silbernen Tintenfässer, die elektrische Lampe mit den Glasfransen … im Großen und Ganzen sah es so aus wie damals, als ihr Rodolfo noch lebte. Dennoch kam ihr alles so fremd vor, als wäre dies ein anderer Ort. ›Aber vielleicht bin ich ja auch die Fremde hier‹, sagte sie sich selbst.

Von den indiskreten Blicken seiner Mutter beunruhigt, gab Amadeo vor, ein wenig Ordnung in seine Papiere zu bringen. Er bildete Stapel, wobei er peinlichst darüber wachte, welche Papiere nach oben und welche nach unten gelangten. Ihn erschreckte die Unbekümmertheit, mit der seine Mutter hier hereinplatzte, alles betrachtete und einfach irgendein Dokument an sich riss, das sie interessant fand und dann neugierig begutachtete, während sie die Augen zusammenkniff, als wären seine privaten Unterlagen irgendwelche Familienfotos von allgemeinem Interesse. Um zu vermeiden, dass sie erblickte, was sie nicht sehen sollte, öffnete Amadeo die rechte Schreibtischschublade und legte einen der Papierstöße hinein.

»Willst du mal stillhalten?«, schalt seine Mutter. »Du machst mich ganz nervös. Schau mal, das ist ja das Siegel der Familie Brusés!«

Sie hielt eine Karte aus edlem Briefkarton, die in Reichweite ihrer Hände lag, vor ihre Augen und las den Text:

Sehr geehrter Señor Lax,

hiermit möchte ich Ihnen den Auftrag erteilen, von meinen sieben Stiefkindern und von mir Porträts anzufertigen. Bitte besuchen Sie mich so bald wie möglich, damit wir bei der Gelegenheit die Bedingungen besprechen können. Richten Sie Ihrer Mutter und Ihren Geschwistern meine besten Empfehlungen aus.

Mit freundlichen Grüßen,

Doña Matilde Bessa,
Witwe von Don Casimiro Brusés, Reeder und Kaffeehändler

»Sieh mal an«, bemerkte Maria del Roser. »Die Brusés sind eine angesehene Familie. Es täte dir gut, diesen Auftrag anzunehmen.«

»Danke, Mutter. Ich werde das beherzigen. Gibt es noch etwas, was wir beide jetzt besprechen müssen?«

Maria del Roser legte die Briefkarte genau auf die Tischkante und korrigierte die Position, so dass kein Millimeter überstand. Mit der gleichen Umständlichkeit verschränkte sie dann ihre Hände im Schoß.

»Ich sehe schon, du wirst mir in der Sache mit deinem Bruder nicht weiterhelfen.«

»Mutter, Juan und ich sprechen kaum miteinander. Es ist nicht gut, wenn ich mich in seine Angelegenheiten mische. Außerdem ist er selbst alt genug.«

»Ja, er ist achtzehn … Das schlimmste Alter für einen Mann. Ein Alter, in dem man leicht sein Leben riskiert.«

»Übertreiben Sie da nicht ein wenig?«

Maria del Roser richtete nachdenklich die Briefkarte neu an der Tischkante aus.

»Ich habe mit euch beiden schon ein Kreuz zu tragen, Amadeo. Könntet ihr nicht mal Frieden schließen? So schlimm der Vorfall im Internat auch gewesen sein muss, das ist doch lange her. Schon fast zehn Jahre.«

»Sieben.«

»Sieben Jahre, zehn Jahre … Das ist doch egal. Bestimmt gibt es eine Lösung.«

Amadeo griff nach der Briefkarte der Witwe des Reeders und Kaffeehändlers und legte sie auf seine Schreibtischauflage.

»Wie geht es Violeta heute?«, fragte er. »Geht es ihr besser?«

Maria del Roser schüttelte bedrückt den Kopf.

»Sie muss sich immer noch übergeben. Conchita ist bei ihr.«

»Hat Dr. Gambús sie gesehen?«

»Ja, heute Morgen. Er hat ihr Wasserfasten verordnet. Ich fürchte, dieser Mann wird furchtbar alt. Er könnte ihr doch ein paar Pillen verschreiben, oder? Man sieht schon, die Ärzte von heute sind auch nicht mehr wie früher.«

»Ich sehe nachher bei ihr vorbei.«

Maria del Roser nahm einen Brieföffner zur Hand. Sie betrachtete ihn, wendete ihn und legte ihn wieder auf dem Schreibtisch ab. Sie griff nach einer Blechdose Füllhalterfedern, die auf einem Stapel Hefte thronte. Da stand: *Perry & Co., for rapid writers.* Sie stellte sie wieder ab. Dann nahm sie ein anderes Blechdöschen mit der Aufschrift: *Laxen Busto.* Aufgrund der Verheißungen auf dieser Dose – »aktiv«, »angenehm«, »harmlos«, »sparsam«, »verursacht weder Reizungen noch Schmerzen« – fragte sie ihren Sohn: »Leidest du etwa unter Verstopfung, mein Junge?«

Nun verlor Amadeo die Nerven.

»Bitte, Mutter! Stellen Sie das wieder an seinen Platz!«

»Das ist doch kein Grund sich zu schämen. Die Menschheit leidet seit Jahrhunderten unter Verstopfung.«

»Mutter, ich muss Sie daran erinnern, dass dies nicht mehr Vaters Arbeitszimmer ist. Sie können hier nicht einfach so hereinkommen und alles durchwühlen.«

Maria del Roser platzierte das Blechdöschen an die Stelle, an die sie zuvor die Briefkarte abgelegt hatte, und befand, dass ihr Sohn recht hatte. »Entschuldige bitte, das ist einfach die Macht der Gewohnheit.«

»Lassen Sie uns über Violeta sprechen«, griff Amadeo den roten Faden der verworrenen Unterhaltung wieder auf. »Wenn es ihr in ein paar Tagen nicht besser geht, lasse ich einen Arzt aus der Schweiz kommen, ja?«

»Der arme Mann! Warum denn von so weit her?«

»Die Schweizer Ärzte haben den besten Ruf.«

Maria del Roser betrachtete die Wände. Ihr missfiel, dass das Porträt von Concha, auf dem sie im Patio aus einem Krug Wasser in Gläser füllt, an der großen Wand hing.

»Hier müsste ein Porträt von deinem Vater hängen«, urteilte sie. »Wenn du ihn porträtiert hättest, selbstverständlich.«

»Ich überlege, hier das Telefon unterzubringen.« Amadeo deutete auf die einzige freie Wand. »Das erscheint mir passender.«

»Dein Vater hat immer gesagt, dass er mit dem Telefon in einem Raum nicht zum Arbeiten kommt.«

Amadeo seufzte. Er hatte gelernt zu respektieren, wenn seine Mutter einen dieser schlechten Tage hatte, an denen die Sehnsucht nach vergangenen Zeiten sie deprimiert und nörglerisch machte und sie dazu verleitete, ihm Zeit zu stehlen. Diese Tage gehörten ebenso zu seinem Alltag wie die unausweichlichen Treffen mit Trescents oder die häuslichen Anliegen von Eutimia.

»Es ist ein Jammer, dass du dich nicht persönlich um die Geschäfte kümmerst, so wie es dein Vater wollte«, murrte seine Mutter weiter, die nun bedrückt zu der leeren Wand blickte.

»Mutter, wir haben oft genug darüber gesprochen. Warum bitten Sie Conchita nicht, Ihnen einen Kräutertee zuzubereiten? Haben Sie denn keinen Lesestoff mehr?«

Maria del Roser reagierte mit einer noch verdrießlicheren Miene.

»Nichts, worauf ich Lust habe … Es gibt einfach keine Schriftsteller mehr wie früher.«

»Außerdem müssen Sie sich um den Gang der Geschäfte keine Sorgen machen. Meine Unvernunft findet keinen Niederschlag in den Jahresbilanzen. Ganz im Gegenteil, die Geschäfte laufen besser denn je.«

Die Mutter schnaufte tief durch, man wusste nicht, ob aus mangelndem Einverständnis oder aus Resignation.

»Vergiss das mit den Schweizer Ärzten«, sagte sie kategorisch. »Deine Schwester liegt ja nicht im Sterben. Aber versprich mir, dass du dich um Juan kümmerst.«

»Ja, schon gut, Mutter. Gehen Sie, wenn ich Ihnen das verspreche?«

»Nein, ich gehe nur, wenn du ihn beförderst. Er muss etwas zu sagen haben. Er langweilt sich.«

»Finden Sie die Position eines Fabrikdirektors gut?«

Maria del Roser lächelte. Endlich machten sie Fortschritte.

»Perfekt. Aber schick ihn nicht zu weit weg.«

»Wo hätten Sie ihn gern? In der Fabrik in San Martín? Oder lieber in San Andrés?«

»San Martín ist gut. Julián kann ihn dann an der Universität abholen und dorthin fahren, auf ihn warten und wieder nach Hause bringen.«

»In der Nachmittagsschicht. Gut. Gibt es noch etwas?«

»Jetzt mach dich nicht über mich lustig! Ihr bereitet mir schon genug Kopfzerbrechen!«

»Ich werde schon morgen mit Trescents sprechen, Mutter.«

Das Knistern der Wildseide begleitete den Abgang der Dame von der Szene. Sie wirkte zufrieden. Amadeo, der ihr mit wenigen Schritten Abstand folgte, verschloss hinter ihr die Tür mit dem Schlüssel.

»Und denk daran, noch hast du Zeit, mich zu malen«, flüsterte Maria del Roser, während sie sich matt die Treppe hochschleppte.

Aber überlassen wir nun Mutter und Sohn sich selbst und schreiten zurück, um im Geheimen das zu tun, was Amadeo befürchtet und Maria del Roser doch nicht wagt: die Ruhe der Gegenstände zu stören. Selbstredend beginnen wir dabei mit der rechten Schreibtischschublade. Und ganz konkret mit dem Papier, das Amadeo absichtlich unter den Stapel gelegt hat. Es trägt Trescents' Handzeichen und eine viel versprechende Überschrift: *Bericht über die Arbeiterin Nr. 789 der Fabrik Hilados y Tejidos Golorons e Hijos, in San Andrés, Name: Montserrat Espelleta Torres, Alter: 15 Jahre.* Der Bericht ist mit Schreibmaschine geschrieben, einige Passagen sind rot unterstrichen und mehrere Worte sind eingekreist: »15«, »fröhlich«, »jüngere Schwester«, »Rebellion«, »wohlproportionierte Figur«, »Couplets«. Dabei liegt ein Gruppenfoto von den Fabrikarbeitern, auf dem die Gesichter der einzelnen Arbeiter nicht zu erkennen sind, doch jemand hat mit Bleistift auf die Rückseite geschrieben: *Montserrat Espelleta Torres, die 1. Person von rechts in der 2. Reihe.* Der Bericht ist schon alt: Er stammt aus dem Februar 1910. In den zwei Jahren, die er auf Amadeos Schreibtisch liegt, ist er längst obsolet geworden.

Zwischen den Papieren liegen Rechnungen mit astronomischen Beträgen von Restaurants, Hotels, Schneiderinnen, für Pelze, Schmuck, Mietwagen … Zwischen einigen liegt versteckt eine Visitenkarte von Octavio Conde mit den Zeilen:

Lieber Freund,

mit herzlichem Dank für deine Aufmerksamkeit und Diskretion gestern Nacht. Die Señorita war ein exquisiter Happen, wie du angekündigt hast. Jetzt haben wir beide auch noch den gleichen Geschmack! Ein Hoch auf den Kommunismus in Liebesdingen! Bit-

te, vernichte dies Schreiben. Ich glaube, ich bin immer noch berauscht.

Es gibt auch eine Besitzurkunde für eine Wohnung in der Rambla de Catalunya. Nicht von den Ausmaßen, die den Sitten und Gebräuchen der Lax' entsprechen, aber riesig für die Bewohner zukünftiger Zeiten. Es gibt Rechnungen für Möbel, Dessous, Körperpflegeartikel und sogar für ein Bett nach Maß – dem Maß der Begierde –, alles in El Siglo mit der größten Diskretion erstanden, ohne irgendjemanden zu kompromittieren. Es gibt Eintrittskarten für Konzerte, Kinos mit Variété, Kabaretts, fast alle für Etablissements an der Avenida del Paralelo. Es gibt ein Foto mit einer hieroglyphischen Widmung von Raquel Meller und auch eine kleine mit Kokain gefüllte Blechdose, deren Deckel verspricht, ein Wundermittel gegen Magenbeschwerden nach der Rezeptur von Apotheker Dr. Creus zu enthalten.

Es gibt Bilanzen der Banco de Barcelona mit schwindelerregenden Zahlen, Berichte von Aktionärsversammlungen, Glückwünsche von befreundeten Unternehmern zum erreichten wirtschaftlichen Erfolg, Listen von Kunden in Europa, Amerika und Asien … Dutzende Seiten voller Ziffern, die Staub anhäufen, ohne seitens des Adressaten die geringste Beachtung zu erfahren.

Und so könnten wir durchaus die kleinen Hinweise auf die Existenz eines Menschen durchforsten, der gleichermaßen einer der reichsten Unternehmer der Stadt ist sowie ein Mann, der sich am allerwenigsten für seinen Reichtum interessiert. Wir finden jedoch mehr Vergnügen daran, wie uns das Ticken der Uhr auf dem Sims im Takt wiegt oder wenn wir die geometrischen Muster beobachten, die die Sonne mit dem Verlauf der Zeit auf den Teppich zeichnet.

Nicht der Nachmittag verstreicht, sondern die Jahre. So belanglos wie wir für die Welt sind, nehmen wir ihren Lauf nicht wahr. Ein Blinzeln bedeutet ein Jahrzehnt. Der Flug einer Mücke durch den Raum dauert fünf Jahre. Für uns Abwesende bedeutet die Zeit nichts: Sie ist unser kleiner Sieg. Wenn wir wieder aufblicken, stehen auf dem Schreibtisch weder die Blechdöschen für die Füllhalterfedern noch die Lampe mit den Glasfransen. Die Tintenfässer haben einem luxuriösen Schreibset aus Silber und Gagat Platz gemacht. Conchas Porträt hängt nun an einer Seitenwand. Den privilegierten Platz nimmt inzwischen ein anmutiges Porträt von Doña Maria del Roser ein. Das Telefon ist schon ein Tischgerät: ein Thomson-Houston mit vergoldetem Sprachrohr und Hörer, das auf einem schwarzen Sockel befestigt ist. Ein Zeichen dafür, dass sich die Welt trotz allem weiterdreht.

Der Schreibtisch ist nach wie vor mit Papieren überhäuft, doch inzwischen sind es noch mehr Stapel geworden, noch höhere. Es wäre mühselig und zudem unnötig, sie durchzusehen. Sie enthalten die Buchführung der Fabriken, Kündigungsschreiben, Verhandlungen über Arbeitsbedingungen, kleine Entschädigungen und die vielen Nichtigkeiten, die zum Leben eines großen Unternehmens dazugehören. Wir haben mehr davon, wenn wir uns mit dem Brief eines Schweizer Sanatoriums befassen – in Fribourg –, in dem irgendein Verantwortlicher reichlich Prosa verwendet hat, um sich »im Namen der medizinischen Wissenschaft« dafür zu entschuldigen, dass sie für den »dramatischen Fall keine Lösung anbieten« konnten. Es gibt noch etwas Neues: Auf dem Schreibtisch liegt ein Kruzifix. Das Sonnenlicht strahlt nach wie vor heiter, aber der Teppich fehlt. Es muss Sommer sein. Einer der wenigen Sommer, die Maria del Roser Golorons nicht in der Finca in Caldes d'Estrach verbracht hat. Dafür muss es einen Grund geben. Die Antwort liegt in dem Schweigen. Große Trauer herrscht in dem Haus, von der sich anscheinend das monotone Ticken der Uhr hat anstecken lassen. Irgendwo, nicht weit entfernt, hört man die Frauen des Hauses beim Rosenkranzgebet.

Im Kabinett herrscht eine drückende Hitze, die niemanden stört. Unsere Präsenz ist hier die einzige. Die Tür ist nach wie vor mit dem Schlüssel abgesperrt, auch wenn sie, seit Beginn der Szene bis zu ihrem Ende, hundert Mal geöffnet und wieder geschlossen wurde. Im Moment sehen wir niemanden, doch einige Bewohner des Hauses haben zwischen den Dingen Spuren hinterlassen. Concha war diejenige, die den Zeitungsausschnitt mitgebracht hatte, der nun als zusammengeknüllter Ball im Papierkorb liegt. Es ist nur ein Stück Zeitung, aber für sie bedeutete es sehr viel mehr: eine Hoffnung. Die Seite enthält einen Artikel über die heilenden Kräfte eines gewissen Dr. Mann, eines Franzosen, der sich als »Heiler in verzweifelten Fällen« anpreist. Darin wagte es der Arzt sogar, an seine Kollegen zu appellieren: »Werte Mediziner, ich lade euch ein, mir eure unheilbaren Kranken zu bringen.« Wenn zutrifft, dass Wände hören und sehen können, müssen sie sich immer noch fragen, welcher Kummer Concha dazu brachte, zum ersten und letzten Mal in ihrem Leben ihre Stimme gegen Amadeo zu erheben, und wie er die Kraft aufbrachte, der Kinderfrau zu sagen, dass man nur noch für ein schnelles Ende beten könne. Dann kamen die schlaflosen Nächte. Zwei ganze Nächte verbrachte der Hausherr dort eingesperrt, die Ellenbogen auf die Papiere auf dem Tisch gestützt, das Gesicht zwischen den Händen vergraben, während er heimlich weinte. Am dritten Tag kam er heraus, legte Trauerkleidung an und führte den Leichenzug seiner Schwester Violeta an, die im Alter von sechzehn Jahren an Leukämie gestorben war.

Die Türen blieben die nächsten drei Tage verschlossen. Auf dem Tisch schienen die Gegenstände wie für die periodischen Fluchten ihres Besitzers gemacht zu sein. Die Tageszeitung, die schon vor ihrer Ankunft überholt ist, zeigte das fürchterliche Ereignis an, den Tod eines Mädchens am 26. August 1914. Auf Seite 13 berichtete das Blatt von einem Treffen von Industriellen, das am Vorabend im Hotel Ritz mit dem besten Menü des Hauses stattfand – zu fünfundzwanzig Peseten je Gedeck –, um Spaniens Neutralität bei dem europäischen Konflikt zu feiern. Auf Seite 10 informierte ein Telegramm aus Bilbao darüber, dass die englischen Streitkräfte zwar selbst zweitausend Tote beklagten, aber viele Deutsche getötet und einen Bomber abgeschossen hatten. Auf Seite 11 war von der Trauer die Rede, die nach dem Tod von Papst Pius X. auf Italien lastete, während die Vorbereitungen für das Konklave zu Ende gingen, das kriegsbedingt nur kurz war. Auf Seite 5 wurde deutlich, welche Priorität in diesen bewegten Tagen die Barcelonesen der Zerstreuung einräumten, denn hier stand das Programm der wichtigsten Theater und Salons. Der Salón Doré versprach in seiner Anzeige »das umfangreichste Varieté-Programm der ganzen Stadt«, die in der Ankündigung gipfelte, die »schönste und frechste Sängerin« zu präsentieren, deren Namen in großen Lettern geschrieben stand: *BELLA OLYMPIA*, die »Schöne Olympia«.

Doch an diesem und den folgenden Abenden sollte der am sehnsüchtigsten erwartete Verehrer der Künstlerin nicht den für ihn in der ersten Reihe reservierten Platz einnehmen. Er sollte sie auch nicht in ihrer Garderobe besuchen. Und auch nicht das Bett mit ihr teilen.

Für die Schöne Olympia begann ein langwieriger und langsamer Niedergang. Unbedarft und vertrauensselig hatte sie sich in den falschen Mann verliebt.

Von: Violeta Lax
Gesendet am: 3. April 2010
An: Valérie Rahal
Betreff: Überraschung!

Liebe Mama,

dass deine Erwartung enttäuscht wurde, liegt wie immer an meiner Feigheit. In diesem Fall als Spiegel meiner Ambiguität.
Ich könnte dir von dem Besuch der Italienerinnen berichten, aber das hebe ich mir für später auf.
Ich habe zwei Neuigkeiten für dich, die bestimmt dazu beitragen, dass du dich wieder für meine Geschichte interessierst.
Ich habe mir schließlich eine Frist für meine unendliche Geschichte gesetzt.
1. Innerhalb der nächsten Woche mache ich meinen Krankenhausbesuch, Ehrenwort.
2. Meine alte Liebe ist kein »berühmter Sänger« wie du schreibst, sondern Margot Mallais. Also: eine berühmte Sängerin.
Nun nimm dir Zeit, um die Nachricht zu verdauen, Mama. So modern du auch bist, ich glaube nicht, dass es dir leicht fällt zu akzeptieren, dass die große Liebe deiner Tochter eine Frau gewesen ist.

Ich hab dich so lieb!

Vio

Bericht über die Arbeiterin Nr. 789 der Fabrik Hilados y Tejidos Golorons e Hijos, in San Andrés

Name: Montserrat Espelleta Torres;
Alter: 15 Jahre

Tomás Trescents, im Februar 1910

1. Vorgeschichte der Familie
Fragliche Arbeiterin ist die Tochter von Trinitat Torres Gilbert und Salvador Espelleta Bartomeus sowie die jüngere Schwester von Miguel und Salvador Espelleta Torres. Sowohl der Vater wie die Mutter arbeiten seit dem Jahr 1897 in der Fabrik Hilados y Tejidos Golorons e Hijos. Die Mutter ist immer noch in dieser Tuchfabrik beschäftigt und zwar in der Färberei. Der Aufenthaltsort des Vaters ist seit den tragischen Ereignissen in der letzten Juliwoche 1909 unbekannt; er hat sich an den Unruhen aktiv beteiligt und wird seit dem 3. August mit Haftbefehl gesucht. Seine beiden Söhne Miguel und Salvador wurden verhaftet und durch ein ordentliches Kriegsgericht (durchgeführt durch den Infanteriehauptmann Luis Franco Cuadras) wegen Beteiligung an der Rebellion verurteilt. Die Brüder verbüßen derzeit eine fünfzehnjährige Haftstrafe. Eine Cousine zweiten Grades sowie ein blutsverwandter Onkel arbeiten in unserer Ziegelfabrik in Barcelona, wo sie nie Probleme verursacht haben.

2. Beschreibung
Größe: 1,64 m; Gewicht: ca. 55 kg; Alter: 15 Jahre; dunkle Haare und Augen; wohlproportionierte Figur; fröhlicher und fleißiger Charakter. Sie begann im Alter von neun Jahren bei Manufacturas Golorons in der Spinnerei. Mit elf Jahren kam sie in die Färberei der Fabrik, wo sie mit vierzehn zur Vorarbeiterin befördert wurde. Seitens der Vorgesetzten sind keine Klagen über sie bekannt; abgesehen davon, dass sie oft auffällt, indem sie Couplets

singt, die nicht allen gefallen. Sie ist sauber und pünktlich und hat mich insgesamt drei Mal um eine Lohnerhöhung gebeten.

3. Ihre Freundschaft mit Señor Juan Lax
Die Freundschaft begann in der Zeit, in der Señor Lax seinen Bericht über die Verbesserung der Arbeitsbedingungen der Beschäftigten erstellte. Señorita Espelleta bot ihm ihre Hilfe an, und sogleich entstand zwischen den beiden jungen Leuten – ähnlichen Alters – eine Freundschaft. Die übrigen Arbeiter bestätigen, dass die beiden jungen Leute sich oft geküsst haben, ohne dass ich dies mit eigenen Augen gesehen habe. Zu Weiterem ist die Beziehung nicht gediehen.

XX

Am 23. April 1932 ging Laia um acht Uhr morgens mit der Blumenschere in der Hand in den Patio, steuerte direkt den gelben Rosenstock an, begutachtete die vielen Blüten, entschied sich für eine Knospe, die sich erst vor kurzem geöffnet hatte, und schnitt sie so ab, wie ihre Mutter es sie gelehrt hatte: genau über einem der Augen, wobei sie achtgab, dass sie sich nicht an den Dornen stach und dass der Stängel lang genug war, damit die Blüte gut aufblühen konnte. Mit der Rose in der Hand eilte sie in die Küche hinab, wo Antonia gerade das Tablett mit dem Frühstück für Señora Teresa richtete.

»Darf ich sie in die Vase stellen? Bitte, bitte«, flehte das Mädchen.

Die ältere Kammerfrau willigte mit einer Geste ein. Mit einer ungewöhnlichen Sorgfalt knipste Laia vom unteren Teil des Stängels die Blätter und Dornen ab und stellte ihn in die kostbare Porzellanvase, die bereits auf dem Platzdeckchen bereitstand. Ihre Augen funkelten vor Freude.

Dies geschah, ohne dass außer Laia und Antonia es jemand bemerkte. Vicenta werkelte schon mit ihren Töpfen, Carmela war in den oberen Stockwerken zugange, und Julián knabberte an einer Scheibe Brot mit Olivenöl und versuchte, die satirische Seite der Zeitung zu lesen, während Higinio ihn mit Worten provozierte, die wie eine Diskussion in einem Parlamentsausschuss in Madrid klangen.

»Meine Güte, ihr Katalanen seid ganz schön empfindlich!

Könnt ihr nicht einfach in einer Verwaltungsregion der Republik leben wie alle übrigen Spanier? Nein, ihr müsst unbedingt einen eigenen Staat haben! Was für einen Staat denn? Einen Staat von Fanatikern, die die Unabhängigkeit ihres Badezimmers proklamieren und danach ein Referendum veranstalten, damit das Volk sie unterstützt! Und das Volk macht dabei auch noch mit! Denn das ist das Höchste hier: sich von den anderen zu unterscheiden. Ihr wollt unbedingt eine andere Sprache haben und andere Richter. Ihr wollt ja sogar eigene Gesetze. Und wehe, wenn einer dagegen aufmuckt! Wofür wollt ihr euch eigentlich noch mit den restlichen Sterblichen in Spanien einigen?«

Julián war eher von der phlegmatischen Art, was aber keineswegs bedeutete, dass er keine eigene Meinung hatte oder nicht beabsichtigte, sie, wenn es sein musste, zu verteidigen – vorausgesetzt natürlich, dass ihm sein Gesprächspartner beim Sprechen nicht ins Gesicht spuckte wie Higinio in seiner Erregung. Im Moment hielt Julián es eher für angebracht, sein Frühstück zu beenden und sobald wie möglich seine Arbeit fertigzustellen, die diesen Choleriker, der für die Reparaturen im Haus zuständig war, so in Rage gebracht hatte: auf ein altes Bettlaken mit großen Lettern und in perfektem Katalanisch eine Forderung zu schreiben.

DER VERBAND DER FAHRER UND CHAUFFEURE
FORDERT DAS AUTONOMIESTATUT, SO WIE ES
DAS KATALANISCHE VOLK WILL

Mit dieser Botschaft und seiner üblichen Gelassenheit gedachte Julián sich am nächsten Tag zu den Türen der Banco de España zu begeben, wo die Demonstration für die Verabschiedung des Statuts beginnen sollte. Seiner Meinung nach waren die Hindernisse, mit denen die Zentralregierung in Madrid ein Gesetz sabotierte, das aus dem Willen und dem Recht des katalanischen Volkes entstanden war, ein mehr als ausreichender Grund, um seine Entrüstung öffentlich zu zeigen. Julián war davon überzeugt, dass man, sobald man in Madrid davon erfuhr, das Autonomiestatut ratifizieren und verabschieden würde, so wie es sich gehörte. Vicenta würde ihn bei der Demonstration begleiten, schließlich gehörte sie zu den dreitausend Frauen, die mit ihrer Unterschrift das Referendum für das neue Gesetz unterstützten und damit deutlich machten, dass sie, obwohl sie kein Wahlrecht hatten, ihre Stimme zu Gehör bringen wollten. Das Paar war sich zudem einig, auch Laia mitzunehmen, die trotz ihrer kaum zwölf Jahre schon die fundamentale menschliche Liebe kennenlernen sollte: die Liebe zu sich selbst.

»Für Gefühle darf man keine Erklärungen suchen, Vicenta. Man muss ihnen einfach nachgeben«, erklärte Señora Teresa verständnisvoll der Köchin, als diese sich für den Sonntag einige Stunden freinehmen wollte.

Aber die Gelassenheit, mit der einige Hausangestellte ihre Rechte einforderten, brachte andere – wie Higinio – aus dem Häuschen.

»Ich bin hier wohl nur noch von Unabhängigkeitsfanatikern umzingelt! Was ist denn mit Alfonso XIII.? Der war doch ein Freund der Familie, oder etwa nicht? Hier werden wir alle noch verrückt! Selbst die Herrschaften verteidigen nun schon Macià und sein Statut«, empörte sich Higinio, der aus Chinchilla de Monte-Aragón stammte, einem Ort in der kastilischen Provinz Albacete, in dem er fünfunddreißig Jahre seines Lebens verbracht hatte, ohne sich jemals solche politischen Komplikationen vorstellen zu können.

»Ihr seid einfach furchtbar, ihr habt nur noch ein Thema«, stellte Antonia fest, während sie mit einem Blick das Arrangement von Teresas Frühstück guthieß. »Begreift ihr denn nicht, dass es hierfür einfach keine Lösung gibt und auch niemals geben wird?«

Die Schnitze einer Orange, zwei Scheiben Kochschinken und ein hartgekochtes Ei waren auf dem edlen Porzellanteller angerichtet. In einem Weidenkörbchen rechts davon ruhten zwei frisch gebackene Brötchen, eine kleine Keramikschale enthielt drei Butterflöckchen und eine andere die Brombeermarmelade, die die Señora so gern aß. Das Besteck, die Leinenserviette, das Kristallglas und die Porzellantasse. Alles befand sich am rechten Fleck.

Carmela war nirgendwo zu sehen, da baute sich Laia vor dem Tablett auf und bot emsig an: »Ich kann ja das Tablett mit dem Kaffee und dem Saft hinauftragen.«

»Lass sein, Mädchen. Du fällst mir noch auf der Treppe.«

Sie gerieten in Streit. Das Mädchen beharrte auf seinem Vorsatz. Als Vicenta schließlich zustimmte, tauschten sie die Tabletts aus, und Antonia und Laia machten sich auf den Weg nach oben.

»Lass sie«, flüsterte Vicenta Antonia ins Ohr. »Sie verehrt die Señora Teresa. Sie wird ihre Aufgabe gut machen.«

Antonia war eine schmächtige, aber zähe Frau. Ihre Haltung war kerzengerade, doch ihre Bewegungen waren überaus geschmeidig. Ihr langes, glattes aschbraunes Haar trug sie zu einem Haarknoten zusammengesteckt, aus dem immer die eine oder andere Strähne herauslugte. Von hinten hielt man sie durchaus für eine junge Frau, doch ein Blick in ihr Gesicht genügte, um diesen Irrtum zu bemerken. Ihre fünfzig Lebensjahre hatten um ihre Wangen, ihre Mundwinkel und ihre Augenpartie ein Netz von Falten gelegt, die allmählich die Narben verdeckten. Diese waren allerdings so alt, dass sich niemand an Antonias Gesicht ohne sie erinnern konnte.

Die Pockennarben hatte sie schon, als sie im Hause Brusés in Stellung ging. Sie waren sogar der Ausschlag dafür gewesen, dass sich die gestrenge Doña Silvia Bessa de Brusés unter mehreren Bewerberinnen für Antonia entschied. Teresas Mutter wählte ihr Personal stets unter einem besonderen Aspekt aus: Sie bevorzugte nämlich im Allgemeinen hässliche Dienstmädchen, denn sie war davon überzeugt, dass die Mädchen weniger von ihren

Pflichten abgelenkt wurden, wenn ihnen niemand den Hof machte. Bei Antonia lag sie mit diesem Kriterium absolut richtig. Diese Frau arbeitete unermüdlich, und ihre Ehrlichkeit war ebenso unumstößlich wie ihre Jungfräulichkeit. Antonias moralische Überlegenheit war die einer Frau, die niemals in Versuchung geführt wurde, aber deshalb war sie keineswegs sauertöpfisch, ganz im Gegenteil. Wenn Antonia über Männer sprach, dann immer mit einer verblüffenden Freimütigkeit.

»Da werde ich doch lieber Nonne, ehe ich heirate!«, sagte sie stets. »Gott respektiert wenigstens im Bett die Frauen!«

Antonia war kurz vor der Geburt von Teresa – Tessita für Antonia – ins Haus der Familie Brusés gekommen. Dort wirkte sie zwölf Jahre lang als Kinderfrau der jüngsten Brusés-Tochter und auch von deren Schwestern Silvita und Luisa. Sie erlebte mehrere Umzüge und überstand auch die übrigen Wechselfälle: die Rechtschaffenheit einer Doña Silvia, die klerikale Tristesse einer Doña Matilde und den Angriff auf die guten Sitten seitens der verwaisten Geschwister.

Später übernahm sie im Hause Brusés Posten mit immer mehr Verantwortung, von der Leitung der Küche und bis hin zur Haushaltsführung … Als Teresa und Amadeo ihre Verlobung verkündeten, betete sie darum, dass ihr kleines Mädchen sie mit in ihr neues Heim nähme und sie aus diesem Chaos ohne Steuer und Kapitän erlöste. Glücklicherweise wurden ihre Bitten erhört. Und als sie mit ihrem herrschaftlichen Auftreten im Hause Lax begann, meinte manch ein Bewohner im Untergeschoss, dass mit ihr ein gewisser Glanz vergangener Zeiten wiederhergestellt wurde. Insofern war die Entscheidung, Antonia in Eutimias leerstehendes Zimmer einzuquartieren, durchaus naheliegend gewesen.

Nun erreichte Antonia den oberen Treppenabsatz und balancierte geschickt das Tablett auf ihrem rechten Oberschenkel, um an der Tür zu Teresas Gemächern zu klopfen.

Eine matte Stimme antwortete von innen: »Herein!«

Sobald sie eingetreten war, erkannte Antonia, dass sich die Stimmung ihrer Señora verschlechtert hatte. Teresas Lider waren geschwollen, als wäre sie in der Nacht unter Tränen eingeschlafen. Teresa versuchte, bei Antonias Anblick eine freundliche Miene aufzusetzen, aber ihr Lächeln wirkte wenig überzeugend.

Antonia, die von Laia wie einem Hündchen verfolgt wurde, stellte beide Tabletts auf den Tisch neben dem Fenster. Sie servierte den Kaffee ganz nach dem Geschmack ihrer Señora und goss eine großzügige Menge Saft in das Glas. Inzwischen war Laia hinter Teresas Rücken stehengeblieben und betrachtete sie ungeniert im Spiegel. Ihre Augen wanderten von Teresas feinen Pantoffeln mit Seidenfransen zu dem Tiegel mit Reispuder, von den eleganten Falten ihres Satinmorgenmantels zum silbernen Griff der Haarbürste, mit der Teresa ihre goldenen Locken zähmte. Laias Blick ging weiter von dem Bänkchen in der Ankleide, auf dem unter anderem mit Stickereien und Seidenspitzen verzierte Unterwäsche bereitlag, zu den halbgeöffneten Türen des Kleiderschranks, aus dem traumhafte Gaze- und Seidenstoffe herausschauten.

Als sich ihr Blick im Spiegel mit dem der Señora traf, bereitete der Schreck diesem Zauber ein Ende. Laia spürte in dem gleichen Augenblick ihre Wangen brennen, in dem Antonia ihr das Tablett mit den Getränken reichte und auftrug: »Halt es gut fest und bring es in die Küche. Und fall nicht damit.«

Laia wollte wissen, was mit der Señora los war, denn selbst ihr war nicht entgangen, dass etwas passiert sein musste. Es ging dem unerfahrenen Dienstmädchen einfach nicht in den Kopf, dass eine so schöne, so vornehme und so reiche Frau Sorgen haben könnte. Sie meinte, an ihrer Stelle würde sie alle Probleme lösen, indem sie eine Ausfahrt mit dem Wagen unternähme oder der Schneiderin ein halbes Dutzend schöne Kleider in Auftrag gäbe, passend für jede Gelegenheit. Doch offensichtlich waren Erwachsene zuweilen schwierig zufriedenzustellen (und unmöglich zu begreifen).

Als Laia das Zimmer verließ, konnte sie nur noch hören, wie Teresa Antonia frage:

»Weißt du, ob der Señor inzwischen eingetroffen ist?«

Lassen wir Laia, die sich wegen ihrer ungestillten Neugierde grämt, weiter ihren Weg zur Küche gehen, und warten wir Antonias Antwort ab: »Nein, noch nicht. Dabei ist er schon drei Tage außer Haus.«

Teresa entschuldigte ihn mit abwesender Miene.

»Bestimmt hat er Dinge zu erledigen.«

Antonia setzte zu einem Kommentar an, hielt sich dann aber zurück. Schon seit geraumer Zeit äußerte sie über den Hausherrn nicht einmal die Hälfte dessen, was sie tatsächlich dachte. Vor allem nicht gegenüber Teresa, die sie mit ihrer Meinung nicht verletzten wollte.

»Du solltest mit deinem Ehemann sprechen, Tessita«, rät sie zurückhaltend, »du musst ihm sagen, dass du mehr Aufmerksamkeit benötigst. Es ist nicht gut, dass ein Mann so viele Nächte außer Haus verbringt wie er …«

»Er hat sehr viel zu tun, Antonia. Ich habe das gewusst, als ich ihn heiratete.« Teresa lächelte, puderte ihre Nase, stand auf und ging zum Tablett. »Es ist nicht seine Schuld. Es liegt an mir. Ich weiß nicht, was mit mir los ist.«

Antonia betrachtete sie wortlos. Ihr fielen durchaus einige Erklärungen ein, die sie aber verschwieg. Ihr Vorteil war, dass sie einer dieser Menschen war, die niemals ausgingen und kaum sprachen. Menschen, die wussten, was hinter den Türen passierte. Diese Menschen schenkten den Worten der anderen mehr Beachtung. Sie verstanden es, aus ihrer Intuition den größten Vorteil zu ziehen.

Teresa trank einen Schluck Orangensaft, während sie aus dem Fenster sah.

»Ob es wohl bewölkt ist?«, fragte sie sich eher selbst und schob den Vorhang zur Seite, um ihre Vermutung bestätigt zu sehen. »So ein Pech! Und das ausgerechnet heute!«

Sie schnupperte ohne rechte Begeisterung an der Rose und ließ die Arme schlaff auf ihren Schoß fallen.

»Du musst etwas essen«, redete Antonia ihr zu.

Die Antwort war eine vor Ekel verzogene Grimasse.

»Ich kann nicht. Ich bekomme nichts hinunter.«

Antonia verbarg ihr Missfallen nicht: »Du wirst noch krank, wenn du nichts isst.«

In dem Moment klopfte es an der Tür, und Teresa rief: »Herein!« Es war Concha.

»Guten Morgen, Señora Lax«, grüßte sie, während sie die Tür hinter sich schloss. »Señora Lax möchte zum Tag des Buches zu den Ramblas fahren und sich die Stände ansehen. Sie lässt Sie fragen, ob sie den Wagen von Señora Lax benutzen kann und ob die Señora uns begleiten möchte.«

Antonia reagierte auf die Doppelung der Namen spontan mit einem Lächeln.

»Ich warte noch auf Señor Lax«, antwortete Teresa, von den missklingenden Wortwiederholungen angesteckt. »Ich vermute, der Señor ist zum Abendmahl der Acht-Uhr-Messe gegangen. Bis er wiederkommt, weiß ich nicht, ob wir Verpflichtungen haben. Der Wagen ist selbstverständlich kein Problem.«

Der Wagen war deswegen kein Problem, weil Amadeo es in letzter Zeit wie ein kleiner Junge genoss, seine letzte Errungenschaft eigenhändig zu steuern – einen Rolls Royce Silver Ghost, den manche für das beste Auto der Welt hielten. Er hatte ihn zur gleichen Zeit aus London kommen lassen, in der die Banco de Barcelona in Konkurs ging, und ihn deshalb vorsichtshalber mehrere Monate versteckt gehalten. Seitdem er beschlossen hatte, dieses Auto selbst zu steuern, beschränkten sich Juliáns Dienste darauf, die Damen der Familie Lax auszufahren und unvorhergesehene, dringende Dinge zu erledigen.

Sobald Concha wieder weg war, begann Teresa, sich anzukleiden. Die Unterwäsche, das Seidenhöschen und das Paar Seidenstrümpfe lagen auf dem Bänkchen vor der Ankleide. Wie jeden

Tag hatte Antonia alles sorgfältig vorbereitet. Teresa rührte den Kaffee nicht an und betrachtete lustlos die Kleidungsstücke. Die Kammerfrau protestierte, aber ohne Erfolg. Die junge Señora hatte nur Augen für den Himmel.

»Siehst du? Es klart auf. Es konnte auch gar nicht anders sein!«

Zwanzig Minuten später klopfte Teresa an die Tür des kleinen Salons ihrer Schwiegermutter. Sie trug ein lachsfarbenes Ensemble aus Rock und Bluse zu Columbia-Schuhen mit Absätzen im Louis-quinze-Stil. Sie sah bezaubernd aus.

Maria del Roser hatte keinen guten Tag. Die junge Frau erkannte das sofort an der Bestimmtheit ihrer Antwort.

»Ach, du bist das. Conchita hat mir schon gesagt, dass du uns heute, an Sant Jordi, nicht bei unserer Spazierfahrt begleiten wirst.«

»Ich kann nicht. Möglicherweise muss ich Ihren Sohn zum Empfang in der Generalitat oder später zum *Salve* begleiten. Ich weiß noch nicht, was er für Pläne hat.«

»Das weißt weder du noch sonst jemand, meine Liebe. Ich glaube, der einzige Plan meines Sohns besteht darin, unsere Pläne zu vereiteln.«

Teresa gab keine Antwort. Concha schloss gerade eine dreisträngige Zuchtperlenkette über dem Ausschnitt von Doña Maria del Roser, die das Geschehen über einen Blick in den Spiegel guthieß. Dann puderte die ältere Señora ihre Nase, betrachtete ihr Profil, richtete eine rebellische silbergraue Locke und gab einen tiefen Seufzer von sich.

»Ach, dagegen gibt es kein Mittel«, sagte sie, wobei unklar blieb, ob sie damit ihren Anblick oder ihren Sohn meinte. »Setz dich, Mädchen, trink noch einen Schluck Tee.«

Maria del Roser kümmerte sich persönlich um ihre Schwiegertochter: Sie schenkte einen ordentlichen Schluck Tee ein und gab drei Löffel Zucker sowie Milch hinzu.

»Das wird dir guttun. Bei deinem Anblick bekommt man ja Mitleid.«

Teresa probierte den Tee. Sie nahm einen Schluck, verzog die Lippen und stellte die Tasse auf den Tisch zurück.

»Ach, wie schön«, sagte die Matriarchin, »ich bin heute mit klarem Kopf aufgewacht.«

Teresa lächelte und freute sich aufrichtig. Vor ein paar Jahren hatten bei ihrer Schwiegermutter die ersten Gedächtnislücken eingesetzt. Am Anfang schien es nichts Ernsthaftes zu sein, nur ein paar belanglose Ausfälle; immer wieder hatte sie plötzlich vergessen, wo sie Sachen hingelegt oder was sie für den nächsten Tag geplant hatte, ihr fielen Namen von Verwandten nicht mehr ein, die sie selten sah, oder sie verwechselte die Namen von neuen Hausangestellten. Nichts, was ihr – trotz ihres regen Geistes – nicht schon zuvor unterlaufen wäre. Doch an einem Tag war sie unpässlich aufgewacht und hatte Concha gebeten, Dr. Gambús zu rufen.

»Aber Dr. Gambús lebt doch nicht mehr, Señora. Können Sie sich nicht mehr daran erinnern? Er ist schon vor sechs Jahren von uns gegangen.«

»Wirklich?« Doña Maria del Roser kräuselte die Stirn, ehe sie ungewöhnlich heftig reagierte. »Einfach so, ohne Vorwarnung? Meine Güte, ist der Mann treulos. Dabei haben wir ihn hier so geschätzt! Wir haben ihn auch immer pünktlich bezahlt. Wissen Sie, wohin er gegangen ist?«

Concha stammelte reichlich hilflos. »Hm … in … in … den Himmel … nehme ich an.«

»Ach, es gibt einfach keine Ärzte mehr wie früher«, flüsterte die Señora konsterniert.

Das Beste an Doña Maria del Rosers neuen Zuständen war zunächst, dass sie nicht lang anhielten. Mit der gleichen Geschwindigkeit, mit der ihr die aberwitzigsten Dinge einfielen, vergaß sie sie wieder.

»Worüber haben wir gerade gesprochen?«, fragte sie oft.

Doch als sich ihre Verfassung verschlechterte, hatte sie Tage, an denen sie sich weder an den Namen ihres Sohnes noch an seine Stellung in der Familie erinnern konnte, oder sie verwechselte Teresa mit irgendeiner Hausangestellten.

»Bitte, Mädchen, räum endlich das Tablett ab. Du siehst doch, dass es nicht mehr gebraucht wird. Was stehst du denn noch steif herum und schaust so dumm aus der Wäsche? Diese jungen und hübschen Hausmädchen sind doch nur auf einen Mann aus gutem Hause aus, oder?«, murmelte sie dann in sich hinein.

Concha ermahnte sie in solchen Fällen: »Señora, um Gottes Willen, das ist Doña Teresa, Ihre Schwiegertochter. Sagen Sie doch nicht so etwas zu ihr.«

Dann betrachtete Maria del Roser Teresa wie aus einer anderen Welt und sprach das aus, was niemand hören wollte: »Wirklich, die Mädchen meines Sohnes werden immer jünger. Aber man muss schon sagen, dieses Exemplar ist sehr edel ausgefallen …«

Anfangs schrieb sie auch noch ihre Artikel und veranstaltete im Haus ihre Mittwochstreffen. Doch innerhalb weniger Monate erloschen ihre geistigen Fähigkeiten wie der Docht einer Kerze. Die Dame, die einmal geglänzt hatte und ihrer Zeit voraus gewesen war, verhielt sich nun wie ein verschmitztes, schusseliges Kind auf dem Weg zum absoluten Vergessen.

Da nannten die Ärzte ihre Krankheit beim Namen: Demenz. Man verordnete ihr Schlaf und Ruhe. Teresa kümmerte sich persönlich darum, dass es ihrer Schwiegermutter an nichts mangelte. Zuallererst befreite sie Concha von allen häuslichen Pflichten und ernannte sie zur Vollzeitbetreuerin. Außerdem nahm sie sich selbst täglich eine Weile Zeit, um ihre Schwiegermutter zu besuchen, und dafür fand sie immer einen überzeugenden Vorwand, etwa ihr einen Stoff zu zeigen oder sie wegen einer Nichtigkeit um Rat bitten zu müssen. Sie behandelte sie mit der gleichen Liebe, mit der sie ihre eigene Mutter umsorgt hätte – wenn es das Schicksal gewollt hätte. Teresa hatte immer das Gefühl, dabei im Grunde genommen nur die Zuneigung zu erwidern, die sie selbst erlebt hatte: Maria del Roser hatte sie schließlich von Anfang an wie eine eigene Tochter aufgenommen.

»Ich werde nicht eher losfahren, bis du den Tee getrunken hast«, herrschte die Matriarchin plötzlich ihre Schwiegertochter mit dem Tonfall einer strengen Gouvernante an.

Dann strich sie mit der Handfläche zärtlich über Teresas Wange. »Ich will nicht, dass dir etwas geschieht, Violeta«, flüsterte sie. »Diesmal werde ich gut auf dich aufpassen.«

Concha berichtigte sie. »Señora, das ist nicht Violeta. Das ist Doña Teresa. Teresa! Ihre Schwiegertochter.«

»Aber ja doch! Ich bin so töricht! Ich weiß sehr wohl, wer du bist, Teresa. Und ich bin sehr glücklich darüber, dass du meine Schwiegertochter bist. Ich habe immer befürchtet, dass mein Sohn eines von diesen Freudenmädchen heiratet, die ihm so gut gefallen. Mit dir haben wir wirklich Glück gehabt.«

Teresa lächelte und streichelte liebevoll Maria del Rosers altersfleckige Hände. Sie verspürte eine unendliche Sehnsucht nach ihren inspirierenden Gesprächen noch vor wenigen Jahren.

»Worüber haben wir gerade gesprochen?«, schnaubte die Matriarchin. »Ach, so. Vom Tee. Jetzt trink ihn schon.«

Teresa leerte die Tasse und verspürte sofort eine leichte Übelkeit. Sie stand hastig auf und rannte zum Badezimmer.

Maria del Roser nahm ihre Stola und zog ihre Schuhe mit dem halben Absatz an. Noch im Badezimmer konnte Teresa trotz ihrer Unpässlichkeit Maria del Rosers Worte hören.

»Liebes, geht es dir gut?«, fragte die Schwiegermutter.

»Ja, ja«, brachte die junge Frau hervor. »Sie können ruhig fahren. Und berichten Sie mir alles, wenn Sie zurück sind.«

Auf dem Weg hinaus bat die ältere Señora zerstreut: »Conchita, bitte hilf mir mit meinem Gedächtnis. Haben wir wirklich keine Enkel?«

»Nein, Señora. Sie haben keine Enkel.«

»Ach so.« Doña Maria del Roser schwieg nachdenklich und

wechselte urplötzlich das Thema. »Sind die Pferde schon bereit?«

»Nein, Señora. Die Autos fahren mit Motor.«

»Ach so! Großartig. Ist Felipe schon fertig?«

»Julián, Señora, er ist der Sohn von Felipe. Julián steht nun auch schon fast dreißig Jahre in Ihren Diensten. Aber Felipe hat längst aufgehört zu arbeiten.«

Maria del Roser reagierte zunächst erstaunt und dann genervt.

»Meine Güte, die Namen von den neuen Hausangestellten kann man sich ja unmöglich merken, Conchita. Aber Hauptsache, wir kommen endlich los, bevor es noch zu regnen anfängt.«

Mit affektierter Eile machte sich die Matriarchin auf, ihr Programm für den Tag des Buches zu beginnen. Teresa konnte sich in aller Ruhe in der Einsamkeit des Badezimmers ihrer Schwiegermutter übergeben. Danach war ihr etwas wohler zumute, und von der Last des verdammten Tees befreit, ging sie die Treppe hinunter, um ein wenig frische Luft zu schnappen und ihre Rosenstöcke zu besuchen.

Als sie zum großen Salon gelangte, traf sie dort zu ihrer großen Überraschung Octavio Conde an, der es sich in einem der Lehnsessel mit dem gelben Samtpolster bequem gemacht hatte und mit der größten Selbstverständlichkeit die aktuelle *La Vanguardia* las.

Teresa erschrak bei seinem Anblick. Sie hatte zu dieser Tageszeit nicht mit Besuch gerechnet.

»Man hat mir nicht gesagt, dass Sie hier sind«, entschuldigte sie sich.

»Natürlich nicht. Ich habe ja auch nach Ihrem Gatten gefragt. Als ich erfuhr, dass er nicht im Haus ist, hat man mich gebeten, im Salon auf ihn zu warten. Aber ehrlich gesagt, ich habe gelogen, Teresa. In Wahrheit wollte ich Sie sehen.«

Don Octavio war mit der für ihn typischen Eleganz gekleidet. Er trug ein kariertes Sakko, das an seinem Körper so perfekt saß, wie dies nur teure, maßgeschneiderte Kleidung kann. Die frisch polierten Schuhe waren weinrot, passend zu den Handschuhen und dem Taschentuch, das aus der oberen Sakkotasche ragte. Doch das Attraktivste an Don Octavio war sein Charme: sein aufrichtiges Lächeln, seine altmodischen Manieren und sein Auftreten als Mann von Welt, für das die Damen der Stadt immer so anfällig waren.

Die letzten Worte des Besuchers hatten das Herz der Hausherrin in Aufruhr versetzt. »Mich? Aber warum denn?«

»Ich möchte Sie gerne etwas fragen.«

»Können Sie Ihre Frage nicht im Beisein meines Mannes stellen?«

»Ihr Gatte versteht von den Dingen, die ich mit Ihnen besprechen möchte, nichts. Möchten Sie sich nicht auch setzen?«

Teresa errötete. Über ihrer Überraschung und der Vorsicht, mit der sie Octavios Worte aufgenommen hatte, hatte sie ihre Pflichten als Gastgeberin vernachlässigt.

»Aber natürlich. Entschuldigen Sie bitte.« Sie versuchte, ihren Fehler wieder gutzumachen. »Haben sie schon gefrühstückt? Möchten Sie etwas trinken?«

Octavio lehnte das Angebot mit größter Selbstverständlichkeit ab, ohne dass das Lächeln aus seinem Gesicht verschwand. Teresas Versäumnis maß er keinerlei Bedeutung bei. Ganz im Gegenteil, er fand sie einfach entzückend. Trotz seines Junggesellenstatus hatte er im Verlauf seiner dreiundvierzig Lebensjahre ausreichend Gelegenheit gehabt, so viel über Frauen zu lernen, um in der unterlassenen Gastfreundschaft die Anzeichen einer aufrichtigen Verwirrung zu entdecken. Und nichts schätzte er mehr, als bei ehrenwerten Damen eine aufrichtige Verwirrung zu verursachen. Sein Freund Amadeo konnte sich glücklich schätzen, sagte er sich, während Teresas Wangen ihre natürliche Blässe wiedererlangten und ihre Augen ihn aufmerksam betrachteten.

»Vor ein paar Tagen habe ich mich noch einmal daran gemacht, die Papiere meines Vaters zu sichten«, begann Don Octavio. »Nicht die Dokumente des Unternehmens, sondern seine persönlichen Unterlagen. All die vielen Jahre hat sich niemand damit ausführlich beschäftigt. Dabei bin ich auf unzählige Überraschungen gestoßen. Unter anderem habe ich viele Papiere über die Aktivitäten dieser Spiritistenvereinigung gefunden, auf deren Mitgliedschaft er so stolz gewesen ist.«

Teresa war sehr erleichtert, als sie die keineswegs kompromittierende Richtung des zunächst für sie rätselhaften Besuchs erkannte. Sie richtete sich auf ihrem Stuhl auf und legte ein wenig von der Steifheit ab, die sie bis zu diesem Moment bewahrt hatte. Sie wagte es sogar zu nicken und scheu zu lächeln.

Sie hatte Don Eduardo Conde niemals persönlich kennengelernt, doch man sprach oft in der Familie über dessen Elan und Intelligenz. Leider war der Mitbegründer dieses Imperiums, das als Hemdengeschäft begonnen hatte und schließlich zu einem der ersten großen Warenhäuser in Spanien wurde, am 27. März 1914 gestorben. Doch seine Spur ließ sich nicht so schnell auslöschen, wie damals eine Zeitung geschrieben hatte.

Mit ihm ist ein kluger, ehrenhafter, karitativer und guter Mensch von uns gegangen, der nur mit seiner ausdauernden Arbeit und Kraft, die er von seinen Vorfahren erbte, es verstanden hat, sein Unternehmen zu vergrößern und seinem makellosen Familiennamen den Hauch von Grandezza hinzuzufügen. Sein Tod hinterlässt eine große Lücke, die nicht zu füllen ist.

»Es wird einige Zeit in Anspruch nehmen, alles zu sortieren«, fuhr der Gast fort. »Es gibt sehr viel Material: Briefe, Artikel, sogar ein kleines Tagebuch, in dem er die Entdeckungen notiert hat, die ihn am meisten beeindruckt haben. Einige davon haben übrigens in diesem Haus, in der Bibliothek, stattgefunden, und zwar bei den Treffen unter der Schirmherrschaft von Doña Maria del Roser, an denen die Crème de la Crème des Spiritismus in Katalonien teilgenommen hat. Ich muss zugeben, dass mich diese Aktivitäten meines Vaters niemals interessiert haben, bis ich eben auf diese Papiere gestoßen bin. Aber nachdem ich seine Aufzeichnungen gelesen habe, und – das möchte ich Ihnen gegenüber auch gar nicht verhehlen – von der Leere angetrieben, die sein Fehlen bei uns immer noch verursacht, habe ich beschlossen, etwas daraus zu machen. Ich habe mich selbst gefragt, was ich ausrichten kann, da habe ich plötzlich an Sie gedacht und mir gesagt: ›Ach, wie dumm bin ich nur. Teresa ist doch eine würdige Nachfolgerin des Werkes unserer Vorfahren. Sie wird mir bestimmt weiterhelfen können.‹«

Teresa wurde wieder ein wenig rot.

»Nachfolgerin? Das ist zu viel der Ehre. Ich habe gerade erst angefangen, mich damit zu befassen«, gestand sie. »Mein Beitrag für die Sache ist bislang sehr gering. Ich muss noch viel lernen. Ich weiß nicht, inwieweit ich Ihnen weiterhelfen kann. In letzter Zeit ist die Vereinigung auf unendlich viele Widerstände gestoßen. Wir haben nicht einmal einen Ort, an dem wir unsere Versammlungen abhalten können. Wir würden uns zu gerne wie früher hier in der Bibliothek treffen, aber Amadeo würde das niemals zulassen.«

Octavios Augen leuchteten auf.

»Da haben wir doch schon die Antwort auf die Frage, die ich noch gar nicht gestellt habe. Ich wollte Sie gerade fragen, wie ich Ihre Aktivitäten unterstützen kann. Aber jetzt habe ich eine Idee. Sie können ab sofort Ihre Versammlungen in El Siglo abhalten. Wir haben einige sehr großzügige Räume, in denen wir kulturelle Veranstaltungen organisieren. Gerade heute wollte ich Ihrem Gatten eine Ausstellung vorschlagen. Und was Ihr Anliegen betrifft: Sie müssen mir nur sagen, an welchem Tag Sie die Treffen stattfinden lassen möchten, und Sie werden den Saal entsprechend vorbereitet und für Sie reserviert vorfinden. Sie können sich gar nicht vorstellen, wie glücklich mich das alles macht!«

Teresa lächelte zum ersten Mal, seit sie an dem Tag aufgestanden war. Dabei strahlte ihr Gesicht in einer so vollendeten Schönheit, dass es nun an ihr war, Octavio zu verwirren.

»Sobald meine Mitstreiter davon erfahren, werden sie höchst erfreut sein«, fügte sie noch hinzu.

»Bitte richten Sie Ihren Gefährten aus, dass die Freude ganz bei mir liegt. Mein Vater hätte noch viel mehr für sie getan. Wann möchten Sie anfangen?«

»Ich denke, sehr bald! Wann müssen Sie das wissen?«

Wieder eine lässige Geste von Don Octavio.

»Teresa, es hat keine Eile. Für Sie steht mein Haus immer offen.«

Die Verwirrung machte die Gastgeberin sprachlos. Octavio genoss den Augenblick. Ihm fiel wieder ein, wie wenig Amadeo von seiner Verlobten in der Zeit vor der Hochzeit erzählt hatte. Ja, Teresa war eine wohlerzogene, schöne und wunderbar naive junge Frau, die Doña Maria del Roser sehr gut gefiel. Eine Frau, die einen bei allen Anlässen begleiten und die man sich sofort als die Mutter seiner Kinder vorstellen konnte. Bevor Octavio selbst die Braut kennenlernte, war es ihm niemals merkwürdig vorgekommen, dass sein Freund nicht leidenschaftlich von seiner zukünftigen Gattin schwärmte – schließlich hatte er das bislang noch bei keiner seiner Damenbekanntschaften getan. Aber nun saß er selbst keine zwei Schritte von Teresa entfernt, und während er ihre Reaktionen wahrnahm, die zudem durch ihre anmutigen Gesten und ein unaufdringliches Parfüm betont wurden, konnte er nicht nachvollziehen, warum sein Freund bei ihrer Beschreibung nicht mehr Begeisterung gezeigt hatte.

Das letzte Kompliment öffnete einen Graben des Schweigens zwischen den beiden. Glücklicherweise kam ihnen das Wetter zu Hilfe. Ein plötzlicher Regen ergoss sich in den Patio. Teresa stand hastig auf.

»Was ist los?«, fragte Octavio.

»Meine Schwiegermutter ist zu den Ramblas gefahren, um sich die Bücherstände anzusehen.«

»Ich fürchte, sie bekommt eher eine Buchstabensuppe geboten«, scherzte Octavio und schüttelte den Kopf. »Ich habe es ja gesagt, der April ist einfach nicht der geeignete Monat, um auf der Straße Bücher zu präsentieren. Man sollte den Tag des Buches wie früher am 7. Oktober begehen.«

Don Octavio Conde war nicht nur ein kultivierter Mensch, sondern vor allem ein erfolgreicher Geschäftsmann. Und als solcher hatte er gegen die Entscheidung der Regierung Macià protestiert, den traditionellen Tag des Buches vom 7. Oktober auf den 23. April vorzuverlegen, damit dieser Tag mit dem Kirchenfest des katalanischen Nationalheiligen San Jordi, dem Heiligen Georg, zusammenfiel. Seiner Meinung nach hatten beide Dinge nichts miteinander zu tun. An San Jordi sollten traditionsgemäß Rosen verschenkt werden, und am 7. Oktober, wenn in ganz Spanien des Geburtstags von Miguel de Cervantes gedacht wurde, dem Verfasser des *Don Quijote*, sollten die Buchhändler ein einträgliches Geschäft machen. Dabei war Octavio selbstverständlich nicht entgangen, dass eine Hommage an Cervantes nicht gerade zu den Prioritäten der neuen Regierung der katalanischen Generalitat gehörte: In Ermangelung eines katalanischen Autors musste nun der Heilige Georg für den toten Schriftsteller herhalten. Zu einem Volksfest umgewandelt, und noch dazu ganz nach dem Geschmack der Republikaner mit diesem katalanistischen Hintergrund versehen, wurde der Feiertag zum ersten Mal im Jahr 1931 am 23. April begangen und erwies sich kommerziell als absoluter Reinfall.

Am nächsten Tag übermittelten die Buchhändler dem Präsidenten einen Protestbrief, in dem sie eine Verlegung des Termins forderten, der in ihren Augen der alleinige Grund für den gewaltigen Rückgang der Verkaufszahlen am Tag des Buches war. Als Argument für das Festhalten am 7. Oktober führten sie an, dass dieser Termin am Monatsbeginn und somit näher am Zahltag der einfachen Bevölkerungsschichten lag, die von ihrem Lohn »in den letzten zehn Tagen eines Monats nicht ausreichend Geld übrig« hatten. Ihr Schreiben schloss mit den Worten: »Als wäre dies nicht genug, haben die jüngsten politischen Ereignisse und der Festtag von San Jordi, des Schutzpatrons von Katalonien, gestern das Interesse der Kunden abgelenkt, die nicht mit der gleichen Neugierde der letzten Jahre in die Buchhandlungen und zu den improvisierten Bücherkiosken gekommen sind. Dennoch müssen wir zugeben, dass das Zusammentreffen mit dem Patronatsfest unseres Schutzheiligen für das Straßenbild am Tag des Buches günstig gewesen ist.«

Teresa runzelte die Stirn, während der Regenguss sich zu einem wahren Platzregen auswuchs.

»Nichts ist da, wo es hingehört«, murmelte Octavio. »Der Tag des Buches im April, mein Vater im Himmel, der König im französischen Exil und Sie sind mit meinem besten Freund verheiratet …«

Teresa gab vor, die letzten Worte nicht gehört zu haben.

»Ich finde, der Frühling tut den Büchern gut«, meinte sie. »Natürlich nur, wenn es nicht regnet.«

»Ach so. Da haben wir also einen Grund, warum der Tag des Buches sich weiterentwickeln muss. Die Leute wollen es so, wie Sie sagen. Ich wette sonst, dass in achtzig Jahren, wenn sich niemand mehr an Sie oder an mich erinnert, die Leute immer noch auf die Straße gehen werden, um an einem 23. April die Sonne zu genießen und Bücher zu kaufen. Man muss nur einen Spaziergang machen, um das zu bemerken. Haben Sie das noch nicht getan?«

Teresa schüttelte matt den Kopf.

»Das müssen Sie gleich nachholen! Die ganze Stadt ist eine einzige gewaltige Buchmesse. Die Leute sind begeistert, sie sind richtig fröhlich und enthusiastisch. Es fehlt ihnen nur das Geld. Dieser Macià hat einen guten Riecher für Feiern, dass muss man ihm wirklich lassen. Und ich finde sogar, dass er das Recht hat, solche Veranstaltungen zu organisieren, nach allem, was er durchmachen musste, bis er Präsident werden konnte.« Octavio legte eine Pause ein, um nachzudenken und sich zu beruhigen. Dann meinte er noch: »Amadeo wird empört sein, wenn er mich hört, oder nicht?«

»Ich habe gar nicht gewusst, dass Sie mit Macià sympathisieren.«

Octavio zuckte mit den Achseln.

»Wie bei so vielen anderen Dingen auch, liegen meine Sympathien bei demjenigen, der seine Hausaufgaben macht. Der Unterschied ist nur, dass ich es zugebe, während die meisten unserer Freunde ihre Haltung mit irgendwelchen komplizierten politischen Theorien rechtfertigen.«

Teresa betrachtete, wie der Regen allmählich nachließ. Sie versuchte, sich auf das Gespräch zu konzentrieren, auch wenn politische Themen sie gewaltig langweilten.

»Übrigens«, fügte Octavio an, »man hat mir berichtet, dass Macià heute erkältet ist. Der arme Mann wird das Fest noch verpassen.«

Inzwischen hatte der Regen fast völlig aufgehört, da drangen von unten energische Schritte nach oben. Teresa erkannte sofort ihren Mann, der endlich nach Hause kam. ›Sein Anblick wird wie immer sauber und makellos sein‹, dachte sie. Anfangs hatte sie sich noch gefragt, wo er sich außerhalb seines Ankleideraumes so herausputzte oder wer ihn so sorgfältig rasierte. Doch angesichts seiner Verschlossenheit und aufgrund des Bewusstseins für die Bedrohung, die die Sache enthielt, verzichtete sie lieber auf Erklärungen. Schließlich hatte ihre Schwester Tatín ihr kurz vor der Hochzeit eine wichtige Maxime mitgegeben: »Eine Frau hat Glück, wenn sie weder fragt noch gefragt wird. Und ein guter Ehemann ist ein Mann, der die Rechnungen bezahlt und nicht stört.«

Amadeos Aussehen bestärkte ihre Gedanken. Mit dem Hut und den Handschuhen in den Händen sah er wie ein Geck aus. Der Hausherr zeigte sich keineswegs überrascht, die beiden im großen Salon vorzufinden. Er begrüßte seine Gattin mit einem flüchtigen Kuss auf die Stirn und reichte seinem Freund die Hand. Teresa hielt den Atem an.

»Habe ich eine Verabredung vergessen?«, fragte Amadeo mit Blick auf Octavio.

»Nein, keineswegs«, antwortete dieser. »Ich bin zu weit gegangen, indem ich einfach ohne Vorankündigung gekommen bin. Dabei ist es mir nur gelungen, deiner Frau die Zeit zu stehlen.«

»Ist etwas passiert?«

»Ich bin hergekommen, weil ich dich bitten wollte, unseren neuen Ausstellungsraum mit einer Werkschau deiner Bilder zu beehren.«

Amadeo verhehlte seine Befriedigung nicht.

»Sollen wir die Angelegenheit in Ruhe im Kabinett besprechen?«, fragte er.

»Ich werde die Mädchen bitten, euch etwas zu trinken zu bringen«, bot Teresa eifrig an, die sogleich vom Männergespräch ausgeschlossen wurde.

Aber insgeheim kam sie nicht umhin, sich für töricht zu halten. Wieso sollte ihr Ehemann den Besuch seines engsten Freundes merkwürdig finden? Wie konnten ihr bei so edlen Menschen nur so schändliche Gedanken durch den Kopf gehen? Bevor sie die Treppe erreichte, forderte Amadeos Stimme sie mit der üblichen Autorität auf: »Liebling, zieh dir etwas Schlichteres an. Ich möchte, dass du mich zu dem Empfang der Generalitat begleitest.« An Octavio gewandt, erklärte er: »Man hat mich dieses Jahr als Mitglied der Jury für den Wettbewerb der Blumenstände nominiert. Was für eine Aufgabe! Hast du gewusst, dass sie Preise im Wert von vierhundert Peseten vergeben? Das muss man sich mal vorstellen!«

Teresa ging hinauf und wählte ein anderes Kleid. Sie liebte es, ihren Mann bei offiziellen Anlässen zu begleiten. Bei solchen Gelegenheiten war Amadeo weitaus aufmerksamer als üblich. Er lächelte dabei allen Menschen zu und pflegte die Facette seines Charakters, die alle bewunderten, vor allem seine eigene Gemahlin. Bei diesen Menschenansammlungen mit so vielen bedeutenden Persönlichkeiten und kultivierten Menschen der Stadt war sich Teresa ihrer eigenen Ausstrahlung bewusst. Sie war gewissermaßen dazu erzogen worden, und ihr entging nicht, welche Anziehungskraft ihre Schönheit auf andere ausübte. Und auch nicht der Neid, den sowohl sie wie Amadeo bei ihren Auftritten weckten.

Aber es gab noch einen weiteren Grund, aus dem sie diese Abendgesellschaften genoss: Fast immer traf sie dort mit ihrer Schwester Tatín zusammen, nach der sie zwischen den langweiligen Kopfbedeckungen der Anwesenden Ausschau hielt. Der Kopfputz der ältesten Brusés-Schwester fiel in einer Menschenmenge immer auf. Man konnte sich gar nicht täuschen: Ihre Schwester gehörte stets zu den Frauen mit dem übertriebensten Federschmuck, der überladensten Blumenzier oder dem glitzerndsten Flitterkram. Nach der Umarmung in der Rosenduftwolke ließen Tatíns verrückte Ideen sie stets alle Probleme vergessen.

An diesem Tag benötigte Tatíns kleine Schwester deren Aufmunterung so dringend wie noch nie zuvor. Sie fühlte einen beängstigenden Druck auf der Brust, eine nicht zu bändigende Lust zu weinen sowie eine unbestätigte, fürchterliche Vorahnung. Sie wusste, was Tatín ihr erwidern würde, sobald sie ihre leidvolle Litanei beendet hätte: »Tessita, Männer haben irgendwann alles satt. Männer sind frei. Sie können denken und tun, was sie wollen. Dein Mann ist wie alle anderen. Sei dankbar, dass er dich überhaupt noch ausführt. Und falls dir etwas fehlen sollte, dann such dir einen Liebhaber. Es gibt keine bessere Lösung.«

Teresa fand solche Ratschläge schockierend und wollte sie unter keinerlei Umständen befolgen, aber sie hörte sie gern, sie waren Balsam für ihre Seele. Nach Gesprächen mit Tatín löste sich ihr größter Kummer stets wie Zucker in Wasser auf.

Beim Umkleiden, diesmal in ein etwas längeres Kleid in einem bräunlichen Farbton, hoffte Teresa, auch Tatín bei dem offiziellen Empfang der Generalitat anzutreffen. Sie wünschte sich, dass ihre große Schwester, wie schon so manches Mal zuvor, Amadeo liebevoll tadeln würde, weil er sie so vernachlässigte. Sie sehnte sich danach, dass Tatín viel Zeit an ihrer Seite verbrachte und ihre Verehrer nicht weiter beachtete und dass sie ihr den neuesten Klatsch und Tratsch aus der Gesellschaft erzählte oder ihr Einzelheiten ihrer letzten Eroberungen berichtete. Außerdem wollte sie ihr die Neuigkeit übermitteln, von der zu dem Zeitpunkt nur sie selbst wusste – auch wenn Maria del Roser am Morgen bereits etwas geahnt hatte –, und Tatín sagen, dass sie ihr Kind, falls es ein Mädchen würde, gerne nach ihr benennen würde. Doch nicht María Auxiliadora, sondern Tatín. Tatín Lax Brusés. Der Name einer unabhängigen Frau.

Aber dafür benötigte sie das Einverständnis ihres Ehemanns. Wie für alles andere auch.

Moleskine Notizbuch von Violeta Lax
April 2010

Inventar der Keksdose in Violetas zugemauertem Zimmer

– Kinderzeichnung in den Farben Rot, Schwarz, Blau und Grün. Sie zeigt eine Frau in einem langen Rock. Maße: 28 × 20 cm.
– Zeitungsausschnitt aus dem Lokalteil von *La Vanguardia* mit dem Bericht über die Beisetzung von Doña María del Roser Golorons de Lax, vom 27. Dezember 1932
– Todesanzeige aus *La Vanguardia*, vom 27. August 1914:
Violeta Lax Golorons, geb. in Barcelona, verstarb, nachdem sie die Heiligen Sakramente und den apostolischen Segen (R. I. P.) empfangen hat. In tiefer Trauer zeigen ihre Mutter und ihre Brüder, Doña Maria del Roser Golorons, verwitwete Lax, Don Amadeo Lax und Padre Don Juan Lax, im Namen der Unternehmen Industrias Lax und Manufacturas Golorons sowie aller Angehörigen ihren Freunden und Bekannten den traurigen Verlust ihrer Tochter und Schwester an und bitten darum, die Verstorbene in ihre Gebete einzuschließen und sich dem Leichenzug anzuschließen, am heutigen Donnerstag um 10.00 Uhr von der Traueradresse Pasaje Domingo 7 über die Pfarrei der Iglesia de la Concepción zum Ostfriedhof. Es ergehen keine persönlichen Einladungen.
– Illustrierter Katalog des Warenhauses Grandes Almacenes El Siglo, Wintersaison, 1889–1890, 80 Seiten.
– Seiten 9 bis 11 aus *La Vanguardia*, vom 27. Dezember 1932, mit dem Bericht über den Großbrand in El Siglo, der sich zwei Tage zuvor ereignet hatte.
– Zwei Fotos aus einer anderen, nicht genannten Zeitung. Beide Aufnahmen zeigen eine Ansammlung verformter Bauträger im Inneren eines eingestürzten Gebäudes, von dem nur noch ein Teil der Außenmauern steht. Auf den Aufnahmen sind durch

die leeren Fenster die Ramblas zu erkennen und in der Ferne der Turm der Kathedrale. Die Bildunterschrift lautet: *Ansicht des Hauptgebäudes nach dem Unglück.*
– Seiten 41 bis 48 aus *La luz del porvenir. Revista de estudios psicológicos y ciencias afines* (»Das Licht der Zukunft. Zeitschrift für psychologische Studien und verwandte Wissenschaften«), Nr. 272, 1934. Sie enthalten den Artikel »In Abwesenheit und in Erinnerung an Maria del Roser Golorons de Lax. Ein Vortrag zum ehrenden Gedenken, gehalten von Teresa Brusés de Lax, beim letzten Spiritistenkongress in Barcelona«.
– Handprogramm des 5. Internationalen Spiritistenkongresses (abgehalten im Palacio de Proyecciones in Barcelona vom 1. bis zum 10. September 1934), zu dessen Vortragenden Teresa Brusés de Lax gehörte.
– Zwanzig Handzettel zu Ausstellungen von Amadeo Lax, aus Museen und Galerien in verschiedenen spanischen und europäischen Städten (aus den Jahren 1923–1940). Einer davon stammt aus dem Ausstellungsraum von El Siglo und ist mit Dezember 1932 datiert.
– Aufnahme aus dem Fotostudio B. Moreno (Calle de la Canuda, 8) vom Personal im Hause Lax. Es zeigt fünf Frauen und zwei Männer unterschiedlichen Alters. Die älteren Bediensteten sitzen, die übrigen stehen hinter diesen. Die Frauen tragen eine dunkle Uniform, mit Schürze und Häubchen. Auf der Rückseite steht mit Bleistift: *Jahr 1910. Eutimia, Felipe, Vicenta, Julián, Rosalía und Carmela.* Die Beschriftung entspricht nicht der Reihenfolge der fotografierten Personen. Bei der Aufzählung fehlt Concha, die auch auf dem Foto zu sehen ist (sie steht, ist etwas füllig, relativ groß, trägt einen Dutt, lächelt zufrieden).
– Aufnahme aus dem Fotostudio B. Moreno, das ein etwa zweijähriges Kind mit Concha in Uniform zeigt. Das Kind ist Amadeo Lax. Auf der Rückseite steht mit Bleistift: *1891.*
– Ansichtskarte vom Kolosseum in Rom (schwarzweiß), mit

Datum 5. Oktober 1908, adressiert an: *Concha Martínez Cruces, Pasaje Domingo, 7, Barcelona, Spagna.* Der Text lautet:
Liebe Conchita, schau mal, das ist Rom. Völlig zerstört. Du würdest bestimmt einen Weg finden, die Stadt zu reparieren. Währenddessen suche ich meinen Weg, um ein bedeutender Maler zu werden. Du wirst sehen, ich werde es schaffen, so wie du es vorhergesagt hast. Sei umarmt von deinem Amadeo.
– Ansichtskarte vom Eiffelturm in Paris (koloriert). Gleiche Anschrift, trägt das Datum 19. November 1928.
Liebe Conchita, Amadeo bittet mich, Ihnen zu schreiben und zu berichten, dass es uns gutgeht und dass unsere Reise ohne Hindernisse verläuft. Er möchte, dass wir uns gut verstehen. Ich habe ihm schon gesagt, dass mir dies keine Mühe bereiten wird, schließlich sind Sie die Frau, der er sein Leben verdankt. Liebe Grüße, Ihre Teresa.
– Ansichtskarte vom Petersdom in Rom (koloriert). Gleiche Anschrift, mit Datum 7. Dezember 1928.
Liebe Conchita,
wir sind in Rom angekommen, nachdem wir Berlin, Mailand und Bologna besichtigt haben. Amadeo hegt für dieses Land eine große Liebe. Er sagt, er könnte sofort in Italien leben. Aber jetzt ist es noch nicht so weit: Zwischen Weihnachten und Neujahr reisen wir nach Griechenland weiter. Uns geht es gut, und die Reise ist anregend.
Liebe Grüße, Ihre Teresa.
– Ansichtskarte vom Parthenon in Athen (koloriert). Gleiche Anschrift, vom 31. Dezember 1928.
Nur ein paar Zeilen aus der Wiege der abendländischen Kultur, um dir ein Frohes Neues Jahr zu wünschen. Mit vielen lieben Grüßen von Amadeo und Teresa.
Es ist Teresas Handschrift.
– Ansichtskarte der Sphinx von Gizeh (schwarzweiß), vom 10. Januar 1929. Gleiche Anschrift.
Liebe Conchita,
Amadeo wollte unbedingt Tutanchamun kennenlernen, und nun

sind wir hier. Selbst in dieser Jahreszeit herrscht eine schwüle Hitze. Ich würde liebend gerne zum letzten Teil unserer Reise aufbrechen. Ich denke derzeit lieber an meine Heimreise, als dass ich mich von unbekannten Landschaften hinreißen lasse. Amadeo findet, dies ist die wünschenswerte Einstellung einer Ehefrau.
Mit vielen lieben Grüßen, Teresa.
– Telegramm vom 25. Februar 1929.
Ankunft morgen, 11 Uhr. Bitte Abholung mit dem großen Wagen. Strecke Marseille–Barcelona, Flugplatz Barcelona del Prat, Amadeo.

Dienstag, 27. Dezember 1932
Artikel aus der Tageszeitung ***La Vanguardia***
Lokales

Furchtbare Brandkatastrophe in Barcelona
Feuer zerstört Grandes Almacenes El Siglo

Das Warenhaus Grandes Almacenes El Siglo S. A. ist durch ein gewaltiges Feuer zerstört worden. Das beliebte Warenhaus, mit seiner Lage auf den Ramblas eines der Aushängeschilder der katalanischen Wirtschaft, wurde im Verlauf des Sonntags Opfer einer Feuersbrunst, die in weniger als zwei Stunden alles zerstörte, was langjährige Anstrengungen und ein unermüdlicher Unternehmergeist aufgebaut hatten. Die Stadt hat Tage der ehrlichen und angemessenen Trauer hinter sich. Die weihnachtliche Feststimmung wurde durch die große Katastrophe getrübt, die sich in der berühmtesten Straße Barcelonas ereignet hat. In allen Familien war das schreckliche Unglück, dessen Nachricht sich in der ganzen Stadt in Windeseile verbreitete, das beherrschende Gesprächsthema. Das städtische Leben wurde aus seinem gewohnten Rhythmus gerissen, und der traurige Anblick der dichten Rauchwolken, die über dem Gebäude schwebten – und die bis in die Umgebung von Barcelona das Gefühl des gewaltigen Verlustes deutlich machten –, wird der derzeitigen Generation in unvergesslicher Erinnerung bleiben. Schließlich mussten wir mitansehen, wie aufgrund eines tragischen Unglücks ein für Barcelona so emblematisches Warenhaus zu einer Ruine wurde, das den Ruhm für das katalanische Geschäftsleben weit über unsere Grenzen hinausgetragen hatte. El Siglo war ohne jeden Zweifel in Barcelona das erste Haus am Platze und tief im Bewusstsein der Bevölkerung verwurzelt, aber es musste erst zu dieser Katastrophe kommen, damit wir Barcelonesen begreifen, wie sehr wir El Siglo geliebt haben und wie sehr dieses luxuriöse, großartige und moderne Warenhaus immer ein Teil von uns gewesen ist, das das erste dieser Art auf der Iberischen Halbinsel war und ohne Übertreibung zu den besten den Welt gehörte.

Das Feuer war so gierig und ließ bei seiner Ausbreitung keine Abteilung aus, dass, als die Feuerwehrleute in ihrem unermüdlichen und heldenhaften Einsatz schließlich den Brandherd entdeckten und ein weiteres Vordringen verhindern konnten, von den drei Gebäuden, die das gesamte Warenhaus einnahm, nur noch ein riesiger Scheiterhaufen übrig war. Der Großbrand ruinierte mit seiner zerstörerischen Wut nicht nur ein mächtiges Unternehmen, sondern ließ zudem ein Handelshaus verschwinden, in dem mehr als tausend einfache Familien ihr Brot verdienten.

Der Schauplatz der Katastrophe
Etwa gegen halb elf Uhr am Sonntagmorgen bemerkten Passanten auf den Ramblas, dass aus den Ritzen der Metalltüren von El Siglo Rauchschwaden austraten. Sogleich wurde Alarm geschlagen, indem die Schutzpolizisten und einige städtische Polizisten, die in der Nähe Dienst taten, die Meldung schnellstens an ihre Vorgesetzten und an die Feuerwachen weitergaben. Die Rauchschwaden nahmen immer weiter zu, drangen durch das gesamte Gebäude und suchten einen Ausweg über die zahlreichen Balkone, die auf die Rambla de los Estudios gingen. Der Gebäudekomplex des Kaufhauses El Siglo umfasst in der Rambla de los Estudios insgesamt drei Hausnummern, nämlich 2, 5 und 7. In der Hausnummer 1 befindet sich der Verwaltungssitz des Unternehmens Compañía General de Tabacos de Filipinas, in dessen Erdgeschoss die Banco Hispano Colonial residiert. Auf der anderen Seite grenzt El Siglo an das Gebäude der Academia de Artes y Ciencias an, und im Erdgeschoss der Akademie befindet sich das Teatro Poliorama. Die Rückseite von El Siglo zeigt auf die Calle Xuclà, eine nur etwas über zwei Meter breite Gasse, auf die vier oder fünf Eingänge des zerstörten Warenhauses führten. Es gab an der Plaza del Buensuceso noch einen weiteren Eingang, dessen Mauern zu der Lebensmittelabteilung gehörten.
Man muss sich vergegenwärtigen, dass das Warenangebot bei El Siglo alle Bereiche umfasste. Das Gebäude verfügte über eine Verkaufsfläche von mehreren tausend Quadratmetern, die sich über sieben Stockwerke erstreckten, wobei in jeder Etage verschiedene Abteilungen eingerichtet waren. Die für Spielwaren

war eine der Hauptattraktionen des Hauses und belegte umfangreiche Räumlichkeiten im Erdgeschoss an der Calle Xuclà.
Die sieben Wachleute, die sich an den Feiertagen im Warenhaus aufhielten, nahmen erste Löscharbeiten vor. Doch bei ihrem Versuch, einige der Feuerlöschgeräte einzusetzen, die in verschiedenen Abteilungen bereitstanden, hatte sich der erste Rauch bereits so stark verdichtet, dass alles Bemühen scheiterte und die Wachleute schnellstmöglich das Gebäude verlassen mussten, um nicht zu ersticken. Einer dieser Männer, José Sánchez, erlitt bei seinem Versuch, das Feuer zu löschen, das sich rasend schnell ausbreitete, an beiden Händen Verbrennungen, die in der Sanitätsstelle in der Calle Sepúlveda versorgt werden mussten. Der Rauch, der auf die Ramblas drang, war so undurchdringlich, dass sofort eine Fahrbahn für den Verkehr der Autos und Straßenbahnen gesperrt werden musste. Kurz nach elf Uhr trafen die ersten Rettungskräfte ein. Die Feuerwehrleute begannen, in höchster Eile ihre Gerätschaften und Schläuche aufzubauen. Aus allen Quartieren kamen unter dem Kommando ihrer Vorgesetzten weitere Reservekräfte hinzu.
Inzwischen hatte sich der Brand mit rasender Geschwindigkeit im gesamten Erdgeschoss des Gebäudes ausgebreitet, insbesondere in den beiden Gebäudeteilen an der Rambla de los Estudios neben der Akademie. Was zuvor nur Rauchschwaden waren, wurde nun zu einem wütenden Flammenmeer, das alles niederbrannte. Für die Geschwindigkeit, mit der sich das Feuer im gesamten Gebäude ausbreiten konnte, gibt es kaum eine Erklärung. Allerdings ist richtig, dass die Tische, Bilder, Stoffe, Spielwaren und übrigen Artikel, die in El Siglo angeboten wurden, aus leicht brennbaren Materialien bestanden. Wie von einem unsichtbaren Blasebalg angefacht, stand innerhalb weniger Minuten alles in Flammen. Um halb eins bot das zerstörte Gebäude von den Ramblas aus einen unvergesslichen Anblick. Aus allen Türen und Balkonen, deren Rahmen und Fensterläden wie Kienspäne brannten, schlugen mächtige Flammen, in denen das Wasser, das die Feuerwehrleute aus ihren Schläuchen spritzten, Funken sprühte. Das Feuer war so gewaltig, dass die kräftigen Wasserstrahlen die lodernden Flammen kaum zurückdrängen konnten. Der gesamte Gebäudekomplex, der durch die Öffnungen zu den

Ramblas hin zu erkennen war, war ein einziges Feuer. Dabei strahlten die Flammen eine derartige Hitze aus, dass man nicht näher herangehen konnte. Während der ersten Löscharbeiten kam es bei einem Feuerwehrmann, der es gewagt hatte, das Gebäude zu betreten, zu schwerer Atemnot, und er musste in die Sanitätsstelle gebracht werden. Ein Polizist erlitt leichte Verletzungen.

Einsturz der Fassade

Das Feuer wurde durch eine Brise, die Richtung Süden blies, noch begünstigt und insbesondere in dem Bereich angefacht, der zur Calle Xuclà zeigt. Da von dieser Straße aus wegen der Einsturzgefahr jegliche Löscharbeiten unmöglich waren, mussten sich die Feuerwehrleute auf die Balkone und Dächer der Nachbarhäuser begeben und von dort die Schläuche auf ihr Ziel richten. Doch die Flammen drangen so schnell vor, dass schon bald die drohende Gefahr eines Einsturzes erkannt wurde. Tatsächlich brach nur eine Stunde später unter großem Getöse ein gewaltiger Teil vom Gesims ein, und wenig später fielen mehrere Quadratmeter der Fassade in sich zusammen. Aber da die Gefahr vorzeitig erkannt und die Straße inzwischen vollständig evakuiert worden war, waren keine weiteren Personenschäden zu beklagen.
Um halb zwei Uhr gelang es den Feuerwehrleuten schließlich, nach mühseligen Anstrengungen und mit tatkräftiger Unterstützung der Ordnungshüter und nicht weniger Bürger, die Ausbreitung der vernichtenden Flammen aufzuhalten. Bald darauf stürzten die Dachkonstruktion sowie die Zwischendecken von El Siglo ein, bis schließlich nur noch die tragenden Wände sowie der Abschnitt mit den Büroräumen stehenblieben. In dem übrigen Gebäude loderte das Feuer, mittlerweile jedoch etwas gemäßigt, weiter. In dem Abschnitt in der Nähe der Plaza del Buensuceso leuchteten die Flammen immer noch hoch über der Fassade, wirkten aber inzwischen gebändigt. In dem Gebäudeteil mit der ehemaligen Lebensmittel- und Spirituosenabteilung kam es zu zahlreichen Explosionen, was große Besorgnis auslöste. Nach Aussagen der Fachleute wurden diese Explosionen von Konservendosen, Flaschen mit alkoholischen Getränken und ähnlichen Waren verursacht.

Brandursachen

Die Gründe für den Großbrand sind bislang noch ungeklärt. Einige der ersten Zeugen des Unheils versicherten, dass das Feuer wegen eines Kurzschlusses in einem der Schaufenster, die zu den Ramblas zeigen, seinen Anfang nahm und sich von dort in die verschiedenen Etagen ausbreitete, wobei es sich vor allem über die gewaltigen Treppenhäuser nach oben wälzte. Aus diesem Grund erwies sich die Arbeit der Feuerwehrleute in den ersten Momenten so schwierig. Die unerwarteten Ausmaße des Feuers entmutigten zunächst diese opferbereiten Männer. Aber sie fassten sich bald und kämpften trotz der Knappheit von Löschwasser und Gerätschaften weiter. Obwohl die Ausrüstung an sich beachtlich war, erwies sie sich jedoch bei einem Unglück von diesen Ausmaßen, das bislang in der Geschichte von Barcelona einmalig ist, offensichtlich als völlig unzureichend.

In den ersten Momenten kamen am Unglücksort zudem Sicherheitskräfte und Polizisten des Bezirks hinzu, die den Feuerwehrleuten nicht nur bei ihrer mühseligen Arbeit halfen, sondern auch die Schaulustigen zurückhielten, die in Scharen herbeiströmten, sobald die Nachricht in der Stadt die Runde gemacht hatte.

Die Panik, die unter den Bewohnern in der Calle Xuclà ausbrach, deren Wohnungen jeden Augenblick ein Opfer der Flammen werden konnten, war unbeschreiblich. Man hörte Hilferufe und Schmerzensschreie, und man sah zahllose Familien, die nur mit dem Allernotwendigsten beladen verängstigt ihre Wohnungen verließen. Die Flammen, die aus El Siglo drangen, waren so lebendig, dass sie auch die Fensterläden und Balkone der Wohnhäuser in der Calle Xuclà erfassten. Die Geschäftsinhaber räumten ihre Läden, die sich zu ebener Erde in den Häusern dieser Gasse befanden.

Da das Feuer drohte, sich auch auf die Nachbarhäuser auszuweiten, begannen die Feuerwehrleute in dieser Gasse ihre Hauptarbeit. Allein der Gedanke, zu welcher Katastrophe es gekommen wäre, wenn die Flammen auf die Nachbarhäuser übergegriffen hätten, ist schrecklich. In dem Fall wäre ein kompletter Straßenblock vom Feuer zerstört worden, in dem Hunderte Familien wohnen. Zu ähnlichen Szenen des Schreckens kam es auf der Plaza del Buensuceso und der gleichnamigen Straße, wo mehrere

Häuser keilförmig in das Grundstück vom Warenhaus El Siglo hineinreichen. Zahlreiche Menschen beluden sich mit Truhen und Kleidungsstücken, noch ehe sie alarmiert worden waren. Auf der Plaza del Buensuceso unterstützten die Kräfte der Luftwaffe, die in der dortigen Kaserne stationiert sind, sowohl die Löscharbeiten als auch das Aufrechterhalten der öffentlichen Ordnung.

Das ganze Gebäude, ein gewaltiger Scheiterhaufen
Trotz der Anstrengungen der Feuerwehrleute erreichte das Feuer schreckliche Dimensionen. Aus dem Dach drangen enorme Flammen, die in dichte schwarze Rauchwolken gehüllt waren und mehrere hundert Meter hochschlugen. Das ganze Gebäude sah wie ein gewaltiger Scheiterhaufen aus.
Außer den wohl mindestens fünfzigtausend Schaulustigen trafen kurz nach dem Ausbruch des Feuers einige Mitglieder der Besitzerfamilie von El Siglo am Ort des Geschehens ein: Don Eduardo sowie Don Javier Conde. Beide Geschäftsleute zeigten sich untröstlich, insbesondere Don Javier, mit dem wir kurz über das Unglück sprechen konnten.
»Mehr als uns selbst«, sagte er, »bedauern wir unsere Angestellten, die nun auf der Straße stehen werden. Einige werden so traurig sein wie wir, denn man muss bedenken, dass es Verkäufer gibt, die schon dreißig oder vierzig Jahre für uns gearbeitet haben.«
Don Javier nutzte unser Gespräch, um uns mitzuteilen, dass er seit letztem Freitag von seinem älteren Bruder Don Octavio die Geschäftsleitung des Kaufhauses übernommen habe. Don Octavio ist just am Weihnachtsfeiertag an Bord der *Magallanes* Richtung Vereinigte Staaten abgereist. Der bedeutende Kaufmann beabsichtigt, demnächst in New York eigene Geschäfte aufzubauen, die sich höchstwahrscheinlich genauso erfolgreich entwickeln werden wie die, die seinen bisherigen Werdegang bezeugen können.

Schäden
Die Schäden sind enorm. Sie können zu diesem Zeitpunkt noch nicht genau beziffert werden, werden aber womöglich die Summe von 30 Millionen Peseten erreichen. Sowohl das Gebäude wie auch die Bestände waren versichert. Der Schaden ist so hoch

ausgefallen, weil sich das Unglück zu einem Zeitpunkt ereignet hat, an dem traditionell wegen der Feiertage, also Weihnachten, Silvester und Dreikönigstag, alle möglichen Waren in großer Menge bevorratet wurden, insbesondere Kleidung und Spielwaren. Die Inhaberfamilie kann indes noch nicht absehen, ob es zu einem Wiederaufbau kommen wird.
Das Warenhaus El Siglo wurde vor fünfzig Jahren gegründet. Niemals zuvor ist es in dem Gebäude zu einem größeren Brand gekommen, lediglich zu kleineren Feuern, die jedes Mal sofort erstickt werden konnten. Zudem verfügte das Warenhaus über eine komplette Ausstattung mit Feuerlöschern und Schläuchen, die von hauseigenen Feuerwehrleuten bedient wurden, die aber bei dieser Katastrophe nichts ausrichten konnten.
Um fünf Uhr am Sonntagnachmittag stattete der Präsident der Generalitat, Don Francisco Macià, der sich über den Verlauf der Löscharbeiten persönlich informieren wollte, der Unglücksstelle einen Besuch ab. Der Politiker hielt sich etwa eine Stunde vor Ort auf.

Sonntagnacht
Die Feuerwehrleute bekämpften die ganze Nacht zum Montag mit Hilfe von Scheinwerfern, die in das Warenhaus hineinstrahlten, kleine Feuernester, die noch nicht gelöscht waren.
Der Befehlshaber der Feuerwehr, Señor Jordán, teilte uns zu später Stunde mit, dass immer noch höchste Gefahr beim Betreten des Gebäudes bestehe, da in der Nacht wahrscheinlich die Pfeiler und übrigen Metallträger nachgeben würden. Da gegen zwei Uhr morgens in diesem Abschnitt die Gefahr gebannt zu sein schien, wurde die Plaza del Buensuceso wieder für Passanten freigegeben. Tausende zogen nun an der Fassade vorbei und betrachteten den gewaltigen Schutthaufen, zu dem der in dem Warenhaus angehäufte Reichtum geworden war. Die Vorsichtsmaßnahmen in den Ramblas und in der Calle Xuclà wurden im Hinblick auf die Bevölkerung dennoch aufrechterhalten, da die Einsturzgefahr dort immer noch nicht gebannt ist.
Bei dem Unglück wurden zwei Feuerwehrmänner verletzt sowie drei Anwohner, die die Löscharbeiten unterstützten. Die beiden verletzten Feuerwehrmänner erhielten Besuch vom Bürgermeis-

ter. In der Apotheke in der Calle del Carmen mussten vier Bewohnerinnen der Calle Xuclà, die Nervenzusammenbrüche erlitten, versorgt werden.

Tragisches Ende

Am Montagmorgen wurden auch die Ramblas für Passanten wieder freigegeben. Zugleich wurden alle notwendigen Maßnahmen ergriffen, um weitere Einstürze zu verhindern. Um halb vier Uhr nachmittags stattete der Präsident der Generalitat, Señor Macià, in Begleitung seiner Gattin Señora Lamarca dem Unglücksort erneut einen Besuch ab. Zudem trafen dort der Bürgermeister Dr. Aguadé, der Abgeordnete bei den Cortes, Don Martín Esteve, sowie einige Ratsmitglieder ein. Laut Aussage von Polizeichef Señor Ribé werden angesichts der Tatsache, dass keine Gefahr mehr besteht, sehr wahrscheinlich die Ramblas heute wieder für den Verkehr von Straßenbahnen und allen anderen Fahrzeuge freigegeben.

Die offiziellen Besucher waren noch anwesend, als mit großem Getöse die Haupttreppe des Warenhauses einstürzte, die aus Schmiedeeisen bestand und in ihrer Gestaltung an die Treppenhäuser anderer großer Warenhäuser in Europa angelehnt war. Der Krach war gewaltig und versetzte die Schaulustigen, die sich gegenüber von El Siglo in dem von den Sicherheitskräften vorgegebenen Abstand aufhielten, in Angst und Schrecken. Doch es waren keine weiteren Personenschäden zu beklagen.

XXI

Die Geburt, der Tod sowie die Suche nach etwas, womit man sich in der Zwischenzeit die Zeit vertreibt. Das ist, vereinfacht ausgedrückt, das Leben.

Im Haus im Pasaje Domingo ließ die erste Geburt mehr als zwanzig Jahre auf sich warten – bis zum 23. Oktober 1920, dem Tag, an dem Vicenta mitten in einem Lachanfall über die witzige Strophe, die Julián gerade vorgelesen hatte, ihre Wehen bekam. Julián war von Natur aus ein spröder Typ, insofern war allein das Verlesen von humorigen Zeilen schon zum Lachen. Seine geliebte Vicenta war selbstredend sein ergebenstes Publikum.

Yo, desde que me he casado,
tanto mis gustos cambié
que antes me gustaban todas.
Y ahora, le confieso a usted,
que todas, todas me gustan.
Todas, menos mi mujer.

(Seitdem ich verheiratet bin,
hab ich anderes im Sinn.
Früher haben mir alle gefallen,
doch jetzt, das will ich gestehen,
gehört meine Liebe wirklich allen,
nur meine Frau will ich nicht sehen.)

Die sechs Stunden Wehen, die folgten, bis Vicenta ihr Kind aus eigener Kraft gebar, waren nicht ganz so vergnüglich. Die im Hause verfügbaren Frauen bemühten sich zu helfen, und alle zusammen brachten das winzige, dunkle und uneheliche Mädchen zur Welt, das seine Eltern Laia nannten. Das war die große Neuigkeit im Untergeschoss und auch im übrigen Haus, dem in letzter Zeit die Bewohner ausgingen.

Das dritte Stockwerk bot einen trostlosen Anblick. Das alte Kinderzimmer war nun ein kurioser kleiner Salon, für den niemand Verwendung fand. Violetas Zimmer war fest verschlossen. Amadeo war in die Mansarde gezogen, wo die Zimmermädchen nur mit Müh und Not Zutritt erhielten, um dort sauber zu machen. Auch Juans Zimmer war unbewohnt und stand für Übernachtungsgäste bereit, die in dieser Familie immer seltener wurden. Nur die Bibliothek bot noch den gleichen Anblick wie früher. Hier wurden nach wie vor, wenn auch nicht mehr so häufig, die Treffen des Mittwochzirkels abgehalten. Das zweite Stockwerk, das größtenteils die Zimmer der Señora beherbergte, hatte noch sein altes Ambiente bewahrt. Maria del Roser hielt nichts von Veränderungen und Ortswechseln, also schrieb sie wie eh und je an ihrem Tisch im englischen Stil, fertigte ihre Kreuzstickereien in ihrem Schaukelstuhl neben dem großen Fenster und machte sich in ihrem geräumigen Ankleidezimmer neben dem verspielten Badezimmer zurecht, das zum Zeitpunkt seiner Einrichtung den reinsten Luxus dargestellt hatte. Auf der anderen Seite des Flures befanden sich die Räume, die einst Don Rodolfo bewohnt hatte. Maria del Roser brachte zwar genügend Mut auf, diese zu räumen, nicht aber, sie wieder zu bewohnen. Also waren sie einfach da und harrten der Ereignisse. Die herrschaftlichen Zimmer im ersten Stockwerk bekamen am wenigsten den Auszug der Familie zu spüren. Wenn wir im großen Salon, im Kabinett oder im Patio bleiben würden, könnten wir uns der Täuschung hingeben und glauben, dass hier die Zeit stehengeblieben ist. Es sei denn, wir sähen genauer hin und würden die kleinen Veränderungen beachten: die Bilder an den Wänden oder der Wechsel der Pflanzen.

Wir sollten darauf hinweisen, dass 1920 für das gesamte Haus tatsächlich ein Jahr der Veränderungen war: In dem Jahr wurde aus Juan Lax Golorons der Jesuitenpriester Padre Juan. Die Priesterschaft war das Ende eines langwierigen Prozesses, der sechs Jahre zuvor einsetzte, als der glänzende Zweitgeborene der Familie seiner Mutter seinen Entschluss mitteilte, ins Jesuitenseminar einzutreten. Diese Ankündigung verdarb damals Doña María del Roser das Frühstück und den gesamten Tag, für den eigentlich zahlreiche Besuche geplant waren, die sich bis nach dem Mittagessen hinziehen würden.

»Du bringst mir keine guten Nachrichten«, begrüßte die Mutter ihren Sohn, als er mit eingefallenem Gesicht ihren kleinen Salon betrat. »Das verraten mir deine Augen.«

»Sie täuschen sich. Ich möchte Sie an meinem Glück teilhaben lassen.« Das Verstummen seiner verblüfften Mutter ermutigte Juan weiterzusprechen. »Ich habe eine Entscheidung für meine Zukunft getroffen.«

In den letzten Monaten hatte die Witwe gelitten, wenn sie ihren jüngeren Sohn in Nöten sah, die sie sich nicht erklären konnte. Zuerst hatte er sein Studium vernachlässigt, dann hatte er die Stelle aufgegeben, die sie selbst ihm mit Hilfe der Bestechung ihres Erstgeborenen verschafft hatte. Dann begann er, miserabel auszusehen und abzumagern, schließlich ließ er sich zu Hause kaum mehr blicken und begann zu trinken. Für einen so rebellischen und nonkonformistischen Geist wie Amadeo war dieses Verhalten keineswegs untypisch, aber in Juans Fall war es Anlass für allergrößte Sorge. Die wenigen Male, die die Mutter mit ihrem Sohn sprechen konnte, erhielt sie verständige Antworten und das Versprechen, sich zu bessern. Aber in Wirklichkeit erreichte sie nicht viel.

Juans Laune wurde äußerst wechselhaft. Er legte eine Verantwortungslosigkeit an den Tag, die für sein Naturell absolut untypisch war. Dann lag der junge Mann auf einmal ganze Tage im Bett und hatte nicht einmal Lust aufzustehen.

Zudem wollte es das Schicksal, dass Juans Lebenskrise mit Violetas Sterben zusammenfiel und dass das Drama des frühen Todes des Mädchens die übrigen Familienprobleme verdeckte. Es waren Wochen der Hölle, in denen Maria del Roser nur noch Kraft dafür fand, ihre Tochter zu ihrem Ende zu begleiten und für sie zu beten. Alles andere vernachlässigte sie. Violetas Krankheit war das letzte gemeinsame Anliegen der Familienangehörigen. Sie versuchten, dagegen anzukämpfen, indem sie die Patientin in Schweizer Sanatorien schickten, wo – so wurde ihnen zumindest versichert – die Mitglieder des Hochadels von noch schlimmeren Krankheiten kuriert wurden. Doch damit gelang ihnen nur, Violetas Agonie in die Länge zu ziehen. Nach ihrem Tod gab es nichts mehr, was die Familie verband. Mit Violeta war mehr von ihnen gegangen als nur das jüngste Kind. Mit ihr war auch der Glaube daran geschwunden, dass es für jedes Unglück eine Lösung gibt.

Padre Eudaldo war in diesen traurigen Monaten ein steter Gast. Maria del Roser suchte den Priester auch auf, als sie von Violetas Krankheit befreit war und endlich die Lage ihres Zweitgeborenen bemerkte. Der Gottesmann eilte sofort zu Hilfe, wohl wissend, dass Seelennöte zuweilen ebenso dringliche Interventionen benötigen wie die des Körpers. Er zog sich mit Juan in dessen Zimmer zurück, wo sie mehr als acht Stunden in einem kaum wahrnehmbaren Flüsterton miteinander sprachen, von dem man vor der Tür nichts verstehen konnte.

Am nächsten Tag besuchte der junge Mann die Acht-Uhr-Messe und ließ sich immerhin beim Mittagessen blicken, wo er allerdings kein Wort mit seinem Bruder sprach. Maria del Roser dankte dem Himmel für die wundersame Fürsprache seines Gesandten auf Erden. Sie war zufrieden mit dem Verlauf der Dinge, bis sie bei Juans Nachricht über sein Priestertum erstarrte. Nun verfluchte Maria del Roser die Schäfchen, die vom Weg abgekommen waren, und die Begierde der Hirten, sie wieder auf den rechten Weg zurückzubringen. Und wie schon so manches Mal seit langer Zeit verfluchte sie zudem die Reihenfolge, in der ihre Söhne auf die Welt gekommen waren. Alles wäre ganz anders gekommen, wenn Juan der Erstgeborene gewesen wäre.

»Aber mein Sohn, was soll das denn?«, empörte sie sich, als sie die Neuigkeit erfuhr. »Du hast dich doch sonst nie besonders für religiöse Dinge interessiert …«

»Nun hat Gott hat mich gerufen, Mutter. Ich würde sogar sagen: Er hat mich gerettet.«

»Gerettet? Wovor denn, mein Junge?«

»Das ist nicht mehr wichtig. Tatsache ist, dass er es getan hat und dass ich verstanden habe, auf ihn zu hören. Padre Eudaldo hat mir geholfen, Gottes Stimme zu vernehmen.«

»Aber was wird denn nun aus deiner glänzenden Zukunft? Willst du die etwa verschenken?«

»Ganz im Gegenteil. Ich nehme meine Zukunft dorthin mit, wo ich nützlich sein kann.«

Maria del Roser verzog die Lippen. Juan wusste durchaus, dass sein letzter Kommentar ihr nicht gefiel, und griff nach ihren Händen.

»Ich sage das nicht Ihretwegen, Mutter. Sie haben mich immer unterstützt. Aber es gibt Dinge, für die gibt es weder jetzt noch später eine Lösung. Tun Sie nicht so, als wüssten Sie das nicht.«

Maria del Roser wusste das sehr wohl, genauso wie sie wusste, dass alle verdeckten Anspielungen auf Amadeo zielten. Trotz allem weigerte sie sich zu akzeptieren, dass es keine Lösung gäbe. Nach so vielen Jahren verstand sie immer noch nicht, worum es bei dem Streit ihrer beiden Söhne eigentlich ging. Und selbstverständlich gab sie sich immer noch für alles die Schuld.

Juan war von seinem Entschluss nicht abzubringen. Mit zwanzig Jahren trat er in das Jesuitenseminar ein. Zwei Jahre später empfing er die ersten Weihen – darunter auch die damals noch übliche, als Exorzist agieren zu können. Er studierte weiter Jura und zog wenig später zum Theologiestudium nach Madrid. Am

30. September 1920 wurde er schließlich zum Priester geweiht, einem Tag, an dem die schwüle Hitze kaum Glanz für Festivitäten jeglicher Art verhieß, ekklesiastische eingeschlossen. Die überaus prachtvolle Zeremonie fand unter dem Vorsitz von Bischof Juan José Laguarda in der Kathedrale von Barcelona statt. Auf der Kirchenbank mit den Familienangehörigen saßen außer Maria del Roser auch Padre Eudaldo, Concha und ein halbes Dutzend entfernter Verwandter. Die meisten Hausangestellten waren auch dabei, saßen aber weiter hinten. Zu ihrer eigenen Überraschung war die Matriarchin sehr gerührt, als ihr Sohn vor dem Bischof kniete. Für den Rest ihrer Tage sollte sie immer den Moment, in dem Seine Exzellenz ihrem Juan die Stola und die Kasel inmitten der weihrauchgeschwängerten Luft auflegte, als einen der bewegendsten Momente ihres Lebens in Erinnerung behalten.

Amadeo konnte bei der Priesterweihe seines Bruders nicht dabei sein. Auch für ihn war das Jahr 1920 ein Jahr von Bedeutung: Er reiste zum ersten Mal nach New York, nahm einen Auftrag der Hispanic Society of America an und verkaufte zwei Dutzend Gemälde an amerikanische Kunstsammler, die dafür aberwitzige Preise zahlten. Dieser Umstand wiederum weckte das Interesse von mehreren Museen, und einige Tage lang war der Name Amadeo Lax in aller Munde. Das hätte gewiss noch länger angehalten, wenn ihn sein Desinteresse am gesellschaftlichen Leben nicht wieder nach Hause getrieben hätte.

Diese Amerikareise erwies sich zudem als entscheidend für die persönliche Entwicklung des Künstlers. Zum ersten Mal wurde ihm bewusst, dass er mit seinen mehr als dreißig Jahren allmählich ein reifer Mann war, der in sein Ansehen investieren sollte. Also beschloss er, in seinem alten Lotterleben ein wenig aufzuräumen. Noch ehe er sich in New York einschiffte, schickte er Trescents ein Telegramm.

Auftrag, die Wohnung in der Rambla de Catalunya schnellstmöglich zu räumen. Findet neue Verwendung bei meiner Rückkehr.

Während Amadeo Lax auf dem Erste-Klasse-Deck des Luxusdampfers *Marqués de Comillas*, mit dem er seine Rückreise antrat, auf- und abpromenierte, konnte er nicht vorhersehen, wie die Umstände seine Absichten besiegeln würden. Nur wenige Tage nach seiner Rückkehr aus der Neuen Welt, am 27. Dezember 1920, verkündete die Banco de Barcelona ihre Zahlungsunfähigkeit. Dies war ein Montag, und Trescents kam um halb neun Uhr morgens mit Weltuntergangsmiene im Pasaje Domingo an. Er traf Amadeo im großen Salon, wo ihn gerade Don Severo, sein Barbier, rasierte. Doch da die Angelegenheit wichtig zu sein schien, empfing Amadeo den Juristen.

»Die Banco de Barcelona geht in Konkurs. Sie haben es heute Morgen angekündigt: Sie können keine Zahlungen mehr leisten. Alle ziehen ihre Einlagen zurück. Überall greift Panik um sich. Vor den Bankschaltern haben sich unendlich lange Schlangen gebildet. Ich habe versucht, in Ihrem Auftrag mit Señor Estruch zu sprechen, aber man hat mir gesagt, dass er krank sei und niemanden empfängt. Anscheinend kommt es zu einem Treffen der wichtigsten Aktionäre und Kunden mit dem Bürgermeister. Ehrlich gesagt, Señor Lax, ich glaube, Sie sollten dabei sein.«

Amadeo zog eine Augenbraue hoch. Eine seiner Wangen war eingeseift, die andere erst zur Hälfte rasiert. Der Barbier tat so, als wäre er taub.

»Schon gut, Trescents. Ich werde alles tun, was Sie für angebracht halten. Haben Sie Unterlagen über den Verlust, den diese Unannehmlichkeit für uns bedeuten kann?«

»Selbstverständlich, Señor Lax« – der Jurist deutete auf einen Stoß Papiere in seiner Hand –, »ich habe Ihnen alles mitgebracht. Ich denke, Sie sollten sich darum kümmern.«

»Ist es ernst?«

»Mir wäre es lieber, wenn Sie die Lage selbst beurteilen, Señor.«

Amadeo indes schätzte die Lage als nicht so gravierend ein. Nachdem er die Berechnungen überprüft hatte, stellte er fest, dass er nach dem Bankrott der wichtigsten Bank der Stadt seinen

Lebensstil keineswegs ändern musste. Dennoch befolgte er den Rat des Anwalts, so wie er die Anweisungen eines Arztes befolgt hätte. Er ging zu dem Treffen, machte seine Freundschaft zu mehreren Bankiers geltend, rief bestimmte Kunden an, unterzeichnete Petitionen, in denen Antonio Mauras Regierung um sofortige Hilfe gebeten wurde, und unterschrieb Dutzende von Dokumenten. Es gelang ihm, bei dem Bankrott einen kleinen Teil der Devisengeschäfte zu retten, die sein Bevollmächtigter in dem Finanzinstitut getätigt hatte.

Selbstverständlich wurde in den folgenden Tagen viel über die Ursachen dieser Bankenkrise gesprochen, deren Wurzeln in die opulenten Jahre zurückreichten, als der Erste Weltkrieg den katalanischen Industriellen so große Gewinne verschafft hatte.

»Zu viel Geld in den Händen von Spekulanten. Wem genug zu wenig ist, dem ist nichts genug«, stellte Don Octavio Conde fest, der zwar mindestens ebenso reich wie die anderen Geschäftsleute war, jedoch weitaus vorsichtiger agierte.

Trescents steckte in einer heiklen Lage und bot aus Reue seinen Posten an, was Amadeo ablehnte. Schließlich würde er nirgendwo einen ähnlich fähigen Mann finden.

»Haben Sie mit der Wohnung in der Rambla de Catalunya gemacht, worum ich Sie gebeten habe?«, fragte er den Juristen mitten im Gefecht.

»Selbstverständlich, Señor Lax.«

»Irgendwelche Zwischenfälle?«

Eine Sekunde Schweigen fasste das Drama des Juristen zusammen, der für Amadeo Lax stets die Kastanien aus dem Feuer holte.

»Das in solchen Fällen Übliche, Señor Lax«, antwortete der Anwalt.

»Gut. Ich denke, wir müssen die Wohnung jetzt nicht verkaufen. Was meinen Sie?«

»Selbstverständlich nicht, Señor Lax. Außerdem ist dies kein günstiger Zeitpunkt für einen Verkauf.«

Amadeo reagierte mit einem Kopfnicken, ergriff eine Annonce, die er aus der Zeitung ausgeschnitten hatte, und zeigte sie Trescents.

»Was halten Sie davon?«, fragte er.

Der Zeitungsausschnitt zeigte den beeindruckenden Rolls Royce Silver Ghost.

»Ein Traum.«

»Bestellen Sie mir einen. Ich will genau den gleichen haben wie auf dem Foto.«

Trescents nahm den Zeitungsausschnitt an sich.

»Bei dem ganzen Durcheinander habe ich gar keine Zeit gehabt, Sie zu fragen, wie es Ihnen in New York ergangen ist.«

»Großartig. Sehen Sie mich doch an! Das macht dieses Land aus. Man bekommt Lust, alles hinzuwerfen, was nicht neu und modern ist.«

›Neu und modern‹, wiederholte Trescents für sich. Die vergänglichsten Adjektive, die es gibt.

Doña Maria del Roser kämpfte nun schon einige Jahre dafür, dass ihr Sohn Vernunft annähme – seit einem gewissen Morgen, an dem sie in der Mansarde ein Geräusch hörte, als hätte sich dort ein Kaninchen verirrt. Sie schickte Carmela mit einem Besen hoch. Kurz darauf kam das Dienstmädchen beschämt zurück und berichtete, dass ein junges Mädchen höchst vergnügt durch das Atelier des »Señorito« springe, und zwar so, wie der liebe Gott es erschaffen habe.

Nun mischte sich Maria del Roser sehr wohl in die Angelegenheiten ihres Erben ein. Stolz und elegant wie immer, ging sie hoch, betrat rücksichtslos die ehemaligen Abstellräume in der Mansarde und schloss – allerdings zu spät – die Augen, um sich den Anblick der Obszönität zu ersparen, der sich ihr zwischen dem Chaos von Leinwänden, Staffeleien, Stühlen und Stofffetzen bot, in dem sich die Bettstatt ihres Sohnes befand.

Immer noch mit geschlossenen Augen sagte sie: »Señorita,

unterbrechen Sie auf der Stelle Ihre Handlung und ziehen Sie sich an. Ich muss mit meinem Sohn unter vier Augen sprechen.«

Amadeo, mit seinen gerade mal einundzwanzig Jahren, muckte nicht auf. Vor seiner Mutter hätte er es nicht gewagt, sich auch nur annähernd so dreist zu verhalten wie bei seinen immer häufigeren nächtlichen Ausflügen. Während der wohlerzogene junge Mann mit gesenktem Haupt wartete, kam die Unbekannte hinter einem Wandschirm wieder hervor und griff nach ihrer Handtasche, die mit falschen Edelsteinen besetzt war.

Maria del Roser begutachtete ihre eindeutige Aufmachung, ehe sie mitteilte: »Der Fahrer wird Sie dorthin bringen, wohin Sie möchten. Guten Tag und danke für alles.«

Die junge Frau – sie war nur wenig älter als Amadeo – brachte nicht einmal ein paar Abschiedsworte hervor, so sehr war sie von der Höflichkeit beeindruckt, mit der die Hausherrin sie aus dem Haus warf.

Maria del Roser schloss die Tür, setzte sich zu ihrem Sohn auf die Bettkante und sprach in einer bislang nicht bekannten Härte mit ihm.

»Ich hoffe, dies ist das letzte Mal, dass du es wagst, eine Hure unter mein Dach zu bringen. Gibt es denn in der Stadt keine Bordelle mehr? Muss ich dich erst daran erinnern, dass dieses Haus kein Puff ist? Mit deinem Verhalten kompromittierst du deinen Familiennamen, und ich habe nicht vor, das zuzulassen.«

Natürlich war Amadeo keineswegs mit der Art und Weise einverstanden, mit der seine Mutter das Problem anging, aber er besaß immer noch genug Benimm – und Intelligenz –, um nicht zu widersprechen.

»Außerdem beunruhigt mich, das du nur hinter Nutten her bist. Hast du etwa Angst vor Frauen deines Standes? Befriedigt dich tatsächlich dieser flüchtige Glanz, den dir die ungebildeten Vorstadtmädchen verschaffen? Hältst du dich selbst für so mittelmäßig, dass du Mogeleien bevorzugst, anstatt dich an die Spielregeln zu halten? Wenn du so weitermachst, werter Sohn, befürchte ich allerdings, dass dich eine Geschlechtskrankheit vorzeitig außer Gefecht setzt oder dass du mir noch ein Straßenmädchen als Schwiegertochter anschleppst. Himmel noch mal, jetzt nimm endlich Vernunft an! Alt genug dafür bist du ja! Von deiner gesellschaftlichen Position will ich gar nicht erst reden! Hör endlich auf, uns Schande zu bereiten!«

Nach diesem Monolog schritt Maria del Roser erhaben wie die Königin von Saba hinaus und hinterließ ein Schweigen, das üblicherweise auf Kriegserklärungen folgt.

Nach dem Tag gab es in den nächsten Jahren kein heiratsfähiges Mädchen aus gutem Hause, von dem sie ihrem Sohn nicht berichtete.

»Kennst du eigentlich die Señorita Garí? Ich habe gehört, dass sie beachtlich Klavier spielt. Sie ist sogar Schülerin von Enrique Granados gewesen!«

Amadeo nickte nicht sonderlich überzeugt. »Mutter, sie ist einfach fade. Sie trägt sogar noch Korsett!«

»Ich habe erfahren« – so ein weiterer Versuch –, »dass die Tochter des Bankiers Benigne de la Riva immer nach der neuesten Mode gekleidet ist, sehr locker und leger. Außerdem hat sie die französische Schule besucht. Soll ich sie einmal zum Mittagessen einladen?«

»Machen Sie, was Sie möchten, Mutter«, antwortete Amadeo gleichgültig. »Ich glaube, ich kenne sie. Sie ist kugelrund wie ein Elefant.«

»Ich habe kürzlich beim Pferderennen Señorita Carles-Tolrà getroffen. Sie hat eine gute Figur und ein hübsches Gesicht, für meinen Geschmack ist sie allerdings etwas zu dünn. Kennst du sie?«

»Ja, Octavio hat sie einige Zeit hofiert. Sie ist eine krankhafte Verschwenderin.«

Amadeo verzichtete nicht auf die Angewohnheit, Frauen mit nach Hause zu nehmen, aber er lernte, dies nur noch in der Abwesenheit seiner Mutter zu tun.

Zwischen seinem zwanzigsten und dreißigsten Lebensjahr waren die Sommermonate die ideale Zeit für dieses leichtfertige Leben. Kein Freund der Sommerfrische und auch nicht der Sommerfrischler, blieb er in Barcelona zurück. Er verzichtete von sich aus auf das ganze Personal und musste seiner Mutter lange Erklärungen darüber abgeben, wie er zurechtkommen wollte, ohne dass jemand für ihn kochte oder seine Kleidung bügelte. Als er schließlich befürchtete, dass Doña Maria del Roser nicht nach Caldes d'Estrac abreiste, willigte er schließlich darin ein, dass während der Abwesenheit der übrigen Hausangestellten eigens für seine Versorgung zeitlich befristet ein Hausfaktotum, eine Büglerin sowie ein Hausmädchen eingestellt wurden.

Die ersten Jahre waren die besten. Amadeo erlebte seine persönliche Sommerfrische, während der er sich wie ein Maharadscha aufführte. Die wichtigste Entscheidung des Tages bestand darin, das Restaurant für das Mittagessen auszuwählen. Morgens wandelte er splitterfasernackt durch das Haus und malte nur zuweilen ein wenig. Er arbeitete lieber am Nachmittag, während der Sonnenstunden, natürlich nur, sofern er nicht durch den Besuch von irgendeiner Señorita in Beschlag genommen wurde. Abends ging er ins Theater oder besuchte die Vergnügungsstätten in der Avenida del Paralelo, oft in Begleitung seines Freundes Octavio, der genauso vergnügungssüchtig war wie er.

»Wenn uns unsere Väter sehen könnten, würden sie uns auf der Stelle enterben«, flüsterte Amadeo kichernd bei einem dieser Exzesse.

Amadeo hatte recht. Wäre sein Vater noch am Leben, hätte dieser ihn mit seinen exemplarischen Strafen belegt. Don Eduardo Conde wiederum griff kaum ein, aber nur, weil er das Gefühl hatte, dass sich sein Sohn ohnehin von selbst ändern würde, und zwar bevor es zu spät wäre.

Als wären sie eine Beschwörungsformel, um die Zeit anzuhalten, wählen wir Amadeos folgende Worte, um den nächsten Akt zu beginnen. Wir könnten genauso gut irgendeinen anderen Abend auswählen von den vielen, die die beiden zügellosen Brüder im Geiste hier im Salon verbrachten. Aber keiner besäße die gleiche Symbolik wie dieser.

Wir sehen die beiden im großen Salon in den gelben Samtsesseln sitzen. Im Kamin brennt natürlich kein Feuer. Die Tür zum Patio steht sperrangelweit offen. Wir befinden uns im Jahr 1913, in dem die jungen Männer vierundzwanzig Jahre alt sind. Es weht eine angenehme Brise herein, die aber nicht ausreicht, um die Hitze zu lindern, die Ende Juli in Barcelona herrscht.

»Das Beste, was man mit einer Frau machen kann, ist, sie so zu formen, wie es einem gefällt«, meint Amadeo mit Blick auf die Stuckdecke, während er seine Rede fortsetzt, die ein wenig vom Alkohol angefacht wird. »Sie in ihrem natürlichen Zustand wie einen Rohdiamanten für sich gewinnen, zuerst alles schleifen, was an ihr zu viel ist, und dann ihre Persönlichkeit genau den eigenen Wünschen anpassen. So wie man einen Hund für die Kirmes dressieren würde. Dann sind Frauen gefügig und formbar. Und für sie selbst ist es nur von Vorteil, denn so haben sie noch etwas davon, wenn du sie für die Nächste verlässt, findest du nicht?«

Die Männer brechen in derbes Gelächter aus, dabei wissen beide sehr wohl, dass Amadeo keinen Scherz macht. Das, was er gerade zusammengefasst hat, als gelte es, feste Regeln aufzustellen, entspricht seinem üblichen Handlungsmuster: Er besucht ein Spektakel, kapriziert sich auf die jüngste Chorsängerin oder Tänzerin, und sobald der Vorhang gefallen ist, besucht er sie in ihrer Garderobe. Bevor er sie irgendwohin bringt, führt er sie in eine elegante Boutique, wo man sie als vornehme Dame verkleidet, und danach lädt er sie zum Abendessen ins Séparée im Café Suizo ein, wo man seine Exzesse bereits kennt und sich nicht erschüttern lässt. Dort trinken seine Begleiterinnen

Champagner, bis sie die Kontrolle verlieren, ohne Unterlass kichern und für einen Augenblick den Traum leben, eine andere Welt zu betreten. Für die Frauen endet die Nacht in irgendeinem Bett, dem eigenen oder in einem Hotel, in dem sie dann allein aufwachen. Auf dem Nachttisch finden sie üblicherweise ein großzügiges Taschengeld. Vor der Tür erwartet sie Julián, der bereitsteht, sie dorthin zu bringen, wo sie hingehören.

»Aber ich kenne mehr als eine, die sich überhaupt nicht formen lassen würde«, erwidert Octavio. »Die modernen Frauen sind ganz anders als ihre Vorgängerinnen.«

Amadeo verwirft den Gedanken mit einer resoluten Handbewegung.

»In dieser Hinsicht täuscht sich die Moderne.«

»Bei einigen Sängerinnen sehe ich auch nicht die geringste Notwendigkeit, sie zu formen.« Octavio lächelt selig. Er ist noch von der unerreichbaren Schönheit berauscht, die er an dem Abend bewundert hat.

Sie sind soeben aus dem Salón Doré gekommen, wo sie Bella Olympia bewundert hatten, die Schöne Olympia. Octavio hatte sie noch nicht gekannt, denn die Verpflichtungen, die ihm sein Vater inzwischen auferlegt hat, haben ihn in letzter Zeit von den nächtlichen Vergnügungen ferngehalten. Nun führt er das Leben eines katalanischen Geschäftsmannes, was bedeutet, dass er um halb elf Uhr abends zu Bett geht und für Frauen keine Zeit hat. Doch Gott sei Dank hat er einen Freund, der sich um sein Wohlbefinden und um seine Bedürfnisse sorgt und der sich darum kümmert, ihn über die Sensationen der Stadt auf dem Laufenden zu halten. Ohne Amadeo wäre er mit seinen etwas mehr als zwanzig Jahren bereits ein alter Mann. Diese Bella Olympia ist eine dieser Neuheiten, über die alle sprechen und die er ohne seinen Freund nicht erlebt hätte. Und höchst erfreut gibt er all den Männern recht, die die Reize der hübschen Couplet-Sängerin rühmen und darüber hinaus in sie verschossen sind. Von heute an gehört Octavio zu Olympias ergebensten Verehrern.

Die beiden jungen Männer kosten das Erlebnis aus, sie haben ihre Hemden abgelegt und lachen vor sich hin, während sie den dritten Brandy des Abends hinunterkippen. Von einem Augenblick zum anderen wird Amadeo ein As aus dem Ärmel zaubern.

»Diese Bella Olympia wird schuld daran sein, wenn ich niemals heirate«, meint Octavio theatralisch. »Wozu denn, nachdem ich diesen Körper gesehen habe? Denkst du, ich kann irgendwo eine Frau wie sie finden? Womit werde ich mich zufriedengeben, nachdem ich das Paradies erahnt habe?«

Octavio ist angeheitert und denkt gar nicht daran, irgendetwas zu unternehmen, um in den nächsten Stunden diesen Zustand zu ändern.

»Ich habe ja gewusst, dass sie dir gefallen würde«, pflichtet ihm sein Freund bei. »Was würdest du dafür geben, sie auszuprobieren?«

Octavio kichert. »Wen? Diese Göttin? Ich?«

»Spricht etwas dagegen? Hast du Angst davor?«

»Du sagst es! Ich habe keinen Mumm. Ich tauge nicht für Duelle. Ich habe gehört, dass sie die Geliebte von irgendeinem Industriellen ist.«

»Ich glaube, keine Frau ist ein Duell wert«, merkt Amadeo an, während Octavio zweifelnd den Kopf wiegt. »Ein Industrieller? Woher hast du das denn?«

»Die ganze Stadt weiß angeblich Bescheid. Es heißt, dass er sie entdeckt und zu ihren Triumphen geführt hat.«

»Das muss aber ein einflussreicher Mann sein«, meint Amadeo im Plauderton.

»Und ein Glückspilz«, stimmt Octavio zu. »So eine verlockende Schönheit für sich alleine zu haben! Wenn ich das nur könnte!«

»Wie viel würdest du bezahlen, um an seiner Stelle zu sein?«

»Willst du mir vielleicht eine Nacht mit Olympia schenken? Du bist aber großzügig! Kennst du ihren Mentor, oder bist du bereit, dich für mich zu duellieren?«

»Wenn du dich wegen ihr duellieren möchtest, meinetwegen gerne, aber ich warne dich, ich habe eine gute Trefferquote.«

Octavio reagiert unter dem Einfluss des Alkohols nur langsam. Er reibt seine Wangen und zieht die Augenbrauen hoch. Doch nicht einmal so kann er das Rätsel ergründen. Amadeo kommt ihm zu Hilfe, indem er seine Karten aufdeckt.

»Ich bin der Industrielle, von dem du gehört hast.«

Octavio reißt Augen und Mund weit auf. Er sieht so verblüfft aus, dass sein Freund zu lachen beginnt.

»Du? Das kann doch nicht wahr sein! Du nimmst mich auf den Arm!«

Amadeo steht auf, nimmt einen Schlüsselbund aus seinem Sakko und überreicht ihn seinem Freund.

»Überprüf das selbst. Rambla de Catalunya, 26, dritter Stock. Das ist Olympias Wohnung, also eigentlich ist es meine Wohnung, aber ich stelle sie ihr zu Verfügung. Das Schlafzimmer liegt am Ende des Ganges. Sag ihr, dass ich dich schicke.«

»Einfach so? Sonst nichts? Und wenn sie schläft?«

»Dann weckst du sie auf und sagst ihr, dass sie sich so um dich kümmern soll, als wenn ich es wäre.«

Octavio spürt, wie die Begierde sein Herz beschleunigt und zwischen seinen Beinen ein unerträgliches Pochen verursacht.

»Worauf wartest du noch? Willst du ein Dummkopf sein und hierbleiben?«, fragt Amadeo.

»Nein, nein. Natürlich nicht. Aber wehe, wenn das eine Falle ist, dann bringe ich dich um.«

Amadeo lächelt. »Überleg dir lieber, wie du mir dafür danken wirst. Ich bin davon überzeugt, dass dir ihre Fähigkeiten im Bett noch besser gefallen als das, was sie auf der Bühne zeigt.«

Octavio zieht sich schleunigst Hemd, Sakko und Schnürstiefel an.

»Und, wie sehe ich aus?«, fragt er, während er sich mit den Fingern durch das Haar fährt. Er riecht nach Alkohol.

»Umwerfend.«

»Dann wünsch mir Glück!«

Wie ein geölter Blitz läuft Octavio die Treppe hinunter. Amadeo schenkt sich noch ein Glas ein, macht das Licht aus, geht in den Patio und legt sich unter dem Sternenhimmel in die Hängematte. Er verspürt ein Glücksgefühl, wie ein Gauner, der gerade eine Missetat begangen hat, ohne entdeckt zu werden. Er stellt sich Olympias Überraschung vor, wie sie mitten in der Nacht von seinem Freund bestürmt wird, und den gefügigen Empfang, den sie Octavio bereiten wird, sobald sie seinen Namen hört. Er denkt an seinen Freund, der sie genießt. Er ahnt den verletzten Vorwurf, mit dem Olympia ihn in der nächsten Nacht begrüßen wird. Er kostet die Erniedrigung aus, die er vielleicht in ihren Augen entdecken kann. Die Angst, dass von nun an die Dinge so sein werden. Er spürt ein erregendes Kribbeln.

Beim Einschlafen sehnt er den nächsten Tag und Octavios Bericht herbei.

Ein Mückenschwarm fällt über ihn her.

Von: Violeta Lax
Gesendet am: 7. April 2010
An: Drina Walden
Betreff: DRINGEND

Drina, du musst mir einen Gefallen tun. Ich brauche DRINGEND die Telefonnummer der derzeitigen Besitzer des Gemäldes *Don Octavio Conde in seinem Büro in El Siglo*. Es ist eines der Bilder meines Großvaters, das derzeit in der Ausstellung gezeigt wird. Es war auf den Fotos vom Eröffnungsempfang, die *USA Today* vor einem Monat veröffentlicht hat, direkt hinter dem Bürgermeister zu sehen (wenn ich dir nicht antworte, heißt das noch lange nicht, dass ich die Links nicht ansehe, die du mir schickst). Bitte, sei so gut und antworte schnell.
Ehrenwort, sobald ich mich ein wenig beruhigt habe, schreibe ich dir, was mich derzeit so in Beschlag nimmt. Im Moment kann ich dir nur berichten, dass ich zurzeit ganz andere Probleme als ein CNN-Interview habe. Denk dir irgendetwas aus, aber bitte halt mir die Medien vom Hals. Im Moment gibt es wirklich nichts, worauf ich weniger Lust habe. Bitte, sei nicht böse!

Küsschen!

Vio

Von: Drina Walden
Gesendet am: 7. April 2010
An: Violeta Lax
Betreff: Re: DRINGEND

Violeta, dein Gedächtnisverlust verblüfft mich. Der derzeitige Besitzer des Porträts von Don Octavio Conde ist ein Herr in Barcelona namens Gabriel Portal, ich glaube, das ist irgendein weitläufiger Verwandter des Porträtierten. Kannst du dich nicht mehr erinnern, wie er uns mehr als ein Jahr lang mit all seinen Einwänden und Forderungen völlig verrückt gemacht hat, bis wir es beinahe aufgegeben hätten, das Bild hierher zu bekommen? Ich schicke dir im Anhang das Dossier, darin findest du alle weiteren Informationen, auch über den Besitzer. Zum Beispiel, dass er in der Zona Alta von Barcelona lebt, vierundsiebzig Jahre alt ist und als Graue Eminenz gilt.
Was das CNN-Interview angeht, meine Liebe, da bist du ein bisschen spät dran. Vor fast zwei Wochen habe ich eine furchtbare Standpauke bekommen, weil ich den Sender hängengelassen habe. Die ganze Sache war sehr unerfreulich. Ich denke, wenn du zurückkommst, wirst du mehr als einem Menschen hier erklären müssen, was dich denn so wahnsinnig beschäftigt hat, um auf die Anfrage eines der TV-Sender mit den weltweit meisten Zuschauern einfach nicht zu reagieren.
Sorry, Violeta, aber diesmal kann ich dir wirklich nicht applaudieren. Das sind für mich verdammt harte Tage gewesen. Ich finde, solche Dinge müssen sich anders regeln lassen.

Sei dennoch umarmt,

Drina

Von: Daniel Clelland
Gesendet am: 8. April 2010
An: Violeta Lax
Betreff: Mein Roman ist fertig!

Hallo, mein Schatz!

Große Neuigkeiten: Mein Roman ist fertig! Und zu dieser Ankündigung mit Trommelwirbel kommt noch eine weitere: Die Welt existiert wieder! Es ist eine merkwürdige Feststellung, wenn man so viele Monate in einem anderen Jahrhundert gelebt hat, aber es ist die reine Wahrheit. Und ich glaube, ich bin sogar in der Lage, mich wieder in die Welt zu integrieren, ohne dass es für mich allzu traumatisch wird.
Also, Violín: Ich habe mein Manuskript abgegeben, meine Verlegerin hat mir schon ihre ersten Kommentare geschickt. Sie sind vielleicht ein wenig zu enthusiastisch für jemanden wie mich ausgefallen, der so viele Lehren – und Genuss! – aus den Urteilen anderer zieht. Aber das Beste ist: Zum ersten Mal seit drei Jahren bin ich ein Mensch ohne irgendwelche Verpflichtungen!!!
Das erinnert mich daran, dass ich ein Leben habe, das es zu entdecken gilt, zwei wunderbare Kinder sowie eine Ehefrau auf Europareise, von der ich seit Wochen nichts mehr gehört habe. Geht es dir gut? Ist irgendetwas passiert, das es wert ist, erzählt zu werden? Gibt es für deine Funkstille noch mehr Gründe als deinen Respekt vor meiner Arbeit? Weißt du, dass du bald Geburtstag hast? Ich habe beschlossen, die Kinder bei meiner Mutter zu lassen und den nächsten Flieger nach Barcelona zu nehmen. Mir geht es großartig, aber ich muss unbedingt aus dieser Höhle hier raus. Außerdem gefällt mir nicht, dass du deinen vierzigsten allein und so weit weg von zu Hause feierst.
Ich liebe dich!
D.

XXII

»Antworte gefälligst! Ich habe dich etwas gefragt!«

Don Rodolfos dröhnende Stimme lässt den finsteren jungen Mann, den er vor sich hat, zusammenzucken. Amadeo bemüht sich darum, die Fassung zu bewahren. Bei seinem Vater liegen die Nerven blank. Die Rolle des Richters steht ihm großartig. Er kann nicht verstehen, wieso Amadeo so empfindsam ist, und zudem gibt es noch einige wichtige Angelegenheiten, die im Salon auf ihn warten, und zwar in Gestalt jener Herren, die allmählich nervös werden.

Man kann davon ausgehen, dass dies ein Gespräch von Mann zu Mann ist, doch einer von ihnen wirkt nicht sonderlich gesprächsbereit.

»Kannst du mir die ganze Sache endlich mal erklären? Ich habe schließlich nicht alle Zeit der Welt, mein Sohn.«

Amadeo hält dem Blick seines Vaters stand und gewinnt Zeit. Aus Erfahrung weiß er, dass Don Rodolfo die Rolle als Schiedsrichter in Familienstreitigkeiten nicht lange aushält. Schließlich hat Rodolfo das Schauspiel satt und schlägt mit der Faust auf den Tisch, so dass ein Fläschchen mit Beltrán-Elixier – »bei nervösen Zuständen« – auf den Teppich fällt und dort seinen übelriechenden Inhalt verteilt. Der Vorfall mindert nicht gerade die Anspannung. In diesem Moment klopft es an die Tür.

»Herein«, befiehlt Don Rodolfo im Tonfall eines Inquisitors.

»Gerade ist Padre Antonio Iñesta gekommen«, verkündet Eutimia, die sich durch kein Geschrei aus der Ruhe bringen lässt.

Vater und Sohn tauschen einen Blick aus, dessen Bedeutung nur sie verstehen. Für die Zuschauer, falls es denn welche gibt, ist es hilfreich zu wissen, dass Padre Iñesta der Leiter des Internats in Sarrià ist.

»Sagen Sie ihm, dass ich ihn gleich empfange«, ordnet Don Rodolfo an. »Und für die anderen Herren gilt das Gleiche.«

Die Haushälterin ist ein alter Hase. »Ich habe gesehen, dass die Herren ein wenig unruhig sind und habe ihnen ein Frühstück servieren lassen. Sie haben reingehauen wie die Scheunendrescher und sind nun etwas besser gelaunt. Machen Sie sich keine Sorgen – wenn ich sehe, dass es noch länger dauert, werde ich ihnen noch ein paar Rühreier mit Kartoffeln zubereiten lassen.«

»Kann sein, dass ich selbst ein paar Eier benötige, Eutimia.« Rodolfo blickt beim Sprechen seinen Sohn an. Dabei betont er die Worte so, dass die Haushälterin begreift, dass nicht sie gemeint ist, und in aller Ruhe geht. Bevor sie die Tür völlig schließt, sagt der Señor noch: »Womöglich brauche ich vier, wenn du mir nicht endlich erzählst, was ich Padre Iñesta sagen kann.«

»Ich habe nichts zu sagen, Vater. Ich gehe davon aus, dass er Ihnen seine Version anbieten wird. Ich bitte Sie nur darum, dass Sie für mich die Maxime gelten lassen: ›Im Zweifel für den Angeklagten.‹«

»Zum Teufel noch einmal, jetzt sag doch so etwas nicht! Das ist doch keine Gerichtsverhandlung!«, schreit Rodolfo völlig außer sich. Amadeo sagt weder so etwas noch irgendetwas anderes. Er betrachtet den ekligen Saft, der in den Teppich eindringt. Das Schweigen verströmt eine Eiseskälte, als Maria del Roser die Tür öffnet und erschrocken hineinsieht.

»Liebling, im Salon warten die Leute wie beim Schlachter. Willst du denn heute niemanden empfangen?«

»Sag das mal deinem Sohn. Der macht mich noch verrückt!«

»Und du ihn taub, nach allem, was ich gehört habe.« Sie betritt resolut das Kabinett, hebt die Flasche mit dem Beruhigungsmittel auf, stellt sie auf den Tisch und streicht mit den

Fingern durch die Haare ihres Ehemannes. »Jetzt komm schon, Liebster, reg dich nicht so auf. Das bekommt dir nicht.«

Mit durchaus beabsichtigter Geste rückt Maria del Roser ihren Busen näher an Rodolfos Gesicht. Sie fragt sich, welche Wirkung das neue Parfüm, mit dem sie den gesamten Brustansatz ihres Tageskleides benetzt hat, wohl auf ihn haben wird. Seine Erfinder – edle Parfümeure mit französischen Namen – versichern, dass es auf der Basis von japanischen Blüten hergestellt wurde und der Lieblingsduft von Königin Maria Cristina ist.

Don Rodolfo atmet tief ein. Die japanischen Blüten besänftigen ihn ein wenig.

»Verschwinde aus meinem Blick«, schnauzt er Amadeo an, der aus dem Kabinett eilt.

Der Hausherr schmiegt seine Nase an den Busen seiner Gattin. Er schließt die Augen und wartet, dass sein Herzschlag wieder in seinen alten Rhythmus zurückfindet. Sofort geht es ihm besser.

»Ach, meine liebe Rorró, du bist wirklich ein gutes Nervenheilmittel. Man müsste dich destillieren und deine Essenz in den Apotheken verkaufen.«

Sie lacht erfreut. Als sie das Gefühl hat, dass Rodolfo wieder bereit ist, lockert sie ihre Umarmung und betrachtet ihn mit ein wenig Abstand. Er hat Ringe unter den Augen, aber eine gesunde Gesichtsfarbe. Doch seine Worte klingen bitter.

»Wenn du nicht so perfekt wärest«, sagt er, »würde ich sagen, dass Amadeo nichts von mir hat.«

Maria del Roser massiert gemächlich Rodolfos Seelöwennacken. Der Rhythmus ihrer Massage ist ebenso exotisch wie das Parfüm auf ihrem Kleid. Bis er sagt: »Ich muss weitermachen. Wenn ich diese edlen Herrschaften noch länger warten lasse, bezichtigen sie mich noch, ein Feind des Königshauses zu sein.«

Maria del Roser fordert keine Erklärungen, aber Rodolfo gibt sie von sich aus: »Die Herren Polavieja und Maristany möchten mit mir über den Besuch von Alfonso XIII. in unseren Fabriken reden. Bitte, lass sie herein. Und halte bitte Padre Iñesta bei Laune. Die Jesuiten sind es nicht gewohnt zu warten.«

Maria del Roser geht hinaus, um den Auftrag auszuführen, und Rodolfo setzt nach dieser Unterbrechung seine morgendliche Audienz fort. Zum Glück lässt sich der königliche Terminplan schnell klären. Das gibt ihm Zeit, zwei weitere Besucher innerhalb einer Viertelstunde abzufertigen: einen jungen Architekten mit Namen Raspall, der begierig ist, ihm in der Hoffnung auf zukünftige Aufträge seinen Enthusiasmus und seinen Fleiß zu demonstrieren, sowie ein wortkarger Rechtsanwalt namens Trescents mit hervorragenden Referenzen. Rodolfo gefällt der zweite Besucher besser als der erste. Zudem hat er ihn in diesem Moment nötiger. Für den Fall des Falles legt er dessen Visitenkarte in Reichweite.

Padre Iñesta ist ein großgewachsener Mann, dem sein üppiger Haarwuchs – vor allem an Augenbrauen, Stirn und Händen – das Aussehen eines großen Primaten verleiht. Aber besonders beeindrucken seine Ohren. Sie sind riesig, fleischig und gerötet, so dass Rodolfo überlegt, ob sie, wenn er sie ihm abschneiden könnte und die Köchin bitten würde, sie zu kochen, eine kräftigende Brühe ergeben würden. Wie der Priester in seiner schwarzen Soutane mit dem viereckigen Hut vor ihm steht, die Hände in die Ärmelaufschläge gesteckt, erinnert er ihn an die Figur des Komturs im letzten Akt des Dramas *Don Juan Tenorio*. Es fehlt nur noch, dass er ihn einlädt, mit ihm in die Hölle zu gehen.

Doch stattdessen lässt er sein mageres Hinterteil auf den Sessel sacken und spricht mit einer hohen, aber keineswegs gespenstischen Stimme: »Ich hoffe, Señor Lax, dass Sie verstehen, dass so ein Vorfall, wie wir ihn mit Ihrem Sohn Amadeo erlebt haben, für unsere Einrichtung eine Schande ist. Wenn wir nicht wüssten, wer Sie sind, sähen wir uns gezwungen, Ihren Sohn sofort aus der Schule auszuschließen – und zwar für immer! Aber im Hinblick auf Ihr gutes Renommee und auf das Streben, das Ihr Sohn Juan gezeigt hat, haben wir entschieden, eine Ausnahme zu machen. Aber: Der Schüler muss fest versprechen, dass er wirklich jede der Regeln, die für unser Haus gelten, einhält, und zwar vor allem die Regeln, bei denen es um Gehorsam und Disziplin geht. Und er muss akzeptieren, dass er als Strafe für den Angriff auf seine Schulkameraden eine Wiedergutmachung leisten muss. Ich hoffe, dass Sie diese Maßnahmen nicht zu streng finden.«

Don Rodolfo Lax schüttelt den Kopf. Nicht, weil er die Maßnahmen für streng hält, sondern weil er nichts von allem, was da vor sich geht, versteht.

»Könnten Sie bitte so freundlich sein und mir den Vorgang erklären?«, bittet er.

»Aber hat Ihnen der Schuldige nicht selbst davon erzählt?«, fragt der Priester zurück.

»Seit er hierher gekommen ist, weigert er sich zu sprechen.«

Padre Iñesta verzieht angestrengt den Mund.

»Sie müssen ihn eben zwingen«, meint er, bevor er selbst lustlos den Vorfall berichtet: »Am Montagmorgen, während der Zeit im Studierzimmer, hat Amadeo zwei seiner Schulkameraden und sogar seinen eigenen Bruder tätlich angegriffen. Einem hat er einen Zirkel in den Arm gerammt. Den anderen, einen eher schmächtigen Jungen, der unter Asthma leidet, hat er zusammengeschlagen und dabei dessen Oberlippe und Nase verletzt. Juan ist besser davongekommen, denn nach dem ersten Schlag in den Unterleib sind ihm andere Mitschüler zu Hilfe gekommen. Als er sich umzingelt sah, ist Amadeo durch das Fenster geflohen. Zum Glück hat er beschlossen, zu Fuß hierherzukommen, wie wir später erfahren haben. Als die Saalaufsicht hinzukam, war er nirgends mehr zu sehen.«

»Sie können sich nicht vorstellen, wie leid mir das tut«, flüstert Rodolfo beschämt. »Geht es den anderen Jungen wieder besser?«

»Ja, Gott sei Dank. Sie sind nur ein wenig aufgebracht. Natürlich nicht so sehr wie ihre Eltern.«

»Das kann ich mir vorstellen. Amadeo wird sich schriftlich bei ihnen entschuldigen.«

»Darf ich Ihnen einen Vorschlag machen? Ich denke, es ist besser, wenn er sie persönlich um Entschuldigung bittet. Und zwar einen nach dem anderen. Damit er es begreift.«

Rodolfo berechnet wortlos, während er sich nachdenklich über das Kinn streicht, den Zeitverlust, den ihn der ganze Vorfall kosten wird.

»Ich verspreche Ihnen, dass ich darüber nachdenken werde und dass Amadeo für seinen Fehler einstehen wird«, sagt er.

»Daran hege ich keinen Zweifel.«

»Und für die Schule möchte ich Ihnen eine Zuwendung machen, die den dunklen Vorfall wieder gutmacht.«

Don Rodolfo greift zum Scheckheft mit dem Zeichen der Banco de Barcelona, stellt einen Scheck auf eine übertrieben hohe Summe aus, unterschreibt und übergibt ihn dem Internatsleiter.

»Das ist sehr liebenswürdig von Ihnen. In unserer Gemeinschaft gibt es immer dringende Bedürfnisse, die erfüllt werden müssen. Aber wenigstens hat Ihr Sohn in Ihnen ein Vorbild, an dem er sich orientieren kann.«

Don Rodolfo begleitet Padre Iñesta zur Tür und stellt ihm den Wagen der Familie mit Julián am Steuer zur Verfügung, um zum Internat zurückzufahren. Der Jesuit nimmt das Angebot an.

Als Don Rodolfo in sein Kabinett zurückkehrt und die Unordnung auf seinem Schreibtisch betrachtet, ist er verwirrt. Es fällt ihm schwer, seine Gedanken von dem Problem mit den Jesuiten abzuwenden und sich auf das Tagesgeschäft zu konzentrieren. Und noch schwerer fällt ihm, nicht Amadeo herbeizuzitieren und an ihm seine ganze aufgestaute Wut auszulassen.

Zum Glück für seinen Sohn liegen dringende Geschäfte an. Der nächste Tagesordnungspunkt ist ein Grundstückskauf. Und zwar nicht irgendeiner.

»Die Grundstücke liegen genau neben der Kirche, die gerade errichtet wird. Und zwar in der Calle Valencia, Calle Mallorca und Calle Rosellón, genau dort, wie Sie mir aufgetragen haben«, verkündet ein kränkelnder Anwalt mit zitternder Hand.

Don Rodolfo betrachtet den Plan der Gegend um die Sagrada Familia. Er gibt ein zufriedenes Brummen von sich.

»Sie sind teuer«, fügt der kurz vor dem Ruhestand – oder dem Kollaps – stehende Jurist hinzu.

»Wenn es tatsächlich dazu kommt, dass um die Kirche überall Grünanlagen entstehen, wird sich ihr Preis in wenigen Jahren vervierfachen. Sie wissen ja, niemand wagt es, sich mit Gaudí anzulegen. Kaufen Sie die Grundstücke so bald wie möglich.«

»Man hat mir gesagt, dass man versucht, den Nuntius des Vatikans kommen zu lassen, um den Stand der Bauarbeiten zu besichtigen.«

»Welchen Stand der Bauarbeiten? Da stehen doch erst drei oder vier Steine!«, lacht Don Rodolfo. »Meinetwegen soll er ruhig kommen, wir werden sie ihm gerne zeigen. Mit dem päpstlichen Segen werden die Preise noch mehr steigen!«

Die Dinge laufen gut, aber heute kann Rodolfo nichts genießen. Nicht einmal das Dekolleté seiner geliebten Rorrita. Die Gedanken an das Fehlverhalten seines Ältesten stören ihn wie eine lästige Schmeißfliege.

Vor dem Mittagessen, als das Vorzimmer endlich leer ist, empfängt er einen Besucher, der ohne Vorankündigung gekommen ist.

»Verzeihen Sie bitte, dass ich einfach so hierhergekommen bin, aber mein Sohn schickt mich, und es ist sehr wichtig«, sagt Don Eduardo Conde, der mit Silberstöckchen und Bowlerhut vor den großen Fenstern stehengeblieben ist, während er unter dem getrimmten Schnurrbart lächelt.

»Ich will Ihnen keine Zeit stehlen, sondern nur Octavios Auftrag ausführen. Mein Junge ist seit Sonntag wegen einer Sache aufgebracht, die für ihn seitens der Schulkameraden eine reine Ungerechtigkeit und seitens der Jesuitenpadres pure Willkür ist. Ich muss zugeben, dass ich niemals gedacht hätte, dass mein

Sohn so ein Verfechter der Gerechtigkeit ist, und dass mir durchaus gefällt, wie er seinen besten Freund verteidigt. Das adelt ihn in meinen Augen, und ich denke, Sie sollten seine Aussage berücksichtigen. Mein Sohn sagt, dass Amadeos Tätlichkeiten kein Angriff waren, sondern eine berechtigte Verteidigung. Am Abend vor dem Familienbesuch haben Amadeos Schulkameraden eine unverzeihliche Missetat gegen ihn begangen, indem sie seine Leistung und sein Talent zu ihren Gunsten ausgenutzt haben, das heißt, indem sie ihm das Ergebnis seiner monatelangen Arbeit gestohlen haben. Amadeo hat nichts davon gesagt, berichtet mein Sohn, weil es lächerlich gewesen wäre, dies vor allen anderen zu tun. Außerdem konnte er nichts beweisen, und höchstwahrscheinlich hätten die anderen Jungen seiner Aussage widersprochen und ihn noch lächerlicher gemacht. Deshalb hat Amadeo das Recht selbst in die Hand genommen und statt für eine öffentliche Anklage sich für eine persönliche Abrechnung entschieden. Ich denke, die Leidenschaft seiner Jugend könnte sein Verhalten rechtfertigen.«

Rodolfos Tag wird mit den Worten des ehrenwerten Bekannten nicht besser, den er als einen seriösen und aufrichtigen Mann schätzt.

»Sie haben ›gestohlen‹ gesagt? Wie meinen Sie das?«

»Mein Sohn sagt, dass Amadeo seit seinem Eintritt ins Internat jeden Tag malt. Und zwar sehr gut. Manchmal schreibt er auch. Selbstverständlich nur heimlich, weil die Jesuitenpadres solche Vergnügungen nicht dulden, erst recht nicht außerhalb der Klassenzimmer. Offensichtlich bewahrt Ihr Sohn seine Aufsätze und Zeichnungen unter der Matratze auf. Die anderen Schüler haben sein Versteck entdeckt und ihm die Sachen weggenommen.«

»Wer?«

»Octavio hat mir keine Namen nennen wollen.«

»Ich verstehe. Wissen Sie, ob mein anderer Sohn auch daran beteiligt war?«

»Octavio hat mir nichts darüber gesagt.«

»Was ist aus den Bildern geworden?«

»Alle Bilder wurden bei dem Wettbewerb am letzten Wochenende ausgezeichnet. Die Sieger haben stolz ihre Preise eingeheimst, erinnern Sie sich noch? Dabei hätte Amadeo alle Preise erhalten müssen, denn anscheinend war alles sein Werk.«

Rodolfo versucht, sich an die Bilder zu erinnern, mit denen am vergangenen Sonntag die Gänge im Internat dekoriert waren. Sie waren großartig. Selbst ein für die Kunst nicht geschultes Auge konnte das erkennen.

»Können Sie sich noch an dieses hervorragende Gedicht über die Berufung erinnern, das Juan vorgetragen hat?«, fragt Eduardo.

Natürlich erinnert sich Rodolfo daran. Er war so stolz gewesen, dass man seinen jüngeren Sohn ausgewählt hatte, vor dem Publikum im Internat ein eigenes Werk vorzulesen. Juan hatte seine Eltern ja schon an brillante Leistungen gewöhnt, aber dieses Mal schien er sich selbst übertroffen zu haben. Er kann sich aber auch daran erinnern, dass Amadeo während des gesamten Auftritts sehr niedergeschlagen war und auch nichts sagte, als ihn seine Mutter, noch begeistert von den erhabenen Ideen in Reimform, zärtlich tadelte: »Liebling, schau mal, ob du etwas von deinem Bruder lernen kannst und uns eines Tages auch mit so schönen Versen überraschst. Ich weiß genau, dass du das auch kannst.«

Rodolfo öffnet die Augen.

»Octavio hat mir berichtet, dass dieser Vortrag, für den wir Juan so applaudiert haben, Amadeos Werk ist. Er hat selbst gesehen, wie Amadeo Abend für Abend in der Einsamkeit der Zelle daran geschrieben hat«, fügt Eduardo Conde noch an, während mehrere Falten seine marmorne Stirn überziehen.

Rodolfo verflucht die Stunde, die er bei dem sonntäglichen Fest im Internat verbracht hat. Von sich aus würde er niemals dieser furchtbaren Zurschaustellung von Familienstolz und der falschen religiösen Gastfreundschaft beiwohnen. Als würde es nicht ausreichen, das wöchentliche Martyrium zu ertragen – je mehr er nun versucht, den Wirrwarr zu ergründen, um so weniger kann er die Rolle jedes der Beteiligten einschätzen, seine eigene eingeschlossen.

Bei dem Auftritt der Zeugen fehlt eine wichtige Person: Juan. Damit diese Vernehmung stattfinden kann, wird man die Sommerferien abwarten müssen. Die Regeln des Internats sind sehr streng, was Heimfahrten der Schüler während des Schuljahres angeht, und sie ermöglichen dem zweiten Lax-Sohn in dem Fall, straffrei auszugehen. Rodolfo findet, dass man diese Sache nicht am Telefon besprechen kann. Zum nächsten Sonntagsfest im Internat, an dem er selbst nicht teilzunehmen gedenkt, wird er Maria del Roser mit dem Auftrag schicken, den Sohn zu befragen. Aber er kann schon im Voraus absehen, dass sie kein Ergebnis erzielen wird.

Als der Zeuge schließlich auf dem Besuchersessel sitzt – der für ihn zu groß ist –, liegt der Vorfall bereits zu lang zurück und ist für kaum jemanden mehr von Bedeutung.

»Ich habe nichts angestellt«, sind Juans Worte.

»Das Gedicht, das du bei dem Fest vorgetragen hast … Ist das von dir?«

»Ja …«, flüstert er mit dünner Stimme.

»Sieh mich an, Juan. Ich stelle dir jetzt eine wichtige Frage. Gibst du mir dein Ehrenwort?«, fragt der Vater und erwidert forschend den Blick seines Sohns, der für alle Regeln einer so förmlichen Vernehmung zu jung ist.

Noch ein Flüstern.

»Ja …«

»Und du versprichst mir, dass du dich an keinem Aufstand gegen deinen Bruder beteiligt hast?«

»Nein … Ja … Ich habe nicht … Also … Wie war noch einmal die Frage?«

»Zum Teufel nochmal, hast du nun mitgemacht oder nicht?«

»Nein.«

Die Antwort klingt verdächtig lakonisch.

Als Rodolfo Juan als hoffnungslosen Fall aufgibt und ihm erlaubt, das Kabinett zu verlassen, hat Concha alle Mühe, den Zeugen zu beruhigen, der noch eine geraume Zeit wegen der Strenge des Richters und seiner eigenen Lügen zittert. Concha gelingt es, aus seinem Schluchzen einige Worte zu verstehen, die sie beunruhigen.

»Wenn ich sie verrate, werden sie mich schlagen. Das haben sie mir angedroht.«

Concha umarmt ihn. Sie wagt, ihm einen Vorschlag zu machen.

»Warum bittest du deinen Bruder nicht um Verzeihung, und ihr regelt das unter Männern, nur ihr beide?«

Aber Juan schließt die Augen und gibt vor, nichts zu hören.

Während der Sommerferien würdigen die beiden Brüder sich keines Blickes und gehen sich die ganze Zeit aus dem Weg. Juan fürchtet sich davor, Amadeo allein zu treffen. Er hat Angst vor seinen schneidenden Blick, vor seinem vorwurfsvollen Schweigen. Er verbringt die Tage in einer schreckhaften Wachsamkeit, die Concha mit einem Vorschlag zu bekämpfen versucht.

»Komm schon, Juan. Bitte deinen Bruder um Verzeihung. Niemand, wirklich niemand außer uns wird davon erfahren.«

Juan schüttelt den Kopf. Er denkt an die Reaktion seines Vaters, wenn dieser erfährt, dass er ihn angelogen hat.

»Ich habe nichts getan.«

Conchas Versuch zu vermitteln führt nicht weiter. »Kannst du dir vorstellen, wie schlecht es deinem Bruder gegangen ist, als er sich bei den Eltern seiner Schulkameraden entschuldigen musste? Don Rodolfo hat ihn dazu gezwungen, und noch dazu in deren Häusern! Findest du das etwa gerecht?«

»Man darf nicht schlagen«, antwortet Juan, »und er hat sie geschlagen.«

Als letztes Mittel versucht die Kinderfrau, mit der Señora zu sprechen.

»Beide haben einen Fehler gemacht. Es ist nicht gerecht, dass nur einer für den Schaden geradestehen muss.«

Maria del Roser kann nichts ausrichten. Rodolfo hat das Thema satt und möchte den Fall nicht wieder aufnehmen. Maria del Roser versucht, gerecht zu sein, als sie sagt: »Amadeo hat sich niemals irgendwo angepasst. Er erträgt niemanden.«

Vor dem neuen Schuljahr beschließen die Eheleute Lax einvernehmlich, ihren ältesten Sohn durch einen Privatlehrer unterrichten zu lassen. Er soll jeden Tag ins Haus kommen und den Jungen einem strengen Stundenplan unterwerfen.

Diese Lösung stellt alle zufrieden. Juan kommt als Sieger einer merkwürdigen Schlacht ins Internat. Amadeo zieht sich noch mehr als je zuvor in sich selbst zurück. Zwischen den Brüdern reißen die ungesagten Worte einen unüberbrückbaren Abgrund auf. Doña Maria del Roser sieht ihr Gewissen beruhigt. Don Rodolfo vergisst die ganze Angelegenheit. Das Verfahren wird eingestellt.

An dem Morgen, an dem Juan ins Internat der Jesuitenpatres zurückkehrt, versperrt Amadeo ihm auf dem oberen Treppenabsatz den Weg und schnauzt ihn an: »Ich werde dir niemals verzeihen. Nicht einmal in tausend Jahren.«

Barcelona, 12. Februar 1930

Sehr geehrte Dame,

zunächst möchte ich Ihnen mit diesem Brief nachträglich meine Glückwünsche zu Ihrer Heirat übermitteln, von der ich aus den Gesellschaftsnachrichten erfahren habe. Ich habe den Berichten entnommen, dass Ihre Hochzeit eine der großartigsten gewesen ist, die die Stadt in den letzten Jahren erlebt hat, noch dazu im Chor der Kathedrale, wie wundervoll. Natürlich konnte dies angesichts der Schönheit der Braut auch gar nicht anders sein.

Werte Teresa, bitte verzeihen Sie mir, dass ich es wage Ihnen zu schreiben. Ich fürchte, mein Brief enthält keine guten Nachrichten für Sie. Aber vielleicht wird Ihr Groll gegen mich gemildert, wenn Sie erfahren, dass ich, während ich mich Ihnen in diesem Brief anvertraue, im Sterben liege, und dass diese Zeilen meine einzige Möglichkeit sind, meine Seele von dem furchtbaren Kummer zu befreien, der mich seit Jahren begleitet. Meine Worte erreichen Sie, wenn ich schon nicht mehr auf dieser Welt bin. Dieses Wissen verschafft mir in meinen letzten Stunden die Ruhe, die ich seit sehr langer Zeit nicht mehr gefunden habe. Ich bitte Sie in aller Bescheidenheit und – auch wenn Ihnen das merkwürdig vorkommen mag – in aller Liebe um Verzeihung.

Ich wende mich an Sie wie an eine Schwester, Teresa, denn so fühle ich Ihnen gegenüber. Schließlich haben wir beide etwas viel Intimeres geteilt, als das, was zwei Frauen eint, die unter einem Dach auf die Welt gekommen sind: die Liebe zu demselben Mann. Bitte seien Sie unbesorgt. Ich weiß sehr wohl, dass Sie und ich, sowohl in diesem wie in anderen Belangen, nicht zu vergleichen sind. Ich bin für ihn in einer Phase der Verschwendung und der Jugend nur ein weiterer Luxus gewesen. Als ich ihn kennenlernte, waren Sie noch ein kleines Mädchen.

Ich habe ihn vor etwa zehn Jahren zum letzten Mal gesehen. Unsere Wege haben sich also niemals gekreuzt. Ich stelle keine Bedrohung für Sie dar. Weder für Sie noch für sonst jemanden.

Mit seinen kaum mehr als zwanzig Jahren war Amadeo ein beeindruckender Mann. Er strahlte diese Unnahbarkeit eines kompromisslosen Gönners aus. Ich war ein sechzehnjähriges Dummerchen, hübsch und ehrgeizig, und hatte plötzlich das Pech, dass mir beide Söhne des verstorbenen Fabrikbesitzers gleichzeitig den Hof machten. Sie sind eine Frau, so wie ich, und vielleicht haben Sie sich selbst schon einmal in einer ähnlichen Lage befunden. Dann verstehen Sie, welche Gefahr so ein Übermaß an Aufmerksamkeit birgt. Ich habe damals den Fehler begangen, mich für etwas Besseres zu halten. Von heute auf morgen erschien mir mein Leben als Arbeiterin in einer Textilfabrik und das Leben, das meine Eltern immer geführt hatten, minderwertig. Juan redete mit mir über Liebe, Gefühle und eine gemeinsame Zukunft, doch Amadeo versprach mir Ruhm, Erfolg und Reichtum. Ich beschloss, nicht mehr Tag für Tag zuzusehen, wie sich die Baumwollspulen drehten und dabei meine Jugend zu vergeuden. Ich wollte mich niemandem mehr unterwerfen und den vorgegebenen Weg verlassen.

Meine damalige Dreistigkeit hat wohl dazu geführt, dass Juan auf mich aufmerksam wurde. Er war anders, bescheiden, charmant. Er wirkte nicht wie der junge Fabrikantensohn, der er schließlich war, sondern wie einer der Arbeiter, nur klüger und gebildeter. Er hat sich wirklich für uns und unsere Bedürfnisse interessiert. Er war der festen Überzeugung, dass die Revolution der Arbeiter stattfinden müsse und dass die Firmenbesitzer diese Revolution begreifen und unterstützen sollten, um endlich die elendigen und entbehrungsreichen Lebensbedingungen zu beenden. Juan hat seine Jugend – er war damals achtzehn – in den Fabriken zugebracht. Er hat die Arbeiter befragt, die Altgedienten ebenso wie die Jüngeren, und ihre Antworten in einem Heft voller Zahlen, Zeichnungen und Notizen vermerkt. Er hat allen

Arbeitern zugehört und ihnen seine Zeit und seine Aufmerksamkeit geschenkt.

Er war einer dieser Männer, die ihrer Zeit voraus sind. Als er zum ersten Mal in die Fabrik kam, fiel mir auf, wie er mich dabei ansah. Einige Wochen später hat er mir seine Liebe erklärt. Ich habe ihm zunächst nur die kalte Schulter gezeigt, mit der Überheblichkeit eines Menschen, dem ein anderer sein Herz zu Füßen legt. Juan war der erste Mann, der mir seine Gefühle gestand. Der erste Mann, der verrückt nach mir war. Und wie! Schließlich hat er mich mit seiner Beharrlichkeit, mit seinen geschliffenen Worten und vor allem mit seinem Auftreten als kultivierter Revolutionär erobert. Unsere Liebelei war harmlos und kurz, typisch für zwei junge Leute, die scheinbar ebenbürtig waren, aber keine Ahnung vom Leben hatten. Als er mir sagte, dass er der Sohn von Don Rodolfo Lax war, habe ich ihn ausgelacht. Ich habe ihm einfach nicht geglaubt. Er war so anders als die jungen Männer, die ich kennengelernt hatte. Und dann kam Amadeo.

Ich habe niemals zuvor einen Mann von einer solchen Distinguiertheit wie Amadeo gesehen, und auch keinen, der darauf so stolz war. Er besichtigte die Fabrik nur einmal, aber sein Besuch hat bei uns einen tiefen Eindruck hinterlassen. Er hatte nichts von der leutseligen Würde seines Vaters, aber auch nichts von der proletarischen Naivität seines Bruders. Er hielt sich für den Patron, und als solcher trat er auch auf. Er ließ keinen Zweifel daran, was er über die Arbeiter dachte, und stand sehr hoch über unserem elenden Dasein.

Ich habe damals den ganzen Tag vor mich hin gesungen. Meinen Kollegen haben die Lieder, meistens freche Couplets, gut gefallen. Mehr als einer hat mir gesagt: »Wie schade, dass du dein Talent in diesen muffigen Fabrikhallen vergeudest. Du solltest besser auf einer Bühne stehen.« Abends träumte ich davon, in den Theatern Triumphe zu feiern, so wie Pilar Alonso, La Fornarina, Raquel Meller oder so viele andere Künstlerinnen, und davon, mit vielen Schrankkoffern durch aller Herren Länder zu reisen und den Applaus unzähliger Männer zu genießen. Ich weiß nicht, was aus meinem Leben geworden wäre, wenn sich meine Wege nicht mit denen Amadeos gekreuzt hätten. Vielleicht hätte ich sogar Juan geheiratet, und wir hätten zusammen Kinder gehabt. Nichts hätte mich glücklicher gemacht, als die Mutter von vielen Kindern zu sein. Vielleicht hätte ich eine Kurzwarenhandlung aufgemacht oder eine Schneiderei; ich konnte immer sehr gut nähen. Wir hätten ein bescheidenes Leben ohne große Überraschungen geführt. Dann wäre ich jetzt nicht hier, im Angesicht des Todes, und würde Ihnen diesen Brief schreiben.

Aber Amadeo hatte andere Pläne mit mir. Hatte er sich einfach in diese widerspenstige Arbeiterin verguckt, die in seiner Fabrik zweideutige Lieder sang? Bekam er auf einmal Lust, mit mir zu spielen, wie die Katze, die zum reinen Vergnügen eine Maus jagt? Oder haben bei seinem Interesse an mir die aufrichtigen Gefühle seines jüngeren Bruders zu mir eine Rolle gespielt? Leider werde ich das niemals erfahren.

Eines Tages schickte er seinen Bevollmächtigten zu mir, einen gewissen Señor Trescents, eine graue Maus, ein Maulwurf in Menschengestalt. Dieser Mann verkündete mir mit sehr unverständlichen Worten, dass ein Theaterimpresario bereit war, mich zu einer Probe für sein neues Varieté einzuladen, und dass ich Amadeo für diese Chance dankbar sein müsse, da dieser mit dem einflussreichen Freund über mich gesprochen habe.

Die Probe fand drei Tage später am Vormittag im Salón Doré statt. Der Wagen des Patrons holte mich an der Fabrik ab und brachte mich zum Theater. Alle in der Fabrik haben mir die Daumen gedrückt. Meine Eltern umarmten mich mit Tränen in den Augen und sagten: »Du wirst es schaffen!«

In dem Wagen der Lax fühlte ich mich so unbedeutend und schmutzig wie noch nie. Die Probe war nur eine Farce. Im Parkett saßen Amadeo Lax sowie ein dicker alter Mann, an dessen Namen ich mich nicht erinnere. Sie forderten mich auf, meine

Beine zu zeigen. Das tat ich, aber nur meine Träume vom Ruhm konnten meine Scham und Verwirrung besänftigen.

»Und nun die Brüste«, sagte der dicke Alte dann.

Es kostete mich unglaubliche Überwindung, meine Bluse zu öffnen und zu tun, was sie von mir wollten. Sie überredeten mich dazu, indem sie behaupteten, dass eine Künstlerin zwar ihren Fähigkeiten verpflichtet sei, aber vor allem gut aussehen müsse. Sie sagten, sie hätten keine andere Möglichkeit, als dies persönlich zu überprüfen. Diese Lustmolche!

Natürlich habe ich ihnen dann meine Brüste gezeigt.

»Soll ich Ihnen denn kein Couplet vorsingen?«, fragte ich Dummkopf.

»Wenn dir danach ist …«, meinte der Alte.

Ich habe »Batallón de modistillas« gesungen, das Lied, das den Arbeitern in der Fabrik immer am besten gefallen hat. Sie waren jedes Mal, wenn sie es hörten, ganz aus dem Häuschen.

Los pollos elegantes
piensan, no es guasa,
seguirnos a las chicas
a retaguardia.
Mas yo pienso decirles,
con gran valor,
que delante estarían
mucho mejor.

(Da klagt manch junger Geck:
»Es ist kein guter Witz,
wenn wir vom Mädchen keck
nur sehen, worauf es sitzt.«
Dann kann ich ihm sagen,
mit wirklichem großem Mut:
»Wohlauf, nur nicht verzagen,
von vorn ist's noch mal so gut!«)

Ich war engagiert, noch ehe ich das Lied zu Ende gesungen hatte.

»Du wirst in der Vorstellung heute Abend dein Debüt haben«, sagte der Alte zu mir. »Du bekommst sieben Peseten am Tag. Bist du damit einverstanden?«

Wie sollte ich damit nicht einverstanden sein? Ich war doch erst fünfzehn Jahre alt! In der Fabrik erhielt ich zehn Peseten für die ganze Woche! Welches Mädchen von meiner Herkunft hätte das Angebot nicht ohne groß darüber nachzudenken angenommen?

Dann lud Amadeo mich zum Mittagessen ins Café Suizo ein. Er sagte, um zu feiern. Zuvor brachte er mich noch zu einer Schneiderin in der Calle Consejo de Ciento, die für mich ein elegantes Rohseidenkleid anfertigte. Dann sind wir essen gegangen. Ich kam mir vor wie im Traum.

»Du wirst näher beim Theater wohnen müssen«, sagte er mir, während er mein Glas wieder und wieder mit Champagner füllte, »und natürlich kannst du deine früheren Freunde nicht mehr treffen. Jetzt gehörst du deinem Publikum.«

»Was für Freunde?«, fragte ich belustigt zurück, und verriet damit Juan in Wort und Tat. »Aber ich habe doch noch nie einen gehabt!«

Meine Antwort stellte Amadeo so zufrieden, dass er mir einen Kuss gab. Doch diese Zärtlichkeit war eher eine heftige Attacke.

»Du brauchst noch einen Künstlernamen«, meinte er. »Montserrat Espelleta klingt nicht verlockend genug. Es muss ein universaler Name sein. Hast du dir schon etwas überlegt?«

Ich hatte mir natürlich noch nichts überlegt, also dachte er für mich nach.

»Ah, ich habe schon eine Idee«, sagte er. »Du wirst Olympia sein. Kennst du das Bild von Manet?«

Ich schüttelte den Kopf.

»Das passt zu dir. Gefällt dir der Name?«

Mir kam er merkwürdig vor.

»Bella Olympia, die Schöne Olympia«, sprach er feierlich. »Genau. Das wirst du von nun an sein. Meine Schöpfung!«

Amadeo mietete für mich ein Zimmer im Hotel Cuatro Naciones. Er fuhr mich hin, damit ich dort ausruhen konnte, und holte mich am Abend ab, um mich zum Theater zu bringen. Hinter den Kulissen hat er mich dann auf die Stirn geküsst und mir Glück gewünscht. Er saß in der ersten Reihe und applaudierte mir. Mein Debüt war ein großer Erfolg, und bald kannte die ganze Stadt meinen Namen. Innerhalb von wenigen Wochen bekam ich mehr Geld für meine Auftritte. Amadeo verpasste keine Vorstellung. Er hatte im Doré einen eigenen Platz und lud mich danach immer zum Abendessen ein. Er benahm sich wie ein Kavalier, und das gefiel mir. Wie nicht anders zu erwarten, habe ich mich ihm irgendwann hingegeben. Er hat mich um nichts bitten müssen. Ich selbst habe ihm die Tür zu meinem Schlafzimmer geöffnet. Ich habe ihn auf eine Weise verehrt, die ich niemals für möglich gehalten hätte.

Das Leben einer Künstlerin ist in diesen Jahren nicht einfach gewesen. In ganz Barcelona wimmelte es vor Vergnügungen, das Geld floss in Strömen und überall gab es Männer auf der Suche nach Amüsement. Mein Repertoire bestand größtenteils aus Couplets, aus zweideutigen Liedern, die früher zum Revuetheater gehört hatten und die in den letzten Jahren ein wenig aus der Mode gekommen waren. Ich habe diese wunderbare Tradition wieder aufleben lassen. Aber das Singen von anzüglichen Texten barg in diesen verrückten Jahren auch eine Gefahr: Viele Zuschauer hielten einen für etwas, was man überhaupt nicht sein wollte. Man war also dankbar, wenn man einen Mann an der Seite hatte, der einen verteidigte und auf einen aufpasste. Mir fehlte es damals an Erfahrung, und ohne ihn hätte ich in diesem Dschungel wohl kaum einen Monat überlebt.

Am Anfang hat Amadeo seine Rolle mit großer Freude gespielt. Er kaufte für mich eine wunderschöne Wohnung in der Rambla de Catalunya, wo er mich oft besuchte. Manchmal ist er viele Tage gar nicht nach Hause gekommen. Wenn wir zusammen waren, lebten wir in einem Strudel aus Glück und Luxus. Er hat mich sogar porträtiert, nur in eine bestickte Seidenstola gehüllt. Auf diesem Gemälde hat er sich auch selbst in der ersten Reihe gemalt, wie er mich – also sein Werk – bewunderte, was in jenen Tagen der Wahrheit entsprach. Dieser Zustand hielt ein Jahr lang an, das einzige Jahr in meinem ganzen Leben, in dem ich das pure Glück erlebt habe. Zwölf Monate, dann wurde er meiner überdrüssig. Mit etwas mehr Erfahrung hätte ich es vorhersehen können. Früher oder später haben Männer ihre Spielzeuge satt und ersetzen sie durch neue. Oder noch schlimmer: Sie teilen sie mit anderen Männern.

Der Erste war ein Freund von ihm, ein sehr schüchterner Mann, der mich immer rücksichtsvoll behandelt hat. Ich konnte es nicht ertragen, mich anderen Männern hinzugeben, aber weder Proteste noch Tränen oder Flehen halfen, Amadeo zwang mich dazu, mich auf diese Weise zu erniedrigen. Er selbst fand sogar Vergnügen daran, auf diese schändliche Weise mit mir zu prahlen. Anfangs hat er mir seine engsten Bekannten und Freunde geschickt. Dann hat er den Kreis erweitert: Männer, denen er verpflichtet war, Kunden, Bankiers … Er hat mir sogar den alten Theaterimpresario geschickt, der sich aufspielte, als wäre er mein Besitzer. Ich habe mich bei diesem Mann so harsch verhalten, dass er am nächsten Tag meinen Vertrag kündigte. Amadeo machte mir deswegen schwere Vorwürfe. Er erinnerte mich daran, dass ich nicht das Recht hätte, irgendeinen seiner Freunde zu verschmähen, und drohte mir, mich zu verlassen. Doch dann machte er das Beste aus der Situation: Er beschaffte mir einen Vertrag für das Teatro Arnau, wo ich zwanzig Peseten pro Abend erhielt. Amadeo hat mich niemals um einen Teil meiner Gage gebeten, aber eines Tages erfuhr ich, dass einige meiner Besucher dafür bezahlen mussten, dass er ihnen die Schlüssel für meine Wohnung gab. Und zwar kräftig. Eine Nacht mit Bella Olympia war ein teures Vergnügen, aber in diesen Jahren des Überflusses konnte sich mancher Dummkopf solch einen Luxus leisten – zu meinem Unglück.

Ich war noch keine zwanzig und besaß mehr Geld, als ich ausgeben konnte – aber schon ging es mit meinem Leben bergab. Mein Leben war ein einziger Exzess: Ich speiste in den besten Restaurants, ich war sehr beliebt, ich wohnte in einer der schönsten Straßen von Barcelona, die interessantesten Männer begehrten mich. Doch hinter den Kulissen dieses glanzvollen Lebens gab es noch eine andere Wirklichkeit: das Übermaß an Alkohol und Kokain, Amadeos andauernde Erniedrigung, die mich inzwischen nicht einmal mehr schmerzte. Ich weiß gar nicht, wann Amadeo zum letzten Mal in mein Bett gekommen war. Er redete über Spaniens Neutralität im Krieg, die katalanischen Industriellen hofften, dass der Krieg niemals zu Ende ging. Bei dieser letzten Begegnung habe ich einen anderen Amadeo kennengelernt. Einen Mann, der mich grob und unfreundlich behandelte. Er tat mir von der ersten Umarmung an nur weh. Er stank nach Alkohol. Mit seinem letzten Luststöhnen vermischten sich die unverschämten Provokationen der anderen Male mit Tränen. Er klammerte sich an mich und weinte mit der Verzweiflung eines kleinen Jungen, aber mit der Kraft eines erwachsenen Mannes, und sagte immer wieder: »Verzeih, verzeih mir, verzeih mir …«

Ich kann mich noch daran erinnern, dass ich Angst hatte, ihm in die Augen zu sehen. Heute weiß ich nicht mehr, was ich in ihnen entdeckte, aber es war etwas Fürchterliches: eine Unruhe, die nicht zu besänftigen war.

Es klingt vielleicht merkwürdig, aber in jener Nacht spürte ich seine Langeweile und sein geschwundenes Interesse an mir. Und noch etwas, was tiefer geht: seine Schwäche. Es war das einzige Mal, dass ich die wahre Gestalt des Menschen erkannte, der mein Beschützer und mein Unglücksbringer zugleich war. Das war nicht mehr der selbstsichere Mann, den ich bewundert hatte, sondern ein schwaches Wesen, der aus dem Schwindel seine einzige Verteidigung gemacht hatte. Ein Mensch, der an sich selbst erkrankt war.

Als ich Monate später Besuch von seinem Bevollmächtigten erhielt, verwechselte ich diesen zunächst mit einem meiner Besucher. Doch dann bemerkte ich dessen Verwirrung. Sein Augen glitten über meine Aufmachung – und über das, was sie verbarg –, ohne zu wissen, wohin sie sehen sollten. Seine Stimme zitterte. Erst später erkannte ich in ihm den Maulwurf-Mann. Wie beim ersten Mal kündigte er mir mit seinen kurzsichtigen Augen und in seinem grauen Anzug eine große Veränderung für mein Leben an. Diesmal war er gekommen, um mich aus meiner Wohnung zu werfen. Der arme Mann quälte sich sehr, bis er mir endlich die Nachricht überbracht hatte. Ich habe mich weder widersetzt noch einen Streit begonnen. Er gab mir eine Woche Zeit. Ich konnte ihn ohne weitere Schwierigkeiten zu zwei Wochen überreden.

Ich habe mir dann eine kleine Wohnung in der Calle Ganduxer gemietet. Ich habe mir einige Zeit den Luxus geleistet, so zu leben, als gäbe es keine Männer. Ich habe weder mit dem Alkohol noch mit dem Kokain aufhören können, aber ich mäßigte meinen Konsum und kaufte nur die beste Qualität. Eine Zeit lang ist es mir damit ganz gut gegangen. Ich bin nicht dumm, ich habe genug verdient und alle Theaterimpresarios in Barcelona kannten mich. Das waren die Jahre der wirtschaftlichen Blüte, und noch gefiel allen mein Repertoire. Ich dachte, ich könne allein zurechtkommen. Aber eines Tages wandte sich alles gegen mich ohne jegliche Vorwarnung. Ich vermute, ich hatte es verdient. Wer so schnell aufsteigt, verdient es, genauso schnell zu fallen.

Ich weiß nicht, wie es passierte. Der Triumph des Kinos, das Ende des Varietés, der Wandel der Vorlieben des Publikums, die Wirtschaftskrise, die modernen Strömungen, die die Weltausstellung mit sich brachte, ich weiß es wirklich nicht. Tatsache ist, dass die Theater entweder ihre Türen schlossen oder sich an den neuen Stil des Kinematographen anpassten. Am Anfang gab es noch ein Nebeneinander mit der neuen Erfindung, doch schließlich haben uns die Leinwandhelden alle hinweggefegt. Nur wer auf den neuen Zug aufspringen konnte, entging dem Unheil. Als ich weniger Engagements hatte, musste ich wieder meinen Körper verkaufen. Es gab weder Hoffnungen noch Triumphe mehr für mich. Das Geld rann mir durch die Finger. An einem fürchterlichen Tag entdeckte ich im Schritt lauter kleine Geschwüre. Ich hatte mich mit Syphilis angesteckt.

Seit jenem Tag ist viel Zeit vergangen und mein Leben ist ein einziges Elend. Von meinen Eltern habe ich seit langem überhaupt nichts mehr gehört. Mir ist auch lieber, wenn sie gar nicht erfahren, was aus mir geworden ist. Mir sind auch keine Freunde geblieben: Die Männer, die ich mit meinem Luxusleben angezogen hatte, haben sich einfach in Luft aufgelöst. Selbstverständlich habe ich von Amadeo nie wieder etwas gehört, und das wollte ich auch gar nicht. Ich habe mich schließlich mit Leib und Seele den Büßenden Schwestern anvertraut, und dank der Nonnen habe ich es mit ein wenig Würde bis hierher geschafft. Den Brief, den Sie nun in Händen halten, diktiere ich vom Bett aus Sor Elisa. Wenn es so weit ist, wird sie ihn Ihnen zukommen lassen.

Dennoch hat es am Ende noch einen Lichtblick gegeben, und davon möchte ich Ihnen berichten, bevor ich für immer schweige. Es ist erst einige Wochen her. Sor Elisa fragte mich, ob es jemanden gebe, mit dem ich mich aussöhnen möchte, ehe ich vor Gott trete. Da habe ich gewagt, nach so vielen Jahren wieder den Namen Juan Lax auszusprechen. Dabei hatte ich das Gefühl, als würden die besten Momente meines Lebens an meinem Auge vorüberziehen. Mir fiel ein, dass Amadeo mir in meinen verrückten Jahren des Ruhmes erzählt hatte, dass sein Bruder in das Jesuitenseminar eingetreten war. Von der Priesterweihe erfuhr ich erst, als mir der Bevollmächtigte der Familie lakonisch auf meine Fragen antwortete.

»Padre Juan«, flüsterte ich, ohne dass ich wusste, aus welchem fernen Winkel meiner Erinnerung sein Name hochgestiegen war.

Er kam dann von weit her zu mir, um sich auf meine Bettkante zu setzen; aus ihm ist inzwischen ein in sich ruhender Mann Gottes geworden. Er nahm meine Hände und küsste mich auf die Stirn. Er hat mir unendlichen Trost gespendet, betete für mich und half mir dabei, Gott anzurufen. Er hat mir versprochen wiederzukommen, um mir die letzte Ölung zu erteilen. Sein gelassenes Gesicht ist die beste Erinnerung, die ich von dieser Welt mitnehmen kann.

Bevor er ging, habe ich ihn um Verzeihung gebeten, weil ich ihn damals so tief verletzt hatte. Er beruhigte mich und sagte, dass er mir nichts vergeben müsse, da ich keinen Fehler begangen, sondern nur mit Naivität und jugendlichem Leichtsinn gehandelt habe. Ich habe ihn gefragt, wem er dann vergeben werde. »Ich werde niemals dem Menschen verzeihen können, der auf diese Weise mit unserem Leben gespielt hat«, hat er daraufhin mit fester, aber leiser Stimme gesagt. Ich habe ihn gefragt, wen er damit meine, da hat er noch hinzugefügt: »Dieser Groll wird mich noch in die Hölle bringen, aber dort werde ich die Zeit auf ihn warten, die nötig sein wird.«

Dann beruhigte er sich wieder, und sein Blick verströmte die gleiche Gelassenheit wie zuvor.

Seit er meine Zelle verlassen hat, warte ich auf mein letztes Stündlein und denke über das Geschehene nach. Es scheint mir nicht richtig, alles, was ich weiß, mit ins Grab zu nehmen. Wenn ich Ihnen mit meinen Zeilen nun so viele schreckliche Wahrheiten entgegenschleudere, bin ich einfach von dem Wunsch geleitet, dass Sie aus meinem Unglück irgendeinen Nutzen ziehen mögen. Bitte werden Sie nicht, so wie ich, ein Opfer Ihrer eigenen Naivität. Und vertrauen Sie Ihrem Schwager Juan, wenn es nötig ist. Ich bin sicher, dass er Ihnen von ganzem Herzen beistehen wird, wenn es notwendig sein sollte.

Mit freundlichen Grüßen,
Montserrat Espelleta

Selbstporträt, 1963
Öl auf Leinwand, 90 × 70 cm
MNAC, Sammlung Amadeo Lax

Amadeo Lax hat sich während seines Lebens insgesamt zwölf Mal gemalt; dies ist das letzte und zweifellos persönlichste seiner Selbstporträts. Bei diesem Bild fallen die unterschiedlichen Grade der Ausführung auf, die von der Skizze im unteren Bereich – nur wenige parallele dicke schwarze Pinselstriche – bis zu der sorgfältigen Gestaltung des Kopfes reichen. Der Kontrast zwischen Licht – nur das Gesicht und die Hände sind beleuchtet – und Dunkelheit ist als Vorwegnahme des Selbstporträts des Fotografen Robert Mapplethorpe gesehen worden, dem dieses Bild als Inspiration gedient haben könnte. Dennoch liegen zwischen den beiden Werken beträchtliche Unterschiede. Dieses Selbstporträt zeigt ein erstarrtes Gesicht sowie verkrampfte Hände, die fast schon monströs wirken. Das Bild belegt, wie Lax' Werk im Verlauf der Jahre immer spontaner wird, bis es schließlich die Freiheit seiner letzten Arbeiten erreicht, für die dieses Ölgemälde ein gutes Beispiel ist.
Mit unbarmherzigem Blick malte sich Lax – fast schon eine grausame Karikatur – zu einer Zeit, in der er bereits allein und abgeschieden von der Welt in seinem Stadthaus in Barcelona lebte. Selbstverständlich wollte er mit diesem Bild keinem Auftraggeber gefallen und sich auch nicht dem Diktat irgendeiner Mode unterwerfen. Hier führt der Realismus zu einer schonungslosen Offenheit. Einige Fachleute bezeichnen das Selbstporträt »als den unerbittlichsten Blick, den ein Künstler jemals auf sich selbst geworfen hat«.

Amadeo Lax im Museu Nacional d'Art de Catalunya, Barcelona 2004 (Ediciones Oreneta)

XXIII

Wie üblich hielt sich an dem schönen Maimorgen, an dem Señora Teresa Brusés de Lax zu kreißen begann, der Señor nicht zu Hause auf.

Das erste Anzeichen, das sie mangels Erfahrung nicht zu deuten wusste, war ein stahlharter Stich in der Nierengegend. Doña Teresa vertraute sich Antonia an, die ihr aber als Jungfrau auch nicht weiterhelfen konnte. Bis ihre Schmerzen endlich Concha zu Ohren kamen, zeigte niemand eine besondere Eile oder ließ auch nur ansatzweise von seinen Alltagsarbeiten ab. Doch die erfahrene Kinderfrau musste nur das Gesicht der jungen Señora ansehen, um zu wissen, dass es ernst wurde, und um alle in Bewegung zu setzen. Die Hebamme wurde benachrichtigt, Handtücher wurden vorbereitet, Wasser wurde erhitzt und in große Bottiche gefüllt, in denen es gleich darauf wieder erkaltete, die Bettwäsche im großen Schlafzimmer wurde gewechselt – also in Maria del Rosers ehemaligem Schafzimmer, denn Teresa hatte darauf bestanden, dort zu gebären. Man hatte peinlichst genau darauf geachtet, dass alles gebügelt wurde, als stünde dem Haus ein Empfang und keine Geburt bevor. Mit aller Sorgfalt war alles für das Neugeborene vorbereitet worden, damit es parat lag, wenn es so weit war.

Teresa spazierte im Flur nervös auf und ab und versetzte dabei alle, die sie sahen, ihn Sorge. Sie sagte, sie könne nicht sitzen, sie bewege sich lieber. Und zwar barfuß, weil ihre Füße so geschwollen waren, dass sie nicht einmal mehr in die Pantoffeln passten. Sie hörte nicht auf Antonia, die ihr riet, sich in den Armsessel neben dem Fenster zu setzen. Und auch nicht auf Concha, die sich bei dem Anblick der jungen Señora quälte, wie sie auf den knarrenden Holzdielen im Flur hin- und herlief. Hin und wieder blieb Teresa stehen, stützte sich mit einer Hand an der Wand ab, die andere legte sie auf ihren Unterleib. Dabei schloss sie angestrengt die Augen und keuchte schwer. In den zwei Stunden, in denen sie auf und ab ging, fragte sie nicht ein Mal nach dem Señor.

Nur wenige konnten ahnen, dass die Person, die Teresa in diesen Stunden am meisten vermisste, ihre Schwiegermutter war. Maria del Roser Golorons war für die junge Frau in den Jahren, in denen sie das Glück hatte, mit ihr unter einem Dach zu leben, wie eine Mutter gewesen. Immer sanftmütig, klug, aufrichtig, geduldig und großzügig, hatte Doña Maria del Roser auf Teresas Lebensweg eine Spur hinterlassen, die nichts wieder auslöschen konnte. Viele der Sätze, die sie ihr über die wichtigen und weniger wichtigen Dinge des Lebens gesagt hatte, würden für immer in ihrem Gedächtnis bleiben. Dank ihrer Schwiegermutter war sich Teresa im Haus ihres Ehemannes niemals wie eine Fremde vorgekommen. Maria del Roser hatte für ihre Unwissenheit Geduld gezeigt und sie in allem unterwiesen, vom Umgang mit dem Personal bis hin zu den alltäglichen Dingen. Zudem hatte sie ihr überaus nützliche Ratschläge erteilt, in welcher Form sie auf Amadeos Verhalten reagieren sollte, das sie anfänglich sehr entmutigte. Dank ihrer Schwiegermutter begriff die junge Frau, dass ihr Ehemann ein schweigsamer Mensch war, der sich mal in sein Atelier in der Mansarde zurückziehen und mal aus einem Leben flüchten musste, das wie eine schwere Bürde auf ihm lastete. Maria del Roser rechtfertigte sein Verhalten: Amadeo sei ein Mann, der wie viele große Männer ohne große Worte liebe, und wie diese zeige er kaum seine wahren Gefühle. Mit einem Quäntchen Glück werde es ihr im Lauf ihres Lebens gelingen, seinem herben Charakter die eine oder andere Schwäche zu entlocken. Für Teresa war es eine große Hilfe und Erleichterung, solche Worte aus dem Mund der Frau zu hören, die ihren Ehemann am besten kannte.

Doch wenn Teresa mit Amadeo allein war, kamen ihre Ängste wieder hoch. Schon während ihrer Hochzeitsreise befürchtete sie oftmals, ihn enttäuscht zu haben. Sie erlebte ihn so ernst, so ausdruckslos, so zurückhaltend in seinen Gesten und so förmlich in seinen Worten, dass sie schließlich meinte, bei ihm niemals die geringste Leidenschaft wecken zu können. Während der Monate ihrer Reise durch Europa und Nordafrika voller Emotionen und Entdeckungen blieb Teresa absichtlich länger als notwendig in den Bädern der luxuriösesten Hotelsuiten, nur um abzuwarten, dass ihr Ehemann einschlief. Dann legte sie sich mit rasendem Herzen neben ihn und bewunderte ihn still. Sie genoss seinen Anblick wie das Bild eines klassischen Gottes. Manchmal bewegte sich Amadeo im Schlaf und legte seine Hand auf die Oberschenkel, die Hüfte oder den Schoß seiner jungen Ehefrau. Teresa erschrak dann und betrachtete mit weitaufgerissenen Augen diese fremde Extremität. Sie stellte sich tausenderlei Dinge vor, die sie mit ein wenig Mut machen könnte, doch dazu kam es nie. Es gelang ihr nur, ihn wahnsinnig zu lieben. Ihn zu lieben und sich wegen des Opfers, zu dem sie ihn verpflichtete, elend zu fühlen. Nur sie selbst machte sich diese Vorhaltungen, aus Amadeos Mund kam niemals ein Vorwurf. Während der gesamten Reise zeigte er sich kein Mal verärgert. Ganz im Gegenteil: Er war zuvorkommend wie ein aussichtsloser Verehrer, er las ihr jeden Wunsch von den Augen ab und überhäufte sie mit Geschenken. Als sie in Rom eintrafen, fühlte sich Teresa nur noch unbehaglich. ›Gefalle ich ihm denn gar nicht?‹, fragte sie sich immer wieder und warf sich ihren mangelnden Mut vor, ihre Handlungsunfähigkeit, im Großen und Ganzen ihre Angst vor dem intimen Zusammensein, zu dem es immer noch nicht gekommen war.

Am Morgen ihres ersten Tages in Rom, als Amadeo Pläne

schmiedete, ihr die Sixtinische Kapelle zu zeigen, hatte sie auf einmal das Bedürfnis, die Frage zu stellen, die sie seit dem Vortag quälte.

»Stimmt es, dass eine Ehe, die nicht vollzogen wurde, annulliert werden kann?«

Amadeo biss gerade in seinen Toast und kniff irritiert die Augen zusammen.

»Ich glaube schon«, antwortete er.

Teresa quälte sich den ganzen Tag. Dann konnte ihr Ehemann sie ja wegen Rechtsbruchs verstoßen. Dass er dies nicht schon längst getan hatte, bewies ja zur Genüge, dass er ein so viel besserer Mensch war als sie selbst, sagte sie sich. Sie kam sich wie eine Idiotin und eine Schmarotzerin vor, die sich von Stadt zu Stadt kutschieren und mit allerlei Geschenken verwöhnen ließ, ohne ihren Teil des Vertrages zu erfüllen.

Amadeo erstarrte, als er seiner hübschen Frau an dem Tag ein wunderschönes Rohseidentuch schenken wollte und diese ihm kategorisch erklärte: »Ich will nichts haben! Ich habe das nicht verdient!«

In der Nacht gab sich Teresa Mühe. Kaum im Hotel angekommen, legte sie sich auf das Bett und schloss die Augen. Als Amadeo sie dort liegen sah, befürchtete er, sie sei unpässlich, und fragte sie, was geschehen sei.

»Du hast so viel Geduld mit mir gehabt und ich danke dir sehr dafür. Aber du sollst nun bekommen, was dir gehört. Nimm mich!«

Amadeo musste, natürlich, lauthals lachen. Das theatralische Verhalten seiner Frau kam ihm wie das Opfer einer Märtyrerin vor. Teresa hingegen schämte sich sehr. Als Amadeo sich neben sie legte, mit der Zeitung in Händen und dem seidenen Morgenmantel über dem Pyjama, sagte er ihr nur wenige Worte: »So nicht. Ich möchte nicht mit einer klassischen Heldin ins Bett gehen.«

Dann gab er ihr einen Kuss auf die Stirn. Kurz darauf träumte

Teresa, sie würde als Jungfrau sterben. Sie war so beunruhigt, dass sie, sobald sie wach war, sich vornahm, das zu verhindern.

Wie sehr hatte sie ihn geliebt, so lange Zeit bis zu ihrem Wiedersehen! Amadeo war in ihren Mädchenphantasien immer präsent gewesen, dabei wollte sie schnellstens eine erwachsene Frau werden. Sein Auftreten als Kavalier, sein rätselhaftes Lächeln, seine Tristesse … Teresa bewunderte all diese Eigenschaften, wie man nur das bewundern kann, was einem niemals gehören wird. Als sie in die Pubertät kam, dieses absurde und unsichere Alter, in dem man sich überall fehl am Platz vorkommt und sich niemand mit einem wohlfühlt, wurde ihre Liebe noch tragischer und noch beschämender. Teresa wagte sich kaum vorzustellen, was sie im Grunde ihres Daseins begehrte. In ihren Träumen sah ihr Maler wie eine klassische Skulptur aus. Wie einer von diesen sündigen Akten, die die Nonnen ihr als Schülerin vorenthielten und von denen sie dennoch wusste, dass es Werke von großartigen Künstlern aus anderen Zeiten waren. Sie stellte sich Amadeo als ein Wesen vor, das eine Haut wie Marmor, geschmeidige Oberschenkel mit einer deutlichen Muskulatur sowie rebellische Locken besaß, ein Wesen, das schamlos das zeigte, was sie nicht einmal in Gedanken zu benennen wagte. Sie spürte ein Kribbeln der Begierde in ihrer Magengegend, doch sofort schämte sie sich, begann ein Vaterunser nach dem anderen zu beten und gelobte Besserung.

Doch es trat keine Besserung ein. Tatsächlich erhielt ihre verzehrende Liebe eine tragische Note. Mit siebzehn heulte sie regelmäßig ohne Anlass los und fühlte sich zutiefst unglücklich. Sie schrieb einige miserable Gedichte, die bei ihren Geschwistern nur Entsetzen hervorriefen. Sie laborierte an einer Krankheit, die so vage und folglich so schwer zu bekämpfen war, dass kein Arzt die Diagnose dafür stellen, geschweige denn ein Mittel dagegen finden konnte. Wie wir wissen, hat Tatín mit ihrer Lässigkeit das Problem schließlich in Angriff genommen. Aber als über beiden im Salon der süßliche Duft von Milchreis schwebte, war es Amadeos Blick auf Teresa, der zu dem wundersamen Ergebnis geführt hatte. Alles andere war nicht weiter schwierig gewesen. Amadeo nahm die Einladung zu Teresas Debütantenball an. Auf dem Fest im Hause Brusés bat er mehrfach um Verzeihung, weil er die Aufmerksamkeit der Geehrten auf sich zog, aber er ließ sie keinen Moment allein. Vor den Blicken der verunsicherten anderen Verehrer, die in ihm einen unschlagbaren Feind sahen, tanzten Amadeo und Teresa jedes Stück, zu dem das Orchester aufspielte, und gingen anschließend in den Garten, um die frische Luft zu genießen, was die anwesenden Gäste schockierte. Teresa hatte das Gefühl, vor Glück zu schweben, und Amadeo betrachtete das zarte Geschöpf mit seiner unglaublichen Schönheit. Von diesem Moment an stellte er sich vor, wie Teresa mit Juwelen behangen und voller Eleganz auf Empfängen, Banketten und Galabällen an seinem Arm glänzte. Nie zuvor war ihm etwas Vergleichbares mit all den Frauen passiert, die er kennengelernt hatte.

Bei ihrer ersten Gelegenheit, mit Teresa unter vier Augen zu sprechen, warnte Maria del Roser Golorons sie vor dem, was sie als die »männlichen Launen« ihres Sohnes bezeichnete. Sie sagte, eine Frau dürfe sich nicht an der Seite eines Mannes, der gerne im Mittelpunkt steht, verstecken. Es sei absurd, wenn ein Mann von einer Frau erwarte, sein Schatten zu sein, nur von ihm geleitet zu werden, jedem seiner Schritte zu folgen, so als wäre sie dumm oder nicht in der Lage, sich für einen eigenen Weg zu entscheiden. Eine Frau könne eigene Ideen haben, eigene Lebensziele verfolgen und sogar eigene Freundschaften pflegen, und darüber hinaus zudem die bezaubernde Gefährtin sein, die ein Mann bei gesellschaftlichen Anlässen so gerne präsentiert. Dank dieser Worte begann Teresa, mehr von sich selbst und ihren Fähigkeiten zu halten. Sie wagte es, Maria del Roser zu deren Spiritistentreffen zu begleiten, sie beschäftigte sich mit neuen Themen, sie traf unterschiedliche Menschen und lernte sehr viel aus dem Umgang mit ihnen. Selbstverständlich hieß Amadeo diese Zerstreuungen nicht gut – für ihn war diese vermeintliche Wissenschaft die pure Zeitverschwendung. Aber er war damit einverstanden, dass sich seine Gattin mit den gleichen Dingen ablenkte wie seine Mutter, so als wäre die Tatsache, dass die ältere Dame stundenlang an ihren Tiraden schrieb und zuweilen die Geister anrief, nur eine weitere Familientradition.

Aber von allen Lehren, die Maria del Roser für ihre junge Schwiegertochter hatte, waren die nützlichsten auch die am wenigsten originellen. Mit dem Vorsatz, dass Teresa nicht in der größten Ahnungslosigkeit von den Schmerzen einer Geburt überrascht würde, widmete die Schwiegermutter dem Thema einige Zeit. Sie saßen in Doña Maria del Rosers kleinem Salon beisammen, vor zwei Tassen Tee und einem Teller mit Hefekringeln, als die Schwiegermutter ansetzte: »Ich möchte, dass du weißt, dass die Kinder nicht durch den Bauchnabel auf die Welt kommen.«

Teresa riss überrascht die Augen auf. Maria del Roser dozierte weiter: »Die Kinder kommen zwischen den Beinen auf die Welt, durch eine enge Röhre, den Geburtskanal.«

Es war damals keineswegs üblich, dass seriöse Damen über solche schmutzigen Dinge sprachen. Aus irgendeinem merkwürdigen Grund, der etwas mit einer unzureichenden Aufklärung und einem absurden Schamgefühl zu tun hatte, sah man es lieber, dass Erstgebärende ihre Geburtswehen in absoluter Unwissenheit erlebten. Diese Unbedarftheit führte bei ihnen schnell zu Entsetzen, wenn sie merkten, dass ihr Körper an einer Stelle zerriss, an der sie am wenigsten damit gerechnet hätten. Maria del Roser hatte den Schrecken nicht vergessen, den sie bei Amadeos Geburt verspürt hatte. Nachdem sie wochenlang ihren Bauchnabel in der Überzeugung betrachtet hatte, dieser würde plötzlich wie ein Blume aufgehen, meinte sie bald sterben zu müssen, als sie inmitten einer brutalen Wehe ihren Sohn in einem Blutbach aus ihrem Unterleib gleiten sah, und hielt dies für einen fatalen

Irrtum von Mutter Natur, der sie geradewegs ins Grab bringen würde.

Als sie sich wieder erholt hatte und ihren Sohn in den Armen wiegte, bat sie ihre Mutter um eine Erklärung, doch diese hatte für sie nur eine gleichgültige Antwort parat: »Ich habe es nicht für nötig gehalten, darüber zu reden. Das ist doch eine unerfreuliche Sache, oder? Außerdem können alle Frauen von selbst gebären.«

Von einer so unverhofften Antwort verblüfft, gelobte sich Maria del Roser, falls sie je selbst eine Tochter haben sollte, diese nicht dermaßen unvorbereitet in eine so unabwendbare Situation geraten zu lassen. Aber da ihr das Schicksal Violeta raubte, ehe sie ihr Gelübde erfüllen konnte, beschloss sie, Teresa zu unterweisen, als sie es für angebracht hielt.

Das heißt, als Teresa an einem Morgen, acht Monate nach ihrer Hochzeit, fahl im Gesicht und mit Rändern unter den Augen zu ihrer Schwiegermutter kam und ihr gestand, dass ihr ein wenig schwindelig sei, begann Maria del Roser mit der Aufklärung, die sie liebend gern selbst erhalten hätte, und enthüllte Teresa wichtiges Wissen über den Bauchnabel sowie den Geburtskanal. Wie von ihr vorhergesehen, beunruhigte diese erste Lektion die Schülerin.

»Tut das weh?«, fragte die junge Frau nun noch bleicher im Gesicht.

»Ja, meine Liebe, und zwar sehr. Manchmal sind die Schmerzen sogar so heftig, dass du meinst, es nicht aushalten zu können. Aber der Schmerz geht dann so schnell wieder vorbei, wie er gekommen ist, und die Belohnung entschädigt für alle Mühen.«

Teresa wirkte nicht sonderlich überzeugt. Sie hatte nie einen ausgeprägten Mutterinstinkt besessen. Kinder bedeuteten ihr nicht viel, und sie konnte sich gar nicht vorstellen, wie es sein würde, selbst eines zu haben. Aber zumindest ermunterte sie der Gedanke, dass das Baby Amadeos Kind sein würde. Diese

Vorstellung half ihr, den Worten ihrer Schwiegermutter einen Sinn zu geben: Auch wenn sie bei der Geburt litt, es lohnte sich.

Bald wurde jedoch deutlich, dass Teresa gewisse körperliche Schwierigkeiten hatte. Sie erlitt fünf Fehlgeburten, und zwar alle in den ersten Schwangerschaftswochen, denen stets eine Verstimmung folgte, die einige Tage ihre Augen umschattete. Eine Verstimmung, die sie nicht genauer erklären konnte, eine Sehnsucht nach etwas, das sie sich nie gewünscht hatte, das aber plötzlich ein Teil von ihr war. Äußerst renommierte Ärzte untersuchten Teresa nach den ersten Aborten, doch sie fanden keine Erklärung dafür, und es kam zu weiteren Fehlgeburten. Nach der fünften war die Schwiegermutter nicht mehr die glänzende Lehrerin, der sie vertrauen konnte. In Maria del Rosers Kopf begann sich etwas zu verdunkeln, und zwar rasend schnell. Als Teresa zum sechsten Mal schwanger war, hatte sie bereits jegliche Hoffnung aufgegeben, ihrem Ehemann ein Kind schenken zu können. Doch diesmal gedieh die Schwangerschaft. Alles verlief gut, mit einer Einschränkung: Maria Roser würde ihren ersten Enkel nicht mehr kennenlernen. Und, vor allem, sie würde ihr nicht bei der Geburt beistehen können.

Aber kehren wir zu dem schönen Morgen zurück, an dem die Wehen einsetzten.

Teresa öffnet die Augen und blickt auf in die betroffenen Augen einer dicken, kleinen Frau mit rundem Gesicht, schlaffen Wangen und winzigen Füßen. Diese spricht schnell und trippelt in kurzen, schnellen Schritten näher, wie ein Spielzeugsoldat.

»Guten Tag. Ich frage Sie nicht, ob Sie die Gebärende sind, denn das ist offensichtlich«, sagt sie mit hoher Stimme. »Ich bin Elisa, die Hebamme, und ab jetzt müssen Sie alles machen, was ich Ihnen sage. Legen Sie erst einmal sämtliche Kleidung ab und ziehen Sie sich ein weites Nachthemd an. Dann legen Sie sich mit breiten Beinen auf das Bett. Ist das das richtige Zimmer? Mit Verlaub.«

Die Hebamme geht in das Zimmer, und Teresa schlurft hinter

ihr her, gefügig wie ein kleines Haustier. Einige Stunden lang folgen alle Elisas Anweisungen. Sie schleppen Kübel herbei, tragen dreckige Wäsche weg, öffnen und schließen die Fenster, je nach Anweisung dieser kleinen, zähen Frau mit dem Kasernenhofton, die im Haus die Macht übernommen hat.

Bei allen Aufträgen, die sie von Elisa erhält, leistet Teresa nur einmal Widerstand.

»Legen Sie das ab«, befiehlt Elisa und deutet auf die Kette mit dem Anhänger, den die Gebärende um den Hals trägt.

Ihr ist das aufgefallen, weil Teresa unter ihrem Hemd instinktiv danach gesucht hat und nun das Schmuckstück in der geballten Faust hält, während die Wehen immer häufiger und länger werden und ihr schließlich auch die Ruhephasen dazwischen rauben. Teresas Körper windet sich, als wolle er sich gegen diesen Schmerz verteidigen, gegen den sie nichts ausrichten kann. In einem kurzen friedlichen Moment hat Teresa nach dem Ring an der Goldkette getastet, den sie seit der Nacht des 24. Dezember 1932 um den Hals trägt, seit genau fünf Monaten.

Das Leben beschert uns zuweilen wunderbare Zufälle. Die goldene Halskette samt Ring mit dem eingravierten Namen – Francisco Canals Ambrós, von dem sie so viel gehört hat – ist einer davon. Hier, auf diesem Bett, hat ihre Schwiegermutter ihr das Versprechen abgenommen, die Halskette niemals abzulegen. Und hier, in diesem Moment der schmerzhaften Krämpfe, hält sie sich an dem Anhänger und an den lieben Worten fest, die seine Übergabe begleiteten. In diesem Bett ist Maria del Roser gestorben, und in diesem Bett wird nun ihr erster Enkel auf die Welt kommen, der vielleicht etwas von diesem unsichtbaren Erbe aufnehmen wird, das nichts mit der Blutsverwandtschaft zu tun hat. Teresa wünscht sich, dass irgendwo die ganze Liebe dieser Person geblieben ist, die nun nicht mehr da ist, um dieses Kind zu beschützen.

Teresa kann nicht laut werden. Nicht einmal in den schlimmsten Momenten ihres Lebens. Bei ihrer Erziehung ging es um

Diskretion und Mäßigung, sie könnte nicht einmal schreien, wenn sie wollte, so sehr die Hebamme sie auch dazu auffordert.

»Schreien Sie«, sagt diese zu ihr. »Sie werden sehen, wie befreiend das wirkt.«

Teresa gibt einen gutturalen Laut von sich. Einen in die Länge gezogenen Laut, fast ein Brüllen. Sie zerknüllt die Betttücher, windet sich, schwitzt, versucht zu atmen, und zuweilen bleibt ihr die Luft weg. Sie weiß, dass ihre Schwester auf Reisen ist, es ist nutzlos, sie zu belästigen. Tatín wird ihren Neffen – oder ihre Nichte, denkt sie – schon kennenlernen, wenn sie wieder da ist. Teresa hätte jetzt gern bekannte Gesichter um sich, aber sie weiß auch nicht, welchen Trost sie ihr spenden könnten. Amadeo vermisst sie nicht. Selbst wenn er zu Hause wäre, würde sie ihn jetzt nicht in ihre Nähe lassen. Sie stirbt allein schon bei dem Gedanken vor Scham, er könne sie so sehen, vor Schmerzen gekrümmt und mit gespreizten Beinen, und das alles vor einer Frau, die in Erwartung der Niederkunft ihren Körper bis in die Tiefen inspiziert.

Antonia, Concha und Vicenta stehen voller Ungeduld auf dem Flur. Und auch Laia, die alles mit entsetztem Blick und vor Ekel verzogener Miene betrachtet. Als Elisa feststellt, dass sich auf dem Flur zu viele Zuschauer eingefunden haben – es ist doch immer das Gleiche! –, beendet sie kurzerhand das Theater. Sie schickt alle mit derben Beschimpfungen weg und schließt die Tür. Sie wird sie schon benachrichtigen, wenn das Kind da ist, sagt sie.

Wir könnten uns die Freiheit nehmen und die Seite wählen, die den Schaulustigen verboten ist. Wir halten jedoch eine Geburt für kein Schauspiel, das heutzutage irgendjemandem gefällt oder überrascht, also wenden wir uns – mit Verlaub – der entgegengesetzten Seite zu. Nicht den Hausangestellten, die an ihren Fingernägeln kauen und sich fragen, wann der Señor zurückkommt oder wie man ihn benachrichtigen kann, dass sein erstes Kind gerade auf die Welt kommt. Wir bewegen uns etwas weiter weg, zum Flurende, den Zimmern, die auf den Patio zeigen und die Teresa an dem Tag bezog, an dem sie die neue Señora des Hauses wurde.

Hinter dieser doppelflügeligen Tür, in einem herrschaftlichen Weiß gestrichen, mit einer Messingklinke, verschwand das frisch vermählte Paar in der Nacht des 4. November 1928, in der das gesamte Personal darüber spekulierte, ob die Ehe nun vollzogen wurde oder nicht. Wir Geister verstehen dieses Interesse und diese Neugierde sehr wohl, denn wir erleben beides und stillen diese Bedürfnisse, indem wir durch die Luft flattern, wie Staubflocken im Licht glitzern oder in alle Verstecke und Geheimnisse eindringen. Wie in jener Nacht, in der genau hinter diesen Türen – und das ist die große Neuigkeit! – nichts geschah.

Es ist, als würde es jetzt passieren. Wir können es sehen:

Amadeo legt seinen Cut ab. Er wirkt müde. Das ist kein Wunder, schließlich ist es sein Hochzeitstag. In den ersten Augenblicken in dem Zimmer nimmt Teresa das Terrain in Augenschein und zeigt sich zufrieden. Das Bett ist aufgeschlagen. Die Bettwärmer sind gerade entfernt worden, und auf jedem der beiden Kopfkissen liegt eine weiße Rose. Auf dem Ecktisch, neben den Vorhängen, hinter denen im Patio die Nacht zu erkennen ist, steht ein Tablett mit einem üppigen Imbiss, für den Fall, dass das Brautpaar sich in der Nacht stärken muss. Concha hat alles mit größter Sorgfalt vorbereitet, gemeinsam mit dem gesamten begeisterten Personal.

Teresa beobachtet schweigend ihren Ehemann. Ihre Hände sind eiskalt und ein Panikgefühl lässt ihren Körper erschauern. Sie beobachtet, wie er seine Weste ablegt und allmählich sein Hemd aufknöpft. Teresa hastet ins Badezimmer, um sich dort zu verstecken, und schiebt den Riegel vor. Auf dem Bügel an der Tür warten, so wie sie es angewiesen hatte, die Kleidungsstücke auf sie, die sie sich anziehen soll. Es ist eine duftige weiße Kombination aus Seide und Satin. Der Morgenrock hat Ärmel mit Spitzenbesatz und Strass, was ihr im Atelier der Schneiderin gefallen hatte, aber nun findet sie es übertrieben. Das Nachthemd schmiegt sich wie eine zweite Haut an ihren Körper, der spitz zulaufende Ausschnitt mit Spitzenbordüre betont ihren Busen. Zur Krönung hat die Schneiderin beide Kleidungsstücke mit einer voluminösen Schleppe versehen, als würde sie diese in einem Tanzsalon tragen.

Teresa entkleidet sich bedächtig. Sie zögert lange, ehe sie ihre Unterwäsche ablegt – das Hemd, das Höschen –, aber dann stellt sie fest, dass sie unmöglich alles zusammen anziehen kann. Das Nachthemd für ihre Hochzeitsnacht wurde geschneidert, um allein getragen zu werden, egal, ob diese Vorstellung sie nun quält oder nicht. Ihre Folter wird noch größer, als sie sich damit im Spiegel begutachtet: Noch nie ist sie sich so nackt vorgekommen. Ihre Brüste zeichnen sich vollständig ab! Erschrocken greift sie zum Morgenmantel und knöpft ihn von oben bis unten zu – die Schneiderin hat ihn mit insgesamt dreiundsechzig winzigen, mit Satin bezogenen Knöpfen versehen, die sich nun eher widersetzen, als in die Knopflöcher zu gleiten –, was einige Zeit in Anspruch nimmt. Dann wäscht sie sich Gesicht, Hände und Füße. Sie kämmt sich, geht auf die Toilette, kämmt sich noch einmal und legt Parfüm auf. Bevor sie das Badezimmer verlässt, horcht sie an der Tür. Sie hört nichts. Was, wenn Amadeo schon schläft? Das wäre ein gewaltiges Glück. Sie lauscht noch einmal. Tatsächlich: Schweigen ist die einzige Antwort auf ihre Sorge. Sie schiebt den Riegel zurück. Sie öffnet langsam die Tür und geht hinaus.

Amadeo ist noch nicht eingeschlafen. Er erwartet sie rauchend im Bett, während er mit zerstreutem Gesichtsausdruck zu den großen Fenstern blickt. Er ist völlig nackt. Allein diese Entdeckung löst bei der Braut Panik aus, und ihre brüske Reaktion bringt ihren Ehemann zum Lachen: Teresa schließt sich erneut im Badezimmer ein und schiebt den Riegel vor. Nervös kommt sie sofort wieder heraus und bringt eine Erklärung hervor: »Ich vergesse doch immer etwas.«

Sie legt sich im Morgenmantel auf das Bett, die Hände am Ausschnitt versuchen, ihn zuzuhalten. Sie ist starr wie eine ägyptische Mumie. Amadeo betrachtet sie aus den Augenwinkeln. Sie ihn auch. In dem Zimmer herrscht eine Spannung, die kurz vor dem Zerspringen steht. Teresa verzieht krampfhaft die Lippen, ihre weitaufgerissenen Augen untersuchen die Deckenlampe, ihr Unterleib hebt und senkt sich in einem unregelmäßigen Takt. Sie presst die Beine so fest zusammen, dass ihre Knie zittern. Als Amadeo seine Zigarette in dem Aschenbecher auf dem Nachttisch ausdrückt, schließt Teresa die Augen und hält den Atem an. Sie ist wie der Angeklagte wenige Minuten vor der Hinrichtung. Amadeo dreht sich ein wenig zu ihr um und ergötzt sich an dem Schauspiel. Wenn er nur wollte, könnte er weitergehen. Er hat alles Recht dazu. Er könnte die Knöpfe öffnen oder sogar aufreißen, um das zu bekommen, was ihm von Gesetz wegen zusteht. Außerdem würde Teresa keinen weiteren Widerstand zeigen als diese wahnsinnige Angst, die sie quält, weil sie weiß, dass er tut, was er tun muss. Zu einer anderen Zeit, sagt er sich, hätte er nicht gezögert. Er wäre über den jungen und bebenden Körper seiner Ehefrau hergefallen, um seine Beute zu bekommen, wie es so viele andere frisch vermählte Ehemänner seiner Zeit getan haben und tun werden. Doch Amadeo geht auf die vierzig zu, und wenn auch weder seine Begierde noch seine Vitalität nachgelassen haben, so doch seine Ungeduld und seine Hast. Zum ersten Mal in seinem Leben zieht er es vor zu warten. Vielleicht weil es zum ersten Mal in seinem Leben nicht darum geht, eine plötzliche Begierde zu stillen, sondern um für den Rest seiner Tage eine treue Gefährtin zu gewinnen. Aus diesem Grund beschließt er, Teresa mit dem Respekt zu begegnen, mit dem er bislang noch keiner Frau begegnet ist.

Die Braut öffnet die Augen und erblickt ihren verehrten Amadeo, der sie lächelnd betrachtet. Der Schrecken in ihrem Gesicht weicht der Trauer.

»Es tut mir sehr leid«, stammelt sie. »Ich enttäusche dich,

nicht wahr? Nicht, dass ich dich nicht liebe, nein – ich liebe dich von ganzem Herzen. Es ist nur, dass ich nicht weiß … Ich weiß nicht, wie …«

»Dreh dich um, schau mich an«, flüstert er.

Teresa versucht, eine andere Position einzunehmen. Die Schleppe ihrer Gewänder behindert sie dabei. Sie verheddert sich um ihre Beine und macht eine Sirene aus ihr. Schließlich lehnt Teresa sich auf die Seite, eine Hand unter ihren Kopf gestützt. Amadeo macht ein Licht aus und betrachtet das markante Profil seiner Ehefrau; die Situation amüsiert ihn. Teresa hat einen traumhaften Körper, er ist begierig ihn zu dem seinen zu machen. Doch das wird nicht heute sein. Er spürt die Begierde zwischen seinen Beinen brennen, aber er hält sich zurück.

»Verzeih mir.« Teresa beginnt zu weinen. »Verzeih mir, bitte. Ich habe solche Angst.«

Amadeo bringt sie mit einem Kuss auf die Stirn, den sie mit einem Schauder aufnimmt, zum Schweigen.

»Ich verzeihe dir alles«, sagt er ihr, während er ihre schimmernden Augen bewundert. »Das Einzige, was ich dir nicht verzeihen könnte, wäre Untreue. Denk immer daran. Und nun ruhe dich aus. Morgen ist ein neuer Tag.«

Teresa beruhigt sich beim Klang dieser Worte. Sie schließt die Augen, und die Müdigkeit eines Tages voller Anspannungen fällt von ihr ab. Amadeo verlässt für einen Augenblick das Zimmer. Er betritt das Kabinett, telefoniert, kehrt wieder in das Zimmer zurück. Er geht sicher, dass Teresa schläft und deckt sie zu. Er zieht sich wieder an, allerdings weniger steife Kleidungsstücke als die, die ihn den ganzen Tag gequält haben. Er verlässt das Haus mit dem Vorhaben, ein Mittel gegen sein Übel zu finden.

Aber kommen wir nun auf die Folgen von siegreicheren Begebenheiten zu sprechen als der, von der wir gerade berichtet haben.

Das Schlimmste ist vorüber, als der Señor mit seinem Rolls Royce nach Hause kommt. Concha empfängt ihn mit der Nachricht, dass soeben sein Sohn auf die Welt gekommen ist. Doch das scheint Amadeo nicht sonderlich zu berühren. Er geht, so aufrecht wie immer, die Treppe hinauf, mit seinem Auftreten, das das ganze Personal beeindruckt. Überrascht stößt er auf eine Menschentraube vor dem Zimmer, das einmal das Schlafzimmer seiner Mutter gewesen war. Concha erklärt ihm: »Es ist ein Junge. Alles ist bestens verlaufen.«

Wenn Sie Teresa fragen würden, wäre sie vielleicht in dem Moment mit dieser Aussage nicht ganz einverstanden. Sie fühlt sich, als hätte ihr das Neugeborene alle Kräfte geraubt. Sie ist erschöpft, ihre Gliedmaßen sind ermattet, und sie hat das Gefühl, wenn sie jetzt auf die Beine kommen wollte, würde sie auf der Stelle umfallen. Elisa hat Teresas Gesicht mit einem feuchten Handtuch erfrischt und bemüht sich nun, ein wenig ihr Bett zu richten. Die Hebamme hat Teresa angewiesen, die Augen zu schließen und auszuruhen.

Einige Augenblicke zuvor hat Elisa ihr ihren Sohn gezeigt, ein unförmiges, leicht violettes Knäuel, was sie verwirrt und zu Tränen gerührt hat. Wie hat sich in ihrem Körper nur etwas so Perfektes ausbilden können? Sie begreift sofort, dass Maria del Rosers Worte auch in diesem Fall zutreffen: Das Ergebnis zeigt, dass die gewaltigen Schmerzen, die sie heute erlebt hat, die Mühe wert gewesen sind. Sie fragt die Hebamme, wann sie ihr Kind auf den Arm nehmen kann, doch die Frau ist kategorisch: »Wenn Sie genügend Kraft dafür haben, meine Liebe.«

Teresa schließt die Augen und gibt sich einer süßen Ruhe hin. Ihr Körper ist noch schmerzerfüllt und angegriffen, aber dieses Gefühl ist nichts im Vergleich zu dem, was hinter ihr liegt. Die Ruhe wird ihr guttun. Im Halbschlaf nimmt sie wahr, dass Elisa neben ihrem Bett die Wiege mit den vielen Schleifen und Spitzen aufgestellt hat. Sie weiß nicht, ob ihr Baby darin liegt, denn vor einer Weile hat sie gesehen, wie die Hebamme es auf den

Armen hinausgetragen hat, vielleicht um es den ungeduldigen Hausmädchen zu zeigen. Teresa weiß nicht, wie viel Zeit vergangen ist, als sie erneut die Augen öffnet und Amadeo erblickt, der – so elegant wie immer – neben der Wiege steht und hineinsieht. Er schaut eine geraume Weile, ohne ein Wort zu sagen, wie ein Insektenforscher auf ein besonders seltenes, noch nicht katalogisiertes Exemplar. Teresa meint, auf seinem Gesicht zwar nicht den Hauch eines Lächelns, so doch einen zufriedenen Gesichtsausdruck zu sehen.

In der Wiege schläft Modesto. Er ist von der Belastung und den Anstrengungen der Geburt erschöpft und ahnt all das nicht, was wir, die zeitlosen Wesen, bereits über ihn wissen.

Von: Violeta Lax
Gesendet am: 11. April 2010
An: Valérie Rahal
Betreff: Bist du noch da?

Liebe Mama,

ich bin einfach unmöglich. Mein Geständnis über meine große Liebe ist wohl zu brüsk gewesen. Ich muss allerdings zugeben, dass mich die Vorstellung amüsiert hat, welches Gesicht du dabei machst. Aber wenn du nun schweigst, fürchte ich so langsam, dass du einen Herzinfarkt bekommen hast. Falls ich zu weit gegangen bin, tut es mir wirklich leid. Wenn es dir lieber ist, rede ich mit dir nicht mehr über die Sache, ja?
Aber ich muss dir noch von dem Besuch der Italienerinnen berichten. Das offizielle Programm ist nicht zu stressig, also hatten wir etwas Zeit für uns und konnten ein wenig bummeln gehen und uns besser kennenlernen. Du weißt ja, Barcelona ist um diese Jahreszeit traumhaft, und wir haben so ein Glück mit dem Wetter, dass ihnen die Stadtbesichtigung noch mehr Vergnügen bereitete. Mich hat überrascht, wie gelassen Fiorella vor den Journalisten aufgetreten ist, so als gehörten Pressekonferenzen zu ihrem Alltag. Mit ihrer etwas rustikalen Natürlichkeit und mit Emotionen, die immer aus ihren Worten dringen, wenn sie über ihre Mutter redet, hat sie alle für sich eingenommen. Ihre Augen glänzten, als sie sagte, sie sei sehr stolz darauf, den letzten Willen der Verstorbenen zu erfüllen – weil es sich um einen Traum handelt, über den diese niemals gesprochen, aber auf dessen Verwirklichung sie ihr Leben lang hingearbeitet habe. Du kannst dir ja vorstellen, wie die Journalisten auf eine so rätselhafte Äußerung reagierten. Sie haben sie gefragt, welchen Traum sie meine, aber Fiorella hat nur geantwortet, sie hätte darüber keine weiteren Informationen, weil ihre Mutter niemals über die Jahre

vor ihrer Ankunft am Comer See reden wollte. Und dann hat sie sich mit einem sanften Lächeln entschuldigt.
Das waren einige intensive Tage. Silvana und ich haben die Zeit genutzt und die Basis für etwas geschaffen, was zu einer schönen Freundschaft werden kann. Ich habe ihr viel über Amadeo Lax erklärt, über das Haus und über das zukünftige Museum, das dank dem Vermächtnis ihrer Großmutter nun endlich Wirklichkeit wird. Ich habe ein wenig gebraucht, bis ich ihr auch von Teresas Leiche erzählt habe und von den Recherchen, die in den letzten Wochen meine Familiengeschichte in ein völlig anderes Licht gerückt haben. Auf der Suche nach Schuldigen habe ich versucht, mich vorsichtig auszudrücken. Ich glaube, ich habe das Wort »mutmaßlich« verwendet, wie in den Nachrichtensendungen, als ich von Großvaters möglicher Beteiligung gesprochen habe. Ich habe den beiden gesagt, dass die ganze Wahrheit niemals herauskommen wird, weil diese ebenso in der alten Besenkammer vergraben ist und – anders als Großmutters Leichnam – nicht so einfach zu finden sein wird.
Fiorella hat eine Weile geschwiegen, bis sie mich fragte:
»In welchem Jahr soll dieser schreckliche Mord denn passiert sein?«
»Die Polizei sagt, zwischen 1935 und 1940«, habe ich geantwortet. »Ich glaube, es ist im Jahr 1936 passiert.«
Unser Spaziergang ging scheinbar ganz normal weiter, oder zumindest ist mir das so vorgekommen. Mir fiel gar nicht auf, dass Fiorella absolut nichts mehr sagte. Ich wollte mit den beiden im Cal Pinxo essen gehen, in Barceloneta. Die Sonne strahlte, und wir bekamen draußen einen Tisch mit Blick aufs Meer. Wir haben Cava bestellt und ein typisches Reisgericht mit Meeresfrüchten. Wir haben auf das zukünftige Museo Amadeo Lax angestoßen. Fiorella hatte vor dem Essen bereits einige Gläser geleert. Aus dem Glanz ihrer Augen habe ich geschlossen, dass sie zu den Menschen gehört, die melancholisch werden, wenn sie Alkohol trinken. Sie lächelte, ohne etwas zu sagen, und blickte mit einer

Tristesse aufs Meer, die überhaupt nicht zu ihr passte. Plötzlich drehte sie sich zu Silvana um und sagte: »Es stimmt gar nicht, dass ich nichts über das Leben deiner Großmutter in Barcelona weiß. Einmal, aber wirklich nur einmal, hat sie mir davon erzählt. Sie hatte zu viel getrunken, so wie ich jetzt. Sie bat mich, mit niemandem darüber zu sprechen. Ich meinte damals ihre Gründe zu verstehen, aber in Wirklichkeit habe ich bis heute überhaupt nichts begriffen.«

Silvana sah ihre Mutter erstaunt an. Ich fühlte mich etwas fehl am Platz und sagte, dass ich zur Toilette gehen wolle. Doch Fiorella hat meine Hand genommen.

»Violeta, bleib hier. Das geht dich auch etwas an.«

Sie schenkte sich noch ein Glas ein. Dann sah sie mich an und begann: »Meine Mutter ist am 19. Juli 1936, nur wenige Stunden vor dem Ausbruch des Bürgerkriegs, aus Barcelona abgereist, und zwar mit falschen Papieren an Bord eines deutschen Frachters. Sie war fast sechzehn Jahre alt und ist vor Angst bald gestorben, und zwar wegen der Schüsse und Kanoneneinschläge, die man überall hören konnte. Aber auch, weil sie in den letzten Stunden vor ihrer Abfahrt etwas gesehen oder getan hatte: ›Etwas Schreckliches‹, hat sie zu mir gesagt, aber sie hat niemals gesagt, was das war. Sie hat mir erzählt, wie lange es dauerte, bis sie Barcelona nicht mehr erkennen konnte, und wie traurig sie war, als sie an ihre Eltern dachte, und von ihrer Angst, weil sie mit einem Mann geflüchtet war, der sie – das wusste sie – niemals gut behandeln würde.«

»Das hat Großmutter gesagt?«, fragte Silvana nach. »Aber woher hat sie das gewusst?«

Fiorella zuckte die Achseln.

»Sie ist doch nur ein Dienstmädchen der Familie gewesen. Ein junges hübsches Ding, auf das der Señor seine Augen geworfen hatte und das er in dem Moment der größten Verzweiflung zu seiner Reisebegleiterin gemacht hat.«

Silvana riss verblüfft die Augen auf.

»Dienstmädchen?«
Ich muss zugeben, dass mich diese Information auch sehr überrascht hat.
»Deine Großmutter hat immer gewusst, dass er wieder gehen würde. Eigentlich haben sie gedacht, dass der Krieg bald vorüber sein und in wenigen Wochen alles geklärt sein würde. Aber es ist alles anders gekommen. Nach dem Spanischen Bürgerkrieg kam der Zweite Weltkrieg, und alles ist noch komplizierter geworden. Dein Großvater musste länger im Ausland bleiben, als er vorhatte. Er ist auch in Nesso nur auf der Durchreise gewesen. Ich glaube nicht, dass er geplant hatte, mit ihr zusammenzubleiben.«
»Aber was du da sagst, ist doch schrecklich!«, stellte Silvana fest. »Haben die beiden sich gar nicht geliebt?«
»Deine Großmutter war fest davon überzeugt, dass er sie niemals geliebt hat. Dass sie nur ein Mittel gegen seine Einsamkeit gewesen ist. Eine vorübergehende Lösung. Und sie ...« Fiorella machte eine Pause und trank noch einen kräftigen Schluck Sekt. »Ehrlich gesagt, ich habe keine Ahnung. Ich kann mich nicht daran erinnern, dass sie wegen seines Weggangs gelitten hat, aber das kann natürlich alles auch Verstellung gewesen sein. Sie hat zum Gedenken das Atelier am See in diesem guten Zustand erhalten. Sie hat in seine Zukunft investiert.«
Silvanas unverhoffte Enthüllungen schienen mir etwas Licht in das Geheimnis dieser Bilder zu bringen.
»Das könnte erklären«, begann ich zu spekulieren, »warum sie so begierig war, die Bilder an den Ort, an den sie gehören, zurückzugeben. Diese Bilder bergen ihr Wesen. Und wenn das Museum in dem alten Familienwohnsitz tatsächlich Gestalt annimmt, tun sie das sogar noch mehr, als Eulalia vorhersehen konnte.«
Fiorella wollte darauf etwas sagen, doch Silvana, die sichtlich aufgebracht war, kam ihr mit der Frage, die ihr auf der Seele lag, zuvor: »Aber warum ist Großmutter denn niemals nach Barcelona zurückgekehrt?«

»Ihre Eltern sind kurz nach ihrer Abreise gestorben, als sie versuchten, das Haus der Familie Lax zu verteidigen. Bis sie diese Nachricht erhielt, ist viel Zeit vergangen und hat damit den letzten Grund zunichtegemacht, an einen Ort zurückzukehren, an dem nichts mehr auf sie wartete. Außerdem war ich damals schon auf der Welt gewesen, und Lax war weggezogen und hatte ihr das Haus in Nesso überlassen. Uns ist es am See gut gegangen. Er hat sie schließlich nicht schlecht behandelt. Er hat für die erwiesenen Gefallen bezahlt.«
»Mama, wie kannst du so etwas auch nur sagen? Er hat sie nicht schlecht behandelt? Er hat sie verlassen. Und dich auch!«
»Sie hat mit ihm sehr viel mehr Zeit verbracht, als zu erwarten gewesen war. Er war ein großzügiger Mann. Deine Großmutter hat mir erzählt, dass sie in dem Dorf ein recht zurückgezogenes Leben führten und kaum ausgingen. Und wenn sie es taten, hielten die Dorfbewohner sie für Vater und Tochter. Sie selbst haben diesen falschen Eindruck anfangs nicht korrigiert, weil er ihnen entgegenkam. Beide haben befürchtet, dass die Justiz sie irgendwann finden und zwingen würde, nach Spanien zurückzukehren. Ich dachte immer, dass diese Befürchtungen mit Mutters Jugend zu tun hatten und damit, dass sie nicht verheiratet waren. Aber nach allem, was Violeta uns erzählt hat, vermute ich, dass es nicht darum ging, sondern um eine viel ernstere und schrecklichere Sache. Ein echtes Verbrechen, das sie beide betraf.«
»Meinst du vielleicht, Großmutter ist seine Komplizin bei einem Mord gewesen? Herr im Himmel, Mama, das ist doch absurd! Du hältst Großmutter doch wohl nicht im Ernst zu so etwas fähig?«
»Wir alle haben unsere dunklen Seiten, Silvana«, erwiderte Fiorella. »Aber unserem Gegenüber zeigen wir meist nur das andere Gesicht. Wir wissen nicht, wie Großmutter mit sechzehn Jahren gewesen ist. Ich kann dir nur versichern – weil sie mir das selbst erzählt hat! –, dass sie große Angst hatte. Und natürlich keinerlei Erfahrung.«
Silvana schüttelte ungläubig den Kopf. Fiorella sah mir for-

schend in die Augen. Ich hatte das Gefühl, dass sie gleich in Tränen ausbrechen würde.
»Ich muss dauernd daran denken, was du über die Rückgabe der Bilder gesagt hast. Sie ist jahrelang die heimliche Geliebte von Amadeo Lax gewesen. Dass ihre lasziven Porträts nun neben den eleganten Porträts von Teresa Brusés und so vielen anderen Persönlichkeiten hängen, ist nur ein Akt der Gerechtigkeit. Ich vermute, genau diese Idee hat ihr in ihren letzten Lebensjahren sehr gut gefallen. Deshalb hat sie alles so peinlich genau eingefädelt. Sie wird endlich den Platz einnehmen, der ihr ihrer Ansicht nach zukommt, und zwar vor aller Augen.«

Aber ich will meine Mail nicht abschicken, ohne dir zu erklären, was ich weiter oben nur angedeutet habe: Man hat mir angeboten, in Barcelona zu bleiben und das zukünftige Museo Amadeo Lax zu leiten. Das ist ein Traum, den ich lange gehegt habe, aber jetzt, wo er wahr wird, weiß ich nicht, was ich tun soll. Einerseits habe ich Lust auf einen Tapetenwechsel und darauf, in diese Stadt mit dem angenehmen Klima zu ziehen. Ich könnte mich ein wenig aus dem Stress und der Hektik und den Verpflichtungen in Chicago herausziehen und mich auf den Stress und die Hektik und die Verpflichtungen in Barcelona einlassen. Mir gefällt der Plan, und ich muss ihn mit Daniel besprechen, aber da ist etwas, was meine Hoffnung trübt. Vielleicht hältst du mich ja jetzt für eine Idiotin, wenn ich es dir gestehe, oder vielleicht hast du es dir auch schon längst gedacht.
Seit ich meinen Kopf einsetzen kann, habe ich Großvater bewundert, und zwar nicht nur wegen seines Könnens als Maler, sondern auch als Mensch. Sein Mut, seine Opferbereitschaft und seine emotionale Stärke haben mich bewegt. Wie du weißt, habe ich zig Vorträge gehalten, in denen ich ihn dafür gerühmt habe, Teresa auch noch zu malen, nachdem sie ihn verlassen hat. Ich dachte, darin unmissverständliche und obsessive Anzeichen eines liebenden Mannes zu erkennen, der lebenslänglich

auf die wundersame Rückkehr seiner Frau gehofft hat. Ich war fest davon überzeugt, dass Großvater noch in seiner Todesstunde auf sie gewartet hat und dass die Gemälde für ihn die einzige Möglichkeit waren, die Erinnerung an sie zu bewahren.
Von solchen romantischen Vorstellungen ist nun nichts mehr übrig. Großvater ist nicht dieser starke Mann gewesen, den ich immer bewundert habe, sondern ein Wesen ohne Moral, das zu der widerlichsten und niederträchtigsten Tat überhaupt fähig gewesen ist. Ein Mann, der einen Totschlag oder einen Mord begangen hat und der keine Gewissensbisse hatte, danach einfach weiterzumachen, mit einer anderen Frau zusammenzuleben, sein Leben weiterzuleben und Werke zu malen, wie er sie nie zuvor geschaffen hat. Die wunderbaren Bilder aus Nesso sind der Beweis dafür, wie gut er sich davon erholen konnte, wie er in seinem Werk neue Wege einschlagen und dieses mit Effizienz und Originalität weiterentwickeln konnte. Ich stelle mir Großvater vor, wie er sich in seinem Atelier an diesem See in Italien auf seine Arbeit konzentriert hat, und allein diese Vorstellung widert mich an. Wie war ihm das nur möglich? Wie konnte er noch einmal neu anfangen?
Mama, ich weiß wirklich nicht, ob ich ein Museum leiten möchte, das so einem Menschen gewidmet ist. Ich weiß nicht einmal, ob man die Erinnerung an diesen Mann bewahren soll. Ja, ich weiß schon: Wir haben alle unsere dunklen Seiten, das hat ja auch Fiorella gesagt. Ein glänzender Künstler muss noch lange kein vorbildlicher Mensch sein. Man könnte sogar noch weitergehen: Wenn es um kreative Werke geht, darf man nicht zulassen, dass Gefühle die objektive Betrachtung dieser Werke beeinflussen. Ich habe solche Meinungen oft genug geäußert, aber niemals Großvater damit gemeint. Mir geht das alles im Kopf herum, aber ich weiß nicht, wie ich mich entscheiden soll. Es ist verlockend, hier in Barcelona zu bleiben, aber bei ihm, bei der Erinnerung an diesen bedauernswerten Menschen namens Amadeo Lax, ist es beileibe nicht.

Es wird mir noch eine Zeitlang im Kopf herumspuken, und ich verspreche, dass es früher oder später irgendein Ergebnis geben wird.

Einen dicken Kuss für dich,

Vio

P. S.: Daniel packt gerade seine Koffer. Er sagt, er will hier mit mir meinen Geburtstag feiern. Sein Roman ist fertig, und er ist überglücklich darüber. Das heißt, mir läuft die Zeit davon. Wenn ich mit meiner Vergangenheit Frieden schließen will, dann unbedingt, bevor meine Gegenwart schlagartig in mein Leben einbricht.

Von: Valérie Rahal
Gesendet am: 12. April 2010
An: Violeta Lax
Betreff: Ich bin noch da!

Nein, meine liebe Tochter, keine Angst. Ich habe bei deiner Mail keinen Infarkt bekommen, aber ich muss zugeben, dass sie mich ziemlich überrascht hat. Mir kommen viele Fragen, die ich dir auch stellen würde, wenn du nicht meine Tochter wärest, aber in dem Fall ziehe ich es vor zu schweigen. Ich gebe mich mit der Vorstellung zufrieden, dass das alles zu einer anderen Phase deines Lebens gehörte, und dem Himmel sei Dank, dass dein Ehemann endlich reagiert hat und zu dir fliegen wird. Ich denke, seine Gesellschaft wird dir guttun, und hoffe, dass ihr beide in diesen Tagen ohne die Kinder – noch dazu in einer so schönen Stadt – genügend Zeit findet, um über viele Dinge zu sprechen. Sei bitte nicht beleidigt, aber ich habe das Gefühl, und zwar nicht zum ersten Mal, dass du in dieser Hinsicht deinem Vater ein wenig ähnelst. Wenn niemand an deiner Seite ist und dich kontrolliert und dir Sicherheit gibt, neigst du ganz schön zur emotionalen Zerstreuung. Eure Partner müssen eher Aufpasser sein als Gefährten, immer auf der Hut davor, dass eine Versuchung euch ihnen wegnimmt. Ich glaube, Daniel hat das noch nicht begriffen, aber du solltest ihn darauf hinweisen.
Vielleicht sind das nicht gerade die Worte, die du dir nach deinem Geständnis von mir erhofft hast. Aber zu meiner Rechtfertigung sage ich dir, dass ich zu dieser Generation gehöre, die zu lange gebraucht hat, bis sie die Welt wirklich verstanden hat, als dass sie jetzt akzeptiert, dass diese Welt in ihr Leben eindringt. Außerdem bin ich deine Mutter, und es gibt Dinge, die wir Mütter einfach nicht verstehen wollen, auch wenn wir es könnten. Trotzdem möchte ich, dass du mir das Ende dieser Geschichte berichtest, die für dich so wichtig ist. Hast du nicht einmal gesagt,

was Autoren keinesfalls tun dürfen, wenn sie sich den Respekt ihres Publikums verdienen wollen? Eine Geschichte ohne Ende zu erzählen gehört wohl dazu.

Ich hab dich lieb!

Mama

XXIV

Niemand kennt das Ende dieser Geschichte oder weiß, ob es überhaupt eines gibt. Vielleicht sollten wir es am Morgen des 24. Dezember 1932 suchen, als im Pasaje Domingo mit der Hausnummer 7 die Klingel geht und der elegant gekleidete, frisch rasierte Don Octavio in der Tür steht und nach Señora Teresa fragt. Er wird von Antonia empfangen, für die Besuche des Freundes der Familie inzwischen zum Alltag gehören. Sie bittet ihn in den Salon, nimmt ihm Mantel und Hut ab und bietet ihm etwas zu trinken an, was er ablehnt.

Das Haus ist um diese Zeit sehr ruhig. Doña Maria del Roser ist zum Neun-Uhr-Gottesdienst in die Iglesia de Belén gegangen und beabsichtigt, in Conchas Begleitung anschließend ihre Weihnachtseinkäufe in El Siglo zu erledigen. Amadeo ist am frühen Morgen in das nahegelegene Tiana aufgebrochen, wo er mit einem vermögenden Adligen verabredet ist, der ihn mit einem Wandgemälde für den Speisesaal in seinem Wohnsitz beauftragen möchte.

Selbstverständlich ist Don Octavio über diese Abwesenheit im Bilde.

»Hast du ihm gesagt, dass ich zu Hause bin?«, fragt Teresa Antonia mit bleichem Gesicht.

»Ja, Tessita.«

Teresa verbirgt nicht ihren Unmut über den unvorhergesehenen Besuch. Ihr Puls schlägt so viel schneller, dass sie befürchtet, ihre Kammerfrau könne ihn hören.

»Sag ihm, dass ich unpässlich bin und ihn nicht sehen kann«, sagt sie schließlich.

Während Antonia mit der Nachricht zur Tür geht, setzt sich Teresa vor den Toilettentisch und betrachtet sich im Spiegel. Sie sieht schrecklich aus. Sie ist so dünn, dass ihr Kinn und ihre Wangen hervorstehen. Am Hals treten die Adern hervor, und um die Augen herum liegen tiefe Schatten. Die ersten Wochen ihrer Schwangerschaft – jetzt ist sie im vierten Monat – gingen mit einer Übelkeit einher, die von morgens bis nachts anhält und die sie nichts im Magen behalten lässt. Dazu kommt noch ihre Schwäche durch die vielen Fehlgeburten, bevor Amadeos Samen ihren Leib endlich erfolgreich befruchtet hat, sowie diese innere Beklemmung, die Octavios Anwesenheit – und auch seine Abwesenheit – bei ihr auslöst. Von diesen drei Übeln ist das letzte das neueste und das ärgerlichste.

Antonias Stimme reißt sie aus ihren Gedanken.

»Er sagt, er sei gekommen, um sich zu verabschieden«, verkündet die Kammerfrau noch in der Tür.

»Um sich zu verabschieden?«, fragt Teresa beunruhigt zurück. Sie erinnert sich an ihr Gespräch mit Octavio vor ein paar Tagen am Ende des wöchentlichen Spiritistentreffens. Er hatte ihre Hände ergriffen und ihr gesagt, dass er beabsichtige, weit weg zu ziehen und ein neues Leben zu beginnen. Er hatte noch hinzugefügt, dass er in letzter Zeit das Gefühl habe, weder er selbst noch einige der Menschen, die er am meisten auf der Welt liebe, könnten jemals glücklich sein. Teresa versuchte, seinen Worten, die bei ihr eine tiefe Unruhe auslösten, die Bedeutung zu nehmen. Aber er blieb hartnäckig. »Meine Entscheidung ist gefallen«, sagte er ihr, »es steht nur noch die Frage aus, welches der geeignete Moment dafür ist.« Teresa spürte, wie sich ihre Kehle zuschnürte, vor allem bei seinen Worten: »Aber es wird sehr bald sein, ohne jeden Zweifel.« »Und nichts kann Sie davon abhalten?«, fragte sie mit bebender Stimme. »Ich fürchte, nein. Dafür hätte das Leben die Karten anders verteilen müssen«, erwiderte Octavio mit einem charmanten Lächeln und einem verräterischen Glanz in den Augen.

Allein bei dem Gedanken daran, dass Octavio aus ihrem Leben schwinden könnte, verlassen Teresa ihre Kräfte.

»Soll ich ihm sagen, dass er wieder gehen soll, Teresa?«, erkundigt sich Antonia, die in der Tür stehen geblieben ist.

Teresa schüttelt den Kopf.

»Sag ihm, dass ich gleich komme«, verkündet sie resigniert.

Als sie den Salon betritt, trifft sie Octavio an, der in Gedanken versunken in die Glut des Kamins starrt.

»Hier bin ich«, sagt sie, wobei ihre Stimme rau und brüchig klingt.

Sie reicht ihm nicht die Hand. Es ist eine eiskalte, distanzierte Begrüßung. Wie zwischen zwei Menschen, die einander hassen. Oder zwischen zwei Menschen, die sich nicht an die Konventionen halten, weil sie diese absolut nicht befolgen möchten.

Auf Teresas Aufforderung hin nehmen beide Platz. Am Anfang mit einem gewissen Abstand – ein Sessel bleibt zwischen ihnen frei. Dann, vielleicht weil er dieses anstrengende Schauspiel leid ist, steht Octavio auf und nimmt auf dem Sessel Platz, der am nächsten zu ihr steht. Er bleibt einen Moment stehen, um ihre Augen mit diesem unglaublichen Blau zu bewundern, in denen er seit einiger Zeit eine Leidenschaft erkennt, die ihre Worte niemals bestätigt haben. Teresa wiederum ist bemüht, die Tränen zu unterdrücken, die sie bedrohlich in sich aufkommen spürt. Sie möchte sich nicht verraten. Vor allem darum geht es: sich nicht zu verraten. Um nichts in der Welt würde sie es sich verzeihen, Amadeo zu verraten. Aber insgeheim wünscht sie sich nichts sehnlicher, als Octavio all die Gefühle gestehen zu können, die sie für ihn empfindet.

»Sie ziehen also weg«, stellt sie fest.

»So ist es.«

Teresa lässt das Schweigen wachsen. Ein Schweigen voller ungesagter Worte. Worte sind nun überflüssig.

»Wann reisen Sie ab?«

»Morgen früh. Ich habe auf der *Magallanes* eine Doppelkabine in der Ersten Klasse reserviert.«

Teresa nimmt die Information zur Kenntnis. Eine Doppelkabine. Octavio hegt also noch die Hoffnung, nicht allein aufzubrechen. Deshalb ist er gekommen. Um ihr dies zu sagen. Um sie ins Wanken zu bringen. Nur, er würde dies niemals in Worte fassen. Er schätzt Amadeo zu sehr, und er hat zu viel Respekt vor ihr, als es zu wagen, aufdringlich zu werden oder es gar zu versuchen. Außerdem, sie selbst hat niemals ihre Gefühle preisgegeben. Haben sie womöglich ihre Gesten, ihre Blicke, das Beben in ihrer Stimme verraten? Oder haben zwei Menschen, die sich lieben, tausend andere Möglichkeiten, um sich zu verständigen, und bedürfen keiner Worte?

»Sie wissen nicht, wie sehr ich es bedaure, dass Sie wegziehen«, bringt sie schließlich hervor.

Während sie diese Worte ausspricht, spielt sie mit der Schleife an ihrem Rock. Plötzlich fürchtet sie, zu deutlich gewesen zu sein, und ergänzt: »Amadeo wird das auch sehr bedauern. Weiß er schon davon?«

»Noch nicht. Ich werde es ihm noch heute mitteilen. Aber ich bezweifle, dass er es bedauert.«

»Sie dürfen so etwas nicht sagen. Amadeo schätzt Sie sehr.«

Teresa möchte gerne noch etwas sagen, aber sie hält sich zurück. Sie versucht, die Verzweiflung zu verbergen, die sie innerlich verbrennt. Mit gesenktem Kopf betrachtet sie Octavios Schnürstiefel. Sie sind ordentlich und elegant, wie alles an ihm. Sie kann nicht fassen, dass sie morgen nicht mehr hier sein werden. Dass sie ihn nie wieder sehen wird.

»Außerdem habe ich ein Geschenk für Sie.« Octavio bricht das Schweigen. »Damit Sie eine Erinnerung an mich haben.«

Er überreicht ihr ein nicht sonderlich großes Buch mit einem Ledereinband.

»Das ist doch nicht nötig gewesen, Octavio«, sagt sie, während sie das Buch an sich nimmt und laut liest: »*Spirita*, Teófilo Gautier.«

»Es geht um Spiritismus. Ich habe gedacht, es würde Ihnen gefallen. Ich würde mich glücklich schätzen, wenn Sie es aufmerksam lesen würden. Und wenn Sie darüber nachdenken würden. Nicht jetzt, selbstverständlich nicht. Wenn sie sich etwas freier fühlen. Ich werde Ihnen immer ...«

»Möchten Sie ein wenig Kaffee?«, bietet Teresa schnell an, als sie Antonia auf dem Flur mit einem Tablett näher kommen sieht.

Teresa hält das Buch auf dem Schoß, als würde sie es wiegen. Nur wenige Zentimeter von dem Buchrücken entfernt wächst Amadeos erstes Kind. Dieses Wesen ist für sie das Wirklichste in ihrem Leben, es bestimmt ihre Handlungen, ihre Worte, ihre Entscheidungen. Sie unternimmt nichts, ohne jede Minute an die Zukunft dieses neuen Menschen zu denken, mit dessen Leben ihr eigenes fest verbunden ist.

Antonia schenkt ein und zieht sich wieder zurück. Durch die großen Fenster flutet die Sonne herein.

»Versprechen Sie mir bitte nur, das Buch aufmerksam zu lesen. So, als ob ich selbst es geschrieben hätte.«

Teresa schlägt das Buch auf. Sie betrachtete das Exlibris aus Octavios Bibliothek. Es enthält die Symbole, die ihn so gut kennzeichnen: Fleiß, Klarsicht, Weisheit und Ehrlichkeit. Und seine Initialen: O. C. G. O.

»Ich werde es immer bei mir haben«, verspricht sie.

Sie leeren hastig ihre Tassen, und Octavio verkündet, dass er nun gehen müsse. Teresa atmet erleichtert auf. Seine Anwesenheit stört und kompromittiert sie gewissermaßen, dabei ist seine Abreise das Letzte, was sie erleben möchte.

»Ich gehe davon aus, dass Sie nichts von Ihren Plänen abbringen kann.«

»Nichts, was in Erfüllung gehen kann.«

Sie begleitet ihn zur Tür. Antonia reicht Octavio Mantel und Hut.

»Sobald ich in New York angekommen bin, schicke ich Ihnen meine neue Adresse. Ich meine« – im Hinblick auf die Hausangestellte verbessert er sich – »Ihnen und Ihrem werten Herrn Gemahl.«

Der Abschied, den Antonia und Laia in allen Einzelheiten verfolgen, könnte nicht kälter ausfallen und zerreißt doch zugleich beiden das Herz, was selbstverständlich keiner von ihnen zeigt. Schließlich stehen die Konventionen über ihrem Begehren.

Teresa geht wie im Traum die Treppe hoch und flüchtet in ihren kleinen Salon, wo sie mehr als eine Stunde lang nur weint. Später erinnert sie sich an das Buchgeschenk, schlägt es auf und liest unter Schluchzen die unterstrichenen Sätze. Die Geheimbotschaft entgeht ihr – noch.

Amadeo trifft vor dem Mittagessen ein. Ihm missfällt auf Anhieb die merkwürdige Stimmung im Haus. Teresa verbirgt ihren Trübsinn in ihren Gemächern. Seine Mutter, die in letzter Zeit alles vergisst, kommt nicht rechtzeitig zum Mittagessen nach Hause. Das Essen wird den Eheleuten im Salon serviert, und die beiden sitzen in einem düsteren Schweigen bei Tisch. Teresa probiert kaum einen Bissen, und irgendwann vergeht auch Amadeo angesichts ihrer trüben Stimmung der Appetit. Es ist so, als säße er mit einer Seele im Fegefeuer beim Essen. Als er es schließlich leid ist und Teresa fragt, was zum Teufel mit ihr los ist, erhält er eine ausweichende Antwort: »Nichts. Ich bin müde.«

Heute ist das Kabinett der Rückzugsort für einen wütenden und ratlosen Mann. Man serviert ihm dort den Kaffee, und während er in der Tasse rührt, verliert er sich in dem Strudel, der so schwarz ist, wie ihm seine Gedanken vorkommen. Keine fünf Minuten später hört er an der Tür ein zaghaftes Pochen. Nachdem er »Herein« gerufen hat, tritt Antonia ein, die sich ihre Hände an der Schürze der Uniform abtrocknet, welche im Lauf der Zeit nur ein wenig der Mode angepasst wurde und inzwischen etwas kürzer, enger und leichter geworden war. Er ist damit einverstanden: Die altmodischen langen Röcke haben immer nur den Dreck aufgefegt.

»Darf ich?«, fragt die Frau.

»Komm herein und mach die Tür zu.«

Antonias Gestalt erinnert an einen gehetzten Vogel. Sie geht gebeugt, mit hängenden Schultern und wirkt so, als hätte sie einen Buckel. Sie streckt den Kopf ein wenig vor, weshalb sie in diesem Moment wie ein Aasgeier aussieht.

»Du hast auf dich warten lassen«, wirft ihr Amadeo vor.

»Entschuldigen Sie bitte, Señor. Es gab in der Küche viel zu tun.«

»Dürfte ich mal erfahren, warum deine Señora in dieser Verfassung ist?«

Die Kammerfrau zögert nicht. Ihre Stimme klingt so sicher wie die eines erfahrenen Verräters, der gerade von seiner Schuld freigesprochen wird.

»Sie hat diesen Morgen unverhofft Besuch bekommen«, erklärt sie.

»Besuch? Von wem?«

»Von Don Octavio, Señor. Er ist etwa eine halbe Stunde lang hier gewesen. Seit er gegangen ist, weint die Señora nur noch.«

Amadeo legt seine Stirn in tausend Falten und starrt in seine Kaffeetasse, deren Inhalt genauso schwarz ist wie seine Gedanken.

»Worüber haben sie geredet?«

»Ich weiß es nicht, Señor. Sie haben die ganze Zeit gesprochen, aber immer sehr leise. Sobald ich nähergekommen bin, haben sie aufgehört.«

Amadeo führt die Tasse an die Lippen und nimmt vorsichtig einen Schluck. Seine Bewegungen sind bedächtig, aber seine Gedanken gehen rasend schnell.

»Hat er ihr wieder Geschenke mitgebracht?«

»Nur eines, Señor. Aber etwas anderes als sonst.«

Antonia greift siegessicher in die vordere Tasche ihrer Schürze und zieht aus der Tiefe das gebundene Buch mit dem braunen Ledereinband heraus, als würde sie es vor dem Jenseits bewahren.

»Ich habe es aus dem Zimmer der Señora genommen, als sie zum Essen hinuntergegangen ist. Vermutlich sucht sie es nun, denn zuvor hat sie sich keine Sekunde davon getrennt«, berichtet sie triumphierend.

Amadeo kennt – dank Antonia – alle Geschenke, die in den letzten Monaten in dieses Haus gelangt sind und die seine Frau, eins nach dem anderen, zurückgewiesen hat. Einmal kam ein Wagen voller gelber Rosen – Teresas Lieblingsblumen –, ein anderes Mal waren es Süßigkeiten oder Blumensträuße, und einmal sogar ein Käfig mit einem Perserkätzchen. Alles kehrte zu seinem Absender zurück, nachdem Teresa mit rätselhafter Miene das beiliegende Kärtchen gelesen hatte.

Kaum hatte dieses Hin und Her begonnen, da bot Antonia auch schon von sich aus ihre Dienste an.

»Vielleicht wüsste der Señor gerne, was in diesem Haus während seiner Abwesenheit vor sich geht«, verkündete sie. »Nach allem, was meine Augen bislang gesehen haben, sind es ernstzunehmende Dinge.«

Amadeo wollte von ihr wissen, was sie für ihre Treulosigkeit haben wolle. Die habgierige Alte war nur auf Geld aus. Sie verriet ihre Señora, die sie als Kinderfrau großgezogen hatte, gegen eine Handvoll Geldscheine, wie ein pockengesichtiger Judas im eigenen Hause. Amadeo empfand Ekel vor ihr, aber er sah darüber hinweg, weil ihm Antonias Dienste sehr zupasskamen. Schließlich und endlich verschaffte ihm dieses Angebot eine tiefe Befriedigung: Teresas Treuebruch gegen ihn brachte zur Strafe Antonias Treuebruch gegen Teresa mit sich.

Doch das heutige Geschenk hat nichts mit den Blumen, den Süßigkeiten und dem Kätzchen gemeinsam. Amadeo betrachtet das Buch. Es ist ein französischer Roman, der ihm recht simpel vorkommt – zweifellos Lektüre für leichtgläubige Frauen –, und im Vorlegeblatt entdeckt er das Exlibris seines Jugendfreundes, das genau die Symbole enthält, die er vor ein paar Jahren in dessen Porträt gemalt hat. Nun verflucht Amadeo diese Symbole und den Mann, dem sie gelten. Wenn er könnte, würde er sie durch andere ersetzen, die eher der Wahrheit entsprächen. Zum Beispiel durch die Schlange, dieses leibhaftige Abbild der Treulosigkeit, die sein alter Freund an den Tag legt. Sobald er dann die Seiten in dem Buch umblättert, fallen Amadeo die unterstrichenen Passagen ins Auge. Er hat die Eingebung – schließlich ist er selbst ein erfahrener Mann, zudem kennt er den Absender sehr gut –, dass sie eine Geheimbotschaft enthalten könnten, und beschließt, die Sache genauer zu untersuchen.

Amadeo befiehlt Antonia zu gehen. Sie beugt ein Knie wie zu einem Knicks, doch es sieht eher wie eine Gebrechlichkeit in den Beinen aus. Wieder allein im Kabinett, vertieft sich Amadeo in die Botschaft. Er entdeckt die Punkte unter den Buchstaben, die markierten Ziffern bei den Seitenzahlen, er greift zu Papier und Feder, notiert Buchstaben und Ziffern und setzt sie zusammen. Er dechiffriert die Nachricht. Er wird vom Teufel geritten.

Als die Botschaft vollständig entschlüsselt vor seinen Augen steht, schlägt er mit der Faust auf den Tisch. Von einer plötzlichen Eile gedrängt, steht er auf und geht zu dem Bücherschrank, der neben dem Porträt seiner Mutter steht. Er schiebt die drei Bände einer alten bebilderten Bibel zur Seite und führt seinen Arm in das sich ergebende Loch. Er nimmt eine Pistole heraus, eine 59 mm Little Tom für sechs Patronen, und klemmt sie fest zwischen den Bund seiner Hose und die Hosenträger. Er vergisst nicht das Buch. Entschlossen geht er die Treppe hinunter. Antonia hilft ihm in den Mantel und reicht ihm den Hut, während sie ihn darüber informiert, dass die Señora Maria del Roser und Conchita immer noch nicht von ihren Weihnachtseinkäufen zurückgekehrt sind. Als er in den Rolls Royce steigt und den Motor anlässt, entdeckt er Laias düsteren und durchdringenden Blick, die ihn von der Küche aus beobachtet. Es wird eines der letzten Male sein, dass die Tochter der Köchin ihren Señor mit der Naivität eines Menschen betrachtet, der die schrecklichen Geheimnisse, die die Welt der Erwachsenen versteckt hält, zwar ahnt, aber noch nichts von ihnen weiß.

Etwas später gelangt der Hausherr am Steuer seines Rolls Royce vom Pasaje Domingo in das Verkehrstreiben auf dem Paseo de Gracia, das an einem so wichtigen Tag wie heute sehr dicht ist, nicht viel anders, als es von nun an mit dem schnellen Fortschreiten der Jahrzehnte immer sein wird – abgesehen von der Form der Fahrzeuge.

Der Nachmittag ist kalt. Antonia beeilt sich, Feuer im Kamin zu machen und im Ofen die Glut warm zu halten. Noch ist es zu früh für die Bettwärmer, nicht aber für den Kräutertee für ihre Señora. Antonia trifft sie auf dem Diwan liegend an, von dem aus Teresa mit einer anscheinend unheilbaren Traurigkeit auf die Straße sieht. Bei ihrem Anblick trocknet Teresa die Tränen auf ihren Wangen und fragt: »Weißt du, wo das Buch geblieben ist, das mir Don Octavio heute Morgen mitgebracht hat? Ich habe es hierhin gelegt, und jetzt finde ich es einfach nicht wieder.«

Antonia fühlt sich unbehaglich. Sie gibt eine ausweichende Antwort und fragt ihre Señora, ob sie einen Tee haben möchte.

»Ich möchte nichts haben, danke.«

Die Kammerfrau bleibt wenige Schritte vor ihr stehen und beobachtet sie, während sie ihren Kopf hin und her wiegt. Die Szene wird nur von dem leisen Atem der beiden Frauen begleitet. Der von Teresa geht etwas schneller, der von Antonia ist ruhig und tief.

»Du musst dich zusammenreißen, Tessita«, redet ihr Antonia mit honigsüßer Stimme gut zu. »Irgendwann wird dein Mann die Geduld verlieren.«

Teresa zuckt mit den Schultern.

»Inzwischen ist mir egal, was er denkt«, erwidert sie.

»Sag doch so etwas nicht. Du bekommst ein Kind von ihm.«

Allein bei diesem Gedanken bricht Teresa wieder unweigerlich in Tränen aus. Sie zieht ein wassergrünes Taschentuch, das perfekt auf die Volants ihres Umstandskleides abgestimmt ist, aus ihrem Ärmel heraus und tupft damit ihre Tränen ab. Ihre Augen glänzen vor Kummer.

»Du hältst mich wohl für dumm, nicht wahr? Für ein kleines Mädchen, das nicht weiß, was es will«, sagt sie.

»Ich würde niemals so etwas von dir denken, Tessita. Ich finde nur, dass du nicht das Glück gehabt hast, das du verdienst. Sonst nichts.«

»Was willst du damit sagen?«

»Mit deinem Ehemann. Er ist zu alt für dich. Und er schenkt dir zu wenig Aufmerksamkeit. Früher oder später lächelt die Gelegenheit einem Mann zu, der eine vernachlässigte Frau umwirbt.«

»Meinst du, Don Octavio ist nur ein Opportunist?«

Antonia verwirft mit einer Geste diese Einschätzung.

»Ich kenne ihn nicht gut genug, um über ihn zu urteilen.«

»Was wirfst du mir vor?«, fragt Teresa mit ihrer hinreißenden Naivität. »Ich hätte ihm nicht zuhören sollen, nicht wahr?«

»Mädchen, was soll ich dir denn vorwerfen? Ich habe kein einziges Mal erlebt, dass du dich nicht anständig verhalten hättest.«

»Aber ich habe es mir gewünscht! Der Wunsch ist bereits die Sünde. Und ein Vertrauensbruch. Nun habe ich mich auch ihm gegenüber fehlverhalten.«

Teresa vergießt bittere Tränen, die Antonia nicht erträgt. Sie beugt sich zu ihr und umarmt sie, wie damals, als Teresa ein kleines Mädchen war und heulte, wenn ihre älteste Schwester nicht wollte, dass sie ihre Hüte anprobierte. Es ist eine merkwürdige Umarmung, ungelenk und knochig. Sie wird von der Abenddämmerung im Fenster eingerahmt, als wäre sie ein Kunstwerk.

»Ich habe seltsame Gefühle, Antonia. Ich verehre meinen

Mann. Ich liebe ihn wie sonst nichts auf der Welt, das weißt du genau. Ich habe ihn geliebt, seit ich ein kleines Mädchen bin, und meine Bewunderung für ihn ist immer größer geworden. Aber in letzter Zeit verspüre ich nur noch Mitleid mit ihm.«

»Mitleid?«

»Das klingt für dich sonderbar, nicht wahr? Ich weiß selbst, dass man das kaum glauben kann. Jeder, der ihn kennt, sieht in ihm den starken, selbstsicheren Mann, den Künstler mit internationalem Erfolg. Aber ich weiß, dass sehr viel mehr dahintersteckt: Schwächen, Widersprüche, Ängste, Schmerzen. Und auch andere Frauen, von denen ich lieber nichts erfahren hätte.«

Antonia genießt diese Vertraulichkeiten. Sie hat immer gern ihre Nase in die Geheimnisse anderer Leuten gesteckt.

»Aber das ist doch normal …«, flüstert sie.

»Natürlich. Ich weiß, dass Männer in seiner Position Geliebte haben«, antwortet Teresa etwas missmutig, »aber denkst du, Männer in seiner Position weinen wie Kleinkinder über ihrer Ehefrau, nachdem sie sie genommen haben? Meinst du, solche Männer rufen unter Schluchzen immer nur noch ›Verlass mich nie, verlass mich nie‹? Um dann eine Sekunde später ihre Tränen abzuwischen und für drei, fünf oder sieben Tage ohne jede weitere Erklärung zu verschwinden? Am Anfang habe ich noch Angst bekommen. Ich habe gedacht, ich könnte ihn heilen, ihn erlösen. Ich habe gehofft, meine Liebe könne ihn kurieren. Aber inzwischen habe ich aufgegeben.«

Von unten dringt das gedämpfte Motorengeräusch des Citroën hoch. Doña Maria del Roser kehrt erschöpft von ihren Einkäufen heim. Julián – den die ältere Dame hartnäckig mit Felipe anspricht – hilft ihr und Concha beim Aussteigen. Concha bietet der Matriarchin ihren Arm an, damit sie sich auf der Treppe einhaken kann. Doña Maria del Roser geht direkt in ihre Gemächer. Ihr ist übel – die Gesellschafterin spricht von Kroketten, die die Señora nicht vertragen habe –, und sie benötigt Ruhe. Antonia hilft ihr beim Zubettgehen und richtet ihr in dem kleinen Salon Tee mit Gebäck. Doña Maria del Roser lässt das Tablett unangetastet und gleitet in einen sanften Halbschlaf, aus dem sie wenig später erwachen wird, um die Szenen aus dem vorletzten Akt dieser Geschichte zu vollenden, die wir bereits erwähnt haben: die Schlüsselsuche, die Erinnerung an Violeta, der Suchtrupp des Personals und Teresa, die sich über ihren Kummer hinwegsetzt, um ihrer Schwiegermutter in den Augenblicken beizustehen, die ihre letzten auf dieser Welt sein werden, auch wenn sie das noch nicht wissen kann.

Von all dem ist noch der Zwischenakt wichtig, in dem Teresa auf Maria del Rosers Bitte allein in deren Zimmer bleibt und von dem hellsichtigen Blick ihrer Schwiegermutter überwältigt ist, der sie so sehr an ihre erste Begegnung erinnert. Sie setzt sich auf die Bettkante, führt die Anweisungen aus und vernimmt aus dem Mund der Matriarchin Worte, die ihr fast den Verstand vernebeln.

»Schau in den Ausschnitt meines Nachthemdes«, bittet ihre Schwiegermutter. »Du findest da eine Goldkette mit einem Ring. Nimm sie. Sie gehört nun dir. Ich will, dass du sie niemals ablegst. Ich habe sie nach dem Tod eines guten Freundes erhalten, dem ich selbst die Kette mit dem Ring geschenkt habe. Darin ist sein Name eingraviert, und dann verstehst du, von wem ich gerade rede. Dieses Wesen wird, wo auch immer es sein mag, über dich wachen, wenn ich es nicht mehr tun kann.«

Teresa hält ihre Tränen zurück. Das Zimmer liegt im Dunkeln. Maria del Roser wirkt gelassen, auch wenn ihre fragilen Hände beben wie schlafende Täubchen.

»Sie werden nicht sterben. Sie haben nur eine Magenverstimmung«, widerspricht Teresa erschrocken.

Aber die Schwiegermutter hört nicht auf sie.

»Leg die Kette an«, fordert sie Teresa hartnäckig auf. »Ich will sehen, wie sie dir steht.«

Trotz ihrer Vorbehalte tut Teresa, worum ihre Schwiegermutter sie bittet.

»Versprich mir, dass du sie nie ablegst.«

»Ich verspreche es.«

Bei diesen Worten atmet Maria del Roser tief durch und schließt die Augen. Ihre Hände sind eiskalt. Teresa umfasst sie mit ihren eigenen Händen. Ihre Schwiegermutter atmet ruhig. Als Teresa denkt, dass sie schläft, kommt von ihren Lippen ein gedämpftes Flüstern.

»Sie sind da. Sie holen mich.«

Teresa begreift, dass sie wieder deliriert.

»Niemand fehlt«, stellt die ältere Dame lächelnd fest.

Sie scheint überhaupt nicht zu leiden. Ihre Träume sind wohl angenehm.

»Wie schön, dass du da bist, Violeta«, flüstert sie auf einmal. »Ich habe dich so vermisst.«

In ihre Ruhe dringt eine sonderbare, ebenso heitere wie unerklärliche Aufregung. Von ihren Lippen kommt ein langer Redeschwall voller unverständlicher Worte. Anscheinend Antworten in einer nicht existenten Unterhaltung, in der Maria del Roser ihren unsichtbaren Gesprächspartner über alles in Kenntnis setzt, was in den letzten Jahrzehnten passiert ist.

»Mäuslein, mein großer Schatz …«, sind ihre letzten, deutlich vernehmbaren Worte, ehe sie einschläft.

Teresa wacht noch eine Weile über Maria del Rosers langsamen Atemzügen. Dann steht sie langsam auf, geht hinaus und trägt dem Personal auf, die ganze Nacht auf sie aufzupassen. Die Hausangestellten wechseln sich ab, um Teresas Anweisung auszuführen. Immer wieder betritt eine von ihnen Maria del Rosers Schlafzimmer. Sie überzeugt sich davon, dass die alte Señora ruhig schläft, dann geht sie vorsichtig wieder hinaus, um sie nicht zu wecken.

Als Concha am Morgen zu ihrer Señora geht, um ihr bei den morgendlichen Abläufen zu helfen, liegt Doña Maria del Roser tot und kalt im Bett, aber mit einem seligen Lächeln auf den Lippen.

Es scheint, als wüssten wir seit einer Ewigkeit, was an jenem hektischen 24. Dezember 1932 passierte, an dem Amadeo abends wortlos nach Hause kam: Dabei war sein Blick so ernst, dass er alle erschüttert hätte, wenn sich jemand die Zeit genommen hätte, darauf zu achten. Beschäftigen wir uns mit diesem Moment, denn es ist das Stück, das zu dem Puzzle noch fehlt.

Der Hausherr ist eingetroffen. Bei seiner Rückkehr führt er die Pistole nicht mehr bei sich, wohl aber das Buch von Gautier, das er achtlos auf das gelbe Samtpolster eines der Sessel im Salon wirft. Dann zieht er sich in seine Mansarde zurück, streift seine Schuhe ab, lässt sich auf seine Pritsche fallen und blickt verloren zu den Deckenbalken. So findet ihn Teresa vor, als sie hochgeht, um ihm von den Ereignissen im Haus zu berichten. Er hört ihr teilnahmslos zu, sein Gesicht ist starr vor Verachtung. Teresa ist von dem Gesundheitszustand ihrer Schwiegermutter so mitgenommen, dass sie den verstörten Zustand ihres Ehemannes nicht einmal bemerkt. Wenn sie es bemerkt, ist es ihr jedenfalls gleichgültig. Sie hat keine Angst mehr vor ihm. Sie bewundert ihn auch nicht mehr. Sie hat nur noch Mitleid für ihn übrig.

Als seine Frau geht, versenkt sich Amadeo wieder in die Erinnerung an die Worte, die er am Nachmittag vernommen hat. Als gäbe es auf der Welt nichts anderes als die Worte seines Freundes Octavio, und diese werden ihn nie wieder loslassen. Er weiß, dass die Art, wie ihn diese verdammten Worte in dem Moment quälen, nur eine Vorahnung von dem sind, was sie ihm für den Rest seines Lebens, das er noch vor sich hat, antun werden.

Er schließt die Augen. Er hasst. Mit aller Kraft. Er hasst Teresa wegen des Zweifels, den sie vor einigen Monaten in seinem Herzen gesät hat und der für ihn dank der Berichte der Kammerfrau nun bestätigt wurde. Er hasst die Blässe seiner jungen Ehefrau und er hasst ihre Tränen, für die nicht er der Grund ist. Er hasst die Verzweiflung, mit der sie ihn ansieht, seit auch sie Zweifel hegt und sich Fragen stellt. Er hasst die Vorstellung, dass sie lieber woanders wäre, in den Armen eines anderen, weit weg von ihm. Er hasst Octavios Ehrlichkeit, diese zweite Haut, die er ihm niemals hat nehmen können: die aufrichtige Niederlage, mit der er am Nachmittag auf seine Fragen geantwortet hat, seine unbeholfenen und schwachen Argumente, mit denen er sich seinem Feind ergeben hat, der – das hat Amadeo anerkannt – erwiesenermaßen der Stärkere ist. Amadeo hasst die moralische Überlegenheit seines Widersachers sowie die absurde Lächerlichkeit, die, so meint er, ihn zu ihm getrieben hat.

Er führt sich die Szene zum wiederholten Male vor Augen. Er hat die Begegnung mit dem Freund gesucht und ihn dort angetroffen, wo er ihn vermutet hatte: im Kaufhaus El Siglo, in den Verwaltungsräumen im zweiten Stockwerk, in diesen mit Edelhölzern getäfelten Räumen, die einmal das Büro von Don Eduardo waren, es gewissermaßen noch immer sind, denn das Porträt des Firmengründers von El Siglo präsidiert an der Stirnwand und sieht auf diese Weise seinem Sohn bei jeder Bewegung über die Schulter.

Amadeo geht ohne anzuklopfen hinein. Octavio erschrickt, sagt aber nichts. Höchstens ein paar Worte der Begrüßung.

»Willst du dich nicht von mir verabschieden?«, fragt Amadeo kühl.

»Selbstverständlich. Ich wäre niemals abgereist, ohne mich von dir zu verabschieden«, ist Octavios ehrliche Antwort.

»Ich weiß, dass du von Teresa bereits Abschied genommen hast«, erwidert Amadeo und seine Stimme klingt dabei vorwurfsvoll. »Sie ist völlig aufgelöst.«

Amadeo versucht, seine Erregung zu verbergen, indem er seine Hände versteckt, aber seine bebende Unterlippe verrät ihn. Er zittert. Seine Augen, die sein Gegenüber fixieren, glänzen in einem sonderbaren Licht. Octavio versucht, die Bedeutung des Ganzen zu erkennen, aber es gelingt ihm nicht. Als Amadeo den Roman von Gautier auf den Schreibtisch legt, hat er einen

Moment lang das Gefühl, dass seine Sinne vernebelt sind. Er begreift nicht, wie das Buch in Amadeos Hände gelangt sein könnte. Gibt es etwas, was sein Freund weiß und er nicht?

»Sie liebt dich«, schnaubt Amadeo.

Das ist das Letzte, womit Octavio in diesem Moment gerechnet hätte. Er geht an die Hausbar und schenkt großzügig zwei Whisky-Gläser ein. Eines reicht er seinem Gast, das andere leert er selbst in einem Zug.

»Sie liebt dich, du Miststück«, bricht es wieder aus Amadeo hervor, während er sich auf den Stuhl sacken lässt.

»Hat sie dir das gesagt?«

»Das ist gar nicht nötig. Ich weiß es.«

»Ich glaube, du täuschst dich, Amadeo. Wirklich«, erwidert Octavio, von seinen eigenen Worten absolut überzeugt.

Amadeo fällt ihm ins Wort.

»Das ist alles nicht nötig gewesen. Die Täuschung, das Umwerben, der Plan für die heimliche Flucht … Du hättest es mir sagen können, so wie wir immer alles geteilt haben, ich hätte dir die Bahn frei gemacht. Aber diese Erniedrigung ist so überflüssig, und nach all diesen Jahren scheint sie mir wirklich kein guter Lohn.«

Der Amadeo, den Octavio in diesem Moment vor sich hat, ist für Octavio ein Unbekannter. Nur einmal hat er ihn in einem solchen Moment der Schwäche erlebt wie heute: damals, in der Nacht vor vielen Jahren in dem Internat in Sarrià, als Amadeo plante, sich an den Mitschülern zu rächen, die ihm seine Zeichnungen gestohlen hatten. In der Nacht hatte er eine wichtige Erkenntnis: Sein Freund Amadeo ist zu allem fähig. Wenn er sich verraten fühlt, verliert er den Verstand. Octavio ist kurz davor, so einen Moment zum zweiten Mal zu erleben.

Amadeo greift zu seiner Pistole zwischen Bund und Hosenträger und richtet sie gegen die eigene Schläfe.

»Ich bin gekommen, um dir freie Bahn zu geben«, sagt er und legt den Finger auf den Abzug,

Octavio ist entsetzt. Er wirft sich auf ihn, aber Amadeo weicht einen Schritt zurück.

»Um Gottes willen, Amadeo! Lass sofort die Waffe los!«

Octavio packt Amadeos Hand, beide Männer kämpfen. Octavio gelingt es, gegen Amadeos Widerstand die Mündung der Waffe von der Schläfe seines Freundes zu reißen. Sie ringen miteinander. Ein Schuss ertönt. Octavio kann die Pistole an sich reißen, ohne dass jemand verletzt wird. Der Schuss ist in die Wand eingeschlagen, nur eine Handbreit von dem Porträt seines Vaters entfernt. Octavio öffnet die Tür zu seinem Büro. Davor steht ein Dutzend Angestellte, die besorgte Gesichter ziehen. Er beruhigt sie mit einer Geste, auch wenn sein Gesichtsausdruck nicht besonders überzeugend wirkt. Dann tritt er wieder ein, schenkt die Gläser erneut voll, verstaut die Pistole in einer Schublade und versucht, seinen Freund zu besänftigen.

»Amadeo, bitte, so beruhige dich doch«, sagt er, selbst darum bemüht, wieder zu sich zu kommen. »Ich habe niemals geplant, dich zu betrügen, ganz im Gegenteil. Meine Gefühle haben mich betrogen, und ich muss zugeben, dass ich mich wie ein Schuljunge benommen habe. Vielleicht hätte ich das besser nicht getan, aber ich versichere dir, es ist ein harmloses Spiel gewesen, und es ist gescheitert. Teresa hat mich immer abgewiesen. Ich habe aus ihrem Mund niemals irgendeine Ermunterung vernommen. Aber meine Gefühle zu ihr und zu dir sind so tief, dass ich keinen anderen Ausweg sehe, als wegzugehen. Ich bitte dich, verzeih mir. Ich bitte nicht das Gleiche für Teresa, denn sie ist völlig unschuldig.«

Amadeo fühlt sich schwindelig, er ist schlaff wie eine halb gefüllte Strohpuppe. Er hat sich gesetzt und trinkt wortlos. Als sein Glas leer ist, steht er auf, schenkt sich wieder ein und trinkt weiter. Die Erklärung überzeugt ihn nicht, aber er begreift, dass dies alles ist, was er von dem Gespräch erwarten kann, zu dem es niemals hätte kommen dürfen.

Er sagt kein Wort. Er öffnet die Tür und geht mit festen

Schritten durch das zweite Stockwerk zu den wuchtigen, geschwungenen Treppen aus Marmor und Stahl. Es ist spät, aber alle Abteilungen des Warenhauses sind noch sehr belebt.

Während er hinuntergeht, blickt Amadeo ein letztes Mal zurück und sieht den Freund in seinem Lehnsessel sitzen: Octavio füllt sein Glas bis zum Rand, während ihn der verstorbene Don Eduardo von dem Bild an der Wand mit unbeteiligter Überlegenheit betrachtet.

Bevor Amadeo auf die Straße tritt, fällt ihm die kleine Spielzeugeisenbahn ins Auge, die in einem der Schaufenster, mit lauter Geschenken beladen, ihre Runden dreht.

Er weiß nicht, dass dieses Bild bereits zur Erinnerung geworden ist. Eine dieser Erinnerungen, die dazu verurteilt ist, ihn für immer zu begleiten.

Von: Violeta Lax
Gesendet am: 14. April 2010
An: Valérie Rahal
Betreff: Das fehlende Ende

Liebe Mama,
ich glaube, ich habe bei meiner Geschichte versagt. Ich habe es mit gleicher Münze heimgezahlt bekommen und am Ende erhalten, was ich verdiene. Aber urteile selbst.
Margot wurde vor einer Woche in die Intensivstation verlegt, wo nur Familienangehörige sie besuchen dürfen. Ich bin vorgestern früh hingegangen. Kaum hat sie mich gesehen, fragte mich eine sehr junge und sehr fröhliche Krankenschwester, ob ich »dazugehöre«. Ich dachte, man würde mich wohl schief ansehen, wenn ich verkünde: »Ich bin Margots Vergangenheit«, und habe mich auf das Hier und Jetzt beschränkt und nur gesagt: »Ich bin eine Freundin.« »Dann können Sie leider nicht zu ihr«, sagte sie da. Sehr freundlich. Irgendwie hatte ich das Gefühl, dass ihr Lächeln an einem Ort, an dem so viele Leute sterben, etwas aufgesetzt war. Ich wollte schon gehen, als sie noch vorschlug: »Aber wenn Sie möchten, können Sie mit ihrer Tochter sprechen.«
Ihre Tochter? Ich war so perplex, dass ich zuerst gleich wieder gehen wollte. Oder fliehen (mein ach so seltenes Verhaltensmuster!). Aber ich bin dann doch geblieben, weil just in dem Moment die Betreffende mit hängendem Kopf in unsere Richtung über den Korridor kam. Sie hob ihren Blick vom Fußboden und sah mich neugierig an. Ich hielt sie für etwas über zwanzig. Sie ist blond und sehr groß. Mein erster Gedanke war, dass sie Margot überhaupt nicht ähnlich sieht. Die Krankenschwester improvisierte dann irgendwie eine hastige Vorstellung: »Das ist eine Freundin von Margot. Ich habe ihr schon gesagt, dass sie sie nicht sehen kann. Sie will mit jemandem von der Familie spre-

chen.« Dann drehte sie sich zu mir und verkündete: »Und das ist Isabel. Ich lasse Sie jetzt allein, damit Sie reden können.« Dann verschwand sie.

Ich war sprachlos. Zu meiner Überraschung kam noch das Gefühl einer gewissen Vertrautheit. Ich hatte die junge Frau schon mal irgendwo gesehen. »Kennen wir uns?«, fragte ich sie. Anscheinend ist sie an diese Frage gewöhnt, jedenfalls sagte sie gleich: »Ich kenne Sie nicht, aber vielleicht kommt Ihnen mein Gesicht bekannt vor, weil Sie mich mal im Fernsehen gesehen haben. Ich bin Schauspielerin.« »Ich glaube nicht, denn ich lebe in den USA«, habe ich geantwortet. Sie zuckte die Achseln. Was für eine idiotische Unterhaltung vor den Pforten des Todes, findest du nicht?

»Kann ich ihr was ausrichten?«, fragte Isabel mich auf einmal. Sie wirkte erschöpft, vermutlich von den vielen Tagen am Krankenbett. Ich zögerte wieder. Meine Sprachlosigkeit machte sie nervös. Ihr Gesichtsausdruck verhärtete sich.

»Kennen Sie sie persönlich, oder sind Sie ein Fan von ihr?«, fragte sie weiter. Ich nehme an, dass nicht zum ersten Mal ein Fan ihrer Mutter die Grenzen überschritten hat. Und dann fragte sie noch besorgter: »Sie sind doch wohl nicht etwa von der Presse?«

»Nein, nein«, habe ich sie beruhigt. »Wir haben uns nur viele Jahre nicht gesehen.« Und vielleicht um meine Reaktion zu rechtfertigen, fügte ich noch hinzu: »So viele Jahre, dass ich nicht einmal wusste, dass sie eine Tochter hat.«

»Tja«, grinste Isabel, »aber die hat sie. Das sehen Sie ja.«

»Darf ich fragen, wie alt Sie sind?«

»Einundzwanzig.«

Dann ist sie also Jahrgang 1989. Ich war zwischen 1993 und 1995 mit Margot zusammen, und sie hat mir niemals etwas von einer Tochter erzählt. Ich wusste nicht, was ich davon halten sollte, bis sie sagte: »Aber ich bin nicht Margots Tochter, sondern die von ihrer Frau, also von Patricia und einem netten Samenspender.

Ein Schwede, hat meine Mutter immer gesagt. Haben Sie das nicht gewusst? Margot hat in vielen Interviews darüber gesprochen.«
Ich musste zugeben, dass ich keine Ahnung davon hatte.
»Ich habe sie im Jahr 2000 kennengelernt, als sie etwas mit meiner Mutter angefangen hat«, erklärte sie noch.
»Ist Margot bei Bewusstsein?«, habe ich gefragt und auf einen unbestimmten Punkt in dem Bereich gezeigt, zu dem mir der Zutritt verwehrt wurde.
»Immer weniger. Manchmal hat sie klare Momente, aber die werden immer seltener.«
»Was ist mit Ihrer Mutter? Könnte ich mit ihr sprechen?«, habe ich sie dann gefragt, vermutlich, weil ich mich nach einem gleichaltrigen Gegenüber sehnte.
Isabel schüttelte theatralisch den Kopf.
»Ich fürchte, Sie müssen mit mir vorlieb nehmen. Patricia ist letztes Jahr gestorben, an der gleichen Krankheit wie Margot. Trauriger Zufall, nicht? Als wäre Krebs ansteckend. Wahrscheinlich bin ich als Nächste dran, denn es heißt ja, dass das genetisch sei.«
Ich fand die Unbekümmertheit und die Respektlosigkeit, mit denen Isabel über das Drama sprach, einfach schockierend.
»Wollen Sie mir nicht endlich verraten, wer Sie sind?«, platzte sie schließlich heraus.
»Natürlich. Ich bin Violeta Lax. Ist es möglich, dass ich noch mal vorbeischaue?«
»Warum nicht? Aber als man meine Mutter hierher verlegt hat, hat sie nicht mal zwei Nachrichtensendungen überlebt. Wenn Sie Margot etwas Wichtiges sagen wollen, sind Sie wohl etwas spät dran. Aber wenn Sie wollen, können Sie es ihr aufschreiben, und ich lese es ihr bei Gelegenheit vor.«
Nicht, dass ich die Vorstellung besonders verlockend gefunden hätte, dass dieses Wesen mit dem losen Mundwerk und ohne jegliche Hemmungen zum Sprachrohr für meine intimsten Ge-

fühle würde, aber mir blieb keine andere Wahl. Ich suchte nach einer Visitenkarte und schrieb auf den engen freien Platz: *Es ist zu spät, aber ich möchte dich um Verzeihung bitten für meinen Abschied ohne Adiós. Sei geküsst. Vio.*

Ich übergab Isabel die Karte, und sie las noch vor meinen Augen meine Zeilen, ohne jede Diskretion. Dann starrte sie mich mit großen Augen an.

»Du bist doch wohl nicht etwa die Frau aus dem Lied?«, fragte sie mich, während sie unaufgefordert zum Du überging.

Aus meinem Schweigen hat sie wohl geschlossen, dass ich das bin. Sie führte eine Hand an die Stirn, zog die Augenbrauen hoch und riss die Augen noch weiter auf. So als hätte sie gerade eine unglaubliche Neuigkeit erfahren.

»Das ist ja heavy! Voll krass, aber wirklich! Du hast echt Mut, einfach so hier aufzutauchen.«

Ich hätte dieses Gespräch keine weitere halbe Minute ausgehalten. Ich bat sie, mir ihre Telefonnummer zu geben und fragte sie dann, ob ich sie am nächsten Tag anrufen kann. Sie hatte nichts dagegen. Dann verabschiedete sie sich von mir mit einem freundschaftlichen und munteren: »Adiós, Vio. Adiós, Violeta.«

Ich glaube, dieser Song aus dem Jahr 1995, der nun noch einmal auf ihrer letzten CD veröffentlicht ist, klang in Isabel genauso heftig an wie in mir.

Palabras de despedida
para tu marcha, Violeta,
niña, ensoñación, poeta,
ilusión a la deriva.
Fuiste la estrella que pasa,
te marchaste de mi casa
sin decir un triste adiós
y el beso de despedida
fue un pedazo de tu vida
que nos robaste a las dos.

No deshagas tus maletas,
no te devuelvas la calma,
Contigo dejo mi alma.
Adíos Vio, adiós Violeta.

(Mein Sehnen klingt in diesem Lied,
Violeta, zu deinem Gehen.
Frausein, Träumen und Verstehen,
Hoffnung, die hinwegzieht.
Lichtstern, der vorüberflog,
einfach so bei mir auszog,
ohne Adiós zum Abschied.
Uns beiden fehlt der würdige Schluss,
bist gegangen ohne Abschiedskuss,
so wie ein gemeiner Dieb.
Lass deine Koffer zu,
und komm nur nicht zur Ruh.
Meine Seele gehört dir bloß,
Vio, adiós, Violeta, adiós.)

Ich habe heute Morgen Isabel angerufen. Schon ihre Stimme hat mich aggressiv gemacht.
»Du hast es schon gehört, ja?«
»Was?«
»Verdammte Scheiße, Violeta. Margot ist tot! Das haben sie heute Morgen in allen Nachrichten gebracht.«
»Ich habe keinen Fernseher, Entschuldigung«, brachte ich zu meiner Rechtfertigung vor.
Sie sprach mit belegter Stimme. Ich musste mich zusammenreißen, um nicht in Tränen auszubrechen.
»Es tut mir leid«, habe ich gesagt, »mehr als du denkst.«
»He, wenn du willst, können wir uns mal treffen und 'ne Runde schwatzen. Vielleicht nach dem Begräbnis. Du schaust doch vorbei, oder?«

Ich bin nicht mal in der Lage gewesen, darauf etwas zu sagen. Ich habe nicht die geringste Lust hinzugehen. Ein Friedhof ist nicht gerade der passende Ort für ein Wiedersehen. Vor allem, wenn einer von beiden die Tote ist.

»Ist schon okay«, stellte Isabel fest. »Hör mal, ich hab nicht so viel Zeit. Weißt du, so ein Tod macht ganz schön viel Arbeit. Wenn du willst, sehen wir uns ein anderes Mal und quatschen in Ruhe weiter.«

Ich habe zwar zugestimmt, aber ich wusste sehr wohl – und ich denke, sie auch –, dass wir uns nie wieder sehen werden. Ich wollte mich gerade verabschieden, als sie sagte: »Übrigens, ich habe ihr deine Nachricht vorgelesen.«

Da tat mein Herz einen Satz.

»Und, was hat sie gesagt?«

»Nichts. Schweigen. Sie ist gegangen. Ohne dir Adiós zu sagen. Ich denke, jetzt seid ihr quitt.«

Nicht einmal in dieser Situation habe ich gewusst, ob sie es ernst meinte oder nicht. Bevor sie auflegte, sagte sie noch: »Sie hat gelächelt. Das hat sie seit Tagen nicht mehr getan. Ich glaube, du hast sie glücklich gemacht, Violeta.«

Morgen werde ich alle Zeitungen kaufen.

XXV

Eine unvermeidliche gesellschaftliche Verpflichtung, die ihr allerdings sehr angenehm war, zwang Señora Teresa, den Abend des 17. Juli 1936 in Barcelona zu verbringen: Sie besuchte, gemeinsam mit Amadeo, die Premiere der neuen Komödie von Pedro Muñoz Seca mit dem Titel *La tonta del rizo.* Nach der Premiere im Teatro Poliorama speisten sie mit dem erfolgreichen Bühnenautor zu Abend, mit dem Amadeo eine lockere Freundschaft verband, seit sie sich vor ein paar Jahren in Madrid begegnet waren. Sie verbrachten einen netten Abend, den Don Pedro mit amüsanten Anekdoten und seiner freigebigen Art auflockerte, die Teresa so gefiel.

Es ist bereits zwei Uhr morgens vorbei, als das Ehepaar Lax durch die Einfahrt in den Wagenhof fährt. Der Hausherr steuert eigenhändig sein neuestes Steckenpferd: einen Mercedes Benz 500K, ein rotes Cabrio, dem er sich mehr widmet als jemals irgendeinem Menschen. Teresa sitzt auf dem Beifahrersitz, ausdruckslos wie eine Sphinx, mürrisch wegen des Fahrtwindes, der den Sitz ihrer Locken zerstört, obwohl sie diese mit einem geblümten Tuch geschützt hat, aber auch in Sorge, weil sie in den Straßen die Unruhe und die Aufruhrstimmung der Leute wahrgenommen hat. Nicht, dass die Bewohner von Barcelona von einer Revolte überrascht oder mit Aufständischen nicht vertraut wären. Aber die Atmosphäre wirkt wie die Ruhe vor dem Sturm.

Teresa ist missmutig. Sie hat keine Lust, in das Haus zurückzukehren, ehe diese lästigen Umbauarbeiten im Patio abgeschlossen sind. Sie hasst den allgegenwärtigen Dreck der Maurer, der sich weder vermeiden noch irgendwie abwaschen lässt. Und noch mehr hasst sie es, fernab von ihrer Sommerfrische in Caldes d'Estrac zu weilen, dem Flecken, der zu ihrem Zufluchtsort geworden ist, ihr Rettungsanker, ihre Kur gegen die unangenehmen Seiten des restlichen Jahres, der einzige Winkel, in dem es ihr gelingt, alles zu vergessen und wirklich glücklich zu sein. Das Meer und die Pinien sind Balsam für ihre Seele. Sie liebt ihre ausgedehnten Spaziergänge an der Küste, die sie in den wenigen gemeinsamen Sommeraufenthalten so oft mit Maria del Roser unternommen hat. Und sie liebt es, Tatín in ihrer Nähe zu haben, die sie regelmäßig besucht und manchmal längere Zeit bei ihr bleibt. »Ich bin das einzige Familienmitglied, das in deinem Haushalt Anrecht auf einen eigenen Teller, Besteck, Spucknapf und Handleuchter hat«, scherzt ihre älteste Schwester, die stets in bester Begleitung in Caldes auftaucht. In diesem Jahr ist es ein Herr aus Russland, dessen Stammbaum so weit zurückreicht, dass er nicht wagt, laut darüber zu reden. Wie alle vermögenden Leute weiß er sehr wohl, dass in diesen Tagen voller Chaos und Revolte überall Feinde lauern können.

Doch die meiste Ruhe verschafft Teresa in diesen Sommertagen – auch wenn sie das niemals aussprechen würde – die Abwesenheit ihres Ehemannes, dessen Abneigung gegen die Finca in Caldes im Verlauf der Jahre nur noch größer geworden ist.

Teresa steigt nach einem einsilbigen Abschied aus dem Wagen und geht mit müder Eleganz die Treppen hoch, direkt zu ihren Zimmern. Allein der Gedanke an das, was sie vorfinden wird, löst bei ihr eine erneute Erschöpfung aus. Alle Hausangestellten sind in Caldes, wo sie derzeit eher benötigt werden, nur Laia hat sie in Barcelona gelassen, damit diese sich um Amadeo kümmert. Als Teresa oben ankommt und das Schlimmste befürchtet, da sie von dem allgegenwärtigen hellen Staub angewidert ist, erlebt sie eine freudige Überraschung: Ihre Zimmer sind tadellos, die Schutzhüllen der Möbel sind fast alle abgenommen – wenn auch nur für diese Nacht –, die Zimmer gelüftet und ihr Bett ist aufgeschlagen. Auf der Bank im Ankleideraum liegen ein Satinnachthemd sowie Pantoffeln mit Troddeln. Beim Anblick der Sorgfalt, mit der alles vorbereitet wurde, hat sie einen Moment das Gefühl, Antonia wäre noch bei ihr. Sie fragt sich, ob sie das junge Mädchen, das für sie bis vor zwei Tagen nur eine aufdringliche Göre war, genügend schätzt.

Während Teresa ihre Abendrobe ablegt, kommt ihr eine Szene in den Sinn, die sich vor ein paar Jahren abgespielt hat. Laia war damals wohl noch nicht viel älter als zehn Jahre. Teresa und ihre Schwiegermutter saßen im Citroën, um in der Iglesia de la Concepción einen Gottesdienst zu besuchen. Vermutlich war es ein Sonntag, und sie war wieder schwanger, ohne es zu wissen. Kaum hatten sie den Paseo de Gracia erreicht, verspürte sie eine starke Übelkeit und musste Julián bitten, sie sofort zurück nach Hause zu fahren. Teresa lief die Treppe hoch und hielt sich den Mund zu, damit sie sich nicht schon irgendwohin übergab. Als sie auf dem Weg zum Badezimmer die Tür zu ihrem kleinen Salon öffnete, entdeckte sie die Tochter des Fahrers in ihrer Ankleide, die ihre Schuhe trug und sich im Spiegel bewunderte. So von der Señora ertappt, erblasste das Mädchen vor Schreck.

Sobald sie wieder reagieren konnte, stellte Laia die Schuhe an ihren Platz zurück, löschte das Licht und hastete mit pochendem Herzen hinaus. Sie erwartete einige Tage lang eine Standpauke, zu der es aber nicht kam. Ganz im Gegenteil. Immer, wenn sie im Haus Señora Teresa über den Weg lief, schenkte diese ihr amüsiert einen komplizenhaften Blick. Doch die große Überraschung hatte Laia an ihrem Geburtstag vorgefunden, als sie eine Schachtel geschenkt bekam, die in schillernd rotes Papier eingepackt war und in der sie ein Paar kostbare hohe Schuhe entdeckte. Es waren die ersten in ihrem Leben.

Nun fühlt sich Teresa erleichtert, als sie endlich alle Kleidungsstücke ausgezogen hat – außer dem Seidenhöschen – und das bereitliegende Nachthemd überstreift. Den Morgenmantel legt sie am Fußende des Bettes ab. Es ist zu heiß, und sie hat auch nicht vor, noch jemanden zu empfangen. Sie ist aber auch nicht müde. Sie setzt sich auf den Diwan, um vom Fenster aus die menschenleere Straße zu betrachten. Die Luft steht. Doch ihre Gedanken wandern hin und her, sie lässt den Abend noch einmal Revue passieren.

Die Komödie war belanglos, aber höchst amüsant gewesen. Sie hat ihr besser gefallen als das letzte Werk des Bühnenautors, die Satire gegen den Kommunismus. Ein Gedanke führt zum nächsten, und Teresa erinnert sich an den Nachmittag, an dem sie sich getraut hatte, ihrer Schwester ihr Herz mit einer Offenheit auszuschütten wie nie zuvor. Und zwar genau hier, in dem kleinen Salon. Tatín hatte auf dem Sessel und Teresa auf dem Diwan gesessen, so erschöpft wie jetzt, weil sie vier Tage lang nichts gegessen hatte. Die Älteste der Brusés-Schwestern war ohne Ankündigung aufgetaucht und die Treppe hochgegangen, als würde sie in fremdes Gebiet eindringen. Kaum hatte sie die Tür zum Zimmer ihrer Schwester geöffnet, musterte sie diese von Kopf bis Fuß, zog die Lippen kraus, stemmte die Arme in die Hüften und schalt sie: »Kann man mal erfahren, warum du um diese Tageszeit noch nicht angezogen bist? Du siehst ja furchtbar aus. Bist du krank?«

Tatín, der nichts Menschliches fremd war, genügten vier Sätze, um Teresas Krankheit zu erfassen. Sie betrachtete das Buch von Gautier, das Teresa ihr ehrfurchtsvoll zeigte und das sie in den letzten Jahren so oft gelesen hatte, dass sie es fast auswendig kannte. Teresa gestand die Bedeutung, die das Buch für sie hatte, und strich so zärtlich mit den Fingerkuppen über die Symbole auf Octavios Exlibris, als wäre es Octavio persönlich. An dem Nachmittag gestand die kleine Schwester Dinge, die sie eigentlich niemals irgendjemandem hatte beichten wollen. Teresa war krank vor Zweifel und Unentschlossenheit. Und verrückt vor einer Liebe, die sie nicht vorhergesehen hatte.

»Jeden Abend, bevor ich schlafen gehe, stelle ich mir vor, mit

Octavio in New York zu leben und ein glückliches Paar zu sein. Nur so komme ich ein wenig zur Ruhe«, gab sie zu.

Tatíns pragmatische Gesinnung hätte es niemals zugelassen, krankhaften romantischen Anwandlungen zu erliegen, und so kam sie direkt auf den Punkt: »Und warum fährst du nicht zu ihm?«

Teresa sah zu Tatín, als hätte diese ein Sakrileg begangen. Doch die große Schwester blieb hartnäckig.

»Jetzt lass den Kopf nicht hängen, du Dummchen! Geh zu diesem Mann! Seinetwegen bringst du dich doch um den Schlaf und nimmst keinen Bissen zu dir!«

Teresa riss entsetzt die Augen auf.

»Aber ich kann doch Amadeo nicht verlassen!«

»Jetzt komm schon! Du wärest nicht die Erste. Ehebruch ist so alt wie die Welt.«

Teresa errötete. Sie war nicht in der Lage, in solchen Kategorien über sich zu denken. Und schon gar nicht über Amadeo. Tatín erkannte, dass ihre Schwester diese Lösung niemals akzeptieren würde, und machte ihr einen anderen Vorschlag, der ebenso pragmatisch war wie – zumindest zu dem Zeitpunkt – legal.

»Du könntest dich scheiden lassen. Das ist doch besser als lebenslänglich unglücklich zu sein. Dein Mann ist ein alter Egozentriker, der hat nur seine Geliebten, seine Autos und seine Malerei im Kopf. Die Zeiten haben sich schließlich geändert! Wir Frauen haben inzwischen sogar das Wahlrecht!«

Teresa hörte Tatín mit trauriger Miene zu.

»Außerdem würde ich dich begleiten. Ich finde New York großartig! Ich möchte mir schon seit einiger Zeit dort eine kleine Wohnung kaufen. Wenn wir erst einmal dort sind, werden wir deinen Octavio schon finden. Ich habe in Amerika gute Freunde, die uns liebend gerne dabei helfen werden. Es muss irgendeinen Grund geben, warum er dir nicht geschrieben hat. Dieser Mann ist ein Gentleman, das wissen wir beide.«

Tatín verströmte eine derartige Selbstsicherheit, dass Teresa zum ersten Mal das Gefühl hatte, es gebe einen Ausweg aus ihrem Unglück. Nach diesem Gespräch begann sie, ihr Leben mit anderen Augen zu sehen. Nicht wie ein schweres Joch, das sie mit einem Mann und einem Ort verbindet, zu dem sie nicht mehr gehört, sondern wie ein Bündel von Wegen, die zu vielen verschiedenen Zielen führen und zwischen denen sie den auswählen kann, der ihr am besten gefällt. Teresa erinnert sich an Maria del Rosers Worte: »Wir Frauen haben die Freiheit, unser Schicksal selbst in die Hand zu nehmen und unseren Ausbeutern zu entfliehen«, hatte diese einmal postuliert. Was würde ihre Schwiegermutter sagen, wenn der Ausbeuter, gegen den sie sich auflehnen will, ihr eigener Sohn ist?

Teresas Erinnerungen werden zunehmend düsterer, wenn sie an Amadeo denkt, an ihren einst so verehrten Gemahl. Sie fragt sich, ob es daran liegt, dass sie sich verändert hat. »Du bist einfach zu gutmütig, Tessita. Du kriegst einen Mann, und ein Jahr später hast du einen Nichtsnutz aus ihm gemacht«, hatte Tatín ihr einmal vorgeworfen. In letzter Zeit verhält Amadeo sich anders. Er hat ihr verboten, weiter an den Treffen der Spiritisten teilzunehmen – Amadeo bezeichnet sie als »einen Haufen Spinner« –, und Teresa darf nur noch in Conchas Begleitung das Haus verlassen. Zuweilen betrachtet er sie mit einer Eiseskälte, die sie in Panik versetzt. Manchmal macht er ihr Geschenke und sagt ihr, dass alles wieder so sein soll wie früher. Er verwirrt sie. Er isoliert sie, und das ist das Schlimmste. Von den Menschen, die für sie wichtig gewesen sind, bleibt ihr nur noch Tatín.

Antonia verließ Anfang 1933 den Haushalt. Sie machte deutlich, dass ihre Entscheidung unumstößlich sei, und war zu keinen weiteren Erklärungen bereit. Teresa bedauerte ihren Weggang sehr, dabei war er nur ein weiterer schmerzlicher Verlust, der in ihrem Leben hinzukam. Octavio, Maria del Roser, der Amadeo, den sie einst geliebt hat …

Aber Tatín wiegt alles auf. Sie ist zu unglaublichen Heldentaten fähig. Zum Beispiel sprach sie Amadeo auf Teresas traurige Lage an.

»Deine Frau erlischt wie ein Kerze«, warf sie ihm vor. »Ich denke, du solltest etwas dagegen unternehmen.«

Die Unterredung fand im Kabinett statt und war von der Anspannung der Gesprächsteilnehmer ebenso bestimmt wie von einer gewissen Förmlichkeit.

Tatín – ganz im Sinne ihrer Rolle als Familienoberhaupt, die sie in den letzten Jahren angenommen hatte – zählte die Fakten auf, wobei sie keinen Aspekt ausließ – auch nicht die Jugend und den verträumten Charakter ihrer jüngsten Schwester –, und Amadeo ließ sie ausreden, um dann unbeirrt zu erwidern: »Deine Schwester hat bekommen, was sie wollte, werte Schwägerin.«

Nach dieser Audienz war Tatín Brusés überzeugt, dass Teresa ihren Mann schnellstmöglich verlassen sollte. Von da an begannen die beiden Schwestern, einen Plan auszuhecken, der drei wichtige Faktoren enthielt: Ehrlichkeit, Zweckmäßigkeit und Schnelligkeit.

Während des Sommers 1936, zu dem wir nach der kurzen Abschweifung wieder zurückkehren, haben sie viel über ihre Pläne gesprochen, während sie in Caldes unter den Pinien zusammensaßen. Sie haben alle Details bedacht. Tatín hat für sie beide und den kleinen Modesto eine Kabine auf einem Dampfschiff reserviert, das am 10. September in Barcelona ablegen soll. Selbstverständlich heimlich, damit niemand im Voraus von ihren Plänen erfährt. Es geht für Teresa nur noch darum, den geeigneten Moment zu finden, um Amadeo darüber in Kenntnis zu setzen.

Während Teresa in dieser schwülen und heißen Nacht in Barcelona auf dem Diwan am Fenster sitzt, beschließt sie, dass der Moment am nächsten Morgen nach dem Frühstück gekommen ist.

Der Tag beginnt sonnig und heiß, die Atmosphäre ist explosiv. Auf den Straßen herrscht seit dem frühen Morgen reichlich

Aufruhr, von überallher dringen gedämpfte Schreie. Im Morgengrauen hat Teresa drei junge Männer beobachtet, die den Nachtwächter überfallen und ihm seine Waffen abgenommen haben, und sie befürchtet, dass die drei sofort in ihr Haus stürmen. So wie die Stimmung aussieht, rechnet sie mit allem.

Amadeo ist auch beunruhigt und mangels Zeitungen nicht informiert – die Zeitungen wurden heute nicht gedruckt. Er versucht, eine Lage unter Kontrolle zu halten, die niemand kontrollieren kann. Am Vormittag haben mehrere Männer gegen die Haustür gepoltert, und er musste sie, unter Laias entsetztem Blick, mit einer Pistole verjagen. Amadeo kommt sich wie der Feudalherr einer Burg inmitten des Aufstandes der Bauern vor. Aber er weiß, dass er allein nicht lange Widerstand leisten kann. Schließlich gelingt es ihm gegen Mittag, das Haus zu verlassen. Bei seiner Rückkehr – er hat sich mit seinem gutunterrichteten Freund Josep Maria Albert Despujol unterhalten – sind seine Gedanken klarer und sein Gemüt gelassener. Wenn sich die Lage in den nächsten ein oder zwei Wochen nicht bessert, wie alle hoffen, wird es wohl das Beste sein, nach Italien zu fliehen. »Hier leben wir mit einem hohen Risiko, Lax«, hatte Albert Despujol ihn gewarnt. »Wenn wir bleiben, kennen diese barbarischen Kommunisten kein Pardon mit uns.«

An dem Morgen hat Laia den Herrschaften das Frühstück getrennt serviert. Teresas Tablett hat sie nicht, wie so oft zuvor, mit einer gelben Rose dekorieren können. Der Rosenstrauch wurde wie die übrigen Pflanzen im Patio entfernt. Nun befindet sich dort ein dunkler Holzfußboden, der Patio ist mit einer Glaskuppel überwölbt und die Wände sind verputzt. Von den Handwerkern zeugen in dem neuen Raum nur noch die Werkzeuge. Sie haben versprochen, sie am Nachmittag abzuholen. Danach wird Laia ganz allein alles putzen müssen.

Teresa geht gemächlich die Treppe hinunter. Sie trägt nur eine lachsfarbene Satinkombination aus Nachthemd und Morgenmantel, und ihre Füße stecken in zierlichen Pantoffeln mit Seidentroddeln. Die Kammerfrau beobachtet sie so verzückt wie damals, als sie ein kleines Mädchen war.

»Ruf bitte deinen Vater an und sag ihm, dass er mich heute Nachmittag um fünf Uhr abholen soll!«, weist Teresa sie an, bevor sie in den Salon geht.

Laia vertagt die Ausführung der Anordnung auf später. Aber dann wird es nicht mehr notwendig sein.

Von den Sesseln neben dem Kamin betrachtet Teresa verzweifelt den ehemaligen Patio. Die Tür mit den bunten Glasfenstern ist noch an ihrem Platz, doch dahinter eröffnet sich Neuland, das nichts mehr mit diesem sonnigen Ruhepol voller Grün gemein hat, den sie so geliebt hat. Die Wände sind nun nackt und roh, sie warten auf die Anstreicher. Nicht einmal der gekachelte Trittstein vermag es, den Raum weniger düster wirken zu lassen. Irgendwo aus der Ferne dringen Geräusche von Explosionen herüber. Teresa fragt sich, ob sie nicht längst gehen sollte. Doch in dem Moment hört sie hinter ihrem Rücken Amadeos Stimme.

»Guten Tag, meine Liebe«, sagt er. »Gefällt dir die Veränderung?«

Teresa steht auf, stellt sich zu ihm und betrachtet an seiner Seite den Umbau. Amadeo ist makellos mit seinem karierten Anzug bekleidet, in der Hand trägt er seinen Strohhut sowie einen Pappkarton mit einer Schleife. Sie nickt schüchtern.

»Ich habe dir ein Geschenk mitgebracht«, verkündet er.

Die freundliche Geste entwaffnet Teresa. Ihr Herz rast bei dem Gefühl, dass die Stunde der Wahrheit näherrückt.

»Warum?«, fragt sie.

»Braucht es dafür einen Grund? Du hast mich doch auch nicht danach gefragt, als ich dir während unserer Hochzeitsreise all die Geschenke gekauft habe.«

Teresa lächelt traurig. Wie weit weg liegt doch ihre Hochzeitsreise! Wie wenig hat sie noch gemein mit der unschuldigen, verängstigten jungen Frau, die ihren Ehemann über alles anbetete.

Sie gehen zurück in den Salon, damit sie das Geschenk auspacken kann. Teresa setzt sich wieder auf den Sessel mit dem abgewetzten gelben Samtbezug.

»Die müssen zum Polsterer«, sagt sie in einem Tonfall, als habe sie vor, sich persönlich um die Reparatur zu kümmern.

Sie sitzen einander gegenüber. Teresa legt den Karton auf ihre Knie, löst die Schleife und hebt den Deckel ab. Ein winziges, haariges Köpfchen schaut heraus und blickt sie aus zwei leuchtenden, mandelförmigen Augen an. Es ist ein kleines Perserkätzchen mit langem weißen Fell. Es trägt ein Halsband mit einer Plakette, auf der steht: *Dickens.*

Teresa betrachtet das Namensschildchen und fragt: »Dickens?«

»Der Autor hat dir doch immer gefallen, oder? Das wird ein recht viktorianisches Tier sein. Ich habe gedacht, es gefällt dir, wenn es schon einen Namen hat.«

Teresa hebt das Tier aus dem Karton und streichelt es auf ihrem Schoß. Das Kätzchen verengt die Augen zu Schlitzen und gibt ein zufriedenes Schnurren von sich.

»Modesto wird begeistert sein«, flüstert sie im Gedanken an ihren kleinen Sohn, dessen Interesse für das Tierreich in diesem Jahr plötzlich erwacht ist.

Amadeo betrachtet sie wortlos, den Kopf von der einen zur anderen Seite wiegend. Teresa fürchtet diesen Blick, sie weiß, was er bedeutet. Amadeo verachtet sie nicht mehr, inzwischen braucht er sie verzweifelt. Dieser Blick ist der Vorbote eines seiner Anfälle. Früher haben diese ihr Angst eingeflößt, nun erträgt sie sie einfach nicht mehr.

»Ich möchte, dass es wieder so ist wie früher. Du bist immer so zufrieden gewesen. Du hast mich angesehen wie sonst niemand.« Amadeo streckt einen Arm aus und vollzieht mit einem Finger eine kindliche, spielerische Berührung.

Aber sie weist seine Hand brüsk zurück.

»Amadeo, nichts kann mehr so sein wie früher.«

Sie hat es ausgesprochen, sie hat den Mut aufgebracht. In

ihrem Herzen ist nur eine große Leere, und ihre Schläfen pochen unter einem nervösen Schmerz. Sie spürt, dass sie mit diesen Worten eine Schwelle überschritten hat. Er betrachtet sie, ohne zu begreifen, was er sieht oder hört. Das Kätzchen springt mit einem Satz vom Schoß seiner Herrin, tappt schwerfällig über die Fliesen und springt plötzlich auf einen anderen Sessel, als wolle es dem Schauspiel beiwohnen, das gleich beginnen wird. Teresa bekommt kaum Luft. Ihr Mund ist trocken. Sie nimmt allen Mut zusammen, den sie nie zuvor besessen hat, und sagt: »Ich will, dass wir uns scheiden lassen.«

Nun hat Amadeo das Gefühl, in einer anderen Welt zu sein. In der Welt der Verachtung und der Ablehnung. In der Welt von Verrat und Betrug. Er schüttelt vehement den Kopf. Er weiß, was er will. Was Teresa soeben ausgesprochen hat, wird schlichtweg niemals eintreten. Diesen Vorschlag muss er nicht einmal abwägen. Nein. Teresa wird ihn nicht verlassen. Es gehört nicht zu seinen Plänen, so etwas zu gestatten. Noch nie hat er etwas mit dieser Gewissheit gespürt: Sie wird ihren Willen nicht bekommen. Und wenn er ihr dafür den Umgang mit allen Menschen verbieten muss, die Schlange von Schwägerin inbegriffen.

Er sagt nur resolut: »Nie im Leben.«

Teresa zittert. Ihre Hände sind eiskalt. Plötzlich ist sie von Angst ergriffen.

»Ich kann nicht weiter an deiner Seite leben, Amadeo. Ich liebe dich nicht mehr so wie früher. Ich habe das Gefühl, dass unsere Ehe eine Farce ist. Ein Haus mit einer hübschen Fassade, das verfaulte Balken hat und kurz vor dem Einsturz steht. So etwas hast du nicht verdient.«

»Du bist eine Närrin«, schreit er sie plötzlich an, dass sie zusammenzuckt, »und noch dazu so etwas von naiv. Du denkst immer noch an Octavio, oder? Denkst du denn, ich merke das nicht?«

Teresa hat keine Angst vor der Wahrheit. Ganz im Gegenteil,

sie hat sie immer verteidigt. Die Wahrheit ist immer besser als die Lüge, so schmerzhaft sie auch sein mag. Aber diese goldene Regel gilt nicht für Amadeo. Er ist sehr verletzlich, das ist ihr durchaus bewusst, er ist ein Mensch, für den die Wahrheit eine tödliche Wunde sein kann.

»Das ist jetzt nicht wichtig, Amadeo.«

»Aber natürlich ist das wichtig! Meinst du vielleicht, er hockt am anderen Atlantikufer und wartet auf dich? Bildest du dir etwa ein, ihr könnt einfach so ein neues Leben anfangen, in einer Stadt, in der euch niemand kennt?

Du Närrin, hast du dich denn niemals gefragt, warum Octavio dir nicht geschrieben hat? Er hat dir doch nicht einmal seine neue Adresse geschickt, oder? Dir ist doch nichts anderes eingefallen, als nach ihm zu schmachten, du hirnrissiges dummes Ding!«

Teresa wird schwindelig. Sie weiß, dass Amadeo zu allem fähig ist, wenn der Hass ihn antreibt. Plötzlich verspürt sie unsägliches Mitleid mit ihm. Amadeos Gesicht ist puterrot, am Hals und an den Schläfen treten die Adern hervor. Sein Geschrei hat Laia alarmiert, die zunächst die Treppe einige Stufen hoch- und dann wieder hinuntergegangen ist. Teresa hört ihm zu, ohne irgendeine Regung. Sie sitzt auf dem gelben Samtpolster, betrachtet das Ergebnis der Bauarbeiten hinter der Glastür, sieht zu dem leeren Kamin, wartet ab, dass sich der Sturm legt.

Sie kann nicht wissen, dass Amadeo eine tödliche Kugel im Lauf hat. Die Selbstsicherheit und Ruhe, mit der sie ihre Haltung bewahrt, ist Anlass für ihn, seine Waffe gegen Teresa abzufeuern. Es ist sein letztes Mittel. Die Rache des Besiegten.

»Was wäre, wenn du wüsstest, dass Octavio gar nicht in Amerika ist?«

Sie schüttelt den Kopf. Sie will nichts hören. Sie täuscht Gleichgültigkeit vor. Er packt gewaltsam ihren Kopf, jede Hand umklammert eine Wange. Teresa spürt seine glühenden, verschwitzten Handflächen. Ihre Blicke kreuzen sich herausfordernd. Seine Stimme klingt rau, als er sagt: »Octavio ist tot, du Unglücksweib. Er ist tot!«

Die Beute hat den Köder geschluckt. Das mächtige Raubtier ist zufrieden. Endlich sieht er, wie das erhabene Wesen zusammenbricht, das heute mit dem Vorsatz aufgestanden ist, ihn zu zerstören. Endlich sieht er sie vor Schreck erstarren, weinen, flehen. Es ist, als würde er sie nicht hören. So als würde er nur das Schauspiel ihres Zusammenbruchs genießen. Wortlos, so wie man großen Siegen beiwohnt. Er kehrt erst aus seinen Gedanken zurück, als die in Tränen aufgelöste Teresa auf seine Brust trommelt und schreit: »Was meinst du damit? Sag mir endlich, was du damit meinst!«

Da erzählt Amadeo ihr von Weihnachten 1932. Von seinem Besuch bei Octavio. Von der Unterredung in Octavios Büro. Er berichtet ihr, dass Octavio, als er ihn verließ, betrunken war und sich seinen vierten Whisky einschenkte.

»In der Hausbar standen noch mehr ungeöffnete Flaschen, und ich wette, dass er sie noch vor Geschäftsschluss geleert hat. Octavio schickte das Wachpersonal heim, um allein zu sein. Er hat ihnen gesagt, dass er selbst die Alarmanlage einschalten wird. Den Männern von der Betriebsfeuerwehr hat er die Nacht freigegeben. Die letzte Person, die ihn lebendig gesehen hat, war einer der Feuerwehrleute, José Sánchez. Er hat berichtet, dass sein Vorgesetzter so betrunken war, dass er sich kaum auf den Beinen halten konnte. Der Angestellte hat noch kurz überlegt, gegen die Anweisungen zu handeln und im Kaufhaus zu bleiben, aber schließlich war es der Weihnachtsabend, und er hatte große Lust, bei seiner Familie zu sein. Er sperrte alles ab und ging heim. Am nächsten Morgen erfuhr er von seiner Frau, dass El Siglo in Flammen steht. Zuallererst fiel ihm Don Octavio ein. Als der Wachmann Octavios Büro am Vorabend verlassen hatte, saß dieser erledigt vor seinem Schreibtisch. Als José Sánchez endlich zu den Ramblas kam und sich durch die Menschenmenge drängen und nach Don Octavio erkundigen konnte, wusste niemand etwas von ihm. Alle berichteten, dass Don Octavio an dem Morgen nach Amerika abgereist sei. Der arme Mann hat dann bei den Löscharbeiten mitgeholfen und wäre beinahe gestorben, als er versucht hat, in das Büro im zweiten Stockwerk zu gelangen. Wegen seiner schweren Verbrennungen hat man ihn ins Krankenhaus bringen müssen. Er hat überlebt und später erfahren, dass in den Trümmern keine menschlichen Reste gefunden wurden. Allerdings hätte man in diesem Haufen verbogener Eisenträger auch nicht danach suchen können. Schließlich hat sich José Sánchez davon überzeugen lassen, dass Octavio nicht mehr im Warenhaus war, als das Feuer ausbrach. Später wurde nicht mehr darüber gesprochen. Das muss man dem guten Conde ja lassen, selbst sein Tod verlief noch in absoluter Diskretion. Was für ein großartiger Mann.«

»Das stimmt alles gar nicht«, brüllt Teresa, außer sich vor Wut. »Er kann doch gar nicht tot sein! Dann hätte es doch ein Begräbnis gegeben. Es hätte in allen Zeitungen gestanden!«

»Natürlich hätte es das«, antwortet Amadeo, der plötzlich sehr gelassen ist, »wenn sie es gewusst hätten.«

»Und woher willst du es wissen, wenn sie es nicht wissen? Bist du vielleicht schlauer als die Polizei?«

»Das alles hat mir José Sánchez persönlich gegen ein kleines Handgeld berichtet. Aber du vergisst, dass ich selbst dort war, meine Liebe. Und ich habe Octavio einen Grund zum Trinken geliefert. Ich denke, als er eingeschlafen ist, war er so betrunken, dass er nichts mehr mitbekommen hat. Oder vielleicht hat er sich auch zuvor selbst umgebracht. Denn dafür habe ich ihm schließlich meine Pistole dagelassen. Aber da bin ich mir nicht so sicher. Ich weiß nur mit Sicherheit, dass er das Schiff nicht genommen hat.«

»Woher willst du das wissen? Hast du es etwa überprüft?«

»Richtig«, grinst Amadeo zufrieden. »ich habe einen Boten unter dem Vorwand beauftragt, er solle Octavio bei seiner Ankunft in New York mit seinem Gepäck helfen. Der arme

Mann schickte mir recht erstaunt ein Telegramm, in dem er schrieb, dass mit der *Magallanes* kein Señor Conde angekommen sei und dass seine Kabine während der ganzen Überfahrt unbenutzt geblieben sei. Man hat ihm wohl gesagt, dass so etwas in der Ersten Klasse öfter vorkommt, weil die reichen Leute so vielbeschäftigt sind. Was meinst du? Ist das nicht ein Ding?«

Teresa kann nicht antworten. Sie versucht nur – vergeblich –, ihre Gedanken zu ordnen. Sie sucht einen Ausweg aus dieser Situation. Doch Amadeo hetzt sie weiter, er kostet seine Rache voll aus.

»Und, was hast du jetzt vor? Willst du etwa immer noch nach New York fahren?«

Teresa weiß nicht, woher sie die Kraft nimmt, als sie trotz allem mit fester Stimme antwortet: »Nicht nach New York. Aber ich will gehen.«

Als hätte dieser Satz einen Hebel umgelegt, fängt Amadeo an zu toben. In Teresa steigt Panik hoch. Amadeo steht auf und versetzt dem Kätzchen einen so brutalen Fußtritt, dass es gegen den Kaminaufsatz kracht und leblos hinunterfällt. Teresa schreit vor Entsetzen auf. Sie erhebt sich und will auf ihr Zimmer fliehen, aber Amadeo packt sie am Haar und zerrt sie zu sich. Sein Blick ist der eines Wahnsinnigen. Schweiß perlt ihm in riesigen Tropfen über die Stirn. Er ergreift sie an den Schultern und schüttelt sie. Er schnaubt böse Worte, infame Beleidigungen, die ihm nie zuvor über die Lippen gekommen sind. Je lauter er brüllt, umso wilder wird seine Wut. Je mehr er aus der Haut fährt, umso größere Lust hat er, sich zu vergessen. Bis seine Hände ihren bleichen Hals umschließen. Und zudrücken.

Als es zu spät ist, bereut Amadeo. Er hört einen pfeifenden Ton in seinen Ohren. Er nimmt seine Hände von Teresas lila angelaufenem Hals. Der Körper seiner Frau sackt wie eine kaputte Puppe auf den Fußboden. Amadeo kniet neben sie. Er ruft ihren Namen, mehrere Male, zum letzten Mal, unter Schluchzen. Er kauert über ihr, mit seinem Kopf zwischen ihren Brüsten, und heult wie ein Kind. Er verharrt so eine lange Weile, bis Teresas Körper erkaltet ist. Dann erfasst er scharfsinnig, dass er etwas unternehmen muss.

Er trocknet die Tränen und steht auf. Er betrachtet die Szene, als hätte er nichts damit zu tun.

In dem Moment entdeckt er Laia, die ihn von der Tür aus entsetzt beobachtet. Auch sie weint.

Am Nachmittag des 18. Juli 1936 herrscht hinter den Mauern hektisches Treiben. Als die Maurer kommen, um ihre Werkzeuge abzuholen, stellen sie eine kleine Veränderung an dem soeben vollendeten neuen Raum fest. Die Tür zu der Kammer, die sie mit so viel Sorgfalt lackiert hatten, ist abgeschlossen, und in der Metallplatte fehlt die Klinke. Zudem überrascht sie der Hausherr mit einem eiligen Auftrag, für den er ihnen das Doppelte der üblichen Bezahlung anbietet. Sie legen sofort Hand ans Werk, ohne weitere Fragen zu stellen. Sie bedecken die große Längswand im ehemaligen Patio und auch – was für ein seltsamer Auftrag – die Tür mit einer dicken Putzschicht. Als sie fertig sind, käme niemand auf die Idee, hinter der Wand einen Hohlraum zu vermuten. Von seinem Inhalt wissen sie selbstverständlich nichts.

Während die Handwerker arbeiten, geht Amadeo geistesabwesend auf und ab. Sein Anblick wirkt beängstigend. Er ist völlig außer sich, seine Nerven liegen blank. Er geht durchs ganze Haus und sucht Gegenstände zusammen, die er ohne viel Gefühl in eine Truhe wirft, die einmal seiner Mutter gehört hat. Er nimmt Dokumente, Schmuckstücke und Münzgeld an sich.

Gegen sieben Uhr abends verlässt er das Haus. Er ruft lieber ein Taxi, bevor er einen seiner auffälligen Wagen nimmt. Eine halbe Stunde später ist er zurück, zeigt Laia mehrere der frisch beschafften Papiere und verkündet: »Spanische Pässe mit deutschen Visa. Morgen früh nehmen wir ein Frachtschiff. Du kommst mit mir. Ich habe ihnen gesagt, dass du meine Tochter bist.«

»Wohin gehen wir?«

»Nach Italien. Du kannst die Uniform nicht anbehalten. Geh zu Teresas Ankleide und nimm dir, was du willst.«

Laia gehorcht. Niemals hatte sie sich vorstellen können, dass ihre sehnlichsten Träume auf einmal so schmerzhaft in Erfüllung gehen. In Teresas Ankleide hängen noch die Düfte ihrer Señora und werden so lange an Laia haften, bis sie die Kleidung ablegt, die sie niemals hätte anziehen dürfen. Gelähmt vor Entsetzen, betrachtet Laia die Kleidungsstücke, die sie so oft bewundert hat, und kann sich für keines entscheiden.

Inzwischen führt Amadeo, noch wütender als je zuvor, in dem Haus seine letzte Handlung aus. Er wird eines Tages, in einigen Jahren wiederkommen, aber dann wird nichts mehr so sein wie vor diesem Abend. Er hat den Farbkasten, die Palette und die Pinsel nach unten gebracht. Vor seinen Augen breitet er die Farben aus – Lila, Ocker, Indigo und Blau –, die für ihn ein Spiegel seines Gemütszustandes sind. Mit diesen Farben malt er, auf der Leiter stehend, die die Handwerker vergessen haben, sein erstes Fresko. Das wird kein Wandgemälde für irgendeinen Millionär in Tiana. Dies hier wird sein erstes Fresko sein, in seinem eigenen Haus, in dem ehemaligen Patio, der gerade zu einer Grabkammer umgewidmet wurde. Und das Motiv wird kein Pflanzenornament sein, kein Stillleben und auch keine Phantasie mit mythologischem Thema. Es wird sie sein. Seine Teresa. Eine unerreichbare Schönheit mit scheuem Blick, mit dem Blick, den ihre Augen heute Morgen zeigten, als sie ihn verlassen wollte. Teresa, wie sie über ihr Leben hinaussieht, über den Horizont hinweg, den er für sie entworfen hatte. Seine Teresa, die einzige Frau, die er glücklich machen wollte. Die er hoffnungslos verloren hat, auch wenn sie nun in diesen Mauern gefangen ist.

Als Amadeo das Haus verlässt, in Begleitung des als Señora verkleideten Dienstmädchens, ist das Wandbild noch nicht vollständig getrocknet. Das dumpfe Knarren, mit dem die Flügel der Haustür geschlossen werden, hallt wie ein Echo durch die Zimmer, stur und hartnäckig, glücklich darüber, allein gelassen zu werden.

Von: Violeta Lax
Gesendet am: 19. April 2010
An: Valérie Rahal
Betreff: Entscheidungen

Liebe Mama,

gestern habe ich stundenlang mit Daniel geredet. Wir haben meinen Geburtstag im Aqua gefeiert, einem idyllischen Restaurant mit Terrasse am Meer – ich weiß doch, dass du die Beschreibung des Ambientes so schätzt! Ich freue mich riesig, dass Daniel hergeflogen ist (und das weißt du bestimmt auch zu schätzen), denn ohne ihn die Vollendung meiner vier Jahrzehnte zu begehen, wäre eine traurige Angelegenheit geworden.
Also: Ich habe beschlossen, die Leitung des neuen Museo Amadeo Lax anzunehmen. Zum Teil verdanke ich diesen Entschluss dir und deinen Worten. Du hast ja recht: Ich kann durchaus den Maler Lax bewundern und den Menschen Lax verabscheuen, ohne dass diese beiden Facetten meine Arbeit behindern. Aber ich kann auch etwas dafür tun, dass die Wahrheit ans Licht kommt, indem ich beispielsweise der Öffentlichkeit die wahre Persönlichkeit von Teresa Brusés bekannt mache. Indem ich über sie und über ihr Leben an der Seite einer so talentierten und so komplexen Künstlerpersönlichkeit wie Großvater schreibe.
In diesem Zusammenhang habe ich Gabriel Portal persönlich kennengelernt. Er ist ein Großneffe (oder so etwas Ähnliches) von Octavio Conde, also Teresas mutmaßlichem Geliebten, zu dem sie 1936 nach New York geflohen sein soll. Es fällt einem schwer zu akzeptieren, dass diese Behauptung auf Irrtümern, Klatsch und falschen Schlussfolgerungen beruht, aber so ist es. Ich vermute, die Tatsache, dass ihre vermeintliche Flucht mit dem Ausbruch des Bürgerkrieges zusammenfiel, hat dazu beigetragen, dass das alles niemals ernsthaft recherchiert wurde.

Der Einzige, der das je versucht hat, ist dieser verarmte distinguierte Herr, den ich kennenlernen durfte und der seit einigen Jahren damit beschäftigt ist, eine dokumentierte Geschichte seiner Familie zu schreiben. Als ich ihn fragte, was seiner Meinung nach aus Octavio Conde geworden ist, zuckte er nur die Achseln und sagte: »Er hat sich in Luft aufgelöst.«
Gabriel Portal konnte über seinen Vorfahr nur mit Gewissheit sagen, dass er für den Dampfer *Magallanes*, der die Strecke zwischen Barcelona und New York bediente, für den 25. Dezember 1932 eine Kabine reserviert hatte. Aber trotz aller Mühen ist es ihm nicht gelungen, in einem der Häfen, die das Schiff unterwegs angelaufen hat, eine Spur von Octavio zu finden – weder auf den Kanaren noch auf Kuba oder in New York. Er ist jahrelang davon ausgegangen, dass Octavio einen anderen Namen angenommen habe, um unerkannt bleiben und mit seiner Geliebten ein diskretes Leben führen zu können. Aber wenn diese Geliebte gar nicht bei ihm war, entbehrt die ganze These ihrer Grundlage. Gabriel Portal hat ihn auch auf keinem der mehr als zwanzig Friedhöfe gefunden, auf denen er recherchiert hat. Für dieses Rätsel gibt es einfach keine plausible Erklärung. Der alte Herr hat indes mehrere Hypothesen aufgestellt: »Entweder ist Octavio niemals an Bord gegangen und hat hier unter falschem Namen weitergelebt, oder er ist in ein anderes Land geflohen, vielleicht in Mussolinis Italien, wohin in jener Zeit so viele andere reiche Unternehmer aus Barcelona geflüchtet sind. Oder er ist in den Wirren des Bürgerkrieges umgekommen …« Schließlich meinte er nur noch: »Es ist eine unmögliche Gleichung. Es gibt einfach zu viele Unbekannte.«

Meine Barcelona-Exkursion geht ihrem Ende entgegen. Gestern habe ich Daniel auch noch den ehemaligen Wohnsitz der Familie gezeigt. Die Maurer geben dem neuen Museo Amadeo Lax seine Form. Mein Büro wird im Untergeschoss liegen, dort, wo früher der Dienstbotentrakt war. Die Küchen sind relativ gut erhal-

ten, sie werden in die Ausstellung miteinbezogen. Das Museum wird Ende des Jahres fertiggestellt sein, die Eröffnung soll am 22. Januar stattfinden, also mit Großvaters Geburtstag zusammenfallen. Dieser Tag stellt auch das Datum für meine Rückkehr nach Barcelona dar, für mich und meine ganze Familie. Allein die Vorstellung macht mich glücklich, und Daniel ist begeistert.
Also, morgen werde ich die Koffer packen und heimfliegen. Irgendwie muss ich mich bei Drina für all die Unannehmlichkeiten entschuldigen, die ich ihr in den letzten Wochen bereitet habe, und auch die Standpauke meiner Vorgesetzten vom Art Institute über mich ergehen lassen. Ich denke, sie werden ziemlich verblüfft sein, wenn ich ihnen meine Kündigung vorlege. Aber es ist mir gelungen, Papa davon zu überzeugen, zu der Museumseröffnung zu kommen. Wenn du nichts Besseres vorhast, hätte ich dich auch gerne dabei.
Schließlich habe ich heute Morgen noch Teresas Grab besucht. Ich habe einen riesigen Strauß roter Rosen gekauft und bin mit dem Vorsatz, mich von ihr zu verabschieden, über die von der Sonne beschienenen Wege des Friedhofs gegangen. Bevor ich zu Teresas Grabkammer kam, habe ich noch gedacht, wie ungerecht es ist, dass ihre sterblichen Reste hinter einer namenlosen Zementplatte liegen, und beschlossen, für sie eine Gedenktafel aus Marmor in Auftrag zu geben, mit ihrem eingravierten Namen. Aber dann musste ich zu meiner großen Überraschung feststellen, dass das Grab inzwischen ganz anders aussieht. Es ist nicht mehr anonym. Es hat eine wunderschöne Tafel aus schwarzem Granit, mit einer silbrigen Inschrift.

TERESA BRUSÉS BESSA
(1907–1936)
DEIN SOHN UND DEINE ENKELIN
WERDEN DICH NIEMALS VERGESSEN

Auf der schmalen Laibung lag ein Strauß verwelkter Margeriten. Ich habe sie weggenommen und dort meine Rosen abgelegt. Du hast mir doch mal erzählt, dass Margeriten Papas Lieblingsblumen sind, oder?
Dann bin ich noch bei dem Volksheiligen vorbeigegangen, um mich auch von ihm zu verabschieden. Sein Grab war wieder so überhäuft mit Blumen, Votivgaben und allen möglichen Geschenken wie beim letzten Mal. Ich bin stehen geblieben, um diesen berühmten Riss zu betrachten, der diagonal über die Grabtafel verläuft, doch es ist nichts passiert. Aber ich muss zugeben, meinen Wunsch hat er erfüllt. Jetzt wo ich darüber nachdenke, fällt mir wieder ein, dass ich versprochen hatte, dir von meinem Wunsch zu erzählen, wenn der Santet ihn mir erfüllt, nicht war? Also: Ich habe ihn gebeten, mir dabei zu helfen, aus Chicago wegzukommen. Ich habe es wirklich keinen Tag länger dort ausgehalten.
Und, bist du überrascht?
Als Lohn für seinen wirksamen Dienst habe ich beschlossen, Francisco Canals Ambrós die Halskette und den Goldring mit seinem Namen zu überlassen. Ich habe keine Ahnung, wie das Schmuckstück an Teresas Hals gelangt ist, und auch nicht, welche Bedeutung es für sie hatte, aber es schien mir nur gerecht, dass er es erhält.
Also, jetzt komme ich zum Schluss. Ich haue so gerne in diese neue Tastatur, dass ich fast das Gefühl habe, sie übe auf mich eine Art Fluch aus. Wenn ich erst einmal zu schreiben beginne, nehmen die Geschichten anscheinend kein Ende.
Ich schicke nur noch eine kleine Warnung mit, damit du nicht erschrickst: Ich komme mit einem eingegipsten Fuß nach Hause. Der Grund für die Verletzung ist wirklich ein bisschen peinlich. Als ich nach meinem Besuch mit Daniel in dem Familiensitz die Marmortreppe hinunterging, bin ich gegen das Weinblatt an der unteren Stufe gestoßen und völlig absurd gestolpert. Dabei habe ich mir die Bänder gezerrt. Ja, ich weiß. ich bin ein ewiger Toll-

patsch. Wer zum Teufel ist bloß auf die Idee gekommen, ausgerechnet da, mitten im Weg, diese übertriebene Verzierung anzubringen?

Deine hinkende, produktive, barcelonesische und erneuerte

Violín

Barcelona, 30. November 1940

Lieber Amadeo,

ich habe große Zweifel, ob dich dieser Brief je erreichen wird. Da ich keine andere Adresse von dir habe, habe ich überlegt, ihn an das Hotel in Rom zu schicken, wo du dich das letzte Mal aufgehalten hast, als ich etwas von dir gehört habe. Ich hoffe, jemand wird ihn dir übergeben. Ich habe auch deiner Cousine Alexia geschrieben und sie gefragt, ob sie deinen Aufenthaltsort kennt, aber ich hatte kein Glück. Doch sie hat mir berichtet, dass es Modesto gut geht. Mit seinen sieben Jahren ist er schon ein großer Junge und scheint in die Fußstapfen seines Vaters zu treten: Alexia schreibt, dass Modesto sehr schön malt und dass er sich gerne Geschichten ausdenkt.

Hier im Haus hat sich sehr viel verändert. Ich schreibe dir, damit du auf dem Laufenden bist. Alle Möbel wurden gestohlen, ebenso die Wagen, die Lampen, die Teppiche, das Klavier, das Grammophon und alles Übrige, was irgendeinen Wert hatte. Dabei haben wir alles verteidigt wie die Löwen. Glücklicherweise konnten wir das Haus wenigstens vor den Bränden bewahren, die viele Häuser im Viertel zerstört haben und die zu einer ernsten Bedrohung geworden sind. Ich weiß zwar immer noch nicht, wie, aber es ist uns tatsächlich gelungen, die Bilder zu retten. Wir hatten sie in der ehemaligen Telefonkammer versteckt. Keiner dieser Barbaren kam auf die Idee, dort nachzusehen, oder sie interessierten sich einfach nicht für Gemälde.

Wir haben auch Violetas Zimmer retten können. Der geschickte Higinio ist auf die Idee gekommen. Kannst du dich noch an ihn erinnern? Vor dem Krieg hat er sich um die Reparaturen im Haus gekümmert, aber seitdem hat er viel dazugelernt. Eines Tages hat er erzählt, dass Gemeindemitglieder in einigen Pfarreien die Kapellen und Altäre in den Kirchen zugemauert haben, um zu verhindern, dass die Kirchenschänder sie zerstören. Irgendwoher hat er Ziegel und Zement beschafft und eigenhändig eine Wand hochgezogen, die wir dann gemeinsam geweißelt haben. Damals waren wir Dienstboten noch alle zusammen wie im letzten Sommer vor dem Krieg: Julián, Vicenta, Aurora und ich. Carmela war nicht mehr da, denn sie hat deine Anweisungen befolgt und den kleinen Modesto nach Avignon zu deiner Cousine gebracht. Carmela kam nicht mehr zurück, und wir haben nie wieder etwas von ihr gehört. Wahrscheinlich ist sie in ihr Heimatdorf zurückgekehrt. Ich glaube, ihre Eltern, die inzwischen schon sehr alt sein müssen, lebten noch dort.

Aber ich habe dir gerade von Violetas Zimmer geschrieben. Bevor die neue Wand die Tür verbarg, habe ich noch einige Erinnerungsstücke in ihr Zimmer gebracht: das Buch mit dem Ledereinband, das Teresa immer bei sich getragen hat, ein Messbuch, das mir deine Mutter geschenkt hat, als ich lesen lernte, und meine alte Keksdose mit Erinnerungen. Ich weiß, ich hebe darin nur ein paar alte Sachen auf, aber ich hatte das Gefühl, das ich damit auch die Erinnerung an Violeta gerettet habe, das geschätzte Andenken an deine Mutter und einige Bruchstücke der Familiengeschichte, die einen großen Teil meines Lebens auch meine Familiengeschichte gewesen ist.

In meinem Bericht vermisst du sicher die arme Laia. Sie war keine sechzehn, als der Krieg ausbrach. Du kannst dich bestimmt noch daran erinnern, dass sie den Sommer bei dir in Barcelona geblieben war. Also: Als wir Ende Juli 1936 wie durch ein Wunder lebendig aus Caldes wieder zurück in die Stadt kamen, war sie nicht mehr im Haus. Ihre Eltern haben immer gehofft, dass sie irgendwo überlebt hat oder dass sie sich vielleicht einer Gruppe Revolutionäre angeschlossen hat. Ich habe es ihnen niemals gesagt, aber ich bin immer davon überzeugt gewesen, dass jemand, der wusste, dass sie allein im Haus war und sich nicht verteidigen konnte, sie umgebracht hat. Zumindest ist es anderen Dienstmädchen, die so jung und so hübsch waren wie sie, so ergangen. Tatsache ist, dass wir sie niemals wiedergesehen haben. Julián und Vicenta sind gestorben, ohne je wieder etwas von ihrer Tochter gehört zu haben, und ich glaube, dass die drei inzwischen im Himmel vereint sind.

Später war es an der Tagesordnung, dass Leute verschwanden und ohne weitere Erklärungen wieder auftauchten. Higinio zum Beispiel hat sich den Milizen angeschlossen, nachdem man ihn davon überzeugt hatte, dass der Arbeiterkampf die bessere Zukunft bot und man diejenigen bekämpfen musste, die einen lebenslänglich unterwerfen wollten. In den Tagen wurden viele bedeutende Persönlichkeiten umgebracht, und du kannst dir gar nicht vorstellen, wie oft ich dem Himmel dafür gedankt habe, dass er dir diese Hölle erspart hat. Kurioserweise kam Higinio einige Monate später zurück, als der Krieg schon fast zu Ende war, und da gehörte er zu den Siegern. Er hat uns niemals verraten, wo er die Lager gewechselt hat, und wir haben ihn auch nie danach gefragt. Ehrlich gesagt, es ist es mir auch egal gewesen, denn ich habe mich sehr gefreut, ihn lebendig wiederzusehen. Gute Menschen bleiben gut, ganz unabhängig davon, was sie denken. Higinio ist mit den nationalspanischen Truppen in Barcelona einmarschiert und kam bei der ersten Gelegenheit ins Haus, um nach uns zu sehen. Aurora und ich haben ihm, so gut es ging, einen Empfang bereitet und das Wenige, was wir zu essen hatten, mit ihm geteilt. Wir haben ihm berichtet, dass Vicenta auf offener Straße ermordet wurde, weil sie die katalanische Fahne geschwenkt und separatistische Parolen gerufen hat. Da hat er uns umarmt und uns versprochen, von nun an dafür zu sorgen, dass uns nichts geschieht. Und er hat Wort gehalten! Higinio ist für uns Frauen und auch für das Haus ein Schutzengel gewesen. Er hat uns Arbeit als Näherinnen und Bügelfrauen verschafft. Er kam jede Woche mit Kleidersäcken zu uns ins Haus und nahm die fertigen Kleidungsstücke wieder mit. Er hat uns bar bezahlt. Wir haben ihn niemals gefragt, von wem die Aufträge kamen, aber es waren viele, und er kam oft zu uns, so dass wir relativ gut über die Runden kamen, auch wenn wir uns dafür reichlich geplackt haben. Bei seinen häufigen Besuchen entstand zwischen Higinio und Aurora eine große Zuneigung. Sie haben vor zwei Monaten geheiratet und ich hatte die Ehre, ihre Trauzeugin sein zu dürfen. Und jetzt, da meine Gesundheit zu wünschen übrig lässt, kümmern sich die beiden um mich, als wären sie meine Kinder. Mit den beiden hat mir der Himmel ein großes Geschenk gemacht.

Higinio ist nicht der Einzige, der zurückgekommen ist. Auch Antonia ist wiedergekommen. Doch in ihrem Fall war die Überraschung weniger angenehm. Aus ihr war eine machtvolle Milizin geworden. Du hättest sehen müssen, wie sie herumkommandiert hat. Ich glaube, man hat sie für eine Nonne gehalten, die vom Glauben abgefallen ist, und dem hat sie auch nicht widersprochen. Sie hat sich wichtig gemacht und uns bedroht: Entweder schlössen wir uns ihrer Sache an, oder sie würde uns umbringen und das Haus mit uns allen verbrennen. Sie bekam einen heftigen Wutanfall, als sie feststellte, dass es hier nichts mehr zu holen gab, denn die, die vor ihr hier waren, hatten schon alles mitgenommen. Sie haben nicht einmal die Kochtöpfe in den Küchen stehengelassen. Julián erhob Widerrede gegen sie, woraufhin ihm einer der Männer in ihrer Begleitung ein Bajonett in den Bauch stieß. Drei Tage später mussten wir Julián bestatten. Übrigens, dein Bruder Juan war bei der Beisetzung dabei. Auf einmal war er da, in weltlicher Kleidung und so dünn, dass er nicht wiederzuerkennen war. In der ersten Zeit wurden die Jesuiten sehr hart verfolgt, doch ihm war die Flucht gelungen, indem er sich in den Häusern einiger mutiger Gläubigen versteckte. Aber dann wendete sich das Blatt, und er fühlte sich nirgends mehr sicher. Wir haben versucht, ihm zu helfen, doch am nächsten Tag kamen mehrere Priester und holten ihn ab. Sie wollten in irgendein Land in Südamerika auswandern, zumindest haben sie das gesagt. Ich hoffe, es ist ihnen gelungen.

Aber auch bei den republikanischen Truppen, die aus dem Haus drei Monate lang ihr Hauptquartier gemacht hatten, haben wir bekannte Gesichter entdeckt. Einige berichteten, früher in den Lax-Fabriken gearbeitet zu haben, und haben alles mit Respekt und Bewunderung betrachtet. Sie schleppten säckeweise Lebensmittel an, und ich habe für sie gekocht. Abends sangen und tranken sie im ehemaligen Patio, und immer wieder haben sie auf Teresa angestoßen, die ihnen von dem Wandgemälde aus geheimnisvoll zusah. Eines Tages sind sie verschwunden und nie wieder gekommen. An ihrer Stelle ist uns nur dieses so traurige Schweigen geblieben, das Tag und Nacht vom Sirenengeheul unterbrochen wurde. An manchen Morgen, vor allem in diesem verfluchten Jahr 1938, konnten wir kaum eine Stunde am Stück schlafen. Die ganze Stadt lebte in Angst und Schrecken. Die Bomben kamen vom Himmel und vom Meer, und manchmal schlugen sie so nah ein, dass wir die Verwundeten schreien und die Kinder weinen hören konnten. Eine Bombe erwischte eine volle Straßenbahn an der Plaza de Catalunya. In den Hauptstraßen türmten sich die Leichen, Sirenen unterbrachen immer wieder die Suche nach Überlebenden in den Trümmern. Alle ergriffen die Flucht, sie hatten Angst und ließen die Sterbenden im Stich. Es hieß, die Flugzeuge kämen von den Italienern. Dann habe ich an dich gedacht und mich gefragt, was Italien eigentlich gegen uns hat. Warum musste Barcelona für seine Rettung so viel Leid durchstehen? Die Bomben, die Trauer, die Plünderungen, der Brand, der Krieg, die Armut, die Erniedrigung, und die Tränen, all diese Tränen.

Nun wird die Stadt allmählich wieder ganz die alte, aber sie ist in zwei Lager geteilt. Die Sieger feiern ihren Triumph. Die Verlierer gehen mit gesenkten Köpfen herum. Ich weiß nicht, zu welchem Lager ich gehöre. Ich weiß nur, dass ich aus einer anderen Zeit stamme. Aus einer weit entfernten Zeit, die für immer verschwunden ist.

Du kannst dir gar nicht vorstellen, wie überrascht ich war, als ich Teresas Porträt an der Wand im alten Patio entdeckte. Es gleicht ihr dermaßen, ihr Gesichtsausdruck ist so wahrhaftig getroffen, dass ich bei dem Anblick immer noch erschauere. Du wirst gerne von mir hören, dass es keinen Schaden erlitten hat, auch wenn uns das ganz schöne Mühen gekostet hat. Wir haben keine Gelegenheit gehabt, darüber zu sprechen, aber ich kann es immer noch nicht fassen. Ich begreife nicht, wie Teresa einfach gehen und das hinter sich lassen konnte, was für sie das Wichtigste gewesen ist: dich und ihren Sohn. Du hättest das Gesicht ihrer Schwester sehen müssen, als ich es ihr berichtete, nachdem ich mit dir gesprochen hatte. Doña Tatín sah überhaupt nicht überrascht aus. Sie sagte: »Das hätte längst passieren müssen.« Aber dann wirkte sie doch verwirrt. Sie ließ sich im Garten in einen Sessel fallen und hat den gesamten Nachmittag mit niemandem geredet. Sie ist noch am selben Abend weggefahren. Julián hat versucht, sie davon abzuhalten. Er sagte ihr, dass die Lage zu unsicher sei, um als Frau allein unterwegs zu sein, noch dazu am Steuer ihres eigenen Wagens. Aber sie hat nicht auf ihn gehört. Sie war bewaffnet, und sie hat sich sicher gefühlt. In dem Moment konnte sie sich nicht vorstellen, dass ihr etwas Ernstes zustoßen könnte. Wir haben später erfahren, dass sie auf der Rückfahrt kurz vor Barcelona überfallen wurde. Man hat ihr den Wagen und ihren Schmuck gestohlen. Wenn sie nicht die Waffe gezogen hätte, wäre ihr vielleicht nichts passiert. Aber sie hat die Angreifer mit ihrer Pistole bedroht, und die waren schneller als sie.

Nun komme ich zum Schluss, Amadeo. Mir bleibt nur noch, dir zu schreiben, dass wir alles getan haben, was in diesen harten Zeiten in unseren Händen lag. Bestimmt ist es nur eine Frage der Zeit, dass für dich alles wieder so wird wie früher. Viele Menschen hier warten auf deine Rückkehr, und die Leute deines Standes führen in der Stadt wieder ihr altes Leben. Selbstverständlich warte auch ich auf dich, aber ich fürchte, ich werde nicht lange genug leben, um dich noch einmal zu sehen. Wenn – mit ein wenig Glück – deine Augen über diese Zeilen schweifen, möchte ich, dass du weißt, dass ich dich zeit meines

Lebens wie einen eigenen Sohn geliebt habe, zeit meines Lebens. Genauso, wie ich es dir an jenem Tag vor einundvierzig Jahren versprochen habe.

Mein Liebling, möge Gott dich behüten.

Conchita

XXVI

Ach, die Zeit, diese allumfassende Macht. Sie vernichtet die menschlichen Wesen. Sie zermürbt die Steine. Sie regt Romanschriftsteller an und langweilt die Geister.

Schweigend wohnen wir Leblosen der Museumseröffnung bei. Viele gesprächsbereite Unbekannte sind anwesend, eine Herde Schaulustiger dringt in alles ein. Hinter den modernisierten Wänden stecken keine Geheimnisse mehr, die Zimmer wurden zu geräumigen, unpersönlichen Sälen erweitert, die die Gemälde in den Mittelpunkt rücken.

Wir schnüffeln zwischen den Gemälden und den Besuchern herum. Wir sind glücklich wie Kinder, dass wir Violeta inmitten der Veranstaltung sehen. Sie hört zu, sie spricht, sie glänzt. Endlich befindet sie sich dort, wo sie hingehört. Fiorella Otrante an ihrer Seite trägt eigens zu diesem Anlass ein neues schwarzes Spitzenkleid, und ihre Augen werden feucht, als sie aus den Mündern der Politiker deren dankbare Worte vernimmt. Der Körper ihrer Mutter, für alle Ewigkeiten jung und schön, verblüfft auf den im Hauptsaal gezeigten Bildern alle Anwesenden. Sie bilden mit den Teresa-Porträts das Herzstück der Sammlung. Auf Wunsch der Museumsdirektorin, die weiß, dass diese Zusammenführung ein Akt der Gerechtigkeit ist, werden sie zum ersten Mal zusammen gezeigt. Modesto ist auch hier, Hand in Hand mit einer jungen Blondine. Dort drüben ist Valérie mit ihrem Restaurantbesitzer. Silvana sieht sich um. Sie ist zufrieden. Violetas Zwillinge Iago und Rachel sind wohlerzogen und der langen Reden ebenso überdrüssig wie wir – wir Gespenster sind wie Kinder, wir hassen Monologe. Sie sehen zu ihrem Vater hinüber, aus ihrem Blick spricht die Frage, wie lange es noch dauert. Daniel lächelt ihnen zu und beruhigt sie ohne Worte. Arcadio hat sich für diesen Anlass als Mann mit Geschmack verkleidet. Die dunkle Lederjacke ergibt mit seiner grauen Hose eine perfekte Kombination, die Krawatte scheint zu den Schuhen zu passen. Für ihn ist dieser ebenso glanzvolle wie langweilige Festakt der Höhepunkt eines langen Kampfes, für den er sein Leben und zuweilen auch seine Gesundheit aufgerieben hat. Wenn er die Grenze überschreitet, die uns noch trennt, werden wir einen Weg finden, ihm unsere Dankbarkeit zu zeigen.

Vom Patio aus überwacht Teresa, nun wieder an Ort und Stelle, mit ihrem abwesenden Blick die Sterblichen. ›Arme Geschöpfe, unfähig, sich selbst zu überdauern‹, scheint sie zu denken. ›Das Gedächtnis unserer Nachfahren ist brüchig‹, flüstern wir im Chor und bedanken uns dafür, dass etwas – und sei es auch nur so etwas Geringes und Trügerisches wie eine Romanhandlung – unsere Spur in der Welt bezeugt.

Jetzt wäre es einfach, die Uhr weiterlaufen zu lassen. Aber die Wasser der Zukunft sind sehr ruhig, und wir sind stürmische Gefühle gewohnt. Wir haben unsere Vorlieben. Den Kalender überschreiten. Zurückgehen. Alles bis ins kleinste Detail inventarisieren, während wir uns einen Zeitvertreib ausdenken, der unserem Geschmack entspricht. Wir nennen das Spiel »Alles auf Anfang«. Auf die Plätze, fertig, los …

Wir verlassen den eleganten Festakt der Eröffnung und sehen, wie die Handwerker alles mit Lärm, Gerüsten und fremden Sprachen erfüllen. Als sie verschwunden sind, ist Violetas Zimmer wieder zugemauert und versteckt, all ihre Geheimnisse sind gut aufgehoben für eine lange Zeit, und die Kleidungsstücke und die Schuhe erhalten Tag für Tag ein wenig mehr von dem Glanz, den ihnen die Zeit genommen hat. Teresa kehrt wieder in ihre Grabkammer zurück, die, einmal versiegelt und unsichtbar gemacht, den Ort bewacht, der früher der Patio gewesen war, während von den Wänden die abgebröckelten Stellen verschwinden und die feuchten Stellen immer jüngeren Mauern weichen. Dann folgen etwa dreizehntausend Tage der Einsamkeit, die nur zuweilen durch lästige Besucher gestört wird, die uns von unserem ziellosen Herumstreifen ablenken. Wir meinen damit nicht Arcadio, ihn kennen und mögen wir. Wir schließen gerne Wetten über seine Aufmachung ab, seine nachlässige Kleidung bedauern wir genauso, wie wir ihm für seine für menschliche Wesen so ungewöhnliche Beharrlichkeit dankbar sind. Arcadio ist einer von uns. Nein. Uns stören diese beleibten Politiker, die hier ihre Festakte veranstalten und keine Ahnung haben. Wir amüsieren uns damit, ihre Pläne zunichtezumachen, auch wenn unsere Möglichkeiten – anders als die Leute denken – in dieser Hinsicht sehr beschränkt sind.

Plötzlich befinden wir uns bei der Totenwache von Amadeo Lax. Wir Geister feiern ein Fest. Wir freuen uns, ein neues Mitglied zu begrüßen, doch dem Toten geht es plötzlich besser. Er öffnet die Augen, er steht auf, er ist erstaunt. Er geht in dem großen Salon mit dem Kamin auf und ab, der so angestaubt und leer ist, wie er selbst sich heute fühlt. Es ist nicht erstaunlich, wenn man von den dreißig Jahren Abgeschiedenheit weiß. Er atmet mühsam, er hustet, er keucht. Seine Haut ist vergilbt. Wir drehen die Zeit zurück, es geht ihm besser, dazwischen schließt er die Augen, er fühlt sich müde und abgeschlafft, er sehnt sich nach dem Tod, der nirgendwo ist, er langweilt sich. Denn das ist das Leben des Einzelgängers Amadeo Lax: In seine Mansarde eingeschlossen, langweilt ihn, sich an das Vergangene zu erinnern und das Ende abzuwarten. Er denkt wenig nach, denn er hat entdeckt, dass ihn das durcheinanderbringt. Er lernt, erinnerungslos zu leben. Am Ende dieses mühseligen Wartens steht eine Entscheidung: Er wird wieder malen, und zwar für immer. In den abgegriffenen Truhen, in denen er sie versteckt hat, sucht er nach Pinseln und Paletten, und er beschäftigt sich zum ersten

Mal seit langer Zeit wieder mit seiner Obsession. Er befestigt eine erste Leinwand, er malt das erste Bild dieses rückwärts verlaufenden Lebens, es ist mit einem Schrecken befrachtet, den er erst versteht, als er die Leinwand betrachtet, die ihm sein Selbstporträt mit einem leichenhaften, monsterartigen Wesen zeigt. Denn das ist aus ihm geworden. ›So ein Mann hat keine Zukunft‹, sagt er sich.

In der Szene, die wir dann sehen, sieht er plötzlich ein wenig erholt aus. Er kommt im gleichen Maße wieder zu Kräften wie seine Malerei. Er fragt sich, wie man ohne die Malerei leben kann. Die Erinnerungen verwischen, aber sie genügen, um eine Leinwand nach der anderen zu füllen. Teresa ist in seinen Werken allgegenwärtig. Sie ist seine große Obesssion. Nur er allein weiß, wie teuer er sein Verbrechen bezahlt hat. Dass das Verbrechen nach dem Gesetz der Menschen verjährt ist, tut nichts zur Sache, denn ihn richtet Gott, und die Strafe ist ewig und exemplarisch. Und er selbst geht noch härter mit sich zu Gericht als Gott. Er wird sich niemals verzeihen.

Dreihundertzweiundfünfzig Monate ohne Veränderungen verstreichen. Zehntausend Tage. Neunundzwanzig Jahre. In welcher Einheit wir die Zeit berechnen, ist belanglos, denn sie ist immer unerbittlich. In dieser Zeitspanne verlässt Amadeo kaum das Haus. Gefügig akzeptiert er, von einer sehr jungen und sehr stillen Hausangestellten versorgt zu werden, mit der ihn kaum mehr als eine kulinarische Beziehung verbindet. Sie ist nicht mehr wie das Personal von früher – diese junge Frau hat eine eigene Wohnung, sie kommt jeden Morgen und geht jeden Nachmittag. Amadeo isst fast nie zu Abend, denn allein die Vorstellung, vier Stockwerke hinunterzugehen, um den Kühlschrank zu öffnen, stimmt ihn traurig. Er bleibt in der Mansarde, im Winter im Schutz des Ofens und im Sommer mit dem Wunderwerk der Klimaanlage, dem einzigen Zugeständnis an die Moderne – außer den wenigen Möbeln.

Als Arcadio auftaucht, weist er die junge Frau an, den ehemaligen Patio ein wenig zu säubern und darin zwei Lehnsessel aufzustellen, die antik aussehen, aber Fälschungen sind, wie so viele andere Dinge in seinem Leben. Hier, unter Teresas Blick, findet das erste Treffen mit diesem zielstrebigen und sympathischen Studenten der Schönen Künste statt.

Außerdem sieht Amadeo zuweilen Trescents – einen wehmütigen und klagenden Greis –, mit dem er lange Gespräche voller Entscheidungen führt, vor denen er immer fliehen wollte.

Genau hier liest er eines Tages einen Brief aus Peru, mit dem Siegel des Jesuitenordens. Das Schreiben setzt ihn darüber in Kenntnis, dass Padre Juan in dem Ort Aucaya im peruanischen Amazonasgebiet an Malaria gestorben ist. Nach einem kurzen Bericht der Begleitumstände kondoliert man ihm und empfiehlt ihn Gott. Der Brief datiert aus dem Jahr 1963, aber die berichteten Ereignisse scheinen länger zurückzuliegen. Es wird nicht genauer ausgeführt, wie lange.

Nun sehen wir Amadeo Lax im hellen Morgenlicht erscheinen. Er kommt bedächtig und seufzt, betritt den Wagenhof und lässt einen ersten Blick darin schweifen. Er sieht dort die Spuren der Brände, die Risse in den Mauern, die leeren Küchen und in einem Winkel des Hofes ein einsames, verlassenes Wagenrad, das als einziger Gegenstand den luxuriösen Geschmack einer anderen Epoche bezeugt. Wie durch ein Wunder entdeckt er im Hof zwischen trockenem Laub, Papier, Speiseresten und toten Tieren die Ecke von einem Stück Papier. Erstaunt hebt er den Briefumschlag vom Boden auf. Er selbst ist der Empfänger, der Brief ist an das Grand Hotel in Rom adressiert. *Empfänger unbekannt. Zurück an Absender*, liest er auf der Rückseite. Er betrachtet ihn eine geraume Weile, dann öffnet er ihn sorgfältig und nimmt das Schreiben aus dem Umschlag. Noch im Wagenhof liest er den langen Brief, den ihm seine geliebte Conchita geschrieben hat. Nur das Zittern der Briefbögen verrät seine Gefühle. Während er die Treppe hinaufgeht, hinterlassen seine Schritte in der Staubschicht, die alles bedeckt, eine deutliche

Spur. Oben angekommen, stellt er seinen winzigen Koffer ab. Ein niedergeschlagener Amadeo Lax packt seine wenigen Sachen aus. Von einem Tag auf den anderen schlagen Männer in blauer Arbeitskleidung ein paar Möbel auf.

Wenn wir ihn wieder sehen, werden neun Jahre dazwischen liegen, und er wird sich selbst sehr viel ähnlicher sein.

In dieser Zeit ereignet sich eine Katastrophe, die alles mit sich reißt. Bekannte Figuren sind zu erkennen, die alles mit kämpferischen Stimmen und Parolen erfüllen. Es kommt zu Überfällen, und im Wagenhof brennen Feuer, die mit den Büchern aus der Bibliothek gespeist werden. Es gibt Plünderungen und Vergewaltigungen und Tote. Es kommen Fremde, die die Lehnsessel mit den abgewetzten gelben Samtpolstern von ihrem angestammten Platz holen. Andere tragen Teppiche heraus, das Klavier aus kubanischem Edelholz, die Lampen, das Grammophon, die Kleidungsstücke und die Schreibtische. Eine Horde bewaffneter Männer thront auf den Luxuskarossen des Señor Lax und fährt eine nach der anderen vom Hof. Die Hausangestellten leiden unter dem Lärm der Bomben sowie den furchtbaren Meldungen von Blutbädern und Aufständen. Nach und nach löst sich das Bild auf, das Personal ist verschwunden, und wir warten auf Amadeos Türschlag.

Nun hören wir ihn, Amadeos letzten Türschlag, der sich wie ein fernes Echo ankündigt, ein schreckliches Knarren, das durch die Räume dringt, das den Wandel der Zeit vorhersagt, und auch das Ende und den Anfang von vielen Dingen, bis er schließlich so fürchterlich wie ein Donner inmitten der Steine dröhnt.

Ach, wir könnten noch weitergehen, endlos weitertanzen.

Wir könnten Teresa zum Leben erwecken, erneut das Sonnenlicht in den Patio fluten lassen und wieder Rosenstöcke und Efeu anpflanzen, Laia verjüngen, bis sie zurück im Mutterleib ist, Antonia heimkehren und Maria del Roser auferstehen lassen, noch einmal auf die Hochzeit gehen, das Mädchen Brusés ihrer verrückten Familie zurückgeben, die Hoffnung hegen, dass die Brüder sich aussöhnen, Don Rodolfo aus seinem Kloster der nomadisierenden Nonnen holen, flaschenweise das Parfüm bestellen, mit dem Rorró ihren Ausschnitt benetzte, um ihren Mann zu bezirzen, die Möbel und die Vorhänge wieder prunken sehen und den Glanz des gelben Samtpolsters der Lehnsessel im Salon preisen. Und zuletzt, um schließlich zum Ende zu kommen, könnten wir jedes kleine Stück an seinen Platz schicken, die Mauern Stein für Stein auseinanderbrechen und diesen Ort unbebaut und menschenleer zurücklassen, genau wie zu dem Zeitpunkt, als Don Rodolfo Lax Frey, ein Mann, der in die Zukunft sehen konnte, an dieser Stelle stehen blieb, die Augen zusammenkniff und davon träumte, hier sein Haus zu bauen.

Dieser Roman wurde zwischen April 2009 und November 2010 in Mataró, Madrid, Turégano und Como geschrieben.

Dramatis personae

(Unterstrichene Namen kennzeichnen historische Persönlichkeiten)

ALBERT DESPUJOL, JOSEP MARIA (1886–1952). Barón de Terrades, monarchistischer Politiker, Industrieller sowie 1945–1951 Bürgermeister von Barcelona. Direktor des Textilunternehmens La España Industrial, 1909 Heirat mit Maria del Carmen Muntadas i Estruch, der Tochter des Fabrikbesitzers. 1936 flüchtete er aus dem republikanischen Barcelona nach Italien, um sich gleich darauf in Sevilla dem franquistischen Aufstand gegen die Zweite Republik anzuschließen.

ALEXIA. Cousine zweiten Grades von Amadeo Lax. Bei ihr wuchs Modesto Lax seit seinem vierten Lebensjahr auf.

ALFONSO XIII. (1886–1941). Seit seiner Geburt bis zur Ausrufung der Zweiten Republik 1931 König von Spanien. Sohn von Alfonso XII. und dessen zweiter Frau Maria Christina von Österreich, die bis 1902, der Volljährigkeit ihres Sohnes, die Regentschaft ausübte. Alfonso XIII. heiratete mit 20 Jahren Victoria Eugénie von Battenberg. Nach den Wahlen im April 1931 begab er sich ins französische Exil.

AMÉLIE. Persönliche Assistentin von Modesto Lax Brusés, dem Vater von Violeta Lax Rahal, und später dessen zweite Ehefrau.

ANTONIA. Kinderfrau von Teresa Brusés und deren Geschwistern, bis 1933 Kammerfrau und Büglerin im Hause Lax.

AURORA. Kammerfrau im Hause Lax, später Higinios Ehefrau.

BASSEGODA, RAMÓN. Die Familie Bassegoda war Anfang des 19. Jahrhunderts legendär für die Architekten, Politiker und Intellektuellen, die sie hervorbrachte und die mit der Zeit zu

Hütern des Werkes des Architekten Antoni Gaudí wurden. Der Charakter im Roman basiert relativ frei auf einigen Mitgliedern dieser Familie.

BASTARDAS, ALBERT (1871–1944). Rechtsanwalt und Politiker in Barcelona, Mitglied der Partit Republicà Autonomista, für die er 1908 Bürgermeister von Barcelona wurde. Nachdem der Diktator Miguel Primo de Rivera die Mancomunitat de Catalunya – den Zusammenschluss der katalanischen Verwaltungen – auflöste, die er mitbegründet hatte, ging Bastardas ins Exil. Mit der Ausrufung der Zweiten Republik kehrte er nach Barcelona zurück und wurde 1932 Abgeordneter im katalanischen Parlament. Nach Ende des Bürgerkrieges 1939 begab er sich erneut ins Exil.

BESSA, MATILDE (1832–1919). Zweite Ehefrau von Casimiro Brusés, Tante von Silvia Bessa.

BESSA, SILVIA (1874–1907). Erste Ehefrau von Casimiro Brusés und Mutter der sieben Brusés-Kinder, darunter Luisa, María, Silvita, Tatín und Teresa.

BRUSÉS, CASIMIRO (1868–1907). Vater von Teresa Brusés und ihren Geschwistern. Der Tabak- und Wollhändler kam beim Untergang des Überseeschiffs *Príncipe de Asturias* ums Leben. Diese historische Tragödie, bei der am 5. März 1916 insgesamt 457 Menschen ums Leben kamen, ereignet sich im Roman einige Jahre früher.

BRUSÉS BESSA, LUISA. Schwester von Teresa Brusés; in chronologischer Folge das vierte der Geschwister.

BRUSÉS BESSA, MARÍA. Schwester von Teresa Brusés; in chronologischer Folge das fünfte der Geschwister.

BRUSÉS BESSA, SILVITA. Schwester von Teresa Brusés; in chronologischer Folge das sechste der Geschwister.

BRUSÉS BESSA, MARÍA AUXILIADORA gen. TATÍN (1897–1936). Schwester von Teresa Brusés; in chronologischer Folge das dritte der Geschwister.

BRUSÉS BESSA, TERESA (1907–1936). Das jüngste Kind von Casimiro Brusés und Silvia Bessa. Ehefrau und Muse von Amadeo Lax.

CANALS AMBRÓS, FRANCISCO (1877–1899). Bekannt unter dem Namen »Santet del Poblenou«, der »kleine Heilige von Poblenou«. Sein Grab auf dem Cementiri de l'Est im Stadtteil Poblenou von Barcelona ist eine volkstümliche Pilgerstätte. Anscheinend arbeitete er im Warenhaus Grandes Almacenes El Siglo.

CARMELA. Kammerfrau im Hause Lax seit 1888.

CLELLAND, DANIEL (* 1965). Ehemann von Violeta Lax Rahal. Schriftsteller.

CONCHA MARTÍNEZ CRUCES (1870–1941). Amme, Kinderfrau und Gesellschafterin im Hause Lax von 1889 bis zu ihrem Tod. Genannt CONCHITA.

CONDE GÓMEZ DEL OLMO, OCTAVIO (1889–1932). Fiktiver Sohn von Eduardo Conde Gímenez und Cecilia Gómez del Olmo. Im Roman Geschäftsführer des Warenhauses Grandes Almacenes El Siglo.

CONDE JIMÉNEZ, EDUARDO (1838–1914). Gebürtig in Madrid, wanderte er sehr jung nach Havanna aus, wo er seine Karriere als Geschäftsmann startete. Nach Reisen durch die ganze Welt und dem Aufbau eines beachtlichen Vermögens begegnete er Pablo Puerto, der sein Mitgesellschafter wurde, sowie seinem späteren Schwiegervater Dionisio Gómez, seinerzeit weltweit einer der bekanntesten Unternehmer. Nach seiner Heirat mit Cecilia Gómez del Olmo zieht die Familie nach Spanien und lässt sich in Barcelona nieder, um dort 1881 unter dem Namen Conde, Puerto y Cía. in der Rambla de Santa Mónica ein Hemdengeschäft zu gründen. Nach der Erweiterung zieht der Betrieb in die Rambla de los Estudios um, wo er später als das Warenhaus Grandes Almacenes El Siglo geführt wird. An Kultur interessiert, engagierte sich der Unternehmer als Kunstmäzen, der seiner Zeit in vielen Aspekten voraus war. Seine spiritistischen Neigungen hingegen sind ausschließlich

Produkt der schriftstellerischen Phantasie. Einige seiner Söhne führten das Familienunternehmen weiter.

CUADRA, EMILIO DE LA (1859–1930). Valencianischer Unternehmer, Gründer der Kommanditgesellschaft Compañía General Española de Coches Automóviles Emilio de la Cuadra. Arbeitete an der Entwicklung von Fahrzeugen mit Elektromotoren. Nach der gescheiterten Präsentation eines seiner Omnibusse für ein Hotel in Barcelona beantragte der Unternehmer seine Wiederaufnahme in das Militär, wo er es zum Brigadegeneral brachte. Die Firma wurde von einem seiner größten Gläubiger aufgekauft, José María Castro, was zur Gründung der Marke J. Castro führte. Der bei de la Cuadra beschäftigte Schweizer Ingenieur Marc Birkigt entwickelte für ihn den Fahrzeugmotor weiter, um später zusammen mit Damián Mateu das bekannte Unternehmen Hispano-Suiza zu gründen.

DOMINGO SOLER, AMALIA (1835–1909). Von einfacher Herkunft war sie eine der Vorreiterinnen des Spiritismus in Spanien, die Gründerin der Zeitschrift *La luz del porvenir* sowie eine Verfechterin der Frauenrechte und der Religionsfreiheit. In den 1870er Jahren kam es in den Medien zu einer heftigen Polemik des Kanonikers Vicente de Manterola, der behauptete, der Satan inspiriere die Spiritisten. Allein im Jahr 1880 schrieb Amalia 125 Artikel. 1888 nahm sie am I. Internationalen Spiritistenkongress in Barcelona teil.

ESTRUCH, JOSEP. Der Sohn eines Senators der liberalen Partido Progresista stammte aus wohlhabender Familie. Er war Geschäftsführer der Banco de Barcelona, die 1920 Bankrott machte, wofür ihm der Vorstand die Schuld gab.

EUTIMIA. Haushälterin im Hause Lax bis 1919.

ESPELLETA TORRES, MONTSERRAT (1895–1930). Arbeiterin in der Fabrik Hilados y Tejidos Golorons seit ihrem neunten Lebensjahr bis zu ihrem Debüt als Sängerin mit 16 Jahren. Unter dem Künstlernamen Bella Olympia feierte sie im Barcelona vor der Weltausstellung 1929 auf den Bühnen des Salón Doré und des Teatro Arnau großartige Triumphe.

FELIPE MONTULL. Fahrer im Hause Lax von 1889 bis 1903. Vater von Julián, Ehemann von Juanita.

GAMBÚS, DR. (1856–1924). Hausarzt der Familie Lax.

GENTILE, ALDO. Ehemann von Silvana Gentile, Arzt in Nesso.

GENTILE, SILVANA (* 1971). Tochter von Fiorella Otrante. Ehefrau von Aldo Gentile und Mutter von Zwillingen.

GOLORONS, MARIA DEL ROSER (1866–1932). Erbin des Textilimperiums Manufacturas Golorons in Mataró, heiratet 1888 Rodolfo Lax. Mutter von Amadeo, Juan und Violeta Lax Golorons.

GOLORONS, GEBRÜDER. Reiche Textilindustrielle in Mataró, mit Hauptwohnsitz in der dortigen Calle de la Riera und einer Finca für den Sommeraufenthalt in Argentona. Vater beziehungsweise Onkel von Maria del Roser Golorons.

GÜELL, EUSEBI (1846–1918). Katalanischer Industrieller und Politiker, Schwiegersohn von Claudio López Bru, dem ersten Marqués de Comillas. Er brachte es in Kuba zu einem Vermögen und investierte es bei seiner Rückkehr in unterschiedliche Industriezweige. Wegen seines Mäzenatentums für den Architekten Antoni Gaudí ist sein Name der ganzen Welt bekannt.

HIGINIO. Zuständig für Instandhaltungsarbeiten im Hause Lax von 1922 bis 1936. Später Soldat und Ehemann von Aurora.

JASON. Zweiter Ehemann von Valérie Rahal – zunächst deren Englischlehrer – und somit Stiefvater von Violeta Lax Rahal.

JUANITA. Bis 1910 Köchin im Hause Lax. Ehefrau des Fahrers Felipe und Mutter von Julián, der beruflich in die Fußstapfen seines Vaters tritt.

JULIÁN MONTULL. Fahrer im Hause Lax von 1900 bis zum Ausbruch des Bürgerkrieges.

LAGUARDA I FENOLLERA, JOAN JOSEP (1866–1913). Spanischer Bischof, 1909 von Papst Pius X. zum Bischof von Barcelona ernannt. Zeitgenössischen Berichten zufolge ein Kleriker, der sich politisch engagierte, kein Blatt vor den Mund nahm und den Ruf eines Heiligen besaß.

LAIA MONTULL SERRANO, eigentlich EULALIA. (1920–2010). Tochter von Vicenta Serrano und Julián Montull. Kammerfrau im Hause Lax.

LAX BRUSÉS, MODESTO (1933). Sohn von Teresa Brusés und Amadeo Lax. (Emeritierter) Professor für Theaterwissenschaften an der Universität von Avignon, Spezialgebiet Bertolt Brecht.

LAX FREY, RODOLFO (1860–1909). Gebürtig in Vic, verkauft er sehr bald sein Erbe und zieht nach Barcelona, wo er maßgeblich am Wachstum und Aufschwung der Stadt beteiligt ist. 1888 heiratet er Maria del Roser Golorons, er ist der Vater von Amadeo, Juan und Violeta Lax Golorons.

LAX GOLORONS, AMADEO (1889–1974). Erstgeborener von Maria del Roser Golorons und Rodolfo Lax. Als Maler Vertreter des katalanischen Novecentisme von Weltrang. Vater von Modesto.

LAX GOLORONS, JUAN (1894–1963). Zweiter Sohn von Maria del Roser Golorons und Rodolfo Lax. Jesuitenpater.

LAX GOLORONS, VIOLETA (1898–1914). Jüngstes Kind von Maria del Roser Golorons und Rodolfo Lax.

LAX RAHAL, VIOLETA (* 1970). Tochter von Modesto Lax und Valérie Rahal. Als Kunsthistorikerin auf das Werk von Amadeo Lax spezialisiert.

LÓPEZ BRU, CLAUDIO (1853–1925). Zweiter Marqués de Comillas, Sohn von Antonio López y López und einer der wohlhabendsten Männer der Epoche. Mit der Compañía Transatlántica Española, der Compañía General de Tabacos de Filipinas sowie der Ferrocarriles del Norte Besitzer von Unternehmen in den Bereichen Schifffahrt, Tabakhandel und Eisenbahn. Er hinterließ keine Kinder.

MACIÀ, FRANCESC (1859–1933). Republikanischer Militär und Politiker, Kämpfer für die katalanische Unabhängigkeit und

Präsident der Generalitat de Catalunya von 1931 bis 1933. Gründer der Partei Estat Català sowie später von Esquerra Republicana de Catalunya. Zeitweise während der Diktatur von Miguel Primo de Rivera, gegen die er einen Aufstand organisierte, im Exil. Rief am 14. April 1931 die Katalanische Republik als Teil eines föderalen Spanien aus. Nach dem Scheitern dieses Projekts setzte er auf Verhandlungen und brachte das erste Autonomiestatut von Katalonien auf den Weg.

MALLAIS, MARGOT (1962–2010). Sängerin und Komponistin, deren Titel während der 1990er Jahre in Spanien und Frankreich äußerst populär waren.

MAURA, ANTONIO (1853–1925). Spanischer Politiker. Zwischen 1903 und 1921 insgesamt fünf Mal spanischer Ministerpräsident.

MUÑOZ SECA, PEDRO (1879–1936). Spanischer Schriftsteller und Bühnenautor, der seinerzeit große Erfolge feierte; sein bekanntestes Stück ist *La venganza de Don Mendo.* Der konservative Autor brachte einige Komödien auf die Bühnen, in denen er die Regierung der Zweiten Republik kritisiert. Der Ausbruch des Bürgerkrieges überrascht ihn in Barcelona, wo er wegen der Premiere seiner Komödie *La tonta del rizo* weilte. Er wurde mitten auf der Plaza de Catalunya festgenommen, nach Madrid überführt und später von republikanischen Kräften bei einer der Massenerschießungen in Paracuellos del Jarama ermordet.

OLYMPIA (s. ESPELLETA TORRES, MONTSERRAT).

OTRANTE, FIORELLA (* 1938). Italienische Erbin, Tochter von Eulalia Montull und Mutter von Silvana Gentile.

PADRE EUDALDO. Pfarrer der Iglesia de la Concepción, geistlicher Beistand der Familie Lax.

PAREDES, SARGENTO. Unteroffizier bei der katalanischen Polizei Mossos d'Esquadra.

PÉREZ IRANZO, ARCADIO (1947). Persönlicher Sekretär von Amadeo Lax seit 1972. Freund der Familie Lax.

PLANDOLIT, JOSÉ RAFAEL. Unternehmer in Barcelona, einer der Mitgesellschafter von Manuel Girona bei der Banco de Barcelona.

PRIMO DE RIVERA, MIGUEL (1870–1930). Militär, Politiker und spanischer Diktator. Zweiter Marqués de Estella, Siebter Marqués de Sobremonte und Grande von Spanien. Generalkapitän von Valencia, Madrid und Barcelona. In Absprache mit König Alfonso XIII. und mit Unterstützung von Kirche, Militär und konservativen Kräften führte er ein Militärdirektorium ein, das sämtliche Staatsgewalten auf sich konzentrierte. Als er das Vertrauen des Königs und der hohen militärischen Ränge verlor, reichte er 1930 seinen Rücktritt ein und ging nach Paris ins Exil.

PUIG I CADAFALCH, JOSEP (1867–1956). Architekt, Kunsthistoriker und Politiker. Fünf Jahre städtischer Architekt in seinem Geburtsort Mataró. Der Architekt gilt als letzter Vertreter des katalanischen Modernisme und als erster Repräsentant des katalanischen Novecentisme. Er schuf nicht nur herausragende Gebäude, sondern war auch Dezernent im Rathaus von Barcelona, 1917 Präsident der Mancomunitat de Catalunya sowie 1913 bis 1924 Provinzabgeordneter.

RAHAL, VALÉRIE. Erste Ehefrau von Modesto Lax Brusés, Mutter von Violeta Lax Rahal, inzwischen in zweiter Ehe mit Jason verheiratet.

ROSALÍA. Bügelfrau und Näherin im Hause Lax bis 1925.

SAMÀ, SALVADOR DE (1861–1933). Liberaler Politiker, Grande von Spanien und somit Senator auf Lebenszeit. 1905 bis 1906 sowie 1910 bis 1911 Bürgermeister von Barcelona. Besitzer eines orientalisch inspirierten Palastes an der Straßenkreuzung Paseo de Gracia und Gran Vía. Verkaufte 1899 seine Grundstücke, auf denen heute der Park Güell liegt, an Eusebi Güell.

SANLLEHY I ALRICH, DOMINGO (1847–1911). 1908 bis 1909 Bürgermeister von Barcelona, Schwiegersohn des Bankiers

Manuel Girona. Firmenbesitzer, Rechtsanwalt und Finanzier. Betrieb die Gründung von laizistischen Schulen und initiierte die Umgestaltung des alten Stadtzentrums von Barcelona.

SELVAS, RICARD. Architekt, der mit dem Bauvorhaben der Biblioteca Amadeo Lax betraut ist.

TORRES-SOLANOT Y CASAS, ANTONIO (1840–1921). Der Vizconde de Torres-Solanot beteiligte sich 1868 als Sekretär des Revolutionsrates an der Revolution in Huesca. 1871 wandte er sich dem Spiritismus zu und gründete die Zeitschrift *El progreso espiritista*, seit 1872 führte er die Sociedad Espiritista Española als ihr Präsident. Er veröffentlichte diverse Bücher und Aufsätze über den Spiritismus. Gemeinsam mit Fabian Palasí Martín gründete er die ersten laizistischen Schulen in Spanien. Er starb unverheiratet.

TRESCENTS, TOMÁS. Seit 1905 als Jurist für Rodolfo Lax tätig, wird später Amadeos Bevollmächtigter für die Familienunternehmen.

URGELL, MODEST (1839–1919). Katalanischer Maler und Komödienautor, bekannt für seine katalanischen Landschaftsgemälde und Friedhofsbilder, die Ende des 19. Jahrhunderts sehr gefeiert wurden. Ab 1894 in Barcelona an der Kunsthochschule Escuela de la Llotja Professor für Landschaftsmalerei. Der Künstler erfreute sich großer Popularität und war auch wirtschaftlich erfolgreich. Zudem betätigte sich der Maler in der Welt des Theaters als Impresario, Bühnenbildner und Regisseur.

VICENTA SERRANO (1889–1937). Seit 1910 Nachfolgerin von Juanita als Köchin im Hause Lax bis zum Ausbruch des Bürgerkrieges 1936.

VIÑAS, FRANCESC (1863–1933). Der in Moià gebürtige Tenor debütierte 1888 zunächst in Mataró, dann am Gran Teatro del Liceo in Barcelona sowie 1889 an der Mailänder Scala; sein Ruhm führte ihn von dort an die berühmtesten Opernhäuser in Europa und in den USA. Er spezialisierte sich auf einige

Wagner-Opern. Vor seinem Rückzug 1918 wurde er in Katalonien überaus populär, weil er es wagte, Wagner auf Katalanisch zu singen.

VICTORIA EUGÉNIE (1887–1969). Enkelin der englischen Königin Victoria, durch ihre Heirat mit Alfonso XIII. Königin von Spanien (1906–1931).

VIVES, MIGUEL (1842–1906). Begründer der Sociedad Espirita del Vallés, aus der später die Sociedad Espírita de Catalunya hervorging. Seine überragende Nächstenliebe brachte ihm den Beinamen »Apostel des Guten« ein.

WALDEN, DRINA. Assistentin von Violeta Lax Rahal.

Anmerkung und Dank der Autorin

Es ist wohl angebracht zu verdeutlichen, dass *Die Geister schweigen* ein fiktives Werk ist – trotz des dokumentierten historischen Hintergrunds. Amadeo Lax und seine Familienmitglieder sind ebenso fiktiv wie alles, was in dem Roman die Regierung Kataloniens – die Generalitat de Catalunya – und das Museu Nacional d'Art de Catalunya (MNAC) betrifft; auch alle Publikationen, die das Werk von Lax oder das Schicksal seines Vermächtnisses beschreiben, sind frei erfunden. Die erwähnten Museen hingegen existieren tatsächlich, und sie besitzen unbestritten eine große Anziehungskraft, beherbergen sie doch Bestände aus der Epoche, die auf diesen Seiten behandelt wird.

Selbstverständlich ist Octavio Conde ein fiktiver Charakter, doch sein familiäres Umfeld gab es tatsächlich: Die Familie Conde gründete Ende des 19. Jahrhunderts in Barcelona ein Warenhaus, das spätere Grandes Almacenes El Siglo, das zum Vorbild für weitere große Warenhäuser in ganz Spanien wurde und für die Bevölkerung von Barcelona eine echte Institution darstellte, die schließlich eintausendfünfhundert Angestellten Beschäftigung bot. El Siglo brannte am Weihnachtsfeiertag 1932 nieder. Offiziellen Angaben zufolge verursachte ein Kurzschluss an einer kleinen Spielzeugeisenbahn in einem der Schaufenster den Brand. Es gab keine Todesopfer zu beklagen. Das Warenhaus wurde in Rekordzeit an seinem neuen Sitz in der Calle Pelai wieder aufgebaut, doch der nahende Spanische Bürgerkrieg, der Zweite Weltkrieg und zudem die tiefgreifenden gesellschaftlichen Umwälzungen, die inzwischen eingetreten waren, verhinderten, dass El Siglo wieder im Glanz vergangener Zeiten erstrahlte.

Auch der tragische Untergang des Passagierschiffes *Príncipe de Asturias*, bei dem im Roman Casimiro Brusés umkommt, ist ein historisches Ereignis, das in Wirklichkeit aber etwas später stattfand, als ich mir es in diesem fiktiven Werk erlaube, nämlich am 5. März 1916.

Die spiritistische Gesellschaft, die mittwochnachmittags im Haus der Familie Lax ihre Treffen abhielt, gab es nicht, jedoch andere, ähnlich ausgerichtete Gesellschaften wie die Sociedad Espírita Fraternidad Humana mit Sitz in Sabadell, die von Miguel Vives geleitet wurde. Die Versammlungen dieser spiritistischen Gesellschaft, die sich an ähnlichen Gruppen in den Vereinigten Staaten und England ausrichtete, fanden in der Tat mittwochs statt. Der Spiritismus war eine geistige und philosophische Strömung, die Ende des 19. Jahrhunderts in der spanischen Gesellschaft tiefe Spuren hinterließ. Er hatte zahlreiche Anhänger, und in vielen spanischen Städten wurden Gesellschaften gegründet, wobei die großen Städte in Andalusien eine Vorreiterrolle übernahmen. 1882 wurden die Grundlagen für den Zusammenschluss der einzelnen Gesellschaften gelegt, was später zu der Federación Espiritista Española führte, und 1888 wurde in Barcelona der I. Internationale Spiritistenkongress abgehalten. Zudem erschienen zahlreiche Zeitschriften, unter denen *La Luz del porvenir* (»Das Licht der Zukunft«) unter der Federführung von Amalia Domingo Soler einen besonderen Rang einnahm. Auch in der restlichen Welt hatte diese geistige Strömung berühmte Anhänger, beispielsweise die Schriftsteller Arthur Conan Doyle oder Victor Hugo. Letzterem sind übrigens die Worte zuzuschreiben, die hier im 15. Kapitel bei der Écriture automatique von Francisco Canals Ambrós entstehen. Die heftigen Kampagnen seitens der Katholischen Kirche ruinierten bereits vor der Zweiten Republik das Ansehen dieser Intellektuellen, und der Franquismus löschte die Strömung schließlich völlig aus. Die Anhänger wirkten fünfzig Jahre lang im Untergrund, und im Januar 1984 hielten sie in der nördlich von Barcelona gelegenen Stadt Terrassa wieder einen Kongress ab.

Francisco Canals Ambrós, bekannt als »Santet del Poblenou«, wird auf dem Cementiri de l'Est in Barcelona wie ein Heiliger verehrt, obwohl er niemals heiliggesprochen wurde. Seine Grabstätte, stets mit Votivgaben und Blumen überhäuft, ist auf diesem im Stadtteil Poblenou gelegenen Friedhof seit Jahrzehnten der meistbesuchte Ort.

Der Bericht über den Brand im Warenhaus Grandes Almacenes El Siglo entspricht fast vollständig dem Artikel, der am 27. Dezember 1932 in der Tageszeitung *La Vanguardia* erschien. Ich habe mir nur erlaubt, ihn ein wenig zu kürzen sowie zu ergänzen, nämlich durch den dramatischen Einsturz des Treppenhauses – der sich tatsächlich ereignete, wenn auch nicht im Beisein der politischen Führungskräfte – sowie durch die Anwesenheit Octavios, des einzigen fiktiven Mitgliedes der Familie Conde. Ansonsten habe ich der Versuchung nicht widerstehen können, den namenlosen Verfasser des Berichts zu ehren, der dem Leser seiner Zeit dieses Bild von Chaos und Zerstörung detailgetreu vermittelt.

Auch die Reise von König Alfonso XIII. im Jahr 1908 nach Barcelona ist – selbstverständlich ohne den Schnupfen und die Ohnmacht, die ihn ins Haus der Familie Lax führen – in Berichten vollständig belegt, denen ich entnehmen konnte, dass es dem König wahrlich nicht an Gründen fehlte, bei einem seiner Aufenthalte in Katalonien unpässlich zu werden. Die Aktivitäten von Alfonso XIII. bei diesen Besuchen waren so intensiv und seine Reisen in Provinzstädte so zahlreich, dass er damals den katalanischen Spitznamen »Cametes«, »Dünnbein«, erhielt.

Das Kloster Montesión, das sich derzeit in Esplugues de Llobregat befindet, ist für sein Nomadendasein bekannt. Ursprünglich ein altes Kloster in der heutigen Calle de Montsió, stand es mehrere Jahrhunderte auf einem Grundstück in der Nähe der Via Laietana. 1866 beschloss man, es zu retten und Stein für Stein in die Rambla de Catalunya umzusetzen, wo das Kloster und der Kreuzgang wieder aufgebaut wurden. Das Kloster, das inzwischen zur Pfarrkirche San Ramon de Penyafort umgestaltet wurde, überstand nicht nur 1909 die Aufstände der Tragischen Woche, sondern sogar den Bürgerkrieg, doch danach erwarben die Nonnen ein neues Grundstück in Esplugues und zogen mit den Steinen auf dem Rücken dorthin um. Aber diesmal konnten sie nur den Kreuzgang mitnehmen, da die Gemeinde den Neuaufbau der Pfarrkirche nicht gestattete.

Vicenta trällert im Roman Verse aus dem Couplet »La pulga«, das in Spanien Pilar Cohen als Erste gesungen hat und das später in der Interpretation von La Chelito populär wurde; und Bella Olympia singt »Batallón de modistillas« von Álvaro Retana und Gaspar de Aquino, das durch La Troyana 1915 bekannt wurde. Die Spottverse über Wagner, die ich Emilio de la Cuadra im 12. Kapitel in den Mund gelegt habe, stammen aus einem Schreiben von César González Ruano an seinen Freund Ignacio Agustí, die dieser in seinen Memoiren zitiert. Die witzigen Zeilen aus Juliáns Mund im 21. Kapitel sind von einem anonymen Verfasser und 1887 in der Sparte »Humor« der Hauspostille *El Siglo* erscheinen, die das Warenhaus Grandes Almacenes El Siglo alle 14 Tage herausgab. Die Klage über Barcelona, die Conchita in ihrem Bericht über den Spanischen Bürgerkrieg niederschreibt, habe ich dem Lamento des Dichters Joan Maragall entliehen, das dieser kurz nach der Tragischen Woche 1909 schrieb.

Ohne die Lektüre einiger Texte, denen ich viel verdanke, hätte ich niemals diese Seiten schreiben können: die Kapitel »Cendra i Ánimes«, »La Matinada« und »Entre Ariel y Caliban« in den Memoiren des Dramaturgen, Romanciers und Dichters Josep Maria de Sagarra; die Erinnerungen *Per camins de França* von Agustí Calvet i Pascual, dem Journalisten mit dem Pseudonym Gaziel; *Abans que el temps ho esborri* von Francesc Xavier Baladia; *Episodis de la burgesia catalana* von Francesc Cabana; *Edificis viatgers de Barcelona* von Jordi Peñarroja; *L'esplendor de la Barcelona burgesa* von Lluís Permanyer; *Cartas europeas: Crónicas en El Sol, 1920–1928*, von Josep Maria de Sagarra und Josep Pla; *Història crítica de la burgesia a Catalunya* von Antoni Jutglar; *Quan Barcelona portava barret* von Sempronio; der Ausstellungskatalog *L'encis de la dona. Ramon Casas al Liceu i a Montserrat* sowie folgende Zeitungen und Zeitschriften: *La Vanguardia, El Siglo* (d. i. die Hauspostille des gleichnamigen Warenhauses), *Diario de Barcelona, El diluvio, Il-lustració catalana* sowie *La luz del porvenir. Revista de estudios psicológicos y ciencias afines.*

Ich möchte einigen Menschen für ihre Großzügigkeit und Unterstützung danken, die mich bei bestimmten Aspekten dieses Romans instruiert haben: Eduard Paredes, Carles Arola, Salvador D. Aznar Cervantes, Adela Farré, Maria Luisa Yzaguirre, Mònica Montaña, Javier Rodríguez Álvarez, Valeria Martínez Franco sowie den Angestellten der Biblioteca de Catalunya, und insbesondere Luis Conde. Außerdem Alicia Soria für die erste Anregung. Ángeles Escudero, Francesc Miralles, Sandra Bruna, Claudia Torres und Deni Olmedo, den ersten Lesern von allen Versionen dieses Romans. Und meinen Lektorinnen Míriam Vall und Pema Maymó für den Enthusiasmus bei ihrer Arbeit. Und all den Menschen, die sich immer noch von einer Handvoll Wörter berühren lassen können.

Carlos Ruiz Zafón
Das Spiel des Engels
Roman
Aus dem Spanischen von Peter Schwaar
Band 18644

Der junge David Martín fristet sein Leben in Barcelona, indem er unter falschem Namen Schauerromane schreibt. Plötzlich erhält er einen mit dem Zeichen eines Engels versiegelten Brief, in dem ihn der mysteriöse Verleger Andreas Corelli einlädt. Angelockt von dem Talent des jungen Autors hat er einen Auftrag für ihn, dem David nicht widerstehen kann. Aber David ahnt nicht, in welchen Strudel furchterregender Ereignisse er gerät …

»Wie schon in der ›Schatten des Windes‹ führt Ruiz Zafón den Leser in dieser Mischung aus Romanze und Tragödie zum Friedhof der Vergessenen Bücher, in ein Labyrinth aus Liebe und Leidenschaft, aus Verrat und Intrigen. Und wieder ist die Sprache so (…) schön, dass man sich ihrem Zauber kaum entziehen kann.«
Jenni Roth, Literarische Welt

»Wer Illusionen erzeugen will, der muss sein Handwerk beherrschen, und Carlos Ruiz Zafón ist ein Profi.«
Sieglinde Geisel, NZZ am Sonntag

Nr. 1 der SPIEGEL-Bestsellerliste

Fischer Taschenbuch Verlag

fi 18644 / 1

Anne Fortier
Julia
Roman

Band 18556

Vor der einzigartigen Kulisse Sienas: Die junge Amerikanerin Julia gerät in den Strudel eines Geheimnisses, das tief in die Vergangenheit führt und bis heute wirkt. Es ist das Geheimnis um die größte Liebesgeschichte der Welt: Romeo und Julia.

Der Weltbestseller voll
Spannung und Leidenschaft

»Anne Fortier erzählt in ihrem Roman-Debüt die berühmte Liebesgeschichte von Romeo und Julia noch einmal neu – als glänzenden Unterhaltungsroman.«
Brigitte

»Anne Fortiers Heldin Julia ist der wahren Geschichte von Romeo und Julia auf der Spur. Ein spannendes Vergnügen auf über 600 Seiten.«
Cosmopolitan

Fischer Taschenbuch Verlag

fi 18556 / 1

Marieke van der Pol
Brautflug
Roman
Band 18084

An einem windigen Oktobertag besteigen drei junge Frauen ein Flugzeug nach Neuseeland. Es ist ein besonderer Flug: An Bord sind viele Auswandererinnen mit großen Hoffnungen wie sie, auf dem Weg zu ihren Verlobten – und zudem nimmt ihre Maschine an einem spektakulären Luftrennen ans andere Ende der Welt teil.

Im Zwischenreich über den Wolken, wo Tag und Nacht verschwimmen, begegnen Ada, Marjorie und Esther einander – und dem jungen Frank, dessen Zukunft noch ungewisser ist als ihre eigene. Niemand von ihnen ahnt, dass der »Brautflug« sie für das ganze Leben miteinander verbinden wird.

Der große internationale Romanerfolg
aus den Niederlanden.

»Marieke van der Pols Buch ist
eine wunderbare Lektüre, sensibel geschrieben und voller
Wehmut über das Vergehen von Zeit und das Verwehen
von Gefühlen. Ein großer Wurf.«
NDR1

»Großes Gefühlskino bis ganz zum Schluss.«
Freundin

Fischer Taschenbuch Verlag

fi 18084 / 1

6
GRANDES ALMACENES
DE
EL SIGLO
Rambla de Estudios, 5
BARCELONA
Calle Xuclá, 10 y 12
BARCELONA
SECCIONES
DE
Géneros de punto
Confecciones
Efectos de escritorio
Sombrerería
Perfumería
Joyería
Manguitos
Corsés
Sastrería
Paraguas
Impermeables
Sedería
Mercería
Lanería
Alfombras
Muebles
SECCIONES
DE
Batería de cocina
Corbatería
Lutos
Camisería
Abanicos
Relojería
Guantería
Pañolería
Quincalla
Bisutería
Bastones
Lencería
Zapatería
Sombrillas
Lampistería
Pasamanería
Objetos de óptica
Cristal
GRANDES
DE
GRANDES ALMACENES
El Siglo
PRECIO FIJO
VENTAS AL CONTADO
CONDE y C.A
antes Conde, Puerto y C.a
RAMBLA DE LOS ESTUDIOS, 5 y 7
CALLE DE XUCLÁ, 10, 12 y 14
PLAZA DEL BUENSUCESO, 1
BARCELONA
para trajes de novia.
metro, á Ptas. 12, 11, 6 y 5.
blanco ó crem para trajes de novia.
El metro, á Ptas. 10, 9 y 7.
E FORRO
abrigos
y chaquetas
COLORES
Pesetas
1.50
metro
abradas propias para trajes de baile y teatro.
El metro, á Ptas. 5.
rios colores, ancho 55 centímetros.
l metro, á Ptas. 11.25 y 8.50